Storm boven de velden

boekerij.nl

Marie Lacrosse

Storm boven de velden

In onrustige tijden gaat het weesmeisje Irene
in dienst bij een rijke wijnhandelaar

Deel 1 van de *Wijngaard*-trilogie

Uit het Duits vertaald door Marijke Gheeraert en
Hans E. van Riemsdijk

BOEKERIJ

ISBN 978-90-225-9814-6
ISBN 978-94-023-2038-1 (e-book)
NUR 302

Oorspronkelijke titel: *Das Weingut – In stürmischen Zeiten*
Vertaling: Marijke Gheeraert en Hans E. van Riemsdijk
Omslagontwerp en -beeld: Bürosüd
Zetwerk: Mat-Zet bv, Huizen

Aan mijn man Jürgen.

Voor je onwankelbare loyaliteit.

Het valt te betreuren, maar het is een feit: in tijden van oorlog moet menselijkheid het afleggen tegen de oorlog zelf. Tegelijkertijd is krachtdadige oorlogvoering de meest humane.

Helmuth von Moltke de oudere, Pruisisch veldmaarschalk

De aangrijpende voorbeelden die u beschrijft moeten de mensen toch doen beseffen wat de glorie van het slagveld kost aan martelingen en tranen. Wij laten ons maar al te vaak verleiden om alleen de glansrijke kanten van een oorlog te zien en onze ogen te sluiten voor de trieste gevolgen ervan.

De Zwitserse generaal Guillaume Henri Dufour aan Henry Dunant, oprichter van het Rode Kruis

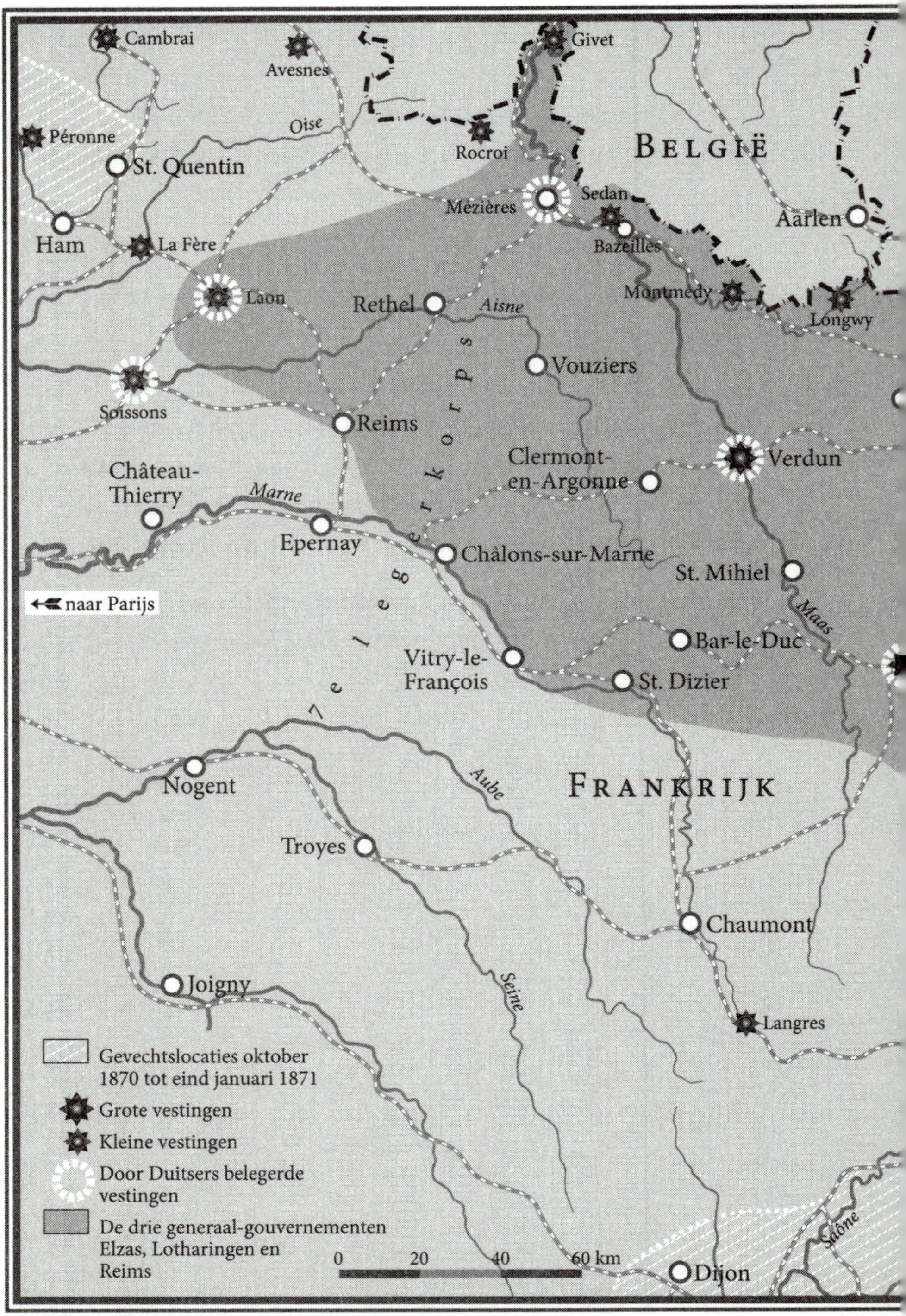

Cambrai
Avesnes
Givet
Péronne
Oise
Rocroi
BELGIË
St. Quentin
Mézières
Sedan
Aarlen
Ham
La Fère
Bazeilles
Laon
Rethel
Aisne
Montmedy
Longwy
Vouziers
Soissons
Reims
Verdun
Clermont-en-Argonne
Château-Thierry
Marne
7e legerkorps
Epernay
Châlons-sur-Marne
St. Mihiel
naar Parijs
Maas
Bar-le-Duc
Vitry-le-François
St. Dizier
Nogent
Aube
FRANKRIJK
Troyes
Chaumont
Seine
Joigny
Langres
Gevechtslocaties oktober 1870 tot eind januari 1871
Grote vestingen
Kleine vestingen
Door Duitsers belegerde vestingen
De drie generaal-gouvernementen Elzas, Lotharingen en Reims
0
20
40
60 km
Dijon
Saône

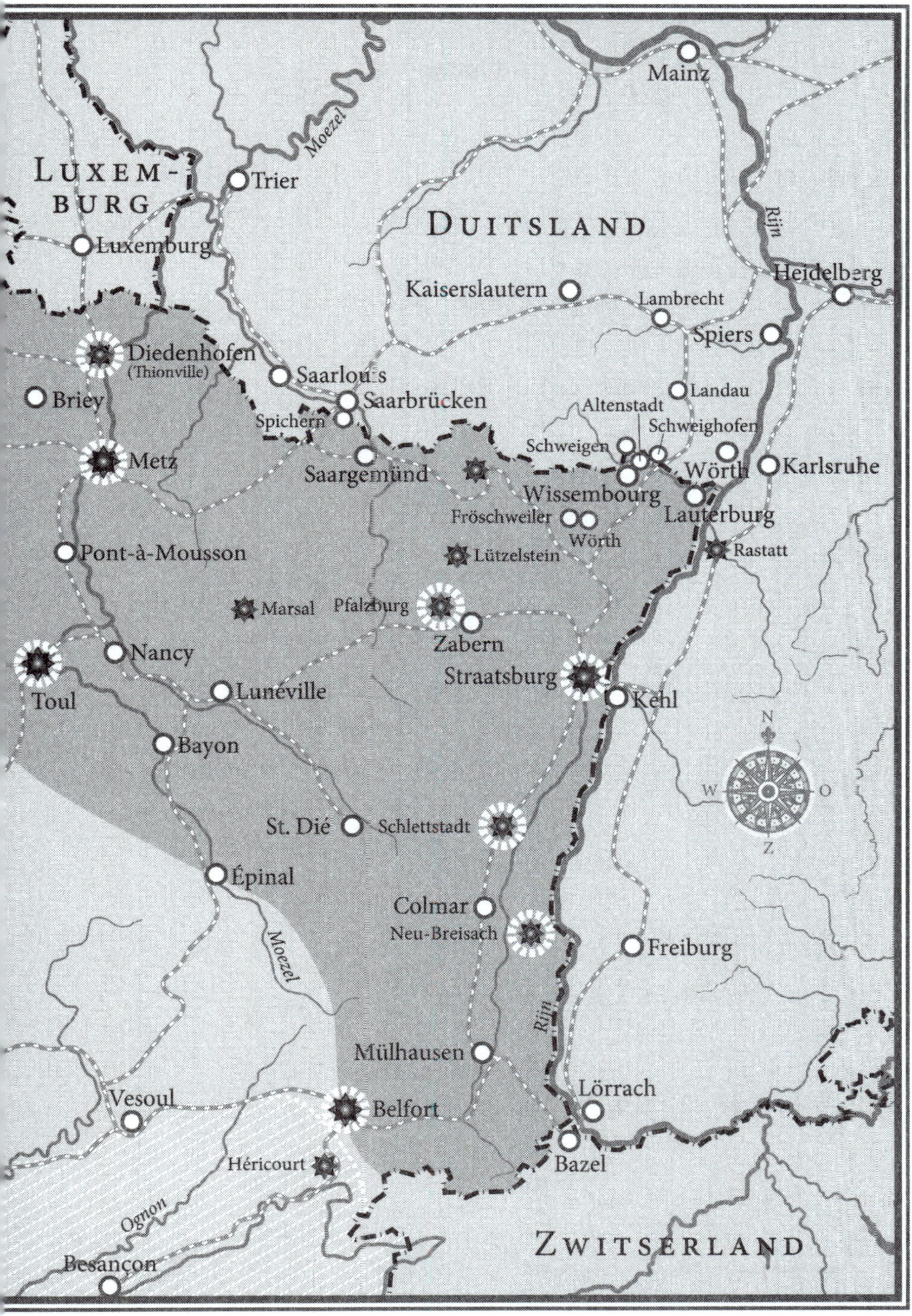

Luxemburg
Duitsland
Zwitserland
Mainz
Trier
Moezel
Luxemburg
Rijn
Heidelberg
Kaiserslautern
Lambrecht
Spiers
Diedenhofen
(Thionville)
Saarlouis
Saarbrücken
Briey
Landau
Altenstadt
Spichern
Schweighofen
Schweigen
Metz
Saargemünd
Wörth
Karlsruhe
Wissembourg
Lauterburg
Fröschweiler
Wörth
Rastatt
Pont-à-Mousson
Lützelstein
Marsal
Pfalzburg
Zabern
Nancy
Straatsburg
Toul
Lunéville
Kehl
Bayon
N
W
O
Z
St. Dié
Schlettstadt
Épinal
Colmar
Neu-Breisach
Freiburg
Moezel
Rijn
Mülhausen
Lörrach
Vesoul
Belfort
Bazel
Héricourt
Ognon
Besançon

JÜNGSTBERG
491m
Berwartstein
Birkenhördt
KAHLENBERG
406m
472m
Bergzabern
Bundenthal
HOHE DERST
561m
Dörrenbach
Niederschlettenbach
Ruïne Guttenberg
OBERER
MUNDATWALD
Oberotterbach
497m
HOHER KOPF
Bobenthal
Lauter
Schweigen
Kasteel
Saint-Paul
Schweighofen
Kasteel
Vogelsberg
Windhof
N
W
O
Z
506m
Wissembourg
Rott
Altenstadt
Climbach
Kasteel Geisberg
Steinseltz
GEISBERG
FRANKRIJK
HOCHWALD
Riedseltz
Drachenbronn
Birlenbach
Seebach
Keffenach
Hunspach
Retschwiller
Soultz
Aschbach
Hoffen
0
2
4
6 km
Kasteel

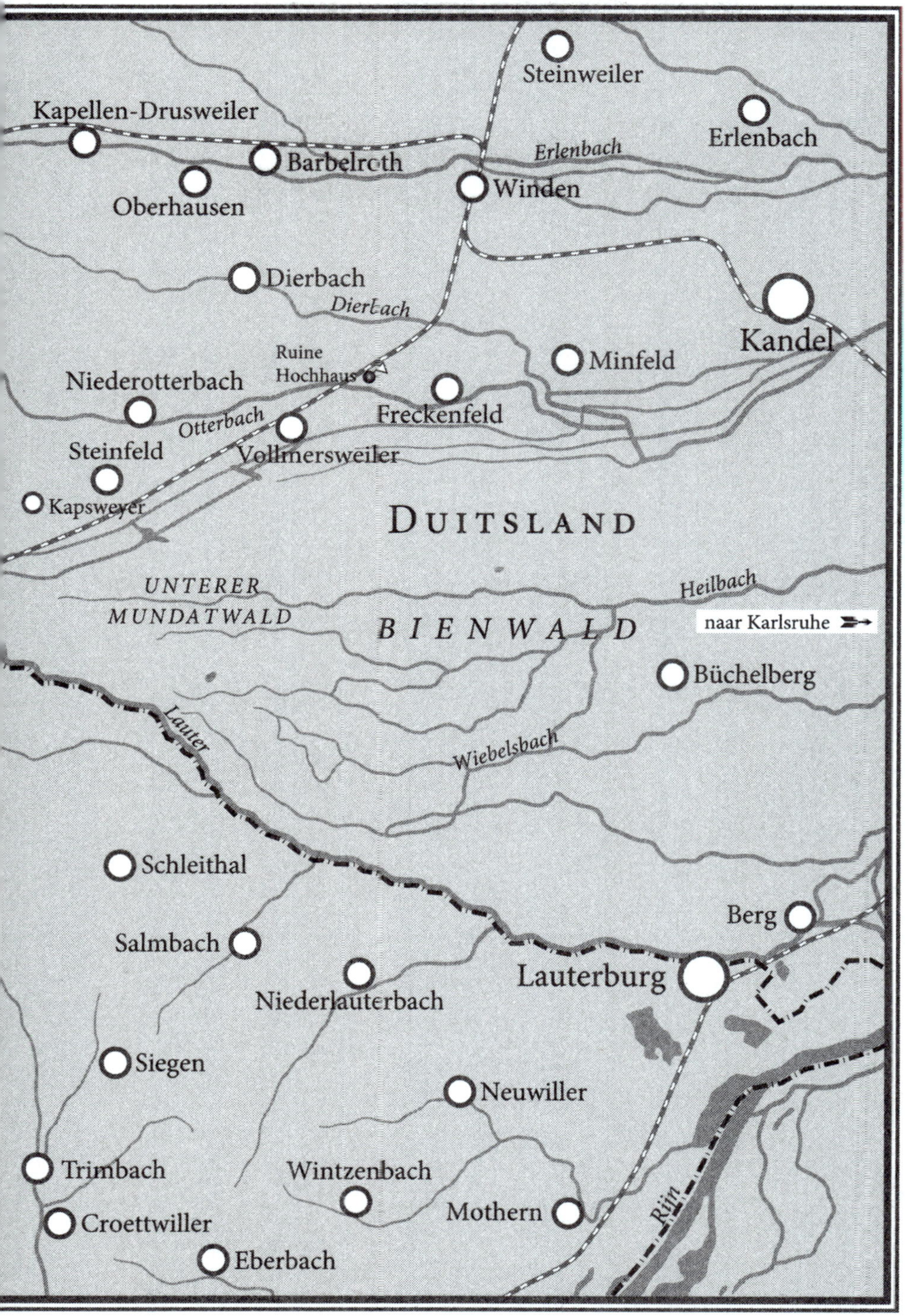
Steinweiler
Kapellen-Drusweiler
Erlenbach
Erlenbach
Barbelroth
Winden
Oberhausen
Dierbach
Dierbach
Kandel
Ruine
Hochhaus
Minfeld
Niederotterbach
Freckenfeld
Otterbach
Steinfeld
Vollmersweiler
Kapsweyer
DUITSLAND
UNTERER
MUNDATWALD
BIENWALD
Heilbach
naar Karlsruhe
Büchelberg
Lauter
Wiebelsbach
Schleithal
Berg
Salmbach
Lauterburg
Niederlauterbach
Siegen
Neuwiller
Trimbach
Wintzenbach
Rijn
Mothern
Croettwiller
Eberbach

Personages

Dit overzicht vermeldt alleen de voornaamste personages.
Historische figuren zijn aangeduid met een asterisk (*).

Familie van Irene

Irene Weber: buitenechtelijk kind, geboren in een gesloten kraamkliniek, opgegroeid in weeshuizen; 'Weber' is niet haar echte naam
Klara: schuilnaam van de anoniem gebleven moeder van Irene
Tante Erna: begeleidster van Irene in de kraamkliniek

Familie Gerban

Wilhelm Gerban: Duitse wijnhandelaar, gevestigd in Wissembourg (Elzas)
Pauline Gerban: zijn Franse echtgenote
Franz Gerban: oudste zoon van Wilhelm en Pauline
Mathilde Gerban: hun jongere dochter
Gregor Gerban: broer van Wilhelm, beheerder van de familiewijngaard in Schweighofen
Ottilie Gerban: echtgenote van Gregor en schoonzus van Wilhelm
Fritz Gerban: zoon van Gregor en Ottilie
Sophia: jongere zus van Ottilie

Bedienden van de familie Gerban in Altenstadt

Niemann: eerste huisknecht
Mevrouw Burger: huisdame
Mevrouw Kramm: kokkin
Gerda: eerste dienstmeisje
Minna: tweede dienstmeisje
Riemer: koetsier

Andere belangrijke personages

(Alleen de belangrijkste in volgorde van verschijning in de roman.)

Zuster Agnes: vroedvrouw in de kraamkliniek, later directrice van het weeshuis in Heidelberg
Zuster Gertrude: hoofd van de meisjesafdeling van het weeshuis in Spiers
Moeder Ignatia: moeder-overste van het weeshuis in Spiers
Dokter Frey: huisarts van de familie Gerban
Karl Krüger: arbeider op het wijndomein van de familie Gerban
Majoor von Kaisenberg:* bataljonscommandant van Fritz Gerban
Edgar Hepp:* onderprefect van Wissembourg
Generaal Abel Douay:* Franse aanvoerder tijdens de Slag bij Wissembourg
Dominee Klein:* protestants-lutherse voorganger in Froeschweiler
Albert Valon: Franse deserteur
Louis Rousser: sergeant Franse militaire medische dienst
Gérome: Franse oorlogsinvalide
Jacques: Franse hospitaalsoldaat
Claire Rocher: inwoner van Bazeilles
Dokter Étienne: gynaecoloog in Wissembourg
Dokter Berger: legerarts in Saint-Quentin

Marianne Serge: vermogende dame in Saint-Quentin
Paul: de bij Sedan gesneuvelde zoon van Marianne Serge
Gilbert: Franse oorlogsinvalide
Otto: echtgenoot van Minna
Magda Färber: hospita in Landau
Emma: textielarbeidster in Lambrecht

Historische personages die geen actieve rol vertolken in de roman

Koning Wilhelm van Pruisen:* de latere Duitse keizer
Otto von Bismarck:* zijn bondskanselier, later rijkskanselier
Kroonprins Frederik Wilhelm van Pruisen:* Duitse opperbevelhebber tijdens de Slag bij Wissembourg en Froeschweiler-Woerth
Napoleon III:* Franse keizer
Generaal Patrice de Mac Mahon:* maarschalk van Frankrijk, opperbevelhebber van de Franse troepen bij de Slag bij Sedan waar hij zijn tegenhanger aan vijandelijke zijde, generaal Helmuth von Moltke (de oudere) treft.

Proloog

Heidelberg

Februari 1851

Het huilen van de baby doet haar opschrikken uit een diepe slaap waarin ze na de zware bevalling doodop was weggezakt. Steunend op haar ellebogen komt ze moeizaam een beetje overeind en kijkt om zich heen. Buiten is het inmiddels pikdonker en rechts van haar valt niet het minste licht door het matglas van het kleine raam.

Ze buigt zich voorover om het gordijn, op ooghoogte rechts van haar bed, weg te trekken, maar dan voelt ze een felle pijnscheut in haar onderlichaam. Ze slaakt een zachte kreet en laat zich weer in de kussens zakken.

Een paar tellen later wordt het gordijn opzijgeschoven en verschijnt het gezicht van tante Erna. Geen spoor van een glimlach, alleen een blik van onverholen misprijzen.

'Wat is er, Klara?' De stem van haar tante klinkt bars. 'Je moet rusten zodat we deze schandelijke plek zo snel mogelijk kunnen verlaten.'

'*Bitte...*' De jonge vrouw likt met haar tong over haar droge, gesprongen lippen. 'Toe, ik wil de baby graag één keertje zien. Is het een jongen of een meisje?'

Haar tante schudt het hoofd. 'Het is een bastaard,' zegt ze kortaf. 'Dat weet jij net zo goed als ik en meer hoef je niet te weten!'

'Alstublieft! In godsnaam, ik smeek het u! Ik wil het gewoon een keer vasthouden. Ik heb het negen maanden gedragen. Het is mijn kind!'

'Nee, zei ik! Hier in deze instelling is dat niet gebruikelijk. Het kost ons al genoeg om te zorgen dat deze schandvlek onopgemerkt blijft, Klara!' De minachting druipt van elk woord. Klara is niet de echte naam van de kraamvrouw. Zoals elke dochter van goeden huize die gebruikmaakt van de diensten van de kliniek heeft ze bij haar opname een schuilnaam gekregen.

'Alstublieft!' roept Klara luider. 'Bitte! Ik gil de hele boel bij elkaar als ik het kind niet mag zien!'

De uitdrukking op het gezicht van haar tante verandert van misprijzen in regelrechte verachting en kille woede. 'Je had beter gegild voordat deze bastaard werd verwekt, in plaats van je in zondige lust te wentelen! Leg je neer bij je lot. Ik laat een slaapmiddel brengen. We vertrekken zo snel mogelijk!'

Dan zet ze een stap achterwaarts en trekt het gordijn rond het bed driftig dicht.

Tranen van verontwaardiging en vernedering rollen over de wangen van de jonge vrouw. Ze probeert zich nog eenmaal op te richten, maar opnieuw doet de pijn haar terugvallen op de met zweet doordrenkte lakens. Na de urenlange beproeving van de bevalling was haar bed niet verschoond; alleen de bebloede leren ondersteek was weggehaald.

Wanhopig luistert ze naar de geluiden om haar heen. In het zijvertrek hoort ze de baby zachtjes huilen en ze herkent nu ook de stemmen van de vroedvrouw en de zuster die haar bij de bevalling hebben bijgestaan. Ze vangt ook het klotsen van water op en vermoedt dat ze het kind baden. Niemand reageert op haar zachte gekerm terwijl de deur tussen beide kamers toch openstaat. Klara voelt zich volledig machteloos. Voor de zoveelste keer snikt ze omdat haar eenpersoonskamer zo ver van alles en iedereen verwijderd is.

Omdat niemand haar ware identiteit mag kennen heeft ze in dit 'huis voor gevallen meisjes', zoals haar tante het noemt, een kamer voor zichzelf. Lotgenoten uit armere milieus liggen in een grote slaapzaal. Zuster Agnes heeft haar hun situatie uitgelegd. Die aardige vrouw is de enige die in de twee maanden van haar verblijf hier een vriendelijk woord tot haar heeft gericht. Hoe vaak heeft Klara in deze eindeloze weken niet gesmacht naar het gezelschap van vrouwen en meisjes die dezelfde tegenspoed ervaren. Hoe graag had ze haar zachte bed in de kleine kamer willen ruilen voor een hard strobed op de grote zaal waar ze elke zondagmorgen onherkenbaar gesluierd doorheen moet wandelen op weg naar de mis. Ook in de tochtige kapel moet ze eenzaam op de ongemakkelijke koorbanken luisteren naar de woorden van de priester die zijn uitsluitend uit vrouwen bestaande parochie in elke preek hun zondige levenswandel voorhoudt.

Zuster Agnes heeft haar wel verteld dat de roddels en praatjes die Klara zo graag wil horen ook in de grote zaal streng verboden zijn en dat de vrouwen en meisjes daar zolang ze kunnen hard moeten werken overdag. Twaalf uur lang weven of spinnen ze. Vrouwen die vaardiger zijn met de handen klossen kant of beschilderen houten speelgoed. Klara beseft niet dat deze ongelukkige vrouwen weinig begrip zullen kunnen opbrengen voor een jongedame die zich verveelt omdat ze buiten de Bijbel niets te lezen krijgt. Dat ze jaloers zullen zijn op de voedzame maaltijden die ze driemaal daags krijgt voorgeschoteld: witbrood met jam als ontbijt; kip en verse groenten voor de lunch; kaas en worst voor het avondmaal. En van dat alles zoveel als ze maar wil. De arme bewoners van de kliniek moeten het stellen met smakeloze havermoutpap in de ochtend, dunne groentesoep tussen de middag en oud brood met kwark of reuzel 's avonds.

'Het zijn tenslotte geen betalende gasten. Ze leven van de bijstand.' In die termen spreekt tante Erna over die vrouwen als Klara het gesprek op haar lotgenoten wil brengen. De minachting voor deze 'vrouwen die zichzelf te schande hebben gemaakt' steekt deze in haar eigen ogen deugdzame oude vrijster niet onder stoelen of banken.

De baby huilt nu wat harder. 'Stil maar, alles is goed,' klinkt de bedaarde stem van de vroedvrouw sussend.

Meteen daarop snauwt tante Erna met krassende stem: 'Zijn we hier eindelijk klaar? Ik verlang naar een fatsoenlijke maaltijd en de rust van mijn kamer.'

'Bijna, mevrouw. U moet alleen nog even met mij mee naar moeder-overste om de overdracht van het kind aan onze kliniek te bevestigen.'

Nee, ze mogen het nog niet wegbrengen! Met haar laatste krachten trekt Klara aan het gordijn, maar niemand lijkt dat te merken of er acht op te slaan. Ze hoort hoe de deur van haar kamer opengaat en weer dicht en dat meerdere mensen zich op de gang verwijderen. Ze is alleen. Radeloos begint ze te snikken.

De ellende van de afgelopen gruwelijke maanden rolt als een lawine over haar heen. 'Zondige wellust' waarin ze zich zou hebben gewenteld, zo had tante Erna het geformuleerd. Maar ze had alleen afschuw, walging en schaamte gevoeld toen de man die ze onvoorwaardelijk had vertrouwd haar plotseling had overweldigd. Haar geschreeuw had hij met een kussen gesmoord terwijl hij haar rokken omhoog had gerukt, haar ondergoed had gescheurd en ruw in haar was binnengedrongen. Vervolgens had hij gedreigd de hulpeloos huilende vrouw met smaad en schande het huis uit te gooien als ze ooit iets zou onthullen over wat er die nacht was gebeurd. Klara wist dat hij dat meende.

Het liefst had ze gezwegen en alles verdrongen, maar toen diende zich elke ochtend die vreemde misselijkheid aan. Ze werd dikker rond haar middel, strak insnoeren lukte niet meer en al haar kleren moesten worden uitgelegd. Ook haar borsten werden voller.

Naïef als ze was kon ze deze veranderingen in haar meisjeslichaam eerst niet verklaren totdat haar zus, gealarmeerd door het kamermeisje dat Klara verzorgde, haar onomwonden vertelde dat ze zwanger was. En daarbij ook meteen de naam van de vader noemde. Volledig van streek had Klara het vermoeden van haar zus bevestigd.

Achter de burgerlijke façade van haar thuis was het meteen een koortsachtige bedrijvigheid van jewelste geweest. Zodra hun vertrouwde huisarts onder het zegel der geheimhouding de zwangerschap had bevestigd, kwam de familieraad bijeen. Klara mocht er niet bij zijn en kreeg alleen de uitkomst te horen.

'Vanwege je zwakke gestel zal tante Erna met je naar een kuuroord in Baden-Baden gaan. Niemand kent jullie daar. Zodra je toestand niet langer te verbergen is, brengt tante Erna je naar een kraamkliniek in Heidelberg. Daar zal het kind ter wereld komen zonder dat iemand ooit je echte naam zal noemen. Na de geboorte wordt het kind geplaatst in het weeshuis dat aan de kliniek verbonden is. Zelf ga je dan nog twee maanden terug naar Baden-Baden en daarna kom je volledig hersteld weer naar huis.' Een blik op de onverbiddelijke gezichten rond de glanzende notenhouten tafel zei Klara dat protesteren geen zin had. Haar lot en dat van haar ongeboren kind lagen onherroepelijk vast.

Gedurende de maanden in Baden-Baden mocht Klara geen contact hebben met andere mensen. 'Wil jij jezelf en de familie voorgoed in diskrediet brengen?' verweet haar strenge tante haar toen ze een paar woorden had gewisseld met een jonge officier. Hij had haar in de eetzaal van het elegante kuurhotel aangesproken toen tante Erna in het kantoortje van het hoofd van de huishouding haar beklag deed over een brutaal dienstmeisje dat haar die ochtend had tegengesproken. Vanaf dat moment verloor tante Erna haar nicht geen moment meer uit het oog.

De maanden in Baden-Baden zonder enige sociale afleiding waren saai en eenzaam geweest, maar de situatie in de 'gesloten kraamkliniek' in Heidelberg was al na een paar dagen onverdraaglijk. Overdag mocht ze haar kamer niet verlaten; pas na zonsondergang mocht ze in het donker en in het gezelschap van een verpleegster een korte wandeling in de tuin maken. Op zondagochtend ging ze naar de mis en zondagmiddag kwam tante Erna op bezoek. En bij beide gelegenheden kreeg ze voortdurend vermaningen en verwijten over haar 'misstap' over zich heen. Ondanks haar smeekbeden weigerde men haar alle boeken, mocht ze geen brieven schrijven en kreeg ze pas een borduurraam en verfdoos nadat ze twee dagen apathisch op bed had gelegen en alle maaltijden had teruggestuurd.

De medische controles waren het ergst. Het onderzoek door de huisarts die ze van kindsbeen kende had ze al vreselijk gênant gevonden, maar dat stelde niets voor vergeleken met wat haar in Heidelberg te wachten stond. Om de andere dag moest ze, slechts gekleed in een los hemd, met haar benen wijd gespreid verdragen dat haar meest intieme delen aan de blikken van twee studenten geneeskunde werden blootgesteld, terwijl de professor die de kraamkliniek voor studiedoeleinden gebruikte, haar van binnen en van buiten, en van boven en van onderen betastte.

Zuster Agnes vertelde Klara dat de arts in ruil voor de dagelijkse 'lessen' geen honorarium in rekening bracht. Wat ze er echter niet bij zei was dat er rond de bedden van de arme vrouwen hordes mannelijke studenten stonden die de stumpers onder toezicht van een assistent van de professor vaak meerdere keren na elkaar en met de nodige schunnige opmerkingen 'onderzochten'.

Zodoende wist Klara ook niet dat zij ondanks alle ellende als enige in de kliniek privileges genoot die alleen rijke, betaalkrachtige patiënten kregen. Toch moest ook zij boeten voor haar zonden. De nonnen die de kliniek leidden behandelden Klara harteloos en onder de stijve hoffelijkheid waarmee ze haar bejegenden lieten ze duidelijk hun verachting blijken.

'Laat u daardoor niet van uw stuk brengen, juffrouw. De zusters denken nu eenmaal dat het zo hoort; ze weten niet beter,' troostte Agnes, lekenzuster en vroedvrouw in dit klooster, haar toen ze op een dag Klara na een bezoek van moeder-overste radeloos snikkend op haar bed aantrof. 'U moet aan de baby denken. Zoveel verdriet kan schadelijk zijn.'

Het kind... In het begin had Klara het uit het diepst van haar hart gehaat. Maar toen ze de eerste zachte bewegingen voelde van het wezentje dat in haar groeide, veranderde die afkeer stilaan in liefde en tederheid. En dat veranderde niet, ook niet toen ze vernam dat haar een zware bevalling te wachten stond.

'Ze vrezen dat het kind, maar ook uzelf de verlossing niet zal overleven,' antwoordde Agnes eerlijk op haar prangende vragen nadat ze opnieuw de bedenkelijke blikken en het smoezen van de professor met zijn studenten had opgevangen. Maar in plaats van geschrokken te zijn, was Klara opgelucht. 'Dan hoef ik mijn baby tenminste niet af te staan en zullen we voor altijd samen zijn.'

'Praat toch alstublieft niet zo, juffrouw,' reageerde Agnes ontzet. 'U hebt nog een heel leven voor u! U bent nog veel te jong om te sterven. Och, had ik maar niets gezegd!'

Het kind wilde niet draaien om met het hoofdje vooruit het levenslicht te aanschouwen. En hoewel het tegen de gewoonte van de instelling was om de pijn van de bevalling met verdovende middelen te verzachten gaf de professor haar na urenlange vruchteloze arbeid wat morfine om het kind met een tang bij de stuit door het geboortekanaal te trekken. Achteraf hechtte hij de diepe perineumruptuur, een uiterst pijnlijke procedure die Klara, inmiddels weer bijgekomen, bij volle bewustzijn moest ondergaan. Het kind had uit volle borst gegild toen het eenmaal ter wereld was gekomen en ondanks het gefluister achter het gordijn hoorde Klara dat het blijkbaar gezond en sterk was.

Waarom mag ik het niet heel even zien? Opnieuw wordt ze door wanhoop overvallen en merkt ze pas dat iemand stilletjes haar kamer is binnengekomen als rechts van haar het gordijn voorzichtig openschuift. Opgelucht ziet Klara de rode wangen van zuster Agnes die tot haar grote teleurstelling niet bij de bevalling is geweest.

'Ik heb hier een slaapdrankje voor u, juffrouw. U hebt zich kranig geweerd en moet nu rusten.'

'Is het kindje gezond?'

'O ja, het is een sterke baby,' antwoordt Agnes met een nog bredere glimlach.

'Een jongen of een meisje?'

Het gezicht van Agnes betrekt. 'Dat mag ik niet vertellen, juffrouw. Daarop staan strenge straffen.'

Alles in Klara verzet zich hiertegen. 'Alstublieft, ik moet het weten. Ik smeek het u en ik zal u rijkelijk belonen!'

'Daar neem ik heus geen geld voor aan, juffrouw. Het druist in tegen de christenplicht om op zo'n manier van uw benarde situatie te profiteren,' antwoordt Agnes met een verontwaardigd gezicht.

Klara klampt zich aan die strohalm vast. 'Vertel het me dan zonder vergoeding, lieve Agnes. Ziet u niet hoe ik lijd?'

Gespannen kijkt ze naar de innerlijke strijd die zich afspeelt op het gezicht van de vroedvrouw. Uiteindelijk slaat Agnes een diepe zucht. 'Het is een meisje, juffrouw. Maar als het uitkomt dat ik het u heb verteld, sta ik binnen een uur op straat.'

Klara is zo opgelucht dat ze de laatste zin niet eens meer hoort. 'Een meisje! Ik wist het.' Spontaan grijpt ze de hand van zuster Agnes. 'Is het normaal dat een moeder het geslacht van haar kind voorvoelt?'

De vroedvrouw knikt en glimlacht weer. 'Veel moeders weten het inderdaad voor de geboorte.'

'Mag ik haar zien? Kunt u haar niet stiekem even brengen? Toe, voor één keertje maar!'

De zuster wijkt geschrokken achteruit en steekt afwerend haar handen omhoog. 'Dat kan ik werkelijk niet voor u doen, juffrouw. Het kind staat al onder de hoede van het weeshuis…'

De vreugde in Klara dooft. Ze voelt zich oneindig machteloos. Zuster Agnes houdt haar de beker voor die ze heeft meegebracht. 'Drink dit nu op! U moet echt rusten.'

Gedwee drinkt Klara het bittere brouwsel. Plotseling schiet haar iets te binnen. Opnieuw pakt ze de hand van Agnes.

'Haar naam! Hoe zal ze heten?'

Opnieuw schudt Agnes het hoofd. 'Ook dat mag ik u niet vertellen.'

Klara doet alsof ze het niet hoort. 'Eenzaam in deze kamer heb ik dagenlang nagedacht over namen voor het kind. Voor een jongen zou het "Maximilian" worden, voor een meisje "Irene".'

'Irene? Dat is geen gebruikelijke naam!'

Klara knikt. 'Maar wel een naam met een bijzondere betekenis: "vrede". De naam is afgeleid van het Oudgriekse Eirene, de vredesgodin.'

'Een heidense naam?'

Ondanks de uitputting en het verdriet moet Klara glimlachen. 'Ook in het christendom wordt de naam al lang gebruikt. Er zijn zelfs meerdere heiligen die Irene heten.'

Agnes aarzelt. Al meteen na de geboorte had moeder-overste haar opgedragen de tante van Klara te vragen of ze het kind een naam wilde geven, maar die had botweg geweigerd. Maar wie weet dat behalve zijzelf en die tante? Er was niemand anders bij het gesprek aanwezig geweest.

'Alstublieft, gun me dat toch.' Klara spreekt onduidelijk en zacht, het slaapmiddel begint te werken. 'Mijn kind zal ik nooit kennen... Het enige wat ik haar kan meegeven is die naam.' Ze huilt bittere tranen.

Agnes heeft diep medelijden met de ongelukkige vrouw. Waarom is de wereld zo hard, zelfs voor wie geluk lijkt te hebben? vraagt ze zich in gedachten af.

Dan laat zuster Agnes haar bezwaren varen. Het is riskant, maar het zou kunnen lukken. De tante heeft uitdrukkelijk te kennen gegeven dat ze het kind niet wil zien en niet meer naar de kliniek komt zolang Klara nog niet in staat is te reizen. Tegen die tijd is de kleine al lang gedoopt. Liefdevol buigt ze zich over het bed en streelt de wang van Klara. 'Ik zal kijken wat ik kan doen, juffrouw. Slaap nu maar.'

DEEL 1

Schijnvrede

1

Het weeshuis in Spiers

April 1866

Pas als ze alleen in het donkere strafkamertje zit geeft Irene toe aan haar gevoelens. Ze kruipt in het haar inmiddels vertrouwde hoekje, trekt haar knieën op, laat haar hoofd erop rusten en begint te huilen. Eerst zachtjes, maar dan heviger totdat ze zo onbedaarlijk snikt dat ze bijna stikt.

Waarom is het leven zo oneerlijk? Waarom is zij altijd het mikpunt van de spot van de andere meisjes? Als wezen delen ze toch allemaal hetzelfde ellendige lot! En waarom straft het strenge hoofd van de meisjesafdeling en zelfs de moeder-overste van het weeshuis meestal alleen háár als ze voor zichzelf opkomt? De meiden die met hun pesterijen en gemene spelletjes haar woede uitlokken, komen daar bijna altijd straffeloos mee weg.

Vandaag ook weer. In haar onhandigheid had Bärbel een soepkom laten vallen bij het afruimen van de tafels na het karige middagmaal. Omdat het meisje wist dat dat haar op straf zou komen te staan, had ze zich omgedraaid naar Irene die samen met haar corvee had en die met de rug naar haar toe bezig was.

'Pas toch op, domme trien!' riep Bärbel twee tellen nadat de kom op de stenen vloer kapot was gevallen door de hele eetzaal. Zo trok ze meteen de aandacht van de pupillen die zich onder het waakzame oog van de toezichthoudsters voor de uitgang verdrongen om weer in de keuken, de naaikamer, de wasruimte of de tuin aan het werk te gaan. Nieuwsgierig draaiden ze zich om en volgden met hun ogen zuster Gertrude, het hoofd van de meisjesafdeling, die naar de meisjes toe liep. Met een gebaar gaf deze de andere surveillantes te kennen bij de deur te blijven.

'Wat is er aan de hand, Bärbel?' vroeg Gertrude.

Bärbel wees Irene aan. '*Irre* heeft een kom gebroken.'

Die valse beschuldiging deed Irenes bloed koken, maar de spotnaam die de meisjes haar al vrijwel meteen na aankomst hadden gegeven krenkte haar nog het meest. Het was een verbastering van haar voornaam, een naam die maar weinig mensen kenden. Door de twee laatste letters weg te laten, bleef daarvan 'Ire' of 'Irre' over – 'halvegare' dus. Pijnlijker nog was het dat zuster Gertrude de pestkoppen ongestraft hun gang liet gaan. Irene had de zure vrouw van halverwege de veertig nooit gemogen.

'Liegbeest,' bijt ze Bärbel toe. 'Dat heb je zelf gedaan en nu wil je mij de schuld geven.'

'Waarom zou ik liegen?' antwoordt Bärbel zonder aarzelen met een blik naar Hanna. Bärbel hoorde bij de kliek van de dikke en potige Hanna, die met haar zeventien jaar de ongekroonde koningin van de slaapzaal van de weesmeisjes was, een status die ze met boerenverstand en geweld had afgedwongen. Wie deel uitmaakte van haar groepje vertrouwelingen kon zich met recht en reden bijzonder voelen in deze kleine gemeenschap van verschoppelingen. Bärbel, die begrepen had hoe ze zich met kleine attenties en vleierij bij Hanna in de gunst kon werken, was meteen een van haar favorieten geworden.

'Waarom ontken je het, loeder?' snauwde Hanna naar Irene. 'Te laf om het toe te geven?'

Weer greep zuster Gertrude niet in. Ze zette zelfs een pas naar achteren om de meisjes het zelf te laten uitvechten. Irene had het in de gaten en ontplofte. 'Ik? Te laf?' brieste ze. 'Weet je wie pas laf zijn? Die hielenlikkers die steeds maar poeslief met je lopen te flikflooien terwijl jij ze de hele dag koeioneert!'

Hanna's grove gezicht liep rood aan. 'Hou je snater, Irre! Of het zal je berouwen!'

Irene balde haar vuisten. 'Wat wil je dan doen, dikzak? Bolle Hanna? Ze roepen je beter "vette hen" na!' Genadeloos betaalde ze het oudere meisje met gelijke munt terug. 'Weet je wat? Ga nog maar wat kakelen bij moeder-overste! Daar ben je goed in met dat kippenbrein van je. Jij en je soortgenoten scharrelen dan ook de hele dag in de stront.'

Met een kreet van woede had Hanna zich op haar gestort. Voor zuster Gertrude en de andere surveillantes konden ingrijpen, vlogen de meisjes elkaar als furiën in de haren. Ze botsten tegen tafels en stoelen, krabden en beten elkaar en rolden vechtend over de vloer. In het handgemeen gingen nog drie kommen en een soepterrine aan diggelen.

De woede maakte Irene beresterk. Zuster Gertrude en een paar meisjes uit het kliekje schoten Hanna te hulp. Ze beukten met hun vuisten op de rug van Irene en trokken aan haar lange bruine vlechten, maar toch slaagde Irene erin Hanna op de grond te houden. Met beide knieën op haar armen gaf ze de gehate tegenstandster met het papperige gezicht de ene na de andere draai om de oren.

Sterke armen trokken haar uiteindelijk naar achteren, maar ze bleef schoppen en slaan en probeerde zich opnieuw op Hanna te storten totdat ze moest zwichten voor de numerieke overmacht van haar opponenten.

De blinde woede ebde weg en toen pas drong het tot Irene door. Niet alleen zuster Gertrude, maar ook de strenge moeder-overste had hoogstpersoonlijk ingegrepen. Blijkbaar had Irene haar met een van haar woeste uithalen geraakt want de directrice hield haar hand tegen een rood aangelopen wang.

Moeder Ignatia liet zich opzettelijk langzaam op een van de stoelen in de eetzaal zakken. 'Wat was hier aan de hand?' Haar bruine ogen met gele spikkeltjes bliksemden onheilspellend.

Zuster Gertrude en de kokkin, die ook op het lawaai was afgekomen, klemden Irene als in een bankschroef met de armen op haar rug tussen hen in en voerden haar naar moeder-overste.

'Bärbel heeft een kom gebroken en wilde mij de schuld geven.' De situatie was uitzichtloos, dat besefte Irene maar al te goed, maar ze weigerde zich gewonnen te geven.

'Helemaal niet waar!' riep Bärbel heel overtuigend met gespeelde verontwaardiging. 'Ze liegt. Irre liegt!' Een paar andere meisjes uit Hanna's kliek vielen haar bij.

Intussen was Hanna ook weer overeind gekrabbeld. Ze had een bloedneus en een oog begon al dik te worden. 'En toen viel ze me opeens aan. Zomaar, zonder reden. Ik had niets gedaan!' schreeuwde ze met schrille stem. 'Kijk, eerwaarde moeder, ik bloed zelfs!'

'Ook dat is niet waar. Hanna is begonnen!' Vertwijfeld keek Irene om zich heen. Zuster Gertrude zweeg en sloeg geen acht op haar. De andere meisjes keken naar de grond of grijnsden haar recht in het gezicht. Uiteindelijk pakte Irene een tenger jong meisje bij de arm. 'Katharina, vertel jij dan hoe het is gegaan!' smeekte ze. Gisteren nog had ze het dertienjarige kind geholpen met haar werk in de naaikamer. Het meisje boog echter het hoofd en ontweek de blik van Irene.

'Wel, Katharina? Hoe is het dan gegaan?' Met bijtende stem nam moeder Ignatia het gesprek over. 'Wat heb jij gezien? Kom dichterbij!'

Geschrokken maakte Katharina een kniebuiging. 'Niets, ik heb helemaal niets gezien, eerwaarde moeder. Ik stond al bij de deur toen het kabaal losbarstte.'

Natuurlijk had niemand het voor Irene willen opnemen. En dus ging het zoals altijd. Hanna kreeg weliswaar geen avondeten voor haar aandeel in de vechtpartij, maar moeder Ignatia had haar woede vooral op Irene gericht.

'Tien stokslagen op elke hand en een week in de strafkamer op water en brood.'

In de donkere cel probeert Irene haar nog schrijnende handen tegen de muur te koelen. Veel helpt het niet.

Waarom mocht ik niet in Heidelberg blijven? denkt ze verdrietig.

De Zusters van de Onbevlekte Ontvangenis van Maria beheren weeshuizen in de hele regio. Tot haar twaalfde had Irene in Heidelberg in het weeshuis gewoond dat bij de kraamkliniek voor ongehuwde moeders hoorde. Al vroeg was ze dus vertrouwd geraakt met de gedachte dat ze een bastaard was en dat haar moeder haar na de geboorte gewoon had achtergelaten. Die gedachte doet haast meer pijn dan de slagen met de roede die ze vandaag heeft gekregen en de blauwe plekken die ze in het gevecht met Hanna heeft opgelopen, en die nu goed zichtbaar beginnen te worden.

Hoe het ook zij, het hoofd van de meisjesafdeling in Heidelberg was een vriendelijke vrouw geweest die haar best had gedaan om haar pupillen te omringen met een beetje moederlijke zorg.

Toen zuster Agnes op een dag merkte dat een paar onaardige meisjes – ook in Heidelberg hadden ze haar Irre genoemd – Irene met haar ongewone naam pestten, koos ze niet alleen partij voor Irene maar strafte ze de pestkoppen ongewoon hard voor iemand met zo'n zachte inborst. Ook nam ze Irene mee naar haar kantoortje om haar daar te troosten.

'Je moet niet verdrietig zijn om je voornaam. Het is een mooie naam. Veel mooier dan Anna, Emma of Liesel, zoals veel meisjes hier heten.'

'Maar ik zou liever Anna of Liesel of Emma heten,' had Irene opstandig geantwoord. 'Waarom moest uitgerekend ik met de naam Irene worden gedoopt?'

Het vriendelijke gezicht van zuster Agnes was opeens op een vreemde manier vertrokken. Duidelijk in tweestrijd zuchtte ze diep. 'Omdat je moeder dat graag wilde,' zei ze uiteindelijk zacht.

Eerst dacht Irene dat ze het verkeerd had verstaan. 'Wilde mijn moeder dat? Hebt u mijn moeder dan gekend?'

Het antwoord van zuster Agnes liet nu nog langer op zich wachten. Maar toen knikte ze gelaten. 'Ik had je dit helemaal niet mogen zeggen, meisje. Maar nu je het weet zal ik ook de rest vertellen. Ja, ik heb je moeder gekend. Ze was een lieve en gevoelige vrouw.'

'Die mij hier anders wel plompverloren heeft achtergelaten!' Weer werd Irene boos, nog heftiger dan eerder vandaag vanwege haar naam.

Zuster Agnes zweeg.

'Waarom, waarom heeft ze dat gedaan? Waarom heeft ze me in de steek gelaten als ze zo lief en gevoelig was?!'

Ditmaal sprak er puur medelijden uit de ogen van Agnes. 'Omdat ze niet anders kon, vrees ik.'

'Dacht ze dat ze me niet te eten zou kunnen geven? Dat ik van de honger zou omkomen? Wat voor zielig excuus is dat?! Ze had toch ook als dienstmeid of wasvrouw kunnen gaan werken zoals de moeder van Louise, die haar dochter toch om de andere zondag komt bezoeken!'

Zuster Agnes schudde het hoofd. 'Je bent nog te jong om dat te begrijpen, kind.'

Ondanks aandringen van Irene had ze verder niets meer gezegd. Maar vanaf die dag had zuster Agnes haar de hand boven het hoofd gehouden en haar beschermd tegen de pesterijen van haar lotgenoten wanneer ze maar kon.

Toen Irene twaalf werd was het tijd om afscheid te nemen. Jonge weeskinderen moesten tot hun eenentwintigste naar het weeshuis in Spiers, tenzij ze voor die tijd ergens als keukenhulp of dienstmeisje konden beginnen.

'Ik wens je alle geluk van de wereld! Moge onze geliefde Maagd Maria voortdurend bij je zijn!' Agnes maakte een kruisteken op Irenes voorhoofd en pakte toen haar beide handen vast. 'Ik wil je ten afscheid nog iets geven.'

Uit de lade van haar bureau haalde zuster Agnes een verkreukeld blad papier en gaf dat aan Irene. 'Dit is van je moeder. Ik heb het bewaard als aandenken. Maar nu is het van jou.'

Verbijsterd staarde Irene naar het blad. Het was een vervaagd schilderij in zachte, fletse kleuren. 'Is dit van mijn moeder? Was zij kunstenares?'

'Dat niet echt,' antwoordde Agnes. 'Maar deze aquarel heeft zij gemaakt. Een aquarel maak je met waterverf.'

Irene keek naar een wonderlijke voorstelling: een landschap tijdens een onweer. Donkere wolken waar felle bliksemstralen uit flitsten verduisterden de hemel, bomen die bogen in de storm. 'Het is geen vrolijke afbeelding.'

'Ik heb je al verteld dat je moeder heel ongelukkig was toen ze bij ons was. Wil je het liever niet hebben?'

Irene aarzelde. 'Ik heb ooit gehoord dat rijke dames schilderen als tijdverdrijf. Alstublieft, wat weet u nog meer over mijn moeder?'

Agnes klapte dicht.

'Verder weet ik niets, mijn kind.'

Irene voelde dat ze loog, maar meer kreeg ze niet uit haar. Ten slotte pakte ze de aquarel en borg die op in de tas met de rest van haar schamele bezittingen.

Sinds haar aankomst in Spiers heeft ze de schildering al vaak tevoorschijn gehaald en willen verscheuren, zeker als ze weer eens met haar vreselijke naam was gepest. Maar iets houdt haar steeds tegen.

Zal die aquarel me ooit naar mijn moeder leiden? Zal ik ooit te weten komen wie ik ben? Heb ik überhaupt ergens familie, broers of zussen die niets van mij afweten? Voor de zoveelste keer piekert Irene weer over dat soort vragen.

Een geluid haalt haar uit haar overpeinzingen: voetstappen op de gang. Vreemd. Ze zit hier nog maar twee uur. Bovendien zou ze de rest van de dag geen eten meer krijgen. Ook de metalen toiletemmer zou ze niet voor morgenochtend mogen legen. Ze luistert ingespannen.

Er blijft iemand voor haar deur staan en even later draait de sleutel knarsend in het slot. Irene knippert met haar ogen tegen het licht van de petroleumlamp. Voor haar staat zuster Gertrude, hoofd van de meisjesafdeling, met een barse blik in haar ogen.

'Opstaan en meekomen, Irene. Je moet je wassen en je zondagse goed aantrekken. Iemand wil je zien.'

Het weeshuis in Spiers

April 1866 – een halfuur eerder

‘Maar mijnheer, dat kunt u niet menen! Dat meisje is absoluut niet geschikt om voor zo’n voornaam huishouden als het uwe te werken! Ik kan u tien andere pupillen aanbevelen die ik veel geschikter acht.’

‘Eerwaarde moeder, sta me toe daar zelf over te oordelen. Zuster Agnes uit Heidelberg heeft me Irene uitdrukkelijk aanbevolen!’

Wilhelm Gerban, een welgestelde wijnkoopman uit Wissembourg in de Elzas, probeert alleen met woorden en niet met zijn toon te verbergen dat hij geen tegenspraak gewend is. Maar moeder Ignatia laat zich niet gemakkelijk van de wijs brengen.

‘Ik weet niet waarom zuster Agnes zo hoog opgeeft van Irene. Misschien dat ze in Heidelberg volgzamer en aardiger was dan hier bij ons in Spiers. Die wijsneus gaat voortdurend tegen iedereen in en kan zich niet aan de andere leerlingen aanpassen. Op dit eigenste ogenblik is ze weer gestraft omdat ze een vechtpartij heeft uitgelokt.’

‘Hoe goed is ze hier in uw instelling opgeleid om huishoudelijke taken op zich te nemen?’ Gerban negeert de opmerkingen van moeder Ignatia. ‘U staat erom bekend goede dienstbodes af te leveren. Of ben ik misschien onjuist ingelicht?’ voegt hij er nog aan toe als de abdis haar lippen stijf op elkaar klemt.

Moeder Ignatia haalt hoorbaar adem. ‘Geenszins, mijnheer. Onze meisjes zijn in heel het land zeer gewild als dienstmeisjes.’

‘Irene kan dus koken, boenen, poetsen, wassen en naaien?’

De oude non knikt met tegenzin. ‘Zeker.’

‘Kan ze ook lezen, schrijven en rekenen? Zuster Agnes vertelde me dat ze in Heidelberg een van de beste leerlingen was.’

Er verschijnen lelijke rode vlekken op het gezicht van moeder Ignatia. ‘Irene haalt ook hier goede resultaten…’

‘Ik kan haar dus ook voor boodschappen naar de markt sturen.’ Gerban glimlacht tevreden.

‘Dat kunt u zeker als u haar voldoende vertrouwt tenminste.’ Moeder Ignatia kan haar ergernis nauwelijks verbergen.

Wilhelm Gerban fronst zijn borstelige asgrauwe wenkbrauwen en kijkt Ignatia vorsend aan. Hij is al ver in de vijftig en vormt met zijn rijzige gestalte en dure jas van fijn laken een imposante verschijning.

'Heeft dat meisje dan al eens iets gestolen of een andere oneerlijke daad gepleegd?' vraagt hij bars. 'Dat moet dan in haar dossier staan.' Gebiedend steekt hij zijn hand uit. 'Mag ik dat dossier zien?'

De vlekken op de wangen van Ignatia kleuren nu donkerrood, maar voor ze kan antwoorden mengt zuster Gertrude zich in het gesprek.

'Stelen doet ze niet, maar ze liegt voortdurend.'

Met een voor zijn leeftijd en lengte opmerkelijke flukse beweging draait Gerban zich om. 'Ik herinner me niet dat ik u om uw mening heb gevraagd, zuster...?' De vrouwen weten niet of hij haar naam daadwerkelijk is vergeten of maar doet alsof.

Gertrude wordt knalrood. Gerban gaat onverbiddelijk verder: 'U hebt dus bewijs dat Irene liegt. Wat voor bewijs?'

'De... de verklaringen van andere meisjes,' stottert Gertrude.

'En hoe weet u dat die meisjes de waarheid spreken? Dat ze Irene niet gewoon zwartmaken? Veel meisjes van die leeftijd maken zich daar meer dan eens schuldig aan!'

'Het is... het is haar... haar karakter,' stamelt Gertrude verder. 'Ze is verwaand en laat zich voorstaan op haar naaikunsten en goede schoolcijfers. Dat valt niet goed bij de andere leerlingen.'

'En die hebben daarmee nóg meer redenen om het arme ding in diskrediet te brengen,' stelt Gerban droogjes vast. Hij wendt zijn blik af en negeert het verontwaardigde gesnuif van Gertrude.

Intussen is moeder Ignatia weer gekalmeerd. Ze verandert van tactiek. 'Daar ik u, waarde heer Gerban, geen ander meisje mag voorstellen dat ik beter geschikt acht, wil ik graag weten waarom u uitgerekend Irene wenst. Hoe kent u haar überhaupt?'

Was moeder Ignatia vaardiger geweest in het observeren van mannen dan had ze het moment van onzekerheid opgemerkt dat kort op het markante gezicht van Gerban te lezen was, maar het ontgaat haar volledig.

Gerban schraapt zijn keel. 'Ik besef dat u recht hebt op een antwoord op die vraag,' begint hij omstandig. 'Het is een triest verhaal dat ik maar oppervlakkig ken.'

Hij kucht opnieuw. 'Mijn lieve vrouw, die al jaren kampt met een zwakke gezondheid, had een vriendin die aan tuberculose leed. Op haar sterfbed liet die vriendin mijn vrouw beloven te zoeken naar een weesmeisje dat in de instelling in Heidelberg zou wonen. Het meisje droeg de ongewone naam Irene.'

'Welke band had de vriendin van uw geliefde vrouw met dat kind?'

'Dat kon mijn vrouw helaas niet meer achterhalen. In dezelfde nacht dat ze haar vriendin beloofde het kind te zullen zoeken, kreeg die vrouw een bloeding. Ze zakte weg in een coma en overleed niet veel later. Haar geheim heeft ze met zich meegenomen in haar graf.'

'Wat jammer nu toch,' flapt zuster Gertrude eruit. Het levert haar een afkeurende blik van haar superieur op.

'Met alle respect, waarde heer Gerban, maar is het dan niet uitermate onbezonnen om dat meisje slechts op basis van zo'n vage aanbeveling in huis te halen? Per slot van rekening nemen dienstmeisjes een bijzondere vertrouwenspositie in.'

Tot verbazing van de vrouwen zucht Gerban. 'U mag gerust weten, eerwaarde moeder, dat ik dat bezwaar meerdere malen heb geopperd, maar mijn vrouw weet van geen wijken en komt steeds terug op het verzoek. Haar vriendin is inmiddels al meer dan een jaar geleden overleden. Het moge duidelijk zijn dat ik niet gemakkelijk te overtuigen was.'

'En wat heeft u uiteindelijk dan van mening doen veranderen?'

Gerban zucht opnieuw. 'Zoals ik al zei heeft mijn vrouw een zwakke gezondheid. Ze maakte zich voortdurend druk over de belofte die ze niet was nagekomen en ik was bang dat dat haar op den duur parten zou spelen. En dus ben ik akkoord gegaan het meisje op te sporen en vervolgens te overwegen haar op te nemen in onze huishouding mits ze eerlijk, vlijtig en schrander is. En laat zuster Agnes haar nu precies in die bewoordingen hebben opgehemeld.'

Moeder Ignatia tuit haar lippen, maar Gerban geeft haar de kans niet iets te zeggen. 'Ik heb mijn reis daarom verlengd en ben vandaag naar Spiers gekomen om mij een beeld te vormen van dit jonge ding.' Met een gebaar weert hij een nieuwe tegenwerping van Ignatia af. 'En ik verzeker u, eerwaarde moeder-overste, dat ik het meisje maar al te graag onder uw hoede achterlaat als ze me niet bevalt. Een ander dienstmeisje uit uw instelling heb ik in dat geval echter niet nodig. Staat Irene me wél aan,' besluit Gerban zijn betoog, 'dan betaal ik u het dubbele van wat u anders zou krijgen.'

Dat argument geeft de doorslag. Moeder Ignatia wendt zich tot zuster Gertrude. 'Gaat u het meisje dan in hemelsnaam maar halen. Zorg er wel voor dat ze er netjes uitziet.'

Als Irene even later het kantoor van de abdis betreedt waar ook bezoekers worden ontvangen, neemt Gerban haar aandachtig op met zijn staalgrijze ogen die nu, op latere leeftijd, beter passen bij zijn grijzende haar dan bij de vlasblonde lokken van zijn jonge jaren. Wat hij ziet, bevalt hem.

Het meisje is van gemiddelde lengte, slank en netjes gekleed in een eenvoudige grijslinnen jurk met daaroverheen een spierwit schort. Haar zware bruine vlechten liggen in een krans om haar hoofd en ze draagt een eenvoudig witlinnen kapje.

Het meest opvallende is wel haar gezicht. De donkerblauwe ogen vormen een fraai contrast met haar bruine haar. Een zeldzame combinatie, denkt Gerban. Met de volle wenkbrauwen, spitse neus en smalle lippen is het gezicht van Irene niet echt mooi te noemen, maar wel aantrekkelijk.

Hij wenkt Irene dichterbij. Ze heeft bij het binnekomen al een reverence gemaakt, maar spontaan herhaalt ze het gebaar.

'Heeft men je verteld waarom je hier bent, meisje?'

Irene schudt het hoofd. 'Nee, geachte heer.'

'Wel, ik wil je nog even in het ongewisse laten en je eerst een paar vragen stellen.' Hij weet het natuurlijk wel, maar vraagt toch hoe ze heet.

'Irene, mijnheer. Ik heet Irene.' Ze spreekt zo zacht dat hij haar nauwelijks verstaat.

'Praat eens wat harder, Irene. En je achternaam?'

Haar stem trilt een beetje. 'Men noemt mij Weber, mijnheer, al is dat niet mijn echte naam. Ik heb de naam gekregen in het tehuis in Heidelberg omdat de "W" als letter aan de beurt was. Hoe ik echt heet weet ik niet. Ik ken mijn vader noch mijn moeder.'

'Irene Weber,' mompelt Gerban. Opnieuw een ongebruikelijke combinatie, denkt hij. 'Irene hoor je niet vaak. Vind je het een mooie naam?'

Er verschijnt iets treurigs op het gezicht van het meisje. Ze tilt haar hoofd op en kijkt hem recht in de ogen. 'Meestal niet, mijnheer. Ik word er vaak mee gepest, maar af en toe ben ik ook blij met mijn naam. In Heidelberg hoorde ik dat mijn onbekende moeder de naam zelf heeft gekozen.'

Moeder Ignatia en zuster Gertrude happen naar adem. 'Wie heeft dat gezegd?' vraagt Ignatia. Ze wendt zich naar Gerban: 'Dat is in strijd met de huisregels.'

Wrevelig wimpelt de wijnhandelaar haar af. 'Me dunkt dat dat niet van belang is, eerwaarde moeder. Sta me toe verder te gaan met mijn vragen.' Hij wacht haar antwoord niet af.

'Ik hoor dat je vaak brutaal bent, ouderen tegenspreekt en onlangs zelfs bij een vechtpartij betrokken was.'

Irene bloost. Gefascineerd ziet Gerban hoe trots en verdriet om voorrang strijden op haar gezicht. Ze ademt diep in. 'Ik verdedig me, mijnheer, als men mij beschuldigt van iets wat ik niet heb gedaan. En ik zet het recht als er iets verkeerds wordt gezegd.'

'Geef me eens een voorbeeld van beide situaties.'

Irene beschrijft het incident met de gebroken kom die tot haar opsluiting in het strafkamertje heeft geleid. Gerban luistert geboeid.

Dat meisje drukt zich uit op een manier die haar stand niet doet vermoeden. Ze lijkt me bijzonder begaafd, denkt hij.

'En een voorbeeld van iets wat je hebt rechtgezet?'

Irene aarzelt en werpt zuster Gertrude een steelse blik toe waarop de non haar dreigend aankijkt. Gerban maakt een bemoedigend gebaar. Het meisje prikkelt zijn nieuwsgierigheid.

'Wel, in de les schreef zuster Gertrude een woord fout op het bord en...' Irene aarzelt. Opnieuw begint het hoofd van de meisjesafdeling te blozen.

'Om welk woord ging het?'

'Ze schreef de zeven ondeugden van jonge meisjes op. "Toorn" schreef ze met één "o" in plaats van met twee.'

Gerban grijnst breeduit. 'En je hebt haar in het bijzijn van je klasgenoten gecorrigeerd?'

'Natuurlijk, anders zouden de anderen het woord verkeerd onthouden.'

Gerban kijkt naar de twee nonnen. Gertrude staart gegeneerd naar de grond, moeder Ignatia kijkt Irene strak aan met boos samengetrokken wenkbrauwen.

De wijnkoopman maakt een lichte buiging. 'Ik merk dat u, eerwaarde zusters, het meisje juist hebben beschreven. Ze spreekt in elk geval de waarheid en dat komt misschien brutaal en betweterig over.'

De donkerblauwe ogen van Irene beginnen merkwaardig te glanzen. Ze zwijgt en kijkt weer naar de grond. Maar Gerban is nog niet klaar.

'Vertel eens, Irene, kun je ook rekenen?'

Het meisje knikt.

'Hoeveel is twaalf keer twaalf?'

'Honderdvierenveertig.' Ze hoeft er niet eens over na te denken.

'En dertien keer zesentwintig?'

'Driehonderdachtendertig.' Het duurt nu wat langer voor ze antwoordt, maar het klopt, net als de volgende sommen die Gerban haar geeft. De wijnhandelaar knikt tevreden.

'Heb je hier ook nog iets anders geleerd dan schrijven en rekenen?'

Er flikkert iets van hoop in de ogen van Irene. 'O ja, mijnheer. Ik kan een hele huishouding verzorgen. Ik kan koken, poetsen, wassen, verstellen, naaien en al het andere werk dat er omhanden is.'

Gerban lacht 'Weet je misschien waarom ik je al deze vragen stel?'

Irene knikt. 'Ik vermoed dat u een dienstmeisje zoekt voor uw huishouding.'

'Een extra dienstmeisje of keukenhulp om precies te zijn. Je zou een van de bedienden in ons huis in Altenstadt bij Wissembourg worden. Maar waarom zou ik je aannemen? Je hebt zelf toegegeven dat je vaak ruzie hebt met andere weesmeisjes. Pas je dan wel in mijn huishouden?'

Gerban heeft bijna medelijden als hij ziet hoe de glans in de ogen van Irene plaatsmaakt voor doffe berusting.

'Ik zal mijn uiterste best doen, mijnheer...' antwoordt ze met verstikte stem.

'En als ze je daar ook onheus bejegenen?' Haar antwoord zal bepalen of ik haar meeneem, beseft de wijnhandelaar opeens tot zijn eigen verbazing.

Irene zegt niets en worstelt duidelijk met de vraag.

'Geef antwoord, kind. Laat mijnheer niet wachten,' vaart Ignatia uiteindelijk nors tegen haar uit.

Irene zucht. 'Ook in uw huis zou ik me daartegen verdedigen, mijnheer.' Ze is nauwelijks te verstaan. 'Maar laat u me nu alstublieft weer gaan, want u neemt me toch niet mee.'

Ongewild is Gerban haast ontroerd. 'Wie zegt dat ik je niet meeneem?'

Moeder-overste onderbreekt het gesprek. 'Heer Gerban, laten we deze zaak voor bekeken houden. U ziet dat we volledig gelijk hebben wat het karakter van het meisje betreft. Ze is niet geschikt om in uw huishouden...'

Gerban laat de abdis niet uitspreken. Zonder de non een blik waardig te gunnen, richt hij zich weer tot Irene: 'Je komt bij de familie in

Altenstadt wonen. Dat ligt in de Franse Elzas.'

Irene knikt. 'Dat weet ik, mijnheer. Maar dat maakt mij niet uit.'

'Het eerste jaar krijg je nog geen loon, maar werk je in ruil voor kost, inwoning en kleding.'

Irene knikt opnieuw. 'Ook dat is geen bezwaar. Als ik hier maar snel weg kan.'

Weer snuiven de zusters verontwaardigd. Gerban kijkt hen spottend aan. 'Dit kind is een ruwe diamant, maar jullie hebben duidelijk niet begrepen hoe je die moet polijsten. Nu wil ik mijn geluk wel eens beproeven.'

Moeder Ignatia knikt stijfjes. 'Zoals u wenst, mijnheer. Ga je spullen maar pakken, Irene. Zuster Gertrude gaat met je mee.'

Als de deur achter hen dichtvalt, staat Ignatia op. Uit een bekraste dossierkast pakt ze een dossier en een in leer gebonden boek. Ze gaat weer achter haar bureau zitten en pakt een pen.

'Zo, laten we dan nu de formaliteiten afhandelen, heer Gerban. U weet dat zij nog niet meerderjarig is en dat u dus een bediendenboekje voor haar moet aanvragen. Hier hebt u een afschrift van haar geboorteakte en schoolrapporten.'

Een snelle blik op de documenten leert de wijnhandelaar dat Irene hoge cijfers kan voorleggen voor alle vakken, met uitzondering van gedrag. Veel meer dan een zesje haalt ze op dat vlak niet.

'Als u dan hier wilt tekenen en uw zegel wilt zetten, heer Gerban.' De wijnkoopman plaatst zijn handtekening en drukt zijn ring in de was die moeder Ignatia op het blad druppelt.

'Dan rest ons nog de afkoopsom. Normaal bedraagt die tien gulden...'

'Het is al goed,' reageert Gerban ongeduldig. 'Ik geef u dertig gulden.'

Even weet Ignatia niet wat ze moet zeggen, maar dan reikt ze hem de hand.

'Dat is dan geregeld, heer Gerban. Wat ook de reden moge zijn dat u Irene in huis neemt, u zult merken dat het meisje u alleen problemen en ongemak zal opleveren. Geloof me, ik ken onze pupillen door en door.'

Onzin. Gerban kan het woord nog net inslikken en buigt in plaats daarvan overdreven beleefd.

'Hartelijk dank voor uw welgemeende advies, eerwaarde moeder. Maar zoals ik eerder al zei: wij zullen haar slijpen en polijsten.'

Een licht gevoel van onbehagen in zijn maag drukt hij krachtig weg.

2

Altenstadt

April 1866, de volgende dag

Als het rijtuig dat hen bij het spoorwegstation van Wissembourg heeft opgehaald de imposante woning van de familie Gerban nadert, gluurt Irene gespannen naar buiten. Ze slaakt een kreet van verrassing, zo overweldigd is ze door de eerste aanblik.

Via een oprijlaan waarlangs machtige eiken, platanen en beuken in zachtgroene voorjaarstooi staan bereikt de koets een witgeschilderd herenhuis met donkerblauwe luiken. Twee statige zuilen aan de voet van het brede overdekte bordes die met hun kapitelen een halfrond balkon met een fijn gebeeldhouwde balustrade ondersteunen, flankeren de ingang. In de verzorgde bloembedden aan weerszijden van de onberispelijk aangeharkte oprijlaan bloeien tulpen, narcissen en keizerskronen.

Knerpend in het grind komt het rijtuig tot stilstand. Een man in een zwart pak met hagelwit overhemd opent het portier en buigt als Wilhelm Gerban uitstapt. 'Welkom thuis, mijnheer! Hebt u een aangename reis gehad?'

Gerban knikt minzaam. 'Zo aangenaam als men per spoor reizen kan, Niemann. Maar in elk geval een stuk prettiger dan met een postkoets met beroerde vering over de hobbelige Beierse wegen.'

Niemann buigt nogmaals. 'Het is een schande hoe onze prachtige Palts onder de Beierse heerschappij in verval raakt.'

'Komkom, Niemann.' Gerban klakt afkeurend met zijn tong. 'Zo erg is het nu ook weer niet. Pas maar op, straks verdenken ze je nog van ontrouw aan de koning.'

Irene ziet het gezicht van degene die volgens haar de eerste huisknecht moet zijn rood aanlopen.

'Ik kan mijnheer verzekeren dat ik ervan overtuigd ben dat onze hooggeachte koning Lodewijk II geen weet heeft van de nalatigheid en het geklungel van zijn bestuursambtenaren.'

Gerban kapt het heikele onderwerp af. 'Hoe het ook zij, Niemann, ik heb een nieuw dienstmeisje ter vervanging van Herta meegebracht. Ze heet Irene.' Niemann trekt verbaasd zijn wenkbrauwen op. Gerban negeert die blik opzettelijk. 'Help haar uitstappen! Mevrouw Burger moet haar instrueren over haar toekomstige taken en over de regels en gewoonten van het huis, haar een kamer toewijzen en passend kleden. Morgen na het ontbijt zal ze worden voorgesteld aan mijn echtgenote.' Daarop loopt hij zonder nog om te kijken naar het bordes waarop zich aan weerszijden bedienden hebben opgesteld.

Omdat Niemann geen aanstalten maakt een hand uit te steken naar Irene die nog in het portier staat, tilt ze haar rokken op en stapt ze zonder zijn hulp uit. De eerste huisknecht bekijkt haar met een blik die bij Irene vriendelijk noch onvriendelijk overkomt. In elk geval geeft hij haar een knikje in antwoord op haar lichte buiging.

Als ze hem over het voorplein naar de groep bedienden op het bordes volgt, wordt ze weer heen en weer getrokken tussen vreugde en teleurstelling; emoties die haar kort na haar vertrek uit het weeshuis ook al hadden overvallen. Zuster Gertrude was nog niet bekomen van de vernederende ontmoeting met de wijnhandelaar en daardoor was Irene meer te weten gekomen over haar vertrek naar huize Gerban dan het hoofd van de meisjesafdeling achteraf zou hebben gewild. Terwijl Irene haar spullen pakte had ze uit de valse opmerkingen van Gertrude afgeleid dat de rijke wijnkoopman uit Wissembourg haar en niemand anders als dienstmeisje voor zijn huishouding had gewild... zogenáámd omdat zijn echtgenote het zo wilde. De hoop om van mijnheer Gerban meer te horen over de achterliggende redenen was echter snel vervlogen. Tijdens de rit naar het chique pension waar ze zouden overnachten om dan de volgende ochtend naar Wissembourg te reizen, was hij weinig spraakzaam. Op de hartelijke en welgemeende dank voor haar aanstelling reageerde hij slechts met een kort knikje vergezeld van een onverstaanbaar gebrom. Haar beleefde vragen over haar nieuwe thuis en de bewoners beantwoordde hij afgemeten.

'Je zult een hele staf van bedienden aantreffen die je alles zullen vertellen wat je moet weten.'

'Mag ik vragen, mijnheer, wat mijn taak precies zal zijn?'

Gerban haalde de schouders op. 'Dat beslist mijn vrouw of mevrouw Burger, de huisdame. Ik neem aan dat je als dienstmeisje of keukenhulp aan de slag gaat.' Daarop had de wijnhandelaar zich ostentatief in zijn krant verdiept. Irene durfde niet meer te vragen waarom mevrouw Gerban op haar aanstelling had gestaan.

Daarna kreeg ze geen kans meer om met hem te praten. In de herberg sliep Irene in een sober gemeubileerde zolderkamer; de avondmaaltijd nuttigde ze in een aparte ruimte die blijkbaar bestemd was voor minder welgestelde gasten. Toch genoot ze met volle teugen van de ongewone luxe. Nooit eerder had ze een slaapkamer voor zich alleen gehad en de eenvoudige maar overvloedige burgerkost smaakte fantastisch na de karige maaltijden in het weeshuis. Daar kwam bij dat ze nog nooit met de trein had gereisd. Wat verheugde ze zich op de lange treinreis de volgende dag! Hopelijk zou ze haar zwijgzame werkgever nog een paar details over haar nieuwe situatie kunnen ontlokken.

Opnieuw werd ze teleurgesteld. De wijnhandelaar reisde eerste klas, terwijl Irene op de harde houten banken van een derdeklaswagon door elkaar geschud werd. Pas kort voor Wissembourg liet Gerban haar door een conducteur ophalen.

De in onberispelijk livrei gehulde koetsier die Gerban en haar opwachtte bij het station liet er geen twijfels over bestaan dat ze in een zeer rijk huis zou terechtkomen.

Nu loopt ze vol ontzag naar het vorstelijke landhuis toe dat haar nieuwe thuis zal worden. Ze probeert zichzelf moed in te praten. Alles is beter dan het weeshuis, houdt ze zichzelf voor. Ik was nog liever meid op een armetierige boerderij geworden dan daar nog één dag te moeten blijven... En dan nu zo'n voornaam huis. Hoewel ik niet weet waar ik dit allemaal aan te danken heb, zal ik er alles aan doen om mijn dankbaarheid te tonen. Met ijver en hard werken zal het me lukken. Wie weet hoever ik het kan schoppen... Misschien word ik ooit eerste dienstmeisje of zelfs huisdame!

Ze ademt diep in. Morgen kom ik vast meer te weten als ik aan de vrouw des huizes word voorgesteld.

Met hernieuwde hoop volgt ze Niemann die blijft staan voor een nors ogende vrouw in een hooggesloten zwarte jurk die Irene meteen aan moeder Ignatia doet denken. Weer zakt de moed Irene in de schoenen.

'Dit is mevrouw Burger, de huisdame. Zij is verantwoordelijk voor alles wat jou aangaat en zal je inwerken.'

Irene maakt een diepe reverence.

Niemann wendt zich tot de al wat oudere vrouw. 'Dit is Irene, het nieuwe dienstmeisje dat mijnheer Gerban heeft meegebracht.'

Mevrouw Burger kijkt Irene strak aan en zucht hoorbaar. 'Alleen mijnheer weet waarom hij zelf een nieuw dienstmeisje heeft uitgezocht. Hopelijk is ze niet te onhandig.'

'Ik zal mijn uiterste best doen, mevrouw Burger,' antwoordt Irene.

'Dat neem ik wel aan. Zo'n kans krijg je geen tweede keer,' voegt Niemann eraan toe.

Mevrouw Burger kijkt Irene koeltjes aan. 'Het lijkt me een brutaaltje. Ik hoop maar dat ze niet alleen hard kan werken, maar zich ook weet te gedragen.' Dan gebaart ze dat Irene haar moet volgen naar de dienstingang aan de achterkant van het huis.

Huize Gerban bij Altenstadt

April 1865, iets later in de kleine salon

'Liefste, hoe gaat het met je vandaag?' Wilhelm Gerban neemt een slok van de thee die Niemann juist heeft geserveerd.

'Met mij persoonlijk gaat het goed. Lief dat je het vraagt.' Haar aarzelende stem verraadt echter meteen dat er iets niet in helemaal in de haak is.

Hij zet zijn kopje neer, pakt een puntje taart, steekt dat in zijn mond en zwijgt in afwachting van wat ze hem gaat vertellen.

Pauline Gerban wrijft nerveus in haar handen. Aan haar wijd opengesperde pupillen te zien heeft ze ook vandaag laudanum genomen, haar beproefde middel tegen alle kwalen van het leven, al lijkt het kalmeermiddel vandaag niet het beoogde effect te sorteren.

Pauline schraapt meermaals haar keel, maar komt niet ter zake. Stilaan wordt Gerban onrustig. Wat is er nu weer gebeurd? vraagt hij zich in gedachten af.

Fronsend kijkt hij naar zijn vrouw. Ze kan hem al jaren niet meer lichamelijk bekoren, maar ze is nog altijd de tere schoonheid uit Straatsburg op wie hij meer dan vijfentwintig jaar geleden daadwerkelijk verliefd was geworden. Hij had Pauline ontmoet bij haar vader, een schatrijke Franse wijnkoopman die een royale bruidsschat had voorzien voor zijn enige dochter, die daarnaast ook nog eens zijn hele vermogen zou erven. Wilhelm onderhield zakelijke contacten met haar vader en toen hij vernam dat men begon uit te kijken naar een huwelijkspartner was dat voor hem reden genoeg om naar Straatsburg af te reizen om haar hand te vragen. Bij de eerste ontmoeting stelde hij echter tot zijn oprechte verbazing vast dat de negentienjarige niet alleen rijk, maar ook elegant en ontwikkeld leek te zijn. Uiteindelijk hadden haar vele bewonderaars het tegen hem moeten afleggen, maar het huwelijk was niet gelukkig verlopen.

Meer dan tien jaar had hij op de geboorte van zijn zoon en erfgenaam moeten wachten. Nog steeds vervult hem dat met boosheid.

Wat had hij nu aan zijn enorme fortuin – hoofdzakelijk verdiend dankzij het geld van Pauline – als het na zijn dood naar de zoon van zijn jongere broer zou gaan? En dat ze geen kinderen hadden lag niet aan hem. Dat wist hij maar al te goed vanwege de vele affaires die hij voor en ook tijdens hun huwelijk had gehad.

Dat Pauline aan zijn zijde wegkwijnde als een bloem zonder water was toen nooit bij hem opgekomen. In de jaren daarna ook niet. Uiteindelijk was hij al zijn verplichtingen meer dan nagekomen. Met kapitaal van Pauline waren de zieltogende wijngaarden in Schweighofen, die sinds de dood van zijn vader door zijn broer Gregor werden geleid, geweldig opgebloeid. Het ene uitstekende wijnjaar volgde op het andere. Zelf kon hij dankzij zijn huwelijk met een Franse vrouw zijn wijnhandel naar het naburige Wissembourg in de Franse Elzas verplaatsen. Zo ontliep hij de hoge belastingen en uitvoerrechten die de Beierse regering – waaronder de Palts sinds het Congres van Wenen in 1816 ressorteerde – de plaatselijke wijnhandelaren oplegde. Op die manier was hij zijn concurrenten een stapje voor en kon hij zijn wijn tegen schappelijke prijzen aanbieden.

Tegenwoordig drinkt de high society in Londen, Brussel, Praag, Stockholm en zelfs in New York de fijne riesling, grauburgunder en gewürztraminer van het huis Gerban. En heeft hij Pauline niet het zorgeloze luxeleven geboden zoals hij het haar vader bij zijn aanzoek had beloofd? Heeft ze niet alles gekregen wat een vrouw zich kan wensen? Kleding en juwelen in overvloed, een prachtig huis dat zelfs haar ouderlijk huis in Straatsburg naar de kroon steekt, een eigen koets en zoveel bedienden dat ze niet eens al hun namen kan onthouden.

Maar zolang hij zich kan herinneren is Pauline depressief en ziekelijk geweest, zonder dat daar in zijn ogen ook maar enige reden voor was. Ze is nu vijfenveertig en heeft nog steeds haar slanke figuur, misschien is ze zelfs wat te mager. Haar gezicht met de hoge jukbeenderen en volle lippen is nog steeds mooi, alleen staan haar ooit zo expressieve ogen dof door overmatig laudanumgebruik. Pauline neemt het middel al jaren tegen migraine en neerslachtigheid. Het biedt echter maar tijdelijk soelaas – áls het dat al doet.

Gerban moet opeens denken aan een onaangenaam gesprek met Frey, de huisarts van de familie. De jonge arts heeft de praktijk van de oude Wilbert overgenomen die op zijn zeventigste van een welverdiend pensioen wilde gaan profiteren. 'Ik raad het af de dosis laudanum nog verder te verhogen,' had het groentje hem onlangs voorgehouden. 'Eigenlijk zou u die stapsgewijs moeten afbouwen. Zoveel laudanum over een te lange periode kan de gezondheid schaden.'

Onzin, denkt Gerban. Voor één keer waren Pauline en hij het onmiddellijk met elkaar eens. Pauline zwoer dat er voor haar geen ander probaat middel bestond en dus vertelde Wilhelm de jonge spring-in-'t-veld onomwonden dat hij zijn lucratieve relatie met de bewoners van huize Gerban op het spel zette als hij dat soort absurde adviezen zou blijven geven. De jonge arts die zich diep in de schulden had gestoken om de bloeiende praktijk van de oude Wilbert over te nemen, bond vanzelfsprekend in. Het afbouwen van de dosis kwam niet meer ter sprake.

Wat zou er nu weer met Pauline aan de hand zijn? vraagt Wilhelm zich af. Langzaam verliest hij zijn geduld. Na nog een laatste slok thee zet hij zijn kop duidelijk hoorbaar neer en kijkt hij Pauline gebiedend aan. Ze zucht diep maar zegt nog altijd niets.

Hij is het zat. 'Zeg toch iets! Wat is er gebeurd?'

Als een angstig konijn kijkt ze hem aan. 'Het heeft met Franz te maken,' zegt ze zacht.

'Met Franz? Is mijn jongen iets overkomen?'

'Hij komt morgen naar huis.'

Gerbans schrik slaat om in woede. 'Hoezo naar huis?!' buldert hij. 'Het schooljaar eindigt pas in juli!'

Opeens rijst er een bang vermoeden. 'Je gaat me toch niet vertellen dat hij weer van school is getrapt…?'

Dat Pauline niet antwoordt zegt voldoende.

Briesend springt Gerban op en botst daarbij tegen de ranke theetafel. De theepot van fijn Chinees porselein spat in duizend stukken uit elkaar en het kostbare Perzische tapijt is op slag drijfnat.

'Wegwezen,' snauwt Gerban tegen de huisknecht die gealarmeerd door het lawaai de deur opent om te zien wat er is gebeurd.

'Vertel op. Wat heeft dat joch nu weer uitgehaald? Ik sla hem bont en blauw als ik hem te pakken krijg!'

'Toe, Wilhelm!' smeekt Pauline. 'Alsjeblieft, doe hem geen pijn. Voor zover ik het heb begrepen heeft hij de idealen van de Franse Revolutie verdedigd tegenover zijn geschiedenisleraar.'

Gerban zet grote ogen op. 'De idealen van de Franse Revolutie? In een Beiers internaat in het oerkatholieke Augsburg?' Zelfverzekerd vervolgt hij: 'Maar dat is op zich geen reden om hem eruit te zetten. Wat verzwijg je voor me?'

Pauline slaat de ogen neer en wijst met trillende hand naar een opgevouwen brief op het rozenhouten bijzettafeltje. 'Lees zelf maar. Daar ligt de brief van de rector.'

Wat er staat doet het bloed in zijn aderen stollen. 'Hij heeft de Beierse koning een tiran genoemd? Is hij helemaal gek geworden? Hij had ook meteen kunnen opperen om onze vorst een kopje kleiner te maken zoals zijn Bourbonse naamgenoot!'

Pauline trekt lijkbleek weg bij die woorden. 'Wat? Heeft hij dat gedaan? Zeg me dat het niet waar is!'

Gerban buigt zich weer over de brief. De scène die de rector beschrijft en die zich in zijn kantoor met de geschiedenisleraar als getuige heeft afgespeeld, laat er geen twijfels over bestaan. *Ik zie geen andere keuze dan uw zoon met onmiddellijke ingang naar huis te sturen,* schrijft de rector. *Mijn achting voor u is het enige wat mij ervan weerhoudt aangifte te doen van de uitspraken van uw zoon. Hierop staan zware straffen, maar ik kan het niet met mijn geweten overeenbrengen het leven van zo'n getalenteerde, helaas verblinde jongen van zeer goeden huize te ruïneren.*

'Wat een geneuzel!' gromt Gerban. Dan vliegt zijn blik naar het einde van de brief en daar staat precies wat hij verwacht. *U zult er vast begrip voor kunnen opbrengen dat ik het reeds voldane schoolgeld niet kan terugbetalen.*

Gerban tandenknarst van woede. 'Ik moest al tot het einde van het schooljaar vooruitbetalen om hem überhaupt op die school te krijgen. Tenslotte was hij al van twee andere internaten geschopt. Nu maakt hij zijn schooljaar weer niet af. Maar ditmaal gaat de hondenzweep erover!'

'Wilhelm!' Pauline grijpt zijn hand. Dat heeft ze al jaren niet meer gedaan. 'Wilhelm, ik smeek je. Sla hem niet! Je weet dat Franz je dat nooit zal vergeven. Luister eerst naar zijn kant van het verhaal. Straf hem zo hard je nodig acht, maar sla hem niet. Hij is je enige zoon!'

Dat is maar al te waar: mijn enige zoon, denkt hij. Had dat jong maar meer van zijn jongere zus Mathilde. Aan dat meisje beleef ik alleen maar vreugde.

Diep van binnen weet Gerban dat Pauline gelijk heeft. Hij weet heel goed dat Franz dat opvliegende temperament van zijn vader heeft. En dat geldt ook voor dat eergevoel en de trots van zijn zoon. Dat is ook de reden dat hij zich voortdurend in de nesten werkt. Vermoedelijk heeft de sufferd van een geschiedenisleraar hem ten overstaan van zijn medeleerlingen terechtgewezen. Vervolgens heeft het ene woord tot het andere geleid en is het uiteindelijk op dit schandaal uitgelopen.

Met veel moeite herwint hij zijn kalmte. 'Goed, Pauline. Ik neem je advies ter harte maar onder twee voorwaarden. Ik zal Franz niet slaan, maar hij komt er niet mee weg. Ik zal nadenken over een gepaste straf.'

Pauline knikt opgelucht. 'Als je zijn trots niet krenkt zal hij die zeker aanvaarden. Ik heb vandaag ook van hem een brief gekregen. Hij heeft er enorm veel spijt van!'

'Zozo, enorm veel spijt. Hij had beter kunnen nadenken voordat...'

'En de tweede voorwaarde?' valt Pauline hem in de rede.

'Die houdt verband met de nieuwe bediende, die Irene.'

Pauline kijkt op. 'Wat heeft zij hiermee te maken?'

Verbaasd luistert ze naar haar man als die zijn wens uit de doeken doet. 'Ik begrijp werkelijk niet wat je daarmee wilt bereiken, maar natuurlijk zal ik doen wat je van me vraagt. Daar mag je op rekenen.'

Huize Gerban bij Altenstadt

April 1866, de volgende ochtend

Zenuwachtig wacht Irene voor de deur van de kleine salon tot ze wordt binnengeroepen. Mevrouw Burger heeft haar net laten weten dat de vrouw des huizes haar wil spreken.

Anders dan gehoopt is de start van haar werk als keukenhulp en dienstmeisje niet voorspoedig verlopen. Terwijl ze een eenvoudig lichtblauw gestreepte jurk met een grijs schort en kapje paste dat haar deed denken aan het uniform van het weeshuis, gaf mevrouw Burger opnieuw duidelijk te kennen wat ze vond van de beslissing van mijnheer om Irene zonder haar te raadplegen in dienst te nemen.

Toen mevrouw Burger de gegevens vroeg voor het bediendenboekje dat op een Duits politiebureau moet worden afgestempeld, vernam ze min of meer ontsteld dat Irene geen inlichtingen over haar vader of moeder kon verstrekken.

'Je komt dus uit een weeshuis?'

Irene had zwijgend geknikt.

'Nu snap ik mijnheer helemaal niet meer! Maar ja, het is niet aan ons om de hoge heren met al hun nukken te begrijpen.'

Bij het avondeten waarvoor Irene vlijtig groenten had gewassen en aardappelen geschild, wist iedereen al waar ze vandaan kwam.

'En hoe is het in zo'n weeshuis?' vroeg Gerda, een knap dienstmeisje in een zwarte jurk met daarvoor een met kant afgezet wit schort.

Irene had op haar woorden gelet. Ik moet niet meteen de eerste avond ongunstig opvallen. 'Niet zo leuk. We moesten er hard werken,' antwoordde ze zacht.

'Terecht,' merkte de dikke kokkin op. 'Je mag toch verwachten dat iemand die op kosten van de maatschappij leeft, op zijn minst een bijdrage levert.'

Irene had daar geen weerwoord op en zweeg.

'Wel, werk is hier ook genoeg. Dat zul je wel merken.'

'Nietsnutten kunnen we in dit huis niet gebruiken.'

'Het is hier ploeteren van vroeg tot laat.'

Op die toon ging het nog een tijdje verder. Irene kreeg het almaar moeilijker om nog iets van de heerlijke stukken rundvlees in de dikke en kruidige soep door haar keel te krijgen.

'Laat dat kind toch met rust.' Tot grote opluchting van Irene werden ze onderbroken door een ander dienstmeisje. Ze behoorde tot de oudere bedienden en moest de dertig al zijn gepasseerd. 'Ze zal flink en vlijtig werken.' Gerda keek haar collega uit de hoogte aan. 'Mooi gezegd, Minna. En dan heb je er zeker ook geen probleem mee je kamer met de nieuwe te delen.' Als ze gehoopt had haar oudere collega hiermee te provoceren, kreeg ze de kous op de kop.

'Welnee! Mijn kamer is groot genoeg voor een tweede bed en ik houd van gezelschap.'

Minna had mevrouw Burgers afkeurende blik genegeerd en zich tot Irene gewend. 'Hopelijk vind jij dat ook goed, meiske?'

Irene was zo verstandig geweest om daar niets tegen in te brengen. 'Als u het ook goedvindt, mevrouw Burger, dan ga ik hier graag mee akkoord.'

Nadat ze nog had geholpen bij het gereedmaken van de bedden en het opruimen van de keuken, kwam er om tien uur eindelijk een einde aan de lange werkdag. Toen Irene de slaapkamer binnenkwam, lag Minna al in bed. Bij het licht van een petroleumlamp las ze een keukenmeidenroman, maar ze lag duidelijk op haar kamergenoot te wachten.

'Het is hier echt niet zo erg als het lijkt,' troostte ze ongevraagd terwijl Irene aan de wastafel haar gezicht en handen met ijskoud water waste zoals ze gewend was in het weeshuis. 'Gerda doet uit de hoogte en denkt dat ze met haar mooie gezichtje een streepje voor heeft op de rest, maar daar moet je niet op letten. De andere bedienden zijn meestal heel prettig in de omgang.'

'Maar mevrouw Burger lijkt me ook niet te mogen.'

Dat had Minna weggewuifd. 'Geloof me, het komt allemaal dik in orde zolang je haar respectvol behandelt en gehoorzaamt. De vrouw is een verbitterde weduwe die betere dagen heeft gekend en er nooit op had gerekend ooit zelf de kost te moeten verdienen. Haar man was leraar voor hij aan tuberculose bezweek en haar berooid achterliet. Als je weet hoe je die twee moet aanpakken is het hier best uit te houden. Bovendien krijg je veel en lekker eten. Dat is zelfs in voorname huishoudens heus niet altijd het geval,' voegde ze er nog aan toe.

Irene voelde zich al wat beter. En inderdaad, in het weeshuis zou ze in plaats van de soep met flinke stukken rundvlees een miezerig bord waterige soep hebben gekregen. Daarna had ze een redelijk goede nacht gehad in een comfortabel en schoon bed met lakens en zelfs een veren kussen.

Om halfzes moest ze als jongste bediende opstaan om de vele haarden te vegen en vuur te maken in de kamers die mevrouw Burger haar de avond tevoren had gewezen. Het was nog steeds koud buiten. Na het ontbijt met havermout en brood en verschillende soorten jam, hielp ze in de keuken en schrobde ze op haar knieën de vloer in de grote hal totdat mevrouw Burger haar kwam halen en haar een schoon wit schort gaf dat ze moest voorbinden.

'Zodra we het menu voor morgen hebben besproken wil mevrouw je spreken. Zorg dat je dan klaarstaat.'

Zodoende staat Irene nu in de hal te wachten. Met niets omhanden bekijkt ze de zware, donkere meubelen. De enorme garderobekast met dubbele deuren waarin de jassen en hoeden van bewoners en gasten worden opgeborgen is rijkelijk versierd met houtsnijwerk. In het halfdonker meent Irene bloemen en zelfs dieren te herkennen. Nieuwsgierig stapt ze dichterbij en wrijft voorzichtig over het glanzend gepoetste hout.

'Wat doe je daar?' Achter haar klinkt de iele stem van een meisje.

Irene schat dat ze iets jonger is dan zij. Ze draagt een smakeloze felroze jurk. Dat moet Mathilde zijn, de dochter des huizes. Mevrouw Burger heeft de vorige avond kort de leden van de familie beschreven.

Geschrokken maakt Irene een kniebuiging. 'Niets, juffrouw Gerban. Ik wacht hier tot mevrouw uw moeder me laat roepen.'

De jonge dame loopt naar Irene toe en kijkt haar met een boze frons aan.

'Waar zijn je manieren gebleven?'

Irene snapt niet waar ze op doelt.

'Hoe durf je mij zo respectloos aan te spreken?'

Dan verschijnt er een blik van herkenning op haar mollige gezicht. 'O, jij bent dat weesmeisje dat vader uit Spiers heeft meegebracht. Hebben ze je daar geen manieren bijgebracht?'

Doodverlegen maakt Irene opnieuw een kniebuiging. 'Neemt u me niet kwalijk,' mompelt ze. Een ander antwoord schiet haar niet te binnen.

Op dat moment gaat gelukkig de deur open van de kleine salon die Irene al kent omdat ze er vanochtend de haard heeft aangestoken. Mevrouw Burger wenkt haar. 'Kom maar.'

Irene zakt nogmaals door haar knieën voor het jonge meisje en loopt met bonzend hart naar binnen. Vluchtig kijkt ze naar mevrouw Gerban die in een leunstoel bij de haard zit. Nadat ze een diepe reverence heeft gemaakt, neemt ze haar meesteres wat beter op.

De tengere vrouw van middelbare leeftijd kijkt haar aandachtig en in tegenstelling tot haar dochter vriendelijk aan. 'Dus jij bent Irene, onze nieuwe hulp.' Ook haar stem klinkt aangenaam en zacht.

'Ja, mevrouw, ik ben Irene,' zegt ze met neergeslagen blik.

'Kijk me eens goed aan.'

Irene heft het hoofd op en haar blik ontmoet die van mevrouw Gerban die haar met haar donkerbruine ogen nogmaals monstert.

'Nee, je lijkt niet op iemand die we kennen,' stelt de vrouw des huizes na een paar tellen vast.

'Op wie zou ik dan moeten lijken, mevrouw?' De woorden zijn eruit voordat een verontwaardigd 'sssst' van mevrouw Burger haar kan tegenhouden.

Mevrouw Gerban wuift het weg. 'Laat haar, lieve mevrouw Burger. Ze doet niets verkeerd.' Ze wendt zich weer tot Irene. 'Je zult vast willen weten waarom mijn man je uit het weeshuis heeft gehaald.'

Irenes hart gaat nog harder bonzen. 'Ja, mevrouw, dat zou ik graag willen weten.'

'Wel, dan zal ik je dat vertellen. Ik had een lieve vriendin. Haar naam was Adele. Op haar sterfbed smeekte ze me jou op te sporen.'

'Mag ik vragen waarom uw vriendin dit vroeg?'

Opnieuw sist mevrouw Burger en opnieuw maakt mevrouw Gerban een afwerend gebaar. Tot Irenes teleurstelling haalt ze echter haar schouders op terwijl ze een diepe zucht slaakt.

'Dat had ik ook graag geweten, maar helaas heeft mijn vriendin haar geheim meegenomen in het graf. Het enige wat ik met zekerheid kan zeggen is dat je niet op haar lijkt, noch op iemand anders uit haar familie.'

Ondanks de gefronste wenkbrauwen van mevrouw Burger waagt Irene nog een vraag. 'Zou iemand anders van haar familie er misschien iets over weten?'

De vraag lijkt mevrouw Gerban te verrassen, maar dan schudt ze het hoofd. 'Ik denk het niet, kind. Adele heeft me gevraagd niemand van haar familie iets over haar wens te vertellen. Waarschijnlijk is dat ook de reden dat ze zich met haar verzoek tot mij heeft gewend.'

Alsof ze vermoedt dat Irene wil doorvragen, voegt ze eraan toe: 'Bovendien woont er niemand van de familie meer hier in de regio. Na de dood van zijn vrouw is haar man met de kinderen naar het verre Berlijn getrokken en wij hebben geen contact meer met hen.'

Ze moet de teleurstelling op het gezicht van Irene hebben gezien. Zacht zegt ze: 'Maar ik ben blij dat ik haar wens heb vervuld en dat je nu bij ons bent. Ik hoop dat je het naar je zin hebt hier en dat je al een beetje begint te wennen.'

Onbewust werpt Irene een steelse blik naar mevrouw Burger. 'Zeker, mevrouw. Ik dank u uit het diepst van mijn hart.'

Mevrouw Gerban is de norse gelaatsuitdrukking van mevrouw Burger niet ontgaan en wendt zich tot haar huisdame.

'Dan dank ik u hartelijk voor uw goede zorgen, mevrouw Burger. Nu en in de toekomst. Bedenk dat dit meisje mijn bijzondere bescherming geniet.'

Met samengeknepen lippen buigt mevrouw Burger het hoofd. 'Zoals het mevrouw behaagt.'

'Zo hoor ik het graag. Gaat u dan beiden maar weer aan de slag. Zoals u weet, mevrouw Burger, verwachten we vandaag onze zoon. Hij zal vroeg in de avond aankomen. Wil erop toezien dat alles onberispelijk is voorbereid op zijn komst.'

Huize Gerban bij Altenstadt

April 1866, diezelfde avond

Als de huurkoets die Franz aan het station van Wissembourg heeft genomen de lange oprijlaan naar zijn ouderlijk huis oprijdt, breken de laatste stralen van de aprilzon door de grauwe hemel. Aan het einde van het brede pad baadt het buiten in een gouden gloed. Ondanks zijn bedrukte stemming verheugt Franz zich op zijn thuiskomst. Per telegram had hij doorgegeven hoe laat hij zou arriveren, maar omdat Riemer, de koetsier, hem niet stond op te wachten bij het station, weet hij drommels goed wat hem te wachten staat. Zijn vader is meer dan boos. Franz probeert zich voor te bereiden op de confrontatie als het huurrijtuig het laatste stukje van de laan aflegt.

Natuurlijk staat er geen dienstbode bij de ingang, laat staan de gebruikelijke groep die opgetrommeld zou zijn als men hem eervol had willen ontvangen. Dat zou ongetwijfeld zijn gebeurd als hij het schooljaar had afgemaakt, bedenkt Franz met een zucht.

Te trots om zijn ouders om geld te vragen betaalt hij de koetsier met zijn laatste zakgeld. De man krijgt zelfs nog een flinke fooi. Met twee koffers in de hand loopt hij de brede trap naar de voordeur op en belt aan. Het mooie dienstmeisje dat altijd zo lief naar hem lacht doet open. Hoe heet ze nu ook alweer? vraagt hij zich af. O ja, Gerda!

Zijn komst verrast haar kennelijk. 'Nee maar, het is de jongeheer!' Ze bloost en maakt haastig een lichte kniebuiging. 'Neemt u mij niet kwalijk, jongeheer. Ik wist niet dat men u vandaag verwachtte.'

Franz grinnikt. 'Geeft niet, het is in orde, Gerda. Zorg dat mijn bagage naar boven wordt gebracht en laat mijn ouders weten dat ik er ben.'

Hij zit nog maar nauwelijks in een fauteuil in de bibliotheek met de indrukwekkende boekenkasten die reiken tot het plafond, als de deur openvliegt en zijn moeder met ruisende rokken en gespreide armen op hem afholt. Zijn zus Mathilde volgt haar op de voet.

'Ik hoorde net dat je er al bent, Franz. We hadden je pas later op de avond verwacht.' Ze klemt hem zo onstuimig in de armen dat hij de crinoline onder haar rokken voelt, die kooi van soepele, stalen aan elkaar bevestigde hoepels die bij elkaar soms een omtrek van wel acht meter hebben. Die hoepelrokken zijn enorm in zwang maar Franz vindt ze bespottelijk.

Even geniet hij van de vertrouwde geur van viooltjes waar hij al sinds zijn kinderjaren zo van houdt. Dan maakt hij zich voorzichtig van haar los. 'Ik heb vader per telegram laten weten wanneer ik zou aankomen.'

'Een telegram? Daar weet ik niets van. Riemer heb ik een kwartier geleden nog bij de stallen gezien. Ik begrijp niet waarom hij je niet...' Haar stem sterft weg.

Franz doet het af met een ongemakkelijke glimlach. 'Ook Gerda wist niet dat ik verwacht werd.'

'Gerda ook niet? Maar ik heb mevrouw Burger specifiek opgedragen alles voor te bereiden op je komst!'

'Dat heeft ze ook trouw gedaan, hoor mama,' mengt Mathilde zich in het gesprek, 'maar vader heeft haar en Niemann verboden veel ophef te maken over de komst van Franz.' Er klinkt iets spottends door in haar zwakke stemmetje.

Ze wendt zich tot Franz en steekt haar hand uit. 'Welkom thuis, broerlief.' Die hartelijke woorden zijn echter verstoken van enige warmte.

Franz kreunt stil. Dat begint al goed, denkt hij. Hij negeert de uitgestoken hand en geeft zijn zus een kus op de wang. Meer dan ooit beseft hij dat hij Mathilde niet kan uitstaan.

Men kan zich nauwelijks een broer en zus voorstellen die zo van elkaar verschillen. In leeftijd schelen ze iets meer dan een jaar, maar qua uiterlijk en karakter hebben ze niets met elkaar gemeen.

De vijftienjarige Franz lijkt heel erg op Pauline, de gelijkenis is onmiskenbaar. Naast haar slanke gestel heeft hij ook haar expressieve donkerbruine ogen en bruine krullen geërfd. En net als Pauline heeft hij fijne gelaatstrekken met hoge jukbeenderen en volle lippen die bijna te vrouwelijk zijn voor een man.

De veertienjarige Mathilde is daarentegen het evenbeeld van haar vader: klein en gedrongen, met mollige armen en handen met te korte vingers. Haar zandkleurige haar is zo fijn dat modieuze, gecompliceerde kapsels niet aan haar zijn besteed. Ook nu zitten er al een paar lokken los in het kunstig gevlochten haar. Franz twijfelt er niet aan dat Mathilde haar kamermeisje streng zal berispen als ze die onvolkomenheid ontdekt. Ze behandelt de bedienden altijd uit de hoogte en zelfs geringschattend. De huidige mode met de enorme hoepelrokken werkt niet bepaald in het voordeel van Mathilde, maar ze maakt het allemaal nog een graadje erger met de kleuren en snit die ze kiest. De roze jurk die ze nu draagt is afgezet met kant en volants en doet haar mollige gezicht op dat van een big lijken. Zijn moeder daarentegen ziet eruit als een volmaakte dame in haar mosgroene middagjapon uit fijne zijde die zacht om haar figuur valt.

Ook de fletse blauwe ogen met lichte wimpers maken het gezicht van Mathilde er niet aantrekkelijker op. Ze kijkt Franz koel aan. 'Vader heeft verteld dat je weer bent weggestuurd.'

Tot zijn ergernis merkt Franz dat hij bloost. 'Ik kan alles uitleggen,' verdedigt hij zich.

Mathilde geeft niet op. 'Dat wil ik nog wel eens zien. Vader is in elk geval woest op je.'

'Dat kan best zijn,' antwoordt Franz nors. 'Maar met de beste wil van de wereld zie ik niet in wat jij daarmee te maken hebt.'

Hulpeloos steekt Pauline haar handen op. 'Lieve kinderen, zo gaan jullie toch niet met elkaar om? Franz is nog geen uur thuis.' Op dat moment klinkt de gong.

Zichtbaar blij met deze onderbreking zegt Pauline: 'Maar nu moeten we ons omkleden voor het avondeten. Daarna zal alles zich wel vanzelf wijzen.'

Huize Gerban bij Altenstadt

April 1866, na het avondmaal

'Zo, ik luister. Wat heb je ditmaal ter verdediging aan te voeren?'

Nu het gevreesde moment eindelijk is aangebroken probeert Franz rustig te blijven en zijn gevoelens niet al te duidelijk te laten blijken.

Het avondeten had voor hem niet snel genoeg voorbij kunnen zijn. Na een paar vruchteloze pogingen van zijn moeder om het over koetjes en kalfjes te hebben, was er een verlammende stilte gevallen over de ovale eettafel in de zogeheten ontbijtkamer waar de familie de maaltijden nuttigt als er geen gasten zijn.

Buiten Mathilde leek niemand veel trek te hebben. Franz prikte wat lusteloos in zijn bord en raakte de griesmeelpudding met aardbeiencompote, zijn favoriete dessert, niet eens aan. Alleen Mathilde liet zich zoals gewoonlijk elke gang goed smaken en vroeg zelfs een extra portie slagroom bij haar nagerecht.

Nog voor haar twintigste zal ze eruitzien als een vetgemest varken, denkt Franz oneerbiedig. Ik heb nu al te doen met de man die ooit met haar trouwt.

Want dat Mathilde een goede partij vormt is duidelijk, al is het maar voor haar aanzienlijke bruidsschat. Er dingen nu al kandidaten naar haar gunsten.

'Wel, komt er nog wat van?' Geduld is niet de sterkste eigenschap van Wilhelm Gerban.

Franz ademt diep in. 'Ik had een onbeduidende woordenwisseling met mijn geschiedenisleraar, vader. Helaas nam hij het allemaal erg hoog op en haalde hij de rector erbij.'

'Een onbeduidende woordenwisseling, zeg je? Je moeder vertelde dat het om de Franse Revolutie ging.'

Franz kijkt trots op. 'Klopt, vader. Mijnheer Krämer, de docent in kwestie, sprak over een gewetenloze opstand van rebellen en noemde de eerste keizer Napoleon een goddeloze parvenu.'

'Dat lijkt me niet zo'n vreemd standpunt voor een katholieke kostschool in Beieren.'

Franz balt zijn handen tot vuisten. 'Toch kan ik dat niet zomaar naast me neerleggen, vader! Anders dan jij ben ik Fransman en ik duld niet dat iemand mijn vaderland kleineert waar ik bij ben.'

De uitdrukking op het gezicht van zijn vader maakt Franz meteen duidelijk dat dat argument niet opgaat. Zijn vader licht ook meteen toe waarom niet. 'Ik heb het mezelf al vele malen kwalijk genomen dat ik met die passage in ons huwelijkscontract heb ingestemd.'

'Maar je kunt er niet om heen. Grootvader stond erop dat de uiteindelijke erfgenaam van zijn vermogen, jouw oudste zoon dus, Frans staatsburger zou zijn. En ik voel me daar uitstekend bij.'

Wilhelm Gerban snuift. 'Laten we er niet omheen draaien. Het punt is dat de heer Krämer in Augsburg niet alleen je geschiedenisdocent was, maar ook je klassenleraar. En dat je zijn én míjn koning beledigd hebt en daarmee ook ons Beierse vaderland toen het in de rectorskamer tot een nieuw meningsverschil kwam.'

Franz voelt dat het bloed hem naar het hoofd stijgt, maar hij weigert zich gewonnen te geven. 'Het klopt dat ik koning Lodewijk van Beieren in mijn boosheid een tiran heb genoemd, maar niet voordat de rector en mijnheer Krämer de huidige keizer Napoleon III hadden afgedaan als een megalomane dictator. Of voordat ze de draak hadden gestoken met het Hambacher Fest.'

Dat is nieuw voor Gerban. 'Gespot met het Hambacher Fest? Wat bedoel je?'

'Ze noemden me een door revolutiekoorts besmette kerel die geen haar beter was dan de opstandelingen van Hambach en dat de Beierse koning die allemaal had moeten laten opknopen.'

Nu gaat Gerban een licht op. 'En toen kon je geen betere repliek bedenken dan dat de Beierse koning het verdiende te worden onthoofd zoals Lodewijk XVI indertijd?'

Franz schudt het hoofd. 'Zo ging het niet helemaal, vader. Letterlijk zei ik dat Lodewijk XVI niet de laatste Lodewijk zou zijn die op het schavot belandde.'

'Spitsvondigheden, jongen! Je reinste spitsvondigheden.' Gerban probeert krampachtig de lach te onderdrukken die hij na de laatste opmerking van Franz voelt opborrelen en zet zijn boze gezicht weer op.

'Wat er in Augsburg ook gebeurd is, je hebt je erewoord tegenover mij gebroken. Je hebt me afgelopen zomer plechtig beloofd je niet meer door je temperament te laten meeslepen, geen ruzie meer te maken met je docenten en medeleerlingen, en zonder verdere problemen een goed eindexamen af te leggen.'

Franz buigt berouwvol het hoofd. 'Dat klopt, vader, en daarom vraag ik u om vergeving.'

Wilhelm Gerban is echter nog niet klaar met dit onderwerp. 'De eerste internaten waar je je misdragen hebt, hebben je gelukkig nog het jaar laten afmaken en tot nu toe heb je dus geen jaar hoeven doubleren. Maar nu ben je halverwege het jaar de laan uitgestuurd. Heb je jezelf al de vraag gesteld hoe het verder moet, zelfs als ik je zou vergeven? Wat ik vooralsnog niet van plan ben, trouwens. Geen enkele zichzelf respecterende Duitse school zal je nog aannemen, zelfs als ik ze het drievoudige van het schoolgeld bied.'

Franz heeft hier inderdaad over nagedacht. 'Laat me naar Straatsburg gaan, vader. Ik spreek even goed Frans als Duits en daar zullen ze me zeker niet weigeren, want ik heb immers Napoleons eer verdedigd.'

'Met een Frans lyceumdiploma wordt het lastig om een goede Duitse universiteit te vinden.'

Franz haalt de schouders op. 'Dan ga ik in Parijs studeren. Als ik ooit de wijnhandel overneem is het sowieso nuttiger de Franse wet te kennen dan de Duitse. Tenzij je plannen hebt om het bedrijf weer in de Palts te vestigen, aan de andere kant van de grens.'

Zijn hele wezen verzet zich tegen de argumenten van zijn oudste kind. Franz kan het van zijn gezicht aflezen, maar zijn vader weet net zo goed als hij dat hij geen andere keus heeft.

Even is het stil en dan schraapt Gerban zijn keel. 'Ik zie dat je alles grondig hebt doorgedacht, jongen. Je weet echter donders goed dat het mij als Duitse patriot tegen de borst stuit jou zo in de ban van de Fransen te zien en...'

Als Franz iets wil zeggen, brult Gerban: 'Zwijg, jongen! Zwijg en laat me uitpraten!' Franz bijt zich op de lippen.

Gerban vervolgt: 'Omdat ik het je moeder heb beloofd, zie ik af van het pak slaag dat je dubbel en dwars hebt verdiend.' Franz ademt een paar keer diep in, maar zijn vader negeert het. 'Maar helemaal zonder straf kom je er niet vanaf. Je erewoord breken is geen licht vergrijp.'

Franz voelt zijn verzet wegebben. Zijn vader heeft wat dat betreft gelijk, vindt hij. Hij buigt het hoofd en wacht af.

'Nu ik veel geld heb betaald voor je opleiding en nog méér zal moeten betalen, wil ik eerst en vooral je zuster voldoende compenseren. Ik zal haar bruidsschat verhogen met de som die ik tot nu toe voor joker voor jou heb betaald.'

Franz is opgelucht. Wat kan hem dat nu schelen? Maar zijn vader is nog niet klaar.

'Als je ook in Straatsburg van school wordt gestuurd voordat je je eindexamen hebt gehaald, investeer ik niet meer in een goede opleiding voor jou. Dan ga je zonder speciale rechten zoals andere jongens van jouw leeftijd bij een plaatselijke koopman in de leer.'

Dat dreigement kan hij maar beter serieus nemen, bedenkt Franz. Wat hij weet over het lot van die leerjongens laat hem niet koud. Vooral de eerste jaren moeten die pupillen van 's morgens vroeg tot 's avonds zwoegen. Vaak hebben ze niet eens een eigen kamer en slapen ze in de werkplaats of de winkel. Velen krijgen onvoldoende te eten, laat staan dat ze degelijk worden betaald.

'Vader, ik beloof je dat ik ditmaal zal slagen,' zegt Franz in een reactie op het ontmoedigende vooruitzicht van het alternatief.

Gerban knikt. 'Dat is je geraden ook. Maar dat is nog niet alles. Daar je de waarden vrijheid, gelijkheid en broederschap zo hoog in het vaandel draagt, krijg je een jaar lang de gelegenheid om je daar ook in te bekwamen. Je weet dat het nieuwe semester in Frankrijk al lang en breed begonnen is. Ik zal je voor het volgende jaar inschrijven op het lyceum van Straatsburg. Tot die tijd ga je als een gewone arbeider en voor hetzelfde loon in Schweighofen op het wijngoed werken. Onderdak krijg je in het huis van mijn broer en elke tweede zondag mag je ons bezoeken. Andere privileges krijg je niet.'

Franz is totaal verbluft. Dat had hij niet verwacht. Op de reis naar Wissembourg had hij zich voorgenomen zijn vader ervan te overtuigen hem dit schooljaar al naar Straatsburg te sturen. Omdat hij zodoende bijna een jaar zou winnen, had hij niet op enig verzet tegen dat plan gerekend. Een uitgaansverbod, geen pleziertjes noch zakgeld, dat wel. Maar een jaar zwoegen in de wijngaarden? Daar had hij niet op gerekend.

Zijn vader lijkt zijn verwarring te merken. 'Kijk, dat is nu het verschil tussen de theorie en de praktijk wat betreft de waarden van jouw geliefde revolutie,' zegt hij spottend. 'Wel? Aanvaard je die straf of ben je te veel rijkeluiszoontje om je handen uit de mouwen te steken?'

Dat is precies de juiste toon om de trots van Franz te prikkelen. De ogen van zijn zoon schieten vuur als hij zijn vader recht aankijkt.

'Natuurlijk aanvaard ik deze straf. Het is me zelfs een eer!'

Gerbans triomf slaat om in stille bezorgdheid als hij de verbeten blik van zijn zoon ziet. Misschien is dit toch niet zo'n goed idee, gaat het door zijn hoofd. Maar ja, het is nu te laat om terug te krabbelen.

'Goed dan. Ik breng oom Gregor morgen op de hoogte. Volgende week maandag ga je daar aan de slag.'

3

Schweighofen

1 oktober 1866

Als de wekker naast zijn bed luid rinkelt, rekt Franz zich uit. Slaapdronken opent hij zijn ogen. Het is precies zes uur.

Buiten is het nog halfdonker en als hij door het raampje van zijn kamer op het landgoed van de familie Gerban in Schweighofen kijkt, ziet hij dat het een zonnige, heldere dag belooft te worden. Een beter begin van de wijnoogst is ondenkbaar!

Hij gebruikt de kamerpot en wast zich snel met het water dat hij zoals gewoonlijk de avond tevoren voor zichzelf heeft klaargezet. Vervolgens hijst hij zich in zijn werkkleding: een fris gewassen en gestreken hemd, en een broek en jasje van grof linnen hangen over een stoel. Als hij ook zijn dikke wollen kousen en de zware enkelhoge werkschoenen heeft aangetrokken, trekt hij zijn bed recht en gaat hij zijn waskom en po legen.

Als hij de schone spullen weer naar zijn kamer brengt, komt hij op de gang een van de dienstmeisjes tegen. Ze maakt als vanzelfsprekend een kniebuiging, al heeft hij de bedienden dat onderdanige gebaar meermaals verboden. Helaas krijgt hij het hun niet afgeleerd.

Het verblijf bij zijn oom in Schweighofen, een plaats vlak bij de grens met de Elzas, is in de loop der maanden volgens hem eerder een overwinning op bekrompen burgerlijke gewoonten geworden dan de strenge straf die zijn vader voor hem had bedacht. Goed, zelf kan hij niet wassen en strijken, en een dienstmeisje maakt zijn kamer schoon, maar verder heeft Franz zich van lieverlede aangepast aan zijn eenvoudige levensstijl.

De gewoonten waren evenwel uit pure noodzaak geboren. Al meteen in de eerste week deelde Wilms, de voorman, Franz in bij een werkploeg die het terrein voor een nieuwe wijngaard moest omspitten. Dat was een absolute hel geweest. Al na de eerste dag zaten zijn handen onder de blaren, die de volgende dag natuurlijk openbarstten en flink bloedden. Elk bot in zijn lijf deed pijn. Hij werkte van halfzeven 's ochtends tot zes uur 's avonds met maar een paar pauzes tussendoor. En hoe hard hij ook zijn best deed, hij kon de arbeiders, die al van kinds af gewend waren aan zware lichamelijke arbeid, niet bijhouden.

Meer nog dan van zijn blessures had hij te lijden gehad van het isolement waar hij aanvankelijk in zat. De landarbeiders, eenvoudige lieden uit de omgeving, hielden zo veel mogelijk afstand en spraken hem als vanzelfsprekend aan met 'jongeheer Gerban'. Als hij tijdens een pauze bij hen ging zitten, vielen de gesprekken onmiddellijk stil. De mannen ontweken zijn blik en voelden zich blijkbaar niet op hun gemak in deze vreemde situatie waarbij ze zij aan zij met een telg van hun meesters moesten werken. Bovendien bleek al snel dat de twee werelden waarin Franz zich nu bewoog fundamenteel verschilden. Weliswaar kreeg hij 's ochtends een stevig pakket proviand voor de hele dag en raakte hij er snel aan gewend om net als de andere mannen pas bij de eerste pauze rond negen uur te ontbijten. Maar als hij 's avonds om halfzeven uitgeput en hongerig als een wolf thuiskwam, stond er een bediende op hem te wachten met een bad om hem te helpen zich klaar te maken voor het diner dat pas om halfnegen begon en dat het dagelijkse hoogtepunt vormde in het eentonige leven op Schweighofen. De tijd tussen zijn terugkeer uit de wijngaard en het avondmaal werd een ware marteling. Vaak viel hij in bad in slaap en kreeg de bediende hem bijna niet meer wakker. Het schoonmaken van zijn zwarte nagels, het fatsoeneren van zijn haar en het veranderen van tenue nam kostbare tijd in beslag, tijd waarin hij liever zou uitrusten.

Aan de tafel van zijn oom trilden zijn handen vaak zo erg van vermoeidheid dat hij zijn soep morste en zijn mes en vork nauwelijks kon vasthouden. Hij nam zelden aan het gesprek deel, temeer daar zijn tante Ottilie hem nog meer ergerde dan zijn zus Mathilde thuis in Altenstadt.

Na twee weken nam hij een besluit. 'Ik wil vanaf nu elke doordeweekse avond om halfzeven alleen in de personeelsruimte eten,' kondigde hij aan.

'Maar Franz, dat is beslist ondenkbaar,' zei zijn tante ontdaan met geaffecteerde stem. 'Wat moeten de bedienden en de mensen *überhaupt* niet van ons denken?'

'Tja, dat ik voor straf, omdat ik in Augsburg van school ben gestuurd, een tijd in de wijngaard moet werken en daarom niet meer thuishoor in uw voorname gezelschap!'

Natuurlijk gaf tante Ottilie eerst geen duimbreed toe. Franz kreeg pas zijn zin toen hij op een avond – er waren nota bene gasten – vies, met slordig haar en zonder das aan het diner verscheen. Dat het eerst tot een heftige ruzie moest komen tussen tante Ottilie en oom Gregor kreeg hij evenmin mee als het feit dat de huisdame haar zitkamertje in de kelder van het huis moest ontruimen opdat Franz daar 's avonds zou kunnen eten.

Zijn slaapkamer vormde een volgend probleem. Toch iets meer een verwend rijkeluiskind dan hij zelf besefte, liep Franz elke avond met modderige schoenen over de glanzende houten vloeren en kostbare tapijten in de hal en het trappenhuis naar zijn kamer, zonder te beseffen dat een dienstmeisje achter hem de boel moest schoonmaken.

Zelf stoorde het hem dat de dagelijkse routine van de bedienden niet meer bij zijn dagindeling paste. Vaak kwam het dienstmeisje zijn kamer binnen om de gordijnen te sluiten en de kussens op te schudden als Franz al uitgeput in bed lag. Op een dag leidde dat tot een klein schandaal. De oudere vrouw die verantwoordelijk was voor de vleugel van het huis waarin zijn kamer zich bevond, trof hem bij haar binnenkomst spiernaakt aan. Franz stuurde de geschrokken vrouw bars de kamer uit en zocht de volgende avond meteen zijn tante Ottilie op.

'Ik wil een eenvoudigere kamer waar ik 's avonds rust heb,' verklaarde hij. 'Mijn oude kamer met alle prullaria en rommel is niet meer geschikt voor mij. Als er minder meubelen en troep in staan, hoeft er niet elke dag afgestoft te worden, en een bed met een laken, kussen en dekbed kan ikzelf ook wel openslaan zonder dat ik eerst een dozijn kussens en een loodzware sprei moet wegbergen. Bovendien ben ik gewend aan de sobere kamers van het internaat.'

Zoals verwacht ondervond Franz nu veel minder weerstand. Ottilie, die het beu was dat haar strak georganiseerde huishouden voortdurend verstoord werd, stelde Franz voor een van de bediendenkamers te betrekken op de zolder, die bereikbaar was via de personeelsingang. Zo hoefde hij niet langer door de hal. Opnieuw was Franz zich er niet van bewust dat de tweede huisknecht zijn kamer aan de jongeheer moest afstaan.

Toen hij er vervolgens nog op aandrong voortaan zelf voor zijn waskom en po te zorgen en zijn eigen bed op te maken, was Ottilie zo slim haar opluchting hierover niet te laten blijken en Franz zijn schijnbare overwinning te gunnen. Ze wist immers dat elke huisknecht geweigerd zou hebben deze minderwaardige, aan vrouwelijke dienstbodes voorbehouden taken te verrichten. Ze had haar hoofd gebroken over dit morele dilemma om tweemaal per dag een dienstmeisje naar de voor vrouwen strikt verboden mannenvleugel te sturen. Dat probleem was zo dus ook opgelost.

Hier weet Franz allemaal niets van als hij op deze stralende oktobermorgen met twee treden tegelijk van de achtertrap holt. Hij verheugt zich op de oogst, op het hoogtepunt van elk wijnjaar.

Huize Gerban bij Altenstadt

1 oktober 1866, dezelfde dag

Op het moment dat Franz onderweg is naar de verzamelplek waar de vele dagloners en vaste krachten op de eerste oogstdag in ploegen zullen worden ingedeeld, zit Irene op haar knieën voor de haard in de ontbijtkamer, de kleine eetkamer waar de gezinsleden eten als ze onder elkaar zijn. In de eerste dagen na haar indiensttreding had ze zich verscheidene malen vergist, maar inmiddels kent ze de weg in het huis met de vele salons en ontvangstkamers op haar duimpje.

Ze veegt de koude as voorzichtig bij elkaar zonder de vloer of de kostbare oosterse tapijten met rood-blauwe patronen vies te maken en legt een paar houtblokken van de stapel naast de schouw in de haard, stopt er wat spaanders en krantenpapier bij, en pakt het doosje lucifers. Wat een geweldige uitvinding! denkt ze voor de zoveelste keer dankbaar. In het weeshuis maakten ze het vuur nog met tondel en vuursteen aan, een lastig karwei dat veel handigheid vergde, maar dat Irene uiteindelijk perfect onder de knie had gekregen.

Voor ze de kamer verlaat om zich aan de volgende haard te wijden, kijkt ze nog eens achterom. Niet vergeten straks het brandhout aan te vullen, prent ze zichzelf in. Haar vele dagelijkse taken zijn routine geworden.

Ondanks het zware werk dag na dag heeft Irene er na zes maanden nog steeds geen spijt van dat ze het weeshuis heeft ingeruild voor deze baan in het huishouden van de familie Gerban. Ze heeft zich inmiddels vrij goed ingewerkt. Dat ligt niet alleen aan haar goede opleiding en het feit dat ze zich goed heeft leren beheersen en zich nederig en gehoorzaam opstelt. Zelfs bij Mathilde, die geen enkele gelegenheid voorbij laat gaan om haar te koeioneren, lukt het zichzelf te beheersen.

Ik hoop dat Minna straks blij is met mijn verjaardagsgeschenk. Zonder haar hulp was het me allemaal vast niet gelukt, denkt ze.

Ze heeft het inderdaad aan haar kamergenote – inmiddels een goede, wat bemoederende vriendin – te danken dat ze snel de dingen heeft geleerd die men haar in het weeshuis niet had bijgebracht. De meeste weesmeisjes komen bij de lage bourgeoisie of in boerenfamilies terecht; omgangsvormen die bedienden nodig hebben in de chicste huishoudens staan niet op het lesrooster van het weeshuis in Spiers.

Nu begrijpt Irene waarom mijnheer op de reis naar Wissembourg alleen het hoognodige tegen haar had gezegd. Hem aanspreken zonder dringende noodzaak of rechtstreeks het woord tot hem richten doe je als eenvoudig dienstmeisje eenvoudigweg niet. Ook het kritische sissen van mevrouw Burger toen ze aan mevrouw Gerban werd voorgesteld kan ze nu plaatsen. En natuurlijk weet ze nu ook welke manieren Mathilde van haar verwacht had.

'Je moet mijnheer en mevrouw altijd in de derde persoon aanspreken en hun titel gebruiken,' had Minna haar de tweede dag al uitgelegd. 'Je mag hen alleen zelf aanspreken als het niet anders kan. Als je ergens toestemming voor nodig hebt, zal mevrouw Burger hun dat voorleggen.'

'Mijnheer en mevrouw spreek ik al aan zoals het hoort, maar hoe zit het met de jongeheer en de jongedame?'

Minna lachte. 'Sommigen zijn wat de etiquette betreft nog erger dan hun ouders. Mathilde is er zo eentje. Pas op met haar. En vergeet niet haar altijd met "méjuffrouw" aan te spreken!'

Er ging Irene een lichtje op. 'Ah, daarom schold ze me gisteren uit. Ik heb haar "juffrouw Gerban" genoemd.'

Minna snoof. 'Mathilde is een gemeen kreng, een door haar vader ziekelijk verwend loeder. Ze gebruikt alles om zich te kunnen aanstellen. Blijf zo veel mogelijk uit haar buurt!' Minna zag het gezicht van Irene betrekken. 'Franz, de zoon des huizes, is veel gemakkelijker in de omgang. Hem spreek je altijd het beste aan met "jongeheer". Je weet nooit wie meeluistert en je erop aanspreekt, al zal hij je zelf nooit iets kwalijk nemen. Mathilde zal een andere aanspreekwijze in elk geval "hoogst ongepast" vinden.'

Irene bedankte Minna ook voor al haar goede raad rond de omgang met bedienden die hoger in rang waren.

Met haar onvermoeibare inzet was Irene al snel in de achting van mevrouw Kramm, de kokkin, gestegen. Vooral tijdens de drukke groente- en fruitoogst was niets Irene te veel. Aangezien in huize Gerban nog het principe van zelfvoorziening gold en men bij de plaatselijke kruidenier nauwelijks andere zaken kocht dan specerijen, had ze van 's ochtends tot 's avonds bonen afgehaald en erwten gedopt, kersen en pruimen ontpit en appelen en peren geschild. Omdat ze jam kon koken en fruit kon inmaken, liet de kokkin al snel een deel van deze taken aan haar over en prees haar daarvoor de hemel in.

Ondanks de fysieke inspanning had Irene geen moeite met die taken. In tegenstelling tot het weeshuis mocht ze hier van het rijpe fruit snoepen zoveel ze wilde en het uitlikken van de pan met jam was voor haar een waar feest. Wat maakte het uit dat ze 's avonds vaak pas om elf uur doodmoe in bed rolde? Sinds ze bij de familie Gerban werkte at ze elke dag haar buik vol en vaak met dingen die ze vroeger alleen van horen zeggen kende. Niemann, de eerste huisknecht, bemoeide zich niet met de vrouwelijke bedienden, maar Irene had mevrouw Burger van lieverlede met kleine ongevraagde gunsten voor zich weten te winnen. Zo bracht ze de huisdame een keertje een kop kamillethee voor haar gevoelige maag en een andere keer zelfgemaakte limonade op een hete zomerdag. Ze ging op zoek naar de verloren lievelingssjaal van mevrouw Burger, die ze blijkbaar op een tuinbankje had laten liggen. En tweemaal bood ze vrijwillig aan haar vrije middag op te offeren om een ziek dienstmeisje te vervangen. Maar vooral het kersenpitkussen dat ze zelf had gemaakt en met zorgvuldig uitgekozen kersenpitten had gevuld was een schot in de roos. Mevrouw Burger had steeds meer last van reuma en als ze het opgewarmde kussen op vochtige dagen op de pijnlijke gewrichten legde bood het haar veel verlichting.

En steeds weer was het Minna die Irene hielp met de grote en kleine ongemakken van het leven. Ze bezorgde haar de stof voor het kersenpitkussen en liet Irene naald en garen uit haar eigen voorraadje gebruiken. Ook nam ze het onbemiddelde meisje mee naar de jaarmarkt en trakteerde haar daar op een ritje in de carrousel en op gesuikerde amandelen. Maar ze beschermde Irene vooral tegen de stekelige opmerkingen van Gerda, die daar uiteindelijk geen plezier meer aan beleefde en Irene nu meestal gewoon negeert. Irene vindt het leven in

Altenstadt niet alleen draaglijk, maar steeds vaker zelfs aangenaam. En dat heeft ze vooral aan Minna te danken.

Jammer alleen dat Mathilde er is, verzucht ze. In tegenstelling tot Gerda krijgt de dochter des huizes er maar niet genoeg van om Irene te treiteren zodra ze haar ziet. Ooit stuurde ze Irene de tuin in om een hoed te halen die ze zelf in de gietende regen had laten liggen en achteraf beschuldigde ze het meisje ervan dat ze met haar lompheid het hoofddeksel had verpest. Een andere keer beweerde ze dat Irene het tapijt in de ontbijtkamer vuil had gemaakt, terwijl Minna had gezien dat Mathilde na een wandeling zélf haar vuile voeten niet aan de mat had afgeveegd.

Gelukkig vangt Mathilde bot als ze Irene bij mevrouw Burger of haar moeder zwartmaakt. Mevrouw Burger hoort Mathildes klachten met uitgestreken gezicht aan en in plaats van Irene te straffen geeft ze haar de raad om de dochter des huizes zo veel mogelijk te mijden.

Mevrouw Gerban heeft Mathilde zelfs een keer een standje gegeven in het bijzijn van Irene. 'Ik kan me niet voorstellen, liefje, dat Irene met opzet onbeleefd tegen je is,' antwoordde ze toen Mathilde klaagde dat Irene haar niet volgens de regels had begroet. 'Misschien had ze je niet meteen opgemerkt. Je zei toch zelf dat ze de trap aan het boenen was toen je naar boven wilde. Weet je, een échte dame ziet zulke kleinigheden grootmoedig door de vingers.'

Bij die woorden van haar moeder had Mathilde gekeken alsof ze een kikker moest doorslikken, maar had ze niets meer durven zeggen. Achteraf merkte Irene vaak dat er 's ochtends as voor de haard lag of dat er vieze voetstappen op de pas gepoetste vloer stonden, maar ze volgde de raad van Minna op om zich niet te laten provoceren en ruimde zonder morren op. Mede dankzij de trouwe steun van Minna had Irene in de loop der weken geleerd zich niet aan het gedrag van Mathilde te ergeren, maar het eenvoudigweg te accepteren als een onvermijdelijke last.

Irene verheugt zich in elk geval op Minna's verjaarspartijtje en is benieuwd wat voor cadeautjes ze nog meer krijgt. Mathilde probeert ze gewoon uit haar hoofd te zetten. In haar schaarse vrije uurtjes heeft ze een nieuw kapje voor Minna genaaid en geborduurd. Mevrouw Burger had haar daarvoor een stukje stof uit de linnenvoorraad gegeven. Intussen heeft Irene ook een eigen naaimandje om haar kleren te verstellen.

Maar de witte naaizijde waarmee ze het fijne borduurwerk had gemaakt zoals ze in het weeshuis had geleerd, dankte ze aan het toeval. Een gast had voor de vrouw des huizes een bloempot meegebracht, maar die in de hal uit zijn handen laten glippen. Irene had meteen bezem en blik gepakt om de rommel op te ruimen en had tot haar grote vreugde twintig kreuzer fooi gekregen. De muntjes die ze na de aankoop van de naaizijde nog overhield, bewaart ze als haar meest dierbare bezit. Voor het eerst in haar leven heeft ze zelf een beetje geld.

Vanmiddag vieren ze de verjaardag van Minna. Ook dat is een mooie gewoonte in huize Gerban. De bedienden zitten dan na de middagthee van de familie een uurtje bijeen onder het genot van koffie en taart. Mevrouw Kramm heeft de appeltaart met kaneel en room gemaakt die Minna zo lekker vindt. Het hart van Irene gaat wat sneller slaan als ze de volgende haard aanmaakt. Het wordt vast een leuk feestje!

De wijngaard in Schweighofen

1 oktober 1866

Franz stapt de maagdelijke oktoberochtend in en snuift de geurige lucht met volle teugen op. Het ruikt naar de eerste gevallen bladeren en de netjes gesnoeide buxushagen rond de bloemperken vermengd met de delicate geur van de laatste rozen. De dauwdruppeltjes op het fijne spinrag tussen de dahlia's glinsteren als diamanten.

Dichter bij het gebouwtje waar de druivenpers staat en waar de arbeiders 's ochtends verzamelen, worden alle andere geuren overstemd door de zurige lucht van pulp – afkomstig uit de nu nog lege wijnpers die onder de luifel klaarstaat om het kostbare sap uit de druiven te persen die deze eerste dag worden geoogst.

Uit een proefpersing is gisteren gebleken dat de rieslingdruiven dit jaar uitzonderlijk zoet zijn. Met een beetje geluk wordt het zowaar de beste wijn van een eeuw, vergelijkbaar met de vermaarde kometenwijn van 1811, hoopt Franz. En daar heeft hij aan meegewerkt! Daar kunnen goede cijfers voor zijn eindexamen niet tegenop. Soms vindt Franz het bijna jammer dat hij volgend jaar weer naar de schoolbanken moet. Maar hij troost zich met de gedachte dat dat gelukkig nog wel even duurt.

Hij komt als een van de eersten op de verzamelplaats aan. Het handjevol arbeiders dat zich al heeft gemeld kent hij niet. Het zullen dagloners zijn die de familie inhuurt voor de druivenpluk.

Zijn aandacht wordt getrokken door een groepje van twee vrouwen en vier kinderen. De jongste vrouw, die hij voor de moeder van de twee meisjes en twee jongens houdt, oogt afgetobd en bitter. De tweede vrouw is oud en zwak. De twee meisjes lijken hem nog veel te jong voor de wijnoogst. De kleinste schat hij amper vijf jaar oud.

Beide vrouwen werpen hem een verlegen blik toe, wensen hem zacht goedemorgen en maken een kleine kniebuiging. De moeder trekt de mutsen van het hoofd van de twee jongetjes en fluistert hun iets toe. De knulletjes buigen terwijl de meisjes hun gezicht in de rokken van hun moeder verbergen.

Franz beantwoordt hun begroeting en probeert zijn ergernis te verbergen. Het heeft lang geduurd voor het vaste personeel hem als volwaardige arbeidskracht aanvaardde en sindsdien blijven de gebruikelijke beleefdheidsvormen tot een minimum beperkt. Maar dat kunnen die vrouwen niet weten, beseft hij. Die worden alleen voor de oogst ingehuurd.

De groep oogsters groeit gestaag aan in afwachting van Gregor Gerban en voorman Wilms. Franz laat zijn gedachten een moment de vrije loop. Oom Gregor zal de werklieden de eerste dag van de oogst persoonlijk begroeten, zo gaat het al generaties lang, maar verder houden eigenaren en knechten zorgvuldig afstand van elkaar. Precies daarom heeft het na zijn aankomst op het wijndomein vier volle weken geduurd voordat Karl Krüger, een dertiger en een van de beste werknemers, de snoeischaar uit zijn hand nam en met een kleine buiging vroeg: 'Mag ik de jongeheer misschien laten zien hoe het beter kan?'

Franz had beduusd geknikt, waarop Karl hem uitlegde hoe je wijnranken snoeit zonder de planten te beschadigen of je handen te bezeren. Sindsdien gaat het werk veel vlotter. Hij beseft dat Wilms hem, hetzij uit respect voor de eigenaar, hetzij uit ergernis over de ongewenste pottenkijker, maar oppervlakkig wegwijs had gemaakt in de wijngaard.

Tijdens de middagpauze op die bewolkte meidag had Franz al zijn moed bijeengeraapt en was hij op Karl afgestapt die een beetje afgezonderd van de anderen zat. 'Stoort het als ik bij je kom zitten?' De knecht reageerde verrast. 'Als mijn eenvoudige gezelschap u niet stoort, jongeheer.'

'Die stoort me maar op één manier. Noem me alsjeblieft geen "jongeheer" meer!'

De verwarring was duidelijk te lezen op Karls grove gelaatstrekken. 'Hoe moet ik u dan aanspreken?'

'Noem me maar gewoon Franz en tutoyeer me zoals je dat doet bij de rest van je kameraden!'

Karl reageerde ontsteld. 'Dat kan ik toch niet maken, mijnheer... heer Franz. De voorman en de eigenaar zullen dat nooit toestaan.'

Franz zuchtte, maar besefte dat de man gelijk had. De principes van gelijkheid en broederschap waren nog niet echt tot de Duitse gebieden doorgedrongen. Ten slotte spraken ze af het bij 'heer Franz' te houden, een tussenvorm die Karl spontaan had geopperd. Diezelfde avond zei Franz dat tegen de voorman, die er schouderophalend notitie van nam.

Karl Krüger leerde Franz ook bij alle nieuwe taken in de wijngaard de kneepjes van het vak die hij zelf al jaren beheerste. Stilaan begon Franz het werk echt leuk te vinden.

Via Karl kreeg hij ook contact met de andere arbeiders. Buiten de oogst heeft het wijnbedrijf ongeveer vijftien vaste krachten in dienst. In piekperiodes vullen ze die ploeg tijdelijk aan met dagloners, maar in de oogsttijd helpt iedereen mee om de druiven binnen te halen. Ook de vrouwen en de oudere kinderen van de arbeiders en dagloners zijn dan in touw. Het extra loon is een welkome bron van inkomsten waar de gezinnen vast op rekenen. Het wijnbedrijf is daarnaast natuurlijk ook aangewezen op de vaste knechten omdat er in de oogsttijd in de wijde omgeving geen andere werkkrachten te vinden zijn.

Franz ontdekte dat de vaste krachten en ook ettelijke dagloners uit families stammen die al generaties lang aan het wijngoed verbonden zijn. Ze wonen aan de rand van een uitgestrekt terrein in een klein dorp dat de eigenaren ooit hebben gebouwd en betalen huur voor die huisjes.

De mannen in zijn familie hadden anders het karakter er niet naar zich zo verantwoordelijk te voelen voor hun knechten. Het verrast Franz dan ook, omdat hij ze altijd gierig heeft gevonden en ook omdat ze weinig begrip aan de dag leggen voor mensen die minder goed af waren. Misschien heb ik ze in meerdere opzichten verkeerd ingeschat, denkt hij.

Zijn idealistische beeld van een zekere saamhorigheid tussen meester en knecht verdween echter alweer snel. Toen hij zijn eerste weekloon ontving dacht hij nog dat het bescheiden bedrag te maken had met zijn gebrek aan ervaring. Pas weken later was het hem duidelijk geworden dat zelfs een uitstekende kracht als Karl niet meer verdiende dan hij.

'Maar hoe kun je met zo'n karig loon je gezin onderhouden?' Franz wist dat Karl vier kinderen had. De kleinste zat nog in de luiers en nummer vijf was al onderweg.

Karl keek hem met een uitgestreken gezicht aan. 'Het lukt wel, heer Franz. Mijn vrouw is zuinig en helpt op het landgoed geregeld met de grote was. Dat levert ons een paar extra kreuzers op. In vergelijking met veel andere mensen hebben we het goed. Klaus met zijn hulpbehoevende ouders en al zijn kinderen moet elf monden voeden! En Bernhard hebben ze vorige week de laan uit gestuurd omdat hij een dronkenlap is. Ik gun mezelf hooguit op zaterdagavond een biertje in de kroeg!'

Franz was geschokt. Voor het eerst werd hij zich echt bewust van de zorgeloze luxe waarin hij was opgegroeid en waardoor hij werd omringd. De strafexpeditie naar de wijngaard veranderde daar niets aan.

Toch moest hij nog veel leren. Toen hij op een hete dag zijn lunchpakket inspecteerde, trok hij zijn neus op voor de wat groen uitgeslagen leverworst waarmee twee boterhammen waren belegd. 'Verdomme,' vloekte hij luid. 'Die kokkin zal ik vanavond eens flink de les lezen. Hoe haalt ze het in haar hoofd om me met dit weer leverworst mee te geven? Dat bederft toch meteen?'

Hij hief zijn arm al op om de boterhammen een eind in de wei te smijten waar ze hun pauze hielden toen Karl hem aansprak: 'Als u die boterhammen niet opeet, wil ik ze wel!'

'Geen sprake van. Ze kunnen je maag van streek maken.'

Karl antwoordde niet, maar haalde zijn twee duimdikke sneden roggebrood van elkaar. Franz zag dat ze slechts dun besmeerd waren met reuzel die nog ranzig rook ook.

'Worst eten wij alleen op zondag. En heus niet elke zondag,' legde hij uit. 'Als u er niets op tegen hebt, eet ik die boterhammen graag op.'

Diepbeschaamd en met een vuurrood hoofd reikte Franz ze Karl aan. Toen hij daarna in zijn knapperige broodje ham beet, was het alsof zijn keel werd dichtgeknepen. 'Ik heb vandaag eigenlijk helemaal geen trek. Neem mijn broodje ham ook maar, als je wilt.'

Zijn gêne nam nog toe toen hij zag hoe intens Karl genoot van de ongewone lekkernijen.

Vanaf die dag bestelde Franz in de keuken een dubbel zo groot lunchpakket met het excuus dat hij door het harde werken opeens veel meer honger had. Elke dag verdeelde hij een deel van zijn middagmaal onder zijn collega's die niet lang aarzelden om toe te tasten.

Ook vandaag bekijkt Franz peinzend het enorme pakket met belegde boterhammen, appelen en peren dat de kokkin die ochtend voor hem heeft gemaakt. Hij weet dat er ook nog twee stukken notentaart bij zitten die gisteren bij de thee zijn overgebleven. Het pakket lijkt groter dan het mandje met de lunch voor de hele familie van de afgetobde vrouw. Als ze in mijn ploeg worden ingedeeld zal ik de kinderen iets geven, besluit Franz.

'Gegroet, heer Franz,' klinkt Karls volle basstem achter hem. 'Wat een prachtige dag om de druivenpluk te beginnen!'

Franz draait zich om. Naast Karl staat diens tienjarige zoon Hansi, het evenbeeld van zijn vader. 'Ik heb vandaag geen school, heer Franz,' verzekert de jongen hem. 'Ik ben dus niet aan het spijbelen.'

Franz knikt. 'Dat weet ik! Tijdens de wijnoogst hebben alle leerlingen vrij.'

'Daar zijn Wilms en uw waarde oom om de ploegen in te delen, maar we zitten vast niet in dezelfde groep, heer Franz. Elke plukploeg heeft altijd maar één manddrager uit het vaste personeel.'

'Dat weet ik toch, Karl. Fijn dat ik daar nu ook bij hoor.' Hij verheugt zich er oprecht op om met een reusachtige korf de geoogste druiven naar de wachtende ossenkarren te brengen.

Huize Gerban bij Altenstadt

1 oktober 1866, dezelfde dag

Het belletje verbonden aan het belkoord in de kleine salon klingelt als bezeten. Geërgerd kijkt de kokkin naar de grote wandklok in de bediendenkamer waar zij met Irene de tafel dekt voor het verjaardagsfeestje van Minna. Het is iets voor halfvijf.

'Wat heeft dat nu weer te betekenen?' mompelt ze ontstemd terwijl het dienstmeisje Gerda de trap op snelt. Even later staat ze weer beneden, haar gezicht rood van het rennen.

‘Méjuffrouw,’ spottend benadrukt ze de aanspreking, ‘laat vragen waarom de thee nog niet is geserveerd want ze heeft dorst én honger.’

‘Maar het is nog geen vijf uur!’ werpt de kokkin tegen.

‘Dat maakt niet uit, mevrouw Kramm. De vrouw des huizes is er ook nog niet, maar mejuffer Zuurpruim wil zich nu al tegoed doen aan haar slagroomtaartje, zonder op haar moeder te moeten wachten. Jullie weten hoe ze is als mijnheer niet thuis is.’

Wilhelm Gerban is inderdaad voor een paar dagen op zakenreis.

Irene kan niet anders dan glimlachen om de respectloze uitlatingen van Gerda. Ze kan het mooie dienstmeisje eigenlijk niet uitstaan, maar is het wel met haar en de andere bedienden eens dat Mathilde een lastpak is.

Mopperend zet mevrouw Kramm de ketel op en stuurt Irene naar de koelkelder om het gebak te halen. Terug in de keuken legt Irene het met bosbessen- en frambozenjam gevulde en met een dikke laag slagroom afgewerkte taartje voorzichtig op de gebakschaal die bij het theeservies hoort. Het water loopt haar in de mond. Hoe goed het eten in huize Gerban ook is en hoezeer ze zich ook verheugt op de appeltaart die mevrouw Kramm voor Minna heeft gebakken, zo’n roomtaartje zou ze toch graag ook eens proeven. Helaas zijn die alleen voor de familie en...

‘Daar blijft geen kruimel van over, let op mijn woorden. En dat verwaande nest wordt met de dag dikker.’ Gerda zegt precies wat Irene denkt.

‘Gerda, ik verbied je zulke onbeschaamde opmerkingen over de familie te maken.’ Mevrouw Burger is ongemerkt de keuken binnengekomen. Gerda draait zich om en bloost.

Op dat moment komt ook Minna de trap af. Mevrouw Burger bekijkt haar met keurende blik. Zoals altijd is het uniform van Minna onberispelijk. ‘Voor straf serveert Minna de thee vandaag. Irene, jij helpt haar daarbij.’

Gerda hapt verontwaardigd naar adem, maar Minna laat deze kans niet aan zich voorbijgaan en pakt het plateau met het theeservies. Als tweede dienstmeisje krijgt ze zelden de gelegenheid om op te dienen. Irene verstijft echter van schrik.

Ze heeft zich al omgekleed voor het feestje en haar eenvoudige uniform verruild voor de keurige huisjapon van donkerblauw katoen met een wit biesje en bijpassend schort – het tenue dat ze 's zondags draagt als het vuile werk klaar is. Maar helpen opdienen? Hemeltje, dat heb ik nog nooit gedaan! denkt ze.

Minna lijkt haar gedachten te raden. 'Vooruit, Irene, pak de schaal met taartjes. Waar wacht je nog op?' Ze knipoogt steels.

Met bonzend hart pakt Irene de schotel; haar handen zijn klam van het zweet. Ze moet er niet aan denken het gebak te laten vallen.

Op de trap sist Minna: 'Kom, flink zijn. Doe gewoon wat ik zeg en dan slaag je voor de proef!'

Irene raakt nu helemaal in de war. 'Welke proef?'

'Stil! Concentreer je en glimlach als je de salon betreedt.'

Minna zet het dienblad op een commode en klopt aan de deur van de kleine salon. Als ze hoort dat ze binnen mag komen opent ze de deur en maakt ze een lichte kniebuiging. 'Mevrouw en mejuffrouw, we brengen de thee.'

Irene loopt achter Minna de kamer in. Mevrouw Gerban is inmiddels ook aanwezig, prachtig gekleed in een koningsblauwe middagjapon met nauw aansluitende hals en bezet met zwart kant. Mathilde daarentegen lijkt eerder op een bolrond schaap met haar te strakke witte jurk met zwarte volants. Irene probeert uit alle macht die lelijke gedachten te verdringen.

Minna zet het dienblad op een serveertafel en maakt nog een reverence voor de dames. Dan gebaart ze naar Irene haar voorbeeld te volgen.

Bedreven zet ze de kopjes, taartbordjes en het zware zilveren bestek voor de dames klaar. Naast elk bordje legt ze nog een gesteven, in een driehoek gevouwen servet.

Nog een volgende kniebuiging. 'Mag ik u dames de thee inschenken?'

Mathilde kijkt strak voor zich uit, maar Pauline Gerban knikt vriendelijk. 'Graag, Minna. Ik heb gehoord dat je jarig bent vandaag. Gefeliciteerd en nog vele, vele jaren.'

Minna bloost van vreugde. 'Heel hartelijk dank, mevrouw.'

Mevrouw Gerban wendt zich tot Mathilde. 'Zou je Minna ook niet gelukwensen, schat?'

Er verschijnt een ontstemde trek rond Mathildes mond, maar ze gehoorzaamt wel. 'Proficiat, Minna.' Ze had net zo goed Minna's ontslag kunnen aankondigen, zo kil klinkt het. Het ervaren dienstmeisje laat echter niets merken.

'Dank u hartelijk, mejuffrouw. Mag ik Irene dan nu vragen het gebak op te dienen? Wat wilt u dames? Een frambozen- of bosbessentaartje?'

'Ik wil allebei.' Mathildes antwoord laat geen seconde op zich wachten. Haar bleekblauwe ogen fonkelen begerig.

Irene maakt een reverence, buigt zich over de gebakschaal en met de zilveren taartschep zet ze twee taartjes met vaste hand op Mathildes bordje.

De dochter des huizes knikt kort in plaats van haar te bedanken en grijpt naar haar bestek. Pas als ze al een stuk van een taartje op haar vork heeft, ziet ze dat haar moeder nog niet is bediend. 'Waar is Gerda eigenlijk?' Bars probeert ze de aandacht van haar faux pas af te leiden. 'En waarom zijn jullie met z'n tweeën?' Ze wijst naar Irene. 'En die daar is bovendien toch een gewone keukenmeid?'

Minna buigt het hoofd. 'Ik weet niet waar Gerda is, mejuffrouw. Mevrouw Burger heeft ons gevraagd de thee op te dienen.'

'Wel, dat doen jullie beiden keurig.' Mevrouw Gerban kijkt haar dochter lichtjes geërgerd aan. 'Mag ik een frambozentaartje?'

'Zeker, mevrouw.' Irene buigt opnieuw.

'Ik dank jullie beiden, maar nu moet je wel opschieten, Minna. Zo meteen begint je verjaardagsfeestje. Wij kunnen het verder wel alleen af.'

Irene haalt opgelucht adem als de deur achter haar in het slot valt.

'Ben ik nu geslaagd voor de "proef" of wat je ook bedoelde?'

Minna lacht gul. 'Wat mij betreft wel, Irene! En of het werkelijk gaat zoals ik denk, zal snel blijken.'

'Waar heb je het toch over?'

Rond de mond van Minna speelt een geheimzinnig glimlachje.

'Geduld, jongedame, geduld. Wacht maar, je komt er snel genoeg achter.'

Irene kan het gedoe met die 'proef' niet uit haar hoofd zetten. Het bederft zelfs Minna's feestje een beetje en ze eet maar één stuk van de heerlijke appeltaart van mevrouw Kramm. Het stralende gezicht en de vochtige glans in de ogen van Minna raken haar niet zo diep als anders. Over alles ligt opeens een sluier van onduidelijke verwachtingen.

Pas als ze 's avonds in bed liggen en het licht uit is, legt Minna uit wat er gaande is.

'Ik heb gehoord dat Elsa binnenkort gaat trouwen.' Na Gerda en Minna is Elsa het derde dienstmeisje.

'Echt? Maar dan moet ze uit dienst!'

In het donker ziet ze niet zozeer dat Minna knikt; ze voelt het eerder.

'Inderdaad. Elsa – of Tilda liever – gaat terug naar haar dorp om te trouwen met een boer die haar al sinds haar bezoek rond nieuwjaar het hof maakt. Ze mag van geluk spreken, want hij heeft de boerderij van zijn ouders geërfd en vormt zodoende een goede partij.'

'Jeetje!' Irene weet niet wat ze moet zeggen. Van zo'n stap vooruit op de sociale ladder kunnen de meeste dienstmeisjes alleen maar dromen. Toch klopt er iets niet.

'Waarom noemde je Elsa net "Tilda"?'

Minna snuift. 'Omdat dat haar echte naam is. Bij haar doopsel kreeg ze de naam Mathilde, maar omdat mejuffrouw al zo heet, wordt ze Elsa genoemd. Het is niet gepast dat een dienstbode dezelfde naam draagt als haar meesteres.'

'Echt waar? Dat heb ik nog nooit gehoord!'

Ze vóélt gewoon dat Minna haar schouders ophaalt in het donker.

'Dat is nu eenmaal de gewoonte. Misschien dat je je ongebruikelijke naam nu wat meer leert waarderen. Die zal je dit soort dingen besparen.' Irene heeft Minna natuurlijk over de plagerijen in het weeshuis verteld.

Minna komt nu zelf terug op het onderwerp dat Irene uit pure verbazing even vergeten was. 'Maar wil je dan niet weten wat dat allemaal met jou te maken heeft?'

'Met mij te maken?' echoot Irene niet-begrijpend.

'Irene toch, soms ben je toch echt een dom schaap. Heb je het nu nog niet begrepen? Ik denk dat mevrouw Burger jou tot derde dienstmeisje wil promoveren.'

'Mij???' Nu is Irene echt sprakeloos.

'Maar... dat betekent dat...'

'Ja, meisjelief! Dat betekent dat je niet meer in de keuken moet werken of vuur moet maken of ander vuil werk moet doen. Bovendien krijg je ook een loon en hoef je daar geen zes maanden meer op te wachten. Al denk ik wel dat mevrouw Kramm het erg zal vinden jou in de keuken te moeten missen.'

Irene is de kluts kwijt. 'En jij denkt dat vandaag een soort proef was om te zien of ik het aankan?'

'Hoe zou je het anders verklaren? Waarom zou mevrouw Burger anders een keukenhulp opdragen de thee te serveren?'

'Dat heb ik me ook al afgevraagd,' mompelt Irene.

'Zie je wel! Afwachten nu wat er gebeurt.' Minna draait zich op haar zijde. 'Maar nu moeten we echt gaan slapen. Het was een vermoeiende dag vandaag en morgen belooft het niet rustiger te zijn.'

De wijngaard in Schweighofen

1 oktober 1866, de middag van dezelfde dag

Franz kijkt goed uit waar hij loopt als hij met de zware mand op zijn rug het steile pad tussen de wijnstokken afdaalt. De zon staat inmiddels hoog aan de hemel en het is uitzonderlijk warm. Bij de wagen wist hij met zijn mouw het zweet van zijn voorhoofd. Hij ademt een paar keer diep in en uit en probeert zijn pijnlijke spieren die trillen van de inspanning los te schudden. Dan klimt hij de vijf treden van de kleine ladder aan de zijkant van de wagen op, grijpt met beide handen de daarvoor voorziene handvatten en buigt zwierig voorover. Met een soppend geluid storten de goudgele rieslingdruiven in de wagen. Met een zucht van verlichting en een vederlichte mand recht Franz zijn rug.

Als hij weer met beide voeten op de grond staat en nogmaals zijn pijnlijke rug strekt, kijkt hij om zich heen. Van de twaalf vrouwen die vanochtend aan hem zijn toegewezen, hebben de meesten al meer dan de helft van hun rij geoogst. Langzamerhand naderen ze de plek waar de ossenkar staat. De afgetobde moeder, de oude vrouw en de vier jonge kinderen zijn nog niet te bekennen.

Franz fronst bezorgd zijn voorhoofd. Het was die ochtend bij het indelen van de ploegen snel duidelijk geworden dat geen enkele mandendrager zin had in dat gezin dat met alle geweld bijeen wilde blijven. Omdat Gregor Gerban elke dag een premie uitlooft aan de plukgroep die de meeste druiven heeft geoogst, is elke ploeg erop gebrand de sterkste plukkers in de gelederen te hebben.

Om te voorkomen dat er uiteindelijk moest worden geloot, had Franz aangeboden het gezin in zijn ploeg op te nemen. Hij probeert de norse gezichten van de andere dragers en plukkers te negeren, maar er heerst al de hele dag een geprikkelde stemming die zijn goede humeur van die ochtend dreigt te bederven.

De jonge Klaus, een van de twee dagloners die als drager werken, komt aanlopen. Al van verre ziet Franz dat zijn gezicht op onweer staat. Eenmaal aangekomen bij de wagen blijkt zijn mand maar voor de helft gevuld te zijn.

'Zo kan het niet verder met Liese en haar kroost, heer Franz,' foetert hij. 'Ze kunnen de anderen gewoon niet bijhouden. Ik moet speciaal voor hen het steile stuk naar hun twee rijen op, terwijl alle andere vrouwen al veel verder beneden bezig zijn. Bovendien heeft een van de meisjes de oogstemmer omgestoten en zijn de druiven helemaal naar beneden gerold. En het is nu al voor de tweede keer dat ik zie dat die ouwe opoe gewoon niets zit te doen.'

'Rustig maar, Klaus.' Franz probeert de jongen te sussen. 'Kom, we wisselen van rij. Ik loop wel naar boven om te kijken wat er scheelt.'

'Dank u, heer Franz.' Klaus kijkt opgelucht en beteuterd tegelijk. 'Liese werkt hard en doet wat ze kan. En ook de jongetjes weren zich flink, maar Elsbeth is gewoon te oud en de meisjes zijn te jong om te helpen.'

Franz houdt zijn hand boven zijn ogen en knippert tegen de zon. Ze hebben inmiddels de tweede van in totaal drie oogstsectoren bereikt. Smalle paden voor de druivenwagens verdelen elke wijnberg duidelijk in stukken. Om het zware werk enigszins te verlichten begint de pluk op het hoogste gedeelte en staan de oogstwagens – zware, door ossen getrokken karren – altijd op het pad onder de sectie waar wordt geoogst. Als de dragers hun druiven hebben afgeleverd kunnen ze met lege manden terug omhoog. De afstand wordt steeds korter omdat de plukkers tegelijkertijd in de hun toegewezen rijen van boven naar beneden werken.

Franz zucht, trekt de leren riemen van zijn mand recht en begint aan de klim. Voor hem is het wel duidelijk waarom Liese en haar familie almaar meer ongenoegen oproepen.

Een goede ploeg met ongeveer even sterke plukkers werkt in hetzelfde tempo. De plukkers blijven dus, elk in hun eigen rij, voortdurend op dezelfde hoogte. Dat biedt voordelen: de mandendragers bereiken zo bij elke klim de hele groep op min of meer dezelfde hoogte. Omdat de ranken dicht bij elkaar staan en er vrijwel geen ruimte is voor de man met zijn zware mand om er dwars doorheen te lopen, kiest hij bij elke klim meestal een andere rij. Om beurten moeten de plukkers dan zowel hun eigen zware emmer als de emmers van hun collega's in de mand leeggooien. De plukkers geven dan in een ketting van buiten naar binnen hun emmers onder de stokken door naar de plukker in de rij waar de manddrager staat. In elke mand passen ongeveer vier emmers druiven en daarom vormen telkens vier vrouwen een oogstgroep.

Terwijl de man met zijn mand naar de ossenkar afdaalt, nemen de vrouwen de volgende stokken onder handen. En als hun vier emmers weer vol zijn geven ze de drager een teken, waarop die weer aan de klim begint.

Maar al van begin af aan verstoort de familie van Liese deze beproefde routine. Om hen te bereiken moet Franz nu ongeveer twintig passen verder klimmen dan voor de vrouwen van dezelfde groep. Alleen dat al is vervelend.

Dat de drager niet alle plukkers van een groep tegelijkertijd kan bereiken is één ding, maar de twee andere vrouwen hebben ook een totaal ander ritme dan Liese en haar familie. Dat betekent dus dat hij de steile heuvel twee keer zo vaak moet oplopen: een keer om de druiven van het groepje van Liese naar de wagen te brengen en daarna nog een keertje om de oogst van de twee anderen op te halen.

Ten slotte loopt ook het systeem spaak waarbij de vrouwen om beurten de druiven in de mand moeten kieperen. Liese moet zelf in haar eentje alle zware emmers van haar groep voor haar rekening nemen, terwijl de twee snellere plukkers alleen elkaar kunnen afwisselen en anders pas elke vierde keer aan de beurt zijn. En omdat ze sneller werken en vaak op de drager moeten wachten die nog bezig is met de emmers van Liese, hebben ze twee uur geleden al om een tweede emmer gevraagd om die tijdens het wachten al te vullen. De vrouwen moeten nu de eerste volle emmer voorzichtig van stok naar stok meeslepen en hopen dat die niet omvalt en de kostbare inhoud naar beneden rolt.

Franz moet Klaus gelijk geven als hij op weg gaat naar Liese en haar familie. Ze veroorzaken inderdaad chaos in de ploeg en het ziet er niet naar uit dat dat in de loop van de lange dag zal verbeteren.

De oude vrouw zit inderdaad op de grond met beide handen om de rand van de emmer geklemd. Als ze Franz ziet komen staat ze moeizaam op en zet ze de houten kuip achter een wijnstok zodat die min of meer vaststaat op de steile helling. Dan buigt ze zich weer over de wijnrank. Zelfs de jonge jongens naast haar lijken sneller te werken.

Franz bereikt de oude vrouw en merkt dat ze rood is aangelopen en haar borst snel op en neer gaat.

'Moedertje,' zegt hij bezorgd, 'u lijkt me te oud en te zwak om alleen een rij voor uw rekening te nemen. Waarom helpt u uw kleindochter niet? Dan lopen jullie niet voortdurend achter op de rest.'

Hij ziet paniek in haar natte ogen. 'Alstublieft, heer!' smeekt de vrouw hem zwaar ademend. 'Alstublieft, we hebben het geld van de extra rij nodig om de winter door te komen.'

Franz weet dat de vrouwen op basis van het aantal geoogste rijen worden betaald terwijl de dragers een vaste dagvergoeding krijgen. Kinderen krijgen sowieso niets, maar helpen hun moeder zoveel en zo snel als ze kunnen met het plukken.

Het is niet voor het eerst dat hij wordt geconfronteerd met het leed van dagloners. Maar het steekt hem steeds weer. 'Hoe oud bent u, moedertje?'

'Ze wordt volgende maand tweeëntachtig,' antwoordt iemand achter zijn rug. Franz draait zich om. Liese is voorzichtig onder de ranken gekropen en is zonder dat hij het had gemerkt naar hem toe gelopen.

'Maar dan mag ze niet meer zulk zwaar werk doen,' antwoordt Franz bezorgd. 'Waarom laat je haar niet thuis op de twee meisjes passen en kom jij met de jongens. Samen zijn jullie vast even snel als de andere plukkers of misschien zelfs sneller.'

Liese ontwijkt zijn blik. Om haar mond verschijnt zo'n harde trek dat Franz ervan schrikt. 'We hebben het geld nodig, mijnheer. Aan tafel wil iedereen te eten krijgen en dus zal iedereen ervoor moeten werken.' Zonder op antwoord te wachten, keert ze hem de rug toe en kruipt ze terug naar haar rij.

'Snel, meiden!' beveelt ze haar dochters. 'Else, jij snijdt de trossen van de onderste takken. En Grete, jij raapt de gevallen druiven op. Pas op dat de emmer niet omkukelt!'

Ook de oude vrouw zwoegt verder met de hulp van de jongens. Bezorgd en vol medelijden kijkt Franz naar het groepje. Ze werken allemaal, ook de kleine meisjes, zo snel en gedreven als ze maar kunnen om hem niet te lang te laten wachten. Het liefst zou Franz zelf een schaar pakken en ondanks de pijn in zijn benen meehelpen, maar hij kan de logge mand niet op de helling neerzetten en met dat ding op zijn rug kan hij zich ook niet naar de dicht tegen elkaar staande ranken toebuigen. Terwijl hij zwijgend staat te wachten moet hij denken aan een incident van een paar maanden geleden. Aan het einde van een hete dag in juli liep hij zoals gewoonlijk 's avonds met Karl naar huis. Waar de weg zich splitst – het ene pad naar het landgoed, het andere naar het dorp – stond tot zijn verbazing dorpspastoor Meinhardt op hen te wachten.

Na een korte begroeting wendde de zielenherder zich tot Karl: 'De schoolmeester is vandaag bij me geweest. Jouw oudste is al voor de vierde week niet op school. Je weet toch dat kinderen hier in de Palts leerplichtig zijn? Je moet de jongen naar school sturen anders zijn we helaas genoodzaakt de onderwijsinspectie in te lichten. Dat levert je een vermaning en een boete op, en de jongen zul je hoe dan ook naar school moeten sturen.'

Karl had net zo stuurs gekeken als Liese net. 'Mijnheer pastoor, u weet heel goed dat we de jongen thuis nodig hebben. Lena, mijn vrouw, heeft het zwaar met de zwangerschap van ons volgende kind en kan niet meer op het landgoed helpen. Hansi moet nu die extra kreuzers verdienen waaraan het ons ontbreekt. Hoe moeten we anders rondkomen?'

Ondanks de meewarige blik in zijn ogen, hield de pastoor het been stijf. 'Maar je weet toch hoe slim Hansi is. Hij kan het ooit maken! Gun je hem de kans niet later een beter leven te leiden dan jij?'

Maar ook Karl gaf niet toe. 'En wat moeten we dan eten, eerwaarde?'

De priester probeerde het nog met een laatste argument. 'Als jij naar school was gegaan, had je kunnen lezen en schrijven. Dan was je nu voorman in de wijngaard geweest. Denk toch aan de toekomst van je zoon.'

'Goedenavond, eerwaarde.' Karl draaide de priester zijn rug toe en vervolgde zijn weg naar huis. Franz, die het gesprek met open mond had gevolgd, liep achter hem aan.

'Doe geen moeite, heer Franz!' Karl wilde niet nóg meer verwijten horen. 'Als ik de keus had, zou ik mijn zoon natuurlijk naar school sturen. Maar die luxe heb ik niet!'

Franz haalde diep adem. Op een voor hem ongebruikelijke bevelende toon riep hij: 'Blijf staan en kijk me aan! Wat is dat voor een verhaal van je zieke vrouw en Hansi? Waarom weet ik daar niets van? Ik dacht dat we vrienden waren!'

Toen Karl opkeek, zag Franz ontdaan dat zijn ogen vochtig waren. Hij maakte een uitnodigende beweging naar een eenvoudige houten bank in de schaduw van een eik.

'Vertel me nu het hele verhaal, van begin af aan!' Wat hij toen hoorde bood hem voor het eerst een onverbloemde blik op de levensomstandigheden van de landarbeiders. Het greep hem diep aan.

'Heer Franz, u weet dat mijn vrouw opnieuw zwanger is. Tot nu toe voelde ze zich bij alle zwangerschappen fit als een hoentje en werkte ze bijna tot op de dag van de bevalling. Nu is het anders. Al vanaf de eerste maanden voelt ze zich ellendig en futloos. Afgelopen maand is ze bij de grote wasdag op het landgoed onwel geworden van alle dampen en heeft ze haar linkerhand verbrand. De kosten voor de vroedvrouw die haar begeleidt en nu ook voor de behandeling van de brandwonden hebben een deuk geslagen in onze spaarcenten. Bovendien verdient Lena nu ook niets. Er zit voor ons toch niets anders op dan Hansi thuis te houden? Hij moet op zijn jongere broertjes en zusjes passen en daarnaast kan hij tegen stukloon ook bezems binden. Het geld dat hij verdient is niet te vergelijken met Lena's loon, maar het helpt wel om de grootste gaten op te vullen.'

'Hoe oud is je zoon?'

'Hansi is tien.'

'En is er geen buurvrouw die op de kleintjes kan passen als Hansi op school zit?'

Karl schudt het hoofd. 'Zelfs het schamelste bedragje dat ze daarvoor zou verwachten kan ik niet betalen. Ook de buurvrouwen moeten de kost verdienen om te helpen hun gezin te onderhouden. En Anni, mijn op een na oudste, is pas zes. Weet u, tussen haar en Hansi hebben we nog twee kinderen gehad, maar die zijn allebei als zuigeling gestorven. Anni kan niet alleen voor de twee jongsten zorgen; Erna kan zelfs nog niet lopen. En Lena, mijn vrouw, moet strikt het bed houden om niet het risico te lopen te vroeg te bevallen en zo haar leven en dat van haar ongeboren kind in gevaar te brengen. Dat zegt de vroedvrouw tenminste.'

Franz moest het allemaal verwerken. 'Ik weet nog niet hoe, maar ik ga op zoek naar een oplossing.'

Die avond sprak Franz voor het eerst met zijn oom Gregor.

'Het kan toch niet dat een van je beste werkkrachten in zo'n noodsituatie verkeert en geen hulp krijgt? Dat maakt onze goede naam te schande.'

Gregor Gerban trok zijn wenkbrauwen op. 'Dat zijn grote woorden, Franz. Wat moet ik dan doen volgens jou?' vroeg hij bits.

'Stuur onze huisarts naar de zieke vrouw, betaal een oppas voor de kinderen en geef die mensen een vergoeding voor het loon dat ze nu missen. Of beter: betaal Karl Krüger meer!'

'Verder nog iets? Zal ik nog een kliniek op het terrein bouwen en een verpleegster en kindermeisje aannemen?'

Dat zou inderdaad niet slecht zijn, schoot het door Franz' hoofd. Zijn oom wond zich danig op. 'Denk je soms dat de wijngaard een liefdadigheidsinstelling is?'

Die avond gingen ze met ruzie uit elkaar.

Na een bijna slapeloze nacht kwam Franz tot de bittere conclusie dat het nadelig zou zijn voor Karl en zijn familie als hij per se zijn wil wilde doordrijven. En daarom ging hij niet naar het werk, maar stond hij om acht uur de volgende ochtend opnieuw in het kantoor van zijn oom. In een iets kalmere sfeer hoorde hij waarom de familie, zelfs als ze dat wilde, de lonen van de landarbeiders niet zomaar kon verhogen.

'De landeigenaren in de zuidelijke Palts hebben afspraken gemaakt over de lonen die ze betalen. Als iemand daarvan afwijkt en meer biedt, zullen de arbeiders massaal proberen werk te vinden bij dat ene bedrijf. De minder welvarende grondbezitters kunnen zich geen hogere loonkosten veroorloven. De gevolgen van zo'n eenzijdig initiatief liggen voor de hand: de ondernemer die de afspraken schendt wordt geboycot en uit de vereniging van wijnproducenten in de zuidelijke Palts geweerd. We zijn elkaars concurrenten, maar de vereniging biedt ons ook de nodige voordelen ten opzichte van wijngoederen elders in Beieren, bijvoorbeeld. Begrijp je nu waarom ik Karl Krüger onmogelijk meer kan betalen?'

'En een arts voor zijn vrouw?'

Gregor Gerban zuchtte. 'Daarin kan ik je tegemoetkomen, omdat Lena op het landgoed heeft geholpen voordat ze ziek werd. Dat maakt het verdedigbaar haar als een zieke werknemer te behandelen. Ik zal onze arts vragen Lena in zijn kliniek op te nemen tot haar bevalling.'

'En een oppas voor de kinderen zodat Hansi naar school kan gaan?'

Hier hield zijn oom voet bij stuk. Dat waren persoonlijke aangelegenheden die hem niet aangingen. Uiteindelijk stelde Franz een compromis voor. 'Ik zoek een vrouw uit het dorp die zich overdag over die kinderen ontfermt. Ik zal haar uit mijn eigen zak betalen. Maar jij, oom Gregor, zorgt ervoor dat Hansi na schooltijd op het landgoed kan werken om iets bij te verdienen zolang Lena ziek is.'

Na nog wat heen-en-weergepraat kwamen ze overeen dat Hansi als staljongen mocht komen helpen.

Franz kon Karl Krüger pas 's avonds inlichten over wat hij had bereikt. Dat hij zelf zou bijdragen in de kosten vertelde hij er niet bij. De man straalde. 'Ik weet niet hoe ik u moet bedanken, jongeheer.' In zijn vreugde gebruikte hij de oude aanspreekvorm weer.

'Verheug je maar niet te snel, Karl! Ik verbind er namelijk een voorwaarde aan!'

‘Een voorwaarde? Welke dan, heer Franz?’

‘Dat jij ook leert lezen en schrijven. Driemaal per week gaan we bij elkaar zitten en dan leer ik het je!’

Intussen is alles goed gekomen. Lena Krüger is bevallen van een gezonde jongen en kan binnenkort weer als wasvrouw op het landgoed aan de slag. Hansi gaat ’s ochtends naar school en ook zijn vader toont zich een goede leerling; in zijn schaarse vrije uren oefent hij ijverig.

Franz zou willen dat hij ook iets kon doen voor Liese en haar familie! Hij beseft opeens dat hij niet eens haar achternaam kent. Het punt is dat Gregor Gerban in niet mis te verstane termen heeft aangegeven dat het geval Karl een uitzondering moet blijven. En daar had hij mee ingestemd.

Op dat moment recht Liese haar rug. ‘De emmers zijn vol, jongeheer.’ Franz gaat wijdbeens op de helling staan en zakt wat door zijn knieën. Het ontgaat hem niet dat de vrouw zachtjes kreunt als ze de druiven in de mand kiepert.

‘Het is bijna lunchtijd, Liese,’ zegt hij nog voordat hij naar beneden vertrekt.

Liese wuift hem weg. ‘We eten onze boterhammen met reuzel hier in de wijngaard op en werken intussen verder.’

Franz wil iets zeggen, maar de vrouw is hem voor. ‘Maakt u zich geen zorgen over ons, jongeheer. We zijn het gewend om hard te werken en redden het wel.’

Die woorden blijven nog de hele dag nagalmen in zijn hoofd en bederven de blijdschap over de rijke oogst.

4

De wijngaard in Schweighofen

8 oktober 1866, een week later

'Karl, weet jij waar Liese vandaag is gebleven?' Pas op weg naar huis kan Franz zijn vriend de vraag stellen die hem al bezighoudt sinds er die ochtend een andere plukster bij zijn ploeg werd ingedeeld. De landarbeider kijkt hem aan met een gezicht waarvan Franz inmiddels weet dat het weinig goeds voorspelt.

'Wilms heeft Liese vrijdag laten weten dat ze niet meer hoeft terug te komen.'

Franz is sprakeloos. 'Maar waarom? De vrouw en haar jongens waren de laatste tijd toch goed bezig.'

Karl haalt zijn schouders op. 'Maar daarvóór was er veel gedoe met de grootmoeder en de meisjes. Je weet toch dat de oude vrouw woensdag onwel is geworden en dat een deel van de groep het werk heeft moeten neerleggen om haar naar haar huisje te brengen? En de meisjes lieten de emmers steeds vallen. Die zijn gewoon te zwaar voor die kleintjes.'

'Dat weet ik allemaal wel,' reageert Franz ongeduldig. 'Ik heb het de oude Elsbeth persoonlijk verboden het nog langer te proberen, maar ik dacht dat ze nu op de meisjes paste, zodat Liese en de jongens tenminste wat konden verdienen.'

'Wilms heeft het toch zo beslist, temeer omdat de mannen en vrouwen uit hun ploeg steen en been klaagden.' Karl zwijgt even en vermant zich dan. 'Ik heb je toch al verteld over Bernhard, de man van Liese?' Franz kijkt hem niet-begrijpend aan. 'Je weet wel, die kerel die Wilms in het voorjaar heeft afgedankt omdat hij altijd dronken was.'

Franz kan het zich vaag herinneren. 'En?'

'Die kerel is vertrokken en heeft zijn gezin in de steek gelaten. Het was de bedoeling dat hij elders werk zou zoeken en dan geregeld geld naar huis zou sturen, maar Liese heeft al weken niets meer van hem gehoord.'

'Dan heeft dat gezin de inkomsten van de druivenpluk toch helemáál nodig,' antwoordt Franz ontzet.

Karl zucht. 'U hebt gelijk, heer Franz. Maar voor Wilms en mijnheer Stromberg, de rentmeester, vormen Liese en haar gezin een probleem. Ze loopt maanden achter met de huur van de hut, het slechtste krot van het dorp nog wel.'

'Maar waarvan leven ze dan als de kostwinner niets meer binnenbrengt?'

Karl trekt opnieuw zijn schouders op. 'Van het geld dat Liese met wassen en naaien verdient, en de opbrengst van haar tuintje. Soms stopt de pastoor haar wat eten toe en de kinderen mogen soms bij de buren eten. De grootmoeder heeft nog een paar centen in een oude sok, maar die zijn ook bijna op. De hemel mag weten hoe ze de winter moeten doorkomen.'

Franz recht vastberaden de rug. 'Ik ga vanavond nog met Stromberg en Wilms praten.'

Op het gezicht van Karl verschijnt weer die ondoorgrondelijke blik. 'Dan wens ik u veel succes, heer Franz.'

Zodra Franz terug is in het statige landhuis, beent hij met grote passen naar het kantoor van de rentmeester, waar hij zoals verwacht ook Wilms aantreft die net verslag doet van de dag.

Hij begroet hen kortaf. 'Goedenavond, heren. Ik wil iets met u bespreken, Wilms.'

'Waar gaat het over, heer Franz?'

'Voor u is het nog steeds jongeheer!' Hij heeft het nog niet gezegd, of hij heeft er al spijt van.

De voorman maakt een overdreven diepe buiging.

'Zoals u wenst, jongeheer.'

Franz zoekt naar de juiste aanhef. 'Ik heb u vrijdagavond toch verteld dat Liese...' Verdomd, nu ken ik haar achternaam nog altijd niet, bedenkt hij.

'Bedoelt u misschien Liese Hellmann?' helpt Wilms hem grijnzend op weg.

'Inderdaad.' Franz ergert zich aan zichzelf, ook al omdat hij voelt dat het schaamrood hem naar de wangen stijgt. 'U hebt haar ontslagen ondanks het feit dat ik u heb verteld dat Liese Hellmann en haar jongens donderdag en vrijdag uitstekend werk hebben geleverd.'

'Dat klopt, jongeheer, maar voordien is er veel misgelopen in uw ploeg. Liese Hellmann heeft het slechtste resultaat van de week neergezet en de andere arbeiders hebben bij mij over haar geklaagd. Ik had hun woensdag al beloofd dat ik haar zou afdanken en ik vond dat ik me daaraan moest houden.'

'Maar de arme vrouw is buiten haar schuld in de problemen geraakt en heeft het geld nodig.'

Wilms grijnst opnieuw. 'Buiten haar schuld? Dat is maar de vraag. Ze had nooit met die onverbeterlijke nietsnut Bernhard moeten trouwen. Aan andere geïnteresseerden ontbrak het niet. Maar met een kind in de buik wilde geen fatsoenlijke kerel haar nog hebben.'

'Doelt u op uzelf misschien?'

Het is een schot in het duister, maar het getaande gezicht van Wilms loopt rood aan. Franz put daar moed uit. 'En neemt u nu wraak omdat ze u destijds heeft afgewezen?'

Wilms snuift verontwaardigd. 'Ik ben niet gediend van dergelijke verdachtmakingen, jongeheer.' Het laatste woord spúúgt hij bijna uit. 'Ik heb Liese Hellmann, samen met haar moeder en kroost, een echte kans gegeven omdat ik medelijden met haar had. Wat kan ik eraan doen dat ze die kans niet heeft benut!'

'Liese Hellmann heeft die kans wél benut, en goed zelfs,' bijt Franz de voorman toe. 'Daarom beveel ik u die vrouw morgen weer in dienst te nemen.'

Wilms heeft er genoeg van. 'U hebt mij geen orders te geven, "jongeheer" Gerban. Uw oom heeft mij de bevoegdheid gegeven om te beslissen over het aantrekken en ontslaan van dagloners.' Hij wijst naar de rentmeester die het gesprek zwijgend heeft gevolgd. 'De heer Stromberg hier kan dat bevestigen.'

Stromberg, een schriel mannetje met dun haar en een zware snor waarop hij – zoals iedereen weet – ongelooflijk trots is, schraapt zijn keel. Met een korte buiging valt hij de voorman bij: 'Dat klopt, jongeheer. Wilms is gemachtigd om te beslissen over de samenstelling van de werkploegen.'

Franz doet nog een laatste poging. 'Ik hoorde dat mevrouw Hellmann al enige tijd huur verschuldigd is. Geef haar toch de kans om te werken en die achterstand af te betalen.'

De ogen van Stromberg flikkeren. Nogmaals buigt hij. 'Dat klopt, jongeheer. En daarom ben ik zo vrij geweest het loon van de grootmoeder al te verrekenen met het openstaande bedrag.'

'En vervolgens hebt u de vrouw alsnog ontslagen? Dat is… dat is…' Franz komt even niet uit zijn woorden. 'Dat is ronduit schandalig, mijnheer Stromberg!'

Het gezicht van de rentmeester betrekt. 'Ik heb in het belang van de familie gehandeld. In elk geval in het belang van uw oom, maar welbeschouwd ook in uw belang. U behoort immers ook tot de familie.'

'Reken maar dat ik tot de familie behoor. En ooit zal ik de wijnhandel van mijn vader overnemen. U weet natuurlijk dat mijn vader mede-eigenaar van het landgoed is.' Zijn eigen hoogdravende woorden klinken Franz kunstmatig en hol in de oren.

Zoals verwacht sorteren ze ook geen effect. De rentmeester buigt nog een keer stijfjes. 'Dat bedoel ik, jongeheer.'

'U neemt Liese Hellmann dus niet opnieuw in dienst?'

Nu krijgt Franz helemaal geen antwoord. Wilms staart koppig naar de vloer, Stromberg kijkt langs hem heen.

'Goed, we zullen wel zien! Vanavond nog bespreek ik dit met mijn oom.'

Pas als de deur van het kantoor achter hem in het slot valt, herinnert Franz zich dat oom Gregor er vanavond niet is. Samen met zijn vader gaat hij naar de maandelijkse vergadering van regionale wijnproducenten.

Morgen dan maar, denkt Franz in een poging zichzelf te kalmeren.

Huize Gerban bij Altenstadt

8 oktober 1866, dezelfde dag

'Zit mijn kapje goed? Toe Minna, kijk dan toch even!'

Irene draait en keert voor de kleine spiegel in de meidenkamer. Ze draagt een van de twee nieuwe jurken die ze afgelopen zaterdag heeft gekregen. Deze eenvoudige jurk van donkerblauw katoen moet ze aan voor het werk in de huishouding, samen met een wit, met ruches afgezette boezelaar en het kapje dat ze net op haar hoofd heeft gezet – beide in batist.

De oude naaister heeft de jurken van de in rang verlaagde Tilda alias Elsa ingenomen voor Irene. Vandaag al begint ze als derde dienstmeisje.

Met een welwillend lachje komt Minna achter Irene staan en trekt het kapje over de dikke knot waarin Irene haar haar heeft opgestoken. 'Zo, nu zit het goed. En doe in hemelsnaam een beetje rustig, ik krijg de kriebels van jou!'

Ze knijpt Irene in haar wang. 'Geloof me: het komt allemaal goed!'

'Mevrouw Burger zei dat ik een proeftijd van vier weken heb. Daarna hoor ik pas of ik de baan heb.'

'Je moet niet alles zo serieus nemen. Wat kan er misgaan? In plaats van haarden aan te maken en vloeren te schrobben, maak je nu bedden op, neem je stof af en poets je zilver. Zo moeilijk is dat allemaal niet. En mevrouw Burger vindt gemakkelijker een nieuwe keukenmeid of poetshulp dan een goed kamermeisje. Nee, je moet wel iets héél stoms doen om die post kwijt te raken.'

Irene voelt zich al wat gerustgesteld, maar heeft toch nog wat twijfels. 'Maar ik moet ook opdienen en afruimen en de voordeur opendoen.' Voor die taken heeft ze een zwart jurkje van fijne glanzende wol dat ze alleen met een met kant afgebiesd schortje mag dragen.

'Je hebt al laten zien dat je kunt opdienen. Bovendien zijn dat niet je vaste taken. Het ontbijt en de thee serveer je alleen als de dames onder elkaar zijn. Met de belangrijke maaltijden heb je niets te maken. Die zijn voor Niemann en de huisknechten. En de voordeur openen doe je afwisselend met ons, de andere kamermeisjes. Om de twee weken deurdienst dus.' Minna klinkt een beetje korzelig.

Irene heeft het meteen in de gaten. 'Het spijt me, lieve vriendin, maar ik kan het allemaal nog niet goed bevatten.'

De voorspelling van Minna was sneller uitgekomen dan ze hadden verwacht. Mevrouw Burger had Irene vorige week al op de hoogte gebracht van haar promotie.

De aanleiding daarvoor was blijkbaar niet zo fraai en de bedienden fluisteren er nog altijd over. Minna heeft er tot nu niets over gezegd, maar nu raapt Irene haar moed bij elkaar. 'Is het waar dat Elsa, ik bedoel Tilda, in haar laatste weken mijn vroegere taken moet doen?'

Minna zucht. De goedige blik in haar grijsgroene ogen betrekt. 'Ja, het is waar. Mevrouw Burger is te weten gekomen dat Tilda een kind verwacht. Als ze niet verloofd was geweest had ze net als Herta, je voorgangster, meteen het huis moeten verlaten. Nu is ze voor de rest van haar dienstbetrekking in rang verlaagd.'

Irene is ontsteld. Wat Minna nu zegt klopt met wat er wordt gefluisterd, maar dat het nog erger had gekund wist ze niet.

'Bedoel je dat als de vader van het kind niet met Tilda zou trouwen, ze haar meteen op straat zouden hebben gezet?'

Minna's brede gezicht met de iets te grote neus en de volle lippen krijgt iets grimmigs. 'O zeker, naïef kuikentje. En wel pardoes! Zonder blikken of blozen. En zonder referenties, maar wel met een aantekening over het ontslag op staande voet in haar bediendenboekje. Zo is het Herta vergaan en zo is het ook elders gebruikelijk.'

'Maar waar moeten die meisjes dan van leven? Die maken toch geen enkele kans om ooit nog een andere baan te vinden?'

Minna haalt haar schouders op. 'Dat interesseert de hoge heren geen zier. Maar kom, we gaan ontbijten, het is al laat. Gelukkig is het voor Tilda nog vrij goed afgelopen.'

Ze lacht geheimzinnig. 'En wacht maar tot je hoort wat mevrouw Burger wil dat we vandaag doen.'

Gewapend met plumeau, poetsdoeken en bezem volgt Irene Minna naar een deel van het huis waar ze nog niet is geweest. Het huis in Altenstadt bestaat uit twee vleugels die zich volmaakt symmetrisch uitstrekken aan weerszijden van het middengedeelte met het overdekte bordes naar de voordeur en de grote hal. De voorste deuren in de hal leiden respectievelijk naar de bibliotheek en de grote salon. Op de eerste verdieping liggen de grote eetkamer en de balzaal. Die twee ruimtes gebruikt de familie slechts een paar keer per jaar voor feestelijke gelegenheden. De balzaal komt uit op het prachtige halfronde balkon met marmeren balustrade. Op vier sokkels staan halfnaakte vrouwenbeelden van hetzelfde kostbare materiaal. Griekse godinnen zijn het, weet Irene inmiddels. Ze was in het begin een beetje van haar stuk door al dat bloot, aangezien ze in het weeshuis kuis was opgevoed. En kuis is het in de hele Palts, ook in huize Gerban, als het om het menselijk lichaam gaat.

Achter in de hal leidt rechts een gang naar de vleugel die Wilhelm Gerban en zijn gezin bewonen. Daar liggen de woonvertrekken met de kleine salon, de ontbijtkamer, het rookvertrek en de werkkamer van mijnheer. Een brede trap voert naar de eerste verdieping, met rechts de vleugel met de slaapvertrekken van de familie. In de linkervleugel bevinden zich de gastenkamers met bijhorende kleed- en badkamers.

De tweede etage is over de hele breedte van het huis ingericht voor het huispersoneel. Bij dat gedeelte kun je slechts via de achtertrap komen, die je bereikt via de dienstingang en een kleine gang op de eerste verdieping. De keuken, voorraadkamer en de zitkamer van het personeel liggen in het souterrain dat alleen via de achtertrap toegankelijk is.

Dit deel van het huis kent Irene inmiddels wel, maar ze heeft zich altijd afgevraagd wat er zich bevindt op de benedenverdieping van de linkervleugel, want daar ze nog nooit geweest. Minna heeft haar ooit verteld dat Gregor, de jongere broer van Wilhelm Gerban, daar ver voor haar tijd met zijn gezin heeft gewoond voor zijn verhuizing naar het wijngoed in Schweighofen.

Minna opent de zware deur met rijk houtsnijwerk links achter in de hal tegenover het woongedeelte van de familie.

'Vreemd dat deze deur heel anders is dan die aan de rechterkant,' mompelt Irene.

Minna grijnst. 'Dat komt doordat Ottilie, de schoonzus van Wilhelm Gerban, die deur speciaal heeft laten plaatsen toen ze hier nog woonde.'

'Waarom eigenlijk?'

'De broers en vooral hun echtgenotes hadden ruzie met elkaar en Ottilie Gerban wilde alleen in de linkervleugel wonen als er een deur kwam die ze achter zich kon sluiten. Maar uiteindelijk maakte het niets uit en verhuisden ze definitief. De benedenverdieping heeft de familie daarna gelaten zoals die was. Op de eerste verdieping zat ooit eenzelfde deur die hun slaapvertrekken afsloot. Die is verwijderd en hun vroegere vertrekken zijn omgebouwd tot de huidige gastenkamers.'

'Hoe weet je dat allemaal? Dat was toch vóór jouw tijd?'

'Dienstbodes doen niets liever dan roddelen over hun meesters. In de loop der jaren heb ik het een en ander opgepikt.'

Irene volgt Minna door de bedompte en donkere gang, en laat de nieuwe informatie bezinken. 'Dus rijke mensen hebben ook zorgen en conflicten,' zegt ze na een tijdje zacht.

Minna grijnst breed. ‘Reken maar, onschuldig schaap! Conflicten en ruzies zat. En in huize Gerban nog meer dan in andere vermogende families. Maar kom, we gaan aan de slag. Mevrouw Burger wil dat we hier tweemaal per jaar de boel luchten en stof afnemen.’

Ze trekt de zware gordijnen van donkergroen fluweel in de eerste kamer opzij en opent het grote raam dat uitkijkt op de oprijlaan.

Irene ziet meteen dat deze ruimte de tegenhanger is van de kleine salon in de rechtervleugel. Minna en zij pakken de witte lakens die over de meubelen zijn gedrapeerd en schudden ze flink uit voor het open raam. Grote stofwolken stijgen op en doen Irene niezen.

Ze draait zich om en bekijkt de kamer onderzoekend. De gestoffeerde meubelen – een driezitsbank, een chaise longue en twee oorfauteuils – zijn overtrokken met opzichtig lichtgroen brokaat dat royaal met gouddraad is doorstikt. Twee lege vitrinekasten aan weerszijden van de deur, een geciseleerde kast die bijna tot aan het plafond reikt en verschillende thee- en bijzettafeltjes vormen de rest van het meubilair. Aan het plafond hangt een enorme kroonluchter die Irene veel te groot lijkt voor de kamer.

‘Nogal smakeloos en overladen, vind je niet?’ Minna zegt precies wat zij denkt.

Irene knikt. ‘Heel anders dan aan de andere kant.’

‘Dat ligt aan de dame des huizes. Pauline Gerban heeft altijd een uitstekende smaak gehad. De meubelen in haar vleugel zijn zeker even duur of misschien wel duurder dan deze hier, maar ze maken het huis elegant in plaats van er een protserig theater van te maken.’

Irenes interesse is nu echt gewekt. ‘Hoe zou dat komen?’ vraagt ze terwijl ze de plumeau over het overdadige houtsnijwerk van de kast laat dansen.

‘Kijk, Pauline Gerban stamt uit een rijke familie. Goede smaak is haar met de paplepel ingegeven. Ottilie Gerban daarentegen is de dochter van een parvenu uit een lager milieu. Naar verluidt heeft haar vader zijn fortuin vergaard via dubieuze transacties met het Beierse leger. Hij verkocht laarzen van slecht leer en half bedorven proviand. En na verloop van tijd is dat misgelopen.'

Minna pauzeert even en schept er blijkbaar genoegen in Irenes nieuwsgierigheid op de proef te stellen terwijl ze met een mattenklopper de gestoffeerde meubelen te lijf gaat en zo nieuwe stofwolken doet opstijgen.

'Kom op, vertel. Wat ging er dan fout?'

Minna heft haar handen op en raakt daarbij met de klopper een staand klokje op een tafeltje. Met een kordate sprong kan Irene het nog net op tijd opvangen en weer op zijn plaats zetten.

'Oef, dat scheelde niet veel,' hijgt Minna geschrokken. 'Duizendmaal dank. Het is een spuuglelijk ding, maar ik wil niet weten wat het kost.'

'Graag gedaan. Vertel verder.'

'Het gerucht gaat dat er kort na het huwelijk van Gregor Gerban met Ottilie een schandaal uitbrak. Het leger had een nieuwe betaalmeester in dienst genomen die het gekonkel en de corruptie van zijn voorganger en Ottilies vader op het spoor kwam en aangifte deed. De schoonvader van Gregor kon een gevangenisstraf maar net ontlopen, waarschijnlijk omdat Wilhelm Gerban zijn invloed heeft doen gelden. De man moest echter een enorme schadevergoeding betalen en verloor zijn hele fortuin. Naar verluidt kon hij niet eens de overeengekomen bruidsschat aan Gregor Gerban betalen.'

'En dus konden hij en zijn vrouw zich ook geen eigen huis veroorloven?'

'Zou kunnen. Dit huis was net klaar en er was meer dan genoeg plaats. Naar Schweighofen konden ze op dat moment niet omdat de oude vader van de broers Gerban daar nog woonde. Ottilie heeft alle meubelen uitgekozen, maar Wilhelm Gerban heeft ze betaald. Toen ze met ruzie uit elkaar gingen, moesten ze de meubelen hier achterlaten.'

Ze werken een tijdje in stilte verder en komen dan over andere dingen te praten. Na de salon is de eetkamer aan de beurt die al net zo opzichtig is ingericht. Minna gaat naar het toilet.

Intussen stoft Irene een nogal lompe buffetkast af. Om ook het stof tussen de kieren weg te halen opent ze de twee lades waarin vroeger waarschijnlijk het tafelzilver werd opgeborgen. De eerste is leeg, maar als Irene de tweede opentrekt hoort ze iets rammelen. Nieuwsgierig trekt ze de lade wat verder open en vindt een vergeelde foto van een jonge vrouw van begin twintig – zeker niet ouder – in een verguld lijstje.

Als Minna terugkomt staat Irene nog altijd met de foto in haar handen. De jonge vrouw draagt een hooggesloten witte japon en een inmiddels ouderwetse hoed. Hoewel er een klein lachje om haar mond speelt, schuilt er iets droevigs in haar blik dat Irene aangrijpt.

'Weet je wie dit is?' vraagt ze.

Minna fronst. 'Die vrouw heb ik nog nooit gezien, maar ik heb een vermoeden wie het zou kúnnen zijn. Ottilie had een jongere zus die bij een tragisch ongeval om het leven is gekomen. Ik geloof dat ze Sophia heette. Bij een boottochtje is ze in het water gevallen en verdronken. Dat moet een paar jaar na het huwelijk van Gregor Gerban zijn geweest.'

'Maar waarom heeft haar zuster die foto hier achtergelaten?'

Minna haalt haar schouders op. 'Misschien herinnerde die haar te veel aan haar verlies.'

Irene vindt dat geen aannemelijke uitleg, maar heeft zelf ook geen andere verklaring.

Met een gevoel van medelijden dat ze zelf niet begrijpt, legt ze de foto terug in de lade die ze voorzichtig weer dichtschuift. De rest van de dag is ze bedrukt zonder precies te weten waarom. De trieste blik in de ogen van de onbekende vrouw achtervolgt haar de volgende nacht ook in haar dromen.

De wijngaard in Schweighofen

9 oktober 1866, de volgende avond

De zware hengselmand snijdt Franz in de vingers als hij de volgende avond de splitsing bereikt waar Karl op hem wacht. Die ochtend heeft hij vernomen dat zijn oom ook vanavond niet thuis zal zijn. Gregor en Ottilie Gerban zijn uitgenodigd op een feest en vertrekken 's middags al. Omdat hij voorlopig niets anders kan doen, heeft Franz in de loop van de dag beslist het gezin Hellman 's avonds wat eten te brengen.

De kokkin was danig verbaasd toen Franz haar de sleutel van de voorraadkamer vroeg en vervolgens de grootste mand die hij kon vinden vulde met brood, eieren, worst, boter, kaas, jam en andere levensmiddelen uit de rijk gevulde provisiekamer. Op zijn rug draagt hij nog een zak met aardappelen en wortelen.

Karl tilt het doek over de mand even op. 'Daar zal Liese blij mee zijn! Laat mij die maar dragen, heer Franz. U sleept al genoeg op uw rug mee.' Met grote passen stapt hij al weg met de mand.

De weg voert het tweetal langs de grazige weiden, gemaaide graanakkers en gerooide aardappelvelden die ook tot het landgoed behoren. Na een bocht komt het dorp in zicht. Van een afstand lijkt het een keurig geheel van witgekalkte huisjes waar de rook van een gezellig haardvuur uit de schoorstenen opstijgt.

Maar naarmate ze dichter bij het dorp komen, beseft Franz dat dat gezichtsbedrog is. Hij wordt een bijtende geur gewaar die verandert in echte stank zodra ze de eerste huizen bereiken. Die smerige geur stijgt op uit een beekje dat door het midden van de enige straat van het gehucht loopt. Er drijven afval en uitwerpselen in. Het doet Franz kokhalzen.

Ook de huizen, nu hij ze van dichtbij ziet, zijn in erbarmelijke staat. Er staat groene schimmel op de muren waarvan de kalk afbrokkelt en het ruwe metselwerk blootligt. De verf van deuren en luiken bladdert af, veel ruiten zijn gebroken.

Karl baant zich een weg langs de stinkende beerput en kijkt af en toe achterom om te zien of Franz hem nog volgt. Magere kinderen in lompen gluren her en der verlegen om een hoekje. Een paar schrale kippen en eenden waden door de modder.

Karl blijft even staan voor een huis dat er beter uitziet dan de omliggende woningen. In bakken op de vensterbank bloeien herfstasters, een plank over de beek voert naar de voordeur. 'Daar woon ik, heer Franz. Als u geen bezwaar hebt, nodig ik u straks graag uit voor een glas bier. Hansi heeft in de kroeg een kan gehaald.' Franz knikt verstrooid. Zijn ontzetting groeit met elke stap. Het landgoed in Schweighofen, het ouderlijke huis van zijn vader, is lang niet zo mooi als het huis in Altenstadt waar hij is opgegroeid, maar in vergelijking met deze krotten, is het een paleis.

'Karl, wacht even!' Franz wil antwoorden hebben. De vragen rollen uit zijn mond. 'Je hebt me verteld dat jullie allemaal huur betalen voor jullie huizen. Hoeveel precies?'

Karls gezicht verstrakt. 'Voor de grotere huizen zoals het mijne met twee aparte kamers zeventig kreuzer per week, heer Franz; voor de kleinere de helft.'

'Zeventig kreuzer per week? Maar dat is bijna een derde van je loon!'

Karl knikt. 'Dat klopt, heer Franz.'

'En waarom is alles hier dan zo verwaarloosd en vervallen? Zorgt mijn oom er als verhuurder dan niet voor dat alles in orde is?'

'Dat was ooit wel de afspraak,' Karl ontwijkt zijn blik, 'maar de laatste jaren is dat een beetje vergeten.'

'De laatste jaren? Een beetje vergeten? Hoelang is hier al niets meer aan onderhoud gebeurd?'

'Een jaar of tien, denk ik.' De stem van Karl verraadt niets. 'Om precies te zijn, sinds mijnheer Stromberg is aangesteld als rentmeester.'

Franz voelt zijn hart sneller slaan van woede. 'En weten mijn oom of mijn vader dat?'

Karl haalt zwijgend zijn schouders op.

Ze bereiken het eind van de dorpsstraat die geleidelijk oploopt naar een heuveltje. De stank is inmiddels ondraaglijk en Franz is bang dat hij elk moment kan overgeven. Hij had eerst niet gemerkt dat de beek hun tegemoet stroomt en beseft dat die dus ergens daarboven moet ontspringen.

Karl houdt halt voor het laatste huis van het dorp. Het is een bouwval, anders kun je het niet noemen. De deur hangt scheef in de hengsels, de twee raampjes zijn dichtgeplakt. Het dakstro is op meerdere plaatsen verrot. Even boven de hut staat langs de kant van de weg een scheef houten huisje. Franz vermoedt dat dat het gedeelde privaat is.

Karl klopt aan en loopt zonder op antwoord te wachten naar binnen. Franz moet zich bukken als hij binnenstapt. Het huisje heeft één enkele kamer die vol rook hangt van het open vuur in de hoek waarboven iets staat te pruttelen. De muren zijn zwart van het roet.

'Goedenavond, Liese,' groet Karl de afgetobde vrouw die verrast uit een krakkemikkige stoel opspringt. Op de houten tafel voor haar liggen aardappelschillen die al grotendeels in stukjes zijn gesneden.

'Ik ben hier met jongeheer Franz. Hij heeft gehoord dat je ontslagen bent en komt wat eten brengen.'

Tot grote verbazing van Franz vertrekt Liese geen spier terwijl haar kinderen uit alle hoeken tevoorschijn komen en zich rond de mand verdringen. In het zwakke licht van een rokende petroleumlamp ontwaart Franz in de hoek een bed waarop de oude Elsbeth ligt.

'Dank u wel, jongeheer,' antwoordt Liese koel.

Ze is duidelijk in tweestrijd, maar uiteindelijk kan ze zich toch niet inhouden. 'Spijt het u dan toch dat ik ontslagen ben?'

Franz is in de war. 'Wat bedoel je? Natuurlijk vind ik dat naar...'

Er verschijnt een spottende grijns om Lieses mond. 'Waarom hebt u daar dan op aangedrongen, jongeheer Gerban?' Ze kijkt naar de hengselmand. 'Wat heb ik aan die paar levensmiddelen als ik verder niets verdien? Elsa, nee!' Haar dochtertje heeft onder de doek van de mand gegluurd en een appel gepakt. Het meisje krijgt zo'n harde tik op de vingers dat ze begint te huilen.

Liese bijt op haar lippen. 'Maar het is beter dan niets, jongeheer. Dank voor uw medeleven en liefdadigheid! Als mijn kinderen niet zo'n honger hadden zou ik niets van u aannemen, maar nu heb ik geen keus.'

Omdat Franz met stomheid is geslagen neemt Karl het woord: 'Liese, Wilms heeft tegen je gelogen. Heer Franz heeft niets met je ontslag te maken. Sterker nog, hij heeft zelfs tevergeefs gevraagd om je weer aan te nemen.'

'Wat... wat zeg je nu?' Plotseling vallen Franz de schellen van de ogen. 'Heeft die schurk van een Wilms gezegd dat ík om je ontslag heb gevraagd?'

Liese knikt. Ook zij lijkt nu volledig in de war. Franz balt zijn vuisten.

'Wacht maar,' sist hij tussen zijn tanden. 'Ditmaal is die kerel te ver gegaan. Daar zal hij voor boeten.'

Huize Gerban bij Altenstadt

13 oktober 1866, zaterdagmiddag, diezelfde week

'Kom, herhaal nog eens rustig wat je in het dorpje van onze landarbeiders hebt meegemaakt.'

Wilhelm Gerban wrijft over zijn keurig getrimde grijze snor. Franz kent zijn vader goed genoeg om te weten dat dat een teken van nervositeit is. Zozo, pa. Je bent dus ongeruster dan je wilt doen voorkomen, denkt hij.

Zoals verwacht heeft het eerste gesprek met oom Gregor over de levensomstandigheden van de landwerkers niets opgeleverd. Het was, hoe kon het ook anders, uitgelopen op verwijten over en weer. Gregor Gerban beschuldigde zijn neef van woordbreuk omdat hij had beloofd dat de hulp aan het gezin van Karl een uitzondering zou blijven. Franz beweerde op zijn beurt dat het ene niets met het andere te maken had. Hij eiste het ontslag van Wilms en Stromberg, en betichtte zijn oom van uitbuiting.

Vervolgens hadden die twee zich tot Wilhelm Gerban gewend om zich over Franz te beklagen en de pater familias voor zich te winnen. Voor dit gesprek met zijn vader had Franz voor het eerst sinds maanden op een werkdag een goed pak en schoon overhemd aangetrokken, een ongemakkelijke das om de stug gesteven kraag geknoopt en zelf zijn schoenen gepoetst. Vervolgens was hij de grens overgestoken en naar het naburige Altenstadt gereden.

Wilhelm had rustig naar zijn argumenten geluisterd, maar had zijn vorige maand zestien geworden zoon nadrukkelijk verboden op beledigende toon te praten. Ook had hij geen stelling ingenomen.

'Ik moet dit eerst met je oom bespreken, Franz. Ik kan geen beslissing nemen zonder hem daarin te kennen.'

Het gesprek tussen de broers lijkt intussen te hebben plaatsgevonden want Franz had gisteravond de uitnodiging om naar Altenstadt te komen gekregen van de eerste huisknecht in Schweighofen. 'Zaterdag om vier uur stipt, jongeheer.'

Franz had geprotesteerd: 'Maar dan ben ik nog aan het werk.'

De huisknecht boog en zei: 'Dat tijdstip moest ik de jongeheer meedelen.'

En dus had Franz de wijngaard met de grauburgunder waar ze die dag werkten om twee uur verlaten, zich gewassen en omgekleed. Hij was zelfs een kwartier voor het afgesproken tijdstip in Altenstadt aangekomen.

Tijd genoeg om zijn moeder nog een kus te geven. 'Je bent maar zelden thuis, Franz.' Liefdevol wrijft Pauline Gerban hem over de wang. 'En dan is het vandaag ook nog voor zo'n onaangename kwestie.'

Ze buigt zich dichter naar hem toe. 'Beheers je, jongen. Ik denk dat ze wel zullen inbinden als je ze niet tegen de haren in strijkt.'

Franz neemt de raad van zijn moeder ter harte, al had hij zich toch al voorgenomen om rustig te blijven en op basis van feiten te argumenteren. Zijn troefkaart zou hij pas spelen als hij niet anders kon.

Iets later staat hij voor zijn vader en oom. Hij recht zijn rug en begint zijn betoog: 'De mensen in het dorp leven in zeer bescheiden huisjes met vaak maar één kamer, waarvoor ze toch een aanzienlijke huur betalen. Rentmeester Stromberg houdt zeventig kreuzer in op het loon voor grotere woningen, de helft daarvan voor kleinere.'

Gregor Gerban knikt. 'Dat is de gangbare huurprijs en die is al jaren onveranderd.'

'Net als de lonen!' reageert Franz ad rem, 'maar dat geldt niet voor de huisjes. Die zijn wel veranderd en de laatste jaren gewoon verkrot. De muren zijn vochtig en beschimmeld. Veel kinderen hoesten voortdurend. Deuren en ramen sluiten vaak niet meer goed en kapotte ruiten worden niet vervangen.'

'Het is niet aan de verhuurder om door nalatigheid van de huurder veroorzaakte schade te herstellen en betalen.'

Fel wijst Wilhelm Gerban zijn jongere broer terecht. 'Zwijg, Gregor! We hebben afgesproken Franz rustig zijn verhaal te laten vertellen. Hou je daar dan ook aan, alsjeblieft!' Gregor wordt rood en bijt boos op zijn lippen, maar voegt zich voorlopig naar zijn broer.

'Vertel verder, Franz.'

'Veel daken lekken en menige schoorsteen trekt niet goed meer. Het ergste zijn echter de sanitaire omstandigheden. Er is maar één privaat voor het hele dorp en dat staat op de heuvel even boven het huisje van Liese Hellmann. De beerput is al jaren niet meer geleegd en stinkt afschuwelijk. Bovendien lijkt die put inmiddels te zijn overgelopen, want dwars door het dorp loopt een walgelijk open riool dat duidelijk begint bij het privaat en verder met regenwater wordt gevoed.'

'De rentmeester heeft oom Gregor verteld dat de bewoners zelf verantwoordelijk zijn voor die erbarmelijke toestand,' zegt Wilhelm. 'Velen gebruiken het privaat sowieso niet meer en legen hun nachtpotten rechtstreeks in de goot. Vaak gooien ze er ook ander afval in.'

Voorbereid op die tegenwerpingen knikt Franz. 'Ja, dat klopt. De meeste bewoners durven het toilet niet meer te gebruiken. Het staat aan het eind van het dorp, ver weg van de meeste huizen en bovendien is er maar één privaat voor meer dan vijftig mensen. Dat alleen al weerhoudt sommigen ervan om naar boven te lopen. Maar de toestand van de plee houdt de mensen pas echt tegen. Ik heb het met eigen ogen gezien.'

Bij de herinnering draait zijn maag zich opnieuw om. 'Ik weet zeker dat deze schandalige situatie allang was verholpen als een van jullie beiden deze plek ook maar één keer had moeten gebruiken. De randen van die kakdoos zijn...'

Wilhelm Gerban steekt zijn hand op. 'Bespaar ons de details! We kunnen het ons levendig voorstellen. Maar waarom hebben de dorpelingen zelf niets aan die onhoudbare toestand gedaan?'

'Ze hebben dit vaak met de rentmeester besproken en hem om hulp gevraagd. Stromberg beloofde keer op keer de put te laten ruimen, maar is die belofte nooit nagekomen.' Franz kijkt zijn oom strak aan. 'En jij hebt een delegatie van de bewoners niet te woord willen staan toen ze zich in hun nood tot jou wendden.'

Tot zijn voldoening ziet hij dat Gregor Gerban zijn blik ontwijkt.

'Op zeker moment hebben ze het eenvoudigweg opgegeven en zich in hun lot geschikt, wat ongetwijfeld jullie bedoeling was. En met "jullie" heb ik het over Stromberg en jou.'

'Dat is een verdachtmaking, Franz,' verdedigt Gregor zich. 'Je hebt beloofd objectief te blijven. Bovendien hadden de bewoners ook zelf met bezems en schoppen de situatie kunnen verhelpen.'

'De bewoners, zoals jij ze noemt, werken zes dagen hard op onze wijnheuvels en landerijen om hun brood te verdienen. Zondag is de enige dag die ze hebben om wat uit te rusten. En dan gaan ze 's ochtends nog naar de kerk. Moeten ze uitgerekend op de dag des Heren na de mis naar de gierput stappen? Misschien moeten we de eerwaarde Meinhardt eens vragen wat die daarvan vindt!'

'Franz!' sist zijn vader vermanend.

De jongeman haalt even adem en vervolgt op rustiger toon: 'Bovendien zouden bezems en schoppen niets meer uithalen. Waar hadden de bewoners moeten blijven met de inhoud van de beerput? Hadden ze die als mest in tante Ottilies geliefde tuin moeten dumpen? Of in onze wijngaarden? Nee, want die drek blijkt giftig te zijn!'

Nu laat Franz zich niet meer in de rede vallen.

'Liese Hellmann, die met haar oude grootmoeder en vier kinderen dag en nacht in deze pestlucht moet zien te overleven vertelde dat er nauwelijks nog iets groeit in haar tuintje. De gier vervuilt de bodem, groenten en aardappelen verleppen lang voor de oogsttijd. Toen ik bij haar langsging was ze soep aan het koken van aardappelschillen die ze bij haar buren bijeen had gebedeld.' Hij wordt weer boos en moet een paar keer diep inademen.

'Ik hoorde anders van onze kokkin dat je de voorraadkamer danig hebt geplunderd om Liese flink van proviand te voorzien.'

'Gregor, zeur niet.' Tot Franz' verbazing komt zijn vader nogmaals in zijn voordeel tussenbeide. 'Die paar levensmiddelen zullen we echt niet missen.'

Wilhelm wendt zich weer tot zijn zoon. 'Wat wil je nu dat wij doen?'

Franz heeft dat in het vorige gesprek al uiteengezet, maar hij legt zijn verzoeken opnieuw op tafel. 'Haal eerst die beerput weg en leg het riool in het dorp droog. Bouw nieuwe wc's – minstens drie en op verschillende plaatsen in het dorp – en laat de putten minstens twee keer per jaar leeghalen. Geef Liese Hellmann en haar familie fatsoenlijke woningruimte of bouw een nieuw huisje als er geen huizen meer vrij zijn. Bezorg die ijverige vrouw werk, niet alleen tijdens de nog resterende oogstweken, maar ook daarna hier op het wijngoed. Wilms, de voorman, maakt haar het leven zuur omdat zij hem als jong meisje heeft afgewezen. En herstel dan stelselmatig de schade aan de huizen. Begin waar reparaties zich het meest opdringen; de winter staat immers voor de deur. Als verhuurders hebben jullie je daar in het verleden ook toe verplicht.'

Wijselijk zwijgt hij over zijn wens rentmeester Stromberg en voorman Wilms te ontslaan. Bij de voorbereiding van dit gesprek had hij al ingezien dat zijn vader noch zijn oom hierin mee zou gaan.

Zijn oom reageert verontwaardigd. 'Liese Hellmann loopt maanden achter met de huur. Haar man was een nietsnut en een dronkenlap. Wat zullen de andere families ervan vinden als we uitgerekend voor haar een nieuw huis bouwen?'

‘Gregor, de details kunnen we later bekijken,’ stelt zijn broer hem gerust. Dan kijkt Wilhelm Gerban zijn zoon recht in de ogen. Als kleine jongen was Franz doodsbenauwd geweest voor die staalgrijze ogen en ook nu nog, op zijn zestiende, moet hij moeite doen zich niet te laten intimideren.

‘Veel van wat je hebt aangekaart is plausibel, mijn zoon, maar niet alles. Wat gebeurt er als we op geen enkele eis ingaan?’

‘Dan roep ik de mensen op hun werk in de wijngaard neer te leggen tot ze krijgen waar ze recht op hebben.’

Wilhelm Gerban knikt maar vertrekt geen spier. De uitspraak van zijn zoon verrast hem blijkbaar niet. Zijn broer daarentegen loopt rood aan en hapt naar adem.

‘Wát wil je doen?’ proest Gregor. ‘Onze arbeiders en hun gezinnen oproepen om halverwege de oogst te staken? En dat terwijl je weet dat we in de wijde omtrek geen vervangers voor hen kunnen vinden omdat alles wat twee benen heeft en kan lopen op de naburige landgoederen werkt. Ben je nu helemaal gek geworden? Moeten we de druiven aan de ranken laten rotten? Je weet dat het vandaag is gaan regenen en een pak kouder is geworden. We zijn nog niet eens begónnen de gewürztraminer binnen te halen.’

Alles op één kaart gezet en gewonnen! jubelt Franz in zijn binnenste. Eigenlijk had hij alleen in uiterste nood willen dreigen met een staking, vooral omdat hij het daar nooit met de landarbeiders in hun dorpje heeft gehad. Ondanks de indringende blik die zijn vader nog steeds op hem richt, geniet Franz van deze absolute zege.

Uiterlijk laat hij dit echter niet zien; hij houdt zijn gezicht strak in de plooi. ‘Klopt, oom Gregor, we zijn nog niet eens met de gewürztraminer begonnen. Maar de wijn is naar ik heb vernomen al zo goed als verkocht. Toch, vader?’ Tartend beantwoordt hij diens blik.

Wilhelm gaat niet in op de aanname van zijn zoon. ‘Ik denkt dat we genoeg hebben gehoord, Franz. Ik moet dit nu met je oom bespreken. Wacht in de bibliotheek en laat iemand je een verfrissing brengen.’

Voorzichtig gaat Irene met de op een lange stang bevestigde plumeau over het kristal van de enorme kroonluchter in de hal. Mevrouw Burger heeft haar op het hart gedrukt heel voorzichtig te zijn.

'Die kroonluchter is uitermate waardevol, de glazen pegels komen uit het Venetiaanse Murano. Als je er een op de grond laat vallen, breekt die onmiddellijk en dan kost je dat minstens drie maanden loon.'

Irene had liever gehad dat Minna haar eerst had laten zien hoe ze met die kostbare lamp moest omgaan, maar haar vriendin heeft vandaag haar vrije middag. Ze gaat op haar tenen staan om ook bij de bovenste kaarshouders te kunnen komen.

Zo'n kroonluchter is eigenlijk maar een nutteloos stofnest, denkt ze ontstemd als haar armen en schouders flink pijn beginnen te doen. Zolang ze hier in huize Gerban is heeft ze die kaarsen nooit zien branden. Volgens Minna gebeurt dat alleen bij feestelijke aangelegenheden. Op gewone dagen wordt de hal verlicht met smaakvolle, maar veel minder kostbare staande lampen en tafellampen die deels op modern gas, deels op petroleum branden.

Uit de werkkamer in de gang achterin komen plotseling luide stemmen. Irene schrikt. Wat er wordt gezegd verstaat ze niet, maar het klinkt boos. Ze weet dat jongeheer Franz vandaag op bezoek is, maar ze heeft hem niet zien arriveren. Hij moet de dienstingang hebben gebruikt. Is dat zijn stem? Of die van zijn oom Gregor, voor wie ze zo'n twee uur voor de komst van de jongeheer de deur heeft geopend?

'Wat sta je hier te treuzelen?' klinkt het plotseling bits achter haar. 'Aan het luistervinken soms?'

Geschrokken draait Irene zich om en maakt een diepe reverence voor Mathilde.

'Ik... ik stond niet te luisteren, mejuffrouw,' stamelt ze blozend.

Mathilde kijkt haar minachtend aan. 'Maak dat de kat wijs.' Precies dan klinken de stemmen weer luider.

Arrogant loeder! tiert ze in haar binnenste. Irene schrikt van zichzelf en kijkt naar de vloer in de hoop de mengeling van angst en afkeer die ze voelt voor de juffrouw te verbergen. Maar ze is net niet snel genoeg.

'Waarom staarde je me net zo onbeschaamd aan?'

Irene verstijft. Op dat moment gaat de deur van de werkkamer open. De jongeheer komt met een somber gezicht buiten en ziet zijn zus en Irene. 'Wat gebeurt hier?'

'Niets waar jij je zorgen om hoeft te maken.' Mathilde richt zich dan tot Irene: 'Nu je hier toch alleen maar in de weg staat, kun je net zo goed naar mijn kamer lopen en mijn sjaal halen. Die ligt op de stoel.'

Opgelucht dat ze aan deze onaangename situatie kan ontsnappen, loopt Irene snel de trap op naar de kamer van Mathilde, de eerste in de gang met de slaapvertrekken. Het vertrek staat even vol tierelantijnen als er aan de jurken van de bewoonster bungelen.

Die meubelen hier zouden niet misstaan in de linkervleugel, constateert Irene. Ze moet terugdenken aan de schoonmaakbeurt van de vroegere woonruimte van Gregor Gerban en zijn vrouw. De sjaal, die even schreeuwerig oranje is als Mathildes met ruches afgezette jurk, ziet ze algauw liggen. Uit voorzorg veegt Irene haar handen af aan haar schort voordat ze het accessoire voorzichtig oppakt.

Als ze de trap afloopt staat Mathilde nog steeds met haar broer Franz te praten. Als ze Irene zien stokt het gesprek. Opnieuw neemt Mathilde het initiatief.

'Loop naar de keuken en breng de jongeheer en mij een kop thee en een stuk taart in de bibliotheek,' beveelt ze.

'Dat is niet nodig, Mathilde. Ik hoef niets.' Irene hoort het Franz nog zeggen als ze de trap naar de keuken afloopt.

Vijf minuten later staat ze met twee koppen thee, room en suiker, en twee geurige kaneelbroodjes voor de gesloten deur van de bibliotheek. Die kamer met de eindeloze rijen boeken op de deels met glas afgesloten planken is haar favoriet. Als ze zich daar onbespied waant, leest Irene verlangend de goudkleurige titels van de in leer gebonden boeken – voor zover haar dat lukt. *Het lijden van de jonge Werther* van Johann Wolfgang von Goethe; *De rovers* van Friedrich Schiller; *Een midzomernachtdroom* van William Shakespeare. Alleen de titels al maken haar nieuwsgierig. Hoe fijn zou het zijn om een van die werken te kunnen lezen!

Ze draait zich zijdelings naar de deur en probeert de klink met haar elleboog naar beneden te drukken en de deur open te duwen. Dat lukt niet meteen en ze probeert het nog eens. Plotseling wordt de deur opengetrokken. Irene verliest haar evenwicht, struikelt en tot haar ontzetting valt het roomkannetje om. De inhoud verspreidt zich over het dienblad en er belanden een paar druppels op het jasje van de jongeheer.

'Stom wicht,' schreeuwt Mathilde schril. 'Wat een kliederboel. Dat krijg je als je een lompe keukenmeid bevordert tot dienstmeisje.'

Irene verandert in een zoutpilaar. De tranen schieten haar in de ogen. Nu is alles om zeep, snikt ze inwendig. Ik heb de proef niet doorstaan…

Toch houdt ze zich aan de vorm. Terwijl ze Mathilde negeert, zegt ze: 'Ik vraag u duizendmaal verschoning voor mijn onhandigheid.'

In tegenstelling tot zijn zus reageert Franz Gerban rustig. Hij pakt een zakdoek en veegt de roomspatten van zijn jasje. Vervolgens pakt hij het dienblad uit de trillende handen van Irene en zet het op een tafeltje neer.

'Je hoeft je niet te verontschuldigen. Het is mijn schuld. Ik heb de deur opengetrokken. O, en daar komt bij dat ik toch niet van room hou en van dit jasje ook niet.'

Irene moet bijna huilen van opluchting. 'Zal ik het colbert van de jongeheer schoonmaken?'

Franz wuift dit achteloos weg. 'Laat maar zitten. Je ziet de vlekken nauwelijks.' Hij kijkt heel anders dan zijn zus – hartelijk en sympathiek.

'Ik heb jou hier nog niet eerder gezien. Hoe heet je?'

'Dat lompe kind heet Irene,' schampert Mathilde.

Franz wendt zich tot zijn zus. 'Eh, mag ik zelf met haar praten?'

'Zoals je wilt,' klinkt het snibbig. 'Dan heb je mij hier ook niet meer nodig.' Met spijt in haar ogen kijkt ze nog even naar de kaneelbroodjes en haast zich naar buiten.

'Irene dus. Dat is een mooie naam!'

Dat verrast haar. Afgezien van zuster Agnes in het weeshuis van Heidelberg heeft nooit iemand haar naam mooi gevonden.

'Hoelang werk je hier al?'

'Sinds april, jongeheer.'

'Geen wonder dat we elkaar nog niet hebben gezien. Sinds april ben ik nauwelijks thuis geweest.'

Irene heeft niet meteen een antwoord paraat. Verlegen slaat ze de ogen neer. De manier waarop hij haar aankijkt verwart haar en maakt dat ze moet blozen.

'Ik ben ook nog maar een paar dagen geleden tot dienstmeisje bevorderd. Daarvoor werkte ik als keukenmeid en poetshulp zoals uw geachte zuster u al heeft meegedeeld.'

'Mijn geachte zuster?' Franz lacht. 'Een verschrikkelijk kreng is het, zal ik je vertellen!'

Verlegen blijft Irene naar de vloer kijken. Wat moet ze daarop antwoorden?

Franz beseft dat zijn laatste opmerking een beetje kras was en verandert van onderwerp. 'Hou je van boeken?' Even is het stil. 'Kun je überhaupt lezen?'

Nu glijdt er een zweem van ergernis over het gezicht van Irene. 'Ik kan wel degelijk lezen, jongeheer.'

'Aha, en welke boeken lees je het liefst?'

Irene bijt op haar lippen. Plotseling schaamt ze zich.

'De Bijbel is het enige boek dat ik ooit gelezen heb, jongeheer. Ik kan me helaas geen boeken veroorloven. Af en toe leent een vriendin me een stuiverroman.'

'Zou je andere boeken willen lezen?'

'O, graag. Héél graag zelfs.' Die laatste woorden fluistert ze bijna onhoorbaar.

Enthousiast pakt Franz een boek van de plank. ‘Hier, *De sprookjes van Hauff*. Denk je dat je die leuk vindt?’

Irene antwoordt niet. Franz houdt haar het boek voor.

‘Het is spannend en ook leerrijk. Er staan verhalen in uit het Verre Oosten. Neem maar mee naar je kamer. Als je het uit hebt, zet je het gewoon terug.’

Hij merkt dat ze aarzelt. ‘Niemand zal het missen.’

Irene maakt nog steeds geen aanstalten het boek aan te nemen.

‘En ook al doen ze dat wel, mijn moeder is een lieve vrouw en zal je heus niet op je kop geven.’

‘Dat weet ik,’ fluistert Irene, maar toch neemt ze het boek niet aan.

Dan gaat hem een licht op. ‘Aha, nu begrijp ik het! Je bent bang voor mijn zuster. Maak je over haar maar geen zorgen. Mathilde leest nooit iets. In elk geval nooit iets belangrijks.’

Irene verroert zich nog steeds niet. Het is vriendelijk van de jongeheer, denkt ze, maar veel te riskant.

Uiteindelijk laat Franz de hand met het boek zakken. ‘Goed dan, zoals je wilt. Dan niet.’ Er ligt iets gekrenkts in zijn stem. ‘Ik bedoelde het goed.’ Irene maakt een kniebuiging en vlucht de kamer uit.

Met gefronst voorhoofd kijkt Franz haar na en concentreert zich dan weer op de situatie van de arbeiders op het wijngoed.

‘Mooie kerel heb je grootgebracht, Wilhelm. Een revolutionaire fantast die achter de tralies hoort. Ik hoop dat je eindelijk je macht eens laat gelden. We worden nog de risee van de hele Palts als jouw zoon midden in de oogsttijd onze arbeiders oproept om te staken, ook al bereikt hij daar niets mee.’ Gregor Gerban kan niet langer blijven zitten en ijsbeert met grote passen door de kamer.

Wilhelm kijkt hem onbewogen aan. ‘Let op wat je zegt, broer. Besef heel goed wie jij hier verwijten maakt. Als ik ook maar íéts had geweten van die wantoestanden op het landgoed had ik allang ingegrepen en Franz nooit als arbeider naar jou gestuurd.’

'Wantoestanden? Wie heeft het over wantoestanden? Wat is er mis met een goede rentmeester zoals Stromberg die er alles aan doet om ons zo veel mogelijk winst te bezorgen? En met een voorman als Wilms die de vrouw van een nietsnut heeft ontslagen die daarvoor alleen maar moeilijkheden veroorzaakte?'

Wilhelm Gerban kijkt hem vol verachting aan. 'Dat is precies waarom jij in je eentje nooit iets tot stand hebt gebracht, precies zoals onze vader, die alleen maar schulden heeft nagelaten. Jij kijkt nooit verder dan de dag van morgen!'

'En jij denkt dat jij mij terecht moet wijzen, Wilhelm? Uitgerekend jij?' vaart Gregor uit. 'Als Pauline die Franz van jou niet zo verwend had, was hij net zo'n degelijke kerel geworden als onze Fritz!'

'Die je met veel geld bij het grenadierregiment van de Pruisische koning hebt ondergebracht,' sneert Wilhelm. 'Geld dat ik je trouwens heb geleend, mocht je het zijn vergeten.'

'Maar het heeft zijn vruchten afgeworpen, Wilhelm. Fritz heeft het al tot onderluitenant geschopt terwijl jouw zoon en erfgenaam, die dit ooit allemaal – hij maakt een weids gebaar met zijn hand – zal overnemen, nog niet eens zijn gymnasiumdiploma heeft.'

Aan de ader die duidelijk zichtbaar boven Wilhelms slaap begint te kloppen merkt Gregor dat hij een gevoelige snaar heeft geraakt. Toch houdt zijn broer zich in.

'Enfin, de feiten zijn zoals ze zijn. Je had het dorp nooit zo mogen veronachtzamen, Gregor. Al was het maar omdat het deel uitmaakt van ons landgoed, dat door jouw verwaarlozing aan waarde inboet. Luister daarom goed wat ik te zeggen heb.'

'Franz, dit zijn onze voorstellen en de daaraan verbonden voorwaarden.' Wilhelm Gerban heeft met Gregor afgesproken dat hij in dit gesprek alleen het woord zal voeren.

Franz knikt. 'Ik luister!'

'We gaan ervan uit dat je je dreigement om de arbeiders tijdens de oogst op te roepen het werk neer te leggen niet serieus hebt gemeend.

Daarmee zou je schande over ons afroepen en zou je me nooit als hoofd van de familie kunnen opvolgen.'

Wilhelm houdt Franz scherp in de gaten. Hij is lang niet zo zeker van zijn zaak als zijn woorden doen geloven. Dat heethoofd is tot alles in staat, denkt hij.

Maar tot zijn opluchting bindt Franz in. 'Ik ben vooral begaan met het welzijn van de arbeiders, vader. Oproepen tot een staking is wel het allerlaatste redmiddel.'

'Dat is fijn te horen want het zal niet nodig zijn. Zodra de wijnoogst binnen is, zorgen we voor nieuwe privaten in het dorp. Daarnaast worden de woningen in gereedheid gebracht voor de winter. Alle lekkende daken worden gerepareerd, de deuren en ramen hersteld en de schoorstenen gecontroleerd. Eén voorwaarde: de vaste werknemers en hun gezinnen helpen allemaal mee en ontvangen daarvoor hun gewone loon zoals nu bij de wijnoogst. Indien nodig zullen er in de lente verdere werkzaamheden aan de huizen worden verricht.'

Franz lacht. 'Aan die voorwaarde zullen de mensen graag tegemoetkomen. En Liese Hellmann?'

'Geduld, zoon! We zijn haar niet vergeten. Op het landgoed is de woning van de stalmeester vrijgekomen. Hij is na zijn huwelijk naar Schweighofen verhuisd. Liese kan daar met haar kinderen en grootmoeder in trekken. Haar oude woning wordt gesloopt. In de winter helpen Liese en haar jongens in de stal en waar we hen ook maar kunnen gebruiken op het landgoed. Kost en inwoning zijn gratis en we zorgen ook voor verwarming en winterkleding. We zullen echter geen loon uitbetalen. In het voorjaar kijken we of we Liese vast in dienst kunnen nemen als eerste vrouwelijke agrarische werkkracht.'

'En waarvan hangt die aanstelling van Liese af?' Dat deel van het voorstel van zijn vader valt niet goed bij Franz.

'Van haar gedrag,' antwoordt Wilhelm koeltjes.

'En hoe zit het met Stromberg en Wilms?' Franz brengt het gesprek op het onderwerp dat hij tot nu toe niet heeft aangeroerd.

'Oom Gregor zal erop toezien dat Stromberg zijn plichten tegenover de arbeiders beter nakomt. Zo is het toch, Gregor?'

Gregor Gerban lijkt een kikker te hebben ingeslikt. 'Ja,' perst hij er nog net uit.

Op Wilms gaat Wilhelm niet verder in. Hij maakt zich op voor de beslissende slag.

'En dan gaan we het nu even over jou hebben, mijn zoon. Het werk in de wijngaard was als straf bedoeld nadat je uit het internaat van Augsburg was gezet. Die periode was niet bedoeld om een vaardige politieke agitator van je te maken. Ik heb intussen het lyceum in Straatsburg getelegrafeerd en ze zijn bereid je toch halverwege het schooljaar aan te nemen, wat oorspronkelijk ook jouw bedoeling was,' probeert hij Franz te snel af te zijn. 'Maandag vertrek je.'

Maar hier vergist Wilhelm Gerban zich in zijn zoon.

'Die voorwaarde aanvaard ik niet,' zegt Franz stellig.

Gerban probeert zich te beheersen. 'Dat zou alle andere toegevingen tenietdoen, Franz. Wil je soms dat...'

Tot zijn grote verontwaardiging valt Franz hem in de rede.

'Zodra ik weg ben, kan ik die waarschijnlijk toch vergeten. Wie geeft me de garantie dat jullie je beloften nakomen?'

'Maar dat is ronduit schandalig!' Gregor Gerban springt uit zijn vel.

Wilhelm Gerban heft zijn hand op. 'Ik begrijp best dat ons woord voor jou niet volstaat. Wat stel je voor?'

'Oom Gregor en jij informeren maandagochtend voor ze aan de slag gaan de arbeiders over jullie beslissingen voor het dorp. Ik blijf werken als manddrager tot de oogst binnen is – dat is nog zo'n twee à drie weken. Intussen trekt Liese met haar familie in de nieuwe woning. Pas dan vertrek ik naar Straatsburg.'

Wilhelm trekt zijn wenkbrauwen op. Dat voorstel is zo slecht nog niet, denkt hij. Het zal veel minder ophef geven onder de arbeiders dan wanneer hij meteen verdwijnt.

'Vooruit dan,' antwoordt hij uiteindelijk. 'Maar laat één ding duidelijk zijn: zonder einddiploma kom je niet naar huis.'

Franz knikt. 'Dat beloof ik. En ditmaal zal ik me aan mijn belofte houden.'

Hij loopt de werkkamer uit en laat zijn blik ronddwalen in de hal, maar het dienstmeisje is nergens te zien. Lichtjes teleurgesteld maakt hij zich op voor de terugweg naar Schweighofen.

DEEL 2

Stilte voor de storm

5

Huize Gerban bij Altenstadt

begin maart 1870

'Snel! Kom, schiet toch eens op, Minna!'

'Rustig aan. De jongeheer is op z'n vroegst pas binnen tien minuten hier, zelfs al is de trein voor een keer op tijd.'

Ze bekijkt Irene kritisch. 'En bovendien zit je kapje scheef.'

Nog voor Minna een stap in haar richting kan zetten, heeft Irene de spelden al uit haar haar getrokken en probeert ze voor de spiegel gejaagd haar haar op te steken en het kapje precies over de dikke knot vast te zetten.

Met een glimlach pakt Minna de spelden uit haar hand en corrigeert het met kant afgezette attribuut van alle eerzame dienstmeisjes. 'Dat had ik van jou niet verwacht.' In de spiegel ziet Irene Minna gniffelen. 'Ik had geen idee dat de jongeheer Franz zo'n indruk op je heeft gemaakt.'

'Dat heeft hij ook helemaal niet!' antwoordt Irene kortaf voordat ze zich omdraait en de kamer uit glipt.

Via de achtertrap en de gang naar de hal bereikt ze de voordeur. Het merendeel van het personeel heeft zich al voor het huis verzameld en zich aan weerszijden van het bordes opgesteld. Irene gaat links naast Gerda staan.

Haar relatie met het eerste dienstmeisje is in de loop van de vier jaren dat Irene nu voor de familie Gerban werkt weliswaar niet hartelijk te noemen, maar is ook niet meer zo kil als toen Irene net begon.

Gerda waardeert het dat Irene zo hard werkt, niet in de laatste plaats omdat ze daar zelf baat bij heeft; Irene neemt meestal zonder klagen het zware werk op zich dat de dienstmeisjes normaal onderling moeten verdelen.

Minna stoort zich daaraan. Ze mort hier vaak over en waarschuwt Irene zich niet te laten misbruiken. Maar omdat Mathilde volhardt in haar vijandige houding wil Minna niet nog een tegenstander hebben en geeft ze daarom meestal toe als Gerda weer ergens onderuit wil komen.

Jongeheer Franz komt eindelijk naar huis! Onbewust dwalen Irenes gedachten af. Sinds die ontmoeting in de bibliotheek heeft ze voortdurend aan hem moeten denken. Soms droomt ze zelfs van hem. Hoe aardig hij is, hoe knap en toch… hoe onbereikbaar voor een arme wees.

Voordat Franz drieënhalf jaar geleden naar het internaat in Straatsburg was vertrokken had ze hem nog eenmaal uit de verte gezien toen hij afscheid van zijn familie nam en zijn koffers kwam halen. Sindsdien heeft hij zich nog maar zelden in Altenstadt vertoond. In de personeelsvertrekken fluisterde men dat hij zijn vakanties liever op het internaat of bij de familie van zijn Franse moeder in Straatsburg doorbracht dan in het ouderlijk huis.

Toch is Irene altijd opgetogen als Franz een paar dagen op bezoek komt, ook al lijkt hij na die ene keer in de bibliotheek nauwelijks aandacht voor haar te hebben.

Het stemt Irene triest, maar verbaast haar niet. Ik stel toch ook niets voor, houdt ze zichzelf voor. Ik ben een niets, een niemand, een eenvoudige dienstmeid. Jongeheren nemen meisjes zoals ik hooguit een paar nachten als speeltje mee naar hun bed en als ze zwanger worden, jagen ze hen met smaad en schande de straat op.

Zo is het in elk geval gegaan met Gundi, een dienstmeisje op een wijngoed in Schweigen. Op een vroege ochtend stond ze huilend bij de dienstingang van huize Gerban op Minna te wachten, die ze nog van vroeger kende. 'Ik ben eruit gegooid,' snikte ze. Minna had haar aangekeken met een mengeling van afkeuring en medelijden.

'Waarom laat je je toch meeslepen in zulke escapades? Nu zit je met de gebakken peren.'

Ondanks haar strenge woorden had ze Gundi de helft van haar spaargeld toegestopt. Ook Irene had drie gulden van haar zuurverdiende loon gegeven. Veel had het echter niet uitgemaakt. Een paar maanden later ging het gerucht dat Gundi nog voor de geboorte van haar kind al aan het tippelen was.

'Wat moet er van die baby worden?' vroeg Irene bezorgd.

Minna haalde de schouders op. 'Ze zal gewoon bevallen in een gesloten kraamkliniek en het kind daar achterlaten.'

Pas toen Irene naar adem hapte, besefte Minna hoe tactloos ze was geweest.

'O nee, wat dom van mij! Het spijt me, ik wilde je niet kwetsen...'

'Het is al goed, het is al goed! Het maakt niet uit!' Irene keerde Minna de rug toe. Ze wilde niet dat haar beste vriendin de tranen in haar ogen zag.

Zo is het waarschijnlijk ook mijn moeder vergaan, bedenkt ze. Wat zou er van haar zijn geworden?

Maar het leven ging verder en ook voor Irene was het niet altijd gemakkelijk. In tegenstelling tot Franz hield Mathilde haar scherp in de gaten. Ze verraste Irene op een dag toen ze bij het stoffen in de bibliotheek *De sprookjes van Hauff* had gepakt om even door het boek te bladeren dat de jongeheer haar had aanbevolen.

'Aha!' riep ze triomfantelijk. 'Op heterdaad betrapt!'

Gelukkig was mevrouw Gerban in de hal. Toen ze Mathilde hoorde, stapte ze de bibliotheek binnen.

'Wat is hier aan de hand?' Haar stem klonk dof en haar pupillen waren verkleind. Irene vermoedde dat Pauline Gerban weer een dosis laudanum had ingenomen en verwachtte niet dat ze haar dochter terecht zou wijzen.

Ze had het echter mis, vooral omdat Mathilde ditmaal ver over de schreef was gegaan. 'Ik heb dit loeder op diefstal betrapt!' beweerde ze ijskoud.

Pauline liet zich niets wijsmaken. 'Dat is een zware beschuldiging!' Ze wendde zich tot Irene die het boek nog steeds vast had en stak haar hand uit. Met trillende hand gaf Irene haar het boek.

'Aha, *De sprookjes van Hauff*. Vind je die mooi?'

Irene knikte. 'De jongeheer heeft het me ooit aanbevolen.'

'Franz?' antwoordde Pauline verbaasd. 'Als kind was het inderdaad zijn favoriete sprookjesboek. Heb je het al gelezen?'

Irene schudde zwijgend van nee.

'Waarom niet, kind? Lees je niet graag?' Irene voelde de tranen in haar ogen springen. 'Juist wel, mevrouw,' antwoordde ze zacht. 'Ik wil heel graag lezen, maar ik durfde niet te vragen of ik een boek mocht lenen.'

'Natuurlijk niet!' Mathilde viel haar in de rede. 'Stelen is veel gemakkelijker. Wie weet wat ze allemaal niet op haar kamer heeft verstopt.'

'Mathilde, beheers je! En praat niet zo ordinair!' Nu klonk Pauline boos.

Vervolgens keek ze weer naar Irene.

'Wil je dit boek lezen?' Ze reikte het Irene aan.

'Heel graag, mevrouw,' antwoordde ze met verstikte stem terwijl ze het boek aanpakte.

'Neem het dan mee en zet het terug als je het uit hebt. Dan mag je ook meteen een ander boek pakken. Je hoeft het niet uitdrukkelijk te vragen.'

'En als je ons dan nu alleen wil laten, liefje,' zei Pauline tegen de nog steeds verstijfde Irene. 'Ik moet nog iets met mijn dochter bespreken.'

Sinds dit gesprek – Irene concludeerde later dat dat wellicht over Mathildes gedrag tegenover haar was gegaan – onthield de dochter des huizes zich in het openbaar van pesterijen en behandelde ze haar koeltjes, maar wel correct.

Maar toen volgden een tijdlang allerlei onaangename incidenten.

Mathilde probeerde het nu blijkbaar met achterbakse streken. Zo zaten er grote gaten in de frisgewassen kousen die Irene op een dag van de waslijn haalde en vond ze haar ondergoed besmeurd met paardendrek in de commode op haar zolderkamertje. De pesterijen hielden pas op toen mevrouw Burger op een dag Mathilde op heterdaad betrapte toen ze een emmer vol rode mieren in het bed van Irene wilde leegkieperen.

'Mevrouw Burger heeft ontdekt dat Mathilde een staljongen had gevraagd die kriebelbeestjes in het bos te verzamelen,' hoorde ze van Minna, die zoals altijd goed op de hoogte was. Zelf had Irene daar niets van meegekregen. 'Ze heeft gedreigd het aan mevrouw Gerban te vertellen, mocht het nog een keer gebeuren. En omdat mevrouw haar dochter maar al te goed kent en mevrouw Burger onvoorwaardelijk gelooft, legt dat gewicht in de schaal. Mathilde zal je geen streken meer durven leveren.'

En Minna had gelijk gekregen, maar Irene weet dat ze in de zuster van Franz nu een vijand heeft die er niet voor zal terugdeinzen haar kwaad te doen zodra ze de kans krijgt.

De sprookjes van Hauff heeft Irene in een paar dagen tijd verslonden. Zoals Franz had gezegd waren ze leerzaam én spannend. Vooral het verhaal van Kalief Ooievaar had ze mooi gevonden. Sindsdien probeert ze zich soms voor te stellen hoe het zou zijn om met Franz van gedachten te wisselen over de sprookjes en de wijsheid die ze bevatten, al maakt ze zich geen illusies dat dat ooit zal gebeuren.

Na zijn eindexamen heeft Franz een grote reis door Europa gemaakt. Al bijna driekwart jaar is hij niet meer thuis geweest. Vandaar ook dat de hele familie en alle bedienden hem nu opwachten.

De landauer, met Riemer de koetsier in perfect gestreken livrei op de bok, draait de oprijlaan naar het landhuis op. Irenes hart gaat sneller slaan.

Met gemengde gevoelens kijkt Franz uit het raampje als zijn ouderlijk huis tussen de bomen langs de laan in zicht komt. Hij verheugt zich op het weerzien met zijn moeder, de enige persoon hier die echt iets voor hem betekent. Zijn vader en zijn zus Mathilde laten hem koud. Tijdens zijn reis heeft hij hen niet één keer gemist.

Na het eindexamen dat Franz afgelopen zomer briljant had afgelegd aan het lyceum van Straatsburg wilde zijn vader tot zijn stomme verbazing niet dat hij in de herfst meteen zijn rechtenstudie aan de Parijse Sorbonne zou aanvangen, maar betaalde hij daarentegen een lange reis door Europa.

Franz had op het lyceum van Straatsburg de gemiste stof met gemak ingehaald. En hoewel hij drie keer van een internaat was gestuurd, slaagde hij binnen de normale tijd én met fantastische cijfers voor zijn eindexamen. De reis was een erkenning voor die bijzondere prestatie – had zijn vader uitgelegd – maar al snel ontdekte Franz dat er zoals altijd toch weer bijbedoelingen schuilgingen achter het gulle geschenk.

De spanningen tussen Frankrijk en Duitsland namen toe, en Wilhelm Gerban hoopte dat zijn zoon na terugkeer van gedachten zou veranderen en voor een Duitse universiteit zou kiezen. Hij zou dan wel een toelatingsexamen moeten afleggen omdat hij zijn eindexamen in Frankrijk had gehaald, maar vader Wilhelm was ervan overtuigd dat dat wel zou lukken. Via zijn moeder had Franz van zijn vaders plan vernomen.

Tijdens de afwezigheid van Franz is de relatie tussen Napoleon III en de Pruisische koning Wilhelm en diens kanselier Otto von Bismarck op scherp komen staan. De Spanjaarden willen een opvolger uit het huis Hohenzollern aantrekken voor hun vacante troon. Er dreigt zelfs oorlog, omdat Frankrijk te bang is opnieuw – zoals in de tijd van de Habsburgers – door Duitse invloedssferen in de tang te worden genomen.

En toch ga ik naar Parijs, denkt Franz koppig. Hij heeft de Europese hoofdsteden bezocht, is in Rome, Madrid, Wenen en Londen geweest, maar de flair van Parijs heeft hij nergens gevonden. Hij verheugt zich er al op om de *butte* van Montmartre weer te beklimmen en door het Quartier Latin, de studentenbuurt, te slenteren. Niets zal hem tegenhouden.

De koets draait de esplanade voor het statige herenhuis op. Niemann, de eerste huisknecht, haast zich om het portier voor hem open te houden. Als hij uitstapt laat Franz zijn blik over de twee rijen bedienden dwalen. Hij herkent Irene en herinnert zich vaag hun ontmoeting in de bibliotheek. Ze oogt veel zelfverzekerder dan toen.

Met uitgestrekte armen rent zijn moeder op hem af. 'Franz, lieve jongen! Wat fijn dat je eindelijk weer thuis bent...' Haar stem breekt.

Meteen speelt zijn geweten Franz weer parten, zoals altijd als het om zijn moeder gaat. Hij heeft haar vaak geschreven, maar haar dringende verzoeken om tussen twee etappes van zijn reis af en toe een paar dagen thuis door te brengen, heeft hij bewust genegeerd. Zelfs met kerst had hij er zich niet toe kunnen zetten, al zat hij toen in Luxemburg en dus niet ver van Altenstadt.

Maar de groeiende hypocriete sfeer thuis stuit hem steeds meer tegen de borst. Hij walgt van de kritiekloze manier waarop Mathilde hun vader ophemelt, en van de lof die ze daarvoor in ruil toegezwaaid krijgt waarbij zijn vader totaal voorbijgaat aan haar verdorven karakter. Ook oom Gregor en tante Ottilie in Schweighofen bij wie hij jaren geleden noodgedwongen zijn straf uitzat kan hij niet meer uitstaan. Om nog maar te zwijgen over de zelfingenomenheid van zijn vader. De twee broers hebben zich weliswaar gehouden aan hun afspraken met de dorpsbewoners, maar toch houdt hij een bittere bijsmaak over aan de zaak. Veel begrip tonen zijn vader en zijn oom zeker niet.

Ze hebben het alleen gedaan om onrust tijdens de wijnoogst te voorkomen, vermoedt Franz. Dat de arbeiders jarenlang in deze vuiligheid hadden moeten wonen had natuurlijk nooit mogen gebeuren.

Als Franz zijn moeder in zijn armen sluit, schrikt hij ervan hoe mager haar lichaam onder de perfect passende japon van donkergrijze zijde aanvoelt. De modieuze tournure die de brede hoepelrok heeft vervangen en die de rok boven het achterwerk als een soort eendenstaart doet opbollen mag haar magere postuur weliswaar verhullen – net als de vullingen op buste, schouders en heupen – maar tegen een stevige omhelzing is die kleermakerstruc niet bestand.

Franz snuift even de viooltjesgeur van zijn moeder op voor hij haar bij de handen pakt en een stap achteruitzet.

'Laat me je eens goed bekijken, moeder. Je ziet er kerngezond uit!'

Franz verbaast zich over het gemak waarmee deze leugen over zijn lippen komt. Alleen van heel dichtbij is te zien dat de blos op haar wangen vakkundig opgebrachte rouge is. De pupillen in de donkere ogen die hem stralend aankijken zijn zo klein als speldenkopjes.

Laudanum. Ze neemt dit vergif dus nog steeds in, denkt Franz.

Met groot onbehagen beseft Franz dat dit ook een van de redenen is die hem van huis hebben weggehouden. Het laudanumgebruik van zijn moeder is taboe; niemand praat erover. Maar hij stelt vast dat ze zienderogen achteruitgaat.

En daar staat zijn zus Mathilde. Sinds ze elkaar voor het laatst hebben gezien is ze nog dikker geworden. De knalgroene japon met ook zo'n aanstellerige tournure – voor Franz het toppunt van modieuze dwaasheid – zit strak om haar bolle buik. 'Zo fijn dat je weer thuis bent, Franz,' lispelt ze met een gemaakt lachje en draait haar wang naar hem toe voor een kus.

Het liefste zou Franz rechtsomkeert maken en weer in de koets stappen, zo afstotelijk vindt hij Mathilde, maar in plaats daarvan kust hij haar vluchtig en beantwoordt hij haar begroeting op dezelfde toon. 'Jij ziet er ook stralend uit, zusjelief.'

Gelukkig blijft hij maar een paar dagen. Zijn familie in Straatsburg heeft hem uitgenodigd, daartoe aangezet door de signalen die Franz bij een tussenstop op de terugreis overduidelijk had afgegeven.

Zijn vader Wilhelm komt op hem af en klopt hem op de schouder. 'Welkom thuis, zoon!' Zijn basstem galmt in Franz' oren. 'Goed dat je voor aanvang van je studie een paar maanden hier bent. Het is de hoogste tijd om je wegwijs te maken in de wijnhandel.'

De moed zinkt Franz in de schoenen. 'In de wijnhandel?' echoot hij. De indringende blik van zijn vader vertelt hem dat Wilhelm Gerban zijn Straatsburgse plannetje heeft doorzien.

'Natuurlijk, mijn zoon! Die dure studie van jou moet nu eindelijk eens beginnen te renderen. Voordat je naar de universiteit gaat, moet je weten wat er belangrijk is in de wijnhandel in het Duits-Franse grensgebied. Hoe wil je anders de juridische kennis opdoen die nodig is als je straks de handel overneemt?'

Franz weet niet wat hij hierop moet zeggen. Hulpeloos dwaalt zijn blik over het voorplein en blijf even rusten op het gezicht van Irene. Om haar lippen speelt een lichte glimlach.

Huize Gerban bij Altenstadt

april 1870

'Het zou tijd worden. Schiet toch eens op, kind!'

Zoals altijd als Mathilde Gerban boos is, klinkt haar stem schel.

Irene maakt een reverence met het theeblad in haar handen en hoopt dat de dochter des huizes de gedachten niet kan lezen die haar hartslag weer doen versnellen. Ze is en blijft een mispunt. Ik kan ook echt nóóit iets goed doen in haar ogen.

Sinds ze als dienstmeisje werkt is haar leven in vrijwel alle opzichten verbeterd en nu ze achttien is, spreken meneer en mevrouw en ook mevrouw Burger haar zelfs met u aan. Alleen Mathilde kan haar nog steeds niet luchten of zien.

'Neemt u me niet kwalijk, mejuffrouw. Het theewater kookte nog niet.'

'Het theewater kookte nog niet,' papegaait Mathilde.

'In een goede keuken hangt altijd een waterketel boven het vuur.'

'Zeker, mejuffrouw. Ik zal het doorgeven aan de kokkin.' Irene kan haar tong wel afbijten.

Maar het is te laat, ze heeft zich laten vangen. 'En nog brutaal worden ook!' De stem van Mathilde klinkt nu gevaarlijk kalm. 'Denk maar niet dat u hier ongestraft mee wegkomt. Wacht maar tot mevrouw Burger hiervan hoort.'

Irene slaat haar ogen neer, maakt nog een reverence en zegt dan beheerst: 'Ik wilde mejuffrouw niet ongepast antwoorden. Mocht dat zo zijn overgekomen, dan spijt dat me zeer.'

Mathilde snuift. Ook al heeft mevrouw Burger het niet meer over de zaak met de mieren gehad, ze weet maar al te goed dat de huisdame Irene niet zal berispen voor een vermeend misverstand. Van haar kant weet Irene dat mevrouw Burger niets moet weten van Mathilde.

Hou je in, zegt Irene voor de zoveelste keer tegen zichzelf. Zolang ik beleefd blijf, kan me niets gebeuren. Iedereen weet wat voor secreet Mathilde is.

Ze zet het blad op de lage salontafel. 'Mag ik mejuffrouw bedienen?'

Mathilde knikt verwaand. 'Dat mag u! Schenk thee in!'

Uitdagend houdt ze Irene het kopje voor. Geconcentreerd om geen druppel van de hete drank te morsen vult Irene het kopje. Ze had liever gehad dat Mathilde de kop op de tafel had laten staan, maar alles gaat goed.

Ze ademt net opgelucht uit als Mathilde haar taartbordje opsteekt. 'En nu een stuk bessentaart.' Ze houdt het bord op armhoogte.

Irene aarzelt. De theepot kon ze bij het inschenken met beide handen vasthouden. De kristallen taartschaal weegt echter veel te zwaar om met één hand vast te houden en tegelijkertijd een wiebelend stuk slagroomtaart met de zilveren taartschep te serveren.

'Als mejuffrouw zo vriendelijk wil zijn het bord op de tafel te zetten, dan kan ik beter serveren.'

Mathilde doet alsof ze dit niet hoort. 'Komt er nog wat van?' klinkt het dreigend.

Hulpeloos werpt Irene een blik op de grote staande klok in de kleine salon. Het is pas kwart voor vijf. Áls Mathildes moeder al komt voor de thee, zal dat pas over een kwartier zijn. Na het middageten had ze namelijk geklaagd over hoofdpijn en zich in haar slaapkamer teruggetrokken.

Voorzichtig buigt Irene zich over de lage tafel en schuift de taartschep onder een van de voorgesneden stukken. Ze tilt het voorzichtig op en recht langzaam haar rug.

De taart is een van mevrouw Kramms meesterwerken. Een flinterdunne biscuitbodem met een laagje slagroom en daarbovenop een dikke laag bessengelei, afgemaakt met slagroomtoefjes. Ongetwijfeld lekker, maar niet eenvoudig om te serveren. Zo'n stuk kiepert snel om als je het op een bord schuift en dan ziet het er onooglijk en vooral onsmakelijk uit met de toefjes die sneuvelen en de jam die eraf druipt.

Nog moeilijker is het om de taart op de schep te houden zoals ze nu gedwongen is te doen. Irene houdt haar adem in terwijl ze de schep naar het bord van Mathilde tilt.

Net als Irene het stuk met een schuivertje voorzichtig wil neerzetten, trekt Mathilde het bord weg. Irene schrikt en maakt een onwillekeurige beweging. De taart valt op Mathildes japon van grasgroene zijde in een kliederboel uiteen. Het bessensap dringt meteen door in de stof. Een deel valt ook op de grond. Irene staat als verstijfd. Vlekken van zwarte bessen krijg je er nooit meer uit, bedenkt ze in paniek.

Het volgende moment heeft ze een knallende oorvijg te pakken. Mathilde is gillend opgesprongen: 'Jij dom en onhandig kreng!' Woedend spreekt ze Irene weer met jij aan. 'Dit is een van mijn nieuwste jurken. Ik heb hem nog nauwelijks aangehad!'

Op hetzelfde moment heeft Irene een knallende oorvijg te pakken. Mathilde was opgesprongen en brulde: 'Zie nu wat je hebt gedaan, stom kalf! Een lúís heeft meer verstand dan jij! De prijs van die japon laat ik van je loon aftrekken en ik zorg er persoonlijk voor dat je weer as mag vegen en vloeren mag schrobben. Dat is het enige waar je goed voor bent.'

Irene houdt een hand tegen haar pijnlijke wang. Ze kan nog altijd geen vin verroeren. Mathilde heft haar hand weer op. 'Haal onmiddellijk mevrouw Burger. Die moet weten wat hier is gebeurd.'

'Dat is volgens mij niet nodig, Mathilde.'

Met afgemeten tred stapt Franz de kleine salon binnen.

Mathilde draait zich om. 'Hoezo niet nodig? Wat bedoel je daarmee?' Met haar schelle stem klinkt ze als een heks. Beschuldigend wijst ze naar de jurk en naar het met slagroom en zwartebessenjam besmeurde tapijt. 'Moet je die troep hier zien!'

Franz kijkt zijn zuster ijskoud aan. Tot haar voldoening ziet Irene dat Mathilde bleek wegtrekt.

'Volgens mij ben jij degene die hier in de fout is gegaan, Mathilde. Je hebt met opzet het bord weggetrokken toen het meisje je taart wilde opscheppen.'

Er tekenen zich lelijke rode vlekken op Mathildes wangen af en ze knippert met haar ogen.

'Helemaal niet!' Tevergeefs probeert ze de trilling in haar stem te verbergen door luider te praten. 'Hoe kun jij dat nu weten?'

Franz grijnst. 'Ik? O, ik heb het hele tafereel met grote belangstelling vanuit de hal gevolgd. De deur stond halfopen.' Hij ademt diep in en de spot in zijn ogen maakt plaats voor kille woede. 'Jij bent hier het kreng, Mathilde. Jij alleen bent verantwoordelijk voor dit ongelukje. En ik vertel het aan iedereen die het horen wil als je Irene ten onrechte durft te beschuldigen.'

'Ik... Ben ik hiervoor verantwoordelijk?' Met gespeelde verontwaardiging probeert Mathilde het nog een laatste keer. Ze wijst naar Irene. 'Dat onhandige mormel uit de goot kan niet serveren! Waar had die meid het ook moeten leren? Ik begrijp nog altijd niet waarom vader uitgerekend haar uit het weeshuis heeft gehaald!'

'Aha, dus zó zit de vork in de steel!' Franz' spottende grijns is terug. 'Je bent jaloers op een eenvoudig dienstmeisje hoewel onze vader nauwelijks iets tegen haar heeft gezegd sinds ze hier in dienst is.'

'Ik, jaloers? Op een dienstmeisje? Ben je nou helemaal gek geworden!' De stem van Mathilde bereikt nu een toon die elk brandalarm eer zou aandoen.

Als een furie, knalrood en met haar papperige handen tot vuisten gebald wendt ze zich weer naar Irene.

'Maak dat je wegkomt en stuur iemand om de boel schoon te maken. Ik wil je niet meer zien vandaag!'

Ondanks het afwerende gebaar van Franz laat Irene zich dit geen tweemaal zeggen en ze glipt naar buiten. Achter de deur blijft ze even staan om op adem te komen. Ze voelt een steek in haar zij, alsof ze heel snel heeft gerend.

'Mijn beste jurk!' hoort ze Mathilde opnieuw gillen. 'Helemaal verpest! Ik heb die speciaal voor het nieuwe seizoen laten maken en wilde die aantrekken voor het bezoek van neef Fritz binnenkort. En moet je dit tapijt zien! Je weet toch hoe moeder eraan gehecht is? Het komt uit haar ouderlijk huis in Straatsburg.'

'Je zou je diep moeten schamen voor je gedrag, Mathilde!' Franz laat zich niet van de wijs brengen door het getier van zijn zus. 'Je bent een gemeen serpent. Hou je mond en laat Irene hierbuiten,' voegt hij er nog aan toe als zijn zus weer wil protesteren. 'Als jij toegeeft dat jij deze schade per ongeluk hebt veroorzaakt omdat je niet kon wachten om je buik vol te vreten, hou ik mijn mond. Zo niet…' Franz gaat zachter praten en Irene verstaat zijn laatste woorden niet meer.

Ondanks haar angst te worden betrapt terwijl ze staat te luistervinken, verroert ze zich niet. Er hangt te veel af van Mathildes antwoord.

Ook dat kan ze niet verstaan, maar uit Franz' reactie kan ze opmaken dat het gevaar voorlopig is geweken

'Waarom heb je dat niet meteen gedaan, zusterlief? Ik wist dat je uiteindelijk wel voor rede vatbaar zou zijn.'

'Ik verafschuw je, Franz.' Irene hoort het Mathilde sissen.

Franz schiet in de lach. 'Ach, wat kan mij dat nu schelen, lieve zus. Het is alleen vervelend van het tapijt. Moeder zal het jammer vinden als de vlekken er niet meer uit gaan.'

Hij zwijgt even. 'O, en om die japon zou ik niet treuren, liefste zuster. In elk geval kun je je nu niet meer belachelijk maken tegenover onze heldhaftige neef. In dat ding zie je er namelijk uit als een opgeblazen kikker.'

Irene drukt haar handen voor haar mond om het niet uit te proesten. Ze loopt op haar tenen de trap af en heeft enorm veel zin om even flink te lachen.

Ondanks alle vrolijkheid overvalt haar een angstige gedachte: deze nederlaag zal Mathilde haar koste wat het kost betaald zetten.

Huize Gerban bij Altenstadt

april 1870, een paar dagen later

'Ik wil de jongeheer nog even heel hartelijk danken.'

Franz kijkt op van zijn krant. Irene heeft hem net koffie gebracht in de bibliotheek.

Als hij ziet dat ze bloost moet hij lachen. Wat een mooi meisje is het toch, schiet het hem door het hoofd. Eerder was het hem niet opgevallen hoe bijzonder haar donkere haar contrasteert met die intens blauwe ogen.

'Hebt u het over dat akkefietje met mijn zus? Ik hoop dat dat inmiddels is opgelost. Mathilde heeft in mijn bijzijn bij mijn moeder opgebiecht dat zij het vloerkleed had verpest. Of hebt u toch nog narigheid over u heen gekregen?' Hij maakt zich plotseling ongerust, want hij vertrouwt Mathilde voor geen stuiver.

'Nee, jongeheer,' stelt Irene hem gerust. Nu lacht ze zelf ook en dat maakt haar nog aantrekkelijker. 'En het kleed is bijna weer helemaal schoon. Mevrouw Burger heeft zo haar geheime recepten voor dit soort huiselijke ongelukken. De vlekken zijn alleen nog flauw te zien als het licht erop valt.'

'Gelukkig maar, mijn moeder is zeer gehecht aan dat tapijt uit het huis van haar ouders in Straatsburg. Soms denk ik dat ze na al die jaren nog steeds heimwee heeft.'

Irene knikt. 'Ik heb vaak het gevoel dat mevrouw uw moeder niet gelukkig is,' beaamt ze en bijt meteen geschrokken op haar lip. 'Maar het is niet aan mij om daarover te oordelen. Neemt u mij alstublieft niet kwalijk.'

Franz is ontroerd, maar geneert zich ook. Natuurlijk weten de dienstbodes van de laudanumverslaving van zijn moeder.

Na enig aarzelen besluit hij eerlijk te zijn. Zijn gevoel zegt hem dat Irene met hem meeleeft en achteraf niet zal roddelen.

'U hebt gelijk met wat u daar zegt. Mijn moeder is geen gelukkige vrouw. Maar spreekt u me toch gewoon met "mijnheer Gerban" aan, dat "jongeheer" vind ik zo stijf.'

Irene bloost nu nog heviger. 'Zoals u wenst... mijnheer Gerban.'

'Vindt u mijn moeder aardig?'

'Zeker, mijnheer Gerban.' Haar stralende ogen verraden haar oprechtheid. 'Iedereen hier in huis heeft veel achting voor mevrouw uw moeder. Ze is voor ons allen een aardige en rechtvaardige meesteres.'

'En voelt u zich goed bij ons?' Franz aarzelt even. 'Ik heb meen ik ooit opgevangen dat u geen familie meer hebt?'

Hij ziet de schaduw die over haar gezicht glijdt en betreurt meteen zijn vraag. 'Tactloos van me om dat zo te zeggen. Het spijt me verschrikkelijk.'

Ze richt haar blik op en kijkt hem onderzoekend aan. Er glinsteren tranen in haar ogen. Hij moet denken aan kristalheldere bergmeren, maar verdringt dat meteen als een ongepaste gedachte.

'U hoeft zich niet te verontschuldigen.' Haar stem klinkt dof, maar op een of andere manier maakt het haar nog bekoorlijker. 'U was open tegen mij, waarom zou ik dan niet open zijn tegenover u?'

Ze aarzelt even en ademt diep in. Franz wacht gespannen af.

'Ik kom uit een weeshuis.' Haar stem krijgt iets uitdagends. 'Mijnheer uw vader was zo vriendelijk mij in dienst te nemen.'

Franz herinnert zich dat Mathilde daar iets over had gezegd tijdens die ruzie over het kleed. Hij had er toen geen belang aan gehecht, maar nu is zijn nieuwsgierigheid gewekt. 'Mijn vader heeft u dus uit het weeshuis gehaald. Hoe is dat in zijn werk gegaan?'

'Hij deed dat op verzoek van mevrouw uw moeder, die zodoende een belofte aan een overleden vriendin nakwam. Die dame had haar gevraagd mij uit het weeshuis te halen en in dienst te nemen. Maar het fijne weet ik er verder niet van.'

'Kon mijn moeder het u niet vertellen?'

Irene schudt het hoofd. 'Mevrouw uw moeder weet zelf helaas ook niet meer.'

Franz laat het mysterieuze nieuws even bezinken en zwijgt. Irene maakt daaruit op dat het tijd is de kamer te verlaten.

'Kan ik de jongeheer nog iets brengen?' Terug in haar rol als dienstmeisje vergeet ze dat hij niet van die aanspreekvorm houdt. Hij laat het erbij omdat hij haar niet wil corrigeren. Uiteindelijk doet het meisje gewoon haar werk.

'Nee, dank u,' antwoordt hij eenvoudig. 'Maar ik heb nog een laatste vraag.' Irene houdt de pas in. 'Dat gedoe met die taart, was dat de eerste keer dat Mathilde je de duivel aandeed?'

Hoewel Irene zich uit alle macht probeert te beheersen, zegt de uitdrukking op haar gezicht voldoende.

'Het was dus niet de eerste keer,' antwoordt hij in haar plaats. 'Dan wil ik graag dat u mij iets belooft.'

Hij zwijgt even en kijkt haar strak aan. 'Wilt u dat doen?'

Tot zijn schrik maakt ze verlegen een kniebuiging. 'Voor zover dat mogelijk is, jongeheer…' Hij verstaat haar nauwelijks.

'Hemel, Irene, ik wil u niet bang maken. Ik wil alleen maar vragen mij onmiddellijk in vertrouwen te nemen als Mathilde u het leven weer zuur maakt. Kom in elk geval naar mij, vooral als mijn moeder zich weer eens… onwel voelt. Wilt u me dat beloven?'

Met die tranen van ontroering in haar ogen en dat schuchtere lachje ziet ze er ronduit bekoorlijk uit. Meteen beseft hij dat ook dat een volledig misplaatste gedachte is.

Ze maakt nog een reverence. 'Dat beloof ik u graag, mijnheer Gerban.' Blijkbaar weet ze weer welke aanspreekvorm hij verkiest. 'Al hoop ik dat het niet nodig zal zijn.'

Ze draait zich om en haast zich de bibliotheek uit. Als een schuwe ree, denkt Franz.

Als ze de zware deur achter zich heeft gesloten, neemt Franz nog een slok van zijn inmiddels koude koffie.

Echt een mooi meisje, mijmert hij. Geen wonder dat Mathilde jaloers op haar is.

6

Huize Gerban bij Altenstadt

begin mei 1870

'Echt? Hebben jullie beiden al in 1866 in de Slag bij Königgrätz tegen de Oostenrijkers gevochten en Pruisen de overwinning bezorgd?' Mathilde kijkt majoor von Kaisenberg die vandaag samen met haar neef Fritz op bezoek is smachtend aan.

De majoor lacht wat ongemakkelijk. 'Inderdaad, juffrouw Gerban. Uw neef heeft zich bij Königgrätz en daarvoor ook in de Slag bij Skalitz onderscheiden door uitzonderlijke moed tegenover de vijand. In Skalitz heeft hij zelfs onze bataljonsvlag gered die de vijand al had veroverd.'

'Fritz is daarna tot officier bevorderd en is nu onderluitenant.' Tante Ottilie wendt zich glunderend tot Pauline en Franz Gerban, die dat verhaal allang kennen omdat de moeder van Fritz het niet kan laten dit bij elke gelegenheid te vermelden. 'Stel je toch eens voor! Van eenvoudige soldaat tot officier bij het bataljon van de koninklijke grenadiers van Liegnitz!'

Franz verbijt een kreun terwijl Pauline, als altijd de perfecte dame, beleefd lacht. 'Ja, lieve. Je mag echt trots zijn op je zoon.'

'Wat je niet van alle zonen in de familie kan zeggen.' Zelfs in dit illustere gezelschap blijft Ottilie hatelijke toespelingen spuien.

Een minuut lang is het pijnlijk stil en dan vragen Mathilde en Pauline bijna gelijktijdig of de majoor nog thee wil.

Franz ziet dat Von Kaisenberg schuins naar de staande klok kijkt.

Pff, halfzes nog maar. Te vroeg om te vertrekken zonder de dames te beledigen. Franz kan de gedachten van zijn gezicht aflezen.

Von Kaisenberg respecteert echter de vorm. 'Heel graag.' Niemann stapt al naar voren, maar Mathilde pakt zelf de theepot en schenkt de majoor nog eens bij.

'En dragen de grenadiers nog steeds van die hoge mutsen?' lispelt ze. 'Ik heb daar ooit een prent van gezien.'

In plaats van de majoor antwoordt Fritz. 'Ach, lieve nicht. De 'lange jongens' zoals men de troepen met de rode mutsen noemde, bestaan al lang niet meer. En als ze er nog waren, dan zouden die mutsen – die dus echt deel uitmaakten van hun uniform – vandaag de dag alleen maar in de weg zitten. In vergelijking met nu waren de troepenbewegingen veel eenvoudiger. Met de bajonet op het geweer rukte men in gesloten gelederen op. Veldslagen werden vaak op vlak terrein uitgevochten. Nu stormen we door dalen en over heuvels om de strijd te beslechten. Daarbij zouden die grote mutsen ons alleen maar hinderen. We dragen nu punthelmen met de Pruisische adelaar.'

'Wat vreselijk interessant,' fluistert Mathilde. Haar blozende gezicht met de mollige wangen lijkt op de porseleinen hoofden van haar poppen die nog altijd op een rijtje op de sofa in haar kamer zitten. Gelukkig draagt ze vandaag eindelijk eens niet een van die belachelijke jurken waar ze zo van houdt. De lichtblauwe japon met witte kraag en witte manchetten is sober in vergelijking met de met tierlantijnen overladen modellen die ze gewoonlijk laat zien.

Franz heeft leedvermaak. Sinds zijn zus zelf haar knalgroene jurk heeft verpest, is haar assortiment modieuze middagjaponnen wat geslonken. Crinolinejurken zijn uit de mode en omdat ze indruk wilde maken op de majoor, kwam zo'n jurk die ze in familiekring nog wel draagt niet in aanmerking. En kort voor het bezoek van Fritz en Von Kaisenberg is er in haar tweede zijden tournurejurk een naad van boven tot onder opengescheurd. Mathilde wordt ook met de dag dikker, lacht Franz in zijn vuistje.

Gelukkig had Pauline erop aangedrongen dat Mathilde bij haar laatste bezoek aan de naaister ook een eenvoudiger japon bestelde. En vandaag had ze geen andere keuze dan die aan te trekken. Maar dat was vast niet de reden waarom majoor von Kaisenberg niet inging op haar dweperige gekakel.

Terwijl het gesprek op lichte toon verder kabbelt en Mathilde de majoor smachtend blijft aankijken, neemt Franz zijn neef en Von Kaisenberg met een mengeling van verveling en ergernis op. Beiden dragen hun uitgaansuniform. De blauwe broeken en de uniformjassen met rode kraag, manchetten en galons zijn perfect geperst en hun zwarte laarzen zo glanzend gepoetst dat het licht erin weerkaatst. Hun kepie hebben ze Niemann bij het binnenkomen in de handen gedrukt.

'En hoelang blijft u hier in de Palts, mijnheer von Kaisenberg?' Met zachte, hese stem stuurt Pauline het gesprek in een andere richting.

De aangesprokene wendt zich beleefd naar haar toe. Weer denkt Franz zijn gedachten te kunnen lezen: hoe kan zo'n mooie en elegante dame zo'n papzak van een dochter hebben?

'Ik vertrek morgen, als ik alle zaken van mijn overleden tante heb geregeld.'

Franz weet dat een erfeniskwestie de majoor van Liegnitz vanuit het verre oosten des lands naar Landau heeft gebracht. Het is dankzij de connectie met dit voorname adellijke geslacht uit Pruisen dat Fritz indertijd tot de keurtroep van het zevende regiment grenadiers kon toetreden. De familie Gerban onderhoudt zakelijke contacten met de echtgenoot van de nu overleden tante van Von Kaisenberg; het is aan hem dat Fritz zijn opname in dat regiment heeft te danken.

Natuurlijk was Fritz al naar Liegnitz vertrokken vóór het uitbreken van de Oostenrijks-Pruisische Oorlog waarin Beieren – en dus ook de Palts, een Beierse exclave – in 1866 aan de zijde van Oostenrijk had gevochten. En natuurlijk had het ondanks de relaties van de Gerbans veel geld gekost om de droom van Fritz, die alleen een militaire loopbaan ambieerde, waar te maken. Geld dat oom Gregor niet had. Tot zijn verbazing voelt Franz verbittering opborrelen. Doodziek wordt hij ervan: Fritz, het paradepaardje van de familie Gerban op wie iedereen zo trots is. Fritz, de held! Fritz, de Pruisische elite-officier! Fritz, die zonder het geld van mijn vader nu in een eenvoudig Beiers regiment zou dienen of zich in het saaie wijnbedrijf zou moeten inwerken zoals ik, zijn kleurloze neef. En dan duikt hij hier op met zijn bataljonscommandant en probeert hij grote sier te maken.

Bang dat al die gedachten van zijn gezicht zijn af te lezen, neemt Franz nog een slok thee. Als hij weer opkijkt ziet hij dat zijn moeder hem onderzoekend aankijkt. Gelukkig lijken de andere gasten geen acht op hem te slaan, wat hem de kans biedt Fritz onopvallend te gade te slaan. Neef Fritz is beslist een knappe man. Hij is slank en gespierd en met zijn zes voet steekt hij waarschijnlijk boven zijn kameraden en de meeste mannelijke burgers uit.

Sowieso is het een kerel die indruk maakt op de meisjes, bedenkt Franz en voelt meteen een steek van afgunst. Op zijn vijfentwintigste beleeft Fritz de piek van zijn mannelijkheid en is hij zich terdege bewust van zijn aantrekkingskracht op het vrouwelijke geslacht. Zijn blauwgrijze ogen fonkelen guitig in het ovale gezicht met hoog voorhoofd en de licht gekromde neus van de Gerbans. Hij barst van het zelfvertrouwen en tante Ottilie verafgoodt hem. Met afschuw wendt Franz zijn blik af.

Op dat moment komt Irene de kamer binnen met een kannetje melk op een zilveren bladje dat ze Niemann – die vandaag natuurlijk zelf bedient – aanreikt. Franz kijkt haar na als ze met een kleine kniebuiging de grote salon verlaat waar de familie gasten ontvangt. Sinds hun gesprek in de bibliotheek heeft hij haar niet uit zijn hoofd kunnen zetten. Irene lijkt hem echter te ontlopen en dat zit hem dwars. Zou hij zich dan toch te familiair hebben gedragen?

‘Zeg, Franz! De heer majoor heeft je iets gevraagd,’ bijt tante Ottilie hem verwijtend toe.

Franz schrikt. ‘Neemt u me niet kwalijk. Ik was even in gedachten verzonken.’

De majoor kijkt hem aan. Ook Von Kaisenberg is groot, slechts een halve kop kleiner dan Fritz, en met zijn blonde haar en blauwe ogen de incarnatie van de edele Germaan.

'Ik heb gehoord dat u geen militaire loopbaan nastreeft, mijnheer Gerban?'

Voordat Franz kan antwoorden, mengt Fritz zich weer in het gesprek. 'Jammer genoeg niet, heer von Kaisenberg. Mijn neef schiet anders bijna even goed als ik. Op jacht raakt hij elke fazant en haas die hij op de korrel neemt maar nee, het veld van eer trekt hem helaas niet.'

'Iemand moet zich om onze wijnhandel bekommeren, waarde Fritz.' Franz doet geen moeite om het sarcasme uit zijn stem te weren. 'Een levensstijl zoals de onze is nauwelijks te bekostigen met alleen heldenmoed. Laat staan de kosten voor het onderhoud van een Pruisisch officier. Hoorde ik niet dat je weer een nieuw paard nodig hebt?'

Tante Ottilie hapt naar adem en Fritz loopt rood aan.

Snel begint majoor von Kaisenberg over iets anders. 'Ik ben eigenlijk geïnteresseerd in uw mening over de actuele politieke situatie. Naar verluidt hebt u de afgelopen maanden veel steden in Frankrijk aangedaan.'

Franz knikt. 'Helaas is de stemming daar nogal gespannen, vooral in Parijs. De kwestie van de Spaanse troonopvolging verhit de gemoederen.'

De majoor haalt zijn schouders op. 'Dat heb ik gehoord ja, maar ik vind het vreemd. Wat heeft Frankrijk daarmee te maken?'

'Wel, men vreest dat Pruisen meer macht krijgt in Europa.'

'Kletskoek!' Fritz heeft zijn pose herwonnen. 'Die Fransozen zijn gewoon jaloers dat de Spanjaarden zich niet tot hen, maar tot de Duitsers hebben gewend voor een troonopvolger.' Hij gaat meteen verder zonder Franz de kans te geven te reageren: 'En dat is ook niet zo verwonderlijk als je de Pruisische discipline vergelijkt met het liederlijke leven in het Tweede Keizerrijk.'

'Mij dunkt eerder dat Spanje reactie verkiest boven revolutie,' antwoordt Franz koeltjes. 'Qua burgerrechten zijn de Duitsers – of dat nu in Pruisen, Oostenrijk, Beieren of hier in de Palts is – nog nergens in vergelijking met Frankrijk. Bovendien beschouwt Frankrijk zichzelf als één natie. De Duitse deelstaten presenteren zich nog altijd als een lappendeken van grote en kleine machtsgebieden.'

Fritz loopt weer rood aan, zij het nu van woede. Hij blikt snel naar majoor von Kaisenberg die ook verontwaardigd lijkt.

'Jij staat dus aan de kant van Frankrijk?' reageert Fritz driftig. 'Tegen je vaderland en je eigen familie?'

'Lieve Fritz, je vergeet dat onze familie uit twee nationaliteiten bestaat. Mijn moeder en ik zijn beiden Frans staatsburger en je bevindt je hier op Franse bodem.'

'De Elzas is oorspronkelijk Duits, neef Franz, en is met geweld door de Fransozen geannexeerd. Als het tot oorlog komt pakken we het terug.'

'Maar heren, wie spreekt er nu meteen over oorlog!' Pauline komt met rustige, maar energieke stem tussenbeide. 'Enfin, ik vrees dat wij dames niets meer aan deze conversatie kunnen bijdragen. Wij bemoeien ons niet met de hogere politiek; dat laten we liever aan mannen over. Maar dit thee-uurtje lijkt me niet het geschikte ogenblik voor deze discussie.'

Majoor von Kaisenberg springt overeind en buigt met veel zwier voor Pauline. 'Mevrouw, ik ben ontroostbaar en had dit ongepaste onderwerp niet ter sprake mogen brengen. Gelieve me te verontschuldigen mocht dit gesprek u als Française hebben gekwetst. Ik wist dit niet, anders was ik er nooit over begonnen.'

Pauline buigt het hoofd en glimlacht welwillend zoals het een dame betaamt. Alleen Franz heeft in de gaten hoe ontdaan ze is. 'Gaat u alstublieft weer zitten, waarde majoor. Heus, er valt echt niets te vergeven. Niet waar, Franz?'

Ondanks haar bemoedigende blik blijft Franz koppig zwijgen.

Von Kaisenberg merkt het meteen en wendt zich nu ook tot hem. 'Het spijt me echt vreselijk deze discussie te zijn begonnen en ik vraag u dan ook om vergiffenis, mijnheer Gerban. Mag ik u uitnodigen, bij wijze van zoenoffer, om mij en uw neef Fritz vanavond te vergezellen? We willen mijn afscheid vieren en ik zou uw aanwezigheid zeer op prijs stellen, ook om eventuele misverstanden verder uit de wereld te helpen.'

Franz wil de uitnodiging abrupt afwijzen, maar dan valt zijn blik op het spottende gezicht van Fritz.

Zijn antwoord luidt anders dan gewild. 'Welja, het is me een eer in te gaan op uw uitnodiging.'

La Maison Rouge in Wissembourg

begin mei 1870, heel laat diezelfde avond

'Riemer, help me met deze twee dronkenlappen! Franz eerst! Pak jij hem bij de rechterarm, dan neem ik de andere. Vooruit, we trekken hem overeind!'

Wilhelm Gerban probeert zijn woede te beteugelen als hij zijn zoon onder het spottende gegiechel van de schaars geklede dames van het obscure etablissement richting deur sleept. Ze hebben net het trappenhuis bereikt als Franz begint te kokhalzen en vervolgens in een hoge straal over zijn broek en de laarzen van Riemer overgeeft.

De oude Gerban voelt het zuur in zijn keel opkomen. 'Verdomde idioot!' vloekt hij fel. 'Wat een ellendige puinhoop!'

Uiteindelijk zijn ze beneden en hijsen ze Franz in de landauer nadat Riemer zijn broek met een zakdoek heeft schoongemaakt.

'En kots nu ook de koets niet onder,' vaart Gerban uit tegen zijn zoon. Franz kan alleen maar lallen. Alleen het wit van zijn ogen is te zien en hij hangt slap in de kussens.

Riemer opent het raam aan de kant van Franz en reikt naar de waterslang voor de paarden om het braaksel van zijn keurig gepoetste laarzen af te spuiten.

'Hier komt het joch niet mee weg, Riemer,' brult Wilhelm Gerban. 'Ik zorg dat hij je hiervoor vergoedt.'

De koetsier wuift dat weg. 'Geen probleem, mijnheer. Elke jongeman moet ooit zijn wilde haren kwijtraken.'

'Ja, maar niet in een bordeel, waar je weet ik veel wat kunt oplopen. Om te beginnen de Franse ziekte!'

Riemer haalt de schouders op. Als ze weer boven zijn om Fritz te halen, zien ze verbaasd dat diens ogen, weliswaar glazig, maar wel open zijn.

'Schurk!' schreeuwt Gerban terwijl de hoeren achter hem blijven giechelen. 'Hoe kon je Franz hiertoe verleiden? Jij zou het goede voorbeeld moeten geven!'

Fritz grijnst. 'Ik heb Franz niet verleid. Dat heeft Charlotte gedaan.' Hij wijst naar een vrouw achter Gerban.

Wilhelm draait zich om en kijkt in het opzichtig opgemaakte gezicht van een prostituee. Ze draagt een jurk van goedkope rode zijde met een laag uitgesneden decolleté die niets verhult van haar ferme boezem. In het licht ziet hij dat ze twee keer zo oud als Franz moet zijn. Hij huivert.

'Nee, jongeheer,' brouwt de hoer die haar slechte tanden ontbloot. 'Dat heeft me anders flink wat moeite gekost! Ze hebben dat ventje zo zat gevoerd dat er niks meer te verleiden viel!'

De hoeren schieten in de lach en Wilhelm voelt het bloed naar zijn hoofd stijgen. Een bits antwoord ligt op het puntje van zijn tong, maar met veel moeite beheerst hij zich.

'Hoeveel moet je van me?' Die vraag stelt hij aan de matrone die hij terecht aanziet als de hoerenmadam. In tegenstelling tot de lichtekooien draagt ze een zwarte jurk met hoge hals en een met kant versierd front.

'Er staat nog een rekening van vijfenveertig gulden open. Dat konden de jongeheren niet meer betalen.'

'Vijfenveertig gulden. Bent u niet goed bij uw hoofd?'

De bordeelhoudster laat zich niet intimideren. 'Ze hebben wel zes flessen van onze beste champagne opgedronken, geachte heer. En vergeet niet dat ze eerst met z'n drieën waren. Na het vertrek van de heer majoor hebben beide andere heren oude Franse cognac besteld. Dat is allemaal niet voor niets. En dan zijn er nog de diensten van mijn dames. Hoewel ze daar niet volledig gebruik van hebben gemaakt, moet ik toch...'

'Zwijg, vrouwmens!' Gerban opent zijn portefeuille. 'Zoveel heb ik niet bij me. U moet me tot morgen nog uitstel geven voor vijftien gulden.'

'Dat is niet onze gewoonte...'

'Houd nu eindelijk eens uw mond!' Gerban verliest zijn zelfbeheersing en begint te brullen. 'U krijgt uw geld, zo waar ik Wilhelm Gerban heet.'

Zijn blik valt op de verfomfaaide uniformjas van zijn neef Fritz die naast hem op het roze pluche van een sofa ligt. De orde die Fritz voor zijn heldenmoed in de Oostenrijks-Pruisische Oorlog heeft gekregen glinstert in het kaarslicht. Met een snel gebaar scheurt Gerban de decoratie los.

'Hé!' protesteert Fritz. 'Laat dat. Wat denk je dat je aan het doen bent, oom?'

Gerban gooit de onderscheiding naar de hoerenmadam. 'Hier, een onderpand, een onderscheiding die de Pruisische koning Wilhelm persoonlijk heeft verleend. U kunt ervan op aan dat we u zullen betalen. Morgenvroeg hebt u de rest van uw geld!'

Zonder op een antwoord te wachten, draait Gerban zich om naar Fritz 'En nu opstaan, makker. Ik hoop voor jou dat je zelf naar beneden kunt lopen. Anders donder ik je eigenhandig de trap af!'

Wankelend staat Fritz op. Even is het alsof hij weer op de sofa zal zakken, maar hij houdt zich staande.

Ze haasten zich de trap af, of toch zo snel dat kan met de dronken Fritz. Het hoongelach achtervolgt hen tot op de straat.

Huize Gerban bij Altenstadt

begin mei 1870, de volgende ochtend

Kreunend opent Franz zijn ogen. In zijn hoofd gonst het als in een bijenkorf. Als hij zich moeizaam probeert op te richten wordt het zwart voor zijn ogen. Kokhalzend geeft hij groene gal op.

Iemand veegt zijn mond af en legt een koele doek op zijn voorhoofd. Hij knippert voorzichtig met zijn ogen en herkent zijn moeder.

Ze reikt naar het belkoord. 'Ik roep een meisje en laat je bed verschonen.'

Beschaamd wil Franz zijn hoofd schudden, maar bekoopt dat meteen met een scherpe pijnscheut; het is alsof zijn hoofd uit elkaar spat.

Even later wordt er geklopt. Tot zijn ontzetting komt Irene binnen, met achter zich de mollige Minna die haar armen vol beddengoed heeft.

'Zo, jongeheer, daar gaan we dan!'

Fluks trekt Minna het vuile sprei weg. Blijkbaar heeft zijn braaksel ook het dekbed vies gemaakt.

'Mevrouw, ik vrees dat we de donsdeken ook moeten vervangen. Deze kan wel een ferme wasbeurt gebruiken.'

Franz zou het liefst door de grond zakken. Gelukkig heeft hij een schoon nachthemd aan. Hij moet er niet aan denken dat de dienstmeisjes hem in zijn ondergoed hadden aangetroffen.

Hij hoort zijn moeder zuchten. 'U hebt gelijk, Minna. Irene, wilt u mevrouw Burger vragen of ze u een veren dekbed uit de linnenkamer wil geven?'

Met halfgesloten ogen ziet Franz dat Irene een kniebuiging maakt en de kamer verlaat. Groot is zijn opluchting als hij vooral bezorgdheid en geen misprijzen op haar gezicht ziet.

'Zal ik de jongeheer wat augurken brengen?' Zijn maag draait zich al om bij het hóren van Minna's aanbod. 'Dat deed wonderen bij mijn broers. In een oogwenk waren ze weer nuchter.'

De zachte stem van zijn moeder kalmeert hem. 'Dank u wel, Minna,' zegt ze. 'Maar Franz kan het vandaag beter bij wat water houden en verder niets.'

Op dat moment komt Irene met het dekbed terug. Nu weten waarschijnlijk alle bedienden dat hij gisteren stomdronken was, vermoedt hij. Met zijn ogen stijf dichtgeknepen blijft Franz roerloos liggen tot de dienstmeisjes klaar zijn en met het vieze wasgoed de kamer verlaten.

'Zo, lieve jongen. Voel je je al wat beter?'

Franz wil instinctief knikken, maar besluit toch maar eerlijk te zijn. 'Ik vrees van niet, moeder. Ik voel me verschrikkelijk.'

'Blijf dan maar rustig liggen en probeer wat te slapen. Aan een kater is nog nooit iemand doodgegaan.'

'Wat is er gisteren eigenlijk allemaal gebeurd?' Sinds hij wakker is, pijnigt hij zijn hersenen, maar hij kan zich met de beste wil van de wereld niets herinneren.

'Weet je het echt niet meer?' Nu klinkt Pauline toch bezorgd.

'Nee, *maman*.' Als ze alleen zijn spreekt Franz zijn moeder nog altijd aan zoals in zijn kindertijd.

'Je vader en Riemer hebben je in La Maison Rouge opgehaald.'

'In die hoerenkast?' Franz spert ontzet zijn ogen open en even lijkt een nieuwe golf van misselijkheid op te komen. Als hij het gezicht van zijn moeder ziet, beseft hij hoe vulgair hij zich heeft uitgedrukt. 'Ik... Zat ik in een bordeel?'

Pauline kijkt hem met een ondoorgrondelijke blik aan.

'Voor zover ik weet wel, ja. Fritz en majoor von Kaisenberg waren er ook.'

'En vader... heeft vader mij afgehaald?' Langzaam dringt het tot Franz door dat het ergste nog moet komen.

Pauline knikt. Ondanks alles moet ze lachen. 'Een bode van het...' Ze aarzelt en zoekt naar het juiste woord. 'Een bode van dat... etablissement heeft hem uit zijn schoonheidsslaap gewekt omdat jullie geld op was.'

'Ons geld op?' praat Franz haar dommig na. Waarom kan ik me

daar verdomme niets van herinneren? vraagt hij zich af. Plotseling beseft hij iets wat zijn bloed doet stollen in zijn aderen.

'Bedoel je... uhm... dat...' Ook hij heeft moeite de juiste woorden te vinden. 'Bedoel je dat we daar niet alleen maar hebben gedronken?'

'Zo ziet het er wel naar uit, jongen,' antwoordt Pauline nuchter. Franz voelt dat hij knalrood wordt. 'Maar ik heb... maar ik heb nog nooit...'

Pauline zucht. 'Tja, ooit moet het de eerste keer zijn.'

Dodelijk verlegen sluit Franz zijn ogen. Beelden van zijn reis door Europa schieten door zijn pijnlijke hoofd. In Florence had hij een meisje met gloeiende ogen ontmoet dat hij onder de zuiderse sterrenhemel had gekust, maar meer dan wat strelen had ze hem niet toegestaan.

In Stockholm daarentegen had een wulpse matrone die in het hotel aan zijn tafel had gezeten hem in haar suite uitgenodigd en geprobeerd hem te verleiden. Maar toen Franz geen enkel teken van opwinding vertoonde had ze hem uitgescholden en de deur gewezen.

Op die momenten had het kunnen gebeuren, weet hij, maar toch niet met een prostituee! Franz voelt zich allerberoerdst. De gedachte dat hij zich in dronken toestand met een hoer heeft ingelaten is erger dan welke kater ook.

Op zijn reis hadden schaars geklede, zwaar opgemaakte snollen van alle leeftijden en posturen avances gemaakt, maar die hadden hem altijd met afschuw vervuld – afgezien van het feit dat hij met die vrouwen te doen had.

'Is vader... is vader heel boos op me?'

Pauline haalt haar schouders op. 'Op dit ogenblik leest hij je neef en oom Gregor de les in zijn werkkamer. Hij heeft flink wat geld moeten neertellen om jullie rekening te voldoen. Waarschijnlijk maakt dat hem nog bozer dan zijn gestoorde nachtrust en de bezorgdheid om je welzijn.'

'Mijn welzijn, maman? Daar hoeft hij zich geen zorgen over maken. Het is nog nooit zo erg geweest als vandaag, maar ik heb wel eens eerder een kater gehad. Morgen is dat helemaal over.'

Pauline zegt niets. Verward kijkt Franz haar aan en dan daagt het hem. Ontzetting maakt zich opnieuw van hem meester. De Franse ziekte! Iedereen weet hoe gevaarlijk syfilis is en dat je het vooral in Frankrijk gemakkelijk kan oplopen. Waren er zo niet een paar koningen jammerlijk aan hun einde gekomen?

Om zijn gloeiende hoofd te verbergen draait hij zijn moeder zijn rug toe. 'Laat me nu maar, moeder,' zegt hij met verstikte stem. Ik voel me nog steeds verschrikkelijk en moet wat slapen.'

Werkkamer in huize Gerban bij Altenstadt

mei 1870, zelfde tijd

'Wel, ik luister!' Wilhelm Gerban kijkt zijn neef Fritz woedend aan. 'Wat heb je voor jezelf te zeggen?'

Zijn broer komt tussenbeide: 'Maar Wilhelm, geef toe, Franz is inmiddels oud genoeg om op zichzelf te passen!'

'Hou je erbuiten of ik zet de toelage van je zoon stop,' snauwt Wilhelm. Als een vis op het droge hapt zijn broer naar lucht en besluit dan maar zijn mond te houden.

Fritz ziet eruit alsof hij niet heeft geslapen. Hij heeft donkere wallen onder zijn ogen, en zijn huid heeft een ziekelijke, haast groenige kleur. Het ergste is echter de penetrante alcoholgeur die zijn lichaam, ook al heeft hij zich net gewassen, nog uitwasemt.

Zijn oom Wilhelm trekt ostentatief zijn neus op. 'Komt er nog wat van?' Fritz haalt de schouders op. 'We hebben plezier gemaakt, oom Wilhelm. Hoe kan ik nu weten dat Franz slecht tegen drank kan en nog nooit heeft geneukt? Uiteindelijk is hij bijna twintig!'

Wilhelms gezicht loopt paars aan. 'Let op je woorden, jongen!' Met veel moeite weet hij zich te beheersen. 'Wiens idee was het om naar dat beruchte bordeel te gaan? Van jou of van die hoogedelgestrenge majoor van je?'

Fritz heft geschrokken zijn handen op. ‘Majoor von Kaisenberg heeft hier helemaal niets mee te maken! We hebben eerst in Der Goldene Adler gegeten en zijn daar tot het sluitingsuur gebleven.’

‘Hebben jullie daar al gedronken?’

‘Alleen wat wijn bij het eten, oom Wilhelm. En een cognac bij de koffie. O ja, en een absint als aperitief.’

‘Voor zover ik weet sluit de Adler om middernacht. Waarom zijn jullie daarna niet meteen naar huis gekomen?’

‘Het was de laatste avond van Von Kaisenberg voor zijn vertrek naar Silezië. Bovendien zijn wij geen minderjarige knapen meer.’ Nu klinkt Fritz zelfs wat verontwaardigd.

‘Franz is daarentegen nog maar negentien!’

‘Maar je hebt hem net wel driekwart jaar alleen door Europa laten reizen,’ mengt Gregor Gerban zich weer in het gesprek.

‘Omdat hij me zijn erewoord had gegeven geen stommiteiten uit te halen! Bovendien werd hij vergezeld door een van mijn oudere bedienden die een oogje in het zeil hield.’

Fritz lacht meewarig. ‘En jij weet zeker dat Franz zijn woord heeft gehouden?’

‘Zekerder dan ik van jou zou zijn geweest, Fritz. Jij noemt jezelf een onderluitenant van de Pruisische grenadiers maar deinst er niet voor terug jouw tijd en mijn geld in een hoerenkast te verkwisten. Hier heb je je onderscheiding terug.’ Fritz pakt verbluft het ereteken op dat Wilhelm minachtend voor hem op tafel gooit. Wilhelm snuift. ‘Ik merk dat je het ding nog niet eens hebt gemist. Maar hoe kan het ook anders als zelfs je bataljonscommandant het slechte voorbeeld geeft.’

‘Hou majoor von Kaisenberg hierbuiten! Hij wist niet wat er achter de naam “La Maison Rouge” schuilging voor we het etablissement betraden. Je weet toch dat dit soort huizen in de conservatieve Elzas van buiten niet herkenbaar mogen zijn? Al snel na onze aankomst heeft hij afscheid van ons genomen.’

‘En wie heeft dan zes flessen champagne soldaat gemaakt en de cognac gedronken die die hoerenmadam mij in rekening heeft gebracht?'

'Zes flessen champagne?' Fritz is in de war. 'We hebben helemaal geen zes flessen van die goedkope troep gedronken en cognac kan ik me al helemaal niet herinneren.'

'Wat herinner je je dan nog wel, verdomme?' vraagt Wilhelm met bulderende stem.

Fritz' bleke gezicht kleurt rood. Hij ademt diep in en moet duidelijk al zijn moed bijeenrapen om te antwoorden. 'Kort na aankomst ben ik met Rosalie naar boven gegaan,' klinkt het uiteindelijk gesmoord. 'De laatste keer dat ik Franz heb gezien, was alles in orde, behalve dan...' Hij maakt zijn zin niet af.

'Behalve wát dan?'

Fritz wringt zich haast letterlijk in allerlei bochten. 'De meisjes maakten het hem wat lastig en pestten hem omdat hij zo verlegen was. Misschien wilde hij uiteindelijk bewijzen dat hij een echte man is.' Radeloos steekt hij zijn handen in de lucht. 'Maar ik weet het niet. Toen ik terugkwam, lag hij met zijn broek open in het bed van Charlotte. Ik weet niet of hij met haar geneu... gemeenschap heeft gehad.'

'Zozo, dat weet je niet! In elk geval heb ik er wel flink voor betaald. Naast wat jullie zelf hebben betaald, heb ik nog eens vijfenveertig gulden gelapt!'

'Vijfenveertig gulden?' Bij het horen van dat fenomenale bedrag reageert Fritz even ontzet als Wilhelm Gerban die nacht. Ook zijn vader Gregor hapt naar adem. 'Maar we hadden zelf al zo'n tien gulden betaald.'

'Precies, mijn edele neef, precies! Een dure grap was het!' brengt Gerban honend uit. Hij wendt zich tot Gregor. 'Ik had niet eens genoeg geld bij me om alles meteen te betalen. Daarom heb ik de onderscheiding van Fritz in onderpand gegeven!'

'Mijn onderscheiding! Als onderpand in een hoerenkast!' sist Fritz verontwaardigd.

Wilhelm negeert Fritz en wijst naar zijn vader Gregor. 'Jij gaat me dat bedrag terugbetalen, maat! Ik houd het in op je jaarlijkse toelage.'

'De volledige som? Maar jouw zoon heeft toch ook een aandeel in het gelag!'

'Het volledige bedrag!' Wilhelm wendt zich weer tot Fritz.

'Ik mag hopen dat die lichtekooien tenminste gezond zijn!'

Fritz knikt heftig. 'Ja, absoluut! Daar staat het huis om bekend en daarom is het ook zo duur. Madame Caroline laat elke week een arts komen!'

Pas als hij hoort wat zijn oom daarop zegt, beseft hij dat hij zich heeft versproken.

'Duur, zozo! Je wist dus dat het niet goedkoop was!'

Opnieuw bemoeit Fritz' vader zich ermee. 'Wilhelm, jij weet niet hoe saai het leven van een soldaat in de kazerne is, ook al is hij officier bij de grenadiers. Zelf ben je nooit in dienst geweest. Je moet die jonge mensen toch een béétje plezier gunnen tijdens hun korte verlof thuis!'

'Nou, dan zal het je ook vast niets uitmaken daarvoor te betalen,' antwoordt Wilhelm gevat. Weer keert hij zich naar Fritz: 'Er is nog iets waar ik me zorgen over maak. Waarom kan Franz zich totaal niets meer herinneren en voelt hij zich vandaag zoveel slechter dan jij?'

Fritz loopt weer rood aan en ontwijkt de blik van zijn oom. 'Hij kan kennelijk niet zoveel verdragen als ik...'

Wilhelm voelt dat Fritz iets voor hem achterhoudt.

'Is dat het enige?' Hij kijkt zijn neef strak aan, als een roofdier naar zijn prooi. Fritz blijft stug naar de vloer staren.

Wilhelm weet dat hij het bij het rechte eind heeft. 'Dat is dus níét het enige. Zeg op, anders kun je dat nieuwe paard wel vergeten!'

Met een mengeling van hoop en vertwijfeling op zijn gezicht kijkt Fritz op. 'Dus als ik de waarheid vertel, krijg ik het paard?'

Wilhelm voert een innerlijke strijd, maar zijn bezorgdheid om Franz krijgt de bovenhand. Met tegenzin knikt hij.

‘Er bestaat een middeltje,’ vertelt Fritz.

‘Wat voor een middel?’

‘Ik wilde niet dat de meisjes Franz nog zouden pesten en daarom heeft Charlotte iets in zijn glas gedaan! Iets wat…’ Hij zoekt naar de juiste woorden.

‘Iets wat ervoor zorgt dat je ’m zelfs bij een uitgelubberde afgedankte hoer omhoog krijgt?’ maakt Wilhelm vulgair zijn zin af.

Fritz knikt aarzelend. ‘Zoiets, oom Wilhelm. Maar wellicht iets te veel aangezien Franz al behoorlijk wat gedronken had. In elk geval zinspeelde Charlotte erop dat er in haar kamer niet te veel meer was gebeurd.’

‘Zo, daar zinspeelde ze op. Daarnet zei je nog dat je niet goed wist wat die twee met elkaar hebben gedaan.’

Fritz haalt verlegen zijn schouders op. ‘Ik weet het echt niet zeker, oom Wilhelm.’

Gerban ademt diep in. ‘Ik denk dat we dit absurde gesprek maar moeten afsluiten, Fritz. Morgen vertrek je!’

‘Maar, maar hij heeft nog een week verlof,’ protesteert Gregor. ‘Wat zal Ottilie daarvan vinden?’

‘Morgen!’ Gerban houdt voet bij stuk. ‘Dan kan hij geen verder onheil meer aanrichten!’

‘Laat maar, vader,’ zegt Fritz afwijzend als Gregor Gerban nogmaals bezwaar wil maken. ‘Je weet dat oom Wilhelm niet te vermurwen is als hij eenmaal iets heeft beslist.’ Hij kijkt Wilhelm uitdagend aan.

‘De overeenkomst is dat jij, waarde oom, mijn leven als officier financiert en dat wij in ruil allemaal naar jouw pijpen dansen. Druk ik me zo correct uit?’

Wilhelm Gerban tandenknarst duidelijk hoorbaar terwijl hij de blik van Fritz vasthoudt. ‘Het is precies zoals je het verwoordt, Fritz. Vaarwel!’

Huize Gerban bij Altenstadt

mei 1870, een dag later

'Bah, het stinkt hier nog steeds!' Minna loopt naar het raam in de kamer van Franz en gooit kordaat het raam open. 'Eerst de boel maar eens goed luchten.'

Het ruikt inderdaad nog onaangenaam naar alcohol en braaksel, maar Irene zegt niets.

Minna loopt naar het bed en samen halen ze de lakens af. 'Gelukkig heeft hij het dekbed niet nóg eens vies gemaakt. Goh, wie had dat ooit van de jongeheer gedacht?!' Franz' escapade is hét onderwerp van gesprek onder het huispersoneel.

'Doe niet zo vervelend, Minna! Je hoorde toch dat het allemaal de schuld van zijn neef Fritz is!'

'Bedoel je dat hij jouw Franz onder dwang met slechte champagne dronken heeft gevoerd en daarna heeft opgesloten met een hoer?'

Irene bloost en wordt tegelijkertijd boos op Minna.

'Hou toch op met die onzin! En bovendien is hij niet "mijn" Franz!'

'Echt niet, Irene? Ik krijg anders een heel andere indruk!'

Irene schrikt. 'Wat voor indruk?'

Minna gaat op de rand van het bed zitten en gebaart Irene hetzelfde te doen, maar die blijft staan.

'Straks komt er iemand binnen, die ellendige Mathilde bijvoorbeeld…'

Minna grijnst. 'Die ellendige Mathilde is met geen stok deze stinkende kamer in te krijgen. Je weet hoe teergevoelig ze is!'

Nu lacht Irene ook. Ze gaat naast Minna zitten.

Die grijpt haar hand en lacht haar lief toe. 'Kind, je zou jezelf eens moeten zien als jongeheer Franz met jou in de kamer is en naar je kijkt. Je wordt dan meteen zo rood als een tomaat.'

Daar is Irene zich niet van bewust. 'Echt?' fluistert ze.

'En vervolgens maak je je als een bang konijn uit de voeten.' Minna weet niet dat Franz het precies zo zou hebben verwoord.

Irene is Franz inderdaad uit de weg gegaan na hun ontmoeting in de bibliotheek. Ze droomt inmiddels elke nacht van hem, maar wil zichzelf geen illusies maken. Dat Minna met haar scherpe opmerkingsvermogen haar gevoelens voor de zoon des huizes heeft doorzien, brengt haar van haar stuk. Ze doet er het zwijgen toe

Minna streelt haar hand. 'Het is niet erg dat je een beetje verliefd bent, hoor,' zegt ze vriendelijk. 'Zolang het daar maar bij blijft.'

'Hoezo, "zolang het daar maar bij blijft"? Denk je dat iemand anders het ook in de gaten heeft?'

Minna schudt het hoofd. 'Dat denk ik niet. Maar de jongeheer kijkt naar je alsof hij jou ook leuk vindt.'

Ongewild is Irene blij met deze opmerking. 'Meen je dat?'

Minna legt twee vingers onder de kin van Irene, tilt haar hoofd op en kijkt haar ernstig aan.

'Ja, dat meen ik. En het baart me zorgen over. Je weet nu dat Franz... nu ja... dat Franz geïnteresseerd is in vrouwelijk gezelschap.' Ze schiet in de lach. 'Hemeltjelief, wat klinkt dat stijf. Maar Irene, er staat druk op de ketel bij dat jongmens. Als je begrijpt wat ik bedoel...'

Irene beseft dat ze knalrood wordt. Ze zoekt nog naar de juiste woorden als Minna weer bloedserieus verder praat: 'Dit soort amourettes leiden alleen maar tot narigheid, Irene. Denk maar aan de arme Gundi!'

Irene reageert ontgoocheld. 'Jij denkt dus dat hij niet werkelijk van me houdt, maar gewoon met me naar bed wil?'

'Natuurlijk! Wat anders?' antwoordt Minna verbaasd. 'En dus doe je er goed aan hem te blijven ontwijken. Misschien dat dat volstaat, al vrees ik dat je daardoor nog aantrekkelijker voor hem wordt. Mannen zijn nu eenmaal jagers!'

'Wat wil je daarmee zeggen?'

'Dat je misschien een duidelijke grens zult moeten stellen, Irene! En dat al meteen de eerste keer dat hij toenadering zoekt.'

Irene knikt zwijgend en voelt zich opeens heel verdrietig. Tranen wellen in haar ogen op. Minna slaat een arm om haar heen.

‘Ik kan namelijk niet lang meer op je passen, kind! Eind deze maand neem ik mijn ontslag.’

‘Wat? Waarom in hemelsnaam?’ Irene is met stomheid geslagen.

Minna lacht zachtjes. ‘Ik ga in juni trouwen.’

‘Echt?’ Irene weet niet wat ze moet zeggen.

‘We hebben elkaar beloofd niemand iets te vertellen, maar nu het officieel is, ben jij de eerste die het hoort.’

‘En wie...?’

‘Zoals bij Tilda is het iemand die ik nog van vroeger ken. Hij was ooit mijn grote liefde, maar trouwde met een ander. Hij heeft toen bijna mijn hart gebroken. Maar zijn vrouw is in het kraambed gestorven en heeft hem achtergelaten met drie jonge zonen. En toen moest hij weer aan mij denken.’

‘Zomaar opeens?’

Minna knikt. ‘Ik liep hem vorig jaar tegen het lijf op de jaarmarkt. Kun je je dat nog herinneren? Ik had je uitgenodigd, maar jij moest al vroeg weer terug. Kort na je vertrek sprak hij me aan. Sindsdien hebben we elkaar geregeld gezien en gisteren heeft hij me ten huwelijk gevraagd.’

‘En jij denkt dat hij nu wél van je houdt?’

Minna haalt haar schouders op. ‘Het is een knappe man, Irene, een vakman met een uitstekende reputatie en hij heeft een moeder nodig voor zijn kinderen. Ik heb liefde voor twee in me, schat!’

Irene zwijgt verlegen. Er klopt iets niet aan wat Minna zegt, maar ze kan niet onder woorden brengen wat precies. Haar daarop wijzen zou bovendien tactloos zijn.

Minna heeft het in de gaten. ‘Luister, ik ben een dienstmeisje en niet meer van de jongsten. Een huwelijk is voor mij een godsgeschenk. Of mijn toekomstige man nu van me houdt of niet.’

Nu pas beseft Irene de volle omgang van wat er staat te gebeuren. ‘Ik zal je vreselijk missen,’ zegt ze zacht. Opnieuw krijgt ze tranen in haar ogen.

Minna geeft haar een warme knuffel en probeert Irene te troosten.

'Ach joh. Ik blijf in de buurt: in Schweigen. Mijn man heeft zijn bedrijf in dat dorp. Hij is kuiper en de Gerbans behoren tot zijn belangrijkste klanten. Als je zin hebt, kun je elke vrije middag langskomen.'

Ze geeft Irene een tikje op haar neus en veegt een traan van haar wang.

'En ik beloof dat er altijd zelfgebakken taart voor je klaarstaat!'

7

Huize Gerban bij Altenstadt

Mei 1870, twee dagen later

'U hebt me geroepen, mijnheer?'

Gerda maakt een diepe kniebuiging als ze de werkkamer binnenkomt.

Tot haar verbazing komt Wilhelm Gerban achter zijn enorme bureau vandaan en gebaart naar de zithoek. Aarzelend gaat Gerda op het puntje van een bruinleren stoel zitten. Ze heeft geen idee wat dit te betekenen heeft.

De pater familias kijkt haar een tijdje zwijgend aan. Gerda voelt zich steeds minder op haar gemak. Het is bijna alsof hij door mijn kleren wil kijken, denkt ze.

Dat ze de plank niet zo héél ver misslaat, blijkt algauw.

'Jij bent een goed en schrander meisje, Gerda. En daarom vast niet ongenegen om de familie een kleine dienst te bewijzen. Tegen een passende beloning uiteraard.'

Gerda snapt niet waar haar meester op doelt. Maar als hij even later zijn hele verhaal heeft gedaan, wordt ze vuurrood.

'Maar als…' Ze weet niet hoe ze dit moet zeggen. 'Maar als ik…'

Gerban valt haar in de rede. 'Dan zal er goed voor je worden gezorgd. Ik geef je mijn woord van eer.'

Hij pakt zijn beurs uit zijn vest en legt een paar gouden munten op de lage tafel voor haar. 'Is dat genoeg voor nu?'

Gerda pakt het geld. 'Maar… maar dat is tien gulden!' stamelt ze.

Gerban grijnst. 'Dat is het me zeker waard, meisjelief.'

Huize Gerban bij Altenstadt

Mei 1870, laat diezelfde avond

Vermoeid loopt Franz de brede trap op naar de bovenverdieping en betreedt zijn slaapkamer. Verbaasd ziet hij dat het kamerscherm voor zijn bed staat. Normaal gebeurt dat alleen als hij, zoals een paar dagen geleden, ziek in bed ligt.

Het felle licht van de plafonnière verblindt hem en versterkt de doffe hoofdpijn waar hij sinds zijn bezoek aan La Maison Rouge last van heeft. Hij draait de gaslamp boven de wastafel op het kleinste vlammetje en dooft het plafondlicht. Zuchtend masseert hij zijn gespannen nekspieren.

Nog steeds kan hij zich niet volledig herinneren wat er in het bordeel is gebeurd. Zijn vader heeft hem botweg verteld dat hij die avond niet alleen te veel had gedronken, maar ook een afrodisiacum had geslikt dat een van de prostituees in zijn glas had gegoten. Maar blijkbaar had het middel niet het verhoopte, maar juist het tegengestelde effect gehad en was hij weggezonken in een loodzware slaap.

Zijn vader had ook gestaan op een grondig onderzoek door huisarts Frey. Het is echter nog te vroeg om een geslachtsziekte, in het bijzonder syfilis, te kunnen vaststellen. In elk geval heeft de arts hem gerustgesteld dat het uit hennep gewonnen middel dat zijn lust had moeten opwekken geen blijvende gevolgen zal hebben, maar dat het in combinatie met alcohol tot bewusteloosheid kan leiden. Totdat die stof volledig uit zijn lichaam is verdwenen kan hij nog last hebben van hoofdpijn en misselijkheid.

Franz heeft de medicatie die de arts hem hiertegen had aangeboden afgeslagen. Het lichamelijk ongemak ziet hij als een terechte straf voor zijn lichtzinnigheid.

Hij is nog steeds boos op zichzelf en blijft zich maar afvragen hoe hem nu zoiets stoms kon overkomen.

Het was vooral de drang om niet voortdurend voor Fritz onder te hoeven doen die hem ertoe had aangezet die 'mannenavond' van begin tot einde mee te maken. In Der Goldene Adler had hij urenlang naar de heldendaden van de grenadiers moeten luisteren, waarbij de majoor en Fritz elkaar onvermoeibaar de hemel in bleven prijzen voor hun dappere optreden in de Oostenrijks-Pruisische Oorlog.

Het prachtige eindexamen van Franz – Fritz zelf heeft het gymnasium voortijdig verlaten – viel daarbij in het niets, net als zijn reis door Europa – hoewel Fritz nog nooit buiten Duitsland is geweest. Von Kaisenberg is dan toch tenminste in Rome en Parijs geweest en dat gaf aanleiding tot een nieuwe discussie over de verloederende Franse moraal. Het ene woord leidde tot het andere, het ene glas volgde op het andere. Toen Fritz ten slotte om middernacht voorstelde naar La Maison Rouge af te zakken, had Franz bewust geen bezwaar gemaakt. In tegenstelling tot Von Kaisenberg wist hij precies wat voor etablissement het was. Hij was van plan die moraalridder van een majoor en ook zijn opgeblazen neef daar met hun eigen wapens verslaan.

Zijn plan viel echter in duigen toen de majoor zich na slechts één glas en zonder van de diensten van de dames gebruik te maken overhaast vertrok. Fritz daarentegen bleef maar opscheppen over zijn mannelijkheid en bespotte hem in het bijzijn van de lichtekooien openlijk als 'onze maagd hier'. Franz liet zich meeslepen en wilde zijn arrogante neef laten zien heus wel zijn mannetje te staan. Tot daar had hij het verhaal kunnen reconstrueren; de rest bleef een zwart gat.

In elk geval vonden de dubieuze heldendaden van Fritz in La Maison Rouge geen genade in de ogen van zijn oom Wilhelm. Twee dagen na het voorval moest zijn neef de terugreis naar Liegnitz aanvaarden hoewel zijn verlof er nog niet op zat.

Zelf bleef hem de confrontatie met zijn 'onvoorstelbare gedrag' niet gespaard. Anders dan anders vond Franz de donderpreek van zijn vader terecht.

Sindsdien werkt hij als bezeten in de wijnhandel in Wissembourg om zichzelf en zijn vader te bewijzen wat hij waard is. Het lot is hem goed gezind: hij heeft een foutieve factuur ontdekt waarbij een leverancier precies vijfenveertig gulden – het bedrag dat Wilhelm de hoerenmadam had moeten betalen – te veel heeft gerekend en ook al heeft gekregen. In elk geval is hij zijn vader nu niets meer schuldig.

Franz heeft zich intussen tot op zijn onderbroek uitgekleed en zoekt naar zijn nachthemd. Dat ligt waarschijnlijk op het opengeslagen bed achter het kamerscherm. Franz draait de gaslamp boven de commode alvast uit en tast in het donker naar zijn hemd.

Plotseling voelt zijn hand iets volledig onverwachts. Er ligt iemand onder zijn dekbed. Geschrokken springt hij achteruit.

'Wat... wie is daar?' Franz loopt terug naar de deur, doet het plafondlicht aan en trekt het kamerscherm weg. Hij gelooft zijn ogen niet als hij het dienstmeisje Gerda herkent. Ze moet ingedut zijn toen ze op hem lag te wachten en wrijft nu de slaap uit haar ogen. Verstoord knippert ze in het felle licht. Franz staat als aan de grond genageld. 'Wat heeft dit te betekenen?' snauwt hij het dienstmeisje toe. 'Bent u gek geworden?'

Haar antwoord is niet wat hij verwacht. 'Het spijt me vreselijk jongeheer. Ik moet in slaap gevallen zijn.'

'Ja, dat is wel duidelijk,' zegt Franz sarcastisch. 'Maar eerst hebt u zich niet alleen van verdieping, maar kennelijk ook van deur vergist! Mijn bed uit en maak dat u wegkomt. Morgen bespreek ik dit met mijn moeder en mevrouw Burger. Ga uw spullen maar alvast pakken!'

Gerda maakt echter geen aanstalten uit bed te komen. Ze komt half overeind en houdt krampachtig het dekbed voor haar bovenlichaam. 'Maar... Maar, jongeheer,' stamelt ze. 'Ik kan zo niet...'

Franz krijgt argwaan. 'Zeg niet dat u helemaal niets aan hebt!' Als Gerda knalrood wordt, lacht hij luid. 'Het wordt steeds fraaier! Wat doet u in mijn kamer? Wilt u mij verleiden soms?' In zijn woede en schaamte weet hij niet meer wat hij zegt. 'Heeft het zo snel de ronde gedaan dat mijn wellust nog niet bevredigd is? Wilt u de hoeren van La Maison Rouge soms de loef afsteken?'

Gerda begint te huilen. 'Neemt u me niet kwalijk, jongeheer,' snikt ze, 'maar ik dacht dat uw vader dit met u had besproken...'

Franz begrijpt er niets meer van. 'Wat zou mijn vader met mij hebben moeten bespreken?'

'Wel, dat ik... Dat u...'

Het dringt eindelijk tot Franz door en dat komt keihard aan. 'Heeft mijn vader u naar mijn bed gestuurd?'

Gerda knikt zwijgend.

Franz ademt een paar keer diep in en draait zich naar de muur. Hij wil niet dat Gerda ziet wat er in hem omgaat.

'Trek iets aan en verdwijn!' sist hij.

Snikkend kleedt Gerda zich achter hem aan. Franz kookt van woede. Wacht maar, vader, denkt hij. Morgen zul je eens wat beleven!

Huize Gerban bij Altenstadt

Mei 1870, de volgende ochtend

'Hoe haal je het in je hoofd mij zó te schofferen?'

Zonder te groeten stormt Franz de ontbijtkamer in waar zijn vader al aan de gedekte tafel zit.

Wilhelm Gerban kijkt hem koeltjes aan. Alleen aan de kloppende ader bij zijn slaap ziet Franz dat hij boos wordt.

'Goedemorgen, Franz!' antwoordt zijn vader uiterlijk onbewogen. 'Wat leuk dat je me al zo vroeg gezelschap komt houden.'

'Laat dat schijnheilige gedoe achterwege, vader!' Franz is zelden zo boos geweest. 'Hoe durf je dat vrouwmens naar mijn bed te sturen, dat...' Hij zoekt naar de juiste woorden. 'Dat schijnheilige kreng!'

'Wat heb je op Gerda aan te merken? Heeft ze zich bij haar taken ergens schuldig aan gemaakt?'

Franz ademt diep in en beheerst zich met moeite. 'Zoals altijd heb je gelijk, vader. Dat arme ding valt niets te verwijten. Maar jou wel! Hoe kun je haar en mij zoiets aandoen?'

Gerban fronst zijn borstelige wenkbrauwen. 'O? En wat heb ik jou dan aangedaan? Verwijt je me soms dat ik ervoor pas om je nog eens dronken uit een bordeel te halen? Dat ik je wil behoeden voor een druiper of – erger nog – de Franse ziekte?'

Franz voelt dat hij knalrood wordt. 'Dat was een eenmalig iets en zal nooit meer gebeuren. Waarom moest je Gerda daarbij betrekken?'

'Doe je nu alsjeblieft niet voor als een heilig boontje! Veel zonen van gegoeden huize raken hun wilde haren kwijt bij hun vrouwelijk personeel. Beweer niet dat je dat niet weet. Gerda is knap en gezond, en lang niet zo duur als die dellen van La Maison Rouge.'

'Heb... heb je haar daarvoor betaald?'

Zijn woede neemt nog toe als hij zijn vader ziet grijnzen. 'Je denkt toch niet dat je zó'n droom van een kerel bent dat Gerda voor niets met jou onder de lakens zou duiken?'

Franz heeft niet meteen een weerwoord en zijn vader gaat verder: 'Als de regeling je niet bevalt, hóéf je er geen gebruik van te maken. Niemand dwingt je ertoe. Hou alleen op mijn geld te verspillen in dubieuze tenten. Waarom de wijde wereld opzoeken...' Hij zwijgt veelbetekenend.

... als het thuis voor het grijpen ligt, maakt Franz de zin in gedachten af. Voor zijn geestesoog verschijnt het gezicht van Irene. Zijn hart bonkt niet meer van woede, maar van verwarring. Zou het werkelijk zo eenvoudig zijn?

Hij besluit de proef op de som te nemen. 'Je hebt er dus niets op tegen als ik een dienstmeisje in mijn bed haal?'

Spontaan schudt zijn vader het hoofd. 'Welnee. Het verplicht je tot niets en het bevredigt je natuurlijke behoeften. En wij behoren niet tot die mensen die zo'n meisje zonder getuigschrift op straat zetten als het misgaat. Als er iets fout gaat nemen wij onze verantwoordelijkheid.'

'Heb je dat Gerda ook beloofd?'

'Natuurlijk.'

'Tja, dan zal ik er nog eens over nadenken, vader. Maar nu moet ik eerst wat afkoelen. Ik ga eerst een stuk rijden en ontbijt daarna wel.'

'Zoals je wilt, zoon. Ik wist wel dat je uiteindelijk je gezond verstand zou laten spreken.' Tevreden pakt Wilhelm Gerban de ochtendkrant.

Pas als de deur achter Franz in het slot valt, komt er een verontrustende gedachte bij Wilhelm op. Opeens is zijn eetlust weg. Stel dat Franz nu eens iemand anders dan Gerda in gedachten heeft? Heb ik geen dingen losgemaakt die ik straks niet meer onder controle heb?

Over die vragen zit hij nog te peinzen als Pauline binnenkomt. 'O, je bent nog hier, Wilhelm. Ik dacht dat je al naar kantoor in Wissembourg was vertrokken.'

Hij forceert een glimlach. 'Ik ben laat vandaag, schat. Maar je hebt gelijk. Ik kan me beter haasten.'

Hij neemt nog een slok van de inmiddels koude koffie, veegt met een servet zijn mond af en staat op om Pauline een vluchtige kus op de wang te drukken.

'Fijne dag, liefste. Ik ben op tijd thuis voor het avondeten.'

Huize Gerban bij Altenstadt

Mei 1870, twee dagen later

Stilletjes komt Irene de bibliotheek binnen. Voorzichtig kijkt ze om zich heen en stelt opgelucht vast dat ze alleen is.

Ze haast zich naar de boekenkast en bekijkt de ruggen van de boeken waar ze bij kan. Mevrouw Gerban heeft haar toestemming gegeven om een boek te lenen wanneer ze maar wil, maar de oude mijnheer Gerban of Mathilde komt ze hier liever niet tegen. Die zouden het haar waarschijnlijk verbieden.

En daaraan zal ik me dan moeten houden, denkt ze. Irene heeft allang begrepen dat mevrouw Gerban niet zoveel te zeggen heeft in deze familie.

Haar oog valt op een dikke, in blauw leer gebonden pil. Het boek ziet er nog nieuw uit en het is haar niet eerder opgevallen, hoewel ze vaak in de kast heeft gekeken. Ze pakt het boek en gaat bij het raam wat meer in het licht staan.

'*Les Mi-sé-ra-bles*,' spelt ze hardop. Wat zou dat betekenen? De naam van de auteur lijkt haar niettemin Duits: Victor Hugo.

Nieuwsgierig bladert ze door het boek en stelt teleurgesteld vast dat het boek in het Frans is geschreven. 'Jammer,' verzucht ze hardop.

'Wat vindt u jammer?' Van schrik laat Irene het boek bijna vallen. Franz staat op uit een grote stoel die met de rug naar Irene staat.

'O, neem me niet kwalijk!' Gehaast maakt ze een kniebuiging. 'Ik wist... ik wist niet dat de jongeheer hier was. Het spijt me als ik u gestoord heb.'

Franz glimlacht. 'U stoort me niet en ík moet me verontschuldigen tegenover u. Ik had mijn aanwezigheid bekend moeten maken.'

Irene is het met hem eens, maar schudt toch beleefd het hoofd. Ze loopt naar de kast en wil het boek terugzetten als Franz zijn hand uitsteekt.

'Laat eens zien op welk boek u de hand hebt gelegd...'

Irene begrijpt het verkeerd en bloost geschrokken. 'Ik wilde dat boek niet zomaar meenemen, jongeheer. Mevrouw heeft me toestemming gegeven om af en toe een boek te lenen.'

Franz' glimlach wordt breder. 'U hebt dus uiteindelijk mijn raad opgevolgd om te lezen. En welke boeken vindt u het mooist?'

Irene voelt zijn intense blik op zich branden en slaat de ogen neer. Haar maag speelt op. 'De jongeheer had mij de sprookjes van Wilhelm Hauff aanbevolen. Die vond ik prachtig...'

'Ik ben blij dat te horen! Dan heb ik nog iets van u tegoed. Zou u mij een plezier willen doen?'

Onzeker kijkt Irene op en knikt zonder iets te zeggen. Ze heeft geen idee wat hij van haar wil.

Al snel krijgt ze antwoord op haar onuitgesproken vraag.

'Ik heb u toch al eerder gevraagd om het stijve "jongeheer" achterwege te laten. Toen vroeg ik u me gewoon mijnheer te noemen, maar nu wil ik het nog anders: spreek me alstublieft rechtstreeks aan. Het liefst bij mijn voornaam.'

'Dat... maar dat geeft geen pas, jongeheer. Ik zou een stevige uitbrander krijgen als iemand het zou horen.'

'Hou in elk geval op met dat verschrikkelijke "jongeheer" en noem me dan voor mijn part mijnheer Franz, toch zeker als we alleen zijn.'

Alleen zijn? Allerlei gedachten schieten door haar hoofd. Ze knikt automatisch. Het weeë gevoel in haar maag wordt sterker en ze voelt zich zelfs wat duizelig. Ze pakt de boekenkast vast om niet te vallen.

'Hemel!' Franz pakt haar bij de arm. 'Voelt u zich niet goed? U ziet helemaal bleek.'

'Het gaat wel weer,' mompelt Irene. 'Maar ik wil u niet langer ophouden. Beneden zitten ze vast al op me te wachten.'

'Ik heb toch al gezegd dat u me niet stoort.' Er klinkt iets ongeduldigs in zijn stem en dat ontgaat haar niet. Haar hart gaat sneller slaan.

'Kom naast me zitten, dan kan ik vertellen wat voor boek u hebt gepakt!' Uitnodigend en tegelijkertijd een beetje bevelend wijst Franz naar de bank en gaat zitten.

Voor ze opnieuw kan protesteren gaat hij verder: 'En dat is een order, Irene!' De twinkeling in zijn ogen logenstraft zijn gebiedende toon. 'Maak u maar geen zorgen! Niemand zal ons storen. Mijn vader zit op kantoor in Wissembourg, mijn moeder doet haar middagdutje en mijn teerbeminde zuster is bij de naaister. Ze wil een vervanging bestellen voor die gifgroene japon die ze zelf heeft verpest. Zelfs een aardbeving kan haar niet van de stofjes en patronen scheiden.'

Tegen haar zin moet Irene lachen. Franz' blik wordt op slag zachter.

'U ziet er prachtig uit als u vrolijk bent.'

Irene voelt haar wangen gloeien. Meent hij dat nu echt? vraagt ze zich inwendig af.

'Kom nu toch zitten!' Franz pakt haar hand en trekt haar naast zich neer. Dan schuift hij wat dichter naar haar toe, zogenaamd om haar het titelblad van het Franse boek beter te laten zien. Ze ruikt de kruidige geur van zijn scheerlotion.

'Dat boek heb ik uit Parijs meegebracht. Het is het verhaal van een gevangene die zijn leven lang door de politie wordt achternagezeten voor het stelen van een brood.'

'Van een bróód?'

'Ja. Dat had hij gestolen omdat de kinderen van zijn zus anders van de honger zouden omkomen.'

'O, maar dan is het een verhaal van lang geleden?'

Franz schudt grimmig het hoofd. 'Helemaal niet. Het verhaal speelt zich amper vijftig jaar geleden af. Het boek bestaat uit twee delen. In het eerste ontsnapt de gevangene en schopt hij het tot rijke fabriekseigenaar. Hij redt een meisje uit de handen van zijn meedogenloze stiefouders en als hij herkend wordt, vlucht hij met haar naar Parijs. Daar duikt hij weer onder. In het tweede deel leeft hij als een te goeder naam en faam bekendstaande burger in de stad totdat in 1848 de Februarirevolutie uitbreekt. Hij redt de verloofde van zijn pleegdochter, maar sterft uiteindelijk aan een ernstige ziekte.'

'Jeetje, wat spannend!' Irene luistert gefascineerd. 'Jammer dat ik het niet kan lezen!'

'Ja, helaas is het nog niet in het Duits vertaald.'

'Kunt u het in het Frans lezen?'

Franz glimlacht weer met die zachte, maar doordringende blik die Irene volledig van haar stuk brengt.

'Ik ben half Frans. Ik ben zelfs Frans staatsburger.'

'O! Dat wist ik helemaal niet.'

Zijn glimlach verdwijnt. 'Mijn vader houdt het ook zo goed mogelijk geheim. Hij betreurt het dat hij na mijn geboorte de contractueel vastgelegde belofte aan mijn Franse grootvader niet heeft herroepen.'

'Maar bij uzelf en bij mevrouw uw moeder is niet te horen dat u niet Duits bent.'

'De Elzas is altijd tweetalig geweest. Ook mijn moeder spreekt even goed Duits als Frans.'

'Om jaloers op te worden.' Irene is zich er niet van bewust dat ze hardop denkt.

'Zou u ook graag Frans leren?'

‘Ik?’ Irene denkt dat ze het verkeerd heeft verstaan.

‘Natuurlijk, wie anders?’

‘Ik ben maar een eenvoudig dienstmeisje, jongeheer.’

Franz fronst ontstemd de wenkbrauwen. ‘Ik dacht dat we hadden afgesproken dat u me niet meer zo zou noemen.’

‘Het spijt me,’ fluistert Irene. Een ander antwoord schiet haar niet te binnen. Zwijgend kijkt ze naar haar handen die ze in haar schoot heeft gevouwen. Ze weet niet hoe ze uit de verwarrende situatie kan ontsnappen.

‘Wel, wat wordt het: ja of nee?’

‘Wat…’

Franz valt haar in de rede. ‘Zal ik je Frans leren?’

Sprakeloos staart Irene hem aan.

‘Nu lijk je op een kalf dat naar het slachthuis wordt gevoerd!’ lacht Franz. ‘Ik vind u veel leuker als u lacht.’

Als Irene blijft zwijgen, vraagt hij: ‘Wanneer is uw vrije middag?’

‘Morgen, elke woensdag.’ Irene hoort zelf hoe toonloos haar stem klinkt.

‘Dan neem ik u morgenmiddag om halfdrie mee op een toertje naar een leuke herberg in Schweigen. Daar ken niemand ons. U komt met mij mee en ik nodig u uit voor een gezellige maaltijd. In ruil mag ik u een beetje Frans leren.’

Irene voelt zich als het ware verlamd. ‘Morgen al?’

‘Morgen al. Gaat u met me mee?’

‘Ik weet het niet… ik weet het niet zo goed.’

‘Komt u mee?’

De intense blik in zijn donkerbruine ogen dwingt Irene instemmend te knikken.

‘Geweldig!’ lacht hij.

Hij lijkt bevrijd of verbeeldt ze zich dat maar? En dan denkt ze: hemel, wat zal Minna hiervan zeggen? Ik mag dit niemand vertellen.

Alsof hij haar gedachten kan lezen zegt Franz: ‘We kunnen het best afspreken aan het einde van de oprijlaan, waar die uitkomt op de doorgaande weg. Ik kom met het kleine rijtuig uit Wissembourg. Wacht daar op mij!'

Irene knikt willoos. Ze komt in de verleiding in haar dij te knijpen. Droom ik dit? Lig ik niet gewoon in mijn bed en word ik straks wakker om me te realiseren dat ik het allemaal heb gedroomd?

'Goed, dan zien we elkaar morgenmiddag om halfdrie.' De bariton van Franz doet haar opschrikken. 'Ik moet nu naar het kantoor in Wissembourg. Mijn vader zal zich al afvragen waar ik blijf.'

Hij is al bij de deur als hij zich weer omdraait. 'O, uw boek. U wilde toch een boek meenemen?' Hij zet het boek van Hugo terug in de kast en pakt een dunner deeltje. 'Kent u *Hoffmanns vertellingen*? Nee? Neem dit dan mee. U zult het leuk vinden.'

Als Franz de deur achter zich dichttrekt staat Irene langzaam op. Het lijkt wel of ze pudding in haar knieën heeft. Een tijdlang staat ze voor zich uit te staren met de handen om het boek geklemd dat Franz haar heeft gegeven.

Uiteindelijk vermant ze zich en kijkt op de klok. Er is nog maar een halfuur verstreken sinds ze de bibliotheek is binnengekomen.

Ik ga niet, roept ze zichzelf tot de orde. Ik ga er echt niet heen!

Maar diep in haar hart weet ze dat ze popelt om hem weer te zien.

Huize Gerban bij Altenstadt

Mei 1870, de volgende middag

Franz' hart klopt in zijn keel als hij de pinto die het rijtuigje trekt de laatste bocht in stuurt waarachter dan links de oprijlaan naar zijn ouderlijk huis ligt. Hij knijpt zijn ogen tot spleetjes om beter tegen de zon in te kijken. Er is niemand te bekennen.

Ik had het kunnen verwachten, denkt hij. Tot zijn ergernis voelt hij een brok in zijn keel. Natuurlijk geeft dat kind niets om mij.

'Vort, Berti!' Nors spoort hij het paard aan. Hij wil nog een stuk verder rijden, omdraaien en dan terug naar Wissembourg rijden.

Ter hoogte van de oprijlaan proeft hij opeens een ijzersmaak in zijn mond. In zijn opwinding heeft hij zijn lip kapotgebeten.

Net als hij een zakdoek uit zijn jas wil pakken stapt Irene uit de schaduw de straat op. Blijkbaar heeft ze achter een boom op hem staan wachten. Uit pure opluchting viert Franz de teugels, het signaal voor het paard met de bonte vacht om sneller te draven.

'Hooo!' Franz trekt nu hard aan de teugels en het rijtuig komt zo'n twintig passen voorbij Irene tot stilstand. Omdat hij niet kan keren draait hij zich om op de bok en wenkt haar te komen.

Terwijl ze naar hem toe loopt neemt hij haar op met een mengeling van vreugde en fascinatie, en bedenkt haar nooit in haar eigen kleding te hebben gezien.

Irene draagt een donkerblauw pakje dat haar ranke figuur mooi doet uitkomen. Het jasje over de witte blouse met geborduurde kraag sluit nauw aan en benadrukt haar welgevormde boezem. Geheel naar de laatste mode draait de rok zich boven haar zitvlak in een kleine tournure en eindigt zelfs in een kleine sleep. Tot nu toe heeft Franz die snit belachelijk gevonden, maar nu is hij er weg van.

Op haar opgestoken bruine haar staat een bijpassend blauw hoedje met een pauwenveer. Het hele ensemble accentueert haar donkerblauwe ogen die schitteren als saffieren, al drukken ze ook onzekerheid uit.

Verdiept in haar verschijning springt Franz pas van de bok als ze al bijna bij het koetsje is. Met het schaamrood op de wangen voor zijn slechte manieren neemt hij zijn hoed af terwijl hij diep buigt. Het liefst had hij de jonge vrouw in zijn armen gesloten, maar hij steekt alleen zijn hand uit.

'Ik ben zo blij dat u gekomen bent, Irene.'

De onzekerheid in haar blik maakt heel even plaats voor verwondering en blijdschap.

'Goedemiddag, heer Franz.' Even overvalt hem de angst dat ze een kniebuiging zal maken, maar ze blijft staan. 'U bloedt!' zegt ze ontsteld. 'Hebt u zich verwond?'

Franz veegt met zijn zakdoek zijn mond schoon.

'Het is niet erg. Het verheugt me dat u er bent.'

'Bent u daar echt zo blij om?'

'Nou en of! Ik kan de hele wereld wel omhelzen!' De woorden rollen spontaan over zijn lippen. 'Kom, stap in.'

Hij helpt haar op de bok en ruikt de zoete geur van lelietjes-van-dalen. Zijn fysieke nabijheid op de tweezitter maakt haar kennelijk nerveus. Haar tasje van goedkoop leer klemt ze stevig vast met haar in kanten handschoenen gestoken handen.

'Vooruit, Berti!' Franz slaat zacht met de teugel op de rug van de pinto die meteen vertrekt.

'Waar gaan we heen?' vraagt Irene met licht trillende stem.

'Dat heb ik gisteren toch al gezegd? Naar Schweigen, naar een herberg met een heel mooie tuin. Ik ben daar als jongetje voor het laatst geweest, maar ik heb navraag gedaan en de zaak bestaat nog steeds en zou nog altijd dezelfde heerlijke gerechten serveren. Daar kunnen we ongestoord babbelen.'

'Om acht uur moet ik wel terug zijn, heer Franz.'

'Dan hebben we bijna vijf uur de tijd, Irene. Maar ik sta erop dat u me Franz noemt wanneer we onder ons zijn.'

'Doe het straks ook maar,' zegt hij voor ze er iets tegen in kan brengen. 'Op die manier zullen de andere gasten in de tuin niet al te veel aandacht aan ons schenken, zeker omdat je eruitziet als een echte dame.' Tot zijn vreugde bloost ze lichtjes.

'Dank voor het compliment. Maar de handschoenen heb ik geleend, die van mij zagen er te armoedig uit.'

'Wie heeft ze je geleend?'

Haar rode konen worden nog roder. 'Ik... ik heb ze uit de la van Minna gepakt,' bekent ze aarzelend. 'Minna zal ze tot vanavond zeker niet missen, maar ze zou wel van alles willen weten als ik het eerst had gevraagd.'

Haar verlegenheid ontroert hem. Blijkbaar heeft ze veel moeite gedaan om zich mooi te maken voor hem. 'En dat mooie pakje?'

'Dat heb ik zelf gekocht. Ik heb gespaard en een paar weken geleden de stof uitgezocht. De oude naaister die het linnengoed in het huis verstelt heeft het genaaid voor een prijs die ik me kon veroorloven.'

'Maar ik wilde heus niet in twijfel trekken dat u dat pakje op een correcte manier hebt verworven, hoor!' Franz legt even een hand op de arm van Irene. 'Het staat u alleen zó goed dat het is alsof de naaister van mijn moeder het heeft gemaakt.'

'De oude Hanna wás ooit de naaister van uw moeder, maar toen gingen haar ogen erop achteruit en uw zuster...' Ze zwijgt en bijt op haar lip.

'Wat heeft mijn zuster nu weer op haar kerfstok?'

'Ik wil niet...'

'Vertel op!'

'Ze... ze beweerde dat Hanna een jurk van haar had verknipt. Daarom mag Hanna nu alleen nog linnengoed verstellen. Maar Minna heeft al vaker een jurk bij haar besteld en haar warm aanbevolen.'

'Een uitstekend advies, Irene. U weet dat ik mijn zuster een kreng vind. Maar gerechtigheid is geschied: Mathilde ziet er in om het even welke jurk uit als een vet varken, wie die japon ook heeft gemaakt.'

Uit zijn ooghoeken ziet hij geamuseerd dat Irene glimlacht.

'Waarom vindt u Mathilde eigenlijk niet aardig? Ze is toch uw zuster?'

Verbouwereerd beseft hij daar niet zomaar een antwoord op te kunnen verzinnen. Hij denkt nog na als Irene zegt: 'Vergeef me als die vraag ongepast was...'

Franz wuift dat weg. 'O, nee. Ongepast is die vraag niet. Ik moest alleen even nadenken. Ik denk dat het komt doordat mijn familie verdeeld is. Mijn moeder kon lang geen kinderen krijgen. Pas na een badkuur werd ik uiteindelijk geboren. Ik was meteen haar oogappel. Mijn vader die jaren had zitten springen om een erfgenaam, vond dat ze me verwende. Toen ik nog jong was strafte hij me vaak en hard. Dat heeft mijn ouders van elkaar vervreemd.'

'Maar Mathilde is toch niet veel jonger dan u? Was uw moeder niet blij dat er zo snel een meisje volgde?'

'Mathilde is inderdaad maar iets meer dan een jaar jonger dan ik. Maar mijn moeder heeft een zwak gestel. Die twee zwangerschappen zo kort na elkaar hebben haar uitgeput. Nog voor de geboorte van Mathilde moest ze maandenlang het bed houden. Misschien is haar aversie tegen mijn zuster al in de moederschoot begonnen. Daarnaast lijkt Mathilde sterk op mijn vader en was ze meteen zijn lieveling. Hij is trots op alles wat ze doet, maar voor mij heeft hij nog altijd geen goed woord over.' Hij slikt om de bitterheid die hem overvalt en die hij na al die jaren niet meer voor mogelijk had gehouden. Irene kijkt hem zijdelings aan. 'U bent het evenbeeld van uw moeder. Ik denk dat u bij de beste kant van uw familie hoort.'

Franz knikt en kijkt strak voor zich uit om zijn gevoelens niet nog meer bloot te geven.

Er valt hem iets op. 'U bent een heel aparte vrouw, Irene. De meeste dames die ik ken zullen nooit met mannen over zwangerschappen en bevallingen praten.'

'Maar dat is toch geen onbetamelijk onderwerp?' zegt Irene verbaasd.

Franz haalt zijn schouders op. 'Voor de vrouwen in mijn omgeving blijkbaar wel.'

Even zijn beiden met hun eigen gedachten bezig. Irene neemt als eerste weer het woord.

'Weet u, Franz, in het weeshuis dacht ik altijd dat rijke families geen zorgen hadden en een heerlijk en vredig leven leidden. Dat was kennelijk een vergissing.' Ze zwijgt.

Franz kijkt haar aan en ziet dat ze het even moeilijk lijkt te hebben. 'Vertel gerust verder, Irene.'

'Mag ik iets vragen?'

'Zeker!'

'Herinnert u zich uw tante Sophia nog?'

Franz fronst zijn voorhoofd. 'Niet echt, nee. Ze was de zus van tante Ottilie en kwam bij een ongeval om het leven, geloof ik. Ik moet heel jong zijn geweest toen. Hoe komt u daar zo bij?'

Irene vertelt over het portretje dat ze bij het schoonmaken van de linkervleugel van het huis in Altenstadt heeft gevonden.

'Dat is inderdaad vreemd,' zegt Franz verwonderd. 'Bij gelegenheid zal ik mijn moeder eens naar Sophia vragen.'

Opnieuw valt het gesprek stil. De eerste huizen van Schweigen komen in zicht.

'Daar is de herberg. We zijn er bijna!' Vrolijk wijst Franz op een groot witgekalkt huis met een kleurig metalen bord dat Irene van zo ver nog niet kan lezen. 'Dat is herberg Die Zwei Schwäne. Hier vind je de beste burgerpot uit de hele omgeving. Houdt u van appeltaart?'

Irene knikt. 'Heel erg.'

'Geweldig! Dan beginnen we daarmee. De taart is meestal nog warm en wordt hier met een enorme kwak room geserveerd.' Hij klakt met zijn tong. 'Verrukkelijk! En vanavond kunt u kiezen, als ik goed ben ingelicht, uit knapperig gebakken varkensschenkel, varkenspens of gekookt rundvlees met mierikswortelsaus. Alles smaakt heerlijk!'

Hij voelt zich opeens zo licht als een veertje. Irene is bij hem. Ze zit naast hem, is beeldschoon en een veel verstandiger gesprekspartner dan hij had gedacht.

En de hele namiddag ligt nog voor hen.

Huize Gerban bij Altenstadt

Mei 1870, dezelfde avond

Op haar tenen en met haar veterlaarsjes in de hand – die hakken zouden te veel lawaai hebben gemaakt – loopt Irene de diensttrap op. De grote staande klok in de hal slaat net tien uur.

Tot haar grote opluchting was de achterdeur nog open en dus hoefde ze geen smoes te bedenken om mevrouw Burger uit te leggen waarom ze te laat was. Liegen is nu eenmaal niet haar sterkste punt.

Voorzichtig duwt Irene de deurklink naar beneden van de slaapkamer die ze deelt met Minna. Haar vriendin is nog wakker en ligt te lezen in het licht van een petroleumlampje. Ze laat haar stuiverroman zakken wanneer Irene binnenkomt.

'Waar kom jij zo laat vandaan?' Minna kijkt haar streng aan. 'In je nieuwe pakje, nog wel. En met mijn handschoenen, zie ik…'

Irene bloost. 'Het spijt me, Minna. Ik had het je eerst moeten vragen.'

'Geen probleem, dat is de minste van mijn zorgen. Vertel op, waar ben je geweest?'

Irene aarzelt. Minna zal dit zeker afkeuren, denkt ze. Om tijd te winnen frunnikt ze een tijdje aan de hoedenspeld en haalt dan de hoed van haar weerbarstige haar. Minna kijkt toe terwijl ze haar jasje en blouse losknoopt en uitdoet.

'Kom eens hier!' Haar vriendin springt uit bed en maakt de veters van het korset van Irene los. Vervolgens trekt ze een kamerjas aan over haar linnen nachtjapon. 'Denk na over wat je me wilt toevertrouwen. Ik ga beneden de achterdeur afsluiten.'

Als Minna even later terugkomt ligt Irene al in bed met het dek tot aan haar kin opgetrokken.

'Bonsoir, bonjour, adieu, au revoir,' mompelt ze voor zich uit.

'Wat zeg je? Spreek je nu Frans?'

Dan slaat ze zich met de vlakke hand op het voorhoofd. 'Mijn hemel! Van jongeheer Franz geleerd, waar of niet?'

Irene voelt het bloed naar haar hoofd stijgen. 'Hij heeft me meegenomen naar een herberg in Schweigen en me daar wat woordjes geleerd.'

'Zozo!' Minna klinkt uitermate sceptisch. 'En op de terugweg is het paard zeker een hoefijzer verloren en daarom ben je te laat.'

Irene staat verstomd. 'Hoe… hoe kom je daarbij?' Uitgerekend die smoes had ze net verzonnen toen Minna net even wegging.

Minna snuift. 'Probeer het maar niet, Irene! Ik geloof je toch niet.

Je bent verliefd! Of beter gezegd, je hebt eindelijk aan jezelf toegegeven dat je verliefd bent. Heeft hij je al gekust?'

Verlegen draait Irene zich op haar zijde. 'Waarom moest jij eigenlijk nog afsluiten?' probeert ze de vraag te ontwijken.

'Omdat mevrouw Burger al rond theetijd naar bed is gegaan met migraine. Je mag van geluk spreken dat Gerda er niet op heeft aangedrongen de deur af te sluiten. Gelukkig dat je kunt rekenen op haar luiheid. Wel? Gekust?'

Even blijft het stil in de kamer. De wens van Irene dat Minna het op zou geven wordt niet vervuld en uiteindelijk knikt ze aarzelend.

'Eén keer maar… toen we afscheid namen en braaf op de wang!' Dat ze elkaar twee uur lang in de schaduw van de oprijlaan hartstochtelijk hebben gezoend wil ze nu niet vertellen.

Minna kijkt haar nog een keer onderzoekend aan, haalt dan haar schouders op en dooft het licht.

'Ik geloof er niets van. Maar je moet het zelf maar weten!'

Met wijd open ogen staart Irene naar het donkere plafond.

'*Je t'aime!*' Steeds weer opnieuw vormen haar lippen geluidloos de woorden die Franz haar voortdurend in het oor heeft gefluisterd. 'Je t'aime!'

Volgende week zien ze elkaar al terug. Hoezo 'al'? Dat duurt nog een eeuwigheid!

Ze draait zich in het smalle bed op haar zij. Haar hart doet pijn van verlangen naar Franz. Ze sluit haar ogen en droomt dat hij bij haar is.

De heerlijke middag in de herberg waar hij haar voortdurend aan het lachen maakte. De beleefde mensen van de herberg die haar inderdaad voor een voorname dame leken te houden. De weg terug in het zachte avondlicht, al voorzichtig hand in hand. En dan zijn kussen in het zoete maanlicht, zijn handen die haar liefkoosden, haar gezicht, haar hals! Bij haar borsten was hij gestopt.

'Ik wil je niet verleiden, liefste,' had hij gefluisterd. 'Nu in elk geval nog niet…'

Bijna sloop er iets van teleurstelling in de opluchting die ze voelde.

'Je t'aime!' Steeds weer opnieuw fluistert ze in stilte zijn woorden.

'Eén ding wil ik je nog zeggen, Irene!' De stem van Minna haalt haar ruw uit haar dromen. 'Straks ben ik er niet meer om een beetje op je te passen. Maar als je ooit hulp nodig hebt, dan weet je me te vinden, hè?'

8

Wijnhandel van de familie Gerban in Wissembourg

12 juli 1870

'Jullie hebben die toespraak van die arrogante Franse minister van Buitenlandse Zaken toch gelezen? De kranten stonden er bol van! Dat heerschap dreigt schaamteloos met oorlog!' Met grote passen ijsbeert Gregor Gerban door het grote kantoor van zijn broer.

Wilhelm Gerban maakt een sussende beweging. 'Rustig maar, broer. Die Fransen slaan nu eenmaal graag een aanmatigende toon aan, maar iedereen weet toch dat het gewoon sabelgekletter is. Met een roestige sabel bovendien! Het Franse leger stelt niets voor en heeft een groot tekort aan alles.'

'Je vergeet, vader, dat het Franse leger zelfs in erbarmelijke toestand heel wat grote zeges heeft geboekt.' Met groeiende ergernis volgt Franz de oneerbiedige dialoog die zijn vader en oom nu al minutenlang voeren. 'En hun chassepotgeweren zijn veel moderner dan die van het Pruisische leger. De schootsafstand is veel groter.'

'En jij gelooft die Franse propaganda, Franz? Aan wiens kant sta je eigenlijk?' valt Gregor uit. Er verschijnt een valse grijns op zijn gezicht. 'Ah ja, hoe kan ik dat nu vergeten? Jij bent natuurlijk een van hen!'

'Klopt helemaal, oom Gregor. Een van degenen aan wie de familie Gerban haar rijkdom dankt! Ben je misschien ook vergeten dat dit wijnhuis en heel wat andere bezittingen tot de erfenis van mijn Franse moeder behoren?'

Het herenhuis in classicistische stijl waarin de wijnhandel van de familie is gevestigd, is een van de meest imposante gebouwen aan het marktplein van de Elzasser grensplaats Wissembourg.

Wilhelm Gerban fronst ontstemd zijn borstelige wenkbrauwen. Even is het alsof hij Franz scherp wil terechtwijzen, maar Gregor is hem voor.

'Zonder het zakelijk vernuft van je vader zou je moeder dit pand allang kwijt zijn geweest. Denk alleen maar aan het vermogen dat het heeft gekost om het op te knappen.'

Wilhelms trekken ontspannen zich en er speelt zelfs een lachje rond zijn mond.

'Genoeg, kemphanen. Er komt geen oorlog.'

'Daar denkt Fritz anders over, Wilhelm. Hij heeft per telegram laten weten dat de Fransen al aan het mobiliseren zijn en dat ze hun koloniale troepen vanuit Noord-Afrika naar Europa verschepen. Regimenten van inboorlingen zijn dat, van ongeciviliseerde wilden. Ze schijnen te vechten als leeuwen en gaan wreed en geniepig te werk. "Turco's" noemt men ze. Fritz verwacht dat ook Pruisen nu elk moment zijn troepen gevechtsklaar gaat maken.'

Dat wuift Wilhelm weg. 'De wens is de vader van de gedachte, Gregor. Jouw zoon snakt naar nieuwe heldendaden.' Ditmaal doet hij geen enkele moeite om zijn minachting te verbergen. 'Maar zelfs als je zoon gelijk heeft, zal de oorlog zeker deze contreien niet bereiken. Beieren en dus ook de Beierse Palts maken deel uit van de Zuid-Duitse Bond en die zal zich net als Oostenrijk wijselijk overal buiten houden. Ook de Britten hebben zich al neutraal verklaard. Frankrijk zal geen bondgenoten vinden en uiteindelijk zijn staart intrekken. Wacht maar af!'

'Onderschat de Fransen niet, vader. Ze hebben in elk geval meer nationale trots dan de eeuwig ruziënde Duitsers. Als een Pruisische marionet de Spaanse troon bestijgt, waardoor hun land van twee kanten wordt bedreigd, dan zullen ze zich echt wel weten te verdedigen.'

'Dat ze het maar uitvechten onderling!' Plotseling klaart het gezicht van Wilhelm op. 'Als Beieren neutraal blijft kan een oorlog tussen Frankrijk en Pruisen met zijn bondgenoten in de Noord-Duitse Bond onze zaken wel eens ten goede komen. Elk leger heeft wijn nodig. En aangezien wij aan weerszijden van de grens zitten kunnen we beide partijen bevoorraden.'

Gregor en Franz staren de oude Gerban aan. Ongebruikelijk eensgezind vertrekken hun gezichten van verontwaardiging.

'Wat een weerzinwekkend voorstel, vader!'

'Wilhelm, je praat als de ergste opportunist.' Beiden reageren tegelijkertijd.

Wilhelms gezicht betrekt weer. Hij wendt zich eerst tot zijn broer. 'Opportunist komt van het Latijnse woord *opportunus*, "gunstig". En daarmee duidt men mensen aan die kansen grijpen wanneer die zich aandienen. Heb je niet ooit expliciet mijn talent geprezen om ons vermogen zo te vergroten?'

Net als hij zich tot Franz wil wenden om ook hem de les te lezen horen ze door het openstaande raam een krantenjongen luid schreeuwen. 'Extra editie! Extra editie! De prins van Hohenzollern ziet af van zijn kandidatuur voor de Spaanse troon! Extra editie!'

'Kijk, daar heb je het al. Ik wist wel dat de Pruisen hun staart zouden intrekken. En niet de Fransen!' zegt Franz triomfantelijk.

Gregor loopt rood aan. Hij hapt naar adem en wil reageren, maar Wilhelm is hem te snel af.

'Zijn we dan nu klaar met die zinloze discussie? Pure tijdverspilling. Ik heb toch gezegd dat er geen oorlog komt. Laten we nu eindelijk het echte thema van onze bijeenkomst aansnijden! Hoe staan we er dit jaar voor op het wijngoed, Gregor? Hebben de hitte en droogte van de afgelopen weken de druiven schade berokkend?'

Huize Gerban bij Altenstadt

18 juli 1870

Met ingehouden adem loert Mathilde vanuit haar schuilplaats rond. Er is niets te horen of te zien. Ze onderdrukt een teleurgestelde zucht.

Vanwege haar forse postuur acht niemand haar in staat muisstil door het huis te sluipen. Toch doet ze dat al sinds haar kinderjaren, een talent dat haar al veel interessante ontdekkingen heeft opgeleverd.

Maar vanavond lijkt ze zich tevergeefs te hebben verstopt in de nis onder de achtertrap naar de bediendenvleugel. Ze was zo zeker van haar zaak geweest toen ze Franz en Irene bij de thee in de kleine salon stiekem had geobserveerd. Al haar vermoedens werd bewaarheid. Volgens haar hadden ze als geheime geliefden steelse blikken uitgewisseld.

Puur toeval heeft haar een tijdje geleden op het spoor van die twee gezet. Toen ze op een avond niet kon slapen en een glas melk uit de keuken ging halen, zag ze dat de deur van Franz' kamer op een kier stond. In de veronderstelling dat hij ook nog wakker was klopte ze zacht bij hem aan, maar er antwoordde niemand. Ze sloot de deur en ging de melk halen. Toen ze weer boven kwam zag ze Franz zijn kamer binnensluipen. Hij deed duidelijk zijn uiterste best om geen geluid te maken. Hij liep op zijn sokken en had alleen een hemd en een broek aan. Zijn haar zat in de war.

Vandaar dat ze vermoedde dat Franz een stiekeme amourette had met een van de dienstmeisjes. Ze moest meteen aan Irene denken, omdat hij dat kind zo fel had verdedigd toen zij haar die bedorven japon wilde aanwrijven. Mathilde is nog steeds ziedend over de manier waarop hij haar in het bijzijn van die lellebel heeft vernederd.

Sinds die nacht snuffelt ze voortdurend rond en inmiddels zijn haar een paar dingen opgevallen. Om de tijd in de krappe schuilplaats te doden zet ze alles nog eens voor zichzelf op een rijtje. Franz is geregeld weg als de dienstbode haar vrije middag heeft. Op die dagen is hij niet op kantoor in Wissembourg en ook niet in Schweighofen. Het had haar geen moeite gekost om dit langs haar neus weg te vragen aan haar vader en aan haar praatzieke tante Ottilie bij haar laatste bezoek.

Haar vermoedens worden 's nachts versterkt. Vaak ligt ze klaarwakker in bed te luisteren. Zo ontdekte ze dat Franz zijn kamer – die naast de hare ligt – verliet zodra de hele familie zich had teruggetrokken. Ze was zelfs een keer zijn kamer binnengeslopen om met eigen ogen te zien dat hij daar niet lag te slapen.

Het was niet moeilijk te raden waar hij uithing. Sinds Minna weg is heeft dat vrouwmens de zolderkamer voor zich alleen. Die kans zullen die twee niet laten liggen, zeker niet zolang we nog geen vervangster voor Minna hebben. God mag weten waarom Burger nog steeds niemand heeft gevonden. Waarschijnlijk omdat ze oud en gemakzuchtig wordt. Misschien moet ik maar eens met moeder – of liever met vader – over haar praten, neemt Mathilde zich voor. Misschien wordt het tijd om haar te vervangen.

Natuurlijk heeft ze mevrouw Burger de zaak met de mieren nooit vergeven. Even dwalen haar gedachten af. Het is warm onder de diensttrap, alsof de zomerhitte van de laatste weken zich hier heeft opgehoopt. Zweetdruppels parelen op haar voorhoofd en lopen langs haar wangen. Haar hele lijf jeukt.

Ze durft zich nauwelijks te verroeren. Pas gisteren heeft ze besloten Franz op te wachten en te overrompelen. In de grijze kiel die ze uit het schuurtje in de tuin heeft gepikt en de grijze muts waaronder ze haar lichte haar heeft verstopt, is ze nauwelijks te zien tegen de muur. Ik moet er niet aan denken dat iemand me in deze uitmonstering zal vinden, denkt ze.

De minuten kruipen voorbij. De klok in de hal slaat halftwaalf. Wat een sof! Al bijna een uur staat ze in deze benauwde hoek. Ze besluit het op te geven voor vandaag en het morgennacht opnieuw te proberen. Dan heeft die del haar vrije middag en achteraf zullen die twee zeker onder de lakens duiken.

Net als ze voorzichtig tevoorschijn wil komen hoort ze zachte voetstappen in de slaapvleugel van de familie. Zou het Franz zijn? Haar hart gaat sneller slaan.

Maar ze weet nog niet of het lot haar goedgezind is. Wie weet is het haar vader of moeder. In dat geval moeten de stappen via de hoofdtrap naar de hal verdwijnen.

Maar nee! Een gevoel van triomf overspoelt haar. De stappen komen dichterbij. De nog onzichtbare nachtwandelaar loopt duidelijk naar de achtertrap naar de verdieping van de bedienden. Nu beklimt hij de trap, die precies boven de plek waar ze zit een beetje kraakt.

Ze ademt diep in, verlaat geruisloos de nis en kijkt naar boven. Ze zou het willen uitschreeuwen van vreugde. Het is inderdaad Franz. Op de overloop voert een klein opstapje naar de kamer van Irene. Ze ziet hoe Franz de trede neemt en dan links uit beeld verdwijnt. Daar ligt alleen de kamer van dat vrouwmens.

Wacht maar af, sloerie. Mathilde is ongelooflijk ingenomen met zichzelf. Morgen zorg ik dat je op heterdaad wordt betrapt.

De kamer van Irene in huize Gerban bij Altenstadt

De nacht van 18 op 19 juli 1870

De klok in de hal slaat twaalf keer. Irene schrikt wakker, ze moet kort ingedommeld zijn. Hij kan nu elk moment hier zijn, bedenkt ze. De voorpret maakt dat ze meteen klaarwakker is. Ze voelt zich heerlijker dan ooit tevoren in haar hele leven.

Sinds de eerste keer zes weken geleden dat Franz 's nachts haar kamer was binnengeslopen is al haar wantrouwen vervlogen en gelooft ze dat hij oprecht van haar houdt.

Zo onzeker en bang als ze in het begin was geweest! Ze moet er nu om lachen. Duizenden dingen waren door haar hoofd geschoten. Of het erg pijn zou doen? Of hij teder zou zijn of gewoon zijn lust zou bevredigen? Daarvoor had Minna haar bij haar afscheid gewaarschuwd. Zou ze aan zijn verwachtingen voldoen? had ze zich afgevraagd. En zou hij nog willen terugkomen?

Nu weet ze dat ze zich voor niets zorgen heeft gemaakt. Irene rekt zich uit op haar frisse kussen. De lakens en overtrekken heeft ze stiekem uit de linnenkamer gehaald waar ze als dienstmeisje altijd toegang toe heeft. Via het half openstaande raam waait een frisse bries door de benauwde zolderkamer. Irene sluit haar ogen en droomt weg. Die keer dat Franz voor het eerst naar haar kamer kwam kan ze zich nog levendig voor de geest halen alsof het gisteren was. Hoe hij bij de deur stond, haar aankeek en blijkbaar even onzeker was als zijzelf. Hoe hij haar zachtjes vroeg of ze hem echt wilde. Hoe hij toegaf dat het ook voor hem de eerste keer was en dat hij bang was onbeholpen te werk te gaan.

'Maar ik houd zo eindeloos veel van je; ik hunker naar je! Het laatste wat ik wil is je kwetsen. Stuur me meteen weg als je er inmiddels anders over denkt.'

Het was die schuchterheid waarmee hij haar stormenderhand had veroverd. Zijn ogen glansden als bruin fluweel toen ze haar hand naar hem uitstrekte en hem wenkte. Ondanks zijn opwinding die ze voelde toen hij eindelijk nog volledig gekleed naast haar kwam liggen, nam hij alle tijd. Steeds weer kuste hij haar. Zijn tong speelde over haar hals, haar schouders, haar decolleté... Totdat ze zijn hoofd naar haar borsten trok waarvan de tepels pront omhoog stonden onder het dunne linnen nachthemd.

Uiteindelijk was zij het die vol ongeduld zijn hemd openknoopte en zijn broeksriem losmaakte. Haar hele lichaam gloeide koortsachtig. Hoe heerlijk was het om hem naast haar te hebben, zijn huid op haar huid, om zijn geur in te ademen. Als vanzelf hadden hun lichamen elkaar uiteindelijk gevonden. De korte pijn toen hij eindelijk bij haar binnendrong was meteen vergeten toen een ongekend gevoel haar totaal in vervoering bracht.

Een ervaren vrouw had Irene kunnen vertellen hoe ongewoon het in deze preutse tijden was dat een vrouw überhaupt genot voelde bij het vrijen – en dat tedere mannen uiterst zeldzaam waren. Dat Irene meteen de eerste keer eerder tot een hoogtepunt kwam dan haar minnaar had zelfs een doorgewinterde courtisane nooit geloofd. Maar ook zonder te kunnen inschatten hoezeer ze zich gelukkig mocht prijzen, voelt Irene zich sinds die eerste nacht eindeloos gezegend.

Overdag doet ze opgewekt haar werk en leeft ze voor de kostbare nachtelijke uren die Franz in haar smalle bed doorbrengt. Om haar te laten weten dat hij 's nachts naar haar toe zou komen hadden ze een geheime code ontwikkeld.

Als Franz al om vijf uur van het kantoor in Wissembourg thuiskwam voor de thee was dat een eerste signaal dat er mogelijk een liefdesnacht in het verschiet lag. Als hij om een tweede kop thee vroeg, kon Irene maar met veel moeite haar jubelstemming achter haar onbewogen dienstbodenmasker verbergen. Of haar teleurstelling als hij een tweede kop weigerde. Dan was hij wel vroeger thuis, maar had hij die avond andere verplichtingen en kon hij niet naar haar toe komen. God zij dank is dat tot nu toe maar twee keer gebeurd, bedenkt ze. En op haar vrije middagen is het Franz tot nu toe altijd gelukt haar mee uit te nemen.

Morgen is het weer zover. Sinds het vertrek van Minna is dinsdag haar vrije dag in plaats van woensdag.

Er wordt zachtjes aan de deur gekrabd. Hiermee kondigt Franz aan dat hij er is. Verwachtingsvol gaat Irene overeind zitten. De zwoele bries die door het raam binnenwaait doet haar even rillen.

Als Franz binnenkomt ziet Irene meteen dat hem iets dwarszit. Zijn ogen stralen niet zoals gewoonlijk van voorpret en zijn houding vertoont niet die mengeling van vertrouwdheid en gretige verwachting waar ze zo van houdt. In plaats daarvan laat hij zijn schouders hangen en kijkt hij ernstig.

'Hallo, liefje.' Ook zijn stem klinkt mat. 'Heerlijk dat ik weer bij je ben.' Blijkbaar wil hij de schijn ophouden.

Hij gaat op de rand van het bed zitten en buigt zich voorover om haar te kussen. Halverwege die beweging houdt ze hem tegen en neemt ze zijn gezicht in haar handen. 'Wat is er gebeurd, liefste? Wat scheelt eraan?'

Hij neemt haar handen weg. 'Niets, lieveling. Ik ben gewoon moe.' Opnieuw brengt hij zijn mond naar de hare. Nu laat Irene het toe en geeft ze zich over aan zijn kus.

Als hij opstaat en zijn broeksriem wil losmaken, grijpt ze echter naar zijn hand. Het gesprek dat ze bij de thee gedeeltelijk heeft gevolgd schiet haar te binnen. Daarbij was sprake geweest van een telegram.

‘Denk je dat er oorlog komt?’ vraagt ze met opeens een brok in haar keel.

Franz zucht. ‘Laten we het daar nu niet over hebben. Daarvoor is onze tijd te kostbaar.’

Maar daarmee is hij bij Irene aan het verkeerde adres. ‘Ik wil het weten,’ dringt ze aan. ‘Zeker als dat het is wat je dwarszit.’

Franz zucht opnieuw, dieper. ‘Ik weet niet of er oorlog komt. Ik weet het echt niet.’

‘Maar iets maakt dat je er wel bang voor bent...’

‘De laatste dagen is de situatie tussen Frankrijk en Pruisen weer geëscaleerd.’

‘Maar ik dacht dat die zaak met de Spaanse troonopvolging opgelost was.’

Franz kijkt Irene verbaasd aan. ‘Ik wist helemaal niet dat je daarvan op de hoogte was.’

Sinds het begin van hun samenzijn voelt Irene zich voor het eerst een beetje gekrenkt. ‘Ook wij dienstbodes lezen de krant,’ zegt ze vinnig, ‘ook al is het die van de vorige dag. En Niemann en de huisknecht praten al dagen over niets anders.’

Franz zwijgt even en lijkt eerst te moeten verwerken dat ze goed op de hoogte is. ‘Goed, dan weet je ook dat de Franse ambassadeur namens keizer Napoleon een bericht heeft gestuurd naar koning Wilhelm van Pruisen, die momenteel kuurt in Bad Ems. Daarin verlangt de keizer dat de Pruisische koning garandeert nooit meer te zullen instemmen met een Duitse kandidaat voor de Spaanse troon.’

Dat is nieuw voor Irene, want vandaag heeft ze de krant niet gelezen en ook niet zo goed als anders geluisterd naar de eindeloze discussies aan de tafel van het personeel.

‘O, dat is me ontgaan,’ geeft ze eerlijk toe. Ingespannen fronst ze het voorhoofd. ‘Maar het klinkt nogal aanmatigend wat de Franse keizer daar vraagt.’

Franz knikt. Een zweem van bewondering voor haar politieke inzicht glijdt over zijn bezorgde gezicht. Hij streelt over haar wang. 'Je slaat de spijker op de kop. Koning Wilhelm was ziedend en heeft de keizer in scherpe bewoordingen geantwoord. Bondskanselier Otto von Bismarck heeft zijn weigering overgebracht. Nu roept zowel het Duitse als het Franse publiek om oorlog.'

'Vanwege de onvriendelijke toon van een telegram?' vraagt Irene vol ongeloof. 'Dat is toch geen reden om het leven van duizenden mensen op het spel te zetten?'

Franz kijkt nog somberder. 'Helaas wel. Duitsers én Fransen voelen zich in hun nationale eer gekrenkt en eisen genoegdoening.'

Irene wordt plotseling boos. 'Wat een schandalige onzin! Niet wat jij zegt, liefste,' stelt ze Franz snel gerust als ze zijn verbouwereerde gezicht ziet, 'maar dat men om zoiets onbeduidends twee landen in een oorlog wil storten. Het lijken wel kinderen die in de zandbak om knikkers vechten en elkaar "stomkop" en "sufferd" noemen. Maar daarom sla je elkaar toch niet meteen de hersens in?'

'Moge de Heer je gelijk geven, schat, maar zullen we erover ophouden?'

'Niet voordat je me hebt verteld wat je nog meer weet.' Intuïtief voelt Irene dat Franz het belangrijkste voor haar achterhoudt.

Hij zwijgt en lijkt even met zichzelf te worstelen. Demonstratief trekt Irene de deken op tot onder haar kin.

'Vooruit dan maar,' geeft hij uiteindelijk toe. 'Jij kwelgeest laat het anders toch niet rusten.' Zijn zachte toon vertedert haar, maar ze laat het Franz niet merken. Ze moet eerst weten wat hun allemaal te wachten staat.

'Mijn neef Fritz heeft geschreven. Zijn ouders waren hier vanavond voor het diner zoals je weet. Ze vertelden dat zijn regiment al een paar dagen marsklaar staat.' Zijn stem stokt.

'En dus? Maak je je zorgen om hem? Ik dacht dat je hem niet mocht.'

Franz knikt. 'Het gaat me ook niet om Fritz, maar hij heeft geschreven dat hij hier naar de Palts wordt overgeplaatst. Zijn regiment zal zich hier aansluiten bij de Beierse troepen.'

'Hoezo bij de Beierse troepen? Ik dacht...' Irene krijgt het koud en warm tegelijk als de woorden van Franz tot haar doordringen. 'Je bedoelt dat Beieren... dat Beieren niet neutraal blijft?'

Franz legt een vinger op haar mond. 'Dat is een zeer geheime boodschap, Irene. Fritz had dit nooit aan zijn ouders mogen vertellen en zij hadden het niet mogen doorgeven. Maar ja, alles wijst erop dat de Zuid-Duitse Bond in geval van oorlog niet neutraal zal blijven zoals we een paar dagen geleden nog dachten.'

'En dat allemaal vanwege... vanwege die nationale trots. Voelen de inwoners van Beieren zich ook gedupeerd?'

'Gedupeerd?' Franz lacht teder. 'Echt, voor een dienstmeisje heb je een ongekend grote woordenschat!' Voor de tweede keer die avond ergert Irene zich. 'Ik heb oren om te horen.' Ze laat echter niet merken dat ze gekrenkt is, want een nog veel erger gevoel bekruipt haar en knijpt haar keel dicht.

'Als het regiment van Fritz zich hier bij het Beierse leger aansluit, betekent dat dan dat de oorlog hierheen komt? Tot voor onze deur? In de vreedzame Palts en de al even vreedzame Elzas? We zijn buren die al eeuwen in harmonie samenleven. Veel families, jullie ook, hebben Duitse én Franse verwanten.'

En dan komt er nog een veel verschrikkelijkere gedachte bij haar op. 'En jij? Wat betekent het voor jou? Moet je gaan vechten? En zo ja, aan welke zijde in godsnaam?'

Franz haalt zijn schouders op. 'Als het echt zover komt, vecht ik voor Frankrijk. Ik ben immers Frans staatsburger. Maar ik weet het echt niet. Tot nu toe was dit voor mij pure theorie. Ik heb er nooit serieus over nagedacht. Oom Gregor denkt al weken dat het oorlog wordt. Ik denk zelfs dat hij ernaar uitkijkt, maar ik...'

Hij veegt met het laken het zweet van zijn voorhoofd. 'Over het algemeen deel ik de standpunten van mijn vader niet, maar tot op heden heb ik net als hij niet echt rekening gehouden met een oorlog.

Maar die telegrammen veranderen alles. Het telegram van Otto von Bismarck en het telegram van neef Fritz uit Liegnitz.'

Somber staart hij voor zich uit. De klok in de hal slaat halfeen. Irene richt zich op haar ellebogen op.

'Het is wat het is,' zegt ze vastberaden. 'Vanavond komen we niets meer te weten. Laten we er dus maar over ophouden. Voorlopig heeft niemand de ander de oorlog verklaard. Laten we er het beste van hopen.'

Ze trekt Franz naar zich toe en knoopt zijn hemd open. 'Ik verlang zo naar je,' fluistert ze. 'Je hebt gelijk. De uren met jou zijn te waardevol om er niet volop van te genieten.'

Die nacht bedrijven ze de liefde met een innigheid als nooit tevoren. Als Irene er later aan terugdenkt beseft ze dat hun lust die nacht werd aangewakkerd door de angst voor het ongewisse dat in het verschiet lag.

In de tuin van de herberg in Schweigen

19 juli 1870

Teleurgesteld kijken Franz en Irene om zich heen. In de tuin van de herberg Die Zwei Schwäne zijn alle tafels bezet.

'Dat heeft met de oorlogsdreiging te maken,' mompelt Franz. 'Dit lijkt een bijeenkomst van de brandweerkorpsen van Wissembourg en van Schweigen.'

'Wellicht heeft het korps van Schweigen dat van Wissembourg uitgenodigd uit dank voor de hulp bij de brand hier in het dorp twee weken geleden,' oppert Irene. Zoals vanzelfsprekend waren de Elzassers hun Duitse collega's te hulp geschoten toen een tot de nok gevulde graanschuur vlam had gevat. De opslagplaats stond midden in het dorp en de brand had naar de nabijgelegen huizen kunnen overslaan.

'Dat zou wel eens goed kunnen,' zucht Franz. 'Wat jammer! Het is zo'n heerlijke zomerdag, perfect om in deze tuin door te brengen.'

Op dat moment haast de waard zich naar hen toe. Hij maakt een kleine buiging. 'Van harte welkom, mijnheer en mevrouw. Helaas is het huis vol vandaag. Eigenlijk gaat het om een besloten gezelschap, maar voor vaste gasten zoals u maak ik natuurlijk een uitzondering.'

'Een uitzondering? Wat vriendelijk.' Irene lacht opgelucht. De waard begeleidt hen naar een grote perenboom in een hoek van de tuin waar ze nog niet eerder hebben gezeten. 'Ik breng zo een tafel en twee stoelen, dan kunnen jullie hier ongestoord zitten.'

Pas als de waard weg is ziet Irene dat Franz nog steeds somber kijkt. 'Ben je niet blij?' Ze begrijpt er niets van. 'Onze middag is gered!'

'Natuurlijk ben ik blij.' antwoordt Franz afwezig. 'Ik vraag me alleen af of de waard misschien vermoedt dat we elkaar hier in het geheim treffen.'

'Waarom zou hij?'

'Uit ervaring zal hij wel weten dat er iets niet pluis is als een stel elke week rond dezelfde tijd in een herberg afspreekt.'

Irene denkt even over zijn woorden na. 'Nou en? We doen toch niets verkeerds onder zijn dak! Het belangrijkste is dat niemand in Altenstadt er iets van weet. En de waard zal ons zeker niet verraden, al weet hij intussen wie jij bent.'

'Nee, de waard niet!' antwoordt Franz veelbetekenend.

Irene schrikt. 'Wie dan wel?'

'Ik denk dat Mathilde iets heeft gezien. Bij het ontbijt vanochtend keek ze me aan met die valse blik van haar die ik al van kindsbeen ken. Vroeger was dat onmiskenbaar een teken dat ze iets in haar schild voerde.' De waard zet een tuintafeltje neer. Twee meiden volgen met stoelen, kussens en een tafellaken.

Als hun bestelling is opgenomen legt Franz zijn hand op die van Irene. 'Ik vind het verschrikkelijk, liefste, maar ik denk dat ik vanavond beter niet naar je kamer kan komen. We moeten voorzichtig zijn.'

Irene knikt terneergeslagen. De zon straalt nog steeds aan de hemel, maar het is alsof er een donkere wolk voor is geschoven.

Er ontstaat opeens hevige beroering onder de brandweerlieden. Er wordt hard geroepen. Een paar mannen zijn opgesprongen en zwaaien woest met hun vuisten. Glazen vallen om en het bier druipt van de tafels.

Franz en Irene kijken verbaasd toe. 'Wat gebeurt er nu? Net hing er nog zo'n vrolijke en ontspannen sfeer! Kijk nu, de Fransen vertrekken. De meesten groeten niet eens!' Irene is opgestaan en is op haar tenen gaan staan om beter te kunnen zien.

'Zouden ze ruzie hebben gemaakt?'

'Nee, dan zouden ze allemaal zonder afscheid te nemen vertrekken. Maar kijk, de commandanten omhelzen elkaar en slaan elkaar op de schouders.' Ook andere mannen schudden elkaar de hand alvorens te vertrekken. Maar het feest lijkt wel definitief afgelopen te zijn.

De waard komt aanlopen met een blad met koffie en appeltaart. Ook hij kijkt bedrukt.

'Wat is er in hemelsnaam gebeurd?' vraagt Franz. De waard wacht met antwoorden totdat hij het blad heeft neergezet.

'Frankrijk heeft de oorlog verklaard. Vijf minuten geleden is het bericht gekomen. De postmeester van Schweigen heeft het bezorgd.'

Het nieuws komt niet onverwacht, maar toch zitten Franz en Irene erbij alsof ze door de bliksem zijn getroffen. Ze zwijgen tot de waard weg is.

Franz slikt. 'Weg is alle hoop. Iets vermoeden of iets zeker weten zijn wel twee héél verschillende dingen.' In gedachten verzonken roert hij in zijn koffie.

De taart ziet er verleidelijk uit, maar Irene heeft geen zin meer. 'En hoe moet het nu verder?'

Franz haalt de schouders op. 'Hoe moet ik dat weten?' Hij pakt haar hand. 'Maar ik moet wel meteen weg. Het nieuws zal Wissembourg ook al hebben bereikt. Als ik niet snel weer op kantoor ben, krijg ik vervelende vragen over waar ik heb uitgehangen.'

Irene knikt somber. 'Ik begrijp het.' Ze worstelt met zichzelf, maar dan wint haar gevoel het van haar verstand. 'Laat me in elk geval vannacht niet alleen. Ik ben bang.'

Franz aarzelt.

'Toe! Misschien is het de laatste keer als je morgen al wordt opgeroepen.'

Franz schudt het hoofd. 'Daar heb ik de hele dag over nagedacht, Irene. Die kans lijkt me gering. Tot nu toe heeft de Franse staat geen enkele interesse voor mij als soldaat getoond. Al sinds mijn achttiende ben ik dienstplichtig, maar ik heb nog altijd geen oproep voor het leger gekregen. Misschien omdat ik een Duitse vader heb.'

'Hoe dan ook,' dringt Irene aan. Een vage angst heeft haar volledig in haar greep. 'Kom naar me toe, ik smeek het je! Niemand weet wat er gaat gebeuren.'

Uiteindelijk knikt Franz. 'Ik kom, liefste. Misschien zijn dit voorlopig inderdaad ons laatste gelukkige uren samen.'

Irenes kamer in huize Gerban bij Altenstadt

19 juli 1870, dezelfde avond

De klok in de hal slaat middernacht. Slaperig kijkt Irene in het licht van de kaars op haar wastafel. De bediendenkamers zijn in tegenstelling tot de kamers van de familie niet voorzien van gaslicht.

Naast haar snurkt Franz zachtjes met open mond. Hij is vanavond vroeger gekomen dan normaal en na een hartstochtelijke, maar korte omhelzing waren ze tegen elkaar aangekropen en ingedommeld.

Irene richt zich voorzichtig op haar elleboog op en kijkt naar zijn slapende gezicht. Het snorretje dat Franz al een tijdje laat groeien maakt hem ouder dan zijn negentien jaar en geeft hem iets volwassens. Ook op zijn wangen ligt een donkere schaduw; Franz moet zich de laatste tijd geregeld scheren.

'Liefste!' Geluidloos vormt ze de woorden. In de loop van deze dag waar geen einde aan leek te komen is haar bange voorgevoel alleen maar toegenomen. Na terugkeer uit Schweigen heeft ze zich lijdzaam in haar door de middagzon bloedhete kamer teruggetrokken, niet in staat om te lezen of om zich op iets anders te concentreren. Bij het avondeten hadden alle mannelijke bedienden zich aan de wildste speculaties overgegeven.

'Moge God verhoeden dat jou in deze zinloze, door gekrenkte eer ingegeven oorlog kwaad geschiedt,' mompelt Irene voor zich uit.

Op hetzelfde moment hoort ze voetstappen op de trap. Wie kan dat zijn op dit nachtelijke uur?

Haar hart staat stil als de stappen dichterbij komen en iemand voor haar deur blijft staan. In tegenstelling tot de andere dienstbodes kan zij haar kamer niet afsluiten.

In paniek trekt Irene het laken over zichzelf en Franz heen. Ze heeft nauwelijks hun naaktheid bedekt wanneer de deur bruusk wordt opengegooid. Daar staat Mathilde, volledig aangekleed en met een petroleumlamp in de hand.

Achter haar staat een vrouw in een kamerjas en met een slaapmuts op. Mathilde tilt de lamp wat hoger om de kamer beter te verlichten en Irene kijkt recht in het onthutste gezicht van mevrouw Burger.

9

Huize Gerban bij Altenstadt

20 juli 1870, de volgende ochtend

'Hoe kun je jezelf zo laten gaan, Franz? Ik kan het nauwelijks geloven.'

Zoals zijn broer wel vaker doet – maar tegen zijn eigen gewoonte in – ijsbeert Wilhelm Gerban door de bibliotheek, waar het hele gezin bijeen is.

Pauline Gerban die tot nu toe nog geen woord heeft gezegd, maar het dispuut aandachtig volgt, zit stokstijf in haar stoel.

Mathilde op haar beurt ziet eruit als een vadsige kat die net de roompot heeft uitgelikt. Het leedvermaak druipt van haar af. Smakelijk heeft ze niet alleen de gebeurtenissen van de afgelopen nacht beschreven, maar ook wat er allemaal aan haar ontdekking vooraf is gegaan.

Franz zit met onverholen woede tegenover zijn moeder en negeert Mathilde volledig. Hij heeft wel kunnen bedingen dat mevrouw Burger – zijn vader had ook haar gesommeerd te komen – de kamer voor het gesprek zou verlaten. De huisdame is zichtbaar opgelucht vertrokken en wacht in de hal op antwoord over hoe het verder moet met Irene.

'Het aanleggen met een dienstmeisje in mijn huis, onder mijn dak!' Gerban blijft zich kwaad maken alsof het aanbod van Gerda er nooit is geweest.

Franz heeft er genoeg van. Hij balt zijn vuisten, ademt diep in en zegt zo rustig mogelijk: 'Vader, voor ik antwoord geef verzoek ik u de dames naar buiten te sturen.'

Wilhelm kijkt hem dreigend aan. Franz kent die onheilspellende oogopslag maar al te goed. Waag het niet, jongetje! lijkt zijn vader te willen zeggen. Hij blijft zijn vader strak aankijken en uiteindelijk wendt die zijn blik af.

'Goed dan. Verlaten jullie de kamer, alsjeblieft,' gelast hij zijn vrouw en dochter.

Tot ieders verbazing schudt Pauline echter fel het hoofd. 'Jij hebt me bij deze onsmakelijke gelegenheid betrokken, Wilhelm. Nu wil ik ook horen wat Franz tot zijn verdediging te zeggen heeft.'

Mathilde snuift verontwaardigd en kondigt aan ook te willen blijven. 'Misschien heb ik me op een paar punten wel vergist, vader,' voert ze schijnheilig aan. 'Dat moet ik dan wel weten, om me te kunnen verontschuldigen.'

Het antwoord van Franz doet alle aanwezigen echter naar adem snakken. 'Je zit er maar op één punt naast, Mathilde. Irene is niet zomaar een snolletje dat me in haar bed heeft toegelaten, maar de vrouw met wie ik ga trouwen.'

'O!' Alleen Mathilde kan nog een geluid uitbrengen. Haar ogen vallen bijna uit hun kassen en ze hapt naar lucht als een vis op het droge.

Wilhelm Gerban lijkt veranderd in een zoutpilaar en Pauline slaat een hand voor haar mond.

Franz maakt gebruikt van de verlamming die bezit heeft genomen van zijn familie en wijst naar zijn vader.

'Daar sta je van te kijken, zeker. Dat ik me als een gentleman gedraag? Als het aan jou had gelegen was ik zonder enige scrupules met Gerda tussen de lakens gedoken.' Terwijl zijn moeder hoorbaar inademt en Mathilde nogmaals verbijsterd 'O!' roept, gaat hij verder. 'Of ontken je misschien dat je Gerda spiernaakt naar mijn bed hebt gecommandeerd? Ontken je dat je je optreden rechtvaardigde met de uitleg dat veel jongeheren "ervaring opdoen" met dienstmeisjes, zoals je het zo mooi uitdrukt? En betwist je dat je ook gezegd hebt dat jouw afspraak met Gerda goed bedoeld was, dat je míj wilde behoeden voor syfilis en jouw béurs voor overdreven kosten?'

'Franz, hou onmiddellijk je…!'

Franz laat zich niet in de rede vallen en begint nog harder te spreken. 'Ik heb je toen uitdrukkelijk gevraagd of je iets tegen een relatie met een ander dienstmeisje had en je zei "nee"! Daarom vraag ik je nu wat het verschil is tussen Gerda en Irene? Heeft het ermee te maken dat Irene na het vertrek van Minna slechts het twééde dienstmeisje is en dus lang niet zo goed voor mij als het éérste dienstmeisje Gerda?' Zijn stem druipt van het sarcasme.

'Hou je mond, Franz, voor ik mijn geduld verlies!' Met dreigend opgeheven hand komt Wilhelm op Franz af. Die laat zich echter niet intimideren.

'Wel, vader?!' Nu brult hij zelfs. 'Wat is het verschil?!' Ook hij heft zijn hand op. 'Kom, probeer me maar te slaan. Ditmaal sla ik terug!'

Intussen heeft Pauline Gerban zich van de schok hersteld. Vastberaden staat ze op en gaat tussen de twee mannen staan. 'Ophouden! Nu meteen!' Haar donkere ogen schieten vuur. Voor één keer hebben haar pupillen de normale grootte. Óf ze heeft vandaag geen laudanum genomen óf het werkt niet meer, denkt Franz.

Een blik op Mathilde vertelt hem dat ze met volle teugen van het drama geniet. Te oordelen naar haar gelaatsuitdrukking popelt ze om de zaak te zien escaleren. Meer dan het ongewone optreden van Pauline maakt Mathildes houding dat Franz zich beheerst.

Zijn moeder wendt zich nu tot haar echtgenoot. 'Heb ik goed begrepen dat je Franz een affaire met Gerda hebt aangeboden?' Als Wilhelm niet onmiddellijk reageert, snauwt ze hem toe: 'Geef antwoord!'

Overdonderd door de ongebruikelijke felheid van zijn anders zo lijdzame vrouw, is Wilhelm even van zijn à propos. 'Ik heb dat inderdaad overwogen. Met de beste bedoelingen, zoals Franz zei, al weet hij het niet te waarderen. Maar aangezien jouw zoon mij moreel verontwaardigd verzekerde dat zoiets onzedigs nóóit een optie voor hem zou zijn, was ik er totaal niet op voorbereid dat hij nu een…' Plotseling klaart zijn gezicht op. '… een nota bene mínderjarig meisje heeft verleid dat nog onder mijn voogdij staat. Gerda is tweeëntwintig en volwassen. Een affaire met een mij toevertrouwde minderjarige zou ik nooit ofte nimmer hebben goedgekeurd.'

Niemand in de kamer is onder de indruk van de uitvlucht van Wilhelm Gerban. Iedereen weet dat het argument van de minderjarigheid van Irene nog maar net bij hem is opgekomen.

Het verrast iedereen wel dat Pauline die kans met beide handen aangrijpt en in haar voordeel gebruikt. 'Dat is goed te horen, Wilhelm. Mag ik er dan ook van uitgaan dat je Irene als haar voogd niet op straat zet, laat staan terugstuurt naar dat akelige weeshuis?'

In Gerbans antwoord klinkt door dat hij wel met die gedachte heeft gespeeld. 'Waarom zou het daar zo akelig zijn?'

Pauline glimlacht beleefd. 'Ik heb vanochtend lang met mevrouw Burger over Irene gesproken. Ze verzekerde me dat Irene niet alleen hard werkt maar daarnaast ook slim is en een grote hulp bij het bestieren van het huishouden. Mevrouw Burger weet zich geen raad als ze Irene zou moeten ontslaan. Daarom heeft ze me een paar dingen verteld over de misstanden in het weeshuis in Spiers waar je Irene vandaan hebt gehaald.'

'Wat heeft mevrouw Burger je dan allemaal verteld?' Mathilde kan haar nieuwsgierigheid niet langer bedwingen.

Pauline gunt haar dochter geen blik waardig, maar beantwoordt de vraag toch. 'Wat Minna bij haar vertrek aan onze huisdame heeft toevertrouwd. Kennelijk vermoedde Minna dat Franz een verhouding met Irene had en ze maakte zich grote zorgen om haar. Natuurlijk heeft ze daar geen woord over gezegd tegen mevrouw Burger. Ze heeft alleen gevraagd ervoor te zorgen dat Irene nooit naar Spiers zal worden teruggestuurd, wat er ook gebeurt. Vervolgens vertelde ze onder ede van geheimhouding wat Irene in vertrouwen over haar leven daar had verteld.'

Franz is onthutst. Irene heeft tegen hem met geen woord over haar tijd in Spiers gerept.

'Moeder, fijn dat je een goed woordje voor haar doet, maar ik heb al gezegd dat ik met Irene wil trouwen.'

'Dan onterf ik je meteen,' brult Gerban.

Pauline draait zich om en kijkt hem koeltjes aan. 'Je mag mijn vermogen beheren, Wilhelm. Maar je enige zoon kun je nooit onterven. Moet ik je de desbetreffende passage in ons huwelijkscontract nog eens laten lezen?'

Wilhelms gezicht loopt paarsrood aan, maar hij neemt het zekere voor het onzekere en gaat hier niet op in. 'In elk geval moet Irene meteen het huis uit,' zegt hij alleen.

Tot ontzetting van Franz knikt zijn moeder. 'Om de rust in huis terug te brengen en Irene niet aan de roddels van de bedienden bloot te stellen ben ik dat met je eens. Voorlopig kan ze terecht in Schweighofen.'

'Daar wordt ook geroddeld,' zegt Franz.

'Niet als daar geen aanleiding toe is. Irene zal van plaats wisselen met Milli die naar Altenstadt komt. Het eerste dienstmeisje in Schweighofen is ernstig ziek en moet naar het ziekenhuis. Milli mist de ervaring om haar taken over te nemen.'

'Dan wordt die snol nog bevorderd ook?' Mathilde klinkt verontwaardigd.

Pauline Gerban blijft onbewogen. 'We hóéven Milli niet naar Altenstadt te halen, schat, als dat je niet bevalt. Maar dat betekent dan wel dat wij voorlopig alleen Gerda hebben. Ach, we zullen ons wel behelpen. Jij zou bijvoorbeeld zelf je kamer kunnen opruimen.'

'Pardon?' Niets had Mathilde meer van haar stuk kunnen brengen, zelfs niet het voorstel om anders zelf maar te vertrekken.

Pauline reageert koel. 'De mannen werken de hele dag op kantoor. Moeten zij dan 's avonds gaan lopen afstoffen of in een onopgemaakt bed stappen? En je zult het je moeder vast niet kwalijk nemen dat ik mijn rechten op de resterende diensten van Milli opeis. Dus... je actieve medewerking wordt verwacht, tenzij je akkoord gaat met de ruil. O, en tegenover tante Ottilie en elk ander lid van het huishouden in Schweighofen rep je met geen woord over de ware toedracht.'

Mathilde knikt bedeesd. 'Als er geen andere oplossing is, mama, ga ik natuurlijk akkoord.'

Pauline knikt. 'Dat is dan geregeld. Wil jij zo vriendelijk zijn mevrouw Burger in te lichten over wat we hebben beslist? Ze wacht buiten in de hal.'

Tegen haar zin staat Mathilde op en loopt met enigszins waggelende tred de bibliotheek uit.

Binnen laat Pauline zich in haar fauteuil zakken. Het gesprek lijkt haar te hebben uitgeput.

Franz voelt zich innerlijk verscheurd. Enerzijds is hij zijn moeder dankbaar dat ze voorkomen heeft dat Irene op straat wordt gezet, anderzijds voelt hij dat ook zij zijn voornemen om met Irene te trouwen niet serieus neemt.

Hij gunt zijn vader nog steeds geen blik waardig en pakt de hand van zijn moeder 'Dank je, maman. Maar jullie beiden moeten weten dat ik wel degelijk van plan ben met Irene te trouwen. Als zij dat ook wil tenminste.'

'Daar hebben jullie mijn toestemming als voogd voor nodig, want ook jij bent nog niet meerderjarig,' gooit zijn vader hem bruusk voor de voeten. Zijn stem is doorspekt met boosaardige triomfantelijkheid.

Franz draait zich met opzet heel langzaam naar zijn vader toe en kijkt hem dan recht in zijn staalgrijze ogen. 'Dan wachten we gewoon zolang, vader! En trouwens, als ik in dienst ga krijg ik alle rechten van een volwassene. Ik ben namelijk van plan me aan te melden voor het Franse leger.'

Pauline trekt lijkbleek weg, maar om de lippen van zijn vader speelt een lach. Het zal niet lang duren voordat Franz erachter komt waar dat om gaat.

Wissembourg

21 juli 1870

'Ik wil graag naar het bureau van de commandant, alstublieft!'

De soldaat die de wacht houdt voor de kazerne van het garnizoen bekijkt Franz van top tot teen. 'Wat wenst u?' snauwt hij net als Franz ook in het Frans, maar dan met het harde accent van de noordelijke Elzas.

'Ik wil me vrijwillig als rekruut melden.'

'Vrijwillig?' De wacht bekijkt hem nu aandachtiger. 'Dan moet je snel zijn. Morgen wordt het garnizoen naar Straatsburg verplaatst.'

'Naar Straatsburg? Waarom?' Straatsburg is de hoofdstad van de Franse Elzas en ligt op slechts een paar mijl van de grens.

De soldaat haalt de schouders op. 'Dat moet u de hotemetoten die de bevelen hier uitdelen zelf maar vragen.'

'Maar dan blijven Wissembourg en de grensstreek onbeschermd achter,' antwoordt Franz verbijsterd.

Er sluipt iets van ergernis in de uitdrukking van de wacht. 'Hebt u de officiële mededeling van onze keizer Napoleon niet gelezen, jongeman?'

Ook Franz begint zijn geduld te verliezen. Jongeman? foetert hij in zichzelf. Die kerel is hooguit vijf jaar ouder dan ik.

'Nee, maar wat schrijft onze keizer dan wel?' De wedervraag klinkt ijzig.

'Het hangt overal uit! Wat wonderlijk dat u die boodschap nog niet hebt gezien.'

Franz blijft hem strak aankijken, maar zegt niets.

'Vooruit dan. Onze keizer heeft alle Fransen verzekerd dat de strijd uitsluitend op Duitse bodem zal worden geleverd. Wissembourg is Frans en dus wordt hier niet gevochten.'

'Hoe kan hij daar nu zo zeker van zijn?' vraagt Franz verbluft. Wissembourg is de laatste plaats voor de grens met de Beierse Palts en voor zover hij weet is die grens slechts met een slagboom in de hoofdstraat beveiligd.

'Trekt u het woord van onze keizer in twijfel?' De soldaat kijkt hem boos aan, maar herinnert zich dan kennelijk waarom Franz hier is. 'Dat kunt u opnemen met de sergeant.' Hij wijst met zijn duim over zijn schouder naar achteren. 'Rechtdoor de binnenplaats over en in het gebouw helemaal de lange gang door. De laatste deur rechts is het bureau van de plaatscommandant.'

Franz kijkt om zich heen als hij de binnenplaats oversteekt. Rechts staan kisten en pakketten, waarschijnlijk gevuld met uitrusting en munitie. Soldaten slepen almaar meer kisten uit de zijvleugel van het U-vormige gebouw.

Links exerceert een groep soldaten op de gebrulde bevelen van een sergeant-majoor. Net als de meeste dagen deze zomer is het drukkend heet. Om tien uur in de ochtend brandt de zon al ongenadig aan de hemel. Bij de onfortuinlijke rekruten in hun veel te warme uniformen met de hooggesloten, tot op hun heupen reikende blauwe jassen en rode broeken stroomt het zweet onder hun sjako vandaan over hun gezicht.

Even twijfelt Franz of het wel zo'n goed idee is zich vrijwillig aan te melden. Wacht ik niet beter af totdat ik word opgeroepen? Maar vrijwel meteen laat hij die gedachte weer varen. Hij vindt het vreemd dat de Franse autoriteiten zich tot op heden nog niet bij hem hebben gemeld. In september wordt hij twintig en dus is hij al bijna twee jaar dienstplichtig.

In de gang ruikt het naar boenwas en zweet. De laatste deur rechts staat op een kier. Volgens een groot bord is dat het garnizoensbureau.

Franz klopt aan en loopt zonder antwoord af te wachten naar binnen. Achter een bekrast bureau zit een man van middelbare leeftijd, te zien aan de insignes op zijn uniform is het een onderofficier. Duidelijk ontstemd dat iemand hem stoort kijkt hij op van de stapel dossiers voor hem.

'Wat moet u? *Merde,* wat een pesthitte!' vloekt hij vervolgens in het Frans en probeert de stijve kraag met gele bies van zijn uniformjas wat los te trekken. Zweetdruppels glanzen op zijn voorhoofd. 'Wel, wat wilt u?'

Franz herhaalt zijn verzoek.

'U wilt zich vrijwillig bij het garnizoen aansluiten? Zozo. Dat maken we niet vaak mee. Hoe zei u dat uw naam was?'

'Franz Gerban.'

'Dat klinkt Duits.' De man krabt op zijn hoofd. 'Die naam komt me trouwens bekend voor.'

'Ik heb een Duitse vader – zijn naam is Wilhelm – en dus heb ik een Duitse naam, maar ik ben Frans staatsburger.' Franz verduidelijkt zijn achtergrond.

Plotseling lichten de ogen van de sergeant op. 'Nu weet ik weer waarvan ik uw naam ken.' Hij springt op en loopt naar een gammele archiefkast waaruit hij een vormeloze map haalt. 'Wanneer bent u geboren?'

Wat ongeduldig herhaalt Franz zijn geboortedatum: 'Op 14 september 1850.'

De man bladert nog wat door de map terwijl Franz ongedurig van zijn ene been op het andere gaat staan.

'Geduld is een schone zaak, jongmens… Aha, hier heb ik het.' Hij kijkt op. 'Is uw vader Wilhelm Gerban?'

Franz knikt. 'Dat heb ik u al gezegd.'

'En u bent Franz Gerban?'

'Dat klopt.' Met moeite slikt Franz een sarcastische opmerking in.

'Bent u soms van gedachten veranderd, jongmens?'

Franz begrijpt de vraag niet. 'Hoezo, "van gedachten veranderd"?'

De klerk schudt zijn hoofd en draait de map om zodat Franz het document zelf kan lezen. 'Hier is uw oproep van 21 september 1868. Uitgesteld omdat u nog op school zat. En hier heb ik uw verzoek van 5 april 1869 waarbij u een plaatsvervanger voordraagt voor uw legerdienst.'

'Wát? Wat heb ik gedaan volgens u?' Franz begrijpt er niets meer van.

'Hier, lees dan zelf, man! Last van geheugenverlies misschien? Het staat hier zwart op wit. U hebt ontheffing voor militaire dienst gevraagd en een plaatsvervanger aangewezen.'

De man blijft praten terwijl Franz de documenten met groeiende verontwaardiging leest. 'U had zich vroeger moeten bedenken, jongmens. U hebt geen militaire opleiding en het garnizoen breekt morgen op. Zelfs met de beste wil van de wereld zou ik niet weten waar ik u nog zou kunnen onderbrengen.'

Langzaam dringt het tot Franz door, ziedend is hij. Mijn vader! De achterbakse rotzak! Dus daarom stond hij gisterochtend zo te grijnzen. Ik kan het niet geloven, tiert hij inwendig.

In april 1869 zat Franz nog in Straatsburg en was hij zijn Europese reis aan het plannen. Zijn vader moet de gelegenheid te baat hebben genomen om in zijn naam vrijstelling van Franse militaire dienst aan te vragen en dat op basis van een systeem waar de Franse bourgeoisie handig gebruik van maakt. Men benoemde een plaatsvervanger om de burgerdienst van een zoon over te nemen en naast een afkoopsom betaalde zo'n vermogende burger dan ook diens soldij en uitrusting. Voorwaarde was wel dat de opgeroepen persoon instemde met de regeling. Allerlei gedachten schieten door Franz' hoofd: dus dát zat misschien achter het grootse gebaar om mij die reis te schenken. Hij wilde er zeker van zijn dat ik niet in de buurt was als zijn verzoek op complicaties of vragen van het bureau zou stuiten.

'... niet aan de orde.'

Franz schrikt op uit zijn boze gedachten. 'Pardon. Wat zei u?'

De sergeant kijkt hem geërgerd aan. 'Jongeman, ik zei dat vrijwillige aanmelding voorlopig dus niet aan de orde is. Vandaag kan ik in elk geval niets meer voor u doen.'

Hij zwaait met zijn hand richting de deur. 'En laat mij nu verder werken. Ik heb nog een hoop te doen voor we vertrekken.'

Pas als Franz weer op straat staat gaat zijn hart rustiger slaan. Hij ademt diep in en maakt de das los die hij vanochtend heeft gestrikt om correct gekleed op het garnizoen te verschijnen. Ook de twee eerste knopen van zijn gesteven hemd gaan open. Zijn jasje hangt hij over zijn arm.

Doelloos dwaalt hij door de straten van Wissembourg. Zijn vader is vandaag niet op kantoor, maar woont een vergadering bij van de wijnboeren uit de zuidelijke Palts die belegd is met het oog op de Franse oorlogsverklaring. Franz zal hem ten vroegste vanavond ter verantwoording kunnen roepen.

Om heel eerlijk te zijn voelt hij naast woede ook iets van opluchting over zijn afwijzing daarnet. In zijn binnenste beseft hij dat hij zijn vader vooral een hak had willen zetten voor het op straat zetten van Irene, want zo interpreteert hij het wel, ondanks de compromisoplossing van zijn moeder. Die ochtend bij het ontbijt had Franz zichzelf nog maar net een kop koffie ingeschonken toen Mathilde hem met een hatelijk lachje vertelde dat Irene het huis al had verlaten.

Bij de Landaupoort heeft zich een menigte verzameld. Nieuwsgierig loopt Franz ernaartoe. Even later herkent hij Edgar Hepp, de jonge onderprefect van Wissembourg die nog maar een paar maanden in functie is. Franz groet hem met een knikje en mengt zich onder de mensen die dicht om Hepp en twee personen in reistenue staan.

'En jullie hebben echt Duitse patrouilles op de weg naar Bischwiller gezien?' hoort hij Hepp in het Duits aan de reizigers vragen.

'Niet alleen gezien, ze hebben ons zelfs tegengehouden en wilden weten of er Franse troepen in de omgeving oprukten. Kennen die verdomde Pruisen dan helemaal geen schaamte? Wij zijn Elzassers! Het is niet omdat we Duits spreken dat we geen goede onderdanen zijn van onze dierbare keizer.'

De menigte valt hem luidkeels bij. Edgar Hepp heft sussend de armen.

'Ik ga meteen naar het garnizoen om de commandant van jullie bevindingen op de hoogte te brengen. Behalve jullie hebben ook andere burgers Duitse spionnen op Franse bodem gesignaleerd.'

Franz sluit zich aan bij de mensen die zich achter de onderprefect naar het garnizoen reppen. Ze wachten voor de poort totdat Hepp, die als enige wordt binnengelaten, minder dan een kwartier later weer buitenkomt. Zijn gelaatsuitdrukking voorspelt weinig goeds.

Op zijn teken volgt de menigte hem tot buiten gehoorsafstand van de wachters voor de kazerne.

'Helaas heb ik niets bereikt. Ze geloven niet dat Duitse verkenningstroepen zich op ons grondgebied wagen. Het garnizoen vertrekt. En dat besluit staat onherroepelijk vast.'

Er breekt tumult uit. 'Wat zullen we nu beleven?'

'Hoe rechtvaardigen ze dát?'

'Laten ze ons hier dus zonder bescherming achter?'

Edgar Hepp wacht tot de rust enigszins is weergekeerd. Hij glimlacht stijf. 'Ze hebben het niet gemotiveerd anders dan met "orders zijn orders". Maar ze hebben me wel een goede raad gegeven.' Hij zwijgt met opzet om te zorgen dat het helemaal stil is en de mensen aan zijn lippen hangen.

'Als de bevolking vindt dat Duitse ruiters hen lastigvallen, dan moeten ze maar naar de zeis grijpen en de benen van de paarden afhakken.'

Velen slaken een kreet van verontwaardiging.

Hepp steekt zijn handen op. 'Helaas heb ik niets anders te vertellen.'

'Maar wat gebeurt er dan met ons als de Pruisen komen?'

'Wie zal onze stad dan verdedigen?'

'Wie helpt ons als ze aanvallen?' Iedereen roept opgewonden door elkaar heen, velen in het Duits, anderen in het Frans.

Weer heft Hepp beide armen op. 'Ik zal dat bespreken met de brandweercommandant; zijn mannen zouden na vertrek van het garnizoen de poorten kunnen bewaken.'

'Maar dat zijn toch maar een handjevol onhandige sukkels,' klinkt het uit vele monden.

'Dan moeten we daarnaast ook een vrijwillige garde oprichten,' zegt Hepp. 'Wie van jullie kan schieten, heeft een wapen en doet mee?'

Overal om Franz heen vliegen de handen omhoog.

'Ik doe mee!'

'Ik ook!'

'En ik ook!'

Franz wacht tot alle commotie wat is geluwd. Dan zet hij een stap naar voren. 'Ik meld me ook aan!'

Edgar Hepp glimlacht even. 'Wel, als ik goed geteld heb zijn we al met zeventien man! Ik ga nu terug naar de prefectuur om een bericht op te stellen dat we vervolgens overal in de stad ophangen. Mogelijk melden zich nog meer mannen.'

Als Franz die avond voor terugkeer naar Altenstadt bij de prefectuur informeert hebben er zich nog negentig vrijwilligers gemeld.

Schweighofen

Zaterdag 30 juli 1870

Irene staat op en strekt haar pijnlijke rug. Vroeg in de ochtend is het gaan regenen en inmiddels hoost het.

'Wat een vreselijk jaar!' Ook de oude Käthe staat op nadat ze op haar knieën de parketvloer heeft geboend. Irene had de tapijten in de grote salon van Schweighofen geborsteld. 'Eerst de aanhoudende droogte die de graanoogst bijna heeft bedorven en nu valt de regen met bakken uit de hemel en kunnen we de tapijten niet eens buiten uitkloppen.' Ze wrijft over haar knieën.

'Wordt het harde werk niet te veel voor je, Käthe?' Bezorgd kijkt Irene de oude vrouw aan die al tegen de zeventig moet lopen.

'Och, ik ben blij dat ik hier warm en droog zit en nog een extraatje kan verdienen met huishoudelijk werk. Dat is altijd beter dan kruiden verzamelen in de regen. En het dak van mijn huisje in het dorp lekt al een hele tijd. Dat had jaren geleden al hersteld moeten worden.'

Irene verbijt een vinnige opmerking over haar nieuwe meesteres, Ottilie Gerban, die onmiddellijk na de oorlogsverklaring al haar Elzasser dienstbodes heeft ontslagen. Van het vrouwelijke huishoudelijke personeel waren alleen de kokkin en Irene overgebleven. Om die reden hebben ze ook de oude Käthe uit het dorp gehaald. De oude vrouw was drie jaar geleden zonder pensioen of ontslagvergoeding weggestuurd nadat ze de familie Gerban meer dan veertig jaar trouw had gediend.

Maar in de nood eet de duivel vliegen, denkt Irene boos. Nu mag de oude vrouw weer voor een schijntje komen werken en is ze er nog dankbaar voor ook.

'Werkte je hier vroeger graag?' vraagt ze even later.

Käthe haalt haar schouders op. 'Wat is graag? Ik had geen keus. Mijn twee broers zijn vroeg gestorven – de ene is verongelukt, de andere bezweken aan hoge koorts. Gelukkig waren ze geen van beiden getrouwd en lieten ze geen weduwe met jonge kinderen achter. Maar er was niemand meer om voor mijn bejaarde ouders te zorgen en ik was dus blij met elke cent die ik verdiende.' Ze lacht trots. 'Twintig jaar lang was ik zelfs eerste dienstmeisje.'

'En ondanks al die jaren dienst heeft Ottilie Gerban je eenvoudig ontslagen omdat je te oud werd voor het werk?' Haar voornemen ten spijt kan Irene zich niet langer inhouden.

Käthe antwoordt bedaard. 'Ik had het niet anders verwacht. Na de dood van mijn ouders heb ik alles wat ik kon missen opzijgezet, maar het leven is zo duur dat het al mijn spaarcentjes opsoupeert. Nu ben ik wel gedwongen nog wat bij te verdienen.'

Ze gaat weer op haar knieën op de harde vloer zitten en begint de volgende planken te boenen. Ook Irene pakt de harde borstel weer vast en veegt het stof uit het tapijt. Een tijdlang laat ze haar sombere gedachten de vrije loop.

Sinds ze vertrokken is uit Altenstadt heeft ze Franz niet meer gezien, al ligt dat niet aan hem. Haar knokkels worden wit, zo stevig houdt ze de borstel vast als ze terugdenkt aan de scène van nauwelijks een week geleden.

'Heb je dan geen greintje schaamte in je lijf?! Hoe dúrf je je gezicht hier te vertonen?' Irene hoort de kijvende stem van Ottilie weer even duidelijk als op het moment zelf. Franz had blijkbaar geprobeerd een bezoek te brengen aan Schweighofen. Irene weet zeker dat hij haar onder het mom van een familiebezoekje iets wilde meedelen.

Ottilie en Gregor Gerban hadden echter een stok in het wiel gestoken. 'Je vader heeft ons alles verteld, Franz!' De stem van de heer des huizes sloeg ook bijna over. 'Je hebt je vrijwillig bij het leger van de vijand aangemeld, ondanks het feit dat je vader je legerdienst voor veel geld bij de Fransen heeft afgekocht.'

'En nu kom je hier zeker een beetje spioneren,' hervatte Ottilie haar scheldkanonnade.

'Wat valt hier nu te spioneren?' had Franz honend geantwoord. Irene, die door het raam op de bovenverdieping alles kon volgen, zag hoe hij voor de voordeur theatraal tegen zijn voorhoofd sloeg. 'Natuurlijk, wat stom van mij! Jullie verwachten jullie dappere grenadier. Heeft Fritz soms opeens toegang tot militaire geheimen? En dat het hier in de streek wemelt van Duitse troepen is al lang tot Wissembourg doorgedrongen. Een paar dagen geleden stonden de Beiers zelfs voor de poorten van de stad. Stel je voor, ze wilden proviand vorderen.'

'Scheer je weg, Franz. Dit wijngoed maakt geen deel uit van jouw erfgoed. Hier hebben jouw vader en ik het huisrecht.' Met die woorden had Gregor Gerban de deur voor Franz' neus dichtgeslagen.

Fritz kan inderdaad elke dag arriveren. Ottilie laat om die reden Irene en Käthe elke dag zestien uur zwoegen. Ondanks het gebrek aan personeel wil ze dat de twee vrouwen alle kamers grondig schoonmaken. 'Fritz komt namelijk niet alleen,' vertelt ze met haar neus in de lucht. 'Hij brengt de hele staf van zijn bataljon mee en van die heren zijn de meesten van adel. Daar wil ik eer aan behalen.'

Eer aan behalen over onze rug, ja! Vreselijk mens! Inwendig foeterend gaat Irene grimmig het tapijt te lijf. Het stof dwarrelt flink op en ze moet niezen.

'Ben je boos op Ottilie, soms?' Käthe moet Irene in de gaten hebben gehouden.

Irene geeft geen antwoord, maar dat houdt de oude vrouw niet tegen. 'Dat is die vrouw niet waard, neem dat maar van mij aan. Ze is altijd zo geweest en zal zo blijven tot op haar sterfbed. Het wordt hooguit nog erger. Dat zie je vaak als mensen van bescheiden afkomst geld en macht verwerven. Irene, je zult een dikker vel moeten kweken.'

Irene gaat niet in op de raad van Käthe en brengt het gesprek op iets anders. 'Je vertelde dat je broer is verongelukt. Wat is er gebeurd?'

'Heinz was met de boot het meer op gegaan om te vissen en is te water geraakt. Hij kon niet zwemmen en verdronk. Vijfentwintig was hij nog maar.'

'O, wat erg! Zoals de zus van Ottilie, de jonge Sophia. Volgens een dienstmeisje bij de familie Gerban is die ook bij een bootongeluk verdronken. Sophia was toen net twintig jaar.'

De oude vrouw kijkt haar vreemd aan.

'Heb jij Sophia gekend, Käthe?'

'Natuurlijk heb ik haar gekend. Zij was de enige vriendelijke persoon in die familie.'

Irene brandt opeens van nieuwsgierigheid, ook al omdat Franz niet veel meer over de vrouw met de droevige ogen te weten was gekomen. Irene hoeft niet aan te dringen; Käthe begint spontaan te vertellen.

'De jongedame is inderdaad verdronken, maar niet bij een bootongeluk.'

'Wat is er dan gebeurd?'

'Ze ging uit vrije wil het water in.'

'Bedoel je dat ze zichzelf van het leven heeft beroofd?' Irene is door afschuw verlamd. Vandaar die trieste blik, denkt ze.

'Maar... maar waarom?' stamelt ze.

Ook de ogen van Käthe worden donker van verdriet.

'Ik weet het niet precies, maar onder de dienstbodes gingen er wel verhalen rond.'

'Welke verhalen?'

'Sophia had geen bruidsschat meer omdat haar malafide vader alles erdoor had gejaagd. Ze kreeg te horen dat ze moest trouwen met een man die haar ook zonder geld wilde. Wilhelm Gerban, toen al het hoofd van de familie, had die vent hier in Schweighofen geïntroduceerd, maar Sophia verafschuwde hem.'

'Hoe weet je dat allemaal?'

'In de dagen voor haar dood maakte ze vaak luidkeels ruzie met haar zuster Ottilie. Zo kwamen wij als dienstbodes wel het een en ander te weten.'

Käthe buigt zich weer over de parketvloer. 'Maar ik zou deze man ook niet gewild hebben. Hij was zeker dertig jaar ouder, moddervet, opgeblazen als een kikker en hij stonk verschrikkelijk.'

Zonder te weten waarom is Irene geschokt. 'Maar niemand weet met zekerheid of ze om die reden het water in is gelopen?'

'Toen Ottillie besefte dat wij van de zelfmoord van Sophia wisten, werd het ons ten strengste verboden erover te praten. Een van de dienstmeisjes had haar afscheidsbrief gevonden en stiekem gelezen. Volledig van streek en in de war vertelde ze een paar van ons wat er in die brief stond. Ik was erbij. Op staande voet werd ze ontslagen. Daarna waren we allemaal doodsbang dat Ottilie ons ook op straat zou zetten als we het verbod zouden negeren. We durfden niet verder uit te zoeken wat er precies was gebeurd. Op de rouwkaart stond in elk geval dat Sophia bij een bootongeluk was omgekomen. Op de begrafenis vertelde de priester dat ook.'

'Ze moet radeloos zijn geweest.'

'Dat was ze zeker. Maar als je het mij vraagt was die opgedrongen huwelijkskandidaat slechts de druppel die de emmer deed overlopen. Sophia was daarvóór, in al die jaren dat ik met haar te maken had, zo treurig. Alsof er een geheim, nooit verwerkt verdriet aan haar knaagde.'

De Sint-Ulrichkerk in Altenstadt

3 augustus 1870, laat op de avond

'Godzijdank, je bent er.' Irene werpt zich in de armen van Franz. 'Ik heb me zo'n zor–' Hij drukt zijn lippen op haar mond. Irene geeft zich helemaal over aan de kus en heel even verliest ze zich in het heerlijke gevoel vastgehouden te worden.

Dan keert ze weer tot de werkelijkheid terug. Na een drukkende dag was het tegen de avond zwaar gaan onweren. Het hield maar niet op met stortregenen, zelfs toen het onweer was overgewaaid. Franz is doorweekt. Het vocht dringt door Irenes dunne zomerjurk en doet haar rillen.

Ze hebben afgesproken op de begraafplaats van de Sint-Ulrichkerk. 'Kom!' Ze trekt Franz mee naar een zijdeur van het oude romaanse kerkje. 'Deze deur staat tegenwoordig dag en nacht open, zodat de mensen met het oog op de oorlogsdreiging te allen tijde kunnen bidden om hulp. Dat heeft de priester zondag meegedeeld.'

'Ik vond het al zo vreemd om hier af te spreken.' Franz en Irene glippen het eeuwenoude gebedshuis binnen waar hij tot een paar weken geleden elke zondag met zijn familie de mis had bijgewoond. Gregor en Ottilie Gerban kwamen hier ook vaak omdat ze de pracht en praal van de Sint-Ulrich verkozen boven de soberheid van de dorpskerk van Schweighofen.

In de kerk is het aangenaam koel. Het ruikt er naar wierook en naar de kleurige zomerbloemen die smaakvol in grote vazen zijn geschikt. In het zwakke licht van de kaarsen voor het Mariabeeld gaan ze voor het hoogaltaar op een beklede bank zitten die is voorbehouden aan de patriciërs van Altenstadt.

'Is dit de bank van je familie?' fluistert Irene. Franz schudt het hoofd. 'Nee, we zitten aan de andere kant. Heb je ons daar nooit gezien?'

'Het personeel moet op zondag naar de vroege mis om op tijd terug te zijn voor het ontbijt van hun meesters die daarna de hoogmis bijwonen.' Irene kruipt dicht tegen Franz aan.

'Pas op, liefste. Je wordt helemaal nat.'

Irene kust Franz op het puntje van zijn neus. 'Maakt me niet uit. Mijn jurk is toch al tot aan mijn knieën drijfnat.' Ze had van Schweighofen naar Altenstadt de korte weg door de velden genomen. 'Met deze zondvloed had een paraplu ook niet veel zin.'

Franz neemt haar gezicht tussen zijn handen en kust haar opnieuw. 'Wat was ik blij toen ik vandaag je bericht kreeg.'

'Het was al mijn derde poging. De eerste twee brieven kon de bode niet bezorgen.'

'Wie was die man?'

'Familie van de oude Käthe die vrij vaak in Wissembourg moet zijn. Käthe is tijdelijk weer aangenomen op Schweighofen.' Kort legt Irene uit wie de oude vrouw is. 'Ik heb haar onlangs onder ede van geheimhouding over ons verteld omdat ik me zoveel zorgen maakte toen ik hoorde dat je je vrijwillig hebt aangemeld voor militaire dienst.' Irene vertelt Franz ook dat ze getuige is geweest van zijn vergeefse poging op bezoek te komen.

'En is Fritz er al?'

Irene knikt. 'Gisteravond is hij met zijn commandant en vijf andere officieren aangekomen. Ze waren door- en doornat en hebben met hun laarzen alle vloeren waar Käthe en ik uren op hebben gezwoegd vies gemaakt.'

De kerkklok slaat halftwaalf. 'Hoelang kun je blijven?' fluistert Irene, hoewel niemand haar in de verlaten kerk kan horen.

'Mijn wacht is van drie tot zeven uur 's ochtends. We hebben dus nog tijd.' Franz trekt Irene tegen zich aan en merkt dat ze rilt. 'Ik hoop maar dat je niet kouvat. Mijn jas is zo nat, die houdt je niet warm.'

Irene trekt de dunne omslagdoek wat strakker om haar schouders. 'Maak je om mij maar geen zorgen, schat. Ik maak me meer zorgen om jou. Bij het opdienen van het avondeten heb ik naar de gesprekken geluisterd. Die Duitse officieren hadden het over tachtigduizend man die hier worden samengebracht. Bij Schweigen en Windhof bouwen ze artilleriestellingen.'

'Dat weet ik al, schat. Edgar Hepp, de onderprefect, heeft dat vandaag doorgegeven aan generaal Abel Douay die het bevel voert over de Franse troepen. De Fransen hebben kwartier gemaakt op de Geisberg, op een goed halfuur gaans ten zuidoosten van Wissembourg.

Maar de generaal leek zich niet al te veel zorgen te maken. Hij heeft niet eens patrouilles uitgestuurd om de omgeving te verkennen.'

De angst slaat Irene om het hart als ze de twijfel in de stem van Franz hoort. 'Maar jij bent wel ongerust, merk ik.'

Franz zucht diep. 'Persoonlijk vind ik het geen goed teken dat de Duitsers hier geschut in stelling brengen, al verwacht ik niet dat ze Wissembourg zullen aanvallen.'

'Waarom niet?'

'Dat hadden de Beiers een week geleden al kunnen doen. Je hebt toch wel gehoord dat ze op 25 juli proviand wilden vorderen in Wissembourg? De stad werd toen alleen door ons verdedigd, door de vrijwillige garde. We hebben de poorten gesloten waardoor ze niets konden aanvangen en dus wel moesten afdruipen. Vanaf vandaag zit er in elk geval een volledig Frans bataljon in de stad. Dat zijn ongeveer zevenhonderd soldaten. Hoewel...' Zijn stem stokt en hij schudt het hoofd.

Ondanks het schaarse licht ontgaat het Irene niet. 'Hoewel?' dringt ze aan.

Franz zucht nog dieper dan daarnet. 'Beloof me dat je geen woord verder vertelt over wat ik je nu ga zeggen. Ook niet tegen de oude Käthe!'

Irene houdt haar hart vast. 'Je maakt me bang! Wat bedoel je?'

'Beloof het me!'

'Ik beloof tegen niemand iets te zeggen. Vooruit, vertel op!'

Franz' gezicht betrekt. 'Ik denk dat het Franse leger in een belabberde toestand verkeert.'

'Wat zeg je?'

'De soldaten hebben geen proviand en ook geen degelijke uitrusting. Naar het schijnt hebben ze geen intendance. De inwoners van Wissembourg moeten de Franse troepen zelf te eten geven. En het gerucht gaat dat ze op de Geisberg met dit weer in zelfgebouwde hutjes zitten omdat er niet genoeg tenten zijn.'

'Heilige moeder Maria!' Irene is met ontzetting geslagen.

Ondanks alles moet Franz glimlachen. 'Jij zou eigenlijk blij moeten zijn,' plaagt hij haar. 'Het is tenslotte jouw vijand.'

Irene is niet in de stemming voor grapjes. 'En hoe zit het met jou in dit aftandse leger? Waarom heb je je zomaar vrijwillig aangemeld?'

Franz trekt abrupt de arm die hij om Irene heen had geslagen terug. 'Ga jij me nu ook nog eens verwijten maken? Ik heb al genoeg naar mijn hoofd geslingerd gekregen, hoor!' Irene zwijgt en kijkt naar de grond. Franz ziet hoe ze doelloos met haar handen over haar jurk wrijft. 'Het spijt me, schat. Mijn eergevoel zei me dat ik me moest aanmelden, maar ik begrijp dat je je zorgen maakt om mij. Maar wees gerust. Ik behoor tot het vrijwilligerskorps van Wissembourg en ben nog steeds gewoon een burger, geen soldaat. Ik word alleen ingezet als de Duitsers de stad aanvallen en ik heb je al uitgelegd dat die kans klein is. Als het echt tot gevechten komt zal dat in de velden ver buiten de stad zijn. Rond de Geisberg, vermoed ik.' Hij maakt een beweging in de richting van de heuvels in het zuidwesten.

'Maar genoeg over mij. Hoe gaat het met jou in Schweighofen?'

Irene vertelt hem over het harde werk en het opvliegerige karakter van Ottilie. 'In vergelijking met haar is je moeder Pauline écht een dame. Maar in Schweighofen lijkt inderdaad niemand iets van ons te weten. Je familie heeft zich aan haar woord gehouden.'

'Nee maar! Dan valt er zowaar toch iets gunstigs te melden.'

Irene begrijpt wat Franz daarmee wil zeggen. 'Was je vader heel boos toen hij hoorde dat je je voor de stadswacht had aangemeld?'

Franz knikt ernstig. 'Woest was hij. Als hij had gekund, had hij mij onterfd. In elk geval heeft hij me uit het huis in Altenstadt gezet. Ik zit nu op een zolderkamer boven het kantoor in Wissembourg.'

'O, wat erg voor je! Dat wist ik niet.'

Franz wuift het weg. 'Ik zit er niet mee, integendeel. Met die wachtdiensten is het zelfs gemakkelijker voor me. En Edgar Hepp, de onderprefect, nodigt me altijd uit voor het eten. Zijn vrouw is zelfs zo vriendelijk mijn was door haar personeel te laten doen.'

Hij trekt Irene weer dicht tegen zich aan. 'Maar genoeg gepraat nu.

Luister, de klok slaat middernacht. Als ik op tijd wil zijn voor mijn wachtdienst hebben we nog hooguit een halfuur voordat ik je terug naar Schweighofen moet brengen.' Gretig laat hij zijn lippen van haar hals naar het decolleté glijden.

'Franz! Hou op! We zitten in de kerk.' Maar zijn kussen doen haar weerstand snel afnemen.

'In liefde en oorlog is alles toegestaan!' mompelt hij. 'We hebben dus dubbele toestemming voor wat we doen.' Voorzichtig legt hij Irene op de ondanks de bekleding ongemakkelijke kerkbank, ontbloot haar boezem en begint haar te liefkozen.

Plotseling kijkt hij weer op. 'Of wilde je me nog iets vertellen?'

Even worstelt Irene met zichzelf. Hij kent haar al zo goed, hoe pril hun relatie ook nog maar is. Ze heeft inderdaad nog iets op haar lever.

Maar als de kerkklok de laatste keer slaat, zet ze het van zich af. Dit is niet het moment, beslist ze. Wie weet wanneer we elkaar weer zien. Bovendien is het nog helemaal niet zeker.

Wissembourg

4 augustus 1870, even na acht uur 's morgens

Na zijn dienst kijkt Franz naar de drukte op de Place de la République, het centrale marktplein van Wissembourg dat zoals zoveel andere pleinen in Franse steden deze naam kreeg na de revolutie van 1789. Ondanks de slapeloze nacht voelt hij zich nog niet moe genoeg om een paar passen verderop zijn kamer in het handelshuis van de familie Gerban op te zoeken.

Hij wenkt de ober en bestelt nog een koffie met melk. Als je niet wist dat er duizenden soldaten in de velden rond Wissembourg liggen, bedenkt hij, zou je kunnen denken dat we gewoon in vreedzame tijden leven. Laat aangekomen boeren en marktvrouwen stallen hun groenten en fruit uit. Die man daar met zijn eieren en kippen, die ken ik nota bene, stelt hij verbaasd vast. Dat is een Duitser en hij heeft ook een lapje grond in Altenstadt.

Zo uitzonderlijk is dat niet. Al tientallen jaren leven de inwoners van de Palts en de Elzas in harmonie samen. Niet alleen de Gerbans, maar ook veel andere families hebben verwanten van beide nationaliteiten en bezittingen aan weerszijden van de grens.

Huisvrouwen met een mand aan de arm slenteren over de markt en keuren de waren; lachende kinderen verdringen zich rond een paar soldaten van de gisteren gearriveerde Franse troepen. Die manschappen zitten op de verhoogde stoepen van de omliggende huizen en verorberen croissants die ze van een paar inwoners van Wissembourg hebben gekregen.

Franz ziet hoe een dikke matrone met een witte muts onder de soldaten appelen uitdeelt als er opeens schril gefluit klinkt. Een fractie van een seconde later volgt er een afschuwelijke dreun in een aangrenzende straat. Rook en stof stijgen omhoog. Als kippen zonder kop rennen de mensen in gillende paniek over het plein.

Franz springt ook op en probeert zich door het gedrang een weg naar de plek van de inslag te banen. Weer klinkt er gierend gefluit. Op het allerlaatste moment werpt Franz zich met de handen over zijn hoofd op de grond terwijl een gelukkig al verlaten kraam aan het andere eind van het plein in duizend stukken uiteenspat. De slag om Wissembourg is begonnen.

DEEL 3

Oorlog

10

Wissembourg

4 augustus 1870

Franz rent langs de rand van het marktplein naar de prefectuur waar hij een goed uur geleden zijn wapen heeft ingeleverd. Links en rechts slaan granaten in. Een projectiel vliegt recht boven zijn hoofd en treft de erker van een prachtig oud vakwerkhuis. Het staat onmiddellijk in lichterlaaie.

Brandbommen, de smeerlappen vuren brandbommen af! bedenkt Franz. Dat moet de artillerie in de heuvels bij Windhof zijn. Maar er zijn vrouwen en kinderen in de stad.

Die verontwaardiging geeft Franz ondanks de slapeloze nacht leeuwenkracht. Als hij voorbij het brandende huis rent waar de eerste roodgloeiende stukken hout al op de straat vallen trekt hij zijn hoofd in.

Het is nog een kleine honderd passen naar de prefectuur. Hopelijk slaat daar geen granaat in, schiet het hem plotseling door het hoofd. Daar ligt onze volledige munitievoorraad opgeslagen.

Franz loopt zo gespannen verder dat hij pas op het laatste moment het kleine meisje en een jongetje dat zich stevig aan haar vastklampt verstijfd van schrik in een nis ziet staan. Hij houdt abrupt de pas in.

'Naar de kelder. Jullie moeten naar de kelder. Het is hier veel te gevaarlijk!' schreeuwt hij.

Het meisje verroert zich niet. Met van angst wijd opengesperde ogen staart ze hem aan.

'Kom, rennen. Zoek beschutting. Waar wonen jullie?' Nog steeds geen reactie. Franz beseft plotseling dat hij in het Duits heeft geroepen. Misschien verstaan ze hem niet.

Hij probeert het in het Frans, maar niets wijst erop dat het meisje hem überhaupt hoort.

Op dat moment giert er weer een projectiel over dat vlak achter hem een viswinkel treft. Scherpe glasscherven van de winkelruit en puntige houtsplinters van de kisten waarin de vis lag opgeslagen vliegen in het rond. Iets slijmerigs treft Franz midden in het gezicht. Terwijl hij vol afschuw de stukken vis uit zijn ogen en van zijn neus veegt en kokhalzend uitspuugt, begint de jongen te gillen.

Verbijsterd staart het ventje naar zijn bloederige hand. Het topje van zijn wijsvinger is afgescheurd en hangt nog slechts met een stukje huid vast.

Nog voor Franz kan reageren schiet het meisje weg. In blinde paniek rent ze kriskras door het brandend puin naar het marktplein.

Franz buigt zich bliksemsnel over het jongetje. 'Wacht hier in dit hoekje op me en verroer je niet. Heb je dat begrepen?' In zijn haast pakt hij de knaap zelfs bij zijn gewonde arm vast. De jongen knikt bijna onmerkbaar.

Franz laat hem los. Hij hoopt dat het volstaat. Het meisje, waar is het meisje? De rook wordt steeds dikker en slaat op zijn longen. Hij ziet geen hand voor ogen. Schimmige figuren rennen hem links en rechts voorbij.

Daar, daar is ze, al bijna bij het marktplein! Haar blonde vlechten zwiepen om haar hoofd. Met het beetje kracht dat hem nog rest spurt Franz achter haar aan.

Heel dichtbij weerklinkt oorverdovend gejank. Intuïtief gooit Franz zich weer met de armen om zijn hoofd op de grond. Met een vreselijke klap slaat de granaat midden op het marktplein in. Voorzichtig tilt hij zijn hoofd op en ziet de vlammen uit de kramen slaan.

Hij krabbelt op. Overal hoort hij mensen schreeuwen. Het meisje! Waar is ze? denkt hij. Is ze gewond? Mijn god, waarom heb ik niet naar haar naam gevraagd?

Met geïrriteerde ogen en een branderige keel rent hij naar de kramen in lichterlaaie en ziet dan een ineengedoken gestalte in een groene jurk; het hoofd diep weggedoken tussen haar knieën. Godzijdank, dat moet ze zijn. Ze heeft geprobeerd dekking te zoeken.

Hij is nu bij haar. '*Mädchen! Ma petite!*' In zijn verwarring brabbelt hij Frans en Duits door elkaar. Zachtjes schudt hij aan haar schouder. Ze tilt haar hoofd op en kijkt hem verdwaasd aan. Tot zijn ontzetting ziet hij dat er bloed sijpelt tussen de handen die ze tegen haar buik drukt.

'Wat is er aan de hand? Ben je gewond? Hoe erg is het?' Vertwijfeld kijkt hij om zich heen, maar hij ziet niemand die kan helpen.

Hij pakt het meisje onder haar armen vast. 'Kom, je moet opstaan. Ik help je. Hoe heet je?'

'Céline.' Ze is nauwelijks te verstaan.

'Goed, Céline! Hier kun je niet blijven! Ik breng je naar de prefectuur of een ander huis waar ze je kunnen helpen.'

Voorzichtig trekt hij haar een beetje omhoog. Het kind kermt van de pijn. Haar handen zitten onder het bloed dat ook langs haar benen naar beneden stroomt. Haar rok is doorweekt.

'Kun je lopen?'

Céline schudt het hoofd.

'Ik zal je dragen. Leg je hand om mijn nek en dan til ik je op.'

Het meisje maakt geen aanstalten en dus trekt hij zelf haar handen los. De schrikt slaat hem om het hart. Hij is geen arts, maar kan zo zien dat ze ernstig, zo niet dodelijk gewond is. Uit een diepe en wijde snee over haar hele buik gutst het bloed naar buiten.

Zonder na te denken pakt Franz het meisje met zijn armen onder haar rug en dijen op en richt zich dan op. De granaten en bommen blijven vallen.

Voetje voor voetje schuifelt hij via de straat en de brug over de Lauter – die gelukkig nog niet is geraakt – naar de prefectuur. Het lichaam van het meisje is slap en weegt als lood.

Franz ziet dat ze bewusteloos is geraakt en bidt de hemel om voldoende kracht. Hij richt zijn blik op de wijd openstaande deur van de prefectuur en probeert zich puur en alleen op zijn volgende stap te concentreren, maar de gedachten blijven door zijn hoofd razen.

Plotseling klinken de snelle stappen van vele voeten achter hem. Het zijn de brandweerlieden van Wissembourg die zich met helm en zware beschermende kleding naar het vakwerkhuis haasten waarnaast Franz het meisje en jongetje heeft gevonden.

'Help! Ik heb hulp nodig! Help me alstublieft!' brult Franz uit alle macht als de spuitgasten hem passeren met hun schermen en een met slangen, spuiten en ladders beladen handkar. Eindelijk krijgt hun leider hem in de gaten. Franz herkent de brandweercommandant die hij op de dag dat de oorlog uitbrak in de herberg in Schweigen had gezien.

'Wat is er met haar? Is ze zwaargewond?' De man spreekt Frans.

'Zie je dat dan niet? Ze bloedt dood! Een granaatscherf waarschijnlijk. Help me, anders haalt ze het niet!'

De commandant gebaart naar zijn mannen het blussen te beginnen. Hij loopt op Franz af, tilt het slappe hoofdje van het meisje op en zoekt in haar hals naar een polsslag.

Franz' verstand weigert de gebroken blik van het meisje juist te interpreteren.

'Mijn God, dat is Céline Fabier, de dochter van de stadsklerk.' Ondanks het vreselijke lawaai om hem heen hoort Franz de ontsteltenis in de stem van de brandweerman. 'Ik vrees dat we te laat zijn, vriend. Ze is dood.'

Schweighofen

4 augustus 1870

De eerste kanonschoten weerklinken wanneer Irene de ontbijttafel in de eetkamer van Schweighofen aan het afruimen is. Fritz en de officieren van zijn bataljon hebben het huis al om halfacht verlaten. Zijn ouders waren nog bijna een halfuur aan tafel blijven zitten en hadden zonder eetlust wat in hun spiegeleieren zitten prikken. Aan hun gezichten en gedempte stemmen merkte Irene, die klaarstond bij de deur, dat ze zich zorgen maakten om hun zoon. Voor een keertje deelde Irene hun gevoelens, zij het niet voor Fritz, maar voor Franz.

De echo van zware artillerie galmt over de heuvels en door het dal van Wissembourg. Van schrik laat Irene het kopje in haar hand vallen. Het spat in duizend stukjes uiteen op de parketvloer.

Met gebogen hoofd draait Irene zich om. Ze weet hoe gehecht Ottilie is aan haar originele koffieservies van Meissen dat alleen bij bijzondere gelegenheden wordt gebruikt. Ze luistert even of iemand het ongelukje heeft opgemerkt, maar dan volgt de dreun van een nieuwe ontploffing die al haar aandacht opeist.

Ze hoort snelle stappen in de salon naast de eetkamer. De balkondeur vliegt open en Irene ziet de tournure van de zilvergrijze ochtendjapon van Ottilie die zich ver over de balustrade buigt.

Irenes bezorgdheid om Franz maakt dat ze haar gebruikelijke behoedzaamheid laat varen. Zonder eerst de scherven bijeen te vegen, trekt ze de deur tussen de eetkamer en het balkon open en snelt naar buiten. In Windhof, een kluitje huizen op iets meer dan een mijl afstand, stijgt witte kruitdamp op. Er volgt nog een knal. De salvo's van de kanonnen zijn zelfs op grote afstand duidelijk te horen.

'Ze beschieten Wissembourg!' Ook Gregor staat nu op het balkon. Ontzet ziet Irene rookwolken boven de stad opstijgen. 'Daar, er is net een projectiel ingeslagen!'

Irene reageert instinctief, zonder na te denken. Pas veel later zal ze beseffen hoe onzinnig haar plan was.

'Franz!' Ze rent de gang in en de trap af naar de achterdeur. In de garderobe grist ze haar omslagdoek van het haakje. In haar uniform snelt ze naar buiten zonder eerst de veterlaarsjes met hak te verruilen voor gemakkelijker schoeisel.

Omdat het die nacht hard heeft geregend, vermijdt ze de weg over de modderige velden en loopt ze zo snel ze kan over de weg richting

Windhof. Vlak voor de afslag naar Altenstadt wordt ze tegengehouden. Een groep ruiters in Pruisisch uniform verspert haar de weg.

'Alstublieft,' smeekt Irene. 'Alstublieft, laat me erdoor!'

De commandant van de groep – Fritz Gerban had haar kunnen zeggen dat hij de rang van sergeant bekleedde – zet ter begroeting zijn hand aan zijn punthelm en schudt dan zijn hoofd.

'Het spijt me, schoonheid, maar hier mag niemand langs. De Pruisische kroonprins is onderweg en kan elk moment passeren.'

Radeloos neemt Irene haar toevlucht tot een leugen. 'Alstublieft, mijn verloofde vecht bij Windhof. Hij hoort bij het grenadiersbataljon van Liegnitz.'

Even is de man sprakeloos, maar barst dan in lachen uit. Ook zijn onderschikten lachen. 'Lieve juffrouw,' brengt de sergeant hortend uit, 'lieve, lieve juffrouw! Als uw geliefde bij de grenadiers dient hoeft u zich over hem geen zorgen te maken. Dat zijn de dapperste en meest ervaren troepen van het hele Pruisische leger.'

'En die zit natuurlijk niet in Windhof bij de artillerie. Die is op weg naar Altenstadt om de troepen bij Wissembourg te versterken,' voegt een van zijn mannen eraan toe.

De sergeant lacht niet meer en kijkt de man woedend aan. 'Wil jij je domme waffel wel eens houden? Die informatie is niet voor burgers bestemd. Met al die spionnen…'

'Attentie!' klinkt het opeens hard achter hen. De cavaleristen kijken op en gaan in de houding zitten. Er naderen vijf ruiters; het grind van de straat spat alle kanten op. De eerste ruiter draagt de Pruisische vlag met de zwarte adelaar.

'Daar heb je de kroonprins!'

Irene vangt een glimp op van een man van middelbare leeftijd met een flinke snor en een volle baard die tot ver onder zijn kin reikt. Een tel later is het groepje al voorbijgedraafd.

'Mag ik er nu langs?'

De sergeant schudt zijn hoofd. 'Hier wordt gevochten, jongedame. De weg is verboden voor burgers.'

Wissembourg

4 augustus 1870, rond het middaguur

Een paar uur later staart Franz met een van vermoeidheid doffe blik over de vestingwal bij de Bitscherpoort. De gevechten bij dit deel van de verdedigingswerken van Wissembourg die de stad met hoge muren en moerassige, nog deels uit de middeleeuwen daterende grachten omsluiten, zijn ongeveer een halfuur geleden gestaakt. Franz is totaal uitgeput, maar de beelden van de laatste uren blijven door zijn hoofd spoken.

Het dode meisje. De van shock verstijfde jongen wiens hand de vrouw van de onderprefect provisorisch had verbonden. Het krijsen van de moeder die men ondanks de beschietingen had opgehaald en die zich vertwijfeld over het lijk van haar dochtertje had geworpen. Zijn eigen kleren die doordrenkt zijn met het bloed van Céline.

Franz kijkt voor de zoveelste keer naar zijn lichaam en probeert de braakneigingen te onderdrukken. Ik zie eruit als een slager. Het bloed is in de hitte van de dag opgedroogd en gestold tot een koekerige bruine massa. De geur maakt hem misselijk.

Als een slager zie ik eruit. Hij moet bijna huilen. Het is niet het bloed van die jonge Beierse soldaat. Here jezus, ik heb voor het eerst iemand doodgeschoten.

De troebel wordende ogen van de Beierse jager die niet veel ouder was dan hij en zo'n twintig passen bij hem vandaan, aan de overkant van de gracht gesneuveld was, zullen hem in zijn dromen achtervolgen. Als hij ooit nog zal kunnen slapen tenminste.

Nadat hij het dode meisje en haar gewonde broertje naar de prefectuur had gebracht, had de onderprefect Edgar Hepp hem en nog twintig mannen van het vrijwilligerskorps naar de Bitscherpoort gestuurd omdat majoor Liaud, bevelhebber van de Franse troepen in Wissembourg, versterking had gevraagd.

Wissembourg heeft drie stadspoorten die de naam dragen van de plaatsen vanwaaruit ze worden benaderd. De Landauerpoort in het noordoosten en de Hagenauerpoort in het zuidoosten zijn met stutpalen verstevigd en beschermd door een diepe gracht met ophaalbrug die natuurlijk omhooggehaald was. De Bitscherpoort in het westen is daarentegen een soort open doorgang die aan weerszijden is versterkt met een hoge muur met kantelen en daarvoor een zeer drassige gracht. Manschappen van het Beierse regiment jagers dat de eerste aanval had ingezet waren daarin komen vast te zitten. De helft van de mannen en hun bevelhebber sneuvelden jammerlijk. Zonder enige dekking waren ze hulpeloos overgeleverd aan de verdedigers van de stad.

Nadat Franz de soldaat in de borst had geraakt met zijn jachtgeweer waarna de man met geheven armen achterover was gevallen en roerloos was blijven liggen, probeerde hij alleen nog op de benen van de belagers te schieten, maar tevergeefs. Hij miste vaak zijn doel en trof zijn tegenstander dan in de onderbuik. Soldaten die zich met een beenwond hinkend of kruipend terugtrokken werden neergemaaid door de turco's, de Noord-Afrikaanse soldaten van het Franse leger, die in een hinderlaag lagen.

De turco's! Tot nu toe had Franz alleen wilde geruchten gehoord over die troepen, maar vandaag heeft hij ze voor het eerst in levenden lijve gezien. Ze komen uit Algerije, Tunesië of Marokko en zijn nogal een opmerkelijke verschijning met hun rode pofbroeken, donkerblauwe vesten en jassen met felblauwe sjerpen en rode mutsen met kwast.

Het lijken wel figuren uit *De vertellingen van Duizend-en-eennacht*, denkt Franz als hij ze voor het eerst ziet. Onwerkelijk oogden ze in de mêlee van knallende geweerschoten en kruitdampen, die mannen met hun donkere huid en hagelwitte tanden. Maar ze vechten bijzonder dapper, al is deze oorlog hun zaak niet. Veel dank hoeven ze ook niet te verwachten voor hun opofferingsgezindheid, vermoedt Franz.

'Zonder die wilden hadden de Beiers de Bitscherpoort allang veroverd!' Zelfs Franz' eigen kameraden laten zich geringschattend uit over deze manschappen.

'Maar ze zijn moedig, dat moet je ze nageven. En ze kennen geen medelijden. Kijk maar. Moet je zien! Ik heb net die Beier daarboven geraakt en nu maakt de turco het af!'

Vol afschuw had Franz de armbeweging gevolgd van de vrijwilliger die naast hem vocht en gezien hoe een turco zijn bajonet diep in de buik van de gewonde soldaat stootte.

'Die geeft geen kik meer!' De stem van zijn buur had smalend geklonken. Walgend had Franz zijn blik afgewend en gewenst dat hij ergens heel ver weg was.

Intussen hebben de Beiers dankzij hun grote overmacht de turco's uit het veld voor de muren van de Bitscherpoort verdreven. Ze verschansen zich daar nu waarschijnlijk om de volgende aanval voor te bereiden. In elk geval is de strijd sindsdien gestaakt.

Franz kijkt op zijn zakhorloge. Zijn we echt nog pas een halfuur aan het wachten op de volgende aanval? Het lijkt wel een eeuwigheid...

Op dat moment weerklinkt er luid geschreeuw achter hem. 'De Landauerpoort! De Duitsers hebben de Landauerpoort bestormd. Ze zitten al in de stad! De helft van jullie mannen komt met mij mee. We hebben versterking nodig!'

Huize Gerban bij Altenstadt

4 augustus 1870, rond het middaguur

Doodmoe pauzeert Irene een moment en strekt haar pijnlijke rug.

'Juffrouw,' kermt iemand naast haar linkerbeen. Ze voelt een ruk aan haar rok. 'Juffrouw, in hemelsnaam, geef me een slok water!'

Zonder na te denken zet Irene de halfvolle veldfles aan de mond van de verwonde soldaat. Zijn gruwelijke buikwond verspreidt een vreselijke stank van uitwerpselen en etter. Ze moet kokhalzen.

'Zuster, niet doen!' Een hospik trekt ruw haar arm weg. Zijn witte schort is doordrenkt van het bloed. 'Dat is een buikwond. Hij mag niet drinken!'

Een buikwond? Geen mens, maar een buikwond. Ze slikt haar woorden in; het heeft geen zin. Het is een uitputtingsslag. Net als de andere leden van de huishoudelijke staf in Altenstadt verzorgt ze al uren de eindeloze stroom gewonden. Haar vlekkeloze uniform van die ochtend zit onder het bloed en de viezigheid.

Die ochtend had ze door de velden – waar ze tot haar kuiten in de modder wegzakte – rond tien uur eindelijk Altenstadt bereikt. Daar wachtte haar een chaos van paarden, gehaaste mensen en tal van karren gemarkeerd met rode kruizen. Op veel wagens waren over de zijkanten stukken stof, lakens vermoedelijk, met hetzelfde symbool gespannen. Andere karren waren louter op basis van de haastig met rode verf op het ruwe hout gekalkte kruisen herkenbaar als wagens voor gewondentransport. Het hele stadje zag eruit als één groot noodhospitaal.

'Goed dat u komt helpen, juffrouw!' Een man in een lichtblauw uniform had een hand op haar schouder gelegd. 'Gaat u daar maar heen. Daar brengen ze de nieuwe gewonden naartoe – vriend en vijand door elkaar. We kunnen elke hand gebruiken om ze te verbinden.'

Daarna is Irene onafgebroken in de weer geweest. In het begin hadden de gruwelijke verwondingen haar enorm geschokt. De Pruisische soldaat bijvoorbeeld die beide benen was kwijtgeraakt door een granaat. Hij stierf onder haar handen terwijl ze tevergeefs de bloedende stompen probeerde af te binden. En de Fransman bij wie een kogel lippen en neus had weggeschoten. Hij stikte in zijn eigen bloed voordat zijn wonden konden worden verzorgd. En dan was er ook die vreemde man in een rode pofbroek en een wonderlijk hoofddeksel geweest. Hij had een donkere huid en grote zwarte ogen, en mompelde onverstaanbare woorden met een van pijn vertrokken gezicht. Toen Irene naar hem toe liep met linnen stroken stof om de stomp van zijn arm waar het bloed letterlijk uit spóót af te binden hield een Duitse verpleegster van het Rode Kruis haar tegen.

'Laat die maar liggen. Dat is een wilde. Ga liever daar helpen, bij onze Duitse soldaten!'

Irene had niets tegen dat barse bevel ingebracht. Toen ze tien minuten later de man passeerde, was hij al doodgebloed. Met een glazige blik lag hij in de zon te staren die weer genadeloos aan de hemel brandde.

In lange rijen liggen de gewonden op de kale grond. Het is een komen en gaan van karren. De gewonden worden opgeladen en ergens heen gebracht. In hetzelfde tempo vullen de rijen zich weer met nieuwe slachtoffers.

Komt er dan nooit een einde aan? Van tijd tot tijd dreigt de gruwel haar te overweldigen. En elke seconde dat ze even ademhaalt, staat ze doodsangsten uit voor Franz. Wissembourg ligt niet alleen al sinds vanmorgen onder vuur, maar het wordt ook belegerd. En naar verluidt weren de verdedigers zich dapper. Hoe zou het met Franz zijn? vraagt ze zich af. Ook hij vecht vermoedelijk op de wallen. Of baadt hij misschien al ergens in zijn eigen bloed zoals al deze mannen hier?

Ze ziet de landauer van de familie Gerban bijna op hetzelfde moment als waarop ze Franz' neef Fritz opmerkt. Met een kameraad houdt hij moeizaam een schijnbaar bewusteloze man met officiersstrepen en om het hoofd een doorbloed verband overeind. Fritz en de andere soldaat hebben beiden een arm van de gewonde om hun schouder gelegd. Zo slepen ze hem naar de koets met het wapen van de familie Gerban.

Zonder na te denken loopt Irene op hen af. De gewonde man herkent ze als een van de officieren die ze vanochtend nog bij het ontbijt heeft bediend. 'Dag, zuster!' roept Fritz voor hij ziet wie ze is. Maar dan: 'De hemel zij dank! U bent Irene uit Schweighofen! Breng deze man onmiddellijk naar Altenstadt, naar het landgoed van mijn oom!'

'Wacht!' roept dezelfde zuster die Irene had verhinderd de turco te verzorgen. 'Er moeten eerst meer gewonden op het rijtuig worden geladen.'

'Maar als hij niet meteen geholpen wordt gaat hij dood,' dringt Fritz aan.

'Er gaan er hier wel meer dood!' De verpleegster gunt Fritz geen blik meer waardig en dirigeert twee sterke mannen met brancards van grof linnen naar nog drie zwaargewonden. Irene herkent de mannen. Het zijn staljongens van de familie Gerban. Als de portieren van het rijtuig geopend worden om de gewonden in te laden merkt Irene dat de beige bekleding al vol bloed en drek zit.

Wie had kunnen denken dat een oorlog zo smerig is? Ze onderdrukt de hysterische lach die in haar keel opborrelt, maar dat gaat ten koste van de misselijkheid waar ze al sinds haar aankomst last van heeft. Het wordt haar zwart voor de ogen. Om de walgelijke stank te weren knijpt ze haar neus dicht. Tegelijkertijd probeert ze langzaam en diep adem te halen.

'Jij gaat nu toch niet flauwvallen, kleinzerige troela!' Het grove taalgebruik van de zuster maakt dat Irene haar ogen openspert en zich uit alle macht probeert te vermannen.

'Het gaat alweer, het gaat alweer,' mompelt ze.

'Ga op de bok zitten!' Irene hijst zich omhoog en gaat naast de koetsier zitten. Pas nu herkent ze de oude Riemer.

'Even wachten nog!' Fritz grijpt de teugels van beide pinto's. 'U zorgt ervoor dat er alleen Duitse soldaten, bij voorkeur officieren, naar het huis van mijn oom worden gebracht,' snauwt hij naar de verpleegster van het Rode Kruis. 'En zeker niemand van deze gasten, en al helemaal geen gespuis uit het oerwoud!' voegt hij eraan toe met een geringschattend gebaar richting een bloedende Franse soldaat.

Op de oprijlaan van het landgoed wijkt de landauer uit voor twee andere rijtuigen van de familie Gerban met vlaggen van het Rode Kruis die slap hangen in de zinderende hitte. Achter de grote hooiwagen uit de stal herkent Irene het elegante enkelspanrijtuig.

Als ze aankomt bij het huis wachten er binnen al tientallen gewonden op verzorging. Iedereen is op de been. Boven op het brede bordes staat Wilhelm Gerban in eigen persoon te wachten om de nieuwkomers te verdelen over de nog vrije plaatsen in de grote hal. Pauline Gerban en mevrouw Burger lopen rond met dekens en verband, gevolgd door dienstbodes met emmers water of kannen warme thee.

Zelfs Mathilde helpt mee en knipt verband of geeft de gewonden te drinken.

Een legerarts met een naar boven krullende zwarte snor voert het bevel. Hij instrueert een assistent en twee hospikken in witte schorten en dirigeert ook het ondersteunend personeel van huize Gerban naar de verschillende hulpposten.

'Godzijdank dat je er bent!' Irene kan zich niet herinneren ooit zo hartelijk door Gerda te zijn begroet. 'In de vertrekken van het personeel richten ze momenteel een operatiezaal in. Meneer de hoofdarts daar,' ze maakt een geringschattende beweging, 'wilde daarvoor eerst de keuken gebruiken maar mevrouw Burger en mevrouw Kramm hebben dat verhinderd. Hoe moeten we anders deze arme kerels van eten voorzien?'

'Boven zijn alle bedden en alle banken bezet,' ratelt Gerda verder. 'Daar liggen de officieren! God mag weten hoe er zoveel gewond zijn geraakt. Er zijn er al een paar onder onze handen gestorven. Kijk, ze brengen de vier die net met de landauer zijn gebracht naar boven.'

Irene draait zich om en ziet hoe de legerarts naar een van de brancards stapt. 'Wacht! Voor hem is het te laat. Breng hem maar naar de stallen!'

Als de mannen, eveneens knechten van de familie, op weg naar buiten langs Irene komen, herkent ze in de overledene de officier die Fritz van het slagveld had gehaald.

'Buiten liggen de doden,' fluistert Gerda huiverend. Plotseling pakt iemand Irene van achter bij de arm. 'Irene? Hoe kom jij hier?'

Als ze zich omdraait, kijkt ze in het lijkbleke gezicht van Pauline Gerban.

'Ik hoorde in Schweighofen de kanonnen en ben gaan rennen. Ik heb eerst in Altenstadt geholpen de gewonden te verzorgen en vervolgens heeft uw neef Fritz me hierheen gestuurd. Ik maak me zo'n zorgen over Fr–' Haar stem stokt halverwege zijn naam.

Franz' moeder stoort er zich niet aan. 'Hebt u nog iets van hem gehoord? Vecht hij ook in de buurt van het station van Wissembourg? Is hij gewond?' vraagt ze met bevende stem.

Irene schudt het hoofd. 'Ik heb Franz niet bij de gewonden gezien. Als hij aan het vechten is, staat hij waarschijnlijk op de stadswal.'

Opluchting en bezorgdheid wisselen elkaar af op Paulines gezicht. 'Ze zeggen dat Wissembourg zal vallen,' fluistert ze.

Voor Irene kan antwoorden schalt achter hen de stem van de arts. 'Dames! Dit is niet het moment voor praatjes.' De man bloost lichtjes en maakt een verontschuldigende buiging als Pauline Gerban zich met vuurspugende ogen omdraait. 'Het spijt me, mevrouw,' zegt hij gauw, 'maar we hebben iedereen nodig! Kijk, daar komt de volgende lading al.'

Irene werkt onafgebroken door. De grote staande klok in de hal slaat één uur. Drie uur, denkt ze. Is dit allemaal nog maar drie uur gaande? Het lijkt wel een eeuwigheid.

De voordeur gaat weer open. Intussen brengen ze alleen nog zwaargewonden naar binnen. De mannen met lichte verwondingen liggen min of meer beschermd tegen de brandende zon onder geïmproviseerde zeilen op het gras.

Twee tuinmannen van de familie Gerban dragen nog een brancard binnen. 'Ik denk niet dat hier nog veel aan te doen valt,' hoort Irene een van hen mompelen. Als door een magneet aangetrokken loopt ze erheen, maar blijft dan abrupt staan. In de schedel van de man, alweer een officier, gaapt een enorm gat waarin een grijze massa is te zien. Zijn hele lichaam stuiptrekt. Het schuim staat op zijn lippen.

Irene kokhalst. Ze vecht al de hele dag tegen de misselijkheid en nu kan ze het niet meer tegenhouden. In een boog spuugt ze de inhoud van haar maag over de benen van de zwaargewonde en de rug van de voorste drager.

'Gadverdamme! Stomme koe!'

Irene hoort de barse woorden van de knecht nog slechts in de verte en dan wordt alles zwart om haar heen.

Wissembourg

4 augustus 1870, vroeg in de middag

Samen met Edgar Hepp en een vijftigtal soldaten loopt Franz door de straten van Wissembourg. De zon staat hoog aan de hemel en het is weer drukkend heet. Het zweet druipt van zijn gezicht en brandt in zijn ogen.

Tussen de smeulende resten van de huizen door banen ze zich een weg over het puin. Hier en daar stappen ze over een lijk of over een kadaver van een huisdier dat de aanval niet heeft overleefd. De adrenaline giert door zijn lijf, de vermoeidheid is op slag verdwenen. Hij kan maar aan één ding denken: de vijand zit al in de stad.

Op het marktplein treffen ze nog meer Franse soldaten die rechtstreeks onder het bevel van majoor Liaud staan. Franz luistert naar het korte overleg tussen Hepp en Liaud.

'Wat is er gebeurd?' wil Hepp weten.

'De Pruisische artillerie heeft de Landauerpoort aan puin geschoten. De vijand was ook al binnengedrongen via de Hagenauerpoort, maar daar hebben we ze voorlopig teruggeslagen. Ik vrees dat het niet lang meer zal duren voor ze de stad innemen!'

'Met z'n hoevelen zijn we?'

'Twee compagnies en jullie versterking! We maken nog een kans!'

'Wel, vooruit dan!'

Franz haast zich achter Edgar Hepp en de anderen aan en probeert al hollende zijn munitie te controleren. Heb ik bij de Bitscherpoort herladen? Hij kan het zich met de beste wil van de wereld niet herinneren.

Plotseling houdt de eerste rij bruusk de pas in. Franz botst bijna op de man voor hem. 'Opgelet! Zoek dekking! Daar komen ze!'

Franz kruipt in een nis van een huis en controleert zijn geweer.

Geladen! Gelukkig maar!

Hij heeft echter geen tijd om daar blij mee te zijn. Daar duiken de eerste Pruisische punthelmen al op en ook Beierse 'Romeinse' helmen met hun groteske wollen kam.

Het lijken wel indianenkapsels! denkt Franz. Jaren geleden heeft Franz een prent gezien van een Noord-Amerikaans volk met een haardracht die lijkt op die absurde versiering op de Beierse helmen.

Dan gaat het opeens heel snel. 'God, ze zijn met veel te veel! Minstens drie bataljons!' schreeuwt de man naast hem uit alle macht. 'Tegen zo'n overmacht kunnen wij niets beginnen.'

Een kogel fluit door de lucht en treft majoor Liaud in de hals. Dood zakt hij in elkaar terwijl zijn bloed op een officier naast hem spat.

'In positie! In positie! Knielen en vuren!' Een Franse kapitein neemt het commando over.

Op hetzelfde moment komt een man met ware doodsverachting en druk zwaaiend met een wit tafellaken uit een zijstraat.

'Halt! Halt!' De man begeeft zich tussen de vijandelijke troepen en blijft daar staan.

'Wie is dat?' vraagt de kapitein.

'*Maire* Gauckler, de burgemeester van Wissembourg!' Franz antwoordt zonder nadenken op de in het Frans gestelde vraag.

De burgemeester wendt zich tot de Duitse soldaten in hun moedertaal. 'Wie zijn uw hoogste officieren?'

Een Pruisische kapitein en een Beierse majoor maken zich kenbaar.

'Ik verzoek u onze stad verdere vernielingen te besparen. Ik zal bij de Franse bevelvoerders bepleiten om Wissembourg zonder nieuwe vijandelijkheden aan u over te geven,' zegt de *maire* tegen de twee officieren.

'Wat zegt hij?' De nieuwe Franse bevelhebber verstaat kennelijk geen Duits.

Franz legt het hem in het Frans uit. 'Volg me en vertaal voor me,' beveelt de kapitein. Franz schoudert zijn geweer en voegt zich bij de groep.

'Waar gaat dit over?' vraagt de kapitein in het Frans aan de burgemeester.

Deze laatste kijkt even naar Franz. Hij kent hem niet goed, maar weet dat hij beide talen vloeiend spreekt en wendt zich daarom in het Duits tot hem.

'Kunt u voor me vertalen? Ik spreek liever geen Frans omdat ik wil dat de officieren van de tegenpartij alles begrijpen wat ik zeg.'

Franz knikt en legt de kapitein uit wat de burgemeester hem heeft gevraagd. Met gefronst voorhoofd gaat de Franse officier daarmee akkoord.

De burgemeester wendt zich nu in het Duits, dat Franz nauwgezet voor hem vertaalt, tot de Fransman.

'Kapitein, Wissembourg is verloren. Ook de Hagenauerpoort ligt zwaar onder vuur en zal niet lang standhouden. In naam van de bevolking van Wissembourg verzoek ik u onze stad over te geven.'

Langzamerhand komen er nog meer burgers uit de zijstraten tevoorschijn en zij scharen zich achter de burgemeester. Franz kent een aantal van hen persoonlijk, zoals de gemeentesecretaris wiens dochtertje die ochtend dodelijk gewond is geraakt.

De kapitein antwoordt: 'Leg burgemeester Gauckler uit dat ik daar niet alleen over beslis, maar ik ga akkoord met een wapenstilstand tot ik nadere orders van generaal Douay krijg.'

'Generaal Douay is vanochtend gevallen!' antwoordt Gauckler. De schrik slaat Franz om het hart als hij dit vreselijke nieuws hoort. De generaal was de opperbevelhebber van het Franse leger rond Wissembourg. Franz vertaalt haperend het bericht.

De kapitein wordt lijkbleek, vermant zich dan duidelijk en kijkt de Duitse officieren strak aan. 'Ik ben kapitein Dufour,' vertaalt Franz als Dufour zich voorstelt. 'Nu majoor Liaud gesneuveld is voer ik het bevel over het garnizoen in Wissembourg. Wie voert aan Duitse kant het bevel over deze sector?'

'Generaal Hartmann,' antwoordt de Pruis.

'Dan wil ik met hem spreken. In de tussentijd moeten mijn mensen zich wel vrij door de stad kunnen bewegen.'

'Daar stemmen wij mee in zolang er niet opnieuw gevochten wordt.'

'Ik geef u mijn woord!' zegt Dufour.

'Dan gaan we nu naar generaal Hartmann,' stelt burgemeester Gauckler voor.

Franz vertaalt nog een laatste keer en de Pruisen, de Beiers en ook kapitein Dufour verklaren zich allemaal akkoord.

Dan wendt Franz zich tot Gauckler: 'Kan ik gaan of hebt u me nog nodig?'

Gauckler schudt het hoofd. 'Hartelijk dank voor uw steun. Uw hulp is verder niet nodig. Ik kan generaal Hartmann ons verzoek in beide talen voorleggen.' Hij wijst naar onderprefect Edgar Hepp. 'U komt met mij mee!'

Hepp knikt en stapt naar voren. Franz kijkt de kleine groep officieren en ambtenaren na die in de richting van de Landauerpoort verdwijnt.

Op nog geen twintig passen van hem af staan de Duitse soldaten. Franz ziet opgeluchte en blije, maar ook uitgeputte en apathische gezichten. Van leedvermaak is nauwelijks sprake. Hij herinnert zich de woorden van Irene. 'Mensen zoals jij en ik. Waarom vermoorden we elkaar?' had ze gezegd. 'Vanwege de onvriendelijke toon van een telegram? Wat een schandalige onzin!'

'Maak dat je wegkomt,' fluistert opeens een stem. Verbaasd kijkt Franz op. Naast hem staat een Franse onderofficier.

'De Duitsers willen alle burgers die aan de strijd hebben deelgenomen hard straffen. Dat hebben ze dagen geleden al aangekondigd.'

Franz schrikt. 'Wat moet ik doen?'

'Volg ons naar de Bitscherpoort. Misschien kunnen we daarlangs de stad verlaten en ons bij onze troepen op de Geisberg voegen.'

In een groepje van een tiental Franse soldaten verwijdert Franz zich van de andere mannen die besluiteloos op het marktplein blijven dralen. Pas als ze een flink stuk over de Quai Anselmann langs de Lauter zijn gelopen en uit het zicht van de Duitsers zijn, versnellen ze hun pas. Ze zorgen er wel voor niet te rennen om niet onnodig de aandacht op zich te vestigen.

Het artillerievuur is inderdaad opgehouden. Een paar minuten later bereiken Franz en de mannen ongehinderd de Bitscherpoort. Hij beklimt de wal en ziet meteen dat ze hierlangs de stad niet kunnen ontvluchten. De Beierse jagers, herkenbaar aan hun lichtblauwe uniformen en belachelijke helmen, hebben blijkbaar versterking gekregen.

'Dat is minstens een volledig bataljon,' mompelt de soldaat naast Franz. 'En onze Turco's zijn weg of dood.'

Er liggen inderdaad een paar lijken van de Afrikaanse manschappen in de drassige gracht of tussen de bloeiende heesters in het parkje voor de poort. De Franse soldaat zucht.

'Dat betekent dat we allemaal gevangen zullen worden gezet. Merde, en dat al meteen in het begin van de oorlog.'

'Ik kan u via een geheime route de stad uit krijgen.' De woorden komen uit de mond van een man van middelbare leeftijd die Franz niet eerder heeft opgemerkt. Hij kent de man alleen van gezicht en weet dat hij in Wissembourg woont.

'Wie bent u?' vraagt de onderofficier die Franz heeft gewaarschuwd en die nu als hoogste in rang de leiding van de groep heeft.

'Mijn naam is Emile Müller,' antwoordt de man. 'Ik ben Fransman en inwoner van deze stad.'

'Hebt u bij het vrijwilligerskorps gevochten?'

Müller schudt het hoofd. 'Nee, ik heb een vrouw en jonge kinderen.'

De onderofficier snuift minachtend. 'We hebben allemaal familie.' Hij kijkt om zich heen. 'Wie weet of hij te vertrouwen is en geen Duitse spion?'

Müller krimpt gekrenkt ineen. 'Dan niet. Ik bedoel het goed. Uw kameraden daarboven kunnen uw hulp anders goed gebruiken.' Hij wijst naar de Geisberg, de heuvel op een halve mijl ten zuidoosten van de stad. 'Jullie stellingen daar worden al sinds vanochtend beschoten. Generaal Douay is gesneuveld.'

'Dat weten we,' antwoordt de onderofficier. 'Maar kunt u misschien vertellen hoe dat is gebeurd?'

'Het moet al meteen vanmorgen rond tien uur zijn geweest. Douay heeft een Pruisische granaatscherf in zijn onderbuik gekregen en is niet veel later overleden. Ik hoorde de Duitsers erover praten toen ze via de Landauerpoort binnenmarcheerden.'

Franz reageert geschokt en kijkt snel op zijn zakhorloge. De generaal is dus al bijna vier uur dood! De Geisberg is van hieruit niet goed te zien, maar het doffe gebulder van de kanonnen is wel duidelijk te horen.

Hij wendt zich tot de onderofficier. 'Laten we dan geen tijd verliezen en Müller volgen.'

Besluiteloos bijt de man op zijn snor. 'Ik weet het niet.' Dan hakt hij de knoop door. 'Ik blijf in de stad.' Hij laat zijn blik dwalen over de soldaten die hem zijn gevolgd en waarbij zich ook mannen hebben aangesloten die de Bitscherpoort hebben verdedigd. 'Maar wie mee wil, moet Müller maar volgen. Voor het vrijwilligerskorps is dat wellicht de verstandigste keuze.'

Franz aarzelt geen seconde en stapt naar voren, gevolgd door drie andere vrijwilligers en een soldaat. De rest blijft bij de onderofficier staan.

Müller zucht. 'Als jullie hier blijven, moeten jullie het zelf maar weten.' Hij draait zich om en gebaart de kleine groep van Franz om hem te volgen.

Franz gaat naast hem lopen. 'Welke weg nemen we?'

'Ik voer jullie door de sluis bij het oude hospitaal.'

'Bedoelt u de "Ritscher"?' Franz kent de naam waarmee de inwoners van Wissembourg die plek aanduiden.

Müller knikt zwijgend en versnelt zijn pas. Een paar minuten later waden de mannen al door het water van de Lauter. Voor ze de overkant bereiken gluren Müller en Franz voorzichtig door het dichte riet dat er groeit. Er is inderdaad niemand te zien.

'Kom.' Franz wenkt de mannen achter zich.

'Ik ga niet met jullie mee.' Müller waadt al terug naar de oever aan de kant van Wissembourg. 'Maar ik wens jullie veel geluk,' fluistert hij zacht over zijn schouder.

'Bedankt, dat zullen we nodig hebben. Nogmaals dank voor uw hulp.'

Müller draait zich niet meer om, maar steekt bij wijze van afscheid een laatste maal zijn hand op.

De vijf overgebleven mannen banen zich snel een weg door het riet en staan korte tijd later met natte schoenen of laarzen op de andere oever.

'De Geisberg en het kasteel liggen daarboven.' Franz wijst naar het zuidoosten. 'Ik ken een sluipweg die ik vaak heb gebruikt bij de fazantenjacht.'

Maar afgezien van de enige Franse soldaat maakt niemand van de vrijwilligers aanstalten Franz te volgen.

'Ik wil naar huis en kijken of daar alles in orde is.' De grote man met volle baard ontwijkt de blik van Franz. 'Ik red het wel naar Altenstadt. Mijn geweer laat ik voor alle zekerheid hier.' Hij bukt zich en verbergt zijn wapen tussen het riet. De twee andere vrijwilligers volgen zijn voorbeeld.

'We hebben vrouw en kinderen,' zegt een tweede man zichtbaar verlegen. 'We willen niet meer in een veldslag belanden of gevangengenomen worden. Wie weet schieten ze ons wel zonder vorm van proces dood.'

Franz kampt met tegenstrijdige gevoelens. Enerzijds ergert hij zich aan het laffe gedrag van zijn kameraden, anderzijds begrijpt hij hen wel. Als hij niet vreesde niet welkom te zijn in Altenstadt, was hij misschien wel met die mannen meegegaan. Hij denkt even aan Irene. Gelukkig hoeft hij zich om haar geen zorgen te maken. In het ouderlijk huis van een officier van de grenadiers is ze vrijwel zeker veilig. Voor het eerst is hij blij dat Irene in Schweighofen is.

Het gebulder wordt luider. 'Kom, we gaan,' zegt hij tegen de Franse soldaat. 'Binnen een halfuurtje kunnen we er zijn.'

11

Bij de Hagenauerpoort in Wissembourg

4 augustus 1870, kort na de middag

'Zo, onze taak zit erop, denk ik.' Tevreden kijkt Fritz Gerban naar de half verwoeste Hagenauerpoort in het zuidoosten van de verdedigingswal rond Wissembourg. 'Dat Franse zootje ongeregeld was uiteindelijk niet opgewassen tegen onze artillerie.'

'Let op je taal, Gerban!' Geschrokken kijkt Fritz om. Hij had majoor von Kaisenberg, de bataljonscommandant, niet horen komen.

Die kijkt hem misnoegd aan met zijn blauwe ogen. 'Officieren van het Pruisische leger zijn in elk opzicht een voorbeeld voor de eenvoudige soldaten. Het geeft geen pas de verslagen vijand te beschimpen, zeker niet als die zo dapper heeft gevochten als het garnizoen van Wissembourg.'

Fritz verbijt de smalende opmerking die op het puntje van zijn tong ligt en gaat in de houding staan. Hij hoopt dat Von Kaisenberg niet van zijn gezicht kan lezen hoe hij er werkelijk over denkt.

De majoor heeft echter geen zin om Fritz verder de les te spellen. 'Uw persoonlijke moed staat buiten kijf, Fritz,' gaat hij verder. Deze laatste spitst zijn oren. De overdreven correcte majoor spreekt hem alleen bij zeer bijzondere aangelegenheden met de voornaam aan. 'Iedere soldaat kan een voorbeeld nemen aan u. Het vereist lef om je via de borstwering over de gracht aan de handen hangend naar de stadspoort te bewegen en de ophaalbrug neer te laten.' De majoor wijst naar de resten van de poort. 'Mijn diepe respect daarvoor.'

Fritz voelt dat hij bloost. 'Dat is ons alleen gelukt omdat de poortwachters geen munitie meer hadden,' antwoordt hij bescheiden. 'En helaas konden we de stelling niet houden. Pas toen onze artillerie te hulp schoot konden we een doorbraak forceren.' De majoor glimlacht goedkeurend. 'Uw bescheidenheid siert u, Fritz. Maar een heldendaad blijft een heldendaad.'

Toch ziet hij er gespannen uit, constateert Fritz. Er zit hem iets dwars.

Hij hoeft niet lang te wachten om te weten wat er aan de hand is.

'Ik heb goed nieuws én slecht nieuws voor u, Fritz.' Von Kaisenberg ademt diep in. 'Eerste luitenant Wolter is aan zijn hoofdwond bezweken.'

'O nee,' ontglipt het Fritz. Roland Wolter was de officier die hij bij de slag bij Altenstadt zelf had gered en in de landauer van zijn oom had gelegd, in de hoop dat Wolter in het huis van zijn oom de beste zorg zou krijgen om van zijn verwondingen te genezen.

De majoor lijkt Fritz' gedachten te lezen. 'Het spijt me, Fritz. Roland heeft zelfs de tocht niet overleefd. Hij was al dood toen de koets aankwam bij het huis van je oom.'

Fritz slikt. Met Roland Wolter had hij een hechte vriendschapsband opgebouwd die met de stijve majoor niet mogelijk was. Op hun vrije dagen hadden ze de cafés en bordelen in Liegnitz onveilig gemaakt. Ooit hadden ze samen zelfs een heerlijk laveloos weekeinde in Berlijn beleefd. Dat Wolter net als Von Kaisenberg zijn superieur was, had hij nooit laten merken.

Bijna vergeet Fritz dat er ook nog goed nieuws is. Een mededeling die voor de hand ligt. 'Ik wil u benoemen tot eerste luitenant, Gerban.' Von Kaisenberg wordt weer formeel. 'Uw promotie wordt officieel zodra we de slag hier hebben gewonnen. Er zijn al te veel goede officieren gevallen. Onze opperbevelhebber, luitenant-generaal von Kirchbach, zal er beslist geen bezwaar tegen hebben. Maar eerst moeten we nog die heuvel veroveren waar de vijand zich heeft verschanst.' Hij wijst naar de kleine bult die men de Geisberg noemt. 'Laat de mannen aantreden en zorg dat ze met deze hitte hun veldflessen vullen. Over tien minuten vertrekken we.'

Op weg naar de Geisberg

4 augustus 1870, kort na de middag

Er ritselt iets in de struiken. Franz en de enige soldaat die nog is overgebleven na de vlucht uit Wissembourg werpen zich instinctief op de grond. Intussen weet Franz dat zijn kompaan Marcel heet. Hij is halverwege de twintig en naar zijn accent te oordelen komt hij uit het zuiden van Frankrijk.

Even liggen ze roerloos op de grond, maar het blijft verder doodstil. 'Het was vast een beest,' fluistert Marcel. Dan trekt hij zijn neus op. 'Bah, het stinkt hier verschrikkelijk!'

Franz snuift; de geur van de dood hangt onmiskenbaar in de lucht. Ze wringen zich voorzichtig door de struiken van de vroeger zo verzorgde, maar nu volledig vertrapte tuinen buiten de muren van Wissembourg en al snel wordt de bron van de stank duidelijk. In het gras onder de brandende zon liggen tientallen lijken van turco's. Hun rode pofbroeken lichten als groteske bloemen op tussen groen dat na de zware regenbuien van de laatste dagen extra weelderig is.

Marcel verwoordt wat Franz die dag al een paar keer zelf heeft gedacht. 'Arme drommels,' mompelt hij. 'Wat hebben ze in hun verre Afrika met deze vermaledijde oorlog te maken?'

'Zou men hún nabestaanden ook inlichten?'

Marcel haalt de schouders op. 'Ze mogen al blij zijn als ze een fatsoenlijk graf krijgen. Vrijwel niemand zal ze bedanken omdat ze hun leven in de strijd voor Napoleon hebben gelaten.'

Franz reageert ontsteld. 'Hoe weet je dat?'

Marcel kijkt op. 'Ik kom uit Marseille en heb met mijn eenheid een hele treinreis afgelegd met de turco's die daar van de boot zijn gekomen. Zij zaten in de goederenwagons, de coupés waren voorbehouden voor ons rechtschapen christenmensen.'

'Ze zeggen dat ze niet alleen dapper zijn, maar ook heel wreed,' werpt Franz tegen.

Opnieuw haalt Marcel de schouders op. 'Ze vechten met een heel eigen mentaliteit. Als vijand zou ik zelfs een zwaargewonde turco nooit de rug toekeren. Veel tegenstanders hebben al in het stof gebeten met een kogel of dolk in de rug.'

Franz huivert. Ondanks de hitte krijgt hij over zijn hele lijf kippenvel. Ze bereiken de rand van de tuinen en kijken voorzichtig om zich heen. 'Hoe ver is het nog?' vraagt Marcel.

Franz wijst naar het zuidoosten. 'We zijn vlakbij. Langs die holle weg daar moeten we omhoog.'

Op dat moment horen ze in de verte pijperfluiten en tamboers die snel dichterbij komen. Ook het stampen van marcherende soldaten is duidelijk hoorbaar.

'De Pruisen!' Marcel werpt zich weer op de grond en gluurt door het dichte struikgewas. 'Echte Pruisen! Niet van die lichtblauwe Beiers!' Hij verbijt een lach. 'Ik weet niet welke helmen ik idioter vind. De Beierse met die dot wol op hun kop of de Pruisische met die belachelijke punt.'

Franz loert nu ook door de struiken. Hij herkent het regimentsteken en schrikt. 'Dat is het grenadiersregiment van Liegnitz. Mijn neef dient daar als onderluitenant. Ze hebben een hoge dunk van zichzelf omdat ze tot de Pruisische keurtroepen horen.'

'Merde,' vloekt Marcel. 'En nu?'

Franz denkt na. 'We kunnen niet meer langs de weg die ik wilde nemen. Dan belanden we tussen de vijandelijke linies.' Hij zucht. 'We moeten via Schafbusch, een andere optie is er niet.'

Marcel staart hem niet-begrijpend aan.

'We moeten rond de Geisberg en dan achterlangs omhoog sluipen. Schafbusch is een boerderij op een paar honderd passen boven het dorp Geisberg, waar onze troepen zich in het kasteel hebben verschanst – naar in Wissembourg wordt beweerd. Het is helaas twee keer zo ver, maar er rest ons geen andere keus.'

Huize Gerban bij Altenstadt

4 augustus 1870, 's middags

Als Irene weer bijkomt is ze nog steeds misselijk. Voorzichtig opent ze haar ogen en kijkt om zich heen. Meteen herkent ze de kamer: ze ligt op de lelijke chaise longue in de kleine salon van de vleugel waar het gezin van Gregor Gerban vroeger woonde. Hier heeft ze die foto gevonden van de zus van Ottilie, de zo tragisch uit het leven gestapte Sophia.

Naast zich hoort ze zacht geruis. Pauline Gerban buigt zich over haar heen. Ook zij heeft de hele dag geholpen met de gewonden en haar gewoonlijk brandschone jurk zit vol vlekken en is hier en daar zelfs gescheurd. Bovendien ruikt ze vaag naar zweet.

'Hoe gaat het, Irene?' vraagt ze bezorgd. 'Je bent bijna een uur van je stokje geweest.'

Irene probeert overeind te komen, maar laat zich terug op het kussen zakken omdat het weer zwart wordt voor haar ogen. Toch duwt ze de vochtige doek weg die Pauline op haar voorhoofd wil leggen. 'Het gaat wel. Dank u.'

Plotseling schiet haar iets te binnen. 'Hoe gaat het met Franz? Hebt u iets van hem gehoord?' Onbewust grijpt ze de hand van Pauline.

Het gezicht van haar meesteres betrekt. 'Nee, niets. Wissembourg is gevallen, maar Franz is niet naar huis gekomen.'

Voor Irene haar volgende bange vraag kan stellen schudt Pauline het hoofd.

'Nee, hij bevindt zich niet onder de gesneuvelden of gewonden. Gelukkig heeft het Franse garnizoen in de stad nauwelijks verliezen geleden terwijl de Duitsers massaal voor de wallen zijn gevallen.'

'Hoe weet u dat?'

'Zodra de weg weer vrij was is mijn zwager Gregor in Wissembourg gaan kijken. Hij vreest voor het lot van zijn zoon Fritz. Godzijdank heeft hij ook hem niet bij de doden of gewonden gevonden.'

'En waar zijn de mannen nu gebleven?' Pauline krimpt in elkaar. Irene laat haar hand los en ziet de rode halve cirkels die haar nagels in Paulines huid hebben achtergelaten. 'Het… het spijt me verschrikkelijk.'

Pauline glimlacht. 'U hoeft zich niet te verontschuldigen. Ik ben bang voor mijn zoon, u voor uw geliefde. Dat verenigt ons op een dag als deze.'

Ze wijst op haar vieze jurk. 'Trouwens, ik kan me niet herinneren me ooit zo aan vreemde mannen te hebben vertoond. Bovendien heb ik het gevoel dat ik stink en dringend een bad nodig heb.'

Nooit eerder heeft Franz' moeder zo vertrouwelijk met haar gesproken. Irene kan zich echter nauwelijks concentreren. 'Maar… waar zijn ze dan?'

De glimlach verdwijnt. 'Fritz vecht op de Geisberg. Dat heeft Gregor vernomen, maar niemand weet waar Franz is gebleven. Onderprefect Edgar Hepp heeft mijn zwager verteld dat hij de stad uit is gevlucht om niet in handen van de Duitsers te vallen. Sindsdien is er geen spoor meer van hem.'

Irene is volledig van streek. 'Maar waarom heeft hij zich niet overgegeven? Dan zou hij nu toch veilig zijn?'

Pauline zucht diep. 'Naar verluidt dagen de Duitsers alle burgers die tegen hen vechten voor de krijgsraad.' Haar stem trilt.

Irene verstijft van afschuw. 'Maar wat moet er dan van hem worden? In Wissembourg weet toch bijna iedereen dat hij bij het vrijwilligerskorps zat.'

'Ik weet het niet, kind. We kunnen alleen wachten en hopen.'

Irene gaat rechtop zitten. Gek genoeg voelt ze zich opeens beter. 'Maar ik hou u al veel te lang op. Hebben ze u… ons…' corrigeert ze zichzelf, '… niet nodig bij de vele gewonden?'

Dan bedenkt ze zich iets. 'Het was heel vriendelijk van u om mij bij te staan terwijl ik me onwel voelde, maar waarom zijn we hier?'

'Het is de enige kamer in het hele huis met een bed of bank die niet door een gewonde is ingenomen. De stroom gewonden is weliswaar afgenomen nu de strijd naar de Geisberg is verplaatst, maar voor het zover was zijn er nog twee artsen aangekomen, een Duitse legerarts en onze trouwe plattelandsdokter uit Altenstadt. Ze voeren noodoperaties uit op de eettafel in de personeelsruimte en in de tuin onder de grote kastanjeboom.'

'Maar de plattelandsarts...'

'Ja, dat is een Fransman,' valt Pauline haar in de rede. 'Ik stond erop dat er ook Franse gewonden hiernaartoe werden gebracht. Omdat hun intendance het naar verluidt volledig laat afweten, beschikt het Franse leger niet eens over wagens voor gewondentransport, laat staan over voldoende medisch personeel.'

Irene zwaait vastberaden haar voeten over de rand van de chaise longue. 'Dan valt er zeker nog genoeg te doen.'

Pauline pakt haar bij de arm. 'Voelt u zich werkelijk goed genoeg, lieve kind? Is de misselijkheid helemaal weg? Weet u zeker dat u niet beter rustig aan kunt doen?'

Verbaasd kijkt Irene op. 'Ik ben weer in orde en begrijp zelf niet goed waarom ik onwel ben geworden. Misschien door al die wonden en die vreselijke stank. Maar de mannen hebben hulp nodig.'

Pauline blijft haar bezorgd aankijken. 'Weet u het heel zeker, Irene? Ik wil niet...' Haar stem stokt. '... ik wil niet dat u nog iets ergs overkomt.'

'Wat bedoelt u daarmee?' Irene kijkt Pauline niet-begrijpend aan, maar die wuift het weg. 'Niets, niets. Kom, we gaan!'

Irene krijgt het koud en warm tegelijk. Denkt ze dat die misselijkheid misschien ergens anders mee te maken heeft dan met de enorme fysieke en mentale inspanning? vraagt ze zich af. Onzin, stelt ze zichzelf gerust. Het is nog veel te vroeg om daaraan te denken.

Aan de voet van de Geisberg

4 augustus 1870, 's middags

Zoals gewoonlijk marcheren de grenadiers op het ritme van pijperfluit en tamboer in de pas en in gesloten gelederen naar de Geisberg.

Naar verluidt hebben de Fransen zich rond het kasteel op die heuvel verschanst. Fritz loopt strak in de houding naast zijn commandant, majoor von Kaisenberg, de flauwe helling op. Voor hen loopt alleen nog onderofficier Heinrich met de regimentsvlag.

Bij de gevechten op de weg tussen Altenstadt en Wissembourg heeft het bataljon van Fritz vijf officieren verloren. Hij krijgt zijn nieuwe rangordetekens pas na de slag, maar volgt nu als eerste luitenant meteen op de majoor omdat beide kapiteins zijn gesneuveld. Meer dan ooit moet hij ervoor zorgen dat er niets op zijn gedrag is aan te merken.

Voor zich horen ze schoten. Fritz herkent het onmiskenbare geratel van de Franse mitrailleuse, dat nieuwe geduchte wapen waarmee een soldaat meer dan honderd kogels per minuut kan afvuren. Het lijkt op een klein kanon en wordt ook op een affuit, een tweewielig onderstel, voortbewogen. Plotseling voelt Fritz een zekere paniek in zijn maag.

Von Kaisenberg draait zich naar hem toe: 'Hoort u dat, Gerban? Dat is het nieuwe Franse snelvuurgeweer. Een lachertje! Het gerucht gaat dat zo'n geval is geëxplodeerd en dat hun opperbevelhebber Abel Douay daarbij is omgekomen. Geprezen zij onze Pruisische artillerie. Daar is geen Frans kruid tegen gewassen!'

Fritz knikt. De paniek ebt weg. De Duitse kanonnen met hun grote draagwijdte en doordringingsvermogen compenseren ruimschoots die Franse 'gevallen', zoals de majoor ze zojuist heeft genoemd. Hebben de Duitse troepen net niet het opstandige stadje Wissembourg ingenomen dankzij dat geschut?

Het strijdgewoel klinkt almaar luider. De Liegnitzcompagnie rondt de bocht. Wat de Silezische soldaten daar zien zou minder geharde troepen meteen op de vlucht doen slaan. Een kleine honderd passen verder liggen Hessische infanteristen, herkenbaar aan hun donkergroene uniformen, over elkaar heen; zeker tientallen doden en gewonden.

Vanuit de relatieve beschutting van een hopveld wordt schot na schot op de Duitsers afgevuurd. Ook de mitrailleuse vuurt onophoudelijk.

'Er moeten twee van die dingen zijn! Let op!' Nog voor ze Von Kaisenbergs bevel kunnen opvolgen treffen de eerste kogels de voorste gelederen van de compagnie. Meerdere mannen vallen. De anderen duiken instinctief opzij.

'Die dingen zelf staan vast!' roept de majoor. 'Ze hebben een beperkte radius die ze alleen kunnen vergroten door de affuit te verplaatsen. Wijk uit naar de berm van de weg! En nu in looppas naar voren! Denk aan Skalitz!'

Fritz' gedrag verandert op een manier die hij al kent van eerdere gevechten. Mechanisch, als in trance, volgt hij het bevel van de majoor. Met de bajonet op zijn geweer snelt hij voorwaarts. De Fransen blijven vuren vanaf de hopakker. In zijn ooghoeken ziet Fritz links en rechts van hem mannen vallen. Het deert hem niet. Dat is het lot van een soldaat. Later zal hij treuren om de doden, maar nu zet hij elke gedachte aan hen uit zijn hoofd.

Voorwaarts, voorwaarts! beveelt hij zichzelf. Daar! De eerste Fransman achter de hoge hopstaken! Nog voor de vijand zijn geweer kan optillen plant Fritz zijn bajonet in zijn onderlichaam. Met een gruwelijk soppend geluid trekt hij al rennend het mes er weer uit. Klaar! De volgende!

Rechts van hem stormt Von Kaisenberg met getrokken sabel op de mannen achter de mitrailleuse af.

Wat een rotzooi! Fritz lacht. Het ene snelvuurgeweer blokkeert net als Von Kaisenberg er met twee mannen op afstormt. Het andere zijn ze aan het laden. Voilà! Twee schutters neer! De anderen lichten hun hielen!

Fritz blijft abrupt staan, richt zijn geweer en treft nog twee van die kerels in de rug. Met uitgestrekte armen vallen ze op de grond. Op de vlucht hebben ze ook niets meer aan hun chassepotgeweren. Over zo'n afstand werken onze verguisde naaldgeweren nog prima. Het gevoel van triomf stijgt naar zijn hoofd en hij popelt om een volgende tegenstander neer te leggen.

Hij vindt alleen nog een turco die met een beenwond achter een hopstaak ligt en met beide handen probeert het bloeden te stelpen. Zonder enige emotie steekt Fritz de man met zijn bajonet in de hals. Ook gewonde turco's zijn gevaarlijk. Die waren van plan tot hun laatste adem vanuit een hinderlaag te schieten. Zo had Von Kaisenberg het bij het ochtendappel voor het gevecht verwoord.

Achteloos stapt Fritz over het stuiptrekkende lichaam en kijkt om zich heen. Alle Fransen hebben zich uit de voeten gemaakt. Tussen de hopstaken ziet hij hier en daar het rood van hun uniformbroeken. Opnieuw houdt Fritz de pas in en legt aan. Nog twee treffers! Geweldig, denkt hij, vandaag heb ik echt een goede dag!

'Halt!' De stem van Von Kaisenberg haalt hem uit zijn trance. 'We hebben de vijand uit het hopveld verdreven. Spaar jullie munitie. Die hebben we nog nodig voor de verovering van de heuvel!'

Hoofdschuddend kijkt de majoor naar de gescheurde, met bloedvlekken besmeurde vlag die naast een gesneuvelde Hessische soldaat ligt.

'Hoe kun je nu je regimentsvlag verliezen! Een onnoemelijke schande is het! Ik schaam me voor onze Hessische kameraden!'

Schafbusch-hoeve op de Geisberg

4 augustus 1870, 's middags, zelfde tijd

'Halt, wie daar?!' Franz krimpt ineen. Hij draait zich om en kijkt recht in de loop van een geweer. Het hoofdgebaar van de Franse wachtpost laat niets aan de verbeelding over. Franz steekt zijn handen op.

'Wees niet bang, kameraad.' Marcel treedt uit de schaduw van een struik waar hij net zijn behoefte heeft gedaan. 'We komen als vrienden.'

Bij het zien van het Franse uniform van Marcel ontspant het gezicht van de schildwacht. 'Jij hoort bij ons, dat zie ik. Maar hoe zit het met hem?' Hij kijkt Franz argwanend aan.

'Hij is ook Fransman, zat in het vrijwilligerskorps van Wissembourg en heeft de stad dapper verdedigd.'

'Hoe weet je dat? Het krioelt hier naar verluidt van de spionnen.'

Marcel grijnst. 'Een spion is hij zeker niet; ik heb hem zelf zien vechten.'

Maar de wacht is nog niet overtuigd en Marcels geduld raakt op. 'Kom, laat ons passeren. Ik hoor ze daar beneden vechten. Kunnen jullie geen versterking gebruiken?'

De Fransman haalt de schouders op. 'Ik heb geen idee of ze burgers mee laten vechten.'

Nu wordt het Franz echt te bont. 'Zeg dan waar ik hier een Frans uniform kan vinden en een officier aan wie ik het kan vragen!'

De wachtpost wijst naar een gebouw dat half achter de bomen verborgen ligt. 'Die vind je daarboven. Het huis doet dienst als veldhospitaal.' Hij slikt. 'Ook onze generaal ligt er opgebaard.'

'Generaal Abel Douay?'

De wacht knikt. 'Hij is vanochtend gesneuveld bij een vreselijk ongeluk. Een Pruisische granaat is in een stelling van de mitrailleuse ontploft. De generaal stond er niet ver vandaan. Een metalen scherf heeft zich in zijn buik geboord.'

Marcel kreunt luid. 'Wat erg! Dood door een scherf van ons eigen wapen?'

De soldaat knikt.

'Wat is een mitrailleuse?' Dat woord kent Franz niet.

'Een snelvuurgeweer. Het lijkt op een klein kanon, maar schiet kogels van kleiner kaliber af,' verklaart Marcel.

'Jullie kunnen de generaal nog de laatste eer bewijzen,' zegt de wachtpost. 'Velen van ons hebben dat al gedaan.'

Nauwelijks twintig minuten later staat Franz diep ontdaan voor het lichaam van een man van ongeveer zestig. De dode ligt in vol ornaat op een matras die voor twee derde op de kale houten vloer is neergelegd. Het andere stuk steunt tegen de leuning van een omgekeerde keukenstoel waardoor bovenlichaam en het hoofd met de rode kepie een beetje opgericht zijn. Over zijn gewonde onderlichaam ligt een ruwe wollen doek. Er hangt een doordringende geur van een parfumachtige substantie vermengd met een onaangenamere geur die Franz niet onmiddellijk kan thuisbrengen.

Marcel trekt zijn neus op. 'Je ruikt de buikwond.' Op dat moment herkent Franz de stank van uitwerpselen.

'Dat kan geen enkele zoete essence verhullen,' gaat Marcel verder.

'Ssst!' sist iemand achter hen. Ze draaien zich om. Een officier met het insigne van een majoor komt de kamer binnen.

'Ga alstublieft in de houding staan in plaats van respectloos voor de dode te staan kletsen.' Ondanks de gedempte toon hoort Franz de woede in de stem van de man.

Zwijgend keert hij zich weer naar het lichaam, recht de schouders en vouwt de handen. Naast hem mompelt Marcel het Onzevader. Franz' gedachten dwalen af. Hij kijkt naar het gezicht van de dode generaal dat duidelijk laat zien dat de man de laatste minuten van zijn leven vreselijk moet hebben geleden.

In gedachten spreekt Franz de generaal toe: ze zeggen dat je niet wilde inzien dat de Duitsers in zulke grote aantallen oprukten. Nu lig je hier koud en stijf en begin je te stinken. Nergens haalt de man met de zeis zó snel zó'n grote oogst binnen als in de oorlog.

Hij speelt even kort met de gedachte de hoeve te verlaten en naar Altenstadt te gaan, ook al is hij daar niet welkom. Maar daar is het nu te laat voor. En dat blijkt ook onmiddellijk.

'Naar buiten nu,' beveelt de majoor op fluistertoon. In de gang kijkt hij Franz strak aan. 'Ik heb gehoord dat je niet bij ons leger in dienst bent, maar wel met ons wil meevechten?'

Franz knikt. Een neerslachtig gevoel overvalt hem.

De majoor knikt naar een deur die half openstaat.

'Vraag daar maar een uniform. De vijand valt massaal aan en we kunnen iedereen gebruiken.'

'Bij welke eenheid komt hij?' onderbreekt Marcel hem.

De majoor vertrekt ontstemd zijn mond. 'Dat maakt allemaal niet uit. De formaliteiten vervullen we na de slag, als jullie dan tenminste nog gezond van lijf en leden zijn.'

Op de holle weg voor kasteel Geisberg

4 augustus 1870, 's middags, een halfuur later

'Attentie! Hou de gelederen gesloten! Toon geen zwakte tegenover de vijand! Vaandeldrager op kop!'

Met doodsverachting komt de compagnie van Von Kaisenberg in beweging. Ze zijn nog een goede achthonderd passen verwijderd van het kasteel waar de Fransen zich na een mislukte uitbraakpoging hebben verschanst, maar toch vliegen de kogels hen al constant om de oren. Fritz deinst terug als een kogel vlak langs zijn hoofd suist. Een schreeuw in zijn rug verraadt dat het projectiel een van zijn kameraden heeft getroffen. Snel kijkt hij achterom en ziet dat het Schulz is, een gewone soldaat die al jaren bij de grenadiers dient. Reutelend zakt hij in elkaar terwijl het bloed uit zijn mond stroomt.

Arme sukkel. Voor hem is het te laat! zucht Fritz in gedachten. Zo zinloos... De man stond op het punt de dienst te verlaten en te trouwen. Die verdomde chassepotgeweren! Je kunt er misschien amper mee richten, maar ze raken ons er wel mee. Op een afstand van duizend passen of meer zelfs!

Nijdig zet hij de tanden op elkaar, kijkt recht voor zich uit en marcheert verder. Hoe dichter ze de plek naderen waar de holle weg precies tegenover het kasteel ligt, des te moeilijker het wordt in het gelid te blijven. Overal liggen doden en gewonden waar niemand naar omkijkt. De mannen van Von Kaisenberg stappen letterlijk over hen heen.

Uiteindelijk liggen de lijken zo dicht opeengepakt dat er geen doorkomen meer aan is. Velen liggen per twee of zelfs drie op elkaar gestapeld. Von Kaisenbergs mannen bereiken een groepje soldaten dat dekking heeft gezocht in de berm van de holle weg en onder leiding staat van een luitenant met een bebloed verband om zijn rechterarm. De majoor stapt op hem af.

'Als kleiduiven schieten ze ons neer,' hoort Fritz de luitenant zeggen. 'Meer dan de helft van mijn compagnie is gesneuveld. Kijk maar, daar liggen ze!'

Fritz volgt de beweging die de man maakt met zijn hoofd en ziet nog meer lijken liggen in het open terrein voor het kasteel. Daarvandaan is het nog hooguit honderd passen naar de massieve buitenmuren, maar die afstand lijkt onoverbrugbaar. Onafgebroken verschijnen er kruitwolkjes in de ramen, het schieten houdt niet op.

Terwijl Fritz de situatie probeert in te schatten worden meer mannen van zijn bataljon geraakt. De anderen deinzen instinctief achteruit en duiken weg

'Mannen, hierheen!' brult Von Kaisenberg en wijst naar een bocht die vanuit het kasteel moeilijk te zien is en omzoomd is met dicht struikgewas.

De majoor stapt op een boomstronk zonder zich zorgen te maken dat hij zo misschien een duidelijk doelwit vormt. 'Kameraden, luister naar me! Zijn jullie laffe honden of dappere krijgers?' Zijn ijsblauwe ogen schieten vuur. 'Is iemand van ons ooit bang geweest voor de dood? Zijn jullie bij Skalitz geweken toen de vijand onze vlag al dreigde te veroveren? Hebben jullie bij Königgrätz als vrouwen zitten beven?' Zijn bariton gaat crescendo als hij de historische overwinningen van zijn mannen in de Oostenrijks-Pruisische Oorlog in herinnering roept.

'Of hebben jullie die veldslagen gewonnen? Trots gehuldigd door de mannen die zijn gevallen op het veld van eer en vanuit het Walhalla op jullie neerkijken?' Hij zwaait onstuimig met zijn armen en bij zijn laatste woorden wijst hij naar de hemel. 'Duurt jullie moed niet langer dan de dood? Zullen jullie niet generaties lang als helden worden bezongen? Zijn jullie niet de dappersten onder de dapperen? De koninklijke grenadiers van Liegnitz?'

'Ja, dat zijn wij!' roepen al een paar mannen bevlogen.

'Het kroonjuweel van het hele Pruisische leger? Onsterfelijk in uw glorie?'

'Ja! Ja! Jaaa!' Ook Fritz laat zich meeslepen door het aanzwellende gebrul.

De majoor grist de banier uit de handen van de vaandeldrager die naast de boomstronk staat, en zwaait die hoog boven zijn hoofd heen en weer. 'Is dit niet onze vlag waarvoor wij onze laatste druppel bloed willen offeren?'

'Ja! Ja! Jaaa!' Om zich heen ziet Fritz alleen nog opengesperde monden. De kreten van zijn kameraden weergalmen in zijn oren. De bedrukte stemming die de aanblik van de vele doden had veroorzaakt, is verdwenen. Het bloed stroomt weer door zijn aderen en hij kan niet wachten tot de majoor het signaal geeft om aan te vallen.

'Laten we dan nu die oude muren bestormen en de vijand naar Parijs jagen! Willen jullie erbij zijn als we de eerste slag van deze oorlog winnen? Gekroond worden met de lauweren van de overwinnaar?'

Oorverdovend klinkt nu het gebrul. Met een uitdrukking van vervoering op hun gezicht stampen de mannen geestdriftig op de grond. Hun geweren met de vaak nog bloederige bajonetten heffen ze hoog in de lucht.

Een fanatieke grijns tekent zich af op het van opwinding donkerrood aangelopen gezicht van Von Kaisenberg.

'Pak dan deze vlag en draag die voor ons uit!' Onderofficier Heinrich neemt de banier gretig van hem aan.

'En denk aan Skalitz!'

Naast de vaandeldrager stormt de majoor nu terug naar de aarden wal tegenover het kasteel. Met Fritz en andere officieren op hun hielen zijn ze nauwelijks naar boven geklauterd als de kogels hun alweer om de oren fluiten.

Fritz hoort de onderofficier roepen. Een schampschot heeft hem in de hals getroffen. Zijn bloed spat op de witte vlag met de zwarte adelaar. Von Kaisenberg grijpt naar de banier, maar Heinrich trekt die tegen zich aan en stormt verder.

Een volgende knal. Als door de bliksem getroffen zakt Heinrich in elkaar. Schot in de borst, die is er geweest, registreert Fritz terloops.

Von Kaisenberg grijpt naar de vaandelstok. Bam, een schot breekt de stok in twee. Instinctief bukt Fritz zich om de gevallen vlag op te rapen en botst bijna tegen Von Kaisenberg die het vaandel bij de halve steel pakt.

'Denk aan Skalitz! Denk aan Skalitz!' Opnieuw stormt Von Kaisenberg naar voren. Een kogel veegt de punthelm van zijn hoofd. In het zonlicht licht zijn blonde haar op als een stralenkrans.

'Denk aan Skalitz!!' Fritz heeft niet in de gaten dat ook hijzelf de longen uit zijn lijf schreeuwt. Zijn benen bewegen als vanzelf, al zijn spieren zijn tot het uiterste gespannen. Zo rent hij in de voorste gelederen. Vol leven zit hij. Onaantastbaar voelt hij zich.

Dan grijpt Von Kaisenberg plotseling naar zijn arm. Hij is gewond! Boem, nog een kogel! Die is raak! En verdomd nog eentje! Fritz ziet het allemaal gebeuren.

De majoor slaakt een kreet en zakt op zijn knieën. In het voorbijlopen grist Fritz hem de vlag uit handen en zwaait er hoog mee boven zijn hoofd. 'Vooruit, nog maar vijftig passen tot aan het kasteel. We zijn er bijna! Denk aan Skalitz! Denk aan Skalitz!'

De kogel treft hem op zijn pad. Het is alsof hij tegen een muur botst, maar hij voelt geen pijn.

De vlag! Hoe moet het nu met de vlag? Denk aan Skalitz! schiet het door zijn hoofd.

De grond komt steeds dichterbij. Het kasteel, zijn kameraden, de hemel, alles draait om hem heen.

Zacht als een kussen! Het gras is zo zacht als een kussen! stelt Fritz verbaasd vast. Dan verliest hij het bewustzijn.

Kasteel Geisberg

4 augustus 1870, 's middags, zelfde tijd

'Maar zo kunnen we ze afknallen als konijnen!' Totaal van streek kijkt Franz uit het raam op de eerste verdieping van kasteel Geisberg waar hij zijn chassepotgeweer op de borstwering heeft gelegd. Dat wapen heeft hij gekregen in ruil voor het jachtgeweer waarmee hij in Wissembourg heeft gevochten.

Naast hem mompelt Marcel: 'Dat is dan hun eigen schuld. Moeten ze maar niet zonder dekking en in dichte rijen op het kasteel afstormen.' Hij kiest een doelwit en vuurt. Franz ziet hoe een Duitse soldaat neerstort met een kogel in het hoofd.

Het vooruitzicht om voor de tweede keer vandaag op volledig weerloze tegenstanders te moeten schieten verlamt hem. Bovendien lijkt dit hele gevecht hem volkomen zinloos. Het gaat niet meer om de verdediging van een stad, maar om een onbenullige heuvel zonder enig strategisch nut, nu Wissembourg zich heeft overgegeven.

Het is ook geen gevecht van man tegen man zoals bij de Franse uitbraakpoging waar Marcel en hij in terecht waren gekomen toen ze van de hoeve naar beneden waren gelopen. Franz krimpt nog steeds ineen als hij zich het weerzinwekkende moment herinnert waarop hij zijn bajonet in het dikke lijf van een Duitse infanterist had geplant. Maar zodoende hadden Marcel en twee andere soldaten wel de gewonde luitenant die het bevel voerde kunnen redden en naar het kasteel kunnen brengen. De muren van het kasteel zijn zo dik dat de vijand zonder artillerie geen enkele kans maakt het te veroveren.

Naast zich hoort hij weer een knal. Nu heeft Marcel een Pruisische soldaat in de borst getroffen. Franz meent de man te horen brullen voor hij neergaat.

'Hé, wat gebeurt er? Waarom schiet je niet meer?' Marcel geeft hem een duw met zijn elleboog. 'Wat is er met jou aan de hand?'

'Kramp in mijn hand,' liegt Franz en wrijft voor de schijn over zijn rechterhand.

‘Stel je niet aan en blijf vuren,’ snauwt zijn partner, die zelf richt en de trekker weer overhaalt. Franz kijkt nu niet eens, maar uit Marcels triomfantelijk klakken met de tong maakt hij op dat het weer raak is.

Franz onderdrukt een zucht, heft het geweer en mikt langs het hoofd van een soldaat. Tot zijn schrik lijkt hij hem toch te raken. Achter de man die hij met opzet heeft gemist zakt een baardeloze jongen, niet ouder dan hij zelf, op zijn knieën.

‘Luister en kijk! Wat gebeurt daar?’

Achter een bocht in de holle weg waarlangs de Pruisen zijn opgerukt en die op slechts honderd passen van het kasteel ligt, zien de mannen het puntje van een vlag wapperen. Dan horen ze een schallende, krijgshaftig klinkende stem; de woorden kunnen ze helaas niet verstaan. Onmiddellijk daarna weerklinkt heftig gebrul. Het lijkt wel een storm van applaus.

Dan verschijnt een compagnie van de koninklijke grenadiers op de holle weg. Franz herkent het vaandel van het bataljon van neef Fritz. Zonder erbij na te denken laat hij zijn geweer zakken en pakt hij de verrekijker naast hem op de vensterbank.

Alles gaat opeens heel snel. Er wordt over en weer geschoten en vanaf de holle weg rukken soldaten op, met de vaandeldrager op kop. Hij zijgt getroffen neer. Een lange man in officiersuniform bukt zich en raapt de vlag op. Zijn mond is wijd opengesperd en hij lijkt uit volle borst te schreeuwen. Op dat precieze moment wordt de Pruisische punthelm van zijn hoofd geschoten. Franz krimpt ineen. Hij herkent de man. Maar dat is Von Kaisenberg!

Marcel legt aan en schiet. ‘Merde,’ hoort Franz hem vloeken.

‘Alleen de vaandelstok geraakt!’

Von Kaisenberg smijt de kapotte stok neer, grijpt naar de vlag en zwaait die hoog boven zijn hoofd. ‘Wat doet… Wat doet hij daar?’ De vraag ontglipt Franz voor hij er erg in heeft.

De majoor rent verder als eerste van zijn bataljon. Even is de kruitdamp zó dicht dat Franz niets kan zien. Als de rook is opgetrokken ziet hij de majoor op de grond liggen.

Een andere officier pakt de vlag uit zijn hand. Franz richt zijn verrekijker op diens gezicht en verstijft. Het is onmiskenbaar zijn neef Fritz! Met opengesperde mond zwaait hij met de vlag met de halve stok en stormt op het kasteel af. Denk aan Skalitz! Uit de bewegingen van zijn mond kan hij opmaken wat zijn neef roept. Nauwelijks vijftig passen is hij van hem verwijderd. Keer op keer heeft Fritz alle Gerbans, behalve Mathilde, verveeld met het verhaal van hoe ze in 1866 bij deze slag in de Oostenrijks-Pruisische oorlog hun vaandel uit de hand van de vijand hadden gered. Franz kan er niet bij met zijn verstand: beseft zijn neef dan niet dat zijn troepen zonder artilleriesteun niet de geringste kans maken om het kasteel te veroveren?

Niet in staat zich te verroeren staart Frans naar het gruwelijke tafereel dat zich voor zijn ogen afspeelt. Aan weerszijden van zijn neef bijten mannen bloedend in het stof. Marcels woorden dringen maar langzaam tot hem door. 'Die neem ik te grazen!'

'Nee!' Zijn eigen gil galmt in zijn oren, maar voordat hij hem kan tegenhouden gaat het geweer van Marcel af. De tijd staat stil als Franz zijn neef eindeloos vertraagd met de banier in zijn handen ziet vallen.

Marcel klakt weer tevreden. Het geluid haalt Franz uit zijn verstomming.

'Schoft!' Franz laat de verrekijker vallen, stort zich op zijn buurman en grijpt naar het geweer van de totaal verbouwereerde man. Dan plant hij zijn vuist vol in zijn gezicht. Marcel struikelt en valt op zijn knieën. Het bloed druipt uit zijn neus. Met opengesperde ogen staart hij Franz aan.

Die balt opnieuw zijn vuist, maar wordt hardhandig weggetrokken. Franz gaat als een woesteling te keer, schopt om zich heen en probeert zelfs te bijten. Maar de twee Franse kameraden die uit het raam naast hen aan het schieten waren houden hem in een ijzeren greep.

'Wat is er mis met jou?' brult een van hen. 'Heb je de soldatenkolder soms in je kop?'

'Die... die vent daar...' Franz probeert tevergeefs zijn arm los te trekken om naar Marcel te wijzen. '... die vent heeft net mijn neef neergeschoten!'

'Je neef?' Marcel spuugt bloed uit en ook een stuk tand. 'Merde,' vloekt hij weer. 'Je hebt gezegd dat je een van ons was. Hoezo heb jij een neef bij de moffen?' Met zijn tong gaat hij langs zijn tanden. 'Vuile hond, je hebt zeker twee tanden kapotgeslagen.' Dreigend heft hij zijn vuisten.

'Genoeg, wat gebeurt hier?' De Franse sergeant bij wiens eenheid Marcel en Franz zijn ingedeeld heeft van de andere kant van het enorme vertrek het tumult opgemerkt en komt met snelle passen aangelopen. Achter hem ziet Franz nu voor het eerst de vergulde kroonluchters en de van ouderdom doffe spiegels aan de muur. Een balzaal. In betere tijden is dit een balzaal geweest. Hier hebben mensen gedanst en geflirt, beseft hij. Hij voelt weer die bijna onbedwingbare drang om hardop te lachen. Even heeft hij het gevoel dat hij zijn verstand aan het verliezen is.

De sergeant staat nu bij hen. 'Wat is hier aan de hand?'

Marcel drukt een doek tegen zijn bloedende neus. 'Die kerel daar is een mof!' Door het doek en zijn gehavende mond is hij niet duidelijk verstaanbaar. 'Vertelde me dat hij Fransman was, maar heeft een neef bij de vijand. Waarschijnlijk dus toch een spion.'

Met gefronste wenkbrauwen komt de sergeant nog een stap dichterbij. 'Verklaar je nader! Ben je Duitser of Fransman?'

Langzaam dringt de werkelijkheid weer tot Franz door. 'Ik ben een Frans staatsburger met een Duitse vader!' legt hij uit.

'Dat zeg ik toch!' Marcel spuugt weer. Zijn speeksel is nog altijd rood. 'Zo'n hálve mof! Vlees noch vis.'

'Wat doen we met hem?' vraagt een van de mannen die Franz nog altijd vasthouden.

De sergeant denkt kort na. 'Daarachter ligt nog een kamer. Sluit hem daar op. Na de overwinning zien we wel verder!'

12

Kasteel Geisberg

4 augustus 1870, rond vijf uur 's middags

Er klinkt luid gestommel voor de deur van de kleine kamer waar ze Franz tijdens het gevecht hebben opgesloten. Wellicht heeft de sergeant de sleutel meegenomen en verloren. Afgaande op de stevige bonken tegen de deur proberen ze de deur nu in te trappen. Het hout van de deurpost versplintert en niet veel later breekt de deur uit zijn hengsels. Uit voorzorg is Franz in een hoek van de kamer – ooit een linnenkamer, weet hij inmiddels – weggedoken.

Voor de tweede keer vandaag kijkt hij in de loop van twee geweren waarop bajonetten van ruim een voet lang vervaarlijk glimmen. Hij steekt zijn handen in de lucht.

'Wie ben je en wat doe je hier?' Het is een Pruisische onderofficier die hem toespreekt. Als Franz niet meteen antwoordt, roept zijn kameraad: 'Het is een Fransman, die spreekt geen Duits!'

'*Tu parles français?*' vervolgt hij.

'*Oui, je parle français*, maar Duits versta ik ook,' antwoordt Franz alert.

De onderofficier snuift. 'Verklaar u nader!' Blijkbaar heeft Franz al voldoende respect afgedwongen, aangezien de Pruis nu voor de beleefdheidsvorm kiest.

Met een wrang lachje wijst Franz op de wapens die nog steeds op hem zijn gericht. 'Alstublieft! Zelfs als ik het zou willen, kan ik niets doen. Ik ben niet gewapend, maar geloof me dat ik zielsblij ben dat u me hebt bevrijd.' Hij heeft een paar uur geleden nog op de Duitse troepen geschoten, maar spreekt nu toch onomwonden de waarheid.

In het donkere kamertje waar maar weinig licht binnenvalt door een schietgatachtig raampje heeft hij tijd genoeg gehad om na te denken over wat er zou kunnen gebeuren. In het begin was hij doodsbang dat hij tussen twee vuren stond. Wonnen de Fransen, dan was het niet ondenkbaar dat ze hem daadwerkelijk van spionage voor de Duitsers zouden beschuldigen en hem voor een krijgsraad zouden dagen. Daar maken ze vaak korte metten met de beschuldigde en aangezien hij midden in een gevecht een kameraad was aangevlogen bestond de kans dat ze hem standrechtelijk zouden executeren.

Wonnen de Duitsers, wat hij minuut na minuut waarschijnlijker achtte afgaande op het gebulder van zware artillerie, dan zou hij krijgsgevangen worden genomen. Of en hoelang hij dan zou kunnen verbergen dat hij niet tot een reguliere Franse eenheid behoort, is maar de vraag. En de Duitsers hebben meermaals duidelijk gedreigd elke Franse burger die zich mengt in de strijd zwaar te straffen. Dat was immers ook de reden dat Franz zich na de val van Wissembourg niet had overgegeven maar naar de Geisberg was gevlucht.

De inslagen van de Duitse kanonnen kwamen steeds dichterbij. Een daverende klap gevolgd door luid gebrul en haastige stappen deden Franz vermoeden dat er een granaat in de balzaal waar hij eerder had gevochten was ontploft. Er hing een onheilspellende brandgeur.

Toen zijn wanhopige geschreeuw en geschop tegen de deur uit angst in het kamertje te stikken of te verbranden niets opleverden, keek hij om zich heen in de hoop op een andere manier te kunnen ontsnappen. Hij rukte de deur van een ingebouwde kast open en ontdekte daar personeelsuniformen.

Slim verruilde hij zijn Franse uniform voor een kokstenue. Na wat zoeken vond hij ook de bijpassende hoge muts. Zijn uniform verstopte hij, samen met het jachtmes dat zijn vader hem voor zijn veertiende verjaardag had gegeven, onder in een mand voor vuile was.

Hij hoopte dat zijn gevoel hem niet bedroog en de Duitsers uiteindelijk het kasteel zouden innemen. Op van de zenuwen zag hij hoe de minutenwijzer van zijn zakhorloge bijna stil leek te staan. Gelukkig was de brandlucht minder sterk.

Maar nadat de beschietingen waren gestaakt duurde het nog meer dan een uur voordat het vurig verlangde, maar ook gevreesde moment van zijn bevrijding was aangebroken.

Franz ademt diep in. Nu is het zaak zijn rol overtuigend te spelen.

Aarzelend laten de Pruisische soldaten hun geweren zakken en gebaren ze Franz met een knikje naar buiten te komen. Hij volgt het bevel onmiddellijk op – met zijn handen voorzichtigheidshalve nog omhoog – en kijkt om zich heen.

De laatste fase van de strijd om het kasteel heeft duidelijk een gruwelijke tol van zijn Franse kameraden geëist. Overal liggen lijken, gruwelijk verminkt door granaatscherven. Huiverend en kokhalzend stapt Franz over het beenloze lichaam van de sergeant die hem in de kamer liet opsluiten. Marcel herkent hij alleen aan het medaillon van de heilige Christoffel dat hij als een talisman om zijn hals had gedragen. In de zee van bloed, botten en vet waarin de kogels het lichaam en hoofd van Marcel hebben veranderd, licht het zilveren hangertje op in het zonlicht. Dikke bromvliegen zwermen al rond de lijken.

Zijn begeleider voert hem naar een Pruisische luitenant die met een barokke tafel met vergulde poten en een simpele, versleten keukenstoel een provisoir bureau heeft ingericht om de Franse krijgsgevangenen te registreren.

Franz beseft onmiddellijk dat hij in uniform niet voorbij deze luitenant zou zijn gekomen. Hij kan alleen maar hopen dat men zijn verhaal gelooft.

'Deze kerel hebben we in een afgesloten kamer gevonden, heer luitenant,' legt de onderofficier uit nadat hij in de houding is gesprongen. 'Het lijkt ons een bediende. Spreekt Duits en Frans. Een Elzasser wellicht.'

'Dat klopt,' valt Franz hem in het Duits in de rede. 'Ik kom uit Altenstadt, ben Frans staatsburger, maar zoon van een Duitse moeder.' In het kamertje heeft hij beslist dicht bij de waarheid te blijven.

De luitenant kijkt hem koeltjes aan. 'En wat doet u hier op het kasteel? Voor zover ik weet heeft al het burgerpersoneel het landgoed verlaten toen de Fransen zich hier kwamen verschansen.'

Dat weet Franz en hij heeft zijn antwoord al klaar. In het kamertje heeft hij genoeg tijd gehad om hierover na te denken.

Hij zucht diep. 'Ik had me ook graag bij de rest van het personeel aangesloten en wilde gewoon mijn spullen nog uit de kleedkamer halen waar uw mannen mij hebben gevonden. Maar toen begon het buiten te knallen, en ik...' Theatraal slaat hij zijn ogen ten hemel en maakt zijn zin niet af.

'Wel?' snauwt de luitenant.

Franz kijkt beschaamd naar de grond. 'Toen durfde ik niet meer naar buiten en heb ik mezelf opgesloten. In de donkere kamer ben ik de sleutel verloren. Ik was bang voor de schoten,' geeft hij voorzichtig toe. 'Als ik knallen hoor word ik misselijk en wordt alles zwart voor mijn ogen. Dat is ook de reden waarom het leger... het Franse leger, bedoel ik, me voor dienst heeft afgekeurd.'

Achter zich hoort Franz iemand voorzichtig lachen. Ook de luitenant grijnst minachtend, maar blijft formeel. 'En u werkte hier als kok?'

Franz knikt gretig. 'Ja, koken is mijn passie. Als de boel hier niet zo beschadigd was zou ik u vanavond mijn patrijs serveren. Dat is mijn specialiteit. Patrijs met truffels en pastinaak en een saus van echte bourgogne...'

'Zwijg, man! Genoeg geleuterd!' De luitenant rolt met zijn ogen.

Naar de onderofficier die nog steeds achter Franz staat, snauwt hij: 'Er valt hier niets te lachen! En ga in de houding staan als ik tegen je spreek!'

Met strenge blik wendt hij zich weer tot Franz. 'Naam?'

'Jacques Merlin, uhm, ik bedoel natuurlijk Jakob Merlin. Ik woon in de hoofdstraat van Altenstadt, naast de Sint-Ulrichkerk.'

De luitenant zwaait ongeduldig met zijn hand, maar schrijft uiteindelijk niets in het registratieboek.

'Zorg dan maar dat u snel thuiskomt. Er is daar vanochtend zwaar gevochten en een paar huizen zijn daarbij verwoest.'

Franz slaakt een kreet. 'O, God! O, hemel! Zijn er gewonden en ook doden gevallen? Is de strijd dan eindelijk afgelopen?' Alles zette hij nu in op één kaart. Met een angstige blik om zich heen vervolgt hij: 'Eh, kan ik niet beter hier blijven...' Maar zoals gehoopt is het geduld van de luitenant op. 'Scheer je weg, kerel, voordat ik je...' brult hij zonder zijn zin af te maken.

Dat laat Franz zich geen tweede keer zeggen. Hij zet het meteen op een lopen naar de koetspoort.

Huize Gerban bij Altenstadt

4 augustus 1870, rond zeven uur 's avonds

Stijf van vermoeidheid heeft Irene de emmer gevuld bij de pomp in de tuin en nu sleept ze het zware geval het brede bordes op. Elke spier in haar lichaam doet pijn. Sinds ze even onwel was geworden zijn er alweer uren verstreken en is ze onafgebroken op de been geweest.

Na een paar treden blijft ze staan, haalt de houten beker uit haar schort, vult die met water en zet die aan de gebarsten lippen van een Duitse soldaat. De man is een paar minuten geleden aangekomen met verwondingen aan beide armen. Omdat het huis intussen tot aan de nok vol ligt met gewonden van beide nationaliteiten, heeft de legerarts bevolen de nieuwkomers die nog kunnen zitten op de trap neer te zetten.

'Alstublieft,' kreunt de man. 'Alstublieft, wanneer word ik geholpen? Ik heb uren moeten wachten voordat iemand me vond. De pijn is bijna niet meer te harden.'

'Ik geeft het door aan de dokter,' belooft Irene nu al voor de zoveelste keer op deze gruwelijke dag. 'Ze komen naar u toe zodra het kan.'

'Alstublieft!' smeekt de man opnieuw; kermend trekt hij aan haar rok. 'Als het koudvuur inzet kan ik beide armen verliezen. Zeker mijn rechterarm; mijn elleboog is volledig verbrijzeld. Ik ben pianoleraar. Hoe moet ik straks mijn brood verdienen?'

Voordat Irene kan antwoorden, roepen ze haar al: 'Zuster, zuster! Wij hebben ook dorst!'

'Ik geef het door,' mompelt Irene, al weet ze dat er toch niemand zal komen. Binnen liggen de zwaargewonden met hoofdletsel en buikwonden, verminkte ledematen en kapotgeschoten gezichten. Artsen, hospikken, verpleegsters en de bedienden van de familie Gerban doen wat ze kunnen, maar het lijkt allemaal een druppel op een gloeiende plaat.

Werktuigelijk zet Irene de emmer op de volgende brede trede om de gewonden daar water te geven. Ze kijkt al niet meer op als ze het grind hoort knerpen onder karrenwielen op de esplanade voor het bordes. De volgende lading! zegt ze in gedachten. Waar moeten we de mannen in hemelsnaam laten?

Ze kijkt pas op als iemand zich tussen de gewonden op het bordes door haastig een weg baant. Hij heeft kennelijk zo'n haast dat hij te oordelen naar een kreet van pijn op een hand of voet van een arme stumper gaat staan.

Ze trotseert haar vermoeidheid en draait zich om. Wat is dat voor woest heerschap? vraagt ze zich af. Haar blik valt op het verwrongen gezicht van Gregor Gerban.

'Ottilie, Wilhelm, Pauline!' roept hij meermaals al rennend. 'Waar zijn jullie?'

Wilhelm Gerbans massieve gestalte verschijnt tussen de openstaande deuren. 'Wat is er aan de hand? Heb je iets gehoord? Weet je iets van Fritz of Franz? Leven ze nog?'

Gregor Gerban schudt het hoofd. Hij is blootshoofds, blijkbaar is hij ergens de hoge hoed verloren die hij ophad toen hij twee uur geleden vertrok op zoek naar inlichtingen over zijn zoon en zijn neef. Zelfs van achteren herkent Irene de wanhoop van het ontkennend hoofdgebaar.

Als in trance laat ze de emmer staan en sluipt de trap op. In de hal staan Pauline en Ottilie, die vanmiddag van Schweighofen naar Altenstadt is gekomen, bij hun echtgenoten met van angst opengesperde ogen. Wilhelm Gerban voert hen naar een hoek van de hal, waar twee staljongens onder toezicht van eerste huisknecht Niemann net plaats maken door een dode weg te dragen.

'Vertel, wat ben je te weten gekomen?' Wilhelm Gerban probeert zijn stem kordaat te laten klinken, maar Irene hoort hoe die trilt.

'Van Franz weet ik helemaal niets. Niemand weet waar hij gebleven is.' Pauline slaat de handen voor haar gezicht en kreunt zachtjes. Ook Irene staat als verstijfd.

'En Fritz?' Ottilie trekt Gregor aan de arm. 'Hoe is het met Fritz?'

Gregor Gerban slaakt een droge snik. 'Fritz heeft met de koninklijke grenadiers op de Geisberg gevochten. Dat staat vast. Naar verluidt heeft het zevende regiment bijna al zijn officieren verloren. Ook Von Kaisenberg is aan zware verwondingen overleden.'

'Nee!' Iedereen draait zich om naar Mathilde die ongemerkt dichtbij is gekomen en nu jammerlijk begint te huilen.

'Hoe weet je dat?' Als enige blijft Wilhelm Gerban kalm.

'Mij is verteld dat de kroonprins persoonlijk de majoor aan zijn sterfbed heeft bezocht. Zijn laatste woorden gingen over de bataljonsvlag. Toen hij hoorde dat die gered was, is de majoor met een lach om zijn lippen overleden.'

'Wie heeft je dat verteld?'

Gregor Gerban reageert wrevelig. 'Een of andere officier die me niet door wilde laten op de Geisberg. Geen Pruis, maar een Hes. Ze laten niemand toe tot het slagveld. Er zijn te veel van onze manschappen gesneuveld of zwaar gewond. Ze willen niet hebben dat burgers daar op eigen houtje naar hun geliefden komen zoeken.'

'Maar als ze de majoor in veiligheid hebben gebracht, waarom dan ook Fritz niet als die ook gewond is geraakt?' De tranen biggelen over Ottilies wangen.

Gregor Gerban steekt wanhopig zijn armen omhoog. 'Misschien hebben ze Fritz meegenomen! Misschien is hij niet eens gewond. Jullie kunnen je niet voorstellen wat voor chaos er heerst op de Geisberg!'

Buiten rommelt in de verte de donder. Al een uur pakken zich donkere wolken samen aan de avondhemel.

'God, nu gaat het nog onweren ook. Die arme, arme mensen! Straks liggen ze onbeschut in de regen.' Ook Pauline Gerban begint te huilen.

Op dat moment stapt een man de hal binnen. Irene kan hem niet zien en denkt in eerste instantie dat het een hospik is omdat hij een witte, met bloed besmeurde jas draagt, maar dan begint er iets te kriebelen. Ze draait zich om. Op hetzelfde moment stort Pauline zich met een kreet van vreugde en tegelijk snikkend in de armen van de nieuwkomer.

'Franz! Franz! Mijn lieve zoon! Je leeft, je leeft!' De woorden van Pauline zijn nauwelijks verstaanbaar omdat ze het gezicht van haar zoon met kussen bedekt.

Ook Irene kan zich niet inhouden. Ze stapt over de gewonden in de hal en omarmt Franz en Pauline tegelijk. Het uitbundige geluk doet haar hart bijna barsten. In een schier eindeloze omhelzing die in werkelijkheid maar een fractie van een minuut duurt, houden de drie elkaar in pure gelukzaligheid vast.

Dan haalt de wrede realiteit hen in. 'Waarom ben je zo raar gekleed?'

'Waar heb je de hele dag gezeten?'

'Heb je op de Geisberg gevochten?'

De rest van de familie roept door elkaar heen.

Voorzichtig maakt Franz zich los uit de omhelzing van zijn moeder en geliefde; de gelukkige uitdrukking op zijn gezicht maakt plaats voor somberheid en voorspelt niet veel goeds.

Ottilie reageert als eerst. 'Weet je iets van Fritz? Waar is mijn zoon? Is hij gewond?' roept ze bijna hysterisch.

Als Franz niet meteen antwoordt, pakt ze hem stevig bij de bovenarmen vast. Later zal Franz de sporen ontdekken die haar nagels ondanks het linnen van zijn kiel op zijn huid hebben achtergelaten.

'Waar is Fritz?' klinkt het schril. 'Waar is mijn zoon?' Onvermoed krachtig schudt ze Franz door elkaar.

Hij grijpt met beide handen haar onderarmen en duwt haar wat van zich af.

Vervolgens recht hij zijn rug en ademt diep in. 'Het spijt me verschrikkelijk dat ik moet vertellen dat Fritz bij kasteel Geisberg is gevallen.'

Even is het doodstil, maar dan begint Ottilie weer te schreeuwen. 'Hoe kun jij dat nu weten?' Ze stort zich weer op hem.

Opnieuw pakt Franz haar bij de armen en houdt haar op een afstand. 'Ik heb het zelf gezien, tante Ottilie.'

Huize Gerban bij Altenstadt

De avond van 4 augustus 1870, een halfuur later

'Hoe gaat het met Ottilie?'

Franz bewondert zijn moeder, die ondanks alle consternatie de beleefdheidsregels nog in acht neemt en naar haar onbeminde schoonzus informeert.

Gregor Gerban zucht diep. 'Het heeft de nodige moeite gekost om de legerarts ervan te overtuigen haar een degelijke dosis laudanum te geven om haar te kalmeren. Ze hebben alle verdovende middelen nodig voor de operaties. Pas nadat ik hem had gewezen op de gastvrijheid die we hem en de talloze gewonden in dit huis verlenen is me dat gelukt.'

Bij het woord laudanum kijkt Franz zijn moeder ongewild even onderzoekend aan. Haar pupillen zijn normaal.

Alsof ze weet wat er in het hoofd van haar zoon omgaat, zegt Pauline: 'Ik heb de artsen mijn hele voorraad laudanum gegeven en had dus niets meer over voor Ottilie. Waar is ze nu?'

Behalve de salon in de vroegere woonvertrekken van Ottilie, waar de familie zich nu heeft teruggetrokken, liggen alle kamers, ook de vertrekken van de bedienden, vol gewonden. In het hele huis horen ze de mannen kreunen en roepen.

'Ik heb haar in ons rijtuig gelegd.'

Franz knikt, zijn gedachten zijn elders. Het hysterische gegil van zijn tante galmt nog na in zijn oren. Bovendien kan hij de beelden van die dag, vooral die van op de terugweg, niet uit zijn hoofd zetten. Nu oom Gregor, die de hele tijd met Ottilie bezig is geweest, zich weer bij hen heeft gevoegd beseft Franz dat hij zijn familie het hele verhaal zal moeten vertellen.

Werktuigelijk tast hij naar de hand van Irene en die van zijn moeder, die rechts en links van hem op de chaise longue zitten. Irene is de familie als vanzelfsprekend naar deze vleugel van het huis gevolgd. Franz negeert de donkere blik van zijn vader. Voorlopig zijn alle sociale conventies opgeschort.

'En dus?' vraagt Wilhelm Gerban kort en bondig.

Franz begint te praten. Hij vertelt over de verdediging en verovering van Wissembourg, hoe hij de stad is ontvlucht, over de Geisberg en uiteindelijk over de slag om het kasteel. Alleen over zijn vermomming als kok blijft hij wat op de vlakte. Hij houdt het erop dat hij geen Duitse krijgsgevangene wilde worden.

'Mijn Fritz is gevallen nadat hij de bataljonsvlag van de dodelijk getroffen majoor had overgenomen en zo de koninklijke grenadiers heeft aangevoerd? En jij hebt hem dat zien doen?'

Ondanks de tranen die in de ogen van Gregor Gerban opwellen, hoort Franz de trots in zijn stem.

'Dat klopt, oom,' zegt hij vermoeid. 'Het was je zuiverste zelfmoord om in deze fase van het gevecht zonder dekking op het kasteel af te stormen. Zelfs die paar Pruisen die de muur hebben bereikt, moesten zich in nissen verbergen en konden pas naar binnen nadat Duitse artillerie de muren kapot had gebeukt.'

Gregor Gerban lijkt niet naar hem te luisteren. 'Mijn zoon is dus als een ware held op het veld van eer gevallen.'

Het beeld van de dicht opeen liggende, bloederige lijken duikt weer op voor Franz. In gedachten gaat hij weer tekeer: veld van eer? Onzin! Een vertrapt terrein vol Duitse kadavers, ja! Zinloos afgeslacht vanwege hun grootheidswaanzin.

Die bittere, sarcastische opmerking ligt op het puntje van zijn tong, maar een kneepje van zijn moeder houdt hem tegen. Behoedzaam vraagt ze: 'En jij hebt bij je terugkeer gezien dat Fritz werkelijk dood is?'

Franz knikt. 'Ik wist waar ik hem moest zoeken toen ik het kasteel heb verlaten. Een buikschot heeft hem geveld. Gelukkig heeft hij niet lang geleden.' De uitdrukking van verbazing op het gezicht van zijn neef kan hij maar niet uit zijn hoofd zetten.

'En wie heeft hem neergeschoten?' Gregor Gerban keert van zijn verrukking over de heldendood van zijn zoon terug naar de grauwe werkelijkheid.

Het ontgaat Irene niet dat er even iets van onzekerheid over het gezicht van Franz glijdt. Maar hij is zichzelf snel weer meester.

'Ik weet het niet, oom. Het schot kwam van ergens in het kasteel.'

Gregor Gerban kijkt zijn neef strak aan.

Pauline doet het enige wat ze kan doen om het ongemakkelijke moment te overbruggen. 'Kun jij je oom naar het lichaam van Fritz brengen, Franz? Dan kunnen wij hem hier op onze begraafplaats waardig begraven.'

Franz knikt. 'Als de Duitsers ons morgen doorlaten, zal ik dat doen.' Hij kijkt even naar buiten. De regen komt inmiddels met bakken uit de lucht. 'Vandaag zullen ze de doden niet meer bergen. Hopelijk kunnen ze wel de gewonden helpen. Er liggen er nog veel tussen de Geisberg en Wissembourg.'

Irene voelt zijn pijn en knijpt in zijn hand. 'Duurde het daarom zo lang voordat je hier was?' vraagt ze zacht.

Franz krijgt een brok in de keel en onderdrukt een snik. 'Een deel van die stakkers wacht al sinds vanochtend in de brandende hitte op verzorging. Er zijn geen wagens om de gewonden te vervoeren. De

Fransen hebben er blijkbaar helemaal geen en de Duitsers slechts een paar. Ik ben met hun veldflessen op en neer naar de Lauter gelopen om ze ten minste iets te drinken te kunnen geven. Sommigen hadden verband in hun ransel en daar heb ik een paar man provisorisch mee verbonden.'

Hij forceert een lachje. 'Gelukkig heeft niemand me tegengehouden om hen te helpen. Nadat ik mijn koksmuts had weggegooid hield iedereen me in deze belachelijke uitmonstering voor een hospik.'

13

Slagveld op de Geisberg

5 augustus 1870

Met een strakke blik in de ogen wenkt Franz zijn oom en de twee knechten die een eenvoudige brancard van zeildoek dragen hem te volgen.

Naarmate ze de holle weg naar het kasteel naderen wordt de stank van de dood almaar sterker. In de drukkende hitte van augustus beginnen de stapels lijken al te ontbinden. Op de laatste tweehonderd passen van de weg naar het kasteel en op het vlakke terrein ervoor liggen tal van doden uit de gelederen van de koninklijke grenadiers.

Achter zich hoort Franz een van de staljongens braken. Hij draait zich niet om maar blijft star voor zich uitkijken en loopt door.

'Deze weg nog en dan is het voorbij. Deze weg nog en dan is het voorbij.' De zin die hij binnensmonds blijft mompelen lijkt wel een mantra.

Geestelijk is hij uitgeput. Alle pijn, alle angst en alle gruwel heeft hij vannacht uitgehuild en uitgeschreeuwd. In de stromende regen waren Irene en hij het door de oorlog verziekte landhuis ontvlucht. Weg van de stank van bloed, ether en uitwerpselen hadden ze gretig de frisse lucht ingeademd en waren ze door de velden naar Schweighofen gelopen tot ze bij de rand van het dorp een bosje vonden dat wat beschutting bood tegen het onweer.

Onder de blote hemel hadden ze daar de liefde bedreven in de modder en de nattigheid, elkaar vastklampend als drenkelingen.

Daarna was hij volledig ingestort. Hij had geraasd, gesnikt en gehuild als een kind terwijl Irene hem telkens weer zacht in haar armen wiegde. Tot hij geen tranen meer had en alles wat hij tot dan toe met veel moeite had onderdrukt, eruit had gegooid.

De vruchteloze poging het leven van de jonge Céline te redden. De eerste man die hij eigenhandig had gedood. De druk om op weerloze soldaten te schieten die met doodsverachting de muren van Wissembourg en later kasteel Geisberg hadden bestormd. De ontzetting over de dood van zijn neef, voor zijn ogen neergeschoten door Marcel, de Franse kameraad bij wie hij zich kort tevoren nog goed en veilig had gevoeld. De angst te stikken in de linnenkamer of door vriend of vijand als spion en verrader te worden terechtgesteld. De gruwelijk verminkte lijken op de terugweg naar Altenstadt. De zwaargewonden die om hulp smeekten, hulp die hij niet kon bieden. De hele waanzin van de oorlog die als de apocalyps op onschuldigen zoals hij was neergedaald.

Had Franz op dat moment geweten dat dit eerste krijgsgewoel later niet als een 'veldslag' de geschiedenisboeken zou ingaan, maar als een eenvoudig treffen bij Wissembourg omdat er slechts duizenden in plaats van tienduizenden doden en gewonden waren gevallen, zou hij nooit tot bedaren zijn gekomen.

Nu had Irene hem onvermoeibaar getroost, kalmerende woorden in zijn oor gefluisterd en hem geliefkoosd totdat hij in het bleke licht van de naderende ochtend zag dat ook zij aan het einde van haar krachten was. Haar lijkbleke gezicht met de scherper geworden gelaatstrekken en de donkere schaduwen onder haar ogen maakten hem bang en brachten hem weer tot bezinning. Hij had haar niet naar de overvolle villa in Altenstadt maar naar het huis van zijn oom in Schweighofen gebracht, waar uiteindelijk ook de rest van de familie de nacht had doorgebracht omdat er in hun eigen bedden zwaargewonden lagen.

Nadat hij Irene aan de zorg van zijn moeder had overgedragen en een volle pot sterke koffie had gedronken waren ze rond acht uur naar de Geisberg vertrokken. Met de koets waren ze tot aan het hopveld gereden waar de eerste fase van de wrede slag zich had afgespeeld.

Vandaag houdt niemand hen tegen. Sinds het ochtendgloren is het ruimen in volle gang en op een paar uitzonderingen na zijn alle gewonden afgevoerd. De verklaring van Gregor Gerban dat hij zijn zoon, officier bij de koninklijke grenadiers, van het slagveld wil halen, werkt beter dan het vrijgeleide dat hij uit voorzorg bij de adjudant van de Duitse opperbevelhebber Von Kirchbach in Wissembourg had geregeld.

Dichter bij het kasteel worden de beelden almaar gruwelijker. Alleen de mantra die Franz voor zich uit blijft mompelen helpt hem vooruit om uiteindelijk zijn neef te kunnen bergen. 'Deze weg nog en dan is het voorbij.'

De stank is niet te harden. Franz blijft staan en wikkelt zijn halsdoek om zijn neus en mond. Hij blikt even achterom en ziet dat de oudere stalknecht zijn voorbeeld heeft gevolgd. Tot zijn verbazing houdt de man zijn jongere collega een potje voor.

'Hier, smeer dit onder je neus.' Uit het potje wasemt een sterke pepermuntlucht.

'Wat is dat?' Zodra de jonge stalknecht zich heeft bediend, steekt Franz zijn hand ernaar uit en ruikt aan het potje. Het goedje is zo sterk dat de tranen in zijn ogen springen en hij bijna moet niezen.

'Het is een zalf voor de paarden, jongeheer, met akkermunt en andere geneeskrachtige kruiden. Dat gebruiken we als een paard iets verstuikt of zich heeft gestoten.'

Franz fronst het voorhoofd. Gregor Gerban snuift ongeduldig. 'Kom, doorlopen!'

'We hebben dit spul ook gebruikt toen we in Solferino de slachtoffers borgen, jongeheer,' verklaart de man haastig.

'Was u in Solferino?' vraagt Franz verbaasd.

De man moet de veertig al zijn gepasseerd. Hij knikt. 'Ja, jongeheer. Ik was toen nog paardenknecht in het Franse leger.'

Hij kijkt om zich heen. 'En geloof me, jongeheer. Daar was het veel erger dan hier.'

Erger dan hier? Franz kent de Slag bij Solferino vooral uit de geschiedenislessen op het lyceum van Straatsburg, ook al had de beslissende slag in de Tweede Italiaanse Onafhankelijkheidsoorlog waarbij de Oostenrijkers het aflegden tegen de Frans-Sardijnse alliantie nog maar in 1859, nauwelijks tien jaar geleden, plaatsgevonden.

Zijn de mensen eigenlijk helemaal gek geworden? Nou, mij kan het niet meer schelen, denkt Franz. Dan mompelt hij weer onverstaanbaar: 'Alleen deze weg nog en dan is het voorbij.'

Hij trekt zijn halsdoek naar beneden en smeert wat van de zalf onder zijn neus. Het brandt op zijn huid, maar maskeert wel degelijk de lijklucht.

'Hier oom, neem ook wat.'

Als hij ziet dat Gregor het wil afslaan, voegt hij eraan toe: 'Echt oom, het wordt er niet beter op. Niemand is erbij gebaat als je onderuitgaat.'

Bij Gregor Gerban staan de zweetdruppels op zijn rood aangelopen gezicht. Met tegenzin smeert hij toch wat zalf onder zijn neus waarna ook hij zijn halsdoek voorbindt.

De vier vervolgen hun weg. Franz richt zijn blik weer op oneindig. Werktuigelijk stapt hij over de lijken en wil niet weten aan welke verwondingen de soldaten zijn omgekomen. En hij wil al helemaal niet de gezichten zien van mannen die gisteren nog leefden en tevergeefs op hulp moeten hebben gewacht. Veel lijken dragen geïmproviseerde verbanden, ziet hij, en velen liggen onder de bomen naast de weg alsof ze zich daarheen hebben gesleept om beschutting te zoeken.

Uiteindelijk bereiken ze de plek waar Fritz en zijn kameraden de verhoogde berm zijn opgeklommen om het kasteel te bestormen. Er is geen doorkomen aan.

'Hier liggen wel zes, zeven, acht doden op elkaar,' hoort hij de oudere stalknecht mompelen. 'Moeten we ze opzijleggen?'

Franz schudt het hoofd zonder ernaar te kijken. 'Nee, als we daar verderop naar boven klauteren bereiken we het slagveld ook.'

Al met al duurt het nog een halfuur voor ze eindelijk bij het lichaam van Fritz staan. Franz hoort zijn oom snikken. Met de handen voor zijn gezicht geslagen zakt hij op zijn knieën naast het lijk.

Franz klemt zijn tanden op elkaar en bukt zich om samen met de stalknechten Fritz op de draagbaar te leggen. De uitdrukking van verbazing ligt nog steeds op het gezicht van zijn neef. Gelukkig heeft hij gisteren zijn ogen al gesloten. Met de rigor mortis was dat vandaag vast niet meer gelukt, bedenkt hij.

'Je ruikt de buikwond.' Plotseling hoort hij in gedachten de stem van Marcel zo helder alsof ze weer naast elkaar voor het lijk van generaal Abel Douay staan. Zelfs de zalf kan de walgelijke geur niet maskeren en ook de stalknechten trekken hun neus op.

'Het lichaam is gelukkig nog niet zo sterk ontbonden dat het uit elkaar valt,' hoort Franz de oudere drager mompelen. 'Dat was de regel in Solferino,' zegt de man verontschuldigend als Franz hem vermanend aankijkt.

Eindelijk ligt het verstarde dode lichaam van Fritz op de brancard. De knechten pakken de baar vooraan en achteraan vast en vatten de terugweg aan.

Franz pakt zijn nog steeds snikkende oom voorzichtig bij de schouder. Met meer medeleven voor de oudere man dan hij gezien hun vele conflicten ooit voor mogelijk had gehouden, zegt hij zacht: 'Kom, oom Gregor. We brengen Fritz naar huis.'

Altenstadt, Sint-Ulrichkerk en begraafplaats

7 augustus 1870, eind van de ochtend

De laatste klanken van het orgel sterven weg. Op het teken van de priester tillen zes koninklijke grenadiers de kist met daarop de regimentsvlag en een groot boeket rode en gele rozen op hun schouders.

Achter een misdienaar die met een wierookvat zwaait, de priester en de dragers met de kist, vormt zich de rouwstoet. De stilte wordt alleen doorbroken door het snikken van de vrouwen, met name van Ottilie.

Onbewust drukt Franz zich nog wat dichter tegen de muur in de donkere nis linksachter in de kerk waar hij de dienst heeft gevolgd. Er valt hem niets te verwijten, maar toch zei zijn gevoel dat hij de kerkbanken van de familie Gerban beter kon mijden.

Als de familie, vrienden en buren uit Schweighofen en Altenstadt en ook Fritz' regimentskameraden de kerk hebben verlaten volgen de bedienden de stoet naar het kerkhof. Nu de kerk bijna leeg is, blijft Franz niet langer onopgemerkt. De eerste huisknecht Niemann kijkt hem vijandig aan en geeft slechts een ingehouden knikje ter begroeting. Riemer, de koetsier die de huisknecht op de voet volgt, groet hem daarentegen met een droevige blik. Van mevrouw Burger krijgt hij zowaar een heimelijke glimlach terwijl het dienstmeisje Gerda strak naar de vloer kijkt en hem probeert te negeren.

Gearmd en helemaal achteraan lopen Irene en Minna, het voormalige dienstmeisje en zoals Franz weet vriendin van Irene. Het valt Franz weer op hoe bleek en mager Irene de laatste dagen is geworden. Minna lijkt haar bijna te moeten ondersteunen.

Toch licht het gezicht van Irene op als ze hem passeert. Ze schenkt hem een stralende glimlach terwijl Minna een beleefd knikje geeft en hem met een vreemde blik aankijkt waarin Franz begrip, maar ook bezorgdheid leest.

God verhoede dat Irene ziek wordt, bidt hij in gedachten. De laatste dagen en nachten heeft ze bijna aan één stuk door gewerkt.

Gisteren pas zijn de Duitse en Franse gewonden die al konden worden vervoerd van het landgoed vertrokken. Duitse geniesoldaten hadden het station van Wissembourg dat zwaar beschadigd was geraakt bij de gevechten van 4 augustus provisoir hersteld en hospitaaltreinen hebben de Duitse gewonden naar Landau en andere steden in de Beierse Palts vervoerd.

De Fransen zijn overgebracht naar openbare gebouwen in Altenstadt en Wissembourg, waar scholen, administratieve gebouwen, gemeenschapshuizen en zelfs kerken dienstdoen als noodhospitalen. Slechts een twintigtal zwaargewonden was op het landgoed achtergebleven en van hen heeft de helft de ochtend niet gehaald. Dat heeft Franz vanmorgen gehoord van Irene bij de stallen, waar ze hadden afgesproken. Franz, de rest van de familie en ook de bedienden hebben weliswaar hun slaapvertrekken weer kunnen betrekken, maar met de terugkeer naar de normaliteit – voor zover je in een nog woedende oorlog van 'normaliteit' kunt spreken – is het voor Franz als zoon deze huizes natuurlijk onmogelijk om met een eenvoudig dienstmeisje te worden gezien.

Hij wacht tot de rouwstoet een tiental passen voorbij de kerkdeur is, zet zijn hoed op en verlaat dan zelf behoedzaam de kerk. Het is hoofdzakelijk aan zijn ouders te danken dat de begrafenis vandaag kan plaatsvinden; zijn oom en zijn tante zijn zelf nog te veel aangegrepen door de dood van Fritz. Wilhelm Gerban heeft zijn connecties ingeschakeld en voor een aanzienlijke som geld een kist weten te bemachtigen, een zeldzaam iets na zo'n gewelddadige strijd. Op haar beurt heeft Pauline de pastoor van de Sint-Ulrich overgehaald om voor te gaan in de uitvaartmis op deze zondag. Ook dat is een toegeving aan de oorlog: normaliter vinden er geen uitvaarten plaats op de dag des Heren. Daarnaast heeft ze ook haar geliefde rozentuin geplunderd voor bloemen en een rouwplechtigheid op het landgoed georganiseerd.

Verrassend genoeg hebben oom en tante geen bezwaar gemaakt tegen de bijzetting van hun zoon op het kerkhof van de Sint-Ulrich, hoewel dat officieel nog op Frans grondgebied ligt. Het is immers al een publiek geheim dat de Duitsers de Elzas zullen annexeren als ze aan de winnende hand blijven.

En die kans lijkt groot. In Wissembourg en omstreken hebben vluchtelingen uit de getroffen gebieden gisteren al het bericht verspreid dat de Duitsers ook zo'n twintig mijl verderop, bij Froeschweiler-Woerth aan de Sauer, een veldslag hebben gewonnen. Volgens de eerste geruchten zijn daarbij aan beide zijden nog veel meer slachtoffers gevallen. En vanochtend kwam het nieuws van een derde Duitse zege in Spichern bij Saarbrücken.

Even vraagt Franz zich af of hij met zijn deelname aan de mis zijn plicht tegenover zijn gesneuvelde neef niet voldoende heeft vervuld, maar die gedachte laat hij snel weer varen. Fritz en ik zijn geen lafaards, denkt hij. Dat we in de strijd tegenover elkaar stonden, is juist het tragische van deze zinloze oorlog.

Franz huivert ondanks de moordende hitte die hem na de koelte in de kerk tegemoet slaat. Zal hij de beelden van de slagvelden voor de muren van Wissembourg en op de Geisberg ooit kunnen vergeten? Hij denkt het niet.

Voor hemzelf is het gelukkig afgelopen, beseft hij. Voor het eerst is hij echt erkentelijk voor het feit dat zijn vader zijn Franse dienstplicht heeft afgekocht, ook al heeft hij sinds zijn terugkeer naar Altenstadt nog geen normaal woord met hem gewisseld.

De rouwstoet bereikt het open graf. De enige overlevende trompettist uit Fritz' bataljon speelt een treurige melodie en de rouwenden zingen een psalm. De gebeden van de pastoor kan Franz op zijn plek achter een treurwilg nauwelijks verstaan, de bombastische grafrede van een Pruisische officier over 'heldendood' en 'veld van eeuwige eer' hoort hij des te beter. De man behoort niet tot Fritz' eenheid, die bij de slag bijna al zijn officieren heeft verloren.

Eindelijk wordt de kist neergelaten. Gregor en Ottilie Gerban lopen als eersten naar het graf. Zijn vader Wilhelm kan nog net naar voren springen en Ottilie tegenhouden die op haar knieën is gezakt en voorover in de kuil dreigde te vallen. Het hart van Franz krimpt van medelijden pijnlijk in elkaar. Hij heeft zijn neef nooit gemogen, maar zo'n einde wens je niemand toe.

Mismoedig schudt hij zijn hoofd. Nee, niemand verdient zo'n zinloze dood, of hij nu zo oud is zoals generaal Abel Douay of in de bloei van zijn leven zoals Fritz.

Gregor en Wilhelm Gerban moeten de bijna bewusteloze Ottilie haast wegtrekken bij het graf. Een voor een lopen de overige rouwenden naar het graf. Franz ziet hoe zijn moeder met haar zwarte handschoenen eerst een handjevol aarde op de kist gooit, een kruisteken maakt met het kleine wierookvat en uiteindelijk nog een bosje witte rozen in het graf laat vallen. Mathilde en ook Fritz' overlevende kameraden volgen haar voorbeeld, maar in plaats van bloemen leggen zij een paar met een gouden lint bijeengebonden takjes laurier op de kist. Uiteindelijk gooien ook de bedienden, aangevoerd door Niemann, hun boeketjes met geurige zomerbloemen in het graf. De opvallende kleuren doorboren zijn ziel.

Fritz zal nooit een zomer in al zijn pracht meemaken.

Irene is een van de laatsten. Het boeketje strobloemen en margrieten heeft ze vanochtend zelf geplukt. Ook voor Franz had ze een boeketje gemaakt en hem dat kort voor de dienst heimelijk in de hand gedrukt.

Franz recht zijn rug en treedt uit de schaduw van de afhangende twijgen van de grote treurwilg waar hij had gestaan. Snel loopt hij naar het graf. Hij staat er bijna voor als een schrille, onmenselijke gil de stilte doorbreekt.

Als een furie stort de net nog bijna bewusteloze Ottilie zich op hem, haar vingers in de zwarte kanten handschoenen als klauwen gekromd. Gregor en Wilhelm Gerban kunnen haar maar ternauwernood tegenhouden.

'Hoe durf je?' Ook oom Gregor kijkt hem met een moordende blik aan. 'Hoe durf je ons te bespotten in ons verdriet, jij vaderlandsloze rotzak?'

Hij duwt Ottilie in de armen van Wilhelm en heft dreigend zijn vuisten. 'Scheer je weg, anders sla ik je op je trouweloze smoel!'

De rouwenden slaan het tafereel verbijsterd gade. Op het gezicht van de pastoor en ook op dat van de soldaten staan verwarring en vertwijfeling te lezen. Mathilde en de vrouwelijke bedienden slaan de handen voor hun mond.

Pauline Gerban lijkt de situatie als eerste meester en stapt op haar zwager af. 'Gregor, Ottilie, we delen allemaal jullie verdriet om jullie enige zoon. Vergeet echter niet dat Franz jullie naar zijn lichaam heeft gebracht. Dankzij hem ligt Fritz nu niet in een naamloos graf zoals veel van zijn strijdmakkers.'

Razend draait Ottilie zich naar haar om. Ze trekt haar arm los en wijst naar Pauline. 'Jij hebt mooi praten, Frans loeder,' roept ze hysterisch. 'Dat varken van een zoon van jou heeft het zonder ook maar één schrammetje overleefd. Het zou me niet verbazen als hij zelf de trekker heeft overgehaald en de dood van Fritz op zijn geweten heeft.'

Ze draait haar hoofd en probeert Franz in het gezicht te spugen. Haar speeksel raakt hem niet, maar belandt voor zijn voeten op de grond.

Hulpeloos wendt Pauline zich tot haar man, die Ottilie nog steeds vasthoudt. 'Zeg dan toch iets, Wilhelm!'

Maar tot Franz' schaamte en ontzetting wendt zijn vader zwijgend zijn blik af. Ook Mathilde en de meeste mannelijke bedienden kijken stug naar de grond.

Uiteindelijk loopt de Pruisische officier die de grafrede heeft gehouden op Franz af, terwijl de pastoor ook weer tot zijn positieven komt en de ouders van Fritz zacht en indringend toespreekt. Vaag hoort Franz de woorden 'vergeving' en 'eeuwig leven'.

'Mijnheer, kunt u deze scène verklaren?' De Pruisische officier, een blonde, gedrongen man van achter in de twintig, kijkt Franz argwanend aan.

Franz trilt over zijn hele lijf en probeert zijn kalmte te herwinnen. 'Wij zijn een Duits-Franse familie, luitenant...'

'Stengel. Eerste luitenant Stengel,' zegt de man.

'... eerste luitenant Stengel. Fritz was mijn neef.' Franz ademt diep in. Omdat hij geen andere uitweg ziet, probeert hij het met de waarheid. 'Ik ben via mijn moeder Frans staatsburger en heb aan de andere kant gediend, in het vrijwilligerskorps van Wissembourg.'

Gelukkig voor hem verstaat de officier hem verkeerd. 'In het garnizoen van Wissembourg?'

Franz knikt spontaan en corrigeert hem niet.

'Maar Fritz Gerban is toch op de Geisberg gesneuveld?'

Franz knikt opnieuw.

'Dan kunt u Fritz toch niet neergeschoten hebben? Het garnizoen van Wissembourg had zich immers al overgegeven en is krijgsgevangen genomen!'

Franz knikt voor de derde keer.

Een zweem van medelijden glijdt over het grove gezicht van de Pruis. 'Uw wens uw neef de laatste eer te bewijzen, ook al waren jullie tegenstanders, siert u, kameraad. Maar het verlies van een enige zoon maakt ouders, vooral moeders, vaak gek van verdriet. Burgers zijn geen soldaten. Ze kennen onze erecode niet die maakt dat we respect hebben voor een dappere vijand.' Kennelijk heeft Stengel de woorden van Pauline daarnet niet gehoord of is hij ze alweer vergeten en vormt hij nu zijn eigen versie van de gebeurtenissen.

'Ik veronderstel dat men u voor de begrafenis van uw neef op uw erewoord verlof heeft gegeven?'

Nu wacht Stengel het antwoord van Franz niet af. 'En dat verklaart natuurlijk ook waarom u niet in uniform bent verschenen. Ik denk echter dat u nu beter kunt teruggaan. De gemoederen zijn hier te verhit.'

Franz knikt werktuigelijk. Met lood in zijn schoenen draait hij zich om en stapt hij almaar sneller naar de uitgang van het kerkhof.

Pas als hij een heel eind op weg naar Wissembourg is, merkt hij dat Irene hem achterna is gelopen.

'Franz, Franz! Wacht op mij!'

Eindelijk hoort hij haar. Hij houdt de pas in en draait zich om. Buiten adem en met een hand in haar stekende zij haalt ze hem in. Ze voelt zich duizelig zoals wel vaker de laatste dagen. Ook voelt ze de misselijkheid weer opkomen.

Het komt vast door die hitte, stelt ze zichzelf gerust. Die hitte, het gebrek aan slaap, de spanning. Diep in haar hart weet ze dat er een andere reden is, maar die gedachte verdringt ze snel. Nu gaat het om Franz.

'Wat… Wat ga je nu doen?' Ze hapt nog steeds naar adem. 'Loop toch niet weg! Ze kalmeren wel weer.'

Franz schudt het hoofd. 'Geloof me, Irene, dat doen ze niet. Ik ken ze beter dan jij.'

‘Maar wat ga je dan doen?’ Ze voelt wanhoop in zich opkomen.

Franz grijpt haar handen en trekt haar neer op de bank onder een eik die de beschietingen van de laatste dagen ongeschonden heeft overleefd. Irene probeert het ingedroogde bloed op de leuning te negeren.

Franz slikt en Irene vermoedt dat hij innerlijk een hevige strijd voert.

‘Ik zie maar één uitweg,’ brengt hij uiteindelijk langzaam uit. Zijn stem klinkt dof. ‘Ik moet me bij de Franse troepen aansluiten.’

‘Dat meen je niet!’ Irene is met ontzetting geslagen. ‘Waarom zou dat de enige uitweg zijn?’

Franz ademt zwaar. ‘Anders word ik in het beste geval gevangengenomen en in het slechtste geval snel gedood.’

Irene is niet in staat zich te verroeren en staart hem aan.

Zacht streelt hij haar wang. ‘Kijk, liefste. Ergens ben ik tussen twee vuren terechtgekomen, of beter tussen twee fronten.’ Hij forceert een glimlach. ‘Het was daarnet meer geluk dan wijsheid dat die Pruis me liet gaan. Hij weet waarschijnlijk niet dat er in Wissembourg een vrijwilligerskorps was en heeft me daarom, gelukkig voor mij, verkeerd begrepen. Hij denkt dat ik in het reguliere Franse garnizoen heb gevochten en op mijn erewoord verlof heb gekregen uit de gevangenis om de begrafenis van mijn neef bij te wonen.’

Langzaam dringt het tot Irene door. ‘En nu denk je dat hij de Beierse of Pruisische officier die verantwoordelijk is voor de krijgsgevangenen zal vragen of je daadwerkelijk bent teruggekeerd.’

Franz speurt over Irenes schouder de weg af. ‘Erger nog! Het is goed mogelijk dat mijn oom of tante hem inmiddels de ware toedracht uit de doeken heeft gedaan!’

De schrik slaat haar om het hart. ‘En nu ben je bang dat hij je laat arresteren? Omdat je als burger hebt meegevochten?’ Ze houdt haar hand boven haar ogen en tuurt ook de weg af. Er is geen soldaat te zien.

Franz knikt. ‘Volgens de kranten hebben de Duitsers al voor de slag bij Froeschweiler-Woerth boeren geëxecuteerd die zich verzetten tegen rekwisities of die Franse soldaten verborgen hielden.'

Hij zet zijn hoed af en veegt het zweet van zijn voorhoofd. 'Ik was al van Wissembourg naar de Geisberg gevlucht om niet gevangengenomen te worden. Dat ik daar ook heb meegevochten maakt het er niet beter op. Ook dat weet mijn familie maar al te goed. Je hebt ze net zelf gehoord.'

Irene laat haar hoofd zakken en stelt de vragen waar ze zelf nog mee worstelt. 'Waarom heb je dat gedaan?'

Franz begrijpt het niet. 'Wat gedaan?'

'Waarom heb je ook daar gevochten en opnieuw je leven in gevaar gebracht? Je wist toch dat de Duitse troepen ver in de meerderheid waren.'

Franz haalt zijn schouders op. 'Ik weet het zelf niet zo goed. Waarschijnlijk omdat ik daar al geen andere uitweg zag. In ons handelshuis in Wissembourg kon ik niet meer blijven en in Altenstadt had mijn vader me een paar dagen voordien de deur gewezen.'

Opnieuw probeert hij te glimlachen. 'Misschien hoopte ik tegen beter weten in dat de Fransen zouden winnen. Of toch ten minste op een eervolle aftocht. Ik hoopte trots te kunnen zijn op mezelf als soldaat in het leger van Napoleon!'

Irene voelt zich opeens moedeloos worden. 'Dat was misschien ook gebeurd als Frits niet was gesneuveld.'

'En als ik Marcel niet had geslagen,' voegt hij eraan toe. 'Dan hadden ze me niet als een collaborateur opgesloten. Of ik het er dan levend van af zou hebben gebracht, is maar de vraag.'

Hij ademt diep in. 'En juist dat is mijn enige kans. Alle soldaten die wisten dat ik niet tot een reguliere eenheid behoorde, zijn dood. Naar Altenstadt kan ik niet terug. Zelfs als mijn vader zou proberen mij te beschermen, wat ik weinig waarschijnlijk acht, is dat verloren moeite. Hij is niet opgewassen tegen de haat van oom Gregor en vooral niet tegen die van tante Ottilie.'

Irene proeft bittere gal in haar keel. Ze weet dat Franz gelijk heeft.

Ottilie zal hemel en aarde bewegen om Franz aan de Duitsers uit te leveren.

Maar wat is het alternatief? denkt ze. Dat hij zijn leven of gezondheid verliest in deze afgrijselijke oorlog? Plotseling beseft ze dat een van beide uitkomsten onvermijdelijk is. Die gedachte dreigt haar te overweldigen en uit alle macht probeert ze haar tranen terug te dringen.

Maar ze kan Franz niets wijsmaken, hij ziet wat er in haar omgaat.

'Ik zal goed op mezelf passen, liefste. Al is het maar om naar je terug te komen en met je te trouwen zoals ik heb beloofd.' Opnieuw tuurt hij ongerust de weg af.

'Maar nu moet ik gaan. Het is nog vroeg in de middag en ik wil proberen de Franse troepen te bereiken om me aan te melden bij de divisie Douay. In die eenheid zijn zoveel mannen gesneuveld of gewond geraakt dat niemand nog weet hoe het zit.'

Irene kijkt Franz aan. Ze barst in snikken uit, niet langer in staat haar gevoelens nog langer te verbergen. 'Hoe wil je dat voor elkaar krijgen? In je zwarte pak en je zondagse schoenen? Hoe weet je überhaupt waar je heen moet?'

Aan zijn gezicht ziet ze dat Franz zover nog niet heeft nagedacht. Hij fronst zijn voorhoofd en zucht diep terwijl ze hem angstig aankijkt. 'Ik vrees dat ik geen andere keuze heb dan weer naar Wissembourg te gaan. Dat zwarte pak zal me daarbij van pas komen. Onze zaak aan de Place de la République staat gelukkig nog overeind en ik kan me legitimeren als familie van de eigenaar. In mijn slaapkamer daar heb ik nog wat stevige kleding en een beetje geld. En een ransel. Onderprefect Edgar Hepp is een vriend van mij en woont vlakbij. Hij zal me helpen. Misschien kan hij me ook een paard en een pistool bezorgen en vertellen waar de Franse eenheden zich na de nederlaag bij Froeschweiler-Woerth hebben teruggetrokken.'

Hij ziet de steeds benauwdere uitdrukking op het gezicht van Irene en streelt haar wang. 'Liefje, dat is mijn enige kans. Geen grote kans, dat geef ik toe, maar wel mijn enige!'

Irene staat op het punt in te storten. En ik dan? brandt het op haar lippen. Hoe moet het nu verder met mij en ons kind? Zo zeker als ze net inzag dat Franz de oorlog niet heelhuids zal doorkomen, weet Irene opeens zeker dat ze zijn kind draagt.

Franz maakt aanstalten om op te staan. Ze houdt hem bij zijn mouw tegen.

'Wat is er nog, schat? Ik moet echt gaan. Ik heb geen minuut meer te verliezen. De plechtigheid op het kerkhof is nu wel afgelopen. Straks komen de Pruisische kameraden van mijn neef hier nog langs!'

'Ik... ik...' stamelt Irene. Ze zoekt naar de juiste woorden. 'Ik moet je nog iets vertellen, Franz.'

Ongerust kijkt hij haar aan. 'Wat is er? Zeg me wat er is!' Op hetzelfde moment horen ze hoefgetrappel. In paniek kijkt Irene op. Gelukkig is het gewoon een boer die op zijn knol over de weg stapt. Maar de schrik zit er diep in en ze bedenkt zich.

'Vertel op, mijn lief. Ben je...' Franz' stem stokt. 'Ben je ziek?'

Irene schudt het hoofd. 'Nee, Franz. Het gaat alweer. Ik ben gewoon moe van alle inspanningen van de afgelopen dagen.' Ze haalt het verzilverde kruisje dat ze voor haar verjaardag van Minna heeft gekregen onder haar hooggesloten blouse vandaan en opent het slotje. Ze drukt het in de hand van Franz. 'Dit zal je beschermen en aan mij doen denken.'

Franz neemt haar in zijn armen en drukt haar stevig tegen zich aan. Gelukkig is er niemand in de buurt. 'Dank je, Irene, ik zal er goed voor zorgen.' Dan pakt hij haar bij de schouders en kijkt haar indringend aan. 'Maar wat wilde je me nu nog vertellen?'

Irene bedient zich van een leugentje om bestwil. 'Hoe kom ik te weten waar je bent en hoe het met je gaat?'

'Ik zal naar Altenstadt schrijven zo vaak ik kan. Dat ben ik mijn moeder ook verschuldigd. Vertel haar, maar niemand anders, wat ik van plan ben. Ze zal zich zorgen maken, maar het wel begrijpen. En ga terug naar Altenstadt. Mijn moeder is een lievere bazin om voor te werken dan die akelige tante Ottilie in Schweighofen.'

Vastberaden staat hij op en trekt haar omhoog. Dan legt hij zijn hand op zijn hart. ‘En ik beloof je bij alles wat me heilig en dierbaar is dat ik met je zal trouwen als deze vreselijke oorlog voorbij is.’

14

Froeschweiler

7 augustus 1870, eind van de middag

De onmiskenbare lucht is voor Franz de eerste aanwijzing dat hij weer slagvelden nadert. Ook zijn paard, een aftandse merrie die hij van Edgar Hepp heeft gekregen, snuift en wordt schichtig. De oorzaak van de stank doet Franz even net zo huiveren als bij de berging van Fritz' lichaam op de Geisberg. Naast de weg ligt een laars met daarin nog een stuk been van het slachtoffer. De lichtgrijze uniformbroek verraadt dat het de stoffelijke resten van een Duitser zijn.

Even later haalt Franz een ossenkar in. De afgrijselijke vracht bestaat uit slordig op elkaar gestapelde lijken van gesneuvelde soldaten. De man op de bok, aan zijn kleding te zien een boer, kijkt niet eens op als Franz voorbijrijdt. Met doffe blik staart de man voor zich uit.

Franz voelt zijn maag omdraaien. Hij knijpt zijn mond en neus dicht en ademt pas weer diep in als hij de kar ruim achter zich heeft gelaten. Maar die moeite had hij zich kunnen besparen. Nu vermengt zich ook nog de geur van koude rook met de almaar sterker wordende stank van ontbinding.

Het dorp Froeschweiler komt in zicht. Jaren geleden heeft Franz hier eens samen met zijn vader een grote partij wijn geleverd bij het kasteel van graaf von Dürckheim.

De gevechten moeten deels in het dorp zelf hebben plaatsgevonden. Veel huizen zijn beschadigd of volledig ingestort. De kerk mist zijn toren. Duitse soldaten van een regiment uit Wurtenberg patrouilleren langs de weg met de bajonet op het geweer.

Vlak voor het marktplein heeft de bezetter een wegversperring opgeworpen. Franz' hart klopt in zijn keel wanneer een militair – een sergeant blijkt weldra – hem wenkt. Hij stijgt af en probeert zo nonchalant mogelijk te kijken.

'Verstaat u Duits?' vraagt de sergeant met krakende stem.

Franz recht zijn rug. 'Jazeker. Ik begrijp en spreek Duits en Frans.' Edgar Hepp en hij waren het erover eens geweest dat hij beter de waarheid kon vertellen omtrent zijn Duits-Franse afkomst.

De onderofficier vertrouwt het niet. 'Wie bent u en wat komt u hier doen?'

Franz probeert zo vriendelijk mogelijk te glimlachen. 'Mijn naam is Franz Gerban. Ik ben de zoon van een Franse moeder en een Duitse wijnhandelaar. Ons handelshuis bevindt zich in Wissembourg, maar we hebben ook een filiaal in Hagenau. Daar wil ik heen om in deze,' hij zwijgt even, 'om in deze onzekere tijden te kijken hoe de zaken er voorstaan.'

'Kunt u zich legitimeren?'

'Natuurlijk.' Franz haalt zijn Franse reispas uit de zak van zijn grof geweven katoenen jas. In Wissembourg had hij zijn chique zwarte pak van de begrafenis verruild voor deze jas met bijpassende broek. Hij overhandigt het document aan de vijandig kijkende sergeant die het zorgvuldig bestudeert.

'Ik zie dat u Frans staatsburger bent, maar hoe weet ik dat u de waarheid vertelt over het doel van uw reis?'

'Ik heb een brief van mijn Duitse vader bij me.'

Franz haalt ook het papier met het briefhoofd van de wijnhandel uit zijn binnenzak. Die brief heeft hij geschreven op aanraden van Edgar Hepp. De handtekening van zijn vader heeft hij vervalst.

De militair leest de brief met dezelfde stugge blik en geeft dan beide documenten aan Franz terug. 'Vandaag en waarschijnlijk ook morgen kunt u hier niet langs. Onze troepen zitten in de legerkampen en moeten zich na de verliezen bij de veldslag reorganiseren. Rij terug naar

Wissembourg en probeer het binnen een paar dagen nog eens.'

De moed zakt Franz in de schoenen. 'Maar binnen twee uur is het donker, en mijn taak duldt geen uitstel.'

Op hetzelfde moment wordt de lijkgeur ondraaglijk. De ossenkar met de gruwelijke vracht is nu ook gearriveerd en houdt halt bij de versperring. Bijna tegelijkertijd stapt een luitenant uit een van de huizen die nog overeind staan.

'Wat gebeurt hier, Meier?'

De sergeant zet het verhaal kort uiteen.

'En u zegt dat hij daar,' de luitenant wijst naar Franz zonder hem aan te kijken, 'niet terug wil rijden?'

Hij wacht het antwoord van zijn ondergeschikte niet af. 'Mij best, dan moet hij maar helpen bij het bergen en begraven van de lichamen. We kunnen iedereen gebruiken. Als we nog een kar vinden kan zijn paard die trekken.' Nu pas kijkt hij Franz aan. 'Vooruit man, schiet op.' Hij wijst naar de ossenkar. 'Die moeten vandaag nog onder de grond, vriend en vijand tegelijk.' Een wrang lachje verwringt zijn mond. 'En aangezien je een kind bent van beide partijen zal het je niet uitmaken doden van beide nationaliteiten te begraven.'

Huize Gerban bij Altenstadt

7 augustus 1870, late middag

'Dit is het laatste goede tafellaken in heel het huis.' Bezorgd kijkt mevrouw Burger, de huisdame, naar het met koffie-, cacao- en vetvlekken besmeurde tafellaken van fijne, zijdeachtig glanzende stof. 'Ik hoop dat het delicate kantwerk de kookwas overleeft.'

Irene, die de vieze borden bij elkaar zet, is het met haar eens. 'Ja, het zou zonde zijn als dat laken in de was verpest wordt. Ik heb dit nog niet gebruikt gezien.'

Mevrouw Burger glimlacht mistroostig. 'Mevrouw Gerban heeft het lang gekoesterd. Het is afkomstig uit de uitzet van haar moeder.

Dat kant komt uit Brussel. De laatste jaren hebben ze het alleen met kerst gebruikt voor de cadeautafel.'

'Maken jullie je maar geen zorgen om dat laken, lieve dames.' Onopgemerkt is Pauline de grote eetkamer weer binnengekomen waar een halfuur tevoren de laatste gasten van het begrafenismaal zijn vertrokken. 'Mijn schoonzus heeft beloofd ons morgen te helpen met tafellinnen en beddengoed totdat Niemann in Landau nieuwe stof kan halen.'

Bijna al het linnen van het landgoed is gebruikt voor de verzorging van de gewonden. Het meeste is verscheurd tot verband. Er zijn nauwelijks bruikbare lakens, handdoeken of tafelkleden meer.

Pauline wendt zich tot Irene. 'Wil je even met me meekomen?'

Irene maakt een kniebuiging en loopt met Franz' moeder de brede trap af naar de kleine salon waar Pauline de deur zorgvuldig sluit.

Nauwelijks zijn ze alleen of Pauline laat haar masker van beleefde vrouw des huizes vallen. Diepe angst tekent haar gezicht als ze de arm van Irene vastpakt.

'Weet u iets van Franz? U bent hem van het kerkhof gevolgd. Zo is het toch?'

Irene knikt en de tranen springen haar ongewild in de ogen. 'Hij wil zich aansluiten bij de troepen van maarschalk Mac Mahon.'

Pauline zakt neer op de kleine bank en gebaart Irene naast haar te komen zitten.

'Maar de maarschalk heeft net de slag bij Woerth en Froeschweiler verloren, met nog grotere verliezen dan hier in Wissembourg!'

Irene kan zich niet langer inhouden en de tranen stromen over haar wangen. 'Hij ziet het als zijn enige kans om niet in gevangenschap terecht te komen of te worden geëxecuteerd omdat hij als burger tegen de Duitsers heeft gevochten.' Ze zoekt in de zak van haar schort naar een zakdoek.

Pauline geeft haar eigen kanten zakdoekje. Irene snuit haar neus en probeert zich te vermannen.

'Hij wilde vandaag nog vertrekken. Eerst zou hij bij Edgar Hepp, de onderprefect van Wissembourg, langsgaan om een paard, andere kleren en een wapen te halen.'

Pauline staart Irene sprakeloos aan. Haar handen trillen en in haar tere gelaat lijken haar donkere ogen enorm.

'Mijn enige zoon gaat dus zonder afscheid te nemen wellicht een gruwelijke dood tegemoet.' Irene verstaat haar gefluister nauwelijks.

De zwakte van Pauline schenkt haar echter nieuwe kracht en ze recht haar rug. 'U moet begrijpen dat Franz bang is dat Ottilie of Gregor Gerban hem zullen verklikken.'

Pauline knikt langzaam. 'Dat wilden ze vanmiddag al doen. Vooral Ottilie is een achterbaks persoon. Als die Pruisische luitenant niet zo traag van begrip was geweest, waren ze misschien al geslaagd in hun opzet.'

'Franz heeft beloofd te schrijven zodra hij kan om te laten weten hoe het met hem gaat.'

Nu verliest Pauline haar zelfbeheersing. Ze slaat de handen voor haar gezicht en barst in tranen uit. Heel even aarzelt Irene, maar dan neemt ze de tere vrouw in haar armen en wiegt haar. Pauline laat haar hoofd op haar borst zakken en mompelt vrijwel onverstaanbare woorden. Irene begrijpt er weinig van en houdt Pauline vast tot ze weer wat bedaart.

'Ik geloof niet dat de vlucht van Franz een straf voor uw zonden is,' zegt ze dan, verbaasd over haar eigen vrijpostigheid. 'Misschien wordt uw geloof hiermee op de proef gesteld, maar het is zeker geen straf.'

Pauline verstijft in haar armen.

'Franz zou niet willen dat u om hem treurt,' voegt Irene er nog dapper aan toe.

Er wordt geklopt en Wilhelm Gerban duwt de deur open. Hij slaat het tafereel gade en fronst afkeurend zijn wenkbrauwen. 'Irene, ga naar de slaapkamer van mevrouw en haal het bruine flesje dat op haar nachttafel staat. Dat zal mijn echtgenote kalmeren.'

Tegen haar zin laat Irene haar meesteres los. Ze maakt een reverence en loopt naar de deur, tot op het laatst hopend dat Pauline haar zal tegenhouden. Ze weet dat er laudanum in het flesje zit dat de Duitse artsen op verzoek van Wilhelm Gerban en Pauline hebben achtergelaten. Net als ze de deur wil sluiten hoort ze iets heel anders.

'Ik stuur dat meisje morgen terug naar Schweighofen,' zegt Wilhelm Gerban. 'Ze kan mee terug met de koetsier die het linnen brengt.'

'Geen sprake van, Wilhelm Gerban!' Irene is verbaasd over de kracht waarmee de net nog zo zwakke Pauline hem tegenspreekt. 'In mijn huishouding beslis ik nog altijd over zulke zaken. Gerda kan in Schweighofen aan de slag. Irene heb ik hier nodig.'

Verbluft blijft Irene staan en luistert aan de deur die nog op een kier staat.

'Waarom heb je Irene hier nodig? Wat doet ze beter dan Gerda?'

De betekenis van het antwoord van Pauline wordt haar pas later duidelijk. 'Misschien heeft zij alles wat mij nog van Franz zal resten.'

Op hetzelfde moment loopt Niemann, de eerste huisknecht, vanuit de hal de gang naar de kleine salon in. Snel sluit Irene de deur en rent de trap op om het flesje laudanum te halen.

De hoop dat Pauline het kalmeermiddel niet zal nemen, wordt al snel de kop ingedrukt. Als ze de familie een uur later een lichte avondmaaltijd serveert ziet ze dat de pupillen van Pauline niet groter dan speldenkopjes zijn.

Froeschweiler

7 augustus 1870, drie uur na de aankomst van Franz

'Hier maat, hier kunnen er nog twee bij.'

De man met het verweerde gezicht neemt een stevige slok uit zijn veldfles en sprenkelt wat van de inhoud over het doek dat hij weer voor zijn mond en neus trekt.

Ook Franz heeft zijn halsdoek voor neus en mond gebonden. Hij zou willen dat hij wat van de 'paardenzalf' had die de stalknecht van Altenstadt hem bij kasteel Geisberg had gegeven.

Zonder goed te kijken pakt hij een dode Duitse soldaat bij diens stijve schouders en tilt hem met een andere helper op de brancard. De laatste maaltijd die hij in Wissembourg had genuttigd heeft hij al lang geleden uitgekotst. Zo misselijk als nu heeft hij zich nog nooit gevoeld. De stank van rottend vlees maakt hem duizelig en de ruwe behandeling van de zinloos afgeslachte mannen doet hem nog meer walgen dan hun gruwelijke wonden waar zwermen vliegen op afkomen.

Hij sleept de baar naar de man met het doek voor zijn gezicht die hem geroepen heeft. Afgaande op zijn eeltige schoppen van handen is het een boer of landarbeider die gewend is aan hard werk. De man ruikt sterk naar drank.

'Aha, ben jij die halve mof?' Er is geen Duitse bezetter in de buurt om deze respectloze benaming van de Fransen voor hun Duitse tegenstanders te bestraffen. Franz bevestigt het zwijgend en laat het zo.

De man buigt zich over het Duitse slachtoffer, scheurt zijn bebloede tuniek open en tast het bovenlichaam van de dode af. Franz weet intussen dat hij naar het identificatieplaatje zoekt, een metalen plaatje met naam, rang en eenheid van de Duitse soldaat. Zo kunnen ze nabestaanden informeren over hun heldendood, al zullen ze nooit precies weten waar hun zoon, man of broer in het buitenland begraven ligt.

De Fransman heeft gevonden wat hij zocht. Hij rukt het plaatje los en stopt het in een propvolle linnen zak. 'De moffen betalen hier flink voor,' legt hij Franz ten overvloede uit. 'Zo kunnen ze hun verliezen bijhouden.'

Franz kijkt in de put. Een Franse koloniale soldaat en een witte Fransman effenen de grond voor de twee laatste lijken die hij met twee helpers hiernaartoe heeft gesleept.

'En wat gebeurt er met de Franse doden?' vraagt Franz. Niet voor het eerst vandaag lijkt wat hij meemaakt volkomen onwerkelijk. Nu weet ik eindelijk hoe de hel van Dante er moet uitzien, denkt hij, met dit verschil dat de hel zich hier op aarde bevindt, midden in mijn land.

Ooit – het lijkt een eeuwigheid geleden – heeft hij op het lyceum in Straatsburg het werk van de Italiaanse dichter gelezen.

'Hebben de Franse soldaten geen tekens op basis waarvan ze zijn te identificeren?' vraagt Franz.

De man haalt zijn schouders op, tilt de doek van zijn mond op en neemt nog een slok uit zijn veldfles. Franz ziet nu dat hij nog jong is, niet ouder dan vijfentwintig.

'Geen idee, kameraad. Daar kraait op dit ogenblik geen haan naar. Aan wie zouden we die Franse gegevens moeten doorgeven als ze die al bij zich zouden dragen? Ons leger is er toch allang vandoor.' Hij schraapt zijn keel en spuugt op de grond.

Hij buigt zich nogmaals voorover en keert de broekzakken van de dode Duitser naar buiten. Leeg.

'Merde,' vloekt hij. 'Ze zijn me voor geweest.' Franz rilt van afschuw en vraagt zich af wat voor hardvochtige mensen het moeten zijn die zich niet eens schamen om lijken te bestelen.

Meteen duizelt het hem weer. Hij wankelt en voelt dat iemand hem bij de arm pakt. De boerenknecht kijkt hem onderzoekend aan. 'Gaat het, kameraad?' vraagt hij ten overvloede en reikt hem de veldfles aan. 'Hier, neem maar een flinke slok. Je ziet helemaal bleek om je neus.'

Franz wil het aanbod afslaan als zijn blik die van de man treft. Een kort ogenblik ziet hij in diens gezicht dezelfde afschuw die hem ook heeft getroffen. In de ogen van de knecht herkent hij dezelfde pure verslagenheid die hij ook voelt. 'We hebben het allemaal moeilijk met deze zaak, neem dat maar van me aan. Neem een slok, dat helpt.'

'Dank je! Ik hoef niet.'

De man houdt hem nog steeds de fles voor. 'Stel je niet aan! Ik heet Jean. We moeten elkaar helpen.'

Franz pakt de fles aan en neemt een teug. Het is geen eenvoudige brandewijn, maar een fijne *marc*. Jean kijkt hem aan en neemt weer de spottende pose aan waarachter hij zijn ontsteltenis verbergt.

Jean neemt de fles terug en neemt zelf ook nog een slok. Vervolgens veegt hij met zijn mouw zijn mond af. 'Daar sta je zeker van te kijken?

Chic spul, dit. Komt uit de kelder van de gravin. De dominee heeft een vat verstopt voordat de Duitsers ermee aan de haal konden gaan en ons daar vandaag mee omgekocht. Niemand van ons heeft zich vrijwillig voor deze rotklus aangemeld!'

Hij draait zich weer om naar de put, pakt het lijk van de Duitse soldaat bij zijn middel en gooit het oneerbiedig op de rest van de doden. Franz slaakt een gesmoorde kreet van protest.

'Daar merkt hij toch niets meer van,' gromt Jean bot. Hij bukt zich om het tweede lijk te pakken, een Fransman, en wijst in de richting van de verwoeste kerk. 'De dominee moet daar ergens zijn. Ga hem maar halen. Hij maakt er een erezaak van om alle gesneuvelden zijn zegen mee te geven op hun laatste reis.'

Franz vindt dominee Klein naast een ander graf waar hij net een kruisteken over slaat. Blijkbaar een lutherse predikant, denkt Franz. De drie boeren bij het graf hebben hun muts afgezet, maar slechts een van hen prevelt een beetje mee met het gebed van de zielenherder. De anderen verplaatsen hun gewicht ongedurig van het ene op het andere been en kijken heimelijk naar de hemel waar de maan en Venus al zijn opgekomen.

Ook Franz neemt zijn strohoed af die inmiddels helemaal vies is omdat hij die vandaag al te vaak heeft afgezet om het zweet van zijn voorhoofd te wissen of de doden de laatste eer te bewijzen.

Dominee Klein geeft een knikje als hij klaar is met bidden. Voor hij Franz volgt richt hij zich nog tot de grafdelvers. 'Als jullie het graf hebben dichtgegooid, ga dan naar huis naar jullie gezin. Maar meld je morgenochtend weer om acht uur. We hebben nog geen vierde van het gebied afgezocht en er is nog veel te doen.'

Dat laten de mannen zich geen twee keer zeggen en zo snel als ze kunnen beginnen ze aarde in de kuil te scheppen.

Met een zucht wendt de dominee zich tot Franz. 'Komt u me halen voor de laatste begrafenis van vandaag?'

Franz knikt. 'Daarboven!' wijst hij. 'Of het de laatste is voor vandaag weet ik niet, maar de mannen zijn allemaal doodmoe.'

De dominee knikt ook. Diepe rimpels doorgroeven zijn gezicht en onder zijn ogen heeft hij donkere wallen. Franz schat hem ouder dan zestig. Later zal hij vernemen dat de zielenhoeder pas halverwege de veertig is.

'Ik stuur iedereen naar huis. Het wordt donker.'

'Denkt u dat ze morgen terugkomen? Ik heb de indruk dat de meesten hier niet uit vrije wil zijn en erg netjes gedragen ze zich niet. Ze hebben geen respect voor de doden en beroven de lijken zelfs.'

De dominee vermijdt zijn blik terwijl ze naar het graf lopen waar Jean en de andere helpers staan. 'Voor hun vertrek hebben de Duitsers elk huis en elke boerderij geplunderd. Veel boeren hebben geen gram graan, geen liter melk of wijn, geen baal hooi of stro meer. Ook al hun dieren zijn weg. Kippen en varkens zijn geslacht; koeien en ossen als trekdieren meegenomen. Wie kan het ze kwalijk nemen dat ze dat afreageren op de oorlogsslachtoffers?'

Franz zwijgt pijnlijk getroffen.

'Bent u al op een van de slagvelden geweest?' De dominee kijkt hem van opzij aan.

'Alleen in Wissembourg. Hier niet.'

'Dan kunt u zich misschien wel voorstellen hoe het er tussen Woerth en Froeschweiler uitziet. De lijken liggen op stapels langs de weg. De slagvelden zelf zijn bezaaid met gesneuvelden, dode paarden, wapentuig en uitrustingen, en daartussen liggen kermende zwaargewonden die nog geen hulp hebben gekregen.'

De dominee maakt een weidse beweging met zijn arm. 'In elk enigszins onbeschadigd huis liggen Duitse en Franse gewonden. In het kasteel alleen al negenhonderd, vijfhonderd in de school en in mijn nederige pastorie nog eens meer dan honderd. De soldaten van beide legers zijn verder getrokken. Het vuile werk laten ze aan ons burgers over.' Zijn bittere stem grijpt Franz aan.

'En dus heb ik alle helpers toegestaan van de doden te nemen wat ze kunnen gebruiken en hun daarvoor "generale absolutie" gegeven zoals onze katholieke vrienden dat noemen. Ongewone omstandigheden vereisen ongewone maatregelen.' De dominee klinkt uitdagend.

Franz voelt de aanvechting zich te verontschuldigen. 'Ik wilde u niet bekritiseren of veroordelen, weleerwaarde...'

Klein maakt een afwerend gebaar. 'Zelfs als u dat wel had gedaan, had het me niets uitgemaakt. Als het de Heer behaagt ons al op de aarde de hel te laten beleven dan moet Hij niet verbaasd zijn als zijn schapen het voorgeschreven pad verlaten.'

Ze staan inmiddels bij het graf. Over de lijken heeft men een zeildoek gelegd. 'In elk geval krijgen de doden zo een christelijke begrafenis in gewijde grond en rotten ze niet weg op de velden,' zegt de lutherse voorganger en slaat een kruis. 'Laat ons bidden.'

Nadat Franz heeft geholpen het ondiepe graf over de doden dicht te gooien, wandelt hij de dominee achterna die al vooruit is gelopen. Klein heeft hem een slaapplek in zijn geplunderde kelder aangeboden.

'De enige ruimte die nog beschikbaar is, want te vochtig en te koud voor de gewonden,' had hij gezegd.

Op van vermoeidheid loopt Franz door de dorpsstraat richting de restanten van de kerk. Daarnaast moet de pastorie liggen.

Ter hoogte van de kerk hoort hij in een van de zijstraten mensen verhit ruziemaken. Flarden van Franse en Duitse zinnen bereiken hem zonder dat hij kan uitmaken waar het over gaat. Gealarmeerd loopt hij het straatje in en ziet een groepje mensen discussiëren met Duitse soldaten. De inwoners van het dorp hebben emmers en kuipen bij zich die ze kennelijk bij de pomp willen vullen.

Zonder lang na te denken wendt Franz zich tot de bevelhebber, de luitenant die hem die middag als grafdelver heeft aangesteld. 'Kan ik helpen?' biedt hij aan.

De luitenant kijkt hem boos aan. 'Nee maar, onze Duits-Franse hermafrodiet,' zegt hij minachtend.

Franz loopt rood aan van woede, maar beheerst zich en wendt zich tot pastoor Klein die midden in de groep staat. 'Wat is er mis, weleerwaarde?' vraagt hij in het Duits – de Elzasser is net als hij tweetalig.

'We mogen geen water putten. Niet voor onszelf, maar ook niet voor de gewonden die we hebben opgevangen.'

Franz kijkt hem verbijsterd aan. 'Maar daar zijn toch ook Duitse gewonden bij?'

'Inderdaad.'

'Onder hen ook officieren?'

'Alleen al in mijn woonkamer liggen negen zwaargewonde Duitse officieren,' bevestigt de dominee.

Achteraf kan Franz niet verklaren waar hij de moed vandaan haalde, maar de woorden rollen als vanzelf over zijn lippen. Woedend vaart hij uit tegen de luitenant. 'U bent een Duits officier, maar hebt geen greintje eergevoel in uw lijf. Weet u dan niet dat de Pruisische kroonprins en opperbevelhebber van uw leger álle gewonden, ook de Franse, in Wissembourg persoonlijk heeft bezocht om hen een goed herstel te wensen? Hebt u niet gehoord dat hij de Franse generaal Abel Douay de laatste eer heeft bewezen en bij zijn sterfbed het Onzevader heeft gebeden? Mijn eigen neef is als officier van de koninklijke grenadiers voor kasteel Geisberg gevallen terwijl hij het bataljonsvaandel verdedigde! En een paar uur geleden heb ik gehoord dat de Duitse soldaten bij Woerth het vuren hebben gestaakt toen een Franse trompetter een op hol geslagen paard dat zijn gewonde majoor op de rug droeg probeerde te vangen. Ze hebben de beschietingen hervat pas toen beiden veilig waren.'

De luitenant staart Franz met open mond aan. Ook de soldaten om hem heen staan versteld.

Franz lacht spottend. 'Maar ik vergeet natuurlijk, mijne heren, dat al die mannen waarover ik spreek Pruisen waren. Blijkbaar hebben de Wurtenbergse troepen waartoe u behoort een andere opvatting van eer. Ik schaam me dood voor mijn Duitse afkomst.'

De bewakers van de pomp verroeren geen vin. Het gezicht van de luitenant ziet paars. Als een vis op het droge opent en sluit hij zijn mond.

Opeens is Franz doodmoe. Uitgeput keert hij de Duitsers de rug toe. 'Het heeft geen zin, eerwaarde. Deze mannen hebben geen greintje menselijkheid in hun lijf. Kom, we gaan. Laten we kijken wat we voor de gewonden kunnen doen zonder water, voedsel of medicijnen. Wat we voor álle gewonden kunnen doen – Duitse én Franse.'

Hij heeft al een paar passen gezet als hij een scherp 'Halt' achter zich hoort. Met tegenzin draait hij zich om. Zal hij nu voor zijn brutaliteit in de cel verdwijnen?

Tot zijn verbazing en grote opluchting hebben de Duitse soldaten intussen plaats gemaakt en mogen de dorpelingen bij de pomp water halen. Op aangeven van de luitenant helpen een paar van zijn mannen hen zelfs.

Even later stapt een eenvoudige soldaat eerste klasse naar voren. Hij opent zijn ransel, haalt er een half brood, een stuk kaas en een zakje mirabellen uit en geeft dat aan de dominee. 'Meer heb ik niet, eerwaarde,' zegt hij in het Duits. 'Maar ik ben nog ongedeerd en op een maaltijd meer of minder zal het niet aankomen.'

Franz ziet de harde trekken van de predikant verzachten, als ijs dat smelt in de zomerzon. Plotseling ziet de man er tien jaar jonger uit.

'Ik dank u, mijn zoon. De Heer zegene u daarvoor,' zegt hij met trillende stem en maakt een kruisteken boven het hoofd van de man alvorens het eten aan te pakken. 'Ik mag dan als Fransman geboren zijn, we vereren allemaal dezelfde God. Ooit, wanneer goed en slecht tegen elkaar worden afgewogen, zal hij u hiervoor belonen.'

Als op bevel halen nu ook de andere soldaten hun ransels tevoorschijn en delen brood en kaas, maar ook beschuit, worst, gerimpelde appels, chocolade en tabak uit aan de dorpelingen. De luitenant draagt een doos snoep en snuiftabak bij.

'Kom terug als u niet genoeg water hebt,' zegt de luitenant vervolgens tegen de ontroerde dorpelingen nadat ze allen samen een Onzevader hebben gebeden – sommigen in het Duits, anderen in het Frans – en nadat dominee Klein vriend en vijand nogmaals heeft gezegend. 'Morgenochtend heb ik vast een paar flessen wijn en brandewijn voor jullie en ik zal kijken of ik ook nog ergens verbandmateriaal en medicijnen kan vinden,' voegt hij eraan toe.

Beladen met volle emmers water en levensmiddelen trekken de dorpelingen zich terug in hun huizen. Een tevredenheid zoals op hun gezichten zal Franz deze oorlog nooit meer zien.

Ondanks de warmte van de zomeravond overvalt hem een kerstgevoel. Zijn jas, die hij ineen heeft gedraaid tot een geïmproviseerde ransel, wipt bij het lopen op en neer op zijn rug. Vrede op aarde en in de mensen een welbehagen, denkt hij.

15

Froeschweiler

8 augustus 1870, begin van de avond

De zon verdwijnt bloedrood achter de horizon als Franz zijn uitgeputte merrie te drinken geeft en het strompelende dier naar de vertrapte tuin van de pastorie leidt. Met een lange lijn maakt hij het dier vast zodat het zich vrij kan bewegen. Het begint meteen te grazen. Zelf gaat hij onder een perenboom zitten. Hij sluit zijn ogen en probeert de chaotische gebeurtenissen van de dag te ordenen.

De ochtend was veelbelovend begonnen. Toen Franz en de predikant water wilden putten bij de dorpspomp wachtte hun daar een wonderbaarlijke verrassing. Er stond een kleine kar met een vaatje cognac, zes flessen wijn en tien roggebroden. Ernaast stond een zak griesmeel en een kan verse melk. De inhoud van een houten kist ontroerde hen echter nog het meest. Naar verluidt hadden de Duitse soldaten gisterenavond ook hun kameraden gevraagd hun rantsoenen aan de gewonden te geven. De kist was gevuld met kaas, worst, spek, fruit en zoetigheden. Franz vond zelfs een pot met kersenjam die een liefhebbende moeder aan haar 'dappere Heinz ter herinnering aan het vaderland' had gestuurd.

Toen ze de luitenant van wacht bedankten, kondigde die tot hun grote vreugde aan dat er in de loop van de ochtend artsen en vrijwilligers uit Duitsland werden verwacht om de gewonden te verzorgen. 's Middags zou er voedsel voor de uitgehongerde bevolking aankomen.

In de pastorie barstte de vrouw van de dominee in tranen uit toen hij haar de pot jam voor hun vier kleine kinderen gaf. De hele voorraad van het gezin, ook ingemaakt fruit en groenten van diverse zomers, was op de avond van de veldslag geplunderd. Met een klein wit brood dat ook bij de donaties zat kregen de kleintjes nu hun eerste lekkere maaltijd sinds het begin van de gevechten twee dagen geleden.

De dag mocht dan goed zijn begonnen, later ging het van kwaad naar erger. Om acht uur stipt was Franz bij de verzamelplaats, waar hij zijn merrie Elsa bij de rest van de paarden zag staan. Hij bood spontaan aan om met de kar op het slagveld te helpen en kreeg een wagen toebedeeld.

Erger dan op de Geisberg en gisteren bij de graven kan het niet zijn, had hij nog gedacht.

Hij had het mis. Twintig minuten later staarde hij verbijsterd naar een vlakte van meerdere morgens, bezaaid met lijken en kadavers van paarden. Elsa deinsde terug voor de doden en weigerde door te lopen. Er zat niets anders op dan zijn halsdoek voor de ogen van het dier te binden en haar voorzichtig bij de teugel verder te leiden.

Met vereende krachten hadden hij en de andere helpers een doorgang voor de wagens gemaakt. Franz wilde een gesneuvelde zoeaaf naar de kar slepen, toen de vermeende dode zijn ogen opende en kermde. '*Mon Dieu, aidez-moi, aidez-moi.*'

Franz knielde naast de zwaargewonde neer. 'Blijf rustig liggen. We gaan voor je zorgen,' antwoordde hij in het Frans.

Maar bij de Duitse militaire politie die toezicht hield op de bergingswerkzaamheden ving Franz bot. 'Terugrijden met een lege kar voor een gewonde die het wellicht toch niet zal halen, kan echt niet. Wacht maar tot we meer gewonden vinden of neem ook wat lijken mee, anders is het de moeite niet.'

Een beroep doen op het eergevoel van de man haalde ditmaal niets uit. Toen hij eindelijk genoeg doden had opgeladen om terug te keren naar Froeschweiler was de zoeaaf aan zijn verwondingen bezweken.

'Maak je niet druk,' foeterde de militair – naar zijn uniform te oordelen een Beier – toen Franz hem verwijten maakte. 'Als die kerel hier ter plekke is gecrepeerd had hij ook in Froeschweiler snel de geest gegeven.'

Franz was verontwaardigd over de ruwheid van de Beier, maar had er uiteindelijk niets tegen in te brengen. De gewonden die hij en een paar andere helpers op het slagveld hadden opgepikt en naar het dorp hadden gebracht, waren in de loop van de dag allemaal overleden.

'Dat kan ook niet anders,' zegt een van de recent aangekomen artsen, een vrijwilliger uit Landau. 'Ze hebben meer dan twee dagen zonder eten of drinken op het slagveld gelegen.' De man tilt de zwarte arm op van een jongen van Franz' leeftijd. 'Kijk, deze hier is aan koudvuur gestorven.'

Op zeker moment lag het kerkhof van Froeschweiler zo vol dat de helpers opdracht kregen ter plekke graven te delven en daarin de lijken te begraven zonder rekening te houden met hun nationaliteit of het regiment waartoe ze behoorden. Franz had zich vanochtend niet kunnen voorstellen dat het nog erger kon, maar weet nu wel beter. Harteloos werden de lijken in ondiepe kuilen gesmeten na ze vaak nog van hun laarzen en mantels te hebben beroofd en na elke broekzak en ransel te hebben doorzocht. Niemand nam nog de moeite een weesgegroetje te bidden voordat de graven met aarde en takken werden dichtgegooid.

Laat in de middag zag Franz een jongen van amper twaalf jaar met gebogen hoofd over het slagveld zwerven en zich voortdurend bukken. Franz sprak hem aan toen hij in de buurt kwam.

'Hoe kom je hier en wat doe je?' Automatisch sprak hij de jongen in het Duits aan.

Geschrokken door zijn barse toon keek de jongen op.

'Ik ben hier met mijn ouders,' antwoordde hij in het dialect van de streek. 'We helpen de doden te begraven en als betaling mogen we kleding en uitrusting meenemen.' Hij opent een tas die hij aan zijn riem draagt. 'Kijk, ik verzamel deze kokardes.' Zijn tas zat inderdaad vol blauw-wit-rode rozetten van de Franse Revolutie die veel soldaten op hun uniformjas dragen. 'Bij ons op de markt krijg je daar vijf pfennig per stuk voor. De mensen vechten erom.'

'Maar vind je die doden niet eng?' De onverschilligheid van de jongen stuitte Franz tegen de borst.

Het joch haalde zijn schouders op. 'Ik ben banger voor een lege maag en een koude kachel in de winter.'

Dat was het moment waarop Franz besloot nog die nacht zijn biezen te pakken. Waar hij ook terecht zou komen, alles was beter dan nog een dag in Froeschweiler.

En nu zit hij onder de perenboom vol onrijpe vruchten. Toch zijn de onderste takken al leeggeplukt. Hoe raakt hij hier weg? Dat is de grote vraag.

Dat de toegezegde artsen en verpleegkundigen ook zijn gekomen en hard hebben gewerkt, kan niets meer aan zijn voornemen veranderen. In de zwoele avondbries wapperen aan de waslijn hun hemden en kielen met het geborduurde rode kruis die de vrouw van de dominee vanmiddag nog moet hebben gewassen.

Gemeentehuis in Altenstadt

8 augustus 1870, begin van de avond

'Goed, dames. Dat is dan duidelijk. Ik verwacht iedereen voor de ochtendploeg om acht uur hier.'

De burgemeester van Altenstadt, een al wat oudere man met een flinke snor en bakkebaarden, kijkt tevreden om zich heen.

'Zowel Duitse als Franse legerartsen gaan geregeld bij de gewonden langs en ook onze eigen artsen worden ingezet. Dokter Wiegandt heeft de leiding over de noodhospitalen in Altenstadt.' Hij knikt naar de ook al wat oudere plattelandsarts die zich al sinds de slag bij Wissembourg over de gewonden ontfermt.

'Toch gaat er niets boven een helpende vrouwelijke hand,' zegt de burgemeester tot slot. 'Het doet me enorm plezier dat zoveel huishoudens gevolg hebben gegeven aan mijn oproep om te helpen bij de verzorging van de slachtoffers. Dat zich ook Duitse vrouwen hebben aangemeld stemt me bijzonder blij.'

Irene, die zich als enige van het huishouden van de familie Gerban heeft gemeld als vrijwilliger, knijpt in de hand van Minna, die ook spontaan op de oproep heeft gereageerd. Beiden hebben zich natuurlijk voor dezelfde dienst opgegeven en gaan morgen aan de slag. Daarna zullen ze om de andere dag werken.

Minna port Irene lachend in haar zij als ze samen het gebouw verlaten. 'Heeft onze lieve Mathilde echt geklaagd dat ze af en toe zelf haar bed moet opdekken?'

Irene is niet echt in de stemming, maar Minna's lach werkt aanstekelijk. 'Ja, op de dagen dat ik hier kom helpen. Ze gaf pas toe toen haar moeder voorstelde dat ze dan maar in mijn plaats de familie Gerban moest vertegenwoordigen om gewonden te verplegen.'

'Maar Mathilde heeft op de dag van de veldslag toch ook geholpen met de gewonden?'

Irene knikt. 'Dat heeft ze toen echt gedaan. Nu ja, ze heeft met water gezeuld en repen verband gemaakt. Het vuile werk liet ze aan anderen over.' Ze snuift minachtend. 'Bovendien waren er toen veel Duitse gewonden. Nu gaat het vooral om de zorg voor vijandelijke slachtoffers.'

'Tja.' Minna haalt haar schouders op. 'Het is toch maar een rare familie. Hoe kan iemand zoals Franz nu dezelfde ouders hebben als die truttige Mathilde?'

Irene antwoordt niet op de vraag die ze zichzelf al zo vaak heeft gesteld en begint over iets anders.

'In elk geval ben ik blij dat ik niet terug naar Schweighofen moet. Ottilie is weliswaar aangetrouwd, maar zou zomaar familie van Mathilde kunnen zijn. Na de dood van haar zoon is ze helemaal niet meer uit te staan. Maar dat is Gerda's pakkie-an, want die werkt dus niet meer in Altenstadt. Over twee vliegen in één klap gesproken!'

Minna mompelt iets instemmends. Zwijgend lopen de twee een

tijdje naast elkaar. Irene merkt dat Minna haar geregeld onderzoekend aankijkt maar het heikele thema niet aansnijdt. Ze zijn bijna bij de afslag naar de oprijlaan die naar het landgoed van de Gerbans voert. Minna's man komt haar daar ophalen; ze heeft hem gevraagd vooruit te rijden en hier op haar te wachten omdat zij en haar vriendin tijdens hun wandeling nog iets vertrouwelijks te bespreken hadden.

Irene doorbreekt de inmiddels beklemmende stilte. 'Mijn menstruatie is nog steeds niet begonnen,' antwoordt ze op de onuitgesproken vraag van Minna. 'In juni en juli ben ik niet ongesteld geweest en ik ben dus meer dan zeven weken over tijd.'

Minna zucht. 'Zijn er ook andere dingen die erop kunnen wijzen dat je in verwachting bent?'

'Ik weet het niet goed.' Irene kijkt naar de grond. 'Mijn borsten zijn gespannen en lijken groter te zijn geworden. En daarnaast voel ik me vaak misselijk, vooral 's ochtends als ik opsta.'

Minna zucht nog dieper. 'Ik ben geen vroedvrouw, Irene. En zelf heb ik nog geen kinderen, maar alles wat je zegt lijkt erop te duiden dat Franz je zwanger heeft gemaakt. Heb je er al met hem over gesproken?'

Irene krijgt een krop in de keel. Voor ze antwoordt moet ze een paar keer slikken. 'Ik wilde hem daar niet mee lastigvallen. De situatie is voor hem al erg genoeg. Als ik het hem had verteld, vrees ik dat hij in Wissembourg zou zijn gebleven. En alsnog voor het vuurpeloton zou komen.' Ze aarzelt even. 'Maar ik denk dat zijn moeder het vermoedt.'

Verrast blijft Minna staan. 'Waarom denk je dat?'

'Vier dagen geleden ben ik bij de eerste hulp aan de gewonden flauwgevallen. Pauline zat naast me toen ik weer bijkwam en was erg bezorgd toen ik weer aan de slag wilde gaan.'

'Hmm,' mompelt Minna. 'Het zou kunnen dat Pauline Gerban iets in de gaten heeft. Moeders hebben vaak een zesde zintuig voor wat hun kroost doet en Franz is haar lieveling. Ze zal haar kleinkind zeker niet in de steek laten, ook omdat ze niet weet of...' Ontsteld slaat ze een hand voor haar mond.

Irene barst in snikken uit. 'Zeg het maar gewoon, Minna! Of Franz nog wel zal terugkomen. Dat wilde je toch zeggen? Ik voel dat ook. Ik geloof niet dat Franz gezond en wel terugkomt en met me zal trouwen zoals hij heeft beloofd.'

De afslag naar de oprijlaan komt in zicht en daar zit de man van Minna op de bok van de ladderwagen waarmee hij normaal nieuwe vaten levert.

Minna slaat haar arm om Irene heen. 'Wacht nog een week tot het einde van deze periode. Als je nog niet ongesteld bent, zeg dat dan tegen Pauline Gerban. Ik hoop dat ze je zal helpen.'

Irene hoort echter de twijfel in de stem van Minna.

Froeschweiler

8 augustus 1870, rond acht uur 's avonds

Een goed uur later weet Franz nog steeds niet hoe hij die nacht uit Froeschweiler moet ontsnappen, maar hij is vastbesloten het te proberen.

Aangezien ook de beloofde levensmiddelen zijn geleverd, was het avondmaal uitgebreider dan gisteravond. Franz heeft een deel van zijn worst in zijn broekzak laten verdwijnen en ook zijn brood niet helemaal opgegeten. Aan de vrouw van de dominee heeft hij gezegd dat hij het voor de nacht wil bewaren als de nachtmerries hem weer uit zijn slaap houden.

Behalve het feit dat dat niemand verbaast in oorlogstijd, is het trouwens ook waar. Sinds de gevechten bij Wissembourg achtervolgen de beelden van het slagveld hem elke avond in zijn dromen.

Met een tweede deken die hij vandaag heeft gekregen zoekt hij zijn matras in de wijnkelder op. Hij is van plan uiterlijk om middernacht te vertrekken. Tot die tijd wil hij proberen nog wat te slapen.

De wijnkelder ligt volledig onder de grond en is veel ouder dan de pastorie die erboven is opgetrokken. Het licht van de olielamp in de verder donkere ruimte werpt spookachtige schaduwen op het tongewelf. Franz ziet het silhouet van een ineengedoken figuur pas als hij er bijna voorbij is. Hij blijft abrupt staan en kijkt gespannen naar de schaduw. Geen twijfel mogelijk, daar beweegt iemand. Hij vraagt zich af of hij naar boven moet rennen om iets te halen waarmee hij zich kan verdedigen, maar de beslissing wordt voor hem genomen als de persoon tussen de twee vaten moet niezen. Snel schijnt Franz met zijn lamp in de hoek en schrikt zich kapot.

Een Franse soldaat in uniform kijkt hem met ontstoken rode ogen aan en legt een vinger op zijn lippen. Naast hem liggen zijn chassepotgeweer, jachtmes en veldfles. Franz ruikt een doordringende urinegeur.

'Allemachtig, wat doet u hier?' Franz komt weer bij zijn positieven.

Hoewel hij fluistert, drukt de soldaat nu zijn hele hand voor Franz' mond voor hij 'ssst' roept.

Werktuigelijk kijkt Franz over zijn schouder. Natuurlijk zijn ze alleen in de kelder.

'Hier hoort niemand ons,' antwoordt hij op gedempte toon. 'Maar u weet wat ze met de bewoners van dit huis doen als blijkt dat ze een Franse soldaat hebben verborgen?'

De man knikt wanhopig.

'U moet maken dat u hier zo snel mogelijk verdwijnt.'

'Hoe verwacht u dat ik dat doe?' Eindelijk zegt de soldaat iets. 'In het beste geval beland ik in een Duitse gevangenis, in het slechtste geval word ik als deserteur neergeschoten.'

'Dat lot wacht ook de dominee en mogelijk diens vrouw ook als de Duitsers u hier vinden.'

'Help me dan,' smeekt de man. 'Als u mij gewone kleren kunt bezorgen, verdwijn ik meteen. Ik kom uit Froeschweiler en ken de omgeving goed, anders had ik deze schuilplaats nooit kunnen vinden.'

'Wat heeft u naar deze kelder gedreven?'

‘Mijn eenheid is bij de gevechten in het dorp bijna volledig weggevaagd. Ik verloor de moed en ben hierheen gevlucht.’

‘U zit dus al meer dan twee dagen in deze kelder? Ook… ook vorige nacht toen ik hier sliep?’

Toch verbaast dat Franz niet echt. Nadat hij gisteren nog tot laat op de avond had geholpen met de zorg voor de gewonden, was hij als een blok in slaap gevallen.

De man knikt bij wijze van antwoord. ‘Ja, ik heb me muisstil gehouden. U daarentegen hebt de halve nacht gekreund en liggen mompelen.’

Hij steekt zijn veldfles uit naar Franz. ‘Alstublieft, ik heb al meer dan een dag niets gegeten of gedronken. De Duitsers hebben alles meegenomen wat hier werd bewaard.’

Het duurt even tot dat tot Franz doordringt. ‘Zegt u nu dat u hier al zat toen de Duitsers de voorraden kwamen plunderen?’

‘Ik heb me achter dit vat gewurmd en gebeden.’ De soldaat wijst naar een nis die volgens Franz nauwelijks breder dan een el kan zijn.

‘Alstublieft!’ dringt de Fransman aan en steekt opnieuw zijn fles uit naar Franz die besluiteloos van het ene op het andere been gaat staan.

‘Kent dominee Klein u?’

De man knikt. ‘Hij heeft me gedoopt. Mijn naam is Albert Valon. Ik hoor bij de troepen van generaal Abel Douay en heb al bij Wissembourg gevochten. Toen het hier twee dagen later in Froeschweiler verderging, kon ik het doden en afslachten niet meer aanzien. Misschien begrijpt u dat niet en houdt u me voor een lafaard, maar ik kon niet anders.’

Franz begrijpt Albert Valon maar al te goed. Hij zucht en pakt de fles aan. ‘Ik ga eerst wat water voor u halen en kom dan met dominee Klein terug. Misschien weet hij raad.’

‘Nee!’ Albert grist zijn fles terug. ‘Hij mag niets van me weten. Dan kunnen de Duitsers hem ook niets aandoen als ze me snappen.’

‘En hoe moet het dan verder?’ Opeens is Franz dit hele gedoe beu. Is het allemaal nog niet ingewikkeld genoeg? moppert hij in zichzelf.

Moet die kerel hier nu ook nog eens opduiken en iedereen in gevaar brengen?

'Zorg voor wat gewone kleren en als u het kan missen ook iets te eten. Ik heb al verteld dat ik de omgeving ken als mijn broekzak.'

Plotseling krijgt Franz een idee. Is dit de oplossing voor zijn probleem?

Een goed uur later naderen Franz en Albert de Duitse wachtpost aan de rand van het dorp. Albert draagt de kleren van een vrijwilliger uit Berlijn die vanochtend de gewonden in de pastorie heeft verzorgd en wiens vieze spullen de vrouw van de dominee vanmiddag nog had gewassen. De kiel en broek van beige katoen zijn nog niet helemaal droog, maar dat valt in het donker gelukkig niet op.

Franz leidt zijn merrie Elsa bij de teugels. Ook hij heeft voor het avondeten zijn smerige plunje uitgetrokken en een band van het rode kruis van de waslijn gepikt en rond zijn rechterarm gebonden. Het uniform van Albert en zijn jachtmessen zitten in een tas op de ongezadelde rug van Elsa.

'Halt! Waar gaat het zo laat nog heen?'

Franz stapt naar voren. Hij herkent de man. Het is de soldaat eerste klasse die gisteren bij de bron als eerste zijn rantsoen had weggegeven.

Hij wijst naar Albert Valon en tilt de lamp op die hij bij zich heeft. 'Dit is Hans Kerner. Hij hoort bij de vrijwilligers uit Berlijn. Vanmiddag heeft hij gewonden in de omliggende bossen geholpen en een man voor wie geen plaats meer was op de kar beloofd hem later op te halen. Alleen kon hij geen vervoer meer vinden. Hij is wanhopig omdat de gewonde al aan het einde van zijn krachten was. Ik ken de plek en heb aangeboden samen met Elsa met hem mee te gaan. We willen proberen de man te redden.'

'Het gaat om een Duitse onderofficier,' vervolledigt Franz zijn leugen.

De soldaat maakt een afwerend gebaar. 'Duitser of Fransman, het is een mens.' Hij wendt zich tot Albert. 'Hebt u een identiteitsbewijs of paspoort?'

Franz voelt meer dan hij ziet dat Albert bleek wegtrekt. Maar de Elzasser houdt het hoofd koel en tast alert naar het borstzakje van zijn kiel. Dan schudt hij moedeloos het hoofd.

'Het spijt me, sergeant. Ik heb me omgekleed omdat mijn kiel vies was en ben vergeten mijn identiteitskaart eruit te halen.'

Franz prevelt stil een dankgebedje. Tot nu toe heeft hij alleen Frans met Albert gesproken. Maar zoals zoveel Elzassers die zo dicht bij de grens zijn opgegroeid, spreekt ook Albert vloeiend Duits.

'Het is al goed.' De soldaat is zichtbaar gevleid dat hij hoger in rang wordt ingeschat en verbetert Albert ook niet. 'Vooruit, ga maar. Veel succes beiden.'

'En pas op voor blindgangers! Ik wil niet dat jullie in het donker in de lucht vliegen!' roept hij hen nog na.

Zodra ze de laatste huizen achter zich hebben gelaten slaat Albert rechtsaf een bosschage in. Een tijdlang volgen ze een smal pad dat afwisselend langs open vlaktes – waarschijnlijk ooit akkers – en percelen bos voert. Franz huivert als hij ziet dat er overal nog lijken van Franse en Duitse soldaten liggen. En opgezwollen paardenkadavers.

Er liggen ook nog wapens en allerlei uitrusting. Spontaan pakt Franz een pistool dat glanst in het licht van zijn lantaarn. Het magazijn is nog vol. Edgar Hepp had hem gisteren voor zijn vlucht niet aan een wapen kunnen helpen.

Ze lopen al goed twee uur langs dit moeilijk toegankelijke terrein waar hevige gevechten hebben plaatsgevonden als ze plotseling zacht gesnuif horen. Even later breekt een gezadeld zwart paard door het kreupelhout en loopt op hen af. Schijnbaar heeft het dier behoefte aan menselijk gezelschap.

Franz krabt het paard, dat vol vertrouwen zijn hoofd laat zakken en aan hem snuffelt, achter de oren en pakt de teugels vast. Het ros volgt hem gedwee.

Albert lacht zachtjes. 'Wat een geluk! Nu kunnen we beiden te paard verder. Ik mag je merrie toch hebben, of niet?' In de kelder waren ze al overgestapt op de vertrouwelijke aanspreekvorm.

'Natuurlijk. Hoe ver is het nog?'

'Over iets minder dan een halfuur komen we bij een grotere weg. Die kun je volgen richting Zabern, waar het leger van Mac Mahon zich na de nederlaag zou hebben teruggetrokken. Dat beweerden de Duitse plunderaars in de kelder althans. Daar weten ze wel waar je het leger vindt. Ik ga de andere kant op, naar Reichshoffen. Daar kan ik bij familie terecht.'

DEEL 4

Apocalyps

16

Huize Gerban bij Altenstadt

20 augustus 1870

Het hart van Irene klopt in haar keel als ze naar de brief kijkt die in een onbekend handschrift aan Pauline Gerban is geadresseerd. De moeder van Franz die haar meteen in de kleine salon heeft ontboden ziet lijkbleek. Aan haar ogen ziet Irene dat ze al een flinke hoeveelheid laudanum heeft genomen, maar toch beven haar handen zichtbaar.

'Ik heb deze net gekregen van een bode uit Wissembourg. De brief is daar samen met andere veldpost aan het militaire gezag bezorgd.' Pauline grijpt opnieuw naar het glas met het door de opiumtinctuur lichtbruin verkleurde water en neemt nog een slok. 'Ik durf het schrijven niet te openen. Wilt u dat voor me doen?'

Met slappe knieën loopt Irene naar de kleine secretaire waar Pauline normaal haar correspondentie doet en pakt de zilveren briefopener. Ook haar handen trillen. Zonder op een uitnodiging te wachten laat ze zich in een fauteuil zakken.

De ogen van de twee vrouwen ontmoeten elkaar. Het gezicht van Pauline weerspiegelt de vreselijke angst die Irene nu ook voelt. Door hun hoofd speelt dezelfde gedachte: een vreemde zal toch alleen schrijven als Franz iets verschrikkelijks is overkomen?

Sinds Franz' vlucht uit Wissembourg heeft het Franse leger bij Mars-la-Tour en Gravelotte nog meer nederlagen geleden die een gigantische menselijke tol hebben geëist. Geen van beide vrouwen weet of Franz bij die gevechten betrokken was.

Seconden worden minuten terwijl Irene naar de brief in haar handen blijft staren. Het is een dikke bruine envelop met naast het adres van de familie Gerban het stempel van het Duitse militaire bestuur in Wissembourg. Irene leest de in rode inkt gestempelde woorden GECENSUREERD EN VRIJGEGEVEN en langzaam dringt de betekenis van dat stempel tot haar door.

'Dat onbekende handschrift betekent niet per se dat Franz zwaargewond is of gesneuveld. In de envelop zit misschien gewoon een brief van hemzelf, die de autoriteiten hebben geopend en gecontroleerd alvorens door te sturen,' zegt ze opgetogen terwijl ze Pauline het stempel laat zien.

Franz' moeder grijpt naar haar lorgnon en bestudeert de opdruk. 'Ik bid de hemel dat je gelijk hebt, Irene.' Haar stem klinkt onvast, maar Irene heeft dat vaker meegemaakt en ze wijt het aan het laudanum. 'De strijdende partijen zijn natuurlijk als de dood voor spionnen.'

Irene heeft opeens haast en snijdt de bruine envelop open. Daarin zitten inderdaad twee brieven in het nette handschrift van Franz. Eentje aan haar en eentje aan Pauline. Irene slaakt een zachte kreet van opluchting.

'Hier is een brief van Franz voor u.' Ze steekt Pauline een van de brieven toe, maar die maakt een afwerend gebaar. 'Lees maar voor!' Haar stem trilt nog.

'Liefste maman! Ik ben gezond en wel...' klinkt Irenes stem door de kamer.

Nu pas laat Pauline zich achterover zakken. Ze lacht terwijl de tranen over haar wangen biggelen. Ook Irene zou hardop willen juichen.

'Verder, lieve Irene! Lees verder!'

Irene snuit haar neus, ademt diep in en begint.

Châlons-sur-Marne, 17 augustus 1870

Lieve maman! Ik ben gezond en wel als ik u deze brief schrijf. Ik hoop dat het schrijven u snel zal bereiken en dat u zich niet onnodig zorgen over mij maakt.

Helaas zijn de meeste telegraaflijnen hier bij de gevechten beschadigd anders had ik wel eerder iets laten weten. Ook de reguliere postdiensten functioneren niet meer in de door de oorlog getroffen gebieden. Maar vandaag vertrekt er een transport naar Woerth met gewonden voor wie we hier in Châlons-sur-Marne niets meer kunnen doen. Ik hoop dat ze in de veldhospitalen achter het front de nodige hulp krijgen, ook al staan die onder het toezicht van de Duitsers. Misschien worden de stakkers krijgsgevangen genomen, maar omdat het voornamelijk soldaten zijn met hoofdwonden of geamputeerde ledematen, hoop ik dat de Duitsers hen niet zullen interneren. Als soldaten kunnen ze immers niet veel meer aanvangen.

Je vraagt je vast af hoe ik in Châlons ben beland. Na een oponthoud van twee dagen in Froeschweiler ben ik de troepen van Mac Mahon via Saverne en Lunéville gevolgd. Op 11 augustus heb ik me aangesloten bij een groep soldaten die bij de gevechten van 6 augustus hun eenheid zijn kwijtgeraakt – wat veel manschappen overkomt.

In Froeschweiler heb ik eerst doden helpen bergen en gewonden verzorgd die de Duitse én Franse legers hadden achtergelaten. De details zal ik je besparen, het was allemaal te gruwelijk voor woorden.

Op weg naar Saverne heb ik besloten me uit te geven voor hospik. Ik heb met de verzorging van de gewonden op de terugweg van de Geisberg, thuis in Altenstadt en nu ook in Froeschweiler mijns ondanks genoeg ervaring opgedaan.

Het is geen aangename taak, maar nu hoef ik tenminste niet meer op mensen te schieten en kan ik een kleine bijdrage leveren aan het lenigen van het leed waar geen einde aan lijkt te komen. Ik geef grif toe dat ik het liefst helemaal niet meer op het leger was gestuit, maar met de alom aanwezige angst voor spionnen liep ik het gevaar als verdacht persoon opgepakt en geïnterneerd te worden. Dus ook deze beslissing leek me het minste van twee kwaden.

Voordeel is dat jij je nu niet al te veel zorgen hoeft te maken over mijn welzijn. Geruchten doen de ronde dat het leger van Mac Mahon weldra in een nieuwe slag verzeild zal raken, maar als verplegers onder de vlag van het Rode Kruis zijn we beter beschermd dan gewone soldaten aan het front. Ik hoop dat je me geen lafaard vindt, maar ik kan je verzekeren dat het verzorgen van de stervenden en de voor het leven kreupele en verminkte kameraden ook enige moed vergt.

Ik werk zestien uur per dag en het ontbreekt ons aan de meest elementaire zaken. De troepen van Mac Mahon zijn bij Woerth bijna al hun materiaal verloren, ook een groot deel van hun medische uitrusting. We hebben niet genoeg chloroform, ether, jodium en chirurgische instrumenten. Ook verbandmiddelen zijn schaars, al brengen burgers ons alles wat ze kunnen missen. Ik durf te wedden dat in heel Châlons geen enkel huishouden nog extra bed- of tafellinnen heeft.

Daar we met onze beperkte middelen hier niet veel gewonden meer kunnen helpen en ook omdat de kans groot is dat we binnenkort verder trekken, geef ik een soldaat uit Wissembourg deze twee brieven mee – een voor jou en een voor Irene. Liefste maman, uit de grond van mijn hart smeek ik je Irene haar brief te geven en voor haar te zorgen. Toen we afscheid namen zag ze er niet gezond uit. Als ze nog in Schweighofen is, haal haar dan alsjeblieft terug naar Altenstadt.

Vergeet niet dat Irene je toekomstige schoondochter is. Ik ben nog steeds vastberaden haar te trouwen zodra ik weer thuis ben. Ze zal dus ook de moeder van je kleinkinderen worden. Ik hoop dat mijn voornemen je begrip en zegen heeft.

Ik laat het aan jou over wat je aan vader en Mathilde doorgeeft. Als je niet alles voor je wilt houden, doe beiden dan de groeten van mij, en ook alle andere leden van het huishouden in Altenstadt.

Nu moet ik afsluiten omdat het gewondentransport zo meteen vertrekt.

Ik omhels je innig en denk elke dag met veel liefde aan je.
Je zoon Franz

Irene laat de brief zakken. Het was niet gemakkelijk de brief in één keer voor te lezen omdat Paulines kreten haar voortdurend hadden onderbroken.

De brief heeft Irene enorm aangegrepen. Vooral Franz' aankondiging na zijn terugkeer met haar te zullen trouwen raakt haar diep. Ze heeft nooit aan zijn woord getwijfeld, maar dat hij dit voornemen herhaalt en zijn moeder vraagt om juist om die reden goed voor haar te zorgen maakt zijn belofte nog bindender.

Ze vraagt zich af hoe Pauline hierop zal reageren. Irene durft niet op te kijken uit angst het oordeel van Pauline van haar gezicht af te lezen. Het is Franz' moeder die uiteindelijk als eerste de stilte doorbreekt.

'De hemel zij dank dat het goed gaat met Franz. Maar wat een dwaze knul is hij soms toch! Hoe kan hij nu denken dat we hem laf zullen vinden omdat hij zich niet als een lam naar de slachtbank wil laten voeren.' Ze lacht en huilt tegelijkertijd.

Irene knikt. 'Hij moet vreselijke dingen hebben meegemaakt in Froeschweiler en dezelfde ellende nu dag in, dag uit opnieuw meemaken. Het moet verschrikkelijk zijn om gezonde mannen ten strijde te zien trekken en niet te weten hoe ze zullen terugkomen.'

Pauline zucht. 'U hebt gelijk, Irene. Bij menig gewonde in dit huis had ik al de onchristelijke gedachte dat ze beter dood waren gegaan op het slagveld dan het ellendige leven te moeten leiden dat hun nu te wachten staat. Herinnert u zich nog de man die zijn hele onderkaak miste? Hij leefde nog toen ze hem naar Wissembourg brachten.'

'Ja, die kan ik me nog voor de geest halen.' Irene durft Pauline nog steeds niet aan te kijken.

'Maar laten we het nu over het verzoek van Franz hebben!' Pauline staat op en loopt naar Irene. Ze legt twee vingers onder haar kin en tilt haar hoofd op. 'Hij maakt zich zorgen om jou. Dat begrijp ik en ook ik ben bezorgd om je, kind. Vertel me daarom alstublieft de waarheid. Hoe gaat het? Is alles echt in orde?'

Irene is bang, maar hakt de knoop door.

'Ik denk het wel, mevrouw Gerban. Ik hoop het tenminste. Maar ik voel me niet altijd even goed.' Ze aarzelt, maar vervolgt dan dapper: 'Vooral 's ochtends ben ik vaak misselijk.'

Pauline gaat naast Irene op de armleuning van de fauteuil zitten.

'Dan had ik het toch goed: je bent zwanger van Franz.' Als Irene niet meteen antwoordt, dringt ze aan. 'Zo is het toch?'

Irene haalt haar schouders op. 'Waarschijnlijk wel,' fluistert ze.

'Geen maandstonden?'

Irene kijkt weer naar beneden en knikt zwijgend.

'Hoelang al niet, kind?'

'Voor de derde keer al.'

'Weet Franz het?'

'Nee. Ik wilde hem er niet mee belasten.'

Plotseling wordt het Irene allemaal te veel. Eerst die gruwelijke angst dat hem iets ergs was overkomen, vervolgens de formidabele opluchting dat hij voorlopig veilig is en nu het toegeven van de zwangerschap. Ze barst in tranen uit. Pauline neemt haar in haar armen en houdt haar stevig vast.

'Hoe moet het nu verder met mij en mijn kind?' snikt Irene. 'Mag ik bij u in Altenstadt blijven?'

Pauline laat Irene los en duwt haar een beetje van zich af. 'Wat is dat nu voor flauwekul, lieve kind?' Haar zachte stem logenstraft haar vermanende woorden. 'U denkt toch niet dat ik zou toestaan dat u op straat wordt gezet? Samen met mijn ongeboren kleinkind? Natuurlijk blijft u hier. Franz zou het me nooit vergeven als ik u mijn hulp zou onthouden. En wie weet...' Haar stem stokt en ze bijt op de knokkels van haar rechterhand om een snik te onderdrukken. Vervolgens ademt ze diep in en recht haar rug. '... en wie weet of Franz überhaupt terugkomt. Dan is zijn kind het enige wat me van hem rest.'

'Maar zoiets mag u niet zeggen, u mag het niet eens denken,' antwoordt Irene onthutst. 'Dat brengt ongeluk.'

Pauline glimlacht meewarig. Met haar donkere ogen en fijne gelaatstrekken lijkt ze meer dan ooit op haar zoon.

'U hebt alweer gelijk, liefje. We mogen de moed en de hoop niet verliezen. In elk geval is Franz niet terechtgekomen bij het leger van maarschalk Bazaine die de laatste gevechten bij Mars-La-Tour en Gravelotte heeft verloren.' Pauline lijkt opeens doodop.

'Maar u wilt natuurlijk weten wat Franz u geschreven heeft.' Pauline pakt de andere brief van de tafel en geeft die aan Irene. 'Ga maar naar uw kamer. Ik laat mevrouw Burger weten dat u vandaag niet meer hoeft te werken.'

Ook Irene is uitgeput. 'Zal ik u zijn brief aan mij ook voorlezen?' biedt ze aan, maar Pauline schudt glimlachend het hoofd. 'Nee, kind. De woorden van Franz voor jou zijn heus niet voor mijn oren bestemd. Ga nu maar en rust wat. U ziet erg bleek.'

Irene heeft de deur al op een kier geopend als Pauline haar terugroept. 'Maar doe het rustig aan, Irene. In uw toestand mag u geen zwaar huishoudelijk werk meer verrichten. En ook het verplegen zult u moeten opgeven. Ik zal nadenken over hoe we dat zo onopvallend mogelijk kunnen regelen.'

Ook Irene heeft nog iets op het hart. 'Hoe zal uw familie dit opnemen, mevrouw Gerban? Ik zal de zwangerschap niet lang meer kunnen verbergen. Wat zal mijnheer uw echtgenoot hiervan zeggen? En mejuffrouw uw dochter?'

Aan de gelaatsuitdrukking van Pauline ziet Irene dat dat ook haar zorgen baart. Tot haar verdriet neemt haar meesteres nog een slok van het glas met laudanum.

'Ook daarover zal ik nadenken, Irene,' belooft Pauline dapper. 'Het beste is dat we uw toestand zo lang mogelijk geheimhouden. Hoe verder de zwangerschap is gevorderd, hoe minder mijn man ertegenin zal kunnen brengen dat u het kind hier in huis voldraagt. Wie weet is Franz alweer thuis als het zover is.'

Bij die laatste woorden vallen de ogen van Pauline dicht. Irene weet dat ze haar vandaag niet meer zal kunnen spreken. Uit gewoonte maakt ze een kniebuiging, loopt naar buiten en trekt de deur zachtjes achter zich dicht.

De schaduw die in de donkere gang achter een grote kast wegduikt, ziet ze niet.

Châlons-sur-Marne

19 augustus 1870 (een dag eerder)

'Wat doen we met Jérôme?' vraagt Franz somber.

'We hebben geen andere keus dan hem zoals de andere krankzinnigen te laten opsluiten,' antwoordt Louis, de sergeant van de medische eenheid waarbij Franz na aankomst in Châlons is ingedeeld.

'Arme kerel. Dat overleeft hij waarschijnlijk niet.'

Louis haalt de schouders op. Ze werken nog maar een paar dagen samen, maar het lot van de armste stumpers kan Louis weinig schelen. Franz laat niet blijken dat hij dat doorheeft.

Mede omdat dit hem verloste van zware verpleegtaken waarbij zijn gebrek aan ervaring misschien snel zou zijn opgevallen, had Franz al op zijn eerste dag bij deze eenheid aangeboden zich om de verwarde personen te bekommeren. Zijn kameraden hadden zijn aanbod dankbaar aangenomen omdat de meesten dat een onaangenamere taak vinden dan het verzorgen van etterende en stinkende wonden.

Van alle soldaten die bij de gevechten letterlijk hun verstand zijn verloren is het geval Jérôme wel héél tragisch. Bij Woerth was hij door een kogel in het hoofd getroffen, maar omdat hij daar gek genoeg niet zoveel last van leek te hebben, had zijn eenheid hem meegenomen met andere gewonde soldaten die vervoerbaar waren. Kort na aankomst in Châlons was Jérôme echter in een coma geraakt en twee dagen later was hij daaruit ontwaakt als een volledig ander mens. Sindsdien is hij verward en weet hij niet wie of waar hij is. Hij doet niemand kwaad, maar heeft de onbedwingbare drang om te bewegen en zit geen minuut stil. 's Nachts komt hij alleen tot rust met een hoge dosis laudanum.

'Ik geef de artsen van het gesticht het adres van zijn ouders,' zegt Louis. 'Misschien kunnen zij hem vroeg of laat ophalen.'

Dat stemt Franz nog droeviger. Jérôme is afkomstig uit het Noord-Franse Metz, dat Duitse troepen al wekenlang belegeren. Gisteren is een groot deel van het leger vanuit Châlons via Reims vertrokken om de stad te ontzetten.

Natuurlijk kunnen de gewonden niet mee op deze tocht met onbekende bestemming. En al zeker niet de mannen die niet zozeer lichamelijk, maar geestelijk ziek zijn of mensen zoals Jérôme die als gevolg van hun verwondingen krankzinnig zijn geworden.

De meeste van die stumpers zitten de hele dag wezenloos in een hoek. Andere trillen onbeheerst, stamelen wat voor zich uit of schrikken bij het minste geluid, waarna ze wegvluchten en zich achter meubilair verschuilen. Sommigen beweren ook vijandelijke stemmen te horen die hen opdragen sabotagedaden te plegen en zelfs hun eigen kameraden aan te vallen. Voor de komst van Franz was een van die stakkers uit zelfverdediging neergeschoten nadat hij zich met getrokken sabel op een van zijn makkers had gestort.

De legerartsen hebben geen andere keus dan die beschadigde mannen in de plaatselijke krankzinnigengestichten te plaatsen en te proberen de andere gewonden zo veel mogelijk bij mensen thuis onder te brengen of hen met de paar beschikbare ziekenkarren naar door de Duitsers bezette gebieden te brengen. De zorg voor de patiënten die hun zijn toevertrouwd is ook de reden dat Franz' eenheid pas als een van de laatste Châlons verlaat.

'Bij welk onderdeel worden we eigenlijk ingedeeld?' Franz hoopt met die vraag het trieste lot van de achterblijvers even van zich af te zetten.

'Voor zover ik weet bij de Division Bleue uit Cherbourg. Die heeft om onbekende reden maar een kleine medische eenheid.'

'Aha.' Franz laat het nieuws op zich inwerken. De zogeheten Blauwe Divisie, een infanterie-eenheid van de Franse marine, is net als andere reserve-eenheden onlangs in Châlons ingelijfd bij het leger van Mac Mahon om de zware verliezen bij Wissembourg en Froeschweiler-Woerth op te vangen. Het betreft geen onervaren reservisten of vrijwilligers, maar keurtroepen die oorspronkelijk voorzien waren om de Duitse kusten aan te vallen. Nu verzamelt de Franse generale staf echter alle beschikbare eenheden om Mac Mahon versterking te bieden.

Het oorspronkelijke plan was dat het leger van Châlons naar Parijs zou optrekken om de hoofdstad te verdedigen, maar aangezien de op een na grootste Franse troepenmacht, het Rijnleger van maarschalk Bazaine, ook de ene na de andere nederlaag had geleden, moest Mac Mahon nu met zijn inmiddels versterkte leger de Duitse troepen aanvallen om Bazaine te ontzetten.

Franz probeert de bedrukte stemming die hem sinds het marsbevel in de greep heeft van zich af te zetten en zich te concentreren op wat hij vandaag nog allemaal moet doen. Het gevoel van nakend onheil kan hij echter niet van zich afschudden.

Huize Gerban bij Altenstadt

20 augustus 1870, 's avonds laat

Mathilde slaakt een zucht van verlichting als ze de kleine koets hoort die haar vader thuisbrengt na zijn zoveelste vergadering van de afgelopen weken.

Het is al na tienen. Het avondeten, opgediend door die sloerie van een Irene, is al lang achter de rug en zoals gewoonlijk heeft haar moeder zich onmiddellijk in haar slaapkamer teruggetrokken. Mathilde heeft voorgewend nog wat brieven te moeten schrijven en loopt sindsdien rusteloos door de bibliotheek.

Hopelijk heeft niemand iets aan me gemerkt, denkt ze. Dat snolletje blééf maar vanuit haar ooghoeken naar me kijken.

Maar op zich is dat niet belangrijk. Het zal nog wel even duren voor Franz thuis zal zijn en haar vader zal morgen haar moeder wel ter verantwoording roepen en zorgen dat die hoer eruit wordt gegooid. Mathilde wrijft zich nu al vol voorpret in de handen.

Als ze haar vader hoort binnenkomen loopt ze de hal in waar Niemann, die ook op de terugkeer van zijn baas had gewacht, net diens hoed en zomerjas aanneemt.

Mathilde zet een blij gezicht op. 'Vader, wat fijn dat ik je vandaag nog zie. Was het een geslaagde avond?'

Wilhelm Gerban kijkt even naar zijn dochter en knikt. 'Breng me een cognac in de bibliotheek,' instrueert hij Niemann. 'En een glas lichte witte wijn voor mijn dochter.'

'Als je me tenminste gezelschap wilt houden,' zegt hij dan pas tegen Mathilde.

'Dolgraag, lieve vader. Nu Franz…' Doelbewust laat ze even een stilte vallen. 'Nu Franz… niet meer thuis is kun je me misschien vertellen hoe het verder moet met de wijngaard en de wijnhandel.'

Wilhelm snuift. 'Die onverbeterlijke idioot!' vloekt hij zonder Franz bij naam te noemen. Hij haalt diep adem. 'Kom, we gaan naar binnen.' Hoffelijk houdt hij de deur open voor Mathilde en als hij die achter zich heeft gesloten voegt hij eraan toe: 'Het zou allemaal zo goed kunnen uitpakken als mijn zoon en erfgenaam niet aan de foute zijde zou vechten.'

Mathilde gaat niet op die opmerking in, maar trekt toch een bedroefd gezicht. Er wordt niets meer gezegd totdat Niemann de drankjes heeft gebracht en Mathilde haar ongeduld niet meer kan bedwingen.

'Het klopt dus dat Duitsland de Elzas zal annexeren als de Fransen de oorlog verliezen?'

Wilhelm Gerban knikt. 'Inderdaad, liefje. We wonen nu eigenlijk al zo'n beetje op Duitse bodem. Bovendien gaat het gerucht dat bondskanselier Bismarck plannen heeft om de Pruisische koning tot Duits keizer uit te roepen zodra de Fransen zijn verslagen. Die vervloekte en rampzalige invoerrechten die we tot nu toe moeten betalen om onze wijn naar andere Duitse regio's te exporteren, zal dan verdwijnen. En voor bedrijven zoals het onze, met filialen in Duitsland en in de Elzas, wordt dat economisch heel interessant omdat we aan beide zijden van de grens weten hoe de wijnwereld in elkaar zit.'

'Dat klinkt inderdaad veelbelovend, papa.' Mathilde frummelt wat met haar handen en vraagt zich bezorgd af hoe ze kan voorkomen dat haar vader zich vastbijt in dit verhaal. Wilhelm Gerban kan urenlang over zijn wijngaard en zijn handel praten en heeft dan geen oor meer voor andere zaken.

Ze besluit meteen ter zake te komen. 'Dan kunnen we alleen maar van ganser harte hopen dat Franz ongedeerd thuiskomt en zich aan de nieuwe situatie zal aanpassen. Zeker omdat...' Ze hapert met opzet alsof het haar moeite koste om verder te spreken. 'Omdat er nóg iets is dat hij zal moeten regelen,' floept ze eruit.

'Hoezo, nóg iets? Waar heb je het over?' Wilhelm kijkt zijn dochter dreigend aan en snijdt het heikele thema zelf aan. 'Als je denkt dat ik zal dulden dat Franz met dat dienstmeisje trouwt, dan heb je het mis. Dat gaat niet gebeuren.'

Mathilde zucht theatraal. 'Ik vrees dat dat niet zo gemakkelijk zal worden.'

'Wat bedoel je?'

'Wel,' Mathilde doet wat ontwijkend en slaat schijnbaar beschaamd haar ogen neer. 'Wel, je weet dat er onzedelijke dingen zijn gebeurd...'

'Wat?' Haar vader klinkt zo gealarmeerd als Mathilde had gehoopt.

'Wel, ik vrees dat die dingen niet zonder gevolgen zijn gebleven, vader.'

'Wat zeg je?' Wilhelm Gerban reageert verbijsterd en Mathilde verbaast zich over de uitwerking van haar woorden. Onzeker kijkt ze hem aan. Hij ziet lijkbleek.

'Betekent dat... wil je zeggen dat dat kind zwanger is?'

'Ze heeft het vandaag aan moeder opgebiecht. Ik heb het gesprek toevallig opgevangen.'

De reactie van haar vader verrast haar totaal. Wilhelm Gerban drukt zijn vuist tegen zijn mond. 'O god, het zal toch niet waar zijn...' mompelt hij gesmoord.

Mathilde is in de war. Ze had verwacht dat haar vader boos zou worden, maar hij oogt ronduit wanhopig.

'Die twee hebben afgesproken de toestand van Irene zo lang mogelijk te verbergen. Ze hopen dat Franz naar huis komt...'

'Naar je kamer! Laat me alleen!' onderbreekt Gerban zijn dochter bruusk. En als Mathilde stomverbaasd niet meteen reageert, verheft hij zelfs zijn stem. 'Je hebt weer staan luistervinken, Mathilde! Maar het is goed dat je me dit hebt verteld. Ga naar bed en laat me alleen! Ik moet nadenken.'

Wat valt er nu nog na te denken? Mathilde durft haar gedachten niet uit te spreken. Gooi die sloerie toch gewoon op straat, man! Voordat Franz terug is. Die dingen gebeuren toch wel vaker?

Maar de boze blik van haar vader dwingt haar te gehoorzamen en op te staan.

'Goedenacht, vader,' zegt ze bij de deur.

Ze krijgt geen antwoord. Als ze nog even achteromkijkt ziet ze hem verstijfd en met gebalde vuisten in zijn leunstoel zitten.

17

Op de weg naar Sedan

24 augustus 1870

'Hooo! Brrr!'

Franz trekt hard aan de teugels van de twee trekpaarden voor de huifkar met het beperkte instrumentarium waar zijn medische eenheid over beschikt. Achter een bocht in de weg – voor zover je het onverharde pad van amper tien voet breed een weg kunt noemen – is een wagen in een kuil gereden. De vooras van de kar gebroken.

'*Sacré diable!*' vloekt Louis die de eenheid aanvoert en naast Franz op de bok zit. 'Nu staan we alweer vast.'

Franz doet niet mee aan de algemene scheldtirade hoewel hij het wel had gewild. Met elke mijl die ze na hun vertrek uit Châlons hebben afgelegd, wordt hij somberder.

Het is inmiddels drie dagen geleden, maar het afscheid van Jérôme knaagt nog steeds aan hem. De jongen had gehuild als een kind toen de verplegers van het gesticht hem met geweld in een dwangbuis wrongen en naar de kooiwagen zeulden. Bovendien had de psychiater die het transport begeleidde hem een fatale prognose voor de zieke gegeven.

'Hij zal deze verwonding niet overleven,' had de arts voorspeld. 'De kogel in zijn hersenen zal waarschijnlijk migreren of een bloedvergiftiging veroorzaken. Binnen vier weken is deze man dood.'

Pas tijdens de zware mars over de slechte wegen van Noord-Frankrijk wordt het Franz echt duidelijk hoe miserabel het Franse leger is uitgerust. Aan alles is er een tekort. Beloofde voorraden proviand, munitie, tenten, dekens en ander materiaal zijn niet geleverd. Zelf draagt hij nog het uniform van de deserteur in de kelder in Froeschweiler dat Albert Valon hem na hun vlucht uit de pastorie had gegeven bij hun afscheid. De jas zit te strak en de broek is te kort, maar zelfs met de beste wil van de wereld heeft hij nog geen ander uniform kunnen opscharrelen.

De laarzen passen gelukkig wel, denkt hij cynisch. Die zijn van Guillaume, een gewonde die uiteindelijk toch aan zijn verwondingen was bezweken. Franz had zijn hand vastgehouden toen het einde nabij was en hem beloofd zijn familie in Rouen in te lichten. Hij liet een vrouw en vijf kleine kinderen na.

In ruil stond Guillaume erop dat Franz zijn beurs met tweehonderd franc en zijn splinternieuwe laarzen zou aannemen. 'Ik heb ze twee dagen voor de slag bij Woerth gekregen. Ze zijn nauwelijks gedragen en zullen je beter van pas komen dan die versleten stappers van je.'

Franz had bij zijn overhaaste vlucht uit Wissembourg immers geen passend schoeisel gevonden. Omdat hij met zijn mooie leren schoenen die hij bij de begrafenis van zijn neef had gedragen meteen de aandacht zou hebben getrokken, had hij geen andere keus gehad dan een paar afgetrapte bottines aan te trekken die Edgar Hepp hem had gegeven. Die hoge schoenen waren niet alleen te groot, maar hadden bij het delven van de graven in Froeschweiler en de lange nachtelijke mars over de slagvelden flink geleden. Albert, de deserteur, had hem onderweg verschillende keren aangespoord de laarzen van een dode te pakken, maar dat kon Franz op dat moment niet over zijn hart krijgen. Later, toen de zolen van zijn bottines loskwamen, had hij daar natuurlijk spijt van gehad.

Franz is enorm blij met de goede laarzen, maar de wijze waarop hij ze heeft gekregen bezorgt hem telkens een wrang gevoel.

Nu staat hij tot aan zijn kuiten in de modder en probeert hij met een paar kameraden de voor hen gestrande kar op te tillen zodat een wagenmaker de as kan repareren. Tot overmaat van ramp begint het ook weer te regenen. Het is eind augustus en de warme onweersbuien van het begin van de maand zijn verdwenen. In twee dagen tijd is de drukkende hitte verdreven en is het aanzienlijk kouder geworden alsof er na de extreem warme zomer nu een vroege herfst voor de deur staat.

Pas twee uur later is de weg weer vrij. Franz kruipt terug op de bok van de huifkar om de reis voort te zetten. Het regent nog steeds onophoudelijk en net als al zijn kameraden is Franz door- en doornat. Plotseling nadert een koerier te paard hun groep.

'Jullie maken vannacht kwartier in het gehucht Neufville. Dat ligt ongeveer een mijl verderop. Zorg dat je er voor het vallen van de avond bent.'

Een klein uur later hobbelt de huifkar een klein dorp binnen van hooguit twintig armoedige huizen langs een hoofdstraat. Het is nog een heel landelijke omgeving. Voor elke deur liggen mesthopen en vieze kinderen kijken de soldaten van een afstandje wantrouwig aan. Er is geen herberg, laat staan een winkel waar je dingen zou kunnen kopen. Met uitzondering van een uitgemergelde kat kan Franz geen andere dieren ontdekken terwijl in dergelijke streken toch vaak varkens en pluimvee in het vuilnis wroeten als leefden de mensen daar nog in de donkere middeleeuwen.

Hulpeloos kijkt Franz om zich heen. Zijn maag rammelt. Behalve wat dunne haversoep vanochtend en wat oud brood heeft hij niets meer gegeten.

Naast hem moppert Louis. 'Het ziet ernaar uit dat er weer geen eten is. Of zie jij ergens een veldkeuken of gewoon een simpel kampvuur?'

Hij verwacht kennelijk geen antwoord en springt van de bok. 'We kunnen alleen maar hopen dat de mensen hier ons wat eten verkopen.' Hij geeft de vijf andere hospikken van de eenheid opdracht een kamp op te zetten onder een boom, water te halen bij een put en zo goed en zo kwaad als het kan de paarden te verzorgen. Vervolgens gebaart hij Franz hem te volgen. 'Hopelijk is ons brandhout niet te nat geworden anders kunnen we niet eens koffiezetten.'

Franz zucht. Veel vertrouwen heeft hij er niet in dat het kreupelhout dat ze die ochtend hebben verzameld en op de kar hebben gestapeld droog is gebleven onder de huif vol gaten. Gelukkig is het inmiddels opgehouden met regenen.

Ze bereiken de eerste woning, een huisje met twee verdiepingen dat ooit wit geweest moet zijn maar nu donkergrijs is. Er doet niemand open als ze aankloppen. Franz ziet iets bewegen achter het raampje op de begane grond waarvoor een grijs gordijn hangt.

'Hallo, is er iemand thuis?' roept hij. En als er nog steeds geen reactie komt: 'We weten dat er iemand is. Doe alstublieft open, we willen graag wat eten kopen.'

'We hebben zelf niets meer,' antwoordt een krakende stem. 'Jullie mensen zijn hier al in groten getale gepasseerd en hebben alles meegenomen, maar bijna niemand heeft ervoor betaald.'

Louis en Franz kijken elkaar aan en denken hetzelfde. Het is niet de eerste keer dat ze horen dat niet alleen de Duitse maar ook hun eigen troepen zich inmiddels uit pure noodzaak spullen van burgers toe-eigenen. Franz haalt de beurs die hij van Guillaume heeft gekregen uit de binnenzak van zijn uniformjas en zwaait ermee voor het raam.

'We zullen ervoor betalen. Dat beloven we u.'

'Dat beweerden die anderen voor u ook. Maar we hebben zelf nauwelijks iets te eten,' antwoordt de krakende stem die kennelijk bij een oude vrouw hoort. 'Mijn zoon is op het slagveld, mijn schoondochter is hoogzwanger en hun drie kleine kinderen huilen om eten. En straks wordt het ook nog winter.'

Franz heeft een idee. Hij pakt een muntstuk van vijf franc uit zijn beurs en houdt die tussen duim en wijsvinger voor het raam. 'Ik leg deze voor de deur en dan doen we vijf passen achteruit. Neem het geld alstublieft aan en verkoop ons wat. Wij zijn hospitaalsoldaten en sinds vanochtend met een lege maag op weg. Misschien is het wel uw zoon die we straks bij de grote slag die ophanden is uit het krijgsgewoel zullen redden, maar dan moeten we wel op krachten blijven.'

Of het nu het geldstuk of die argumenten zijn die de oude vrouw uiteindelijk doen zwichten, weet Franz niet, maar de deur gaat op een kier open. Een magere hand grijpt het muntstuk en dan verschijnt het gezicht van een oude vrouw met een hoofddoek. Achterdochtig en bang kijkt ze de mannen aan.

'Wacht hier. Ik haal wat we nog hebben.' Ze slaat de deur dicht. Even later gaat die weer open en geeft de oude vrouw met twee kinderen aan haar schort hun een zak aardappelen, een stuk spek ter grootte van een hand en zes eieren.

In elk geval beter dan niets. Al wordt het een karige maaltijd voor zeven volwassen mannen en dat voor een royale som geld, denkt Franz.

'Hebt u misschien nog wat reuzel om in te bakken. Wat brood eventueel?'

De oude vrouw schudt het hoofd. 'We hadden eergisteren nieuw gebakken, maar uw kameraden hebben al het brood opgevorderd. Wat vet kan ik nog wel geven en ook drie uien als u dat wilt.'

Franz knikt gelaten terwijl Louis driftig snuift, al is niet duidelijk of hij boos is op de oude vrouw of op de misère in het Franse leger. Franz gebaart hem dat hij zich gedeisd moet houden en tot zijn opluchting doet Louis dat ook.

De oude vrouw sluit de deur en keert dan terug met wat ze heeft beloofd. Tot Franz' verbazing overhandigt ze hem ook nog een kleine fles. 'Zelfgemaakte appeljenever. Warmt je toch gedurende één slok even op van binnen.' Dan gooit ze de deur krachtig in het slot.

Met hun schamele buit lopen Franz en Louis naar het geïmproviseerde kamp. In de huifkar kunnen maar twee mannen liggen, de rest moet buiten slapen. In elk geval walmt het vuur flink, wat betekent dat het hout toch al aan het smeulen is.

Hier en daar worden ze begroet en vernemen ze dat andere groepen nog minder succes hebben gehad dan zij. In het hele dorp is inderdaad nauwelijks eten te vinden. Maar vanavond schaft de pot gebakken aardappelen met spek en eieren, al zullen het maar een paar happen per persoon zijn.

Na de karige maaltijd laten ze de appeljenever rondgaan. Dan verwoordt Jacques, een jonge student medicijnen die zich als vrijwilliger bij de medische eenheid heeft aangesloten en op wie Franz van alle mannen in de groep het meest gesteld is, wat iedereen denkt.

'Wat kunnen onze troepen met lege magen en natte uniformen beginnen tegen de Duitsers als het weer tot een treffen komt?'

Vertwijfeld kijkt hij om zich heen. Antwoord krijgt hij niet.

Minna's huis in Schweigen

25 augustus 1870

'Wil je een kop koffie van versgemalen bonen? Net gezet! Moet je ruiken!'

Uitnodigend houdt Minna Irene de open koffiekan voor. Het ruikt inderdaad verleidelijk, maar Irene schudt het hoofd. 'Nee, dank je!'

Minna zucht. 'En boterkoek, warm uit de oven? Speciaal voor jou gebakken! Daar houd je toch zo van!'

Irene schudt opnieuw van nee.

'Maar kind, je moet iets eten. En doe je het niet voor jezelf, dan toch voor je ongeboren kind. Wil je dat het in je schoot verhongert?'

Ondanks alles moet Irene toch glimlachen om Minna's bezorgde frons. Hierdoor aangemoedigd gaat haar vriendin verder: 'Wacht maar tot de bengels en hun vader uit de werkplaats thuiskomen. Dan is die taart in één tel foetsie.'

Irene antwoordt niet, maar Minna pakt vastberaden de taartschep en schuift een heerlijke plak met goudbruine amandelen afgewerkt gebak op een bord. Vervolgens schenkt ze een kop koffie in en doet er melk en suiker bij.

Ze wacht even, maar Irene verroert geen vin. Met de taartvork snijdt ze een stukje af en houdt het voor de mond van Irene. 'Toe nu, probeer toch een stukje.' Ze speelt haar laatste troef uit. 'Of probeer je me met opzet verdrietig te maken?'

‘Natuurlijk niet,’ reageert Irene ontsteld. Braaf opent ze haar mond en laat zich als een kleuter voeren. De heerlijke smaak van boter en kaneel streelt haar gehemelte en haar maag begint te knorren. Nu pas beseft ze hoeveel honger ze heeft. Gretig pakt ze de taartvork en werkt in een oogwenk de rest van het gebak naar binnen.

‘Rustig, rustig,’ vermaant Minna haar zacht na de vijfde hap. ‘Er is genoeg. Zie je wel dat je honger had?’

Irene kauwt langzamer en slikt. En zoals zo vaak de afgelopen dagen vullen haar ogen zich weer met tranen.

Minna streelt haar hand. ‘Heb je al beslist?’

Het verdriet snoert haar keel dicht. ‘Nee,’ fluistert ze na een tijdje.

‘Morgen op z’n laatst moet je iets laten weten…’

Irene schudt hulpeloos haar hoofd. ‘Ik weet echt niet wat het beste is.’

Minna neemt nog een slok koffie en ademt diep in. ‘Laten we dan de voor- en nadelen nog eens tegen elkaar afwegen. Wilhelm Gerban heeft je duizend gulden geboden om Wissembourg voorgoed te verlaten en tot de geboorte je intrek te nemen in een Beiers klooster met kraamkliniek. Het geld en een uitstekend getuigschrift krijg je zodra je kind is geadopteerd door ouders die al vóór de geboorte worden gezocht. Je verbindt je ertoe nooit contact te zoeken met het kind nóch met Franz. Dat alles wordt in een juridisch bindend contract vastgelegd.’

Irene knikt. ‘Klopt.’

‘Als je weigert zet hij je zwanger en zonder ook maar één cent op straat. Je zogenaamde losbandigheid wordt in je bediendenboekje genoteerd zodat je in geen enkel voornaam huishouden nog een betrekking vindt.’ Minna verbijt zich. ‘De klootzak! Dan verhonger je, met zijn kleinkind nota bene, of word je tot prostitutie gedwongen.’

De tranen stromen over Irenes wangen. ‘In elk geval zal ik Franz nooit meer zien.’

Minna snuift. ‘Dat speelt nu even geen rol. Sowieso weet niemand of je Franz ooit nog zal zien.’

Irene hapt naar adem en kijkt haar vriendin vol afschuw met opengesperde ogen aan. 'Waarom zeg je zoiets?'

Er glijdt even een zweem van spijt over het gezicht van Minna, maar dan worden haar trekken weer harder. 'Naar verluidt wordt het leger van Châlons bij de volgende grote slag ingezet om het belegerde Metz te ontzetten. Zo staat het toch in alle kranten.'

Ze pakt de handen van Irene. 'Je weet dat ik van ganser harte wens dat Franz gezond en wel naar huis komt, maar jij hebt ook de vele doden en de vreselijk gewonden hier in Wissembourg gezien. Intussen hebben er nog gruwelijkere slachtpartijen plaatsgevonden. Tienduizenden mannen zijn daarbij omgekomen of kreupel voor de rest van hun leven. Daarom mag je je beslissing niet laten afhangen van de kans dat Franz terugkomt.'

'En als ik nu eens in een fabriek ga werken?'

Minna denkt even na. 'Alles is natuurlijk beter dan je lichaam verkopen, maar niemand neemt een zwangere vrouw in dienst. Tenminste niet voor een loon waarmee ze in haar levensonderhoud kan voorzien.'

'Je raadt me dus aan om naar die gesloten kraamkliniek te gaan. Het lot van mijn moeder te delen en mijn kind in de steek te laten.'

'Als ik het goed heb begrepen is Gerban vastbesloten zijn kleinkind te laten adopteren. Op dat vlak zijn de tijden wel veranderd sinds jouw geboorte. Toen leidden alle buitenechtelijke kinderen een ellendig leven als wees. Tegenwoordig zijn er wachtlijsten voor welgestelde echtparen die zelf geen kinderen kunnen krijgen en er eentje willen adopteren. Voorwaarde is wel dat het van goeden huize komt.'

'En hoe weet ik of het echt goed gaat met mijn kind?'

Minna denkt na. Dan klaart haar gezicht op. 'Je zou kunnen eisen dat ze de naam van de adoptieouders bij een vertrouwensman deponeren en aan jou kenbaar maken op het ogenblik dat het kind meerderjarig is.'

'Maar dan is het al volwassen en heeft het mij nooit als zijn moeder leren kennen.' Irene begint opnieuw te huilen. 'Misschien wil het dan niets meer van me weten...'

Minna slaat haar armen om Irene heen. 'Je hebt gelijk. Dat is geen goed idee. Vooral ook omdat het kind misschien niet weet dat het geadopteerd is. Veel adoptiekinderen geloven dat ze bij hun natuurlijke ouders opgroeien.'

Uitgeput legt Irene haar hoofd op Minna's schouder. Even houden de vrouwen elkaar in stilte vast.

'En kan de moeder van Franz je niet helpen?'

Voor ze antwoordt snuit Irene haar neus. 'Dat heeft ze geprobeerd, maar haar man wil niet naar haar luisteren. Zelf is ze te zwak en te verslaafd aan laudanum om zich te doen gelden. Sinds ik eergisteravond bij haar ben geweest is ze nauwelijks haar bed uit gekomen.'

'En wat was haar compromisvoorstel?' vraagt Minna hoewel Irene het haar al heeft uitgelegd.

'Ze stelde voor dat ik me als getrouwde vrouw zou voordoen en iets zou huren in een of andere stad, Landau of Neustadt bijvoorbeeld. Gerban zou voor een woning zorgen en me een maandgeld betalen. Daar zou ik dan blijven tot Franz terugkomt.'

Áls hij terugkomt. Irene leest de onuitgesproken boodschap op het gezicht van Minna. 'Gerban heeft dat idee meteen en radicaal van tafel geveegd,' zegt ze droevig.

'Je hebt dus de keuze: óf er wordt voor jou en je kind gezorgd, ook al zullen jullie voor altijd van elkaar gescheiden zijn, óf jij gaat samen met je kind een ellendige toekomst tegemoet.'

Irene knikt. Minna bijt op haar lip. 'Ik wil je iets voorstellen. Jij blijft nog twee dagen hier en denkt nog eens goed over alles na. Misschien is er nog een andere oplossing.'

Irene kijkt aarzelend op. Hoop en angst strijden om voorrang in haar hart. 'Maar Gerban heeft me drie dagen gegeven. Dan gooit hij mij eruit.'

Minna maakt een wegwerpgebaar. 'Joh, ik vraag mijn man Otto om hem morgen een brief te bezorgen met jouw mededeling dat je meer bedenktijd nodig hebt. Dat kan hij niet weigeren.'

Irene knikt moe. 'Dank je wel. Je bent een echte vriendin.'

'Maar... één voorwaarde!' zegt Minna nu streng. 'Je eet elke dag minstens drie stevige maaltijden. Anders stuur ik je morgen al terug.'

Ondanks haar tranen moet Irene glimlachen. 'Ik beloof het je, schat van een mens!'

Huize Gerban bij Altenstadt

28 augustus 1870

'Geen sprake van! En dat is het laatste wat ik ervan zeg!'

Met grote passen beent Wilhelm Gerban door de bibliotheek waar het echtpaar zich voor dit gesprek heeft teruggetrokken. Hij is rood aangelopen van woede en ziet eruit als een oude kalkoen, denkt Pauline oneerbiedig. Met die kwabbige wangen en die slappe hals. Hoe heb ik deze man ooit de liefde van mijn leven kunnen noemen?

Vroeger zou ze zich zorgen hebben gemaakt dat haar man ten prooi was gevallen aan een stille ziekte, zo erg is zijn gezondheid er de laatste dagen en zonder duidelijke reden op achteruitgegaan. 's Nachts slaapt hij niet en zwerft hij rusteloos door het huis. Bij de maaltijden zit hij futloos in zijn bord te prikken en heeft hij op elk gerecht iets aan te merken.

Pauline recht haar rug en probeert het nogmaals.

'Wilhelm, dit kind is misschien het enige kleinkind dat we van Franz zullen hebben.' Ze wil druk op hem uitoefenen, maar krijgt een brok in haar keel. Sinds de brief uit Châlons heeft ze niets meer van Franz gehoord.

'En wat dan nog? Grote sier kunnen we met dat kind niet maken. De bastaard van een dienstmeid! Heb je ooit gehoord dat een kind uit zo'n onkuise relatie iets bereikt heeft in het leven? De mensen zullen onze respectabele familie met de vinger nawijzen!'

Het geduld van Pauline is op. 'Wie dat doet, is een hypocriet. Hypocriet! De armen- en weeshuizen zitten vol met zulke arme schepsels!'

'Precies. Dat is mijn punt. Deerniswekkende stakkers! Goed dat je mijn mening deelt,' draait Gerban haar woorden om.

Pauline zet een stap in zijn richting. Nooit eerder is ze zo boos geweest. Het gaat om het kind van Franz en dat geeft haar een ongekende kracht om het te verdedigen. 'Jij,' zegt ze vervaarlijk zacht, 'jij hebt totaal geen recht van spreken. Denk je dat ik niet weet in hoeveel vreemde bedden je tijdens onze dertig jaar huwelijk bent gedoken?'

De verbazing op zijn gezicht ontgaat haar niet. Ze lacht minachtend. 'Maak je geen zorgen, ik heb je je pleziertjes gegund. Die bezorgden mij tenminste een ongestoorde nachtrust!'

Ze is te ver gegaan, dat is duidelijk. Ze bijt op haar lip. Zo zal ze hem niet kunnen overtuigen.

'Als je Irene niet hier in huis wilt houden, huren we iets in Landau of Spiers, waar niemand haar kent. Dat heb ik al meermaals voorgesteld. En als Franz terugkomt, beslist hij maar hoe het verder moet.'

Wilhelm snuift. 'En ik heb je al ik weet niet hoe vaak gezegd dat dat niet gebeurt. De laatste keer was amper vijf minuten geleden!'

Pauline weet zelf niet waar ze de moed vandaan haalt om hem haar volgende opmerking naar het hoofd te slingeren.

'Dus jij geeft de voorkeur aan de oplossing die je ook voor je eigen bastaard hebt gekozen? Het meisje dat je verleid hebt met geld afschepen of zonder pardon op straat zetten!'

Het is een schot in het duister, maar tot haar verbazing trekt Wilhelm lijkbleek weg.

Hij laat zich in de fauteuil zakken waar hij net uit is opgesprongen en knijpt zijn lippen zo stijf op elkaar dat zijn kaakspieren zichtbaar bewegen. Het duurt een tijd voor hij Pauline antwoord geeft zonder op haar insinuatie in te gaan.

'Het bedrag dat ik het meisje heb aangeboden heb ik al verdubbeld. Ik wil het zelfs verdriedubbelen. Dat betekent dat Irene naar een kraamkliniek gaat, het kind voor adoptie vrijgeeft en zij achteraf drieduizend gulden krijgt. Daarvan kan ze een tijd leven en zelfs haar eigen zaak opzetten, een agentschap voor dienstbodes bijvoorbeeld,' oppert hij als Pauline wil tegenwerpen dat Irene geen vak heeft geleerd.

Ook Pauline laat zich nu in haar fauteuil zakken. Plotseling is ze doodmoe. 'En als Irene dat aanbod ook afwijst? Ze zegt dat ze liever in een fabriek gaat werken dan dat ze het kind afstaat.'

'Pfff,' antwoordt Wilhelm. 'Ze wil ons gewoon onder druk zetten om er nog meer geld uit te slaan. Ik leg haar het nieuwe voorstel voor en dan horen we wel wat ze te zeggen heeft. Wil je haar alsjeblieft roepen?'

Pauline aarzelt nog even. 'Goed,' zegt ze uiteindelijk. 'Ik ben benieuwd hoe ze reageert.' Als ze opstaat duizelt het haar een beetje. Ze heeft vandaag al twee doses laudanum genomen. Al een tijdje houdt ze zich voor dat ze haar laudanumgebruik dringend moet inperken, maar tot op heden ontbreekt haar de kracht daartoe.

Ze ziet niet dat Wilhelm stiekem een bruin flesje uit zijn vestzak haalt en wat vloeistof in haar thee druppelt.

Huize Gerban bij Altenstadt

28 augustus 1870, twee uur later

'Ik maak me ernstig zorgen om mijn vrouw, dokter Frey.' Wilhelm doet zijn best de juiste toon te vinden en slaakt een wat overdreven zucht. 'Ze krijgt de ene flauwte na de andere. Dit is al de derde in een paar dagen tijd. Ze wordt plotseling onwel en valt dan gewoon om!'

Dokter Frey knikt somber. Maar met de herinnering aan de onaangename aanvaring met Gerban kort nadat hij de praktijk van de oude Wilbert – toen al decennia de huisarts van de familie – had overgenomen nog vers in zijn geheugen, is hij niet van plan al te kritisch te reageren. 'Neemt uw geachte vrouw nog steeds elke dag laudanum?' vraagt hij in plaats daarvan voorzichtig.

'Inderdaad, dokter.' Gerban buigt zich met een slinkse blik voorover. 'Maar week na week neemt ze meer.' Hij haalt het bruine flesje uit zijn zak en laat het de arts zien. Het is bijna leeg. 'Dit neemt ze inmiddels in minder dan twee dagen. Dat is te veel volgens mij.'

Dokter Frey beaamt dit ontsteld: 'Veel te veel, mijnheer Gerban! Laudanum is een opiumderivaat. Een overdosis kan zelfs tot de dood leiden.'

'En wat raadt u me aan?'

Dokter Frey kijkt Gerban geërgerd aan. De wijnhandelaar ziet er ronduit wanhopig uit. 'Heeft het met de oorlog te maken?' vraagt de arts behoedzaam.

Gerban kijkt naar de grond. 'Ik ben bang van wel, dokter. Onze zoon Franz vecht mee, en wel aan Franse zijde, aan de verkeerde kant dus. Het jonge heethoofd heeft zich vrijwillig aangemeld en riskeert nu lijf en leden. We hebben al dagen niets meer van hem gehoord en zijn moeder maakt zich ernstig zorgen om hem.' Gerban hoeft niet te doen alsof; zijn verontwaardiging is echt.

Dokter Frey fronst zijn voorhoofd. 'Dat is het verraderlijke aan laudanum,' doceert hij. 'Het verdooft fysieke en mentale pijn in gelijke mate, maar regelmatig gebruik leidt onvermijdelijk tot verslaving.'

'Verslaving. Wilt u daarmee zeggen dat Pauline afhankelijk is van het medicijn en niet meer zonder kan?' Gerban houdt zich van de domme.

'Inderdaad, mijnheer Gerban. Maar zeg niet dat ik u niet heb gewaarschuwd.' Frey kan het toch niet laten.

Op dit antwoord heeft Wilhelm gewacht. Hij verbergt zijn voldoening over het gemak waarmee hij de arts kan manipuleren achter een masker van wroeging. 'Ik herinner het mij, dokter Frey. En geloof me, ik heb al een tijd spijt dat ik toen niet naar u heb geluisterd.' Nu wringt hij zelfs zijn handen. 'Maar wat kunnen we nu nog doen?'

'Hebt u voor uw echtgenote ooit een opname in een sanatorium overwogen, mijnheer Gerban?'

Het kost Wilhelm moeite een lach te onderdrukken. 'Een sanatorium?' Met gespeelde afschuw spert hij zijn ogen open. 'Wat bedoelt u daarmee?'

Nog voor de arts kan reageren slaat hij met zijn hand tegen zijn voorhoofd. 'U bedoelt een kuur! In Bad Ems bijvoorbeeld! Ja, dat is een uitstekend idee!'

Frey schudt het hoofd. 'Een zware laudanumverslaving moet in een gesloten instelling worden behandeld. Hier in de Palts heeft Klingenmünster op dat gebied een uitstekende reputatie.'

'Klingenmünster? Maar dat is een gekkenhuis!'

Frey glimlacht welwillend. 'Ze hebben daar inderdaad een afdeling voor geesteszieken, maar dat bedoel ik natuurlijk niet, al hebben ze in dat deel van de instelling wel een afdeling voor welgestelde patiënten.'

Met geveinsde agitatie springt Gerban overeind. 'Geen sprake van, dokter Frey, zó ziek is mijn vrouw nu ook weer niet!'

Gekrenkt haalt de arts zijn schouders op. 'Zoals u wenst,' zegt hij stijfjes.

'Ik zal haar morgen nog eens streng toespreken. Zodra ze wakker is zal ik een ernstig woordje met haar praten. Daar kunt u op rekenen!'

Er verschijnt een spottende trek om de mond van de arts. 'Bij zo'n ernstige verslaving helpen preken en ernstige woordjes niet.'

Onder andere omstandigheden had Gerban hem om deze brutaliteit direct het huis uit gezet, maar nu komt dat antwoord als geroepen.

'Maar ik kan het toch proberen, dokter? Ik weet dat u het goed meent, maar mijn vrouw in een gesticht? Nee! Dat is een vreselijke gedachte. Er moet een andere oplossing zijn!'

18

Huize Gerban bij Altenstadt

31 augustus 1870

Stil kijkt Mathilde om zich heen. Dan glipt ze de slaapkamer binnen van haar moeder, die nog aan de ontbijttafel zit, en sluit ze de deur voorzichtig achter zich.

Ze opent de bovenste lade van de commode waarin Pauline haar juwelen bewaart. Met een geringschattende blik kijkt ze naar het bruine flesje laudanum dat de apotheker gisteren heeft geleverd. Ze tilt het deksel van het marokijnen juwelenkistje op. Zoals verwacht is het niet afgesloten.

Weer glimlacht ze smalend. Haar moeder vergeet steeds meer banale dingen. Gisteren nog had ze haar handtas op een tuinbank laten liggen. Een stalknecht had de tas gevonden en teruggebracht, maar de portemonnee die erin zat was natuurlijk leeg.

En nu weet niemand waar die vijftig gulden zijn gebleven, schampert Mathilde in gedachten. Pauline had het huishoudgeld voor de volgende maand 's ochtends van haar man gekregen en niet meteen aan mevrouw Burger gegeven, maar meegenomen op haar wandeling. De tuinman en stalknechten waren ondervraagd, maar dat had niets opgeleverd.

Het geld is foetsie. Dat is dan maar zo. Al heeft het incident me wel op een idee gebracht, vervolgt ze haar gedachten. De halve nacht had Mathilde zitten broeden op het plan dat ze nu wilde uitvoeren. Het zal nu niemand meer verbazen dat de bedienden ook aan de juwelen van haar moeder zitten zonder dat die het in de gaten heeft.

Ze kijkt naar de juwelen die in het zonlicht in alle kleuren van de regenboog fonkelen en pakt een ring met een grote, lichtroze briljant en een armband met parels en robijnen. Beide sieraden heeft Pauline al tijden niet meer gedragen.

Misschien omdat ze die van vader heeft gekregen. Het is Mathilde niet ontgaan dat er iets scheef zit in het huwelijk van haar ouders. Mama draagt tegenwoordig ook opvallend vaak juwelen die ze heeft geërfd van grootmoeder.

Even speelt Mathilde met de gedachte om ook de met saffieren bezette broche te stelen die Pauline een paar dagen geleden nog op haar nieuwe avondjapon van lichtblauw fluweel had gedragen, maar dat idee laat ze snel weer varen.

Mathildes hoofd loopt om van overwegingen: het verlies van de broche zou ze wel eens snel kunnen ontdekken en dat is niet de bedoeling. Met juwelen die zelden worden gedragen ligt dat anders. En ik wil twee vliegen in een klap slaan: de ontoerekenbaarheid van mijn moeder bewijzen die een diefstal die wellicht dagen of weken geleden heeft plaatsgehad niet opmerkt omdat ze de dievegge zo onvoorwaardelijk vertrouwt dat ze haar zelfs als schoondochter wil accepteren.

Heel even slaat de jaloezie opnieuw haar pijnlijke klauwen in Mathilde, maar ze schudt het onaangename gevoel fel van zich af. En vader zal het voorval benutten. Hij zal me er dankbaar voor zijn dat ik alles aan het licht heb gebracht. Dan heeft hij weer de volledige controle over het huis en kan hij die snol eindelijk eruit smijten.

Mathilde stopt de juwelen in de zak van haar rok en glipt naar buiten.

In haar haast om naar de zolderkamer van Irene te gaan, ziet ze niet dat mevrouw Burger, die net uit de aangrenzende kamer is gestapt, haar fronsend nakijkt.

Ontbijtkamer in huize Gerban bij Altenstadt

31 augustus 1870, een halfuur later

'We hebben me dunkt geen andere keuze dan naar het gestolen geld te zoeken op alle plekken waar de bedienden komen. Laten we maar beginnen met de slaapkamers.'

Pauline heft afwerend haar handen op. 'Lieve Mathilde, dat vind ik totaal ongepast. Iedereen kan dat geld gestolen hebben. Er kan zelfs iemand van buitenaf op het terrein zijn gekomen.'

Laatdunkend kijkt Mathilde haar moeder aan. De verkleinde pupillen duiden erop dat Pauline die ochtend al laudanum heeft ingenomen.

'Ik heb het er vanochtend al met papa over gehad voor hij naar kantoor vertrok. Hij is het met me eens dat we de kamers moeten doorzoeken en heeft me opgedragen daarop toe te zien,' liegt ze.

Een leugentje om bestwil kan geen kwaad, denkt ze. Papa zal me niet verraden. Als die sloerie eenmaal in de gevangenis zit weg te rotten, kraait er geen haan meer naar haar en haar bastaardjong.

Pauline trekt verbaasd haar wenkbrauwen op. 'Waarom ben je vandaag eigenlijk zo vroeg op, schat?' Daarmee legt ze de vinger meteen op de wond.

Tot haar ergernis voelt Mathilde dat ze bloost. 'Gewoon, omdat ik daar zin in had.'

'Zozo,' reageert Pauline spottend, maar ze onthoudt zich van verder commentaar.

Mathilde doet precies wat ze niet moet doen. In plaats van de uitdrukking op het gezicht van haar moeder te negeren, vraagt ze door: 'Wat bedoel je, moeder. Geloof je me soms niet?'

'Zeker wel, kind.' Pauline aarzelt even maar gaat dan verder: 'Ik heb alleen de indruk dat je haast smúlt van dit soort huiselijke schandalen...'

Mathildes gezicht wordt nog roder, maar ditmaal laat ze zich niet uit haar tent lokken.

'Goed, dan beginnen we meteen na het ontbijt.'

Ze staat op en grijpt naar het belkoord. 'Ik laat mevrouw Burger komen om alles te bespreken.'

'We rekenen op uw absolute discretie, mevrouw Burger,' benadrukt Mathilde even later. 'U en de heer Niemann achten we boven elke verdenking verheven. Jullie zullen ons daarom helpen bij de zoektocht en treden zonodig als getuige op.'

Mevrouw Burger knikt stijfjes. Ze laat niet merken wat ze van het voorstel van Mathilde vindt. De jongedame heeft dat ook niet in de gaten.

'We beginnen met de kamers van de vrouwelijke bedienden. Die zijn nu allemaal bezig in de keuken of met de slaapkamers. Dit is dus een goed moment.'

Precies dan komt Irene met een dienblad de kamer binnen en maakt een reverence. 'Hebt u nog iets nodig of mag ik afruimen?'

Mathilde werpt Irene een boze blik toe. 'Als we u nodig hebben, bellen we wel,' zegt ze bars. 'Maar het is goed dat u hier bent. In opdracht van mijn vader ga ik alle kamers van de bedienden doorzoeken naar de gestolen vijftig gulden. Aangezien uw kamer de bovenste is op de zolder, beginnen we daar.'

Het ontgaat Mathilde niet hoe ontsteld Irene even naar haar moeder kijkt. Ze onderdrukt een gemene grijs. 'Ik mag aannemen dat u daar geen bezwaar tegen hebt. Mevrouw Burger zal ons begeleiden. Komt u ook mee, moeder?' vraagt ze in de veronderstelling dat haar moeder zal weigeren.

Maar ze vergist zich. 'Natuurlijk ga ik mee, Mathilde. Uiteindelijk is het louter aan mijn onoplettendheid te wijten dat dit is gebeurd.'

Ook goed, denkt Mathilde. Blijkbaar is ze al zo aan het laudanum gewend dat ze pas 's middags, als ze al meerdere doses heeft genomen, moe wordt.

Ze staat op en loopt voor de anderen uit naar de deur. Des te beter, gromt ze inwendig, dan kan ze meteen zelf zien welke slang ze aan haar boezem heeft gedrukt.

De vrouwen lopen samen de trap op. In de zolderkamer stevent Mathilde doelgericht af op het al opgemaakte bed. Met een groots gebaar trekt ze het dekbed en de kussens op de grond en voelt ze over het laken.

Dan richt ze zich tot mevrouw Burger. 'Helpt u mij even de matras op te tillen.' Tevreden ziet ze dat Irene lijkbleek is geworden en met samengeknepen handen bij de deur staat.

Even ergert Mathilde zich aan haar moeder die de rust zelve blijft. Van het gezicht van mevrouw Burger is niets af te lezen als ze naast Mathilde komt staan. Met vereende krachten tillen de vrouwen de matras omhoog.

Perplex staart Mathilde naar de ruwe linnen onderlegger op het ijzeren onderstel van het bed. 'Maar dat kan toch...' Op het laatste nippertje bijt ze op haar tong. Ze trekt de onderlegger weg en ziet alleen het frame waardoor je zo op de kale vloerplanken kijkt. Het is schoon en er is zelfs geen stofje te zien.

'Wat wilde je zeggen, liefje?' vraagt Pauline met honingzoete stem.

'Ik... ik wilde niets zeggen.' Mathilde is zichzelf weer meester. 'Zo, dan nu de kast en het nachtkastje. En het andere bed... Misschien vinden we daar iets.'

'Waar ben je dan naar op zoek, schat?'

Geërgerd kijkt Mathilde op. 'Naar het geld natuurlijk, moeder. Waarnaar anders?'

Ze is boos op zichzelf. In haar verwarring dat de plek waar ze een uur geleden de juwelen heeft verstopt leeg is, heeft ze zich bijna versproken en dus ook verraden.

Vastberaden loopt ze naar de kast, trekt de eenvoudige vurenhouten deur open en maakt zich op om tussen Irenes schamele bezittingen te rommelen. De stem van haar moeder houdt haar echter tegen.

'Lieve Mathilde, dit theater houdt nu op. Als je zo doorgaat moet die arme Irene straks haar hele kamer weer opruimen.'

Mathilde draait zich om. 'Wat zeg je nu? Wil je deze dievegge zomaar vrijuit laten gaan?'

Irene slaakt een zwak teken van protest. Pauline steekt geruststellend haar hand op.

'Waarom noem je Irene een dief?' Ze wacht het antwoord van Mathilde niet af. 'Zoek je misschien iets anders dan het gestolen geld?' Ze tast in de zak van haar rok en tot afgrijzen van haar dochter haalt ze de ring en armband tevoorschijn. 'Deze juwelen misschien?'

Mathilde staat paf. 'Wat... Hoe...' stamelt ze.

'Mevrouw Burger, wilt ú mijn dochter het wat en hoe alstublieft even uitleggen?'

De huisdame zet een stap naar voren. Haar wangen zijn rood van opwinding.

'Ik zag mejuffrouw vanochtend uit de kamer van mevrouw komen.' Ze kan haar stem amper beheersen. 'Vervolgens liep mejuffrouw naar Irenes kamer. Ik ben haar gevolgd en zag door de deuropening dat mejuffrouw in de weer was bij het bed van Irene. Toen ze de trap weer was afgedaald ben ik de kamer binnengegaan en vond ik deze juwelen onder de matras.'

'En dus?' In het nauw gedreven neemt Mathilde de vlucht naar voren. 'Dan hebt u de diefstal nog voor mij ontdekt!'

'Er is geen sprake van diefstal,' antwoordt Pauline rustig. 'Die ring en ook die armband heb ik vanmorgen voor het ontbijt nog in mijn juwelenkistje zien liggen.'

Mathilde weet zeker dat haar moeder liegt, maar kan haar onmogelijk tegenspreken.

Onverbiddelijk gaat Pauline verder. 'Daarna is er behalve jij niemand meer in mijn kamer geweest. En Irene zéker niet. De helft van de bedienden kan getuigen dat Irene, na zelf te hebben gegeten, eerst je vader en daarna ons ontbijt heeft opgediend. Ze was dus niet op de eerste verdieping of in haar slaapkamer.'

Pauline zucht. 'Alles wijst er dus op dat jij probeert Irene erin te luizen. Gelukkig heeft mevrouw Burger me meteen geïnformeerd.'

Als een kind dat een uitbrander heeft gekregen staat Mathilde voor de vrouwen. Nooit eerder is ze zo vernederd. In de ogen van Irene leest ze onverholen woede, op het gezicht van mevrouw Burger minachting en in de blik van haar moeder openlijke spot. Ze huilt van woede en doet geen verdere poging zich te verdedigen.

Haar zwijgen zegt Pauline voldoende en met een laatste opmerking zet ze haar dochter op haar plaats: 'Al is de leugen nog zo snel, de waarheid achterhaalt hem wel, kind. Dat heb ik je als klein meisje proberen bij te brengen. Helaas ben ik daar blijkbaar niet in geslaagd.'

Ze wendt zich tot Irene. 'Bij u, lieve Irene, wil ik me oprecht verontschuldigen voor het gedrag van mijn dochter. U mag erop rekenen dat ik dit vanavond nog met mijn echtgenoot bespreek.'

Bazeilles bij Sedan

31 augustus 1870

Het is al laat op de avond als Franz en zijn medische eenheid aankomen in Bazeilles, een dorp van zo'n tweeduizend inwoners. Vanmiddag hebben hier zware gevechten gewoed. Delen van de Beierse troepen waren het plaatsje binnengedrongen via een spoorbrug, die de Fransen tevergeefs hadden geprobeerd te vernietigen, en een door hun geniesoldaten over de Maas aangelegde pontonbrug, maar de infanteristen van de Franse marine hadden hen kunnen terugdrijven.

'Goed dat jullie er zijn.' Een luitenant loopt op de huifkar af waarnaast de totaal uitgeputte mannen meer struikelen dan lopen. Al een tijdlang leiden ze het afgematte trekpaard aan de teugels voort om het hun gewicht te besparen. 'Daarboven ligt het noodhospitaal.' De man wijst naar een groen huis van twee verdiepingen zo'n tweehonderd passen verderop, met op het dak wapperende vlaggen met het rode kruis. 'Zij zullen blij zijn met elke helpende hand.'

Franz onderdrukt een kreun en als hij naar zijn kameraden kijkt beseft hij dat zij er niet veel beter aan toe zijn.

Louis verwoordt hun gedachten: 'We zijn al veertien uur onderweg op een nagenoeg lege maag. Mijn mannen hebben eerst een warme maaltijd nodig en minstens een korte rustpauze.'

De luitenant kijkt Louis smalend aan. 'Dan zul je je tot de dorpelingen moeten wenden. Het leger heeft geen proviand geleverd.' Hij draait zich om en laat de mannen vloekend achter.

'Wat een rotzooi,' moppert de jonge Jacques. 'Het is al na tienen. Wie gaat ons nu nog iets te eten geven? Als de mensen in dit dorp überhaupt nog wat hebben.'

Op dat moment vliegt de deur open van het huis waarvoor ze zijn blijven staan. Een jonge vrouw met loshangend rood haar en een jas over haar nachtjapon haast zich naar buiten. Als ze de wagen met het rode kruis ziet rent ze eropaf.

'Godzijdank!' roept ze buiten adem. 'Ik was al bang dat ik naar het hospitaal moest lopen. Kom snel, mijn vader gaat dood als hij niet snel wordt geholpen.'

Uitgeput of niet, Franz en Louis aarzelen niet en volgen de vrouw. Op de drempel draait Louis zich om naar zijn mannen.

'Wacht hier met de kar op ons,' beveelt hij. 'Misschien moeten we de patiënt toch naar een arts brengen.'

Franz holt intussen achter de vrouw de smalle trap op. Hij loopt de slaapkamer van de zieke in en blijft dan als aan de grond genageld staan. In het bed ligt geen zieke, maar een gewonde man van een jaar of vijftig. Zijn naakte bovenlichaam is verbonden, maar het bloed sijpelt door de zwachtels. Hij is niet bij bewustzijn en zijn rood aangelopen gezicht verraadt dat hij hoge koorts heeft.

'Wat is hier gebeurd?' vraagt Franz ontsteld. 'Is uw vader bij de gevechten tussen de vuurlinies geraakt?'

De vrouw schudt het hoofd en er verschijnt een uitdagende blik in haar ogen. 'Nee. Toen ze in het dorp aankwamen heeft hij van hieruit op de moffen geschoten.' Ze wijst op het dubbele raam dat op de straat uitgeeft. 'Maar een sluipschutter kreeg hem te pakken.'

'Waarom ligt hij niet in het hospitaal?'

De vrouw snuift. 'Omdat hij hier zijn eigen bed heeft. In het noodhospitaal even verderop liggen de mannen voor het merendeel op de kale vloer, maar nu ben ik bang dat hij onder mijn handen zal sterven.' Haar stem breekt en met haar mouw veegt ze haar tranen weg. Dan vraagt ze Franz onomwonden: 'Kunt u iets voor hem doen?'

'Niet veel,' klinkt de zware stem van Louis achter Franz. 'We hebben nog wat jodium en kunnen het verband vervangen.'

Franz onderbreekt Louis. 'Volgens mij hebben we nog wat kinine. Dat doet de koorts dalen en stilt de pijn.'

Het ontgaat de vrouw niet dat Louis even verstoord kijkt.

'Alstublieft,' smeekt ze.

Franz heeft een idee. 'U moet begrijpen dat we maar weinig medicijnen hebben en er zal hier snel weer hevig worden gevochten, maar we zullen u wat kinine geven,' Franz negeert het afwijzende gebaar van Louis, 'als u in ruil wat te eten voor ons kunt maken. Voor ons beiden en onze kameraden buiten. We zijn al sinds vanochtend zonder proviand onderweg.'

De vrouw knikt heftig. 'Wat u maar wil,' verzekert ze haastig. 'We hebben nog eieren, kaas en zelfs een ham in huis. Er is ook genoeg brood. Dat heb ik eergisteren gebakken.'

Louis' boze gezicht ontspant zich. 'Als u wat voor ons klaarmaakt, verzorgen wij uw vader.'

De vrouw staat al bij de deur als hij haar terugroept.

'Hebt u een man? Of is dit de enige man in huis?'

De vrouw schudt het hoofd. Weer verschijnt de tartende blik in haar ogen. 'Mijn man staat op wacht bij de ingang van het dorp, samen met andere dorpelingen.'

'Vechten hier dan burgers mee?' vraagt Franz ongelovig.

'Natuurlijk. De moffen hebben al vier huizen in brand geschoten. Dacht u nu echt dat we ons welvarende dorp zomaar aan die rotzakken overgeven?'

'Maar dat is gevaarlijk!' werpt Franz tegen.

De vrouw haalt de schouders op. Nu glijdt er zelfs een glimlach over haar gezicht. 'Oorlog is nu eenmaal gevaarlijk. Dat weten jullie toch als geen ander?'

De gewonde op het bed kreunt. 'Maar helpen jullie nu eindelijk mijn vader. Jean Rocher heet hij. En ik ben Claire.'

Bibliotheek van huize Gerban bij Altenstadt

31 augustus 1870, 's avonds

'Ik begrijp dat het goed bedoeld was, kind, maar je hebt het er nu wel erger op gemaakt.'

Weer schieten de ogen van Mathilde vol tranen. Ze kan zich niet herinneren op één dag ooit zoveel te hebben gehuild als vandaag.

'Want nu staat je moeder pas écht aan de kant van Irene. En mevrouw Burger is inmiddels ook van alles op de hoogte. Dat dwarsboomt al mijn inspanningen om de kwestie zo onopvallend mogelijk af te handelen. En dan hebben we het nog niet over hoe jij en je karakter in een slecht daglicht komen te staan.'

Mathilde kan zich niet meer beheersen. Ze verbergt haar gezicht in haar handen en begint krampachtig te snikken.

'Maar kind toch! Bedaar alsjeblieft!' Aarzelend streelt Wilhelm haar over haar rug. 'Ik weet heus wel dat je mij wilt helpen, maar op deze manier komen we niet van Irene af.'

'Hoe dan wel? Ze wil niet eens dat enorme bedrag dat je hebt geboden aannemen.'

'Hoe weet je dat?'

'Moeder heeft me vanavond verteld dat Irene ook jouw laatste aanbod heeft afgewezen. Ze wilde waarschijnlijk nog eens benadrukken hoe trots die snol is.' Haar wanhoop slaat om in woede. 'Bah, dat walgelijke creatuur. Ze hoopt gewoon dat Franz met haar trouwt en dan voor de rest van haar leven onder de pannen is.'

Verbaasd merkt ze dat haar vader haar verontwaardiging niet deelt. 'Dat kan allemaal goed zijn, kind, maar vandaag deed het nieuws de ronde dat er een grote slag bij het fort van Sedan ophanden is. Daar zit Franz. Het is maar de vraag of hij ooit terugkomt...'

Er komt een nieuwe gedachte op bij Mathilde. 'Waarom wachten we niet gewoon af?' vraagt ze ijskoud. 'En als Franz niet terugkomt gooi je het loeder gewoon het huis uit.'

Wilhelm schudt het hoofd. 'Dat lost niets op, Mathilde. Je moeder zou meteen naar haar op zoek gaan, zeker als Franz sneuvelt.'

'Zelfs als Irene intussen moet gaan tippelen?' Dat gaat er bij Mathilde niet in.

'Zelfs dat zal je moeder vast niet tegenhouden.' Haar vader zucht diep. 'Maar voor Irene is van tippelen trouwens sowieso geen sprake. Als ze hier niet kan blijven, wil ze in een fabriek gaan werken.'

Mathilde is oprecht verbaasd, want dat had ze nooit verwacht. 'Ze weigert jouw geld, maar is wel bereid zich dood te werken voor een hongerloon?'

Ineens is ze het spuugzat. 'Waarom laat je haar dan niet gewoon gaan, vader? Wijs haar gewoon de deur, dan moet ze maar zien wat ze doet. Dat is toch de gemakkelijkste en goedkoopste oplossing?'

'Je begrijpt het niet, Mathilde.' Haar vader klinkt gekweld. 'Het kind, het gaat om dat kind. Het zou voor iedereen beter zijn als het niet geboren wordt.' Zijn stem stokt en hij schrikt van zichzelf.

Mathilde kijkt hem niet-begrijpend aan. 'Heb je soms scrupules omdat het om jouw kleinkind gaat?'

Ze weet niet dat haar vader op dit moment het liefst zijn tong had afgebeten. Maar nu hij het heeft gezegd, krijgt in Mathildes hoofd de gedachte gestalte: dat kind, dat kind moet weg. Niet naar een andere familie, maar gewoon helemaal wég. Dat is de eenvoudigste oplossing. Waarom heb ik daar niet eerder aan gedacht?

'Ik probeer het nog één keer,' mompelt hij. 'Als ze dan nóg niet ingaat op mijn aanbod, dan moet het maar kwaadschiks.'

Mathilde kijkt hem verward aan. 'Ik begrijp niet wat je bedoelt, vader.'

'Je hoeft het ook niet te begrijpen, kind. Ga maar slapen, het is al laat.' Wilhelm strijkt Mathilde over haar springerige haar. 'Morgen is er weer een nieuwe dag. Dan zien we wel verder.'

19

Bazeilles bij Sedan

1 september 1870, vier uur 's morgens

Het is nog donker als Franz opschrikt uit de onrustige slaap waarin hij ondanks de uitputting pas lang na middernacht is weggezonken. Hij vermoedt dat hij wakker is geworden van de kou op de zolder met het kapotgeschoten dakraam waar hij en drie kameraden samen op twee dunne stromatrassen liggen.

Terwijl ze gisteren nog in de zinderende hitte hadden gelopen – het was alsof de zomer zich nog een laatste keer tegen de nakende herfst wilde verzetten – is het 's nachts al aanmerkelijk kouder. Hij is volledig aangekleed gaan slapen en heeft alleen zijn laarzen uitgetrokken, maar onder de dunne wollen deken ligt hij te klappertanden. In het zwakke schijnsel van de sterrenhemel tast hij naar zijn zakhorloge en ziet dat het even over vieren is. Hij heeft minder dan twee uur geslapen.

Franz luistert, maar voorlopig is het buiten nog doodstil. In elk geval wordt hij nu niet geplaagd door een knagende honger zoals in de afgelopen nachten. Claire had woord gehouden en een stevige maaltijd voorgezet toen Louis en hij haar vader hadden verzorgd en de keuken binnenkwamen waar hun vijf collega's al met volle mond om de geschuurde tafel zaten te kauwen.

Toen er een fles stevige rode wijn rondging besloot Louis zijn mannen eerst wat rust te gunnen. 'We zijn zo moe, veel kunnen we vannacht niet meer doen voor onze kameraden in het noodhospitaal. Laten we eerst maar eens een tukje doen en morgenochtend om zes uur beginnen.'

Toch had Franz nog urenlang op zijn harde bed liggen woelen. Het gevoel van nakend onheil dat hem al bij het vertrek in Châlons had bekropen, laat hem niet meer los.

Hier in Bazeilles pakken burgers als vanzelfsprekend de wapens op om hun dorp te verdedigen, denkt hij. Wat gebeurt er met die mensen als we opnieuw verliezen?

Hij had zich op zijn andere zij gedraaid. Intussen weet hij maar al te goed hoe gegrond de vrees is die hem Wissembourg heeft doen ontvluchten. Overal hoor je berichten over executies van strijdende Franse burgers, ook na de jongste grote slag, die bij Mars-La-Tour en Gravelotte.

Uiteindelijk was hij toch in slaap gevallen en had hij zoals bijna elke nacht van doden en slagvelden gedroomd om dan nog geen twee uur later wakker te schrikken. Hij geeuwt en voelt zich gebroken.

Franz wil zich net nog eens onder zijn dunne deken nestelen in de hoop toch nog wat te kunnen rusten als hij schoten hoort. Eerst denkt hij dat het nog wat kleine schermutselingen zijn – per slot van rekening staan er mannen op wacht bij de ingang van het dorp – maar algauw ontwikkelt het lawaai zich tot een ononderbroken snelvuur.

Nu hoort hij op straat ook mensen rennen en roepen. 'De Beiers! Het zijn de Beiers! Ze komen terug!'

Nog voor Franz zijn laarzen heeft aangetrokken, hoort hij beneden iemand vloeken. Zijn kameraden wrijven de slaap nog uit hun ogen als Franz de smalle trap af dendert.

In de keuken staat een man van een jaar of dertig in een eenvoudige boerenkiel. Hij is tot de tanden gewapend: een dubbelloops jachtgeweer hangt aan een leren riem op zijn rug, in zijn broeksband zitten een pistool en jachtmes.

'Ze zijn over die vervloekte spoorbrug gekomen en hebben de Maas via een pontonbrug overgestoken,' legt de boer uit aan Claire, kennelijk zijn vrouw, die met een baby op de arm in haar kamerjas voor hem staat. 'Het zijn er honderden. Maar laat ze maar komen! We drijven ze gewoon weer als hazen terug! Ga met de kleine naar de kelder, daar zit je het veiligst!'

'En mijn vader dan?'

'Vraag de hospitaalsoldaten hem ook naar de kelder te brengen. Dat zullen ze toch nog wel aankunnen als ze zelf niet hoeven te vechten,' gromt hij minachtend.

Een beweging van zijn vrouw vestigt zijn aandacht op Franz die hem koeltjes aankijkt. Het gezicht van de man ziet zwart van het kruit; zijn pierige blonde haar klit samen van het zweet. Hij ruikt vies.

Franz neemt het initiatief. 'We vechten dan wel niet, maar riskeren evengoed ons leven als we tussen de kogels en granaten gewonden afvoeren.'

Een scheef lachje vervormt de grove gelaatstrekken van de man nog erger. Hij steekt zijn eeltige rechterhand uit naar Franz.

'Neem me niet kwalijk. Zo bedoelde ik het niet. Ik ben René.'

'François.' Franz schudt de man van Claire de hand. Al een tijd gebruikt hij de Franse vorm van zijn naam om onaangename vragen te vermijden. Hier bij de Belgische grens spreken maar weinig mensen Duits. 'Vertel, wat gebeurt er buiten?'

'De moffen zijn terug. Je weet wel, die Beiers met hun idiote helmen! We moeten ze koste wat het kost tegenhouden. Naar verluidt is de weg door Bazeilles de enige route waarlangs onze hoofdmacht nog kan passeren. Vermoedelijk hebben de moffen onze troepen volledig omsingeld. De Blauwe Divisie heeft het bevel gekregen het dorp tot de laatste kogel te verdedigen!'

'Dat betekent weer een hoop vies en gevaarlijk werk voor ons, kameraden!' Franz had niet gezien dat Louis en de anderen intussen ook de keuken zijn binnengekomen.

Buiten klinken de schoten luider. Het onmiskenbare ratelen van de mitrailleuse is duidelijk te horen en overstemt het huilen van het nauwelijks vierjarige kind dat op zijn blote voeten en in een nachthemd zijn gezicht in de kamerjas van zijn moeder verbergt.

'Er is geen tijd te verliezen. Jullie horen wat er buiten gebeurt! Maak wat te eten voor me, Claire, en vul mijn veldfles met water. Pak voor het geval dát ook nog een fles jenever in. Kleed dan jezelf en de kinderen aan, en neem eten en drinken en wat dekens mee naar de kelder. Kom in geen geval naar boven! Ons huis ligt midden in het dorp aan de hoofdweg. Je weet dat de moffen gisteren bijna in de dorpskom zaten. Als we ze niet bij de ingang van het dorp kunnen terugdrijven, neem ik zoals gisteren boven positie in.'

Franz krimpt ineen. De beelden van de verwoestingen in Wissembourg en vooral in Froeschweiler, waar urenlang gevechten van huis tot huis hadden gewoed, verschijnen weer op zijn netvlies. 'Wil je niet meteen uit het dorp vluchten?' vraagt hij aan Claire.

De vrouw schudt het hoofd. In het zwakke schijnsel van de olielamp meent Franz een zweem van angst te bespeuren, maar net als gisterenavond overweegt de trots. 'Het lukt me nooit om weg te komen. Met mijn vader, bedoel ik. Hij is niet in staat te worden vervoerd.'

'We kunnen hem met de kar naar het noodhospitaal brengen,' biedt de jonge geneeskundestudent Jacques aan.

Opnieuw schudt Claire het hoofd. 'Ik blijf hier met mijn gezin. Of we winnen vandaag, of we gaan allemaal samen ten onder!'

Ontbijtkamer in huize Gerban bij Altenstadt

1 september 1870

'Waar is Irene?' vraagt Pauline verbaasd als mevrouw Burger in haar plaats met het ontbijt binnenkomt.

'Mijnheer uw echtgenoot heeft haar meegenomen naar Wissembourg.'

'Naar Wissembourg? Waarom?' Dat voorspelt niets goeds, denkt ze.

'In het handelshuis is sinds de gevechten niet meer schoongemaakt.

U weet toch dat we indertijd wekelijks een van onze meisjes stuurden?'

Pauline knikt. Vroeger was dat de taak van het derde dienstmeisje, maar die functie was sinds het vertrek van Minna en Irenes promotie tot tweede dienstmeisje niet meer ingevuld. En omdat Gerda nu ook is uitgeleend aan Schweighofen is het kantoor in Wissembourg de laatste weken verwaarloosd.

'We hebben dringend meer personeel nodig, mevrouw Burger. Heeft er nog niemand op de vacature gereageerd?'

Mevrouw Burger antwoordt ontkennend. 'Dat is met de recente ontwikkelingen op de achtergrond geraakt, mevrouw Gerban. Bovendien is het momenteel moeilijk om een geschikt meisje te vinden. Veel kandidaten zijn ingezet voor de verzorging van de gewonden. Ik heb zelf een paar meisjes aangeschreven die me aanbevolen waren, maar ze hebben allemaal een vaste aanstelling.'

'Waar heb je gezocht?'

Mevrouw Burger bloost licht. 'Alleen in Altenstadt en Wissembourg,' geeft ze toe. 'Het leek me niet gepast om in de gemeenten over de grens te kijken. Uiteindelijk is dat van hieruit gezien vijandelijk gebied.'

Pauline ademt hoorbaar in. 'Deze noodlottige oorlog heeft werkelijk alles op zijn kop gezet. We hebben altijd als goede buren samengeleefd. En uzelf bent ook Duitse, mevrouw Burger. Dus, blijf proberen en vergroot uw actieradius.'

Pauline is er zich van bewust dat de zaak haar enorm van streek maakt, maar voor de buitenwereld probeert ze haar kalmte te bewaren.

'Irene heeft me gezegd dat ze in Wissembourg ook de kamer van uw zoon wil opruimen en schoonmaken,' voegt mevrouw Burger er ongevraagd aan toe. 'Als er nog persoonlijke dingen van hem liggen, brieven of dagboeken, zal ze die meebrengen omdat die u misschien wat troost kunnen brengen.'

Mevrouw Burger dacht misschien haar met deze opmerking te kalmeren, maar bereikt precies het tegenovergestelde. Het hart van Pauline klopt onregelmatig en haar ogen worden vochtig.

'Is er nog nieuws van het front?' vraagt ze op vlakke toon.

Mevrouw Burger kijkt bedrukt. 'Helaas wel, mevrouw. Niemann was vanochtend al heel vroeg op het telegraafkantoor in Wissembourg. Daar hoorde hij dat de Fransen eergisteren bij Beaumont weer een nederlaag hebben geleden en zich nu hergroeperen rond het fort van Sedan. Ook daar zou al zijn gevochten, in het dorp Bazeilles.'

Haar bezorgdheid om Franz beneemt Pauline de adem. Ze schuift haar ontbijt onaangeroerd van zich af. 'Ik ga weer even rusten, mevrouw Burger. Dit vergt te veel van me.'

Ze negeert de onderzoekende blik van de huisdame. En mijn druppels innemen, speelt het door haar hoofd. Anders houd ik het niet uit.

Bazeilles bij Sedan

1 september 1870, negen uur 's morgens

Vijf uur later voelt Franz zich stokoud. Op de Geisberg en in Froeschweiler had hij al geloofd dat de apocalyps op de mensheid was neergedaald, maar de gebeurtenissen van de laatste uren overtreffen alles wat tot nu toe is gebeurd.

De straten zijn bezaaid met lijken; vooral Beiers in hun lichtblauwe uniformen. Er baden intussen honderden mannen in hun eigen bloed. Maar naarmate de gevechten aanhouden groeit ook het aantal gevallen mannen in het uniform van de mariniers uit Cherbourg.

En hoe meer Beiers het leven laten, hoe meer verse troepen er volgen. Het lijkt Hydra uit de Griekse mythologie wel, denkt Franz. Als je een van de koppen van de slang afhakt, groeien er vijf nieuwe aan.

Het noodhospitaal ligt zo vol dat de helpers er zich niet kunnen bewegen zonder het risico te lopen op de gewonden te gaan staan. Ook de huizen links en rechts ervan kunnen geen slachtoffers meer opnemen. In lange rijen wachten de mannen in de stoffige straten op verzorging.

Jacques en Franz zijn al sinds acht uur bezig met het afvoeren van de gewonden van de straten en uit de huizen waar veel Franse soldaten en strijdende burgers zich hebben verschanst. Louis heeft de taken eerlijk verdeeld. Om de twee uur moeten twee andere hospikken hun leven op het spel zetten in het strijdgewoel. Als enige bescherming dragen ze aan beide armen de banden van het rode kruis over hun uniform. Ze kunnen alleen maar hopen dat ze als hospitaalsoldaat niet worden beschoten.

Op weg naar Sedan heeft de vriendschap tussen Franz en Jacques zich verdiept. Ze zijn bijna even oud en allebei enige zoon van welgestelde ouders. Ook de vader van Jacques had zijn militaire dienst afgekocht, zij het met zijn toestemming. Maar toen de oorlog uitbrak had Jacques zich tot groot verdriet van zijn ouders net als Franz vrijwillig aangemeld, maar dan wel meteen voor de medische dienst. Het enige verschil tussen de twee is dat Jacques zich pas in Châlons bij het leger heeft aangesloten en nog geen veldslag heeft meegemaakt.

Gehurkt in een steegje tussen twee huizen dicht bij het huis van Claire wacht Franz nu op zijn vriend. De straat is vrij breed en loopt kaarsrecht door het dorp. Met karren en meubelen hebben de Fransen op meerdere plaatsen barricades opgetrokken die in het begin dekking boden aan de scherpschutters van de Blauwe Divisie. De Duitsers hebben echter al twee van de drie blokkades veroverd en er zich achter verschanst. Franz' schuilplaats ligt precies tussen de tweede en derde barricade. Voorlopig is de straat daar nog leeg.

Waar blijft Jacques nu? vraagt hij zich af. Zijn kameraad is al zeker een kwartier geleden naar de centrale verbandpost gelopen om schone zwachtels, jodium en alcohol te halen om eerste hulp te kunnen bieden. Hun voorraad van het begin van hun dienst zo'n uur geleden, is al lang op.

Er klinkt een scherp bevel.

'Ten aanvááááI! Vooruit! Raak die Fransozen waar je ze raken kunt!'

De schrik doet het bloed in Franz' aderen stollen. Het bevel wordt in het Duits met een duidelijk Beiers accent gegeven. Zou er nu vlak voor hem een aanval plaatsvinden, met hem als hulpeloze toeschouwer op een paar passen afstand?

En inderdaad, daar stormen de eerste lichtblauwe uniformen langs weerszijden van de blokkade naar voren met aan het hoofd de officier die de aanval heeft geblazen. Hij wordt als een van de eersten midden in zijn gezicht getroffen. Met een kreet zakt hij op de grond. Met de bajonet op het geweer rennen de anderen langs hem heen naar de derde blokkade die nog in handen is van de Blauwe Divisie.

Voor Franz is het alsof hij in een van zijn nachtmerries gevangen zit. De taferelen voor de muren van Wissembourg en kasteel Geisberg herhalen zich. Weer stormen Duitse soldaten volledig weerloos op de vijand af. En weer klinkt schot na schot, en valt de ene na de andere aanvaller. Een volgende rij manschappen struikelt over de gevallenen tot de kogels ook hen raken. Er liggen al drie, vier doden en gewonden over elkaar.

Instinctief houdt Franz zijn handen tegen zijn oren en laat hij zijn hoofd tussen zijn knieën zakken. In die foetushouding blijft hij roerloos zitten tot het geschreeuw en het schieten afnemen. Pas dan ontspant hij zich weer. Langzaam tilt hij zijn hoofd op.

De naakte gruwel overvalt hem als een roofdier. Zijn gezichtsvermogen is het eerste dat terugkomt. Het stuk straat van nog geen vijftig passen tussen de twee barricades is bezaaid met doden en gewonden in lichtblauw uniform; ze liggen zo dicht bij elkaar dat zelfs het grind van de weg niet meer te zien is.

Dan keren Franz' gehoor en reuk terug. De lucht vult zich met het kermen en gillen van de gewonden. Een misselijkmakend zoete bloedlucht overheerst zelfs de stinkende rook van de brandende gebouwen bij de ingang van het dorp.

Er zijn alleen Beiers gevallen, geen enkele Fransman.

Helpen! We moeten ze toch helpen! Dit zijn óók mijn landgenoten, mensen zoals wij! Als in een trance staat Franz op. Hij pakt het vlaggetje met het rode kruis op de witte achtergrond uit zijn riem en steekt het omhoog. Op dat moment ziet hij Jacques achter de barricade van de Blauwe Divisie vandaan komen. Ook hij houdt zijn vlaggetje in de lucht.

Franz en Jacques hebben net als hun kameraden al eerder Duitse gewonden weggehaald zodra het schieten voorbij was. Om de een of andere reden is dat al sinds het begin van de oorlog de gewoonte. Zodra de vreselijke gevechten stilvallen, bekommeren vriend en vijand zich samen om de slachtoffers.

Hier in Bazeilles hebben Franz en zijn kameraden zich in de korte gevechtspauzes beperkt tot het weghalen van de kermende Duitsers uit de vuurlinie, in de hoop dat de Duitse hospikken snel genoeg zouden arriveren om hen verder te verzorgen. Maar met dit bloedbad volstaat dat niet meer. Hier moeten ze doen wat ze kunnen om te helpen.

Werktuigelijk loopt Franz naar de eerste gewonde, een jongeman van amper twintig jaar oud. Een kogel heeft zijn voorhoofd verbrijzeld. Nog voor Franz zich over hem heen kan buigen, verdwijnt het licht uit de ogen van de jongen.

Naast hem zit een oudere man met een armwond waar het bloed letterlijk uit spuit. Een kogel moet een slagader hebben geraakt. 'Jacques, kom hier!' roept Franz in de hoop dat zijn vriend nog wat verband heeft gevonden.

Gelukkig heeft Jacques al een zwachtel in zijn hand. 'We moeten die arm afbinden.' De stem van Jacques verraadt geen emotie. Als Franz opkijkt ziet hij dat het gezicht van zijn kameraad wit is als verse sneeuw. Zijn donkere ogen gloeien als kolen, zijn pupillen staan wijd open.

Shock, Jacques is in shock. Franz zet die gedachte opzij. Dit is niet het moment.

'Trek het mes uit zijn riem,' beveelt hij. 'We gebruiken het heft om de tourniquet aan te draaien.'

Zwijgend bindt Jacques het verband tweemaal om de arm van de kreunende man en maakt het vast met een losse knoop. Dan steekt

Franz het heft voorzichtig, om de arme man niet ook nog eens te snijden, tussen verband en knoop en draait het net zo lang tot het bloeden ophoudt. De man schreeuwt het uit.

Franz wendt zich tot hem: 'We moeten dit doen, anders bloed je dood. Nu valt je arm misschien nog te redden als ze je snel genoeg kunnen opereren.'

De Beier knikt. 'Dank.'

Franz leest het woord eerder van zijn lippen dan dat hij het hoort. Vervolgens buigen ze zich over de volgende gewonde.

Franz kan achteraf niet zeggen of ze een paar minuten of veel langer zijn bezig geweest voordat Duitse hospitaalsoldaten en vrijwilligers, ook met vlaggetjes en armbanden met het rode kruis, zich achter hun barricade vandaan bij hen aansluiten. Zij hebben ook twee dragers met een brancard bij zich.

De Duitse commandant van de medische eenheid neemt meteen het initiatief.

'Wij u danken, kameraden.' Hij richt zich tot hen in gebrekkig Frans tot Franz hem in het Duits antwoordt.

'Ik ben Elzasser,' verklaart hij snel. 'Kunt u onze hulp nog verder gebruiken?'

'Dat laat ik aan u over,' antwoordt de Duitser. 'Als uw troepen u niet nodig hebben, zeggen we zeker niet nee.'

Op dat moment weerklinken er schoten in een van de aangrenzende straten. Franz heeft nog niet beslist wat hij gaat doen, maar hoort dan een vertrouwde stem. 'Heer Franz, jongeheer Franz!'

Wie kan dat zijn? Een tiental passen verder zwaait een reus van een kerel zwak met zijn arm. Franz krijgt het warm en koud tegelijk als het tot hem doordringt.

'Karl, het is Karl!' Hij stapt al over de doden en gewonden die tussen hem en de voorman van de wijngaard in Schweighofen liggen.

'Karl, mijn vriend! Karl! Wat doe jij hier in hemelsnaam?' Nog voor hij is uitgesproken beseft hij hoe dom die vraag is.

Maar hij krijgt wel antwoord. 'Ik ben opgeroepen, jongeheer! Er zit een volledige Paltische compagnie bij dit Beierse korps.' De bloedeloze lippen van Karl vertrekken zich tot een wrang lachje. 'Tot nu toe heb ik geluk gehad, maar ik vrees dat ze me vandaag te grazen hebben genomen.'

Hij maakte een kleine beweging met zijn hoofd. Franz volgt zijn blik en schrikt. Het is een schot in de onderrug, beseft hij meteen. De kans dat zijn vriend dit overleeft is klein.

Toch probeert hij het lachje van Karl te beantwoorden. 'Ach, dat is maar een schrammetje, makker. We krijgen je er wel weer bovenop.' Hij staat op en wenkt de brancardiers die intussen versterking hebben gekregen van nog twee paar dragers. 'Hierheen! Deze man moet zo snel mogelijk onder het mes.'

Hij knielt weer naast Karl neer. 'Je zult zien, het komt allemaal goed.' Zelfs in zijn eigen oren klinkt zijn stem geforceerd.

Karl kijkt diepbedroefd. 'U moet me niets wijsmaken, jongeheer. Ik weet dat deze wond mijn dood wordt. Het zou een wonder zijn als ik het overleef.'

Hij neemt de hand van Franz in een verrassend stevige greep. 'Alstublieft, heer Franz, zorg voor mijn familie. Hansi moet naar school blijven gaan, het is echt een slimme jongen. Alstublieft, beloof me dat!'

Franz legt zijn andere hand op de knuist van de voorman die bijna dubbel zo groot is als de zijne.

'Je redt het wel, Karl.'

'Alstublieft! Beloof het me!'

Franz voelt de tranen in zijn ogen. 'Ik beloof het je!'

Gedecideerd springt hij op en wenkt de dragers nogmaals. Op hetzelfde moment valt zijn blik op het kelderraam van een huis even verderop. Er steekt een geweerloop uit dat is gericht op de Duitse hospikken met de brancard.

'Nee! Blijf staan!' Zijn gil valt samen met het schot. Het treft de vrijwilliger recht in de borst. Er volgt een nieuwe knal en ook de tweede Duitser zijgt ineen.

Ziedend en zonder erbij na te denken stormt Franz naar het huis en gaat pal voor het kelderraam staan. 'Zijn jullie gek geworden! Dat zijn hospitaalsoldaten, beschermd door het Rode Kruis!'

Nu klinken er ook schoten uit een huis aan de overkant, maar ditmaal uit een dakraam. De Beiers achter de barricade schieten terug.

Terug!' brult de Duitse sergeant. 'Terug!'

Voorovergebogen rennen de Duitsers terug naar de barricade. Twee van hen worden getroffen voor ze daar dekking hebben kunnen vinden. Met een schreeuw zakken ze op de grond.

'Hou op! Hou op!' Franz schreeuwt zijn keel kapot. 'Dat zijn ongewapende helpers!'

Een kogel suist langs zijn oor en mist hem op een haar na.

Nu raakt Franz in paniek. 'Jacques! Jacques! Kom, we moeten hier weg. Vriend en vijand schieten op ons!' Gejaagd blikt hij van links naar rechts. Waar is Jacques?

Hij rent terug naar het steegje waar hij tijdens het gevecht had gezeten. Daar zit de jonge student. Met twee passen is Franz bij hem. Jacques zit op de grond met zijn handen tegen zijn borst gedrukt. Een straaltje bloed loopt uit zijn mond. Hij beweegt niet.

Jacques, de jonge, veelbelovende student medicijnen. De enige zoon en grote trots van zijn ouders... Jacques, die zijn beschermde thuis heeft verlaten om als vrijwilliger te helpen in deze hel op aarde. Jacques, zijn dierbare kameraad in Louis' groep, een jongen die zijn hele leven nog voor zich had, is dood. 'Jacques! O, mijn God, waarom laat U dit gebeuren?' kermt Franz.

Het wijnhandelshuis in Wissembourg

1 september 1870, 's morgens

Nadat Irene de kantoren, de gangen en de hal van het handelshuis in Wissembourg heeft schoongemaakt loopt ze met bonzend hart de smalle trap naar de zolder op. Voorzichtig opent ze de deur. De angst om haar zelfbeheersing te verliezen bij de aanblik van Franz' spullen vermengt zich met de vreugde om zich juist dankzij die dingen wat dichter bij hem te voelen.

Het zwarte pak dat Franz bij de begrafenis van zijn neef heeft gedragen hangt netjes aan een kleerhanger. Werktuigelijk stapt ze erop af en begraaft haar gezicht in het jasje. Ze meent de geur van haar geliefde zwak te ruiken, maar moet dan meteen niezen. Er ligt een dun laagje stof op het pak en de meubelen in de sober ingerichte kamer.

Irene snuit haar neus, laat zich op het onopgemaakte bed zakken en kijkt om zich heen. Naast het bed en de haken aan de muur staan er nog een kleine tafel met een eenvoudige houten stoel, een wasstel en een smalle kleerkast van het soort dat je normaal in meidenkamers vindt.

Verlangen en verdriet dreigen haar te overweldigen. Ach, liefste, waarom moest deze wrede oorlog ons scheiden. Wat moet ik doen?

Zojuist, in het rijtuig op weg naar Wissembourg, heeft Wilhelm Gerban haar een laatste bod gedaan dat ze onder andere omstandigheden wellicht niet zou hebben geweigerd.

'Irene, ik verhoog de schadeloosstelling nog één keer, en wel tot vijfduizend gulden,' had hij met een zucht gezegd. Ze was met stomheid geslagen door de hoogte van het bedrag.

'Je beseft dat je dit als dienstmeisje nooit kunt verdienen.'

Irene had stil geknikt. Zelfs Niemann, de eerste huisman, krijgt naast een gratis uniform, kost en inwoning een gage van maar honderdvijftig gulden per jaar. Zelf verdient ze na haar promotie tot tweede dienstmeisje amper zestig gulden.

'Met vijfduizend gulden kun je overal heen en een eigen zaakje beginnen. Je zou een agentschap voor huispersoneel kunnen openen. Als je dat doet in een stad als Keulen of Stuttgart zul je altijd opdrachten genoeg hebben.' Irene was blijven zwijgen. De meest uiteenlopende gedachten spookten door haar hoofd, maar ze kreeg er geen vat op.

Voor Gerban betekende haar stilzwijgen dat ze zijn aanbod nu wel ernstig overwoog. Gedreven vervolgde hij: 'Ik verzeker u ook dat ik het kind zal volgen. Alleen gezinnen uit onze kringen komen voor adoptie ervan in aanmerking. Daar zorg ik voor. Bovendien zal ik elk jaar discreet navraag doen of het kind het goed stelt.'

Nog steeds zegt Irene niets. Gerban ademt diep in. Wat hij nu gaat zeggen valt hem blijkbaar zwaar.

'En ik beloof u dat u na mijn dood zult horen waar uw kind zich bevindt. In mijn testament leg ik vast dat u op de eenentwintigste verjaardag van het kind zijn naam en adres krijgt, zou ik voor de meerderjarigheid van mijn kleinkind zijn overleden. Is dat niet het geval, dan zult u langer moeten wachten omdat die inlichtingen pas na mijn dood mogen worden verstrekt.'

Ondanks haar verdriet had Irene perplex gestaan. Dit idee had Minna een paar dagen geleden ook geopperd, al hadden de vriendinnen het meteen als onwaarschijnlijk afgedaan.

'En hoe moet het met Franz?' Gerban kan haar vraag nauwelijks verstaan door het ratelen van de wielen.

'Met Franz? Vraagt u nu naar Franz?'

Irene knikt.

Gerban fronst zijn borstelige wenkbrauwen. 'Franz mag niets van het bestaan van het kind weten. Daartoe verbindt u zich contractueel. Als u die afspraak schendt eis ik mijn vijfduizend gulden terug met rente én samengestelde rente. Bovendien zal ik u zakelijk en persoonlijk te gronde richten. U bent gewaarschuwd.'

Irene heeft geen idee hoe Gerban dat wil bewerkstelligen, maar ze gelooft hem op zijn woord.

'Of u na mijn dood contact wilt opnemen met uw volwassen kind, laat ik natuurlijk aan u over,' besluit Gerban zijn verhaal. 'Maar ik raad het u niet aan. Uw kind heeft er geen baat bij plotseling te moeten vernemen dat het de buitenechtelijke bastaard is van een dienstmeisje in plaats van een geacht lid van een respectabele familie.'

Minna en Irene waren enkele dagen geleden al tot die conclusie gekomen. Als Gerban denkt Irene hiermee over de streep te trekken, heeft hij het mis. Het sorteert zelfs het tegenovergestelde effect. De gedachte haar kind nooit te kunnen zien of te leren kennen breekt haar hart.

'Ik wil er nog over nadenken,' had ze zacht geantwoord.

Gerban had haar boos aangekeken. 'Als u denkt dat uw aarzelen me ertoe zal brengen mijn aanbod nog eens te verhogen, dan hebt u het mis, juffrouw,' zegt hij bars. 'Dit is onherroepelijk mijn laatste woord.'

Irene had zwak geknikt. 'Dat weet ik...'

'Wel, dan verwacht ik vandaag nog uw antwoord. U hebt tot twaalf uur de tijd.' Verder had hij niets meer tegen haar gezegd.

Nu, op het bed in Franz' kamer hoort Irene de kerkklok elf uur slaan. Ze heeft nog een uur om te beslissen.

Met bedrukt gemoed staat ze op. Ze opent het kleine raam en schudt het hoofdkussen uit. Plotseling ruikt ze Franz. Ze snuffelt aan het kussen, zijn geur is daarin veel sterker dan in zijn jasje.

Huilend gooit ze zich op het bed en begraaft haar gezicht diep in het kussen. Als de klok twaalf uur slaat weet ze wat ze gaat doen.

20

Bazeilles bij Sedan

1 september 1870, rond elf uur

Bijna twee uur en honderden doden later woedt de strijd nog steeds. Franz is niet naar de Franse verbandpost teruggekeerd, maar in de hoofdstraat gebleven.

De Beiers hebben nog een tweede keer geprobeerd de barricade te bestormen, maar zijn opnieuw met grote verliezen teruggedreven. Pas na de tweede van in totaal drie aanvallen waagden de Duitse hospitaalsoldaten het weer om hun gewonden af te voeren. En weer werden ze beschoten, niet door de marine-infanteristen van de Blauwe Divisie, maar door burgers vanuit de huizen. Franz kan het gedonder van de chassepotgeweren inmiddels van de andere wapens onderscheiden en schaamt zich diep.

Sinds de tweede aanval zit hij verlamd van verdriet en afschuw in de steeg naast de dode Jacques wiens ogen hij heeft gesloten. Ook Karl is intussen gestorven. Dat heeft hij gezien bij een laatste vruchteloze poging om te voorkomen dat de Duitse hospikken weer werden beschoten.

De derde Beierse charge die zich recht voor zijn ogen afspeelt is de meest onmenselijke. Een volledige compagnie piepjonge soldaten wordt in een paar minuten als rijp koren neergemaaid.

Franz houdt het niet meer in zijn steeg, vooral omdat hij beseft dat geen enkele Duitser de gewonden nog te hulp zal komen. Met zijn handen in de lucht loopt hij naar het midden van de straat waar inmiddels zoveel slachtoffers liggen dat hij zich moeizaam een weg moet zoeken tussen de lichamen. Hij zwaait met het vlaggetje van het rode kruis en brult uit alle macht naar de in hun huizen verschanste inwoners van Bazeilles.

'Knal mij ook maar neer, ellendige lafbekken!' Hij concentreert zich op een kelderraam waaruit de loop van een jachtgeweer steekt.

'Ik ben Fransman zoals jullie, maar wel een Fransman met een hart. De mannen hier sterven in hun eigen bloed! Sommigen kunnen we nog redden, maar dan moeten ze nu worden verzorgd. Ik ga ze helpen. Kijk vooral goed en schiet me maar overhoop wat mij betreft! Stelletje ratten!'

Pas veel later beseft Franz dat een verlangen naar de dood hem zo roekeloos had gemaakt. Jacques was dood, Karl was dood, Fritz was dood, zijn wereld zakte weg in de puinhopen van de oorlog. Het leven leek hem op dat moment totaal zinloos.

Maar tot zijn verbazing schiet er niemand. Ze laten hem zijn gang gaan. Hij verbindt nog vijf gewonden en dan is zijn eigen materiaal op.

Hij gebaart druk naar de Duitse barricade. 'Kom helpen! Tientallen van deze mannen leven nog. Als we ze niet verbinden creperen ze in de viezigheid!'

Geen enkele Duitse hospik waagt zich nog voorbij de barricade, maar iemand gooit wel een zak zwachtels waarmee Franz in zijn eentje zo veel mogelijk gewonden verzorgt.

De zon brandt genadeloos aan de hemel. De gewonden smeken om water en nog altijd halen Franz' smeekbeden om hulp van de Duitsers niets uit. Sterker nog, als hij zich uiteindelijk op het nog door de Fransen bezette stuk van de straat begeeft op zoek naar een emmer en een pomp, grijpen de intussen met verse troepen versterkte Beiers die gelegenheid aan om een vierde aanval op de versperring in te zetten.

Onverbiddelijk lopen ze over hun gewonde en dode kameraden, en ditmaal wordt hun doodsverachting beloond. De uitgeputte en vaak gewonde manschappen van de Blauwe Divisie achter de derde barricade worden letterlijk onder de voet gelopen en vluchten de straat uit richting het marktplein.

De aanval duurt nauwelijks vijf minuten. In het kielzog van de zegevierende Beierse soldaten duiken ook de Duitse hospitaalsoldaten weer op. Met volle emmers en teilen delen ze met diepe opscheplepels water uit aan de gewonden.

Franz wil helpen, maar plotseling wordt het zwart voor zijn ogen. Bewusteloos valt hij in het vuil.

Het wijnhandelshuis in Wissembourg

1 september 1870, net na twaalven

'Dus dat is je definitieve antwoord?'

Irene knikt dapper. 'Ja, mijnheer Gerban. Ik heb uw aanbod zorgvuldig overwogen en ben u dankbaar voor uw vrijgevigheid. Maar het is niet alleen mijn kind. Ook uw zoon Franz heeft het recht over zijn of haar toekomst te beslissen.'

'Als hij ooit terugkomt van de oorlog.'

Irene krijgt een brok in de keel. 'Ook als Franz niet terugkeert, zou hij niet willen dat ik zijn kind in vreemde handen achterlaat.'

Diep van binnen weet Wilhelm Gerban dat Irene ronduit gelijk heeft, maar hij geeft zich nog niet gewonnen. 'Hij zou ook niet willen dat zijn kind in ellende en armoede opgroeit…'

Irene reageert anders op dit verwijt dan hij verwacht. Ze recht haar rug en kijkt hem recht in de ogen. 'Ik zal er alles aan doen en zelfs dag en nacht werken om ervoor te zorgen dat dat níét gebeurt.'

'Hoe wil je dat doen, nu je nooit meer werk vindt in een fatsoenlijk huis?'

Irene kijkt hem verwonderd aan. 'Ik heb u al gezegd dat ik niet meer in een huishouden wil werken. Ik ga op zoek naar werk in een fabriek.'

Ogenschijnlijk kalm haalt Gerban zijn schouders op, maar innerlijk ziedt hij van woede. Onberekenbaar wicht! Gelukkig heb ik mijn voorzorgen genomen.

Gerban heeft zijn personeel de dag vrij gegeven en is vanochtend persoonlijk op weg gegaan naar het hospitaal, ondergebracht in een vleugel van het voormalige garnizoensgebouw. Nu de stad dagelijks wordt bevoorraad vanuit het Duitse hinterland beschikken artsen en verpleegkundigen alweer even over de noodzakelijk medische voorraden.

Gerban had de hoofdzuster laten roepen. 'Kan ik bij u een fles chloroform kopen?'

De vrouw, een veertiger met een verbitterde uitdrukking op haar gezicht, had hem streng aangekeken. 'We mogen niets aan burgers geven. Waar hebt u het middel voor nodig?'

In plaats van te antwoorden had Gerban tien gulden uit zijn jas gehaald en voor de zuster op de tafel gelegd. 'Beantwoordt dit uw vraag?'

Geamuseerd had hij de innerlijke strijd tussen plichtsbesef en hebzucht gevolgd die zich op het gezicht van de vrouw afspeelde. Uiteindelijk was ze zonder een woord opgestaan, had de munten in de zak van haar schort gestopt en hem gegeven wat hij had gevraagd.

Gerban doet alsof hij bakzeil haalt. 'Dan moet het maar zo, een mens zijn zin is nu eenmaal een mens zijn leven, zoals ze zo mooi zeggen. De Heer weet dat ik het goed voorheb met u en het kind. Bent u klaar hier in huis?'

Irene antwoordt ontkennend. 'Ik moet de zolderkamer nog verder schoonmaken.'

'Doe dat dan. U hebt nog een kwartier, dan verwacht ik u beneden. We rijden vervolgens terug naar Altenstadt waar u uw spullen kunt pakken. Vandaag nog verlaat u mijn huis.'

Gerban krijgt bijna respect voor Irene die slechts kort knikt en hem dan de rug toekeert om naar boven te gaan. Als ze halverwege de trap is, haalt Gerban de kurk van het flesje en sprenkelt wat van de inhoud op een zakdoek. Hij roept Irene terug. 'Wacht! U bent iets verloren. Kom even terug!'

Verbaasd keert Irene op haar schreden terug en loopt het kantoor weer binnen waar vandaag dus verder niemand aanwezig is.

'Daar in de hoek. Daar ligt een zilveren kettinkje. Ik denk dat dat van u is.'

Irene volgt met haar ogen zijn uitgestrekte wijsvinger. 'Waar dan, mijnheer Gerban? Ik zie niets. Bovendien heb ik geen zilveren kettinkje.'

'Raap op wat daar ligt. Dan kunnen we zien wat het is.'

Irene draait zich gehoorzaam om en in twee passen staat Gerban achter haar. Met zijn linkerhand pakt hij haar ruw vast en met zijn rechter drukt hij de in chloroform gedrenkte doek op haar mond en neus.

Irene slaat en schopt uit alle macht om zich heen, maar hij houdt haar in een ijzeren greep. Nog geen minuut later zakt ze in elkaar en hangt ze slap in zijn armen.

Bazeilles bij Sedan

1 september 1870, 's middags

Franz komt bij als iemand water in zijn gezicht plenst.

'Dat is de man die onze kameraden heeft geholpen. Leg hem op deze deken aan de rand van de weg,' hoort hij de Duitse sergeant van de medische eenheid zeggen.

Volkomen uitgeput laat Franz zich onder zijn armen vastpakken en naar de kant slepen. Zijn hoofd heeft nog maar net de ruwe deken geraakt wanneer hij wegzinkt in een diepe slaap.

Hij weet niet hoelang hij daar al ligt als het gegil van een vrouw hem wekt. Even denkt hij weer in een van zijn nachtmerries gevangen te zitten, maar al snel beseft hij dat het de gruwelijke werkelijkheid is.

Onder schot drijven Beierse soldaten een man en vrouw uit het huis waar iemand via het dakraam de Duitse hulpverleners heeft beschoten. Voor Franz begrijpt wat er gebeurt duwt men het tweetal op de knieën en worden ze met een nekschot afgemaakt.

Dus dat is de tol die ze betalen. Franz' hersenen werken sneller dan zijn lichaam. Als verdoofd ziet hij hoe de Beiers fakkels naar binnen gooien. Binnen een paar tellen staat het huis in lichterlaaie. Maar dat... dat mag helemaal niet! Het oorlogsrecht verbiedt strijdende partijen om burgers aan te vallen! tiert hij inwendig. Die mensen hebben geen proces gehad. Zulke executies zijn een oorlogsmisdaad.

'Nou en? Dan is het maar zo!' Franz schrikt op. Heeft hij hardop gedacht? De woorden en de minachtende blik van de Duitse hospik naast hem doen vermoeden van wel.

'Die smeerlappen schoten op ons terwijl we de gewonden verzorgden. Dat weet je toch, je hebt nog geprobeerd ze tegen te houden. Nu krijgen ze hun verdiende loon. Elke krijgsraad zal zo oordelen. Moeten we die honden tot die tijd soms te vreten geven?'

Vergist Franz zich of trilt de stem van de man bij deze harteloze woorden? Hij kijkt hem aan en ziet tranen in zijn ogen.

'Ze hebben mijn broer te pakken gekregen. Niemand weet of hij de avond haalt,' zegt hij zacht.

Nog voor Franz kan antwoorden hoort hij weer een vrouw gillen. Hij herkent haar stem: het is Claire.

Drie Beiers drijven haar man René voor zich uit. Hij is ongewapend en houdt zijn handen in de lucht om aan te geven dat hij zich overgeeft. Als een furie rent Claire met wapperende haren achter het groepje aan en werpt zich voor de aanvoerder.

'*Pitié!*' schreeuwt ze in het Frans. 'Genade!'

Met een geweerkolf beukt iemand de knielende vrouw hard in de rug. Franz krabbelt overeind, maar voor hij staat weerklinken er drie schoten. Dodelijk getroffen zakt René in elkaar. Krijsend stort Claire zich op zijn lichaam.

Hulpeloos wankelt Franz naar de snikkende vrouw. Komt er dan nooit een einde aan deze vreselijke dag? huilt hij inwendig. Welke verschrikkingen heeft die nog meer voor ons in petto?

'Claire, Claire!' Franz wrijft de vrouw over haar rug. 'Claire, sta op! Je moet naar de kinderen, naar je vader.'

'Neergeschoten! Mijn vader hebben ze ook neergeschoten! Gewond en wel, op zijn matras!' Ze drukt haar hoofd nog dichter tegen de borst van haar man. Franz kan haar nauwelijks verstaan.

'O, lieve God in de hemel!' Franz is nooit heel gelovig geweest, maar vandaag mompelt hij onverstaanbaar zijn zoveelste schietgebed. 'God, vergeef het hun, vergeef hen allen. Ze weten niet wat ze doen!'

Op dat moment ziet hij Beierse soldaten met fakkels in hun handen. Ze gaan ook het huis van Claire platbranden, beseft hij. Maar de kinderen zitten nog in de kelder!

De schok brengt zijn verdoofde ledematen weer tot leven. Hij rent de soldaten achterna, maar komt te laat. Terwijl hij de laatste bij de kraag van zijn tuniek vastgrijpt houden de eersten hun fakkels al bij jutezakken die ze met olie of een andere brandbare stof hebben overgoten.

'Niet doen! Niet doen!' Zijn geroep wordt overstemd door het geknetter van de vlammen. Tegelijkertijd stoot de Beier die hij nog bij de kraag vasthoudt met zijn elleboog in zijn maag. Franz laat hem los, krimpt ineen en braakt groene gal. Sinds het begin van de vijandelijkheden in de vroege ochtend heeft hij nog niets gegeten en zijn maag is dus leeg.

Pas als hij zich happend naar adem weer opricht ziet hij dat er een bajonet op hem is gericht.

'Toe dan, steek me maar neer!' brult hij tegen een soldaat met een van woede vervormd gezicht. 'Steek dan, lafaard. Als je hulpeloze kleine kinderen kunt vermoorden, deins je er vast ook niet voor terug een volwassen man te doden ook al is die niet gewapend.'

'Genoeg, Schorsch!' Voor de tweede keer schiet de Duitse sergeant Franz te hulp. 'De man heeft zijn leven geriskeerd om onze kameraden eerste hulp te geven.'

'En waarom houdt hij ons nu dan tegen?' Schorsch is nog niet gekalmeerd.

'Omdat er in de kelder hulpeloze kinderen verbranden!' schreeuwt Franz. 'De jongen is vier, het meisje nog geen jaar oud.'

Schorsch trekt bleek weg en bijt op zijn lip. 'Vanuit dit huis hebben burgers op ons geschoten. Zowel van de eerste verdieping als vanuit de kelder. Van onze makkers hoorden we dat ze in de kelder een sluipschutter hebben neergeschoten, de andere hebben ze op straat terechtgesteld.'

'En dat er nog kleine kinderen zaten hebben ze er niet bij verteld?'

'Nee!' De man laat zijn bajonet zakken en wijst op een wapen op de grond dat Franz herkent als het dubbelloopsgeweer van René. 'Dat geweer hebben ze in dat huis in beslaggenomen. De kerel die we hebben gefusilleerd probeerde het nog te verstoppen.'

Een ijselijke gil doet de mannen ineenkrimpen. Claire beseft net dat haar huis in brand staat. Ze rent naar de voordeur waar de vlammen al uitslaan. Voordat iemand haar kan tegenhouden stormt ze naar binnen.

'Claire, kom terug! Claire!' Franz schreeuwt de longen uit zijn lijf. Als hij haar achterna wil gaan, pakken de twee Beiers hem beet.

'Ze is niet meer te redden. Blijf hier!'

Franz probeert zich los te wringen, maar de Beiers houden hem onverbiddelijk vast.

'Blijf hier! Het is vreselijk voor de kinderen en de moeder, maar we kunnen niets meer doen!'

De vlammen slaan inderdaad al uit het kelderraam. Opnieuw zakt Franz in elkaar. De soldaten slepen hem naar de rand van de weg, waar Franz gaat zitten.

'Hier, neem een slok!' De kerel die hem net nog met zijn bajonet heeft bedreigd, zet een veldfles aan Franz' lippen, maar Franz slaat de bidon uit zijn hand.

'Nou, dan niet.' De Beier grijpt naar de fles die al half is leeggelopen. De scherpe geur van jenever bereikt Franz' neus. Schorsch zet de drinkbus aan zijn mond, neemt een paar flinke teugen en veegt zijn mond af.

Een tel later blijft hij als verstijfd staan. Franz volgt zijn blik en wat hij ziet doet het bloed ook in zijn aderen stollen.

Een wezen waarin hij met moeite Claire herkent sleept zich de straat op. Haar lange, rode haar is op een paar slierten na verbrand. Haar gezicht en handen zijn zwart. Haar kleren branden als bij wonder niet maar zitten vol gaten.

'Ze zijn dood! Gestikt!' Franz ziet aan haar gezicht dat Claire schreeuwt, maar haar stem komt nauwelijks boven het helse lawaai uit.

Dan gaat alles opeens zeer snel. Claire ontdekt het jachtgeweer van haar man dat de Beier achteloos op straat heeft laten liggen. Ze pakt het op en richt het op de drie soldaten die haar huis in brand hebben gestoken en die haar nu als verlamd aanstaren.

'Dood! Iedereen is dood!' Claire schreeuwt in het Frans.

Blijkbaar is Franz de enige die haar verstaat. Hij springt op en roept naar de Beiers even verderop die nu ook hun wapens in de aanslag houden. 'Laat me naar haar toegaan! Ze is gek van verdriet en pijn!'

'*Allez-y*, dood mij ook maar!' Claire blijft schreeuwen. 'Dit geweer is niet meer geladen! Vooruit dan, schiet mij maar neer!'

'Blijf waar jullie zijn!' brult Franz tegen de Beiers. 'Ze kan jullie niets doen. Er zitten geen patronen meer in het geweer!'

Hij is bijna bij Claire als er een schot weerklinkt. En nog een. En nog een. Claire wordt in de rug getroffen en valt in Franz' armen. Heel even voelt hij een lichte pijn in zijn hals, maar negeert het.

Hij houdt de stervende vrouw vast, haar lichaam vertrekt in een stuip. Dan laat hij haar op de grond glijden en gaat naast haar zitten.

Zacht streelt hij het door brandwonden verminkte gezicht. 'Rust in vrede, Claire!' De tranen stromen over zijn wangen. 'Samen met de jouwen, op een betere plek.'

Aan de punten van de laarzen ziet hij dat de Beiers bij hem staan. Hij kijkt niet op.

'Ze wilde dood. Het geweer was niet geladen.' Zijn stem klinkt vlak.

De Duitse sergeant legt zijn vinger op de slagader in de hals van Claire en knikt. 'Ze is dood. We kunnen niets meer voor haar doen.'

Intussen zijn ook de soldaten die Claire in de rug hebben geschoten dichterbij gekomen. Vaag hoort Franz ze fluisteren met hun kameraden.

'Dat geweer was niet geladen!'

'Hoe konden wij dat nu weten? Zoveel verzetsstrijdsters als in dit vervloekte nest heb ik in drie oorlogen nog niet gezien!'

'Hoever staan we nu? Is het vechten hier nu eindelijk afgelopen?'

'Bijna! Er zijn nog een paar verzetshaarden in het volgende dorp, maar de artillerie is in aantocht. We schieten daar de boel gewoon plat!'

'Wat is dat voor vent?' Franz ziet een Beier naar hem wijzen.

'Een vreemde snoeshaan. Hospik bij de Fransozen, maar hij spreekt beter Duits dan de meesten van ons.'

'Nemen we hem mee?'

'We laten hem gaan, zou ik zeggen. Die gast is ongevaarlijk. Niet goed meer bij zijn hoofd misschien, maar onschadelijk.'

'Vooruit, maak dat je wegkomt.' Een soldaat port Franz met zijn geweerkolf licht in zijn zij.

Met lood in zijn schoenen staat Franz op en strompelt de dorpsstraat af richting het marktplein. Aan weerszijden van de straat staan huizen in lichterlaaie en overal liggen lijken. Tussen de lichtblauwe uniformen van de Beiers en de blauwrode van de Fransen liggen ook veel burgers.

De gestalte van een dode vrouw trekt hem op een vreemde manier aan. Haar dikke bruine haar doet hem aan Irene denken. Een scherpe pijn gaat door hem heen. Irene! De hele vreselijke dag heeft hij niet aan haar gedacht.

Hij tast onder zijn jas aan zijn hals naar het zilveren kruisje dat

Irene hem bij hun afscheid heeft gegeven.

O, nee! Nee! Nee! Lieve God, laat het niet waar zijn! In paniek trekt Franz zijn jas open en dan zijn hemd. Hij voelt onder de tailleband van zijn broek. Maar helaas!

Op deze helse dag heb ik ergens en op enig moment zelfs het kruisje van Irene verloren!

Huize Gerban bij Altenstadt

1 september 1870, vroege middag

'Vader! Zo vroeg alweer thuis?' Halverwege de trap loopt Mathilde weer naar beneden. Ze was net op weg naar haar kamer.

'Het middagmaal is al voorbij,' zegt ze vrij overbodig. 'Mama heeft zich al teruggetrokken voor haar middagdutje. Ik vrees dat er geen warm eten meer voor je is. Zal ik de kokkin vragen snel wat eieren en een salade voor je te maken?'

'Doe geen moeite, Mathilde. Bovendien moeten de zaken nu snel gaan. Je kunt me wel helpen met het inpakken van de spullen van Irene. Ze verlaat ons vandaag nog en komt niet meer terug naar Altenstadt.'

Mathilde trekt een pruilmondje. 'Kan mevrouw Burger dat niet doen?' Pas als haar vader haar afkeurend aankijkt beseft ze dat ze niet op de eigenlijke boodschap heeft gereageerd.

Ze zet haar fout meteen recht. 'Ach, domoor die ik ben! Dat is geweldig nieuws! Heeft het wicht eindelijk je bod aanvaard?'

Wilhelm schudt het hoofd. 'Nee, ze heeft het nogmaals afgewezen. Maar nu is de maat vol. Ik heb haar haar congé gegeven. Vandaag nog verlaat ze Wissembourg en voor mijn part kan ze verrekken.'

Mathilde grijnst van leedvermaak, maar dan schiet haar iets te binnen. 'Maar waarom komt ze haar boeltje niet zelf pakken?' Kennelijk gaat haar een licht op. 'Natuurlijk, je wilde haar niet meebrengen omdat je bang was dat moeder zich zou verzetten.'

Abrupt doet Mathilde een stap opzij en kijkt langs haar vader naar de deur. 'Mevrouw Burger!' roept ze met schrille stem. 'Bent u ons aan het afluisteren soms?'

'Helemaal niet, mejuffrouw.' Verontwaardigd recht de huisdame haar rug. 'Ik wilde gewoon de eetkamer inspecteren. Omdat er geen dienstmeisje beschikbaar is, heeft een keukenmeid daar opgeruimd.'

Even aarzelt ze, maar vervolgt dan: 'En dat dienstmeisje zal ook niet meer beschikbaar zijn, als ik de woorden van mijnheer goed begrijp…'

Gerban kijkt mevrouw Burger boos aan. 'Dat klopt. Ik heb Irene ontslagen. Pakt u alstublieft haar spullen. Ik wil binnen een kwartier terug naar Wissembourg om haar op de middagtrein te zetten.'

Mevrouw Burger nijgt lichtjes het hoofd en loopt zonder nog iets te zeggen de trap op. Pas als ze uit het zicht en buiten gehoorafstand is, fluistert Mathilde: 'Was dat loeder het ermee eens dat ze geen afscheid kon nemen?'

Wilhelm aarzelt, maar besluit dan toch zijn dochter in vertrouwen te nemen. 'Nee, natuurlijk niet. Ik heb haar opgesloten in de kelder. Daar blijft ze tot ik haar persoonlijk op de trein zet.'

Het klinkt Mathilde als muziek in de oren. 'Heb je haar in de kelder opgesloten?' fluistert ze geïntrigeerd. Geweldig vindt ze dat.

'Maar dat vertellen we natuurlijk niet aan mevrouw Burger of aan je moeder,' fluistert Gerban en knipoogt samenzweerderig. 'Tegen hen zeggen we gewoon dat Irene te koppig was om nog een laatste keer naar Altenstadt te komen.'

'Ja, zo doen we het!' kirt Mathilde

Bazeilles bij Sedan

1 september 1870, vroege middag

Verzwakt zwalkt Franz over het marktplein naar het noordelijke stuk van de dorpsstraat. Er wordt nog volop geschoten en een paar kogels fluiten rakelings langs zijn oren. Het laat hem koud. Zijn hoofd is leeg.

Werktuigelijk zet hij de ene voet voor de ander. Ook het gebulder van het geschut wordt luider.

Plotseling roept iemand zijn naam. 'François! François, hierheen! We hebben hier hulp nodig!'

Franz loopt verder en iemand pakt hem bij de arm. Vermoeid tilt hij zijn hoofd op en herkent dan Louis, de leider van zijn medische eenheid.

'Wat is er met je aan de hand? Ben je gewond?'

Franz schudt het hoofd. 'Met mij gaat het goed. Jacques is dood.' Louis kijkt ontsteld naar de grond. 'André is ook dood en Michel is zwaargewond! Mij hebben ze ook geraakt, maar gelukkig is het maar een schampschot.' Louis wijst naar het verband om zijn linkerbovenarm.

Achter hen dondert het geschut weer. 'Merde! Ze komen met hun artillerie! Schiet op, François! Majoor Lambert heeft zich daarboven in herberg La Bourgerie verschanst met de rest van de Blauwe Divisie. Ze tellen veel gewonden en hebben ons nodig!'

Franz is te zwak om zich tegen Louis te verzetten. Bijna willoos laat hij zich meevoeren naar een smal geel gebouw met twee verdiepingen.

Hier vechten geen burgers mee, realiseert Franz zich onmiddellijk. Hier zitten uitsluitend marine-infanteristen die vanuit elk raam op Beierse soldaten richten.

'Dat zijn scherpschutters. Keurtroepen!' legt Louis hem uit. 'Met hun chassepotgeweren raken ze een eekhoorn op tweeduizend passen afstand!'

Toch hebben de gevechten ook hier hun tol geëist. Op de begane grond zitten de vele gewonden tegen de muur of liggen ze op de kale plankenvloer.

'Waarmee moeten we ze verbinden?' Franz ziet dat de meeste gewonden nog geen eerste hulp hebben gekregen.

'We hebben geen verbandmateriaal of medicijnen meer.'

'Hoe moeten we ze dan helpen?'

'De pomp doet het nog. We kunnen ze te drinken geven en wonden uitspoelen. Bij sommigen kunnen we met broeksriemen ledematen afbinden zodat ze niet doodbloeden. Ik ga vast schoon water halen.'

'Maar waarom vechten ze hier verder? Het dorp is toch allang opgegeven!' roept Franz hem na.

'We maken het de moffen nog één keer zo moeilijk mogelijk!' Tot grote verbazing van Franz komt dat antwoord van een gewonde officier, een luitenant zo te zien. Zijn linkerarm is verbrijzeld. Zelfs als hij het haalt, is hij die arm kwijt, bedenkt Franz.

'De majoor heeft het parool gegeven dit pand tot de laatste kogel te verdedigen. Pas dan geven we ons over.'

Franz kent de leus al. Vanochtend vroeg, nog voor het gevecht, had de man van Claire precies hetzelfde gezegd. Die woorden lijken hem nu onzinniger dan ooit.

'Maar dat is toch je reinste zelfmoord!' Vanuit zijn ooghoeken ziet Franz een beweging achter het kapotgeschoten raam. Hij wordt weer witheet. 'Kijk dan, daarbuiten! Ze rollen het geschut tot vlak voor het pand!'

De luitenant grijnst. 'Dat hebben ze al twee keer geprobeerd, maar tot nu toe hebben we zoveel artilleristen geraakt dat ze nog geen enkele granaat hebben kunnen afschieten.'

Zijn woorden zijn nog niet koud of er klinkt een oorverdovende knal. De drukgolf gooit Franz plat op zijn rug. Brokken baksteen en cement vliegen in het rond.

Als het stof weer gaat liggen richt Franz zich op. In de muur tegenover hem zit een gapend gat. Het projectiel heeft ook een spoor van vernieling achtergelaten. De luitenant met wie hij net aan het praten was en vijf andere gewonden zijn dood, hun lichamen doorzeefd met granaatscherven.

Franz' voelt zijn been niet en kijkt naar beneden. Zijn linkeronderbeen zit nog op één plek aan de rest van zijn been vast. Hij voelt echter geen pijn.

Dus hier ga ik dood, constateert hij nuchter. Vandaag. Vergeef me, Irene, ik zal je nooit meer zien.

Franz verliest het bewustzijn.

De kelder van het wijnhandelshuis in Wissembourg

1 september 1870, rond vijf uur

Met opgetrokken knieën zit Irene in een hoek van de kelder in het wijnhuis in Wissembourg. Er is geen raam en ook geen licht, en dus is het er aardedonker. Er hangt een doordringende geur van wijn en schimmel.

Opgesloten zoals lang geleden in de cel in het weeshuis. Wanhoop dreigt haar te overrompelen. En ik, stomkop die ik ben, dacht die tijd voorgoed achter me te hebben gelaten.

De stekende hoofdpijn die ze had toen ze wakker werd heeft gelukkig plaatsgemaakt voor een vaag bonzen. Een brandende dorst heeft ze kunnen lessen met een fles cider die ze op de tast in het duister heeft gevonden.

De opluchting is van korte duur. Ze begint opnieuw te huilen en te piekeren. Wat gaat er nu gebeuren? Wat gaat die oude rotzak met me doen? O, Franz, lieve Franz… Waarom ben je niet hier! Gaat het goed met je?

Ze herinnert zich flarden van gesprekken van de afgelopen dagen over een ophanden zijnde slag waarvan sommige Duitsers zelfs hoopten dat die de oorlog zou beslissen.

Plotseling schrikt ze op – uitgeput als ze was moet ze even ingedut zijn. Er is iets gebeurd! Het voelt alsof er een ijzeren klem om haar hart zit. Meteen beseft ze dat Franz in groot gevaar verkeert. Ontzet trekt ze haar knieën tegen haar borst, drukt haar vuist tegen haar mond en bijt op haar knokkels.

Haar onrust wordt almaar sterker. Het bloed suist in haar oren, haar hart klopt in haar keel en ze beeft over haar hele lichaam. Dan voelt ze een steek in haar borst die haar naar adem doet snakken. Ze krimpt ineen van pijn.

Er is echt iets gebeurd met Franz! Op dit eigenste moment, beseft ze.

Van angst verlamd blijft ze ineengedoken zitten. Het duurt een eeuwigheid, zo voelt het althans, voordat ze de roestige sleutel in het slot hoort draaien en de deur opengaat.

Wilhelm Gerban staat in het deurgat. De olielamp die hij draagt werpt lange schaduwen op de kale bakstenen muren. Moeizaam krabbelt ze overeind. Ze kan bijna niet staan op haar verkrampte benen.

'Mijnheer Gerban, mijnheer Gerban!' Zo snel als ze kan loopt ze naar hem toe. 'Mijnheer Gerban, laat me gaan. Ik moet naar Franz toe. Er is iets met hem gebeurd. Ik voel het!'

In het zwakke schijnsel ziet Irene even iets trillen in het gezicht van Gerban. Dan schudt hij boos het hoofd.

'Hersenspinsels, juffrouw Irene,' zegt hij korzelig. 'Hersenspinsels! Of een slimme poging om me te misleiden.'

Hij stapt de kelder binnen, trekt de deur achter zich dicht en gaat wijdbeens voor haar staan. 'Nee, lieve juffrouw. Totdat u beslist mijn aanbod aan te nemen blijft u hier!'

DEEL 5

Naschokken

21

Huize Gerban bij Altenstadt

7 september 1870

'Ik vind het nog steeds moeilijk te geloven dat Irene met stille trom is vertrokken.' Pauline kijkt haar echtgenoot aandachtig aan.

Hij kreunt hoorbaar en laat de vork die hij net naar zijn mond heeft gebracht zakken. 'Hoe vaak moet ik het je nog uitleggen, Pauline? Ze vertikte het halsstarrig om mee terug te komen om afscheid te nemen. Waarom wil je dat niet van me aannemen?'

Pauline haalt haar schouders op. 'Ik had verwacht dat ze mij of mevrouw Burger minstens zou schrijven om haar vreemde gedrag uit te leggen. Maar ook vandaag zat er geen brief van haar bij de post. Ik begrijp het eenvoudigweg niet!'

Mathilde glimlacht vals. 'Dat krijg je als je mensen uit lagere kringen naar onze maatstaven beoordeelt, mama. Dienstbodes hebben nu eenmaal niet dezelfde opvatting over eer en fatsoen als wij. Irene heeft haar zin niet gekregen. Dat verklaart dat waardeloze gedrag gewoon.'

Pauline bekijkt haar dochter met nauwelijks verholen minachting. 'Je kunt het ook vanuit een ander perspectief bekijken, liefje. Als ik je vader goed heb begrepen heeft deze "dienstbode" zoals jij haar zo graag noemt, het enorme bedrag van vijfduizend gulden afgeslagen en in plaats daarvan besloten het kind van je broer zonder enige hulp groot te brengen. Ik ken denk ik niemand in onze kringen die voor zo'n som zijn neus ophaalt.' Jij al helemaal niet, Mathilde. Die laatste opmerking houdt ze voor zich, al lijkt Wilhelm van haar gezicht af te lezen wat ze wilde zeggen.

'Zit Mathilde toch niet voortdurend op de huid! Denk liever eens aan het aandeel van onze keurige zoon in deze ellende. Als hij zich als een man van eer had gedragen, had Irene hier nog kunnen werken. Met haar reputatie intact.'

Pauline krijgt een kleur. 'De manier waarop de mannelijke leden van dit huishouden met het begrip "eer" omgaan, hebben we al uitvoerig besproken, Wilhelm,' antwoordt ze snedig. 'Voor de oren van onze dochter heb ik daar niets meer aan toe te voegen.'

Wilhelm loopt nu ook rood aan. 'Dat is je geraden, Pauline,' dreigt hij. 'Als jij Franz niet zo had vertroeteld en verwend, was hij nooit zo'n rebelse geest geworden.'

'Ik ben er zelfs trots op dat mijn opvoeding ertoe heeft bijgedragen dat Franz niet de conformistische, achterbakse vent is geworden die jij liever had gezien. En had ik hem inderdaad zo "verwend" zoals jij het uitdrukt dan zou hij nooit zoals nu met die passie en wilskracht voor zijn idealen opkomen.'

Even lijkt Wilhelm uit zijn lood geslagen, maar hij vermant zich. Hij gebaart in de richting van Mathilde die met grote ogen de woordenwisseling volgt. 'Dit gesprek houdt nu op, Pauline. Het geeft geen pas om zo'n discussie in het bijzijn van onze teergevoelige dochter te voeren.'

Er nestelt zich een spottende lach om de mond van Pauline als ze de teleurstelling ziet die over Mathildes gezicht glijdt voordat ze braaf haar ogen neerslaat. 'Nu vergis je je in je andere kind, Wilhelm. Mathildes ziel is heus niet zo delicaat dat ze niet tegen dit soort taferelen is opgewassen.'

'Pauline,' sist Gerban donkerrood aangelopen, 'je beseft niet wat je zegt! Heeft dat laudanum je nu werkelijk van alle tact beroofd?'

Pauline verbleekt. 'Goh, nu vergis je je voor de derde keer, schat.' Ditmaal kan ze de trilling in haar stem niet helemaal verbergen. 'Ik beperk me tegenwoordig tot één dosis in de ochtend. En zodra

Franz…' Ze hapert even omdat haar mond plotseling droog wordt. '… zodra Franz weer thuis is houd ik er helemaal mee op.'

'Áls hij ooit nog naar huis komt,' onderbreekt Mathilde haar bot. 'We hebben de slag bij Sedan al dagen geleden gewonnen en tot nu toe heeft niemand iets van hem gehoord.'

Pauline kan haar tranen niet bedwingen. Met bevende hand wijst ze naar Mathilde. 'Hier, lieve Wilhelm, hier aan je eigen tafel zit het ware toonbeeld van tactloosheid. En dat is het fraaie resultaat van jouw opvoeding. Bravo, zonder een druppel laudanum.'

Mathilde pruilt als een kind dat een standje krijgt. 'Wat heb ik nu weer verkeerd gezegd?' jammert ze. Als niemand antwoordt, verheft ze haar stem. 'Waarom hangt hier vandaag zo'n akelige stemming?' Ze zwijgt even en ademt diep in. 'We weten toch allemaal dat het weer de schuld is van die vreselijke Irene. Zelfs nu ze weg is, zaait ze hier nog verdeeldheid. Bovendien zijn we blij…' Haar stem stokt en werktuigelijk slaat ze haar hand voor haar mond.

Pauline schuift het bord dat ze nauwelijks heeft aangeroerd van zich af. 'Waarom zijn jullie blij? Omdat jullie dat eerbare meisje weg hebben gekregen? Ik vermoedde al dat het niet correct is verlopen. Zeker omdat jij, Mathilde, ook nog hebt geprobeerd haar van diefstal te betichten!'

Pauline staat op. 'Misschien is ze helemaal niet vrijwillig uit Wissembourg verdwenen. Wie weet houden jullie haar wel ergens vast om haar verder onder druk te zetten het kind van Franz af te staan.'

Het is maar een vage veronderstelling, iets wat ze er in haar angst over het ongewisse lot van Franz en Irene zomaar uitflapt. Maar tot haar grote verbazing ziet ze even een onzekere blik in de ogen van Wilhelm – zo vluchtig dat ze eerst nog twijfelt of ze zich niet heeft vergist.

Mathildes onverbloemde verontwaardiging helpt haar echter meteen uit die droom.

'Hoe kun je nu zoiets vreselijks zeggen, moeder? Papa heeft er alles aan gedaan om het Irene gemakkelijker te maken, maar tot op het laatst bleef ze een ondankbaar wicht. Geen wonder dat hij niet wilde dat ze nog een keer...'

'Mathilde,' valt Wilhelm Gerban haar nu scherp in de rede. 'Mathilde, dat volstaat! Irene is weg, Franz komt hopelijk snel weer gezond terug en daarmee basta!'

Maar het is te laat. Pauline kijkt hem met samengeknepen ogen aan. Je verbergt iets, dringt het tot haar door. Plotseling weet ze het heel zeker. Je verzwijgt iets voor me, bullebak. Maar ik kom er wel achter. Haar gevoel wordt nog sterker als haar man haar blik ontwijkt.

Pauline buigt haar hoofd. 'Ik heb geen trek meer en trek me op mijn kamer terug. Ik wens jullie nog een fijne avond.'

Ze loopt naar de deur en botst bijna op Niemann, die buiten wacht op het teken om het dessert te serveren. Gegeneerd slaat de huisknecht zijn ogen neer. Hij heeft duidelijk een deel van het gesprek opgevangen.

Wat kan mij het schelen, denkt Pauline. Met een knikje passeert ze hem snel, maar op de trap al voelt ze haar kracht wegebben. Weer neemt dat verlammende gevoel van zwakte bezit van haar. De uitzichtloosheid van haar bestaan, en de zorgen om Franz en Irene doen haar trillen als een espenblad. De drang naar een dosis laudanum wordt bijna te groot.

Doodmoe bereikt ze haar slaapkamer. Met een zucht laat ze zich op de kruk voor haar toilettafel zakken. Even twijfelt ze nog, maar dan opent ze de la en tast ze naar het flesje.

Ze heeft de kurk er al afgehaald als Wilhelms vileine opmerking haar weer te binnen schiet: 'Heeft dat laudanum je nu werkelijk van alle tact beroofd?'

Met het laatste beetje wilskracht sleept ze zich naar het raam, trekt het open en gooit het flesje met een hoge boog naar buiten.

'Mijn excuses, Niemann,' bromt Gerban.

Mathilde kijkt verbaasd op. Hoe haalt vader het in zijn hoofd?

'U moet weten dat mijn echtgenote de laatste tijd zichzelf niet is. De zorgen om onze zoon en de hoeveelheden laudanum, u weet al…'

Mathilde staart haar vader verbijsterd aan. Is de man gek geworden? De meester verontschuldigt zich toch niet bij zijn knecht voor een familieruzie?!

'Ik begrijp het.' Niemann buigt stijf en ruimt zwijgend de borden af. Hij zit overduidelijk in zijn maag met de situatie.

Als hij de eetkamer verlaat om het dessert te halen, kan Mathilde zich niet meer inhouden. 'Waarom zeg je nu zoiets tegen Niemann? Onze onenigheid gaat hem niets aan!'

Haar vader beantwoordt haar woeste blik met een eigenaardige uitdrukking die Mathilde niet kan plaatsen.

'Geloof me, dochterlief. Dat doe ik niet zomaar…'

Maar hoezeer Mathilde ook aandringt, meer krijgt ze niet uit hem.

Een boerderij op het platteland rond Sedan

8 september 1870

'Marie! Marie, kom gauw! Volgens mij komt hij bij.'

Eindeloos langzaam dringen de woorden tot Franz' bewustzijn door. Met moeite opent hij zijn ogen en knippert tegen het licht van een petroleumlamp.

Twee vrouwen van middelbare leeftijd buigen zich over hem heen. Beiden dragen verbleekte hoofddoeken waaronder alleen de streng achterovergekamde haaraanzet te zien is. Boven hun vale katoenen jurken dragen ze schorten vol bloedvlekken.

'Waar… waar ben ik?' stamelt Franz.

'In de schuur van onze boerderij,' antwoordt een van de vrouwen. 'U bent dagenlang bewusteloos geweest. We waren al bang dat de koorts u fataal zou worden.'

'Koorts?'

De vrouwen knikken. 'U bent bij de veldslag gewond geraakt en na de operatie niet meer bijgekomen, vertelde de medisch officier ons.'

'Operatie? Wat voor een operatie?'

De vrouwen kijken elkaar aan. 'Hij weet het niet meer, Marie,' zucht een van hen.

'Wat weet ik niet?' vraagt Franz bezorgd.

De vrouw die Marie heet buigt zich weer over hem heen. 'U had een zware beenwond.' Haar stem stokt. Franz krijgt het benauwd. Hij pijnigt zijn hersenen. Het laatste dat hij zich kan herinneren is dat hij langs een straat met aan weerszijden brandende huizen was gestrompeld.

De volgende woorden van Marie doen zijn hart stilstaan. 'Men heeft uw linkeronderbeen moeten amputeren.'

'Nee! Nee, dat kan niet waar zijn,' protesteert Franz vol afschuw. Hij zwijgt en concentreert zich op zijn been 'Dat kan niet!' Hij lacht en huilt tegelijkertijd. 'Ik voel mijn linkerbeen en ook mijn voet. Het doet zelfs pijn.'

De vrouwen kijken hem meewarig aan. 'Dat heet "fantoompijn", goede man. Het spijt ons verschrikkelijk maar uw been is tot net onder de knie geamputeerd. Veel oorlogsinvaliden ondervinden die fantoompijn nog weken na de operatie.'

'Maar Louise,' zegt Marie berispend. 'Heb toch wat meer consideratie met de arme man. Hoe heet u trouwens?'

Franz hoort de vraag niet eens. Een tijdlang ligt hij roerloos op zijn bed van stro onder een kriebelende wollen deken.

Met zijn laatste krachten richt hij zich op zijn ellebogen op. En inderdaad, waar zijn linkeronderbeen had moeten liggen, ligt de deken helemaal plat.

'Nee!' De tranen stromen over zijn wangen als hij zich weer laat zakken. Plotseling ziet hij de beelden voorbijkomen van de laatste momenten voor hij gewond raakte.

'Ik was in La Bourgerie in Bazeilles,' mompelt hij.

'In herberg "In de laatste kogel"?' vraagt Louise. Haar geestdriftige reactie lijkt Franz volkomen misplaatst.

'Noemen ze het nu zo?'

Louise knikt gretig. 'De mannen die daar vochten, hebben zich pas aan de moffen overgegeven toen ze geen munitie meer hadden. Zij zijn de helden van de Slag bij Sedan.'

'De Slag bij Sedan,' herhaalt Franz. 'Ik hóór de hoofdletters. En wie heeft die gewonnen?'

De sombere uitdrukking op de gezichten van de vrouwen zegt genoeg.

'Opnieuw de Duitsers,' antwoordt Marie. 'En nu met verschrikkelijke gevolgen. Keizer Napoleon is gevangengenomen en heeft zich overgegeven.'

'Gecapituleerd?' Franz' wanhoop groeit.

'Dan is... dan is alles voor niets geweest?'

Marie haalt haar schouders op. 'Niemand weet het precies. Het gerucht gaat dat de nieuwe republikeinse regering in Parijs de strijd wil voortzetten.' Ze interpreteert de verbijsterde uitdrukking van Franz verkeerd. 'Maar voor u is het in elk geval afgelopen. U moet zorgen dat u snel herstelt zodat u terug naar huis kunt.'

'Naar huis!' De schrik slaat hem om het hart. 'Weet mijn familie al waar ik ben? Ze zijn vast óp van bezorgdheid. Welke datum is het?'

'De achtste.'

'Lieve Heer! Dat is een hele week na de veldslag. Heeft iemand hun iets laten weten?'

De vrouwen kijken elkaar aan. 'Dat weten we niet!' Franz weet zeker dat ze hem voorliegen. 'We kunnen beter de arts die hier de gewonden verzorgd erbij roepen. Hij zal blij zijn dat u weer bij kennis bent.'

Nu pas ziet Franz dat de schuur vol gewonde soldaten ligt. Als een lawine overvallen de geluiden hem plotsklaps. Hij hoort mannen kreunen, mompelen, praten, bidden. Iets verderop klinkt een schelle kreet. Het gonst in de schuur als in een bijenkorf. Het wordt hem allemaal te veel en hij drukt zijn handen tegen zijn oren.

'Louise, snel! Haal de dokter.' De woorden van Marie bereiken hem slechts vaag. 'Deze man is nog heel ziek.'

Een paar minuten of een eeuwigheid later, Franz is elk gevoel van tijd kwijt, buigt een man met een sikje en een witte jas zich over hem heen.

'Kunt u iets zeggen?'

Franz knikt moeizaam.

'Vertel me dan hoe u heet.'

'François – "Franz" in het Duits – Gerban uit Altenstadt. Ik ben Elzasser.'

'Bij welke eenheid zat u?'

'Ik was lid van het vrijwilligerskorps dat Wissembourg heeft verdedigd. Na de inname ben ik naar Châlons getrokken en heb daar in een medische eenheid onder leiding van Louis Rousser gediend.'

De arts kijkt Franz vragend aan. 'Zat u niet in de divisie van Abel Douay? Ze hebben u in het hospitaal afgeleverd met het insigne van die divisie op uw uniform.' Franz schudt vermoeid het hoofd. 'Dat uniform heb ik geruild met...' Hij corrigeert zichzelf meteen. 'Heb ik op het slagveld bij Woerth gevonden en verruild voor mijn vieze kleren.' Bijna had hij Albert, de deserteur, verraden. 'Mijn identiteitskaart zit in mijn uniformjas.'

De arts fronst. 'Die jas is gebruikt om uw been te verbinden en hing zo vol bloed dat men die waarschijnlijk heeft weggegooid zonder de zakken na te kijken.' Hij haalt zijn schouders op. 'In de chaos van Sedan heeft niemand aan zulke dingen gedacht.'

'Hoe weet u dat?'

'Hoe weet ik wat?'

'Dat van die jas als verband.'

Even speelt er een bittere lach om de dunne lippen van de arts. 'Mijn goede vriend Louis Rousser, over wie u net sprak, heeft uw leven gered. Hij heeft uw been afgebonden en daar vervolgens uw jas omheen gewikkeld. Na de capitulatie van La Bourgerie heeft hij u naar mij gebracht. U was toen al bewusteloos. Gelukkig maar, want het heeft nog uren geduurd voor we u konden opereren. Ondanks het verband had de wondkoorts al ingezet. Het grenst bijna aan het onwaarschijnlijke dat u het hebt overleefd.'

Franz laat ook dit nieuws op zich inwerken. Hij voelt weer de pijn in het onderbeen dat er niet meer is. Dof, kloppend en op de plek waar voor de amputatie zijn scheen had gezeten. Opeens moet hij aan iets denken.

'En waar is Louis dan nu? Waarom kent u mijn naam niet als Louis mij in het hospitaal aan uw zorg heeft overgedragen?'

De arts heft zijn handen op. 'Misschien heeft hij me uw naam gegeven, misschien ook niet. Ik kan het me niet herinneren. Het was een hel die dag.'

'En later kon u het Louis niet meer vragen,' zegt Franz voordat de arts iets kan zeggen.

'Klopt. Louis is later op de dag in Sedan gesneuveld.'

'Maar u moet echt eten om weer op krachten te komen, hoor,' zegt Marie verwijtend. 'Niet elke gewonde krijgt hier kippenbouillon. Dat is een privilege dat slechts weinigen is gegund. Alleen als de arts het uitdrukkelijk voorschrijft.'

Franz maakt een afwerend gebaar. 'Geef die soep maar aan een van de kameraden.'

'Maar de arts staat erop dat ú die opeet.' Ze tilt het hoofd van Franz op en houdt de lepel bouillon voor zijn mond.

Ondanks de krachtige geur die in zijn neus komt doet Franz zijn mond niet open en de bouillon druipt langs zijn kin.

Marie zucht diep. 'We bedoelen het goed.' Ze wenkt Louise. Franz weet inmiddels dat het zussen zijn.

'Hij wil nog altijd niet eten. Geef die soep maar aan een ander voordat ze helemaal koud is.'

'U moet zich schamen,' zegt ze vervolgens tegen Franz.

'U hebt toch familie. Dat hebt u verteld toen u bijkwam. Wilt u hen dan niet terugzien?'

Voor zijn geestesoog duikt plotseling het gezicht van Irene op. Zijn verlangen naar haar doet meer pijn dan het geamputeerde been.

'U kunt me een brief dicteren. Achter de frontlinie begint de post weer langzaam te functioneren. Wilt u dat?'

Franz knikt vermoeid.

'Dan haal ik papier, pen en inkt. Maar ik schrijf alleen als u minstens een paar happen soep hebt gegeten,' glimlacht ze. 'Afgesproken?'

Franz stemt zwijgend toe.

Huize Gerban bij Altenstadt

15 september 1870

Het is puur toeval dat Mathilde net in de tuin wil gaan wandelen als ze op de oprijlaan de postbode ziet aankomen. Het is laat in de ochtend en buiten lokt een heerlijk zonnige nazomerdag. Zelfs Mathilde, die wandelen zo veel mogelijk vermijdt, houdt het binnen niet meer uit.

Bovendien wil ze pronken met haar nieuwe japon van lila zijde die overvloedig met Brussels kant is afgezet. Ze heeft zelfs een bijpassende parasol. Pronken ja, al is het maar voor de stalknecht en tuinman. Sinds het uitbreken van de oorlog zijn er immers geen theekransjes of andere feestelijkheden meer. Dat die hardwerkende mannen geen oog voor haar hebben – en kijken ze wel, dan hooguit een paar tellen – heeft ze totaal niet in de gaten.

Rustig vouwt ze in de schaduw van de bomen langs de oprijlaan haar parasol dicht en slentert de postbode tegemoet die met de zware tas aan zijn schouder flink zweet in zijn stijve uniform. Als ze bijna bij hem is trekt Mathilde haar neus op. Ze rúíkt de man gewoon. Ze wil omkeren om terug naar het huis te wandelen als de brievenbesteller haar roept. 'Juffrouw!'

Mathilde ergert zich aan zijn brutaliteit en doet alsof ze niets hoort, maar de postbode geeft het niet op. 'Juffrouw!' roept hij voor de tweede keer. Mathilde keert zich bruusk om.

'Wie denkt u wel dat u bent!' snauwt ze hem toe.

De man zet zijn pet af en buigt. 'Het spijt me, mejuffrouw, maar zou u zo vriendelijk willen zijn deze brieven mee naar binnen te nemen. Mijn vrouw is ziek en ik loop vandaag al achter op mijn ronde.'

Mathilde kijkt de lummel boos aan, maar die laat zich niet van de wijs brengen. Hij komt nog een stap dichterbij en houdt haar vier of vijf brieven voor.

Mathilde wil het stapeltje met haar parasol uit zijn handen slaan als ze de naam van Irene op de bovenste envelop ziet staan.

Kribbig steekt ze haar hand uit en neemt zwijgend de post in ontvangst. De bode buigt nogmaals, maar Mathilde draait hem plompverloren de rug toe en loopt richting het huis.

Ze wandelt rechts de rozentuin in en gaat daar bevend van opwinding op een bankje zitten. Ongegeneerd scheurt ze de aan Irene geadresseerde envelop open en leest de brief die in een haar onbekend handschrift is geschreven. Ze bladert door stapeltje en vindt nog een brief voor haar moeder, geschreven door dezelfde persoon aan wie Franz ook zijn brief voor Irene heeft gedicteerd. Ook die leest ze aandachtig.

Besluiteloos blijft ze even op de tuinbank zitten, maar dan komt ze op een idee.

Riemer wil deze ochtend het kleine rijtuig schoonmaken en daarom mocht de oude koetsier haar vader bij wijze van uitzondering met de landauer naar kantoor brengen. Beide rijtuigen zijn na de veldslag voor het vervoer van gewonden ingezet, maar inmiddels volledig schoongemaakt en opnieuw bekleed.

Ik kan twee vliegen in een klap slaan, jubelt Mathilde inwendig. Vrolijk klapt ze haar parasol open en dicht. Vader neemt me zeker mee uit eten. Dan kan ik mijn nieuwe jurk aan een passender publiek dan deze boerenpummels tonen.

Vastberaden staat ze op en loopt terug naar het huis. Van ver ziet ze Riemer al voor de stallen staan.

'Span het kleine rijtuig in, Riemer. U moet me naar Wissembourg brengen.'

'Goedemorgen, mejuffrouw.' Nadrukkelijk pareert de oude koetsier haar lompe, groetloze bevel. 'Ik weet niet of dat zo'n goed idee is.

Ik heb namelijk net de kussens schoongemaakt. Die kunnen nog vochtig zijn en de nieuwe japon van mejuffrouw bederven.'

Twijfelend wipt Mathilde van de ene voet op de andere, maar dan krijgt haar koppigheid zoals gewoonlijk weer de overhand.

'Leg een dikke deken over de kussens. Ik laat binnen nog even weten dat ik er niet zal zijn voor de lunch en pak mijn sjaal. Dan vertrekken we.'

Restaurant Der Goldene Adler in Wissembourg

15 september 1870, twee uur later

'Zo, schat. Heeft het gesmaakt?'

Mathilde schept zichzelf het laatste stuk slagroomtaart op dat ze als dessert heeft besteld. 'Voortreffelijk, vader,' antwoordt ze met een kokette oogopslag voor ze de taart met smaak verorbert.

Wilhelm forceert een vriendelijk lachje. Hij wil zijn dochter niet laten zien hoezeer de twee brieven hem van streek hebben gemaakt.

Franz ligt dus zwaargewond en verminkt voor het leven in een als noodhospitaal opgevorderde schuur bij Sedan en heeft Pauline én Irene gevraagd hem te komen halen en naar huis te brengen. Niet te voorspellen wat er zou zijn gebeurd als de brief Pauline had bereikt, beseft hij. Die was waarschijnlijk meteen op pad gegaan! En dat koppige wicht zit nog steeds in mijn kelder en weigert op mijn aanbod in te gaan en Wissembourg te verlaten.

In de twee weken dat Irene daar zit heeft hij al twee keer drastische middelen moeten gebruiken om haar verzet te breken. De eerste keer had een employé gemeld dat hij vreemde geluiden had gehoord in de afgesloten kelder. 'Het klinkt alsof er iemand aan het rondscharrelen is, mijnheer Gerban. Ik dacht ook een stem te horen.' Gelukkig draagt Wilhelm de sleutels van de kelderdeur en de ruimte waar Irene vastzit altijd bij zich. De melding van zijn klerk had hij afgedaan als dom geklets. Uit voorzorg had hij de volgende ochtend wel gezegd dat hij er zich persoonlijk van had verzekerd dat er niemand in de kelder was.

Een dag later had de man het echter opnieuw over geluiden in de kelder gehad. 'Drink je misschien te veel, jongeman? Word je geplaagd door hallucinaties? Als dat zo is, ben ik genoodzaakt daar mijn conclusies uit te trekken.' Daarmee had hij de kerel voorlopig het zwijgen opgelegd, maar een paar dagen later dreigden er alweer nieuwe problemen.

Toen hij met het blad met haar avondeten in de hand de deur opendeed, stond ze klaar achter de deur. Ze duwde hem opzij en probeerde te vluchten. Dat was haar niet gelukt omdat hij de kelderdeur altijd achter zich afsloot als hij Irene iets bracht of haar weer wilde ompraten. Als een furie had Irene zich verzet toen hij haar met geweld terugsleepte naar haar cel. Ze had hard in zijn hand gebeten en de wonden waren nog steeds niet genezen.

Pauline houdt hem nog altijd scherp in de gaten. Een keer maakte hij de fout om in de keuken een mand eten te bestellen die hij voor Irene wilde meenemen. Diezelfde avond nog had Pauline hem ermee geconfronteerd.

'Voor wie waren die spullen bestemd, liefste?' vroeg ze quasi terloops bij het avondmaal.

'Waar heb je het over?'

'Wel, mevrouw Burger vertelde me dat je vanochtend in de keuken brood, boter, worst en fruit hebt gevraagd. En een fles cider. Waar had je dat voor nodig? Je eet toch altijd buiten de deur?'

Wilhelm was rood aangelopen van woede en schaamte, wat hij gewoon voelde gebeuren – en dat maakte hem nog bozer. 'Dat was een cadeau voor de oude moeder van een van mijn klerken' had hij bars geantwoord. 'Haar boerderijtje is bij de gevechten volledig leeggeroofd en ze heeft van alles tekort. Ik wilde het arme mens een plezier doen.'

Pauline had hem spottend aangekeken. 'Goh, als ik dat had geweten, schat, dan had ik wat meer dingen in de mand gestopt. Wat je hebt meegenomen was amper genoeg voor één dag.'

Sindsdien is Wilhelm als de dood dat Pauline naar Wissembourg zal komen om het verhaal bij zijn klerk na te trekken.

En dan komen daar nu ook die brieven nog eens bij, zucht hij in gedachten. Kreupel of niet, Franz zal hemel en aarde bewegen om Irene te vinden. Dat staat vast. En als zijn volgende brief in de verkeerde handen terechtkomt, is het te laat. Pauline gaat Franz dan ophalen, een paar dagen later zal hij thuis zijn en dan hebben we de poppen aan het dansen.

'Vader?' Mathilde kijkt hem verwijtend aan. 'Vader? Luister je wel naar me?'

'Natuurlijk, meisje. Ik was even afgeleid. Wat zei je precies?'

Zelfs Mathilde kijkt hem nu verbaasd aan, stelt Wilhelm wrevelig vast.

'Ik wilde alleen weten wanneer je straks naar huis wilt rijden.'

'Riemer haalt me klokslag zes uur op, kind.'

'Wat zal ik tot die tijd in Wissembourg doen? Zal ik op kantoor op onze rit naar huis wachten?'

Geen haar op m'n hoofd. Bijna zegt Wilhelm het hardop.

Hij forceert weer een lachje. 'Maar nee, liefje! Daar zou jij je maar vervelen. Waarom ga je niet even langs bij mevrouw Marat, je naaister. Deze lila jurk staat je prachtig. Wat zou je ervan zeggen om er nóg eentje in die stijl te laten maken? Neem rustig je tijd. Om zes uur pik ik je daar op.'

De verbazing is van het gezicht van Mathilde af te lezen. Zelfs Wilhelm moet denken aan een domme, volgevreten koe.

'Dank je!' Ze veert op, leunt met haar corpulente lichaam over de tafel en kust hem op de wang. 'Dank je! Je bent beste vader ter wereld!'

En minstens twintig gulden armer. Als het niet meer is... Wilhelm weet dat Mathilde alleen genoegen neemt met het beste dat madame Marat aan stof in huis heeft.

Hij zucht zo diep dat Mathilde opkijkt. Ik moet iets doen, foetert hij bij zichzelf. De situatie wordt gewoon te hachelijk. Dan zucht hij nogmaals. Eerst maar eens naar Madame Caroline in La Maison Rouge, neemt hij zich voor.

De praktijk van dokter Étienne in Wissembourg

17 september 1870, twee dagen later

'Honderd gulden voor zo'n ingreep. Dat noem ik lef hebben!'

Vol ongeloof kijkt Wilhelm Gerban naar de kleine dikke man met krullende baard die in een ruime fauteuil achter het enorme bureau zit. Wilhelm zelf zit tegenover hem op een harde houten stoel zonder kussen. Gelukkig is hij groot, anders zou hij zelfs naar de kleinere man moeten opkijken.

Dokter Étienne wrijft over de volle grijzende baard en schraapt zijn keel.

'U beseft toch wat u van mij verlangt, mijnheer Gerban. Op vruchtafdrijving staan hoge gevangenisstraffen. Niet alleen voor de arts die de ingreep uitvoert, maar ook voor de vrouw en de opdrachtgever die alles betaalt. Ik zou daarnaast ook mijn officiële erkenning en dus mijn bestaanszekerheid verliezen.'

'Betaalt madame Caroline ook zulke hoge bedragen? Ik vermoed dat ze wel vaker van uw diensten gebruikmaakt.'

De arts blijkt niet onder de indruk van zijn sarcasme, stelt Wilhelm verbaasd vast.

'De aantallen laten in haar geval zeker een korting toe,' verklaart hij onverschillig. 'Madame Caroline draagt zorg voor haar meisjes en laat me hen wekelijks onderzoeken. Het verhelpen van zulke kleine malheurs is echter zelden nodig.' Met een grijns voegt hij eraan toe: 'Deze dames zijn veel professioneler dan naïeve dienstmeisjes en weten hoe ze zichzelf moeten beschermen.'

Wilhelm is woest maar moet zich de brutaliteit van de arts laten welgevallen. Natuurlijk had hij zich tegenover de gynaecoloog als vader van het kind moeten voordoen.

Bijna meer nog dan aan dat spottende gezicht, ergert Wilhelm zich aan de gedachte dat hij de gerespecteerde arts nietsvermoedend meerdere malen had ontmoet op feesten, politieke bijeenkomsten en zelfs in de kerk. Het had hem dan ook danig overrompeld toen madame Caroline hem desgevraagd – en natuurlijk voor een royale vergoeding – de naam van 'dokter Étienne' had gegeven.

In elk geval staat de man bekend als een expert in zijn vak en geniet hij verder een uitstekende reputatie. De kans dat Irene ongeschonden de ingreep van de arts zal doorstaan is vele malen groter dan bij de engeltjesmaaksters die zeker ook in Wissembourg te vinden zijn.

'Aanvaardt u mijn prijs? Natuurlijk te voldoen in contanten en zonder kwitantie,' benadrukt de arts.

Wilhelm knikt met tegenzin.

'Mooi.' De arts pakt zijn veer uit de inktpot en een papiertje. 'Dan heb ik nog twee vragen voor u.'

'Ik luister!' Wilhelm wenst zichzelf mijlenver weg, maar er is geen ontkomen aan deze pijnlijke situatie. Die idioot van een Franz ook!

'Hoe ver is de zwangerschap gevorderd?'

Wilhelm staat perplex. 'Wat maakt dat nu uit?'

Dokter Étienne kijkt hem aan met een mengeling van spot en medeleven. 'Wel, hoe langer de vrouw zwanger is, hoe gevaarlijker de procedure. Hoe groter de foetus, des te groter de kans dat de vrouw bij de ingreep overlijdt.'

Vertwijfeld pijnigt Wilhelm zijn hersenen. Aan Irene kan hij het natuurlijk niet vragen, zij weet immers nog niets van zijn plannen, laat staan van wat hij haar te vertellen heeft. Ook Pauline zou zeker argwaan krijgen als hij dit onderwerp zou aansnijden. 'Het moet ergens halverwege de zomer gebeurd zijn,' brengt hij uiteindelijk uit.

'Hoezo, weet u dat dan niet? Hoe vaak had u gemeenschap?'

Wilhelm voelt dat hij rood aanloopt en antwoordt niet.

Dokter Étienne haalt de schouders op. 'Dan zit er voor mij niets anders op dan de dame voor de operatie te onderzoeken om vast te stellen hoe ver de zwangerschap is gevorderd. Omdat dit natuurlijk niet tijdens mijn normale spreekuur kan, moet ik u daarvoor nog tien gulden extra aanrekenen.'

Wilhelm hoort dit tandenknarsend aan. Dat wil hij koste wat het kost vermijden. Hij gokt er namelijk op dat Irene zo overrompeld zal zijn door zijn boodschap dat hij van haar ontreddering gebruik zal kunnen maken om haar abortus te laten plegen. Die moet dan ook onmiddellijk na zijn onverwachte mededeling plaatsvinden. De ervaring heeft hem immers geleerd dat hij haar geen bedenktijd moet geven want dan wordt ze onberekenbaar. Haar uit de kelder halen voor dat onderzoek is eenvoudigweg geen optie omdat ze dan misschien zal weigeren vrijwillig terug te gaan naar deze arts.

En dus geeft hij met een preciezer antwoord. 'Op z'n laatst medio juli, waarschijnlijk vroeger.'

De arts denkt even na. 'Hmm,' bromt hij met opzet luid. 'Dan zijn de eerste drie maanden waarbij de ingreep het minst gevaarlijk is – voorbij of bijna voorbij. Dat is niet goed, helemaal niet goed.' Hij laat doelbewust een stilte vallen.

Wilhelm breekt het zweet uit. 'Wat bedoelt u daarmee?'

'Dat u heel laat bent met uw verzoek, mijnheer. Voor half oktober kan ik namelijk niets voor u doen.'

'Wat?' reageert Wilhelm verbijsterd. 'En waarom dan wel niet, kerel?!'

Dokter Étienne wiegt het hoofd met de krullende haren die zijn half kale hoofd omlijsten. Zijn kapsel lijkt op de tonsuur van een monnik.

'Wel, volgende week ben ik al bezet. Een verplichting die ik niet kan uitstellen en waarvoor ik al ben betaald. O, ja!' Hij slaat tegen zijn voorhoofd. 'Dat was ik nog vergeten te vertellen. Mijn honorarium is vooruit te betalen.'

'Ik betaal u het dubbele als u de ingreep volgende week uitvoert,' biedt Wilhelm zonder nadenken aan. De paniek slaat toe.

Berekening en hebzucht vechten een felle strijd uit op het gezicht van de arts, maar de berekening wint het pleit. 'Het spijt me verschrikkelijk, mijnheer, maar ik heb me al aan iemand verplicht. Aan een hooggeplaatst persoon in deze stad. Een zéér hooggeplaatst iemand,' benadrukt hij.

'En waarom kunt u mijn zaak er niet tussen schuiven?'

De arts schudt somber het hoofd. 'Ik heb drie verpleegsters in dienst,' legt hij uit. 'Slechts een van hen is ingewijd en alleen bereid te assisteren als het maximaal eens in de twee weken gebeurt. Ten slotte opereren we 's nachts en verdoven we onze patiëntes vakkundig. Iemand moet dus bij hen waken tot ze weer wakker worden. Bij complicaties neemt de verpleegkundige de nazorg op zich en dan is ze de volgende ochtend niet beschikbaar voor haar gewone dienst. Gelukkig komt dat slechts zelden voor want dat zou argwaan kunnen wekken bij haar collega's. Ik moet er niet aan denken!' Hij kijkt Gerban weer veelbetekenend aan. 'Ik moet aan mijn reputatie denken.'

Wilhelm staat er handenwringend bij. Hij zou de man wel kunnen wurgen! Hij ademt diep in. 'Goed. Dat verklaart volgende week, maar waarom pas half oktober?'

'Mijn assistente gaat de laatste week van september naar haar bejaarde ouders in Woerth. Haar vader wordt tachtig; ze is hier dus niet.'

'En daarna?' Wilhelm had wel willen schreeuwen.

Dokter Étienne spreidt zijn armen in een hulpeloos gebaar. 'Daarna ga ik naar Zwitserland. Elk jaar vindt in Zürich het belangrijkste congres voor vrouwengeneeskunde in Europa plaats. Ik ben uitgenodigd als gastspreker en ben pas 10 oktober terug. Dan moet ik eerst mijn vaste patiënten verzorgen. Er moeten rond die tijd een paar dames bevallen die ik hopelijk niet aan mijn vervanger moet overlaten. Het zijn allemaal vrouwen uit de hoogste kringen. Ik ben op z'n vroegst tussen 15 en 20 oktober weer beschikbaar. U kunt maar beter snel beslissen voor ik nog meer van dit soort aanvragen krijg.'

Wilhelm zweet hevig en de gedachten razen door zijn hoofd. Hij voelt zich plakkerig en is bang dat hij ruikt. Een koninkrijk voor een warm bad.

Dokter Étienne haalt zijn zakhorloge tevoorschijn. 'Het spijt me, mijn beste, maar ik moet een einde maken aan dit gesprek. Ik word thuis verwacht voor het diner. We hebben gasten en ik moet me nog opfrissen en omkleden.'

'Goed. Ik ga akkoord met de datum.' Ook Wilhelm schrikt dat het al zo laat is. Zit hij echt al ruim een uur bij deze rat?

'Dan verwacht ik uiterlijk eind volgende week mijn honorarium.' De arts wil het gesprek afronden. 'O ja.' Hij is al opgestaan om afscheid te nemen als hem nog iets te binnen schiet. 'Ik moet u toch nog wijzen op een risico dat nog niet is besproken. Elke abortus houdt het risico in dat de vrouw later niet meer zwanger zal kunnen worden.'

Des te beter, had Wilhelm er bijna uitgeflapt, maar hij kan zich nog net inhouden. Toch reageert de arts alsof Gerban het wél heeft gezegd. 'De meeste heren komt deze bijwerking vaak gelegen, zeker als ze van zins zijn hun geheime affaire voort te zetten,' antwoordt hij schijnheilig.

Als Wilhelm de man niet nodig had gehad, had hij hem ter plekke de keel dichtgeknepen.

22

Op weg naar Saint-Quentin

17 september 1870

‘*Adieu*, François, *adieu*. Hou je goed en beterschap!’

Marie en Louise lopen naast een van de boerenkarren waarin links en rechts op de banken de vervoerbare gewonden van de Slag bij Sedan zitten. Meer dan twee weken hebben de twee boerinnen de mannen in hun schuur onderdak gegeven en verzorgd.

‘Wilt u alstublieft mijn moeder en mijn verloofde schrijven dat ik hier niet meer ben als ze zich niet uiterlijk overmorgen hebben gemeld? Dat ze me in Saint-Quentin moeten zoeken?’ dringt Franz opnieuw aan.

‘Dat hebben we al vijf keer beloofd, François,’ antwoordt Louise een beetje buiten adem van het snelle lopen. De wagen is al bijna aan het einde van het karrenspoor naar de boerderij en rijdt zo de grotere provinciale weg op – die evenmin verhard is en de naam ‘weg’ eigenlijk niet verdient.

Louise en Marie blijven op de kruising staan en zwaaien de wagen na. Franz steekt nog eenmaal zijn hand op en wendt dan met een brok in de keel zijn gezicht af.

Het bevel om de gewonden over te brengen was gisterenmiddag onverwacht binnengekomen, samen met de vijf wagens – in beslag genomen karren waarschijnlijk – waarop de mannen nu zitten. Bij elke hobbel in de weg trekt er een pijnscheut door het been van Franz.

Vertwijfeld laat hij zijn blik over het ruige landschap dwalen. De oogst is binnen en kale akkers strekken zich aan weerszijden van de weg uit tot aan de horizon. In de verte ziet hij de rand van een klein bos. De hemel is loodgrijs, de lucht koel. Het valt inmiddels niet meer te ontkennen dat de herfst nadert. Franz heeft het gruwelijk koud in zijn dunne jasje dat een schamele vervanging is voor zijn verloren uniformjas.

Hoe moeten Irene en maman me nu vinden? peinst hij. Misschien kunnen ze me niet eens ophalen omdat er weer gevochten wordt.

Pas een paar dagen geleden was tot de afgelegen boerderij het nieuws doorgedrongen dat het voorlopige 'Bestuur der Nationale Verdediging' de Derde Republiek heeft uitgeroepen en dat Frankrijk ondanks de capitulatie van Napoleon de oorlog voortzet.

'Hier kunnen we de gewonden niet goed meer verzorgen,' was de reden die de bevelvoerende luitenant Franz gisteren voor het transport had gegeven. 'De plattelandsbewoners hebben zelf nauwelijks nog te eten. Bovendien kunnen ze door de Duitsers allemaal nog krijgsgevangen worden gemaakt.'

'Hoezo? De Duitse troepen zijn toch al op weg naar Parijs om de hoofdstad te belegeren. Wat hebben ze nog te zoeken in deze contreien?'

'Meer kan ik u niet vertellen over dit marsbevel. Dit is alles wat ik weet.'

Franz had de man geloofd omdat hij zelf heeft ervaren hoe chaotisch het er in het Franse leger aan toegaat.

'Hopelijk krijgen we in Saint-Quentin een goed bed en iets fatsoenlijks te eten.'

De man naast Franz mist zijn rechterarm; een mouw van zijn uniformjas is leeg. Franz kijkt hem even kort aan, maar geeft geen antwoord en verzinkt weer in diepe moedeloosheid.

Sinds Marie de brief naar huis had geschreven had Franz in gespannen verwachting geleefd. De hoop Irene terug te zien had zijn herstel bespoedigd. Afgelopen zaterdag was hij zelfs alleen op krukken naar het toilet gestrompeld om niet meer als een klein kind op een po te moeten zitten. Elke dag rekende hij erop zijn geliefden terug te zien, maar het marsbevel had zijn hoop bruusk de grond in geboord.

Natuurlijk waren de omstandigheden op de boerderij op de keper beschouwd rampzalig. Er was slechts één toilet naast de mesthoop voor de meer dan vijftig mensen in de boerderij en de schuur. Ongedierte verspreidde zich razendsnel. Franz had over zijn hele lichaam vlooienbeten en zijn kleding zat onder de luizen.

Als eten was er naast droog brood alleen dunne havermoutpap en af en toe een onrijpe appel. Achteraf bekeken kan Franz zich wel voor het hoofd slaan dat hij die kippenbouillon had geweigerd. Toen ook het laatste stuk gevogelte in de pan was verdwenen was er niets extra's meer om de allerzwaksten erbovenop te helpen.

De kar hobbelt door het desolate landschap waarin Franz zijn gemoedstoestand weerspiegeld ziet. De oorlog kan dus nog maanden duren en duizenden extra slachtoffers eisen. Niemand heeft de gewonden die nu op de kar zitten geregistreerd. Hij blijft piekeren: wie weet of ik Irene en maman ooit terugzie, zelfs als ze naar me op zoek zijn? Zouden ze mijn brieven misschien niet hebben gekregen? Wie had ooit gedacht dat de republikeinse regering deze waanzin zou voortzetten terwijl de aristocraten die ermee begonnen zijn het al hebben opgegeven?

Een vreemd schurend geluid dringt opeens tot Franz' brein door. Wat is dat? vraagt hij zich ongerust af. Het klinkt bijna alsof de as het dreigt te begeven!

Op hetzelfde moment rijdt de kar door een diepe kuil die nog vol water staat van de laatste hoosbuien. Met luid gekraak breekt het linkervoorwiel af. De overvolle kar kantelt meteen. Franz wordt op de modderige weg geslingerd. Twee lotgenoten vallen boven op hem, een van hen recht op de nauwelijks geheelde stomp. Een pijnscheut schiet door zijn lichaam.

Als die mannen die over hem heen zijn geduikeld eindelijk overeind krabbelen ziet Franz dat zijn broek boven de stomp onder het bloed zit. De wond is weer open.

'Merde! Wat een vreselijke pestzooi!' Luc, de sergeant van de medische eenheid die met zijn mannen verantwoordelijk is voor de verzorging van de gewonden, vloekt en tiert. 'Moet je deze smeerlapperij hier nu zien!'

De man had aan het hoofd van de colonne gereden en komt nu met zijn mannen aanrijden.

Van meet af aan heeft Franz iets tegen die Luc. In tegenstelling tot Louis leek hij totaal geen medelijden met de gewonden te hebben. Hij en zijn mannen behandelden die arme kerels vaak ook onnodig ruw. De hygiëne van de hospitaalsoldaten liet ook danig te wensen over. Franz was daarom heel blij geweest dat Louise en Marie verantwoordelijk waren voor de verzorging van zijn rij gewonden. Het was hem tijdens zijn verblijf op de boerderij ook opgevallen dat in zijn rij veel minder mannen aan hun verwondingen waren bezweken.

De mannen staan nu bij hen. 'Is er iemand gewond geraakt?' snauwt de commandant. Een van de mannen die op Franz is gevallen, houdt zijn rechterpols vast. Die is verdraaid en duidelijk gebroken.

'Merde!' vloekt Luc nog een keer. 'Die moet naar voren, naar de arts. Dat moet gespalkt worden. En jij?' Hij buigt zich over de stomp van Franz. 'Jij hebt zo te zien een nieuw verband nodig.'

Bezorgd ziet Franz hoe Luc zijn broekspijp rond de stomp openscheurt en het bloedige verband eraf trekt. Zijn handen zitten onder de viezigheid.

'Hier hebben we de boosdoener. Dat moeten we opnieuw dichtnaaien. Jij!' roept Luc naar een van zijn mannen. 'Haal mijn tas eens.'

Ook de ooit zwarte, maar nu met aangekoekte modder besmeurde leren tas die de hospik brengt, boezemt Franz geen vertrouwen in. Hij krijgt het helemaal benauwd als Luc een schaar met gedroogde bloedresten en een al even vieze naald tevoorschijn haalt en naast hem knielt.

'Moet je niet eerst je handen wassen en de instrumenten ontsmetten?' protesteert hij zwak als de sergeant het eind van de draad in zijn mond stopt om die vervolgens gemakkelijker door de naald te kunnen trekken.

'Wat wil je nu?' Luc lijkt oprecht verbaasd en wordt dan boos. 'Waar moet ik hier mijn handen wassen, wijsneus. Of die schaar afspoelen? In deze plas vol insecten misschien?'

'Maar...'

'Moet ik die wond dichtnaaien of bloed je liever dood? Ik heb wel wat beters te doen dan naar jouw protesten te luisteren.' Franz verroert zich niet.

'Ook goed!' Luc maakt al aanstalten om op te staan als Franz uiteindelijk zwakjes knikt.

'Goed, zet je tanden maar op elkaar want dit gaat flink pijn doen!' beveelt Luc bars.

Franz sluit zijn ogen en probeert het gezicht van Irene voor de geest te halen terwijl de hospik zijn stomp ruw vastpakt en de naald bruut in wondrand steekt. Het doet verschrikkelijk pijn. In de pijngolven vervagen en verscherpen de contouren van Irene.

Als Luc eindelijk klaar is heeft Franz zijn lippen en tong volledig kapotgebeten.

De kelder van het wijnhandelshuis in Wissembourg

19 september 1870

Irenes hart klopt in haar keel als ze de sleutel hoort knarsen die in het slot van de kelderdeur wordt gedraaid. Ze gaat staan en pakt de wijnfles die ze uit een van de rekken heeft gehaald stevig vast.

De wijnvoorraden van de familie Gerban voor de verkoop worden in Schweighofen opgeslagen. Daar wordt de wijn gebotteld en is er genoeg opslagruimte. In de kelder van het kantoor staan alleen een paar kisten voor proeverijen. Omdat Wilhelm Gerban Irene geregeld van eten en drinken voorziet, heeft ze die wijn tot nu toe nog niet aangeraakt. Instinctief voelt ze aan dat alcohol niet goed is voor haar ongeboren kind.

Gerban heeft het Irene in haar kerker wat comfortabeler gemaakt.

Ze heeft nu een matras met donzen kussen en een dekbed om te slapen. Een petroleumlamp zorgt voor licht en ze heeft zelfs een voorraadje olie om de lamp bij te vullen. Ook heeft Gerban boeken meegebracht waaronder de sprookjes van Hauff waar ze om had gevraagd.

Vroeg in de ochtend brengt hij haar meestal schoon water zodat ze zich kan wassen en ook leegt hij dan de nachtemmer. Soms brengt hij schone kleren. Het zijn eenvoudige maar nieuwe kledingstukken. Gerban moet ze speciaal voor haar hebben gekocht.

Het kost Irene al haar wilskracht om het aanbod van Gerban niet alsnog aan te nemen. Al bijna drie weken zit ze in dit hok zoals ze kan zien aan de strepen die ze 's ochtends met een roestige spijker in een baksteen van de keldermuur krast.

Vooral in de eerste dagen van haar gevangenschap heeft ze zich urenlang afgevraagd waarom de vader van Franz haar heeft opgesloten: waarom laat hij mij niet gewoon gaan? Is hij zo bang dat Franz met me wil trouwen? Welke garantie heeft hij dat Franz me niet zal vinden, ook al neem ik zijn geld aan en sta ik het kind ter adoptie af? Hoopt hij misschien dat Franz me niet meer wil als ik ons kind afsta? Wil hij Franz misschien aan een rijke erfgename koppelen? Ik heb er niets van gemerkt, maar misschien heeft de familie wel geld nodig. Die gedachten spookten voortdurend door haar hoofd. Intussen zit ze soms urenlang verdwaasd en met een leeg hoofd en loodzware benen op haar bed.

De eerste drie dagen was ze relatief passief geweest. Ze was ervan overtuigd dat het een poging was om haar te intimideren. Als ze niet toegaf, zou Gerban haar wel snel laten gaan. Daarnaast was ze ook bang voor een schandaal als vreemden haar hier zouden vinden. Ze wilde de familie van Franz niet in diskrediet brengen.

Toen het langzamerhand tot haar doordrong dat Wilhelm beslist niet van plan was haar te laten gaan, had ze tweemaal actief verzet gepleegd. De eerste keer had ze de longen uit haar lijf geschreeuwd tot ze zo schor was dat ze dagenlang geen woord meer kon uitbrengen.

Haar knokkels waren ook helemaal kapot van het harde kloppen op de muren en de massieve kelderdeur. Maar niemand leek haar hulpgeroep te horen.

De tweede keer had ze geprobeerd te ontsnappen. Ze had Wilhelm overrompeld en was langs hem heen geglipt. Ze zou wellicht in haar opzet zijn geslaagd ware het niet dat hij de toegang tot de kelder had afgesloten.

Franz' vader liet haar flink boeten voor beide acties. De eerste keer liet hij haar twee dagen alleen in de kelder, de tweede keer wel drie etmalen. Toen de olie voor de lamp op was zat Irene zonder eten of drinken in het pikdonker. Uit noodzaak had ze uiteindelijk een fles wijn gepakt om de brandende dorst te lessen. Het kostte haar eindeloos lang om met haar nagels de kurk uit de fles te pulken. En toen ze het inmiddels lauwe goedje gulzig en veel te snel had gedronken werd ze zo ziek dat ze moest overgeven. Tot overmaat van ramp had ze totaal uitgeput ook de bijna volle nachtemmer omgestoten. De viezigheid verspreidde zich stinkend over de vloer en doordrenkten haar schoenen en zelfs haar matras.

Toen ze Wilhelm na de tweede straf eindelijk de trap af hoorde komen, had ze gehuild van opluchting. Hij liet haar eerst de viezigheid opruimen en bracht haar pas nieuwe jurken, water om zich te wassen en voedsel toen ze op het leven van haar ongeboren kind had gezworen geen vluchtpogingen meer te ondernemen.

Dat is inmiddels al meer dan een week geleden. In haar wanhoop duurt het even voor Irene beseft dat Wilhelm zijn aanbod om haar te betalen als ze het kind ter adoptie afstaat de laatste dagen niet meer heeft herhaald. Maar de onverwachte hoop dat hij haar nu eindelijk zal laten gaan gaat niet in vervulling.

Na die laatste ontsnappingspoging is ze stilaan weer op krachten gekomen. Ze is vastberaden een derde, hopelijk succesvolle poging te doen. Ze schroomt niet om daar geweld bij te gebruiken. Met een wijnfles wil ze Wilhelm bewusteloos slaan, hem de sleutel ontfutselen en dan de straat op rennen. De keldertrap ligt vlak bij de zware buitendeur. Als ze eenmaal buiten is, zal Gerban haar niet met geweld weer naar binnen kunnen slepen.

Het moment waarop ze zich uren heeft voorbereid is aangebroken. Als ze de zware voetstappen op de trap hoort sluipt ze op haar tenen naar de deur. Om hem te misleiden heeft ze haar slaapmuts gevuld met stro uit de matras en lege jutezakken opgerold en onder de deken gelegd. De muts heeft ze zo neergelegd dat Wilhelm zal denken dat ze met haar rug naar de deur ligt te slapen. Uit voorzorg plaatst ze de lamp ver van het bed zodat het vrij donker is in de kelder.

Ze hoort dat Gerban het blad met haar avondeten op een trede neerzet. Sinds haar laatste ontsnappingspoging komt hij de kelder altijd met lege handen binnen om eerst de boel te controleren. Hij steekt de sleutel in het slot. De zware grendel verschuift en de deur gaat krakend open. Irene staat erachter.

'Irene? Wat is er aan de hand?'

Verrast dat ze slaapt stapt Gerban de kelder binnen. Met zijn rug naar haar toe staat hij naar het bed te kijken. Op dat moment komt Irene achter de deur vandaan en slaat uit alle macht met de fles naar zijn hoofd.

Weer laat het geluk haar in de steek. Op het allerlaatste moment maakt Wilhelm een zijwaartse beweging. De wijnfles mist zijn achterhoofd, schampt alleen de zijkant en veroorzaakt een wond die meteen heftig begint te bloeden. Gerban valt echter niet bewusteloos neer zoals Irene heeft gehoopt. Hij wankelt, maar zakt niet in elkaar.

Irene profiteert van het verrassingseffect en grist de sleutelbos uit zijn handen. Ze stapt over het dienblad op de onderste trede en rent zo snel mogelijk de trap op. Boven probeert ze met trillende vingers de zware sleutel in het slot van de deur naar de gang te steken. Tegelijkertijd gilt ze uit alle macht om hulp.

Daar komt Wilhelm de trap alweer op. Veel te snel is hij bij haar. Woest grijpt hij haar bij de haren. Ze verliest haar evenwicht, struikelt en zou van de trap zijn gevallen als hij niet achter haar had gestaan met zijn massieve lichaam.

Gerban pakt haar stevig bij haar middel en sleurt haar weer naar beneden. Onder aan de trap draait hij haar om en slaat haar met vlakke hand links en rechts in het gezicht. Irene voelt haar lippen barsten en proeft bloed.

Ze blijft schoppen en bijten tot hij met zijn vuist tegen haar slaap slaat. Dan wordt het zwart voor haar ogen. Half bewusteloos zakt ze in de armen van de gehate man.

Wilhelm sleept haar naar haar bed en smijt haar als een zak aardappelen op de matras. Hij sluit de deur en dept met een zakdoek de wond die Irene met de fles heeft veroorzaakt.

Irene zelf komt weer bij en opent haar ogen. Dreigend kijkt hij haar aan. 'Misbaksel!' gromt hij. Tot haar eigen verbazing is ze niet bang. Ze is nog duizelig, maar met haar laatste krachten richt ze zich op haar ellebogen op en gaat rechtop zitten.

'Hou op met uw beledigingen. U bent de schoft en de smeerlap! Hoe haalt u het in uw hoofd om mij hier wekenlang op te sluiten. U hebt geen enkel recht om dat te doen!'

Als Wilhelm dreigend zijn hand opheft, wordt ze nog bozer. 'Welja, sla nog maar een keer! Laf varken! U noemt zich een man van eer, maar gedraagt zich als iemand van het allerlaagste allooi! U behandelt mij en het ongeboren kind van uw zoon verschrikkelijk, puur en alleen om uw zielige eer te beschermen.' Ze buigt zich naar voren en spuugt een bloederige fluim voor zijn voeten.

'Maar ik laat me niet intimideren! Ik zal Franz na zijn terugkeer alles woord voor woord vertellen. En ook uw echtgenote en zelfs mevrouw Burger. Ik zorg ervoor dat u wordt ontmaskerd als de schaamteloze schurk die u bent. Geen enkel respectabel huis zal u nog ontvangen. Uw vrouw zal u misschien verlaten en Franz zal voor de rest van zijn leven niet meer met u praten.'

Irene ziet dat Wilhelm op zijn kaken bijt. Ze staat op en vervolgt haar tirade: 'En zelfs als ik het kind hier in deze kelder ter wereld breng, zult u nooit kunnen voorkomen dat Franz weet dat hij vader...'

'Hou je mond!' valt Wilhelm haar in de rede. 'Nu ga jij eens goed naar mij luisteren. Franz is bij Sedan zwaargewond geraakt. Hij is een been kwijt.'

Irene voelt haar knieën slap worden en laat zich op de matras zakken. Het is dus waar, flitst het door haar hoofd. Ik heb hier in de kelder gevoeld dat hem iets is overkomen.

'Hoe gaat het met hem?' fluistert ze.

Wilhelm Gerban haalt de schouders op. 'In de noodhospitalen aan het front, vooral de Franse, heersen barbaarse toestanden. U herinnert zich toch nog de dagen na de Slag bij Wissembourg!'

Irene registreert terloops dat de vader van Franz weer op de beleefdheidsvorm is overgestapt.

'Laat me naar hem toe gaan!' smeekt ze. 'Zeg me waar hij is zodat ik hem kan vinden en verzorgen!'

'Het maakt u dus niet uit dat mijn zoon voor de rest van zijn leven kreupel is?'

Woest valt Irene tegen hem uit. 'Lichamelijk mag hij misschien kreupel zijn, maar mentaal zal hij nooit zo'n slappeling zijn als u!'

'Je laat me geen andere keuze!' Wilhelm reageert totaal anders dan verwacht. Hij tutoyeert haar weer, maar wordt niet boos en zucht diep. Hij pakt de lamp uit de hoek en zet die naast het bed op het wijnkistje dat dienstdoet als tafel en kruk. Irene ziet het zweet op zijn voorhoofd parelen.

Tot haar verbazing steekt hij een hand naar haar uit.

'Kom, ga zitten. Ik heb je iets belangrijks te vertellen.'

Irene negeert zijn hand, maar gaat onder zijn gebiedende blik uiteindelijk aarzelend op het bed zitten. Zijn blik, zijn hele gezicht heeft iets hypnotiserends waaraan ze geen weerstand kan bieden. Alsof hij een boze toverspreuk heeft uitgesproken, denkt ze.

Bij gebrek aan een stoel gaat Wilhelm op zijn hurken naast haar zitten.

'Franz zal nooit met je kunnen trouwen, Irene! Dat kan gewoonweg niet!'

Irene voelt de woede weer in haar opkomen en lacht spottend. 'Wilt u me weer bang maken? Franz heeft beloofd me tot zijn vrouw te maken hoewel hij nog niet weet dat ik zijn kind draag.'

'Hij mag ook niet van dit kind weten. Het beste zou zijn dat het nooit geboren wordt!'

Nu sluipt er iets van angst in haar lichaam. Wil Gerban haar iets aandoen?

Ze raapt al haar moed samen. 'Dat beslist u niet, heer Gerban, maar ikzelf en de vader van het kind.'

Merkwaardig gelaten schudt Wilhelm het hoofd.

'En toch heb ik daar ook iets over te zeggen. Ik heb al gezegd dat Franz niet met je kan trouwen.'

Een vreselijke gedachte komt in haar op. 'Wilt u soms zeggen dat Franz al getrouwd is...?'

De oprechte verbazing op zijn gezicht zegt genoeg.

Ze vat weer moed, maar kan haar woede niet bedwingen. 'Welke reden kan Franz dan in hemelsnaam hebben om niet met me te trouwen?'

Gerban zucht nog eens diep. Hij tilt zijn hoofd op en kijkt Irene recht in de ogen.

'Franz kan niet met je trouwen omdat hij je broer is.'

Een lazaret in Saint-Quentin

19 september 1870

'Tja, jongen... Er valt niets meer aan te doen. Dat been moet er helemaal af.'

Franz houdt al sinds het ongeluk op de modderige weg rekening met complicaties en voelt zich al meer dan een dag koortsig en ziek, maar toch komt de mededeling aan als een mokerslag. Werktuigelijk schudt hij het hoofd, niet in staat om meer dan een kreunend geluid uit te brengen.

Dokter Berger, een nog jonge man met dun blond haar en een montuurloze bril, kijkt hem meewarig aan. 'Ik zou willen dat ik beter nieuws voor u had, maar kijk zelf!' Hij steekt zijn hand uit naar Franz die zich met zijn hulp moeizaam half opricht. Berger wijst op het rode, gezwollen vlees. 'Het been is aan het rotten. Hoe langer u wacht, hoe groter de kans dat u het niet haalt.'

'Maar...' Franz' keel voelt aan als schuurpapier. 'Maar wat heeft een prothese dan nog voor nut?'

'O, maakt u zich daar maar niet te veel zorgen over, mijn beste. Tegenwoordig zijn er protheses voor alle mogelijke stompen, niet alleen ter vervanging van het onderbeen.'

'En hoe ver...' Franz kan de zin niet afmaken, maar de arts begrijpt het zo ook wel.

Hij houdt zijn hand op nog geen tien duim onder het bekken van Franz. 'Als u geluk hebt, tot daar. Als u pech hebt, tot aan de heup.'

'Minstens de helft van mijn bovenbeen dus?'

'Minstens,' benadrukt de arts. 'En dan nog alleen als je geluk hebt.'

'Dat wil ik niet!' De woorden rollen als vanzelf over zijn lippen. 'Dan ga ik liever dood.'

De arts haalt de schouders op. 'Wat u wenst, mijn vriend. We dwingen niemand, zeker niet nu de chloroform weer opraakt.'

Kelder van het wijnhandelshuis in Wissembourg

19 september 1870

Irene begrijpt er helemaal niets van. 'Wat zegt u nu? Franz mijn broer?'

'Je halfbroer om precies te zijn.' Wilhelm ademt diep in. 'Ik ben de vader jullie beiden.'

'Mijn vader! U bent mijn vader?'

Wilhelm knikt. 'Inderdaad. Ook jij Irene, bent de vrucht van een verboden liefde met een dienstmeisje. Je moeder werkte voor ons. We hadden een verhouding toen mijn echtgenote Pauline zwanger was van Franz.'

'Zwanger was van Franz,' herhaalt Irene terwijl ze het nog altijd niet kan vatten. Diep van binnen voelt ze een vreselijke pijn. 'Mijn moeder... bediende in uw huis?'

Wilhelm knikt opnieuw. 'Ze werkte als hulpkokkin en was jong en zeer mooi.'

'Jong en zeer mooi,' herhaalt Irene. 'Jong een zeer mooi! Wat... wat is er met haar gebeurd?'

'Ze is bij je geboorte gestorven!'

Onverhoeds ziet Irene het gezicht voor zich van zuster Agnes die in het eerste weeshuis voor haar heeft gezorgd. 'U liegt! U liegt!' schreeuwt ze schril. 'Dit is weer zo'n achterbakse, smerige truc om me toch over te halen. Ik weet dat mijn moeder mijn geboorte heeft overleefd!' Ze herinnert zich de sombere aquarel die zuster Agnes haar heeft gegeven bij haar vertrek uit het weeshuis in Heidelberg en denkt aan haar vermoeden destijds dat Agnes niet had bevestigd of ontkend. Ze waagt een schot in het duister. 'Misschien was ze zelfs wel een voorname dame!'

Tot haar voldoening ziet ze hoe het bloed uit het gezicht van Wilhelm wegtrekt. 'Je hebt gelijk!' zegt hij dan tot haar verrassing. 'Je moeder is niet dood, maar ik weet niet wat er van haar geworden is. Ik heb ervoor gezorgd dat ze alle comfort had in die gesloten kraamkliniek. Na de geboorte heb ik haar geld gegeven en is ze uit mijn leven verdwenen.'

De maag van Irene krimpt ineen. 'Maar ze heeft mij niet meegenomen,' fluistert ze.

Wilhelm haalt de schouders op. 'Daar heb ik niets mee te maken. Blijkbaar wilde ze je niet. Ze liet je daar immers achter. Toen ik dat hoorde was ze allang weg en ik moest wachten tot je oud genoeg was om je in huis te nemen zonder dat iemand iets zou vermoeden.'

'Als bediende. Zoals mijn moeder,' zegt Irene minachtend. 'Precies wat men van een hypocriet zoals u kan verwachten! Maar ik geloof u niet! Bewijs maar dat u mijn vader bent. Vertel me maar over welke talenten mijn moeder beschikte!'

Wilhelm aarzelt niet en zijn antwoord treft Irene recht in het hart. 'Ze kon prachtig schilderen. Uitzonderlijk voor een dienstmeid, maar ze was wat dat betreft zeer getalenteerd.'

Irene verstijft. Ze voelt zich leeg en kan niet helder meer denken.

De volgende woorden van Wilhelm dringen daarom ook niet meteen tot haar door. '... nooit geboren worden.'

'Wat?' Haar mond is kurkdroog.

Wilhelm pakt haar hand. 'Dat kind, Irene!' zegt hij indringend. 'Het kan beter nooit geboren worden.'

Het voelt alsof haar hoofd vol watten zit. 'Maar waarom, waarom dan niet?' fluistert ze moeizaam.

'Het is een kind dat in bloedschande is verwekt, Irene!' zegt Gerban glashard. 'Een kind van een broer en een zus. Zulke kinderen komen vaak als cretins ter wereld.'

'Als wat?' Irene hoort dit woord voor het eerst. Wilhelm haalt een opgevouwen krantenpagina uit de binnenzak van zijn vest. 'Dit heb ik in de ochtendkrant gelezen. Eigenlijk wilde ik dat eerst met een arts bespreken en dan aan jou geven om over een paar dagen alles rustig met je te bepreken, maar je bent me voor.' Hij geeft Irene het krantenartikel. 'Lees dit en denk erover na. Morgen praten we verder.'

23

De praktijk van dokter Frey in Wissembourg

19 september 1870, diezelfde avond

Terwijl Gerban in de antichambre van dokter Frey zit te wachten tot de arts zijn avondmaal heeft genuttigd, vraagt hij zich af hoe het allemaal zover heeft kunnen komen. Met zijn inmiddels volledig besmeurde zakdoek blijft hij de wond boven zijn linkeroor droogdeppen. Het doet pijn en ook zijn hoofd bonst nog steeds van de klap met de fles.

Dat vermaledijde wicht! Hij heeft geen greintje medelijden met Irene, die hij totaal van streek in de kelder heeft achtergelaten. Die ellende heeft ze zichzelf op de hals gehaald. De zweem van een kwaad geweten over zijn eigenmachtig optreden verdringt hij meteen.

Het was oorspronkelijk niet zijn bedoeling zijn vaderschap aan Irene toe te geven. De vrome nonnen in het weeshuis van Spiers had hij voorgespiegeld dat het de wens van zijn vrouw was om Irene in huis te halen om zo de laatste wens van een stervende vriendin te vervullen. Pauline wist daar niets van en was er later alleen in meegegaan als hij in ruil daarvoor Franz geen pak slaag zou geven nadat hij van het Duitse gymnasium was getrapt. Hij had Irene alleen onder zijn hoede willen hebben om te voorkomen dat anderen naar haar zouden zoeken en hem met haar zouden chanteren. Op die gedachte was dat hebzuchtige vrouwmens nooit gekomen. Want, zo bedenkt hij, nooit had ze vermoed dat Irene, dat eenvoudige dienstmeisje, de vrucht van mijn verboden liefde is. Die helleveeg is veel te verwaand om zich met het personeel bezig te houden.

Maar toen had zijn eigen zoon een stok in de wielen gestoken door verliefd op dat kind te worden. En stomkop die ik ben, heb nota bene het pad voor hem geëffend, denkt Wilhelm tandenknarsend. Ik heb hem voorgehouden dat het gerechtvaardigd was om toe te geven aan zijn onaangepaste verlangens. Had ik maar niet geprobeerd hem aan dat snolletje Gerda te koppelen.

Toch zou hij een manier hebben gevonden om hen uit elkaar te halen en die vervloekte oorlog was hem eigenlijk goed uitgekomen. Onder andere omstandigheden had hij kunnen profiteren van het feit dat ze voor onbestemde tijd van elkaar gescheiden zouden zijn.

Maar zijn onwettige dochter was al bijna onmiddellijk na het begin van de relatie zwanger geworden. Ongelooflijk hoe sterk de omstandigheden op elkaar lijken! Irene was ook verwekt bij de eerste en enige keer. Waarom kunnen die wijven niet wat voorzichter zijn als je met hen verkeert!

Was Pauline niet zo bang geweest dat Franz zou sneuvelen, dan had hij daar ook nog wel grip op gekregen.

Wie had ooit gedacht dat dat aan laudanum verslaafde wijf zich als een furie zou gedragen om het kind van Franz te kunnen behouden?

Nog steeds denkt hij geschokt terug aan de scène die zijn zogenaamd zachtmoedige vrouw had geschopt voordat hij haar voor het eerst met een flinke dosis laudanum had verdoofd. Hij had het middel bij de apotheek gekocht waar het gewoon zonder doktersvoorschrift verkrijgbaar was. Pauline zou vroeger nooit gedurfd hebben hem zo af te snauwen of zich publiekelijk te schande hebben gemaakt door de bastaard van een bediende als kleinzoon groot te brengen.

Bovendien was de periode waarin alles tegenzat blijkbaar veel vroeger begonnen dan hij ooit had gedacht. Ze wist van mijn verhouding, maar het had haar totaal niets uitgemaakt. Het ergert hem dat dit hem nog steeds dwarszit. Hij beseft hoe belachelijk het is, maar het schenkt hem voldoening Pauline de schuld te geven van alles wat er sindsdien is gebeurd.

Als Pauline zich niet zo had gedragen, had ik Irene gewoon weggestuurd in plaats van haar in de kelder op te sluiten. Maar ik kon niet het risico nemen Irene te laten gaan zonder haar belofte het kind ter adoptie af te staan. Ik kon niet uitsluiten dat ze Pauline uiteindelijk toch om hulp zou vragen als ik haar zonder een cent op straat zou zetten.

En daarna waren de gebeurtenissen een eigen leven gaan leiden. Irene gaf niet toe, de zwangerschap vorderde en Pauline werd zelfs achterdochtig. Wat hij ook probeerde, niets lukte. Ik wilde gewoon dat Irene uit Wissembourg verdween en dat het kind in een goede familie zou opgroeien, rechtvaardigt hij zich. Wat was daar nu zo verkeerd aan?

Maar zijn dochter liet zich niet omkopen, zelfs niet voor het astronomische bedrag dat hij haar uiteindelijk had geboden. Koppig als een ezel. Net zoals Franz. De gedachte dat zijn kinderen die karaktertrek misschien wel van hem kunnen hebben geërfd komt niet bij hem op.

Wilhelm wrijft nerveus over zijn voorhoofd en kijkt naar de staande klok. Bijna negen uur al! Waar blijft die piskijker nu? Hij zucht en laat zijn gedachten weer de vrije loop.

Na verloop van tijd had hij beseft dat Irene ook in de kelder niet zou toegeven, maar ze kon daar onmogelijk tot en met de geboorte van het kind blijven. Iemand zou haar ooit vinden. Misschien dat Pauline wel gericht naar haar op zoek zou gaan in het handelshuis. Hij herinnert zich het sarcasme van zijn vrouw toen ze hem bij het avondeten naar de mondvoorraad had gevraagd die hij uit de keuken had meegenomen en huivert.

Bovendien moet hij binnenkort weer op reis om zijn klanten in deze belangrijke tijden niet te verwaarlozen.

Sinds 21 augustus staat de Elzas onder Duits bestuur. De mogelijkheden die dat biedt voor de wijnhandel moet hij aangrijpen voor al zijn concurrenten hem voor zijn. Als er met de capitulatie van Napoleon bij Sedan een einde was gekomen aan de oorlog zou het bedrijf allang weer op volle toeren draaien.

De brieven van Franz die Mathilde had onderschept hadden tot zijn beslissing geleid Irene minstens een deel van de waarheid te onthullen. Later besloot hij haar te vertellen dat hij haar vader was nadat hij dokter Étienne had geconsulteerd om de abortus te regelen.

Want als hij haar vertelt waar ze vandaan komt, is het absoluut ondenkbaar dat het kind ooit geboren wordt. Het incestschandaal zou hem ruïneren. De rest van zijn leven zou hij chantabel zijn.

En alles moest gebeuren voor Franz genezen was en naar huis kwam. Als hij hoorde dat ze zwanger was, zou zijn zoon absoluut met Irene willen trouwen. Iets wat Gerban senior onder geen beding kan toestaan. Hij kan ook niet aan Franz bekennen dat hij de vader van Irene is. Zo'n schandaal zou zeker binnen de familie niet geheim kunnen blijven, want Franz zou in zijn verontwaardiging totaal geen rekening houden met zijn gevoelens.

En dan zou het lot ongenadig zijn beloop hebben. Zelfs als hij bleef liegen over de identiteit van de moeder van Irene en vasthield aan het verhaal van die hulpkokkin, zou dat verbitterde wijf zich niet om de tuin laten leiden en meteen raden om wie het werkelijk ging.

Die hyena zal niet rusten voordat ze hem volledig te gronde heeft gericht. Alleen de dood van Franz had kunnen voorkomen dat alles aan het licht komt, zeker als Irene het kind houdt. Maar nu is Franz zwaargewond, niet gesneuveld. Had ik gewild dat mijn enige zoon op het slagveld zou zijn gevallen?

Vanochtend heeft hij dokter Étienne het honorarium voor de afdrijving betaald, maar hij had het moment van zijn bekentenis nog wat willen uitstellen. De zaak was gewoon te lastig en te pijnlijk voor hem. Maar Irenes tweede ontsnappingspoging had duidelijk gemaakt dat het hoog tijd was haar eindelijk de waarheid te vertellen.

Gelukkig was hij vanochtend op dat krantenartikel gestuit. Tot nu toe had Gerban niet nagedacht over de gevolgen voor de kinderen die in een incestueuze relatie worden verwekt. Dat een ongewoon groot aantal van deze kinderen geestelijk en lichamelijk onvolgroeid wordt geboren heeft hij pas vanochtend in de krant gelezen.

Het artikel heeft hem op het idee gebracht om Irene met dat argument over te halen tot de abortus. Maar hij twijfelde aan de betrouwbaarheid. Het was een sensatiestuk en daarom had hij eerst zeker willen weten of de inhoud wel gefundeerd was voordat hij Irene ermee confronteerde. Hij wilde een onschuldige gelegenheid afwachten om bij dokter Frey te informeren naar het waarheidsgehalte en zijn bekentenis dus nog wat langer uitstellen.

Maar ook nu is weer niets volgens plan verlopen. Waarom zit me in deze zaak alles zo verdomde tegen? tiert hij inwendig. Hij beroert de pijnlijke wond. Die wolvin heeft me bijna de kop ingeslagen.

Hij hoort voetstappen in het trappenhuis. Blijkbaar is de arts klaar met eten en kan hij Wilhelm nu te woord staan.

'Tja, heer Gerban. Dat moet worden gehecht.' Hoofdschuddend onderzoekt de huisarts de wond. 'Hoe is dit gebeurd?'

Hij tast voorzichtig het hoofd van Gerban af. 'En rond de wond is alles flink gezwollen!'

Wilhelm krimpt in elkaar bij de voorzichtige aanrakingen van de arts.

'Ik heb me flink gestoten.'

'Gestoten?' Frey kijkt hem ongelovig aan. 'Het ziet er eerder naar uit dat iemand u een ferme klap heeft verkocht.'

Gerban bloost tot ergernis van zichzelf. Waar bemoeit die hansworst zich mee?

Dan schiet hem een idee te binnen. Hij zucht diep en knikt langzaam alsof het hem moeite kost om toe te geven.

'U hebt zoals altijd gelijk, dokter Frey. Helaas ontgaat niets uw scherpe blik.'

'Vertel. Wat is er gebeurd?' De arts druppelt wat jodium op een watje.

'Ik...' Wilhelm zucht nog een keer. 'Ik was betrokken bij een vechtpartij.'

Verbluft staakt de arts waar hij mee bezig is.

‘Au! Dat brandt gemeen!’

‘Het spijt me!’ Dokter Frey neemt het watje weg waarmee hij net iets te lang op de wond heeft gedrukt. ‘Bij een vechtpartij betrokken? Maar dat moet u aangeven!’

Wilhelm maakt bewust een zwak, afwijzend gebaar. ‘Dat kan ik helaas niet doen als ik de vrede thuis wil bewaren.’

‘Pardon?’ Frey begrijpt er kennelijk niets van.

‘Wel…’ Wilhelm zwijgt even en laat zijn volgende woorden langzaam over zijn lippen rollen. ‘Het was… ik bedoel, het is gebeurd in een zeker etablissement.’

Er gaat de arts een lichtje op. ‘In La Maison Rouge soms?’ Wilhelm knikt en slaat beschaamd zijn ogen neer.

Frey schudt het hoofd. ‘Hoe ouder, hoe gekker,’ spot hij.

Wilhelm klemt zijn tanden op elkaar. Met boos worden zal hij zijn doel niet bereiken, beseft hij.

Maar de arts gaat verder. ‘Zelfs zonder echtelijke twist bent u al genoeg gestraft. Hoe gaat het trouwens met uw dierbare echtgenote?’

Wilhelm laat deze onverwachte kans niet schieten en zucht ostentatief. ‘Niet zo bijzonder goed, dokter. Werkelijk niet zo goed. Daarom moet u ook volstrekt discreet met de zaak omgaan. Ik wil niet de schuld krijgen van een extra dosis laudanum.’

Frey grijnst. ‘Ik ben gebonden aan het beroepsgeheim, daar kunt u op rekenen.’ Hij pakt de naald die hij al heeft klaargelegd en steekt een zijden draad door het oog.

‘Even stilzitten nu.’

Wilhelm zuigt lucht door zijn tanden als de arts de eerste steek zet. Zwijgend ondergaat hij de procedure; daarna drukt hij theatraal zijn handen tegen zijn slapen. ‘Ik voel me wat duizelig, dokter. Hebt u misschien een borrel voor me?’

De arts knikt en even later schenkt hij Wilhelm en zichzelf kleine glaasjes in met een helder drankje. ‘Perenbrandewijn uit de tuin van mijn ouders,’ pocht Frey. ‘Binnen een straal van vijftig mijl vind je geen betere.’

Wilhelm proeft. De vruchtenbrandewijn smaakt werkelijk voortreffelijk. Hij ervaart het glaasje als een kleine troost.

Nogmaals onderdrukt hij zijn afkeer van de arts.

'Hartelijk dank, dokter Frey. Voor de borrel en voor het feit dat u me zo laat op de avond nog hebt geholpen.'

Weer die grijns. 'Graag gedaan, waarde heer. U krijgt natuurlijk een gepeperde rekening voor het verstoren van mijn eenzame vrijgezellenavond.' Hij heft het glas. 'Nee, zonder gekheid. Overmorgen wil ik u hier terugzien zodat ik nog even naar die bult kan kijken.'

Frey maakt al aanstalten om op te staan en afscheid te nemen als Gerban eindelijk over de echte aanleiding van zijn bezoek begint. 'Hebt u vandaag de krant al gelezen?'

Verbaasd bevestigt Frey dit.

'Wat vindt u van het artikel over incestueuze kinderen? Is dat geen vreselijke schande?'

Freys lachje maakt plaats voor een sombere uitdrukking. 'Zeker, mijnheer Gerban! Zeer zeker! Vaders die hun eigen dochter of broers die hun eigen zus misbruiken zouden zwaar moeten worden gestraft.'

'Zijn kinderen die uit die bloedschande worden geboren inderdaad vaak gebrekkig of mismaakt?'

'Zeker, mijnheer Gerban. Systematisch onderzoek naar de gevolgen staat weliswaar nog in de kinderschoenen, maar de eerste studies geven aan dat de helft van deze kinderen misvormd ter wereld komt. Ze zijn vaak net zo misvormd als de in de krant afgebeelde zuigeling met het waterhoofd. En daarnaast ook achterlijk.'

'Het is dus geen op sensatie belust verhaal dat ik vandaag in de krant las?'

Frey schudt het hoofd. 'Het artikel is weliswaar op effect berekend, met die afschuwelijke foto van dat kind en het tragische verhaal van het meisje dat jaren door haar vader werd misbruikt. Maar wetenschappelijk klopt het helemaal.'

Wilhelm heeft genoeg gehoord en staat op. 'Dan zal ik u nu niet langer ophouden, dokter Frey. Ik wens u nog een genoegzame avond voor wat er van rest.'

Buiten ademt Wilhelm met volle teugen de kille avondlucht in. Voor de eerste keer sinds het nieuws van Irenes zwangerschap heeft hij weer wat vertrouwen in de toekomst.

Misschien is het lot me toch nog gunstig gezind in deze lastige zaak, speelt het door zijn hoofd. Dat artikel was als geroepen gekomen. En voor de informatie van die kwakzalver neem ik de wond die dat verduivelde wicht me heeft bezorgd maar op de koop toe. Ik ben benieuwd wat ze hier morgenochtend over te zeggen zal hebben.

Een lazaret in Saint-Quentin

Ochtend van 20 september 1870

Kermend van de pijn probeert Franz op het harde strobed op zijn zij te gaan liggen. Zijn lichaam gloeit en een ondraaglijke hoofdpijn maakt zijn zicht wazig. Zijn gewonde been brandt.

'Water! Alstublieft, geef me wat water!'

Het duurt een paar minuten voordat een streng kijkende verpleegster met een ouderwetse vleugelmuts een beker lauw water aan zijn mond zet. Het smaakt brak, maar Franz slokt het naar binnen.

'Meer!' gromt hij als de beker leeg is. Grimmig schudt de zuster het hoofd. 'We hebben niet genoeg personeel om voortdurend bedflessen te legen. Rond de middag krijgt u nog een beker.' Ze draait hem de rug toe en kijkt niet meer om terwijl ze langs de rijen zwaargewonden loopt.

Franz had er aanvankelijk niets achter gezocht toen gisteren, ongeveer een uur na zijn gesprek met de arts, twee potige verplegers hem op een brancard tilden. 'Je wordt overgeplaatst,' zei een van hen korzelig.

De mannen brachten Franz naar een benauwde ruimte zonder ramen. Twee walmende olielampen zorgden voor licht en het stonk er gruwelijk naar pus en uitwerpselen.

De strozak waar de verplegers hem uiteindelijk zonder al te veel oog voor zijn toestand neerlegden was hier en daar hard van het ingedroogde bloed. Franz was ontzet. 'Wat gebeurt hier allemaal?' protesteerde hij ondanks zijn zwakte. 'Waarom kunnen jullie me niet op zijn minst een paar schone lakens brengen?'

'Dit is de zaal voor de stervenden,' antwoordde een van de mannen zonder er doekjes om te winden. 'We hebben hier aan alles tekort. Schone lakens sparen we voor de sukkels die nog kans maken te overleven.' Daarop pakten ze hun brancard weer op en verdwenen.

Franz wist niet wat hem overkwam. Hij richtte zich moeizaam op en keek hen na. 'Je moet geen woord geloven van wat ze zeggen,' siste plotseling een hese stem naast hem. 'Dat is gewoon een van de trucs om je alsnog onder het mes te krijgen.' Pas toen zijn ogen aan het zwakke licht gewend waren kon Franz de buurman zien die deze vreemde uitspraak had gedaan. Het was een Zuid-Europees type die vreemd gebogen op zijn buik lag.

'Wat wil je daarmee zeggen?' De kerel was misschien gewoon aan het ijlen door de hoge koorts, bedacht Franz.

Het antwoord dat hij kreeg hielp hem echter meteen uit zijn droom en joeg hem de stuipen op het lijf. 'Hier liggen de mannen die zo zwaargewond zijn dat ze niet lang meer te leven hebben. En tussen hen in leggen die schoften de kerels die weigeren zich te laten opereren. Zo willen ze ons bang maken.' De man tilde zijn hoofd wat op en fluisterde samenzweerderig: 'Ze experimenteren hier met gewonden. Laten jonge en onervaren studenten op ze oefenen.'

Hij gebaarde naar zijn onderrug.

'Een kartets heeft mijn halve kont weggeschoten en beide dijen aan flarden gereten. Tweemaal ben ik al onder het mes geweest; twee keer zonder verdoving. Het waren maar vleeswonden, zeiden ze. En als ze geen botten moeten doorzagen heb je geen opium of chloroform nodig!'

Hij spuugde. Het speeksel belandde in zijn vervilte, ruige baard waar het wittig glansde. Walgelijk vond Franz het.

'Maar je kunt je gewoon niet voorstellen hoeveel pijn het doet. Echt hels, neem dat maar van me aan. Tweemaal hebben ze nu al stukken vlees weggesneden en nu beweren ze nog een derde keer te moeten opereren omdat de wond ontstoken is.' Franz rook inderdaad de weerzinwekkende lucht die de man uitwasemde en die de algemene stank nog overtrof. De man naast hem leek levend weg te rotten.

De buurman spuugde nog een keer. 'Maar ik laat niet meer in me snijden, ook al...' Hij spuugde een derde maal. 'Ook al proberen ze me klein te krijgen door me in dit stinkende hol te leggen.' Zwart verkleurde stompjes van tanden waren te zien toen hij grijnsde. 'Maar dat zal niet gebeuren! Hubert uit Nice lust ze rauw.'

Kelder van het wijnhandelshuis in Wissembourg

20 september 1870, 's morgens vroeg

Irene schrikt wakker uit haar onrustige slaap als de sleutel in het slot wordt omgedraaid. Ze knippert met haar ogen tegen het licht van de petroleumlamp waarmee Wilhelm Gerban naast haar bed staat.

'Hoe laat is het?' mompelt ze terwijl ze de slaap uit haar ogen wrijft.

'Bijna acht uur.'

'Acht uur.' Een korte blik op de wekker die Gerban haar een tijd geleden heeft gegeven, geeft inderdaad hetzelfde tijdstip aan. Ze heeft nauwelijks drie uur geslapen.

Ze richt zich op haar ellebogen op en hoort iets ritselen; het krantenartikel over een misvormd kind dat is verwekt in een incestueuze relatie tussen vader en dochter. Ze huivert weer als ze het opgeblazen hoofd en het gat in de rug van het kind ziet. De fotograaf had zonder schroom het lijkje van alle kanten gefotografeerd.

Gerban volgt haar ontzette blik. Ook zijn nekharen gaan overeind staan, al komen de foto's hem van pas om zijn doel te bereiken.

'En, Irene?' Wilhelm schraapt zijn keel. 'Heb je het artikel gelezen?'

Ze knikt zwijgend.

'Wat vind je ervan?'

Ze trekt haar benen dicht tegen haar lichaam aan en haar hoofd laag tussen haar schouders. 'Hoe groot is de kans dat het kind van mij en Franz ook misvormd geboren zal worden?'

'Groot helaas. Ik heb gisteravond dokter Frey nog gesproken over het artikel. Hij vertelde me dat onderzoek heeft uitgewezen dat het bij een relatie tussen verwanten in de eerste graad om ruim... zeventig procent van de kinderen gaat.'

Irene hoort de korte aarzeling in zijn antwoord wel, maar schenkt er in al haar ellende geen aandacht aan.

In de schier eindeloze nacht had ze beseft dat ze ondanks haar wanhopige situatie nog altijd had gehoopt dat Franz haar zou vinden en met haar zou trouwen, zelfs – of júíst – als Gerban haar zonder een cent uit Wissembourg zou jagen. Ze had altijd rekening gehouden met de mogelijkheid dat Franz zou sneuvelen. Maar ik zou het voelen als hij dood was, houdt ze zich voor. Ik heb ook gevoeld dat hij zwaargewond raakte. En dat hij een been mist maakte mij niet uit.

Maar nu is alle hoop vervlogen. We zullen nooit kunnen trouwen. We zullen nooit kunnen trouwen. Die woorden blijven door haar hoofd spoken terwijl ze werktuigelijk haar lichaam naar voren en naar achteren beweegt. Die woorden hebben zelfs de gedachte aan het gruwelijke lot dat haar kind bedreigt verdrongen.

Pas als Gerban haar een licht naar scheerlotion ruikende zakdoek geeft, merkt ze dat de tranen weer over haar wangen stromen.

Haar vader neemt het initiatief. 'Irene, ik weet hoe moeilijk dit voor je is.' Hij spreekt nadrukkelijk zacht en zijn volgende woorden verbazen haar zelfs. 'Als jij je kind niet wilt afstaan, geef ik je een klein bedrag en laat ik je gaan.' Hij zucht diep. 'Franz is de smid van zijn eigen fortuin. Zijn koppigheid heeft hem al kreupel gemaakt en nu wordt hij mogelijk nog de vader van een gedrocht. Het zal zijn hart breken, maar hij kan niet beweren dat ik hem niet heb gewaarschuwd.'

Irene klampt zich aan een strohalm vast. 'En als ik wacht tot het kind er is? Misschien is God genadig en houdt Hij een beschermende hand boven ons. Misschien is ons kind gezond.'

Wilhelm wordt boos. Zijn plan gaat toch niet weer mislukken? Hij had gehoopt dat Irene zou toegeven als hij haar Franz' ontzetting extra inpeperde. 'God?' snuift hij. Zijn nu scherpe toon doet Irene terugdeinzen. 'Denk je dat het God welgevallig is dat jullie mijn wil hebben getart? Ik denk eerder dat de Almachtige jullie zal straffen voor jullie ongehoorzaamheid.'

Irene zwijgt. Haar handen trillen.

'Ik zal Franz in elk geval de waarheid vertellen als dit kind ter wereld komt,' dreigt Gerban. Irene weet niet of hij liegt of het serieus meent.

'En waar ga je heen met je misgeboorte als je tevergeefs op Gods genade hebt gehoopt? Waarvan moet je leven als het geld dat ik je zal geven op is? Een cretin heeft dag en nacht zorg nodig! En zul je wel kunnen houden van zo'n creatuur als dit?' Hij pakt het artikel en houdt het voor haar neus.

Irene deinst terug. Zijn volgende, uitermate wrede argument geeft de doorslag en breekt haar laatste weerstand. 'Het kan natuurlijk ook anders. Als het kind toch geboren wordt of kort na de geboorte sterft kun je het lijk voor een flinke duit aan om het even welk pathologisch instituut verkopen. Ze kunnen het in alcohol bewaren zodat generaties studenten zich kunnen vergapen aan het gedrocht. En dan...' Zijn stem stokt en even schrikt hij van zijn eigen meedogenloosheid, maar hij zet toch door: 'En dan hoef je ook de begrafenis niet te betalen.'

'Nee! Nee! Nee!' Irene drukt haar handen tegen haar oren. Ze gaat steeds harder roepen en vreest deze kwelling geen seconde langer meer te kunnen verdragen. 'Hou op! Dit alles moet ophouden!' Ze begint weer krampachtig te snikken.

Wilhelm wacht zwijgend af. Hij zegt geen woord, troost niet, maar dreigt ook niet. Uiteindelijk heeft Irene geen tranen meer. Haar wanhoop maakt plaats voor bittere realiteitszin. Mijn onbarmhartige vader gaat me niet helpen en Franz kan het niet meer. Ik, ik zal hier in mijn eentje een einde aan moeten maken.

Zij snuit haar neus in Gerbans zakdoek, maakt er een prop van in haar hand, zwaait haar benen over de rand van de matras en gaat rechtop zitten. 'Wat raad je me aan te doen?'

Pas als er een opgeluchte uitdrukking op zijn gezicht verschijnt, beseft Irene hoe hard zij hem heeft aangepakt. De spanning verdwijnt uit zijn lichaam als lucht uit een lekke ballon en wijkt voor een slapheid die Irene nooit bij hem heeft gezien. Plotseling lijkt haar vader tien jaar ouder. Hij gaat op de wijnkist naast haar bed zitten.

'Ik heb een arts gevonden die je zal aborteren. Hij is de beste in zijn vak en ik betaal hem royaal voor de ingreep. Het is een kleine operatie waarbij je met chloroform wordt verdoofd en niets merkt totdat je weer bijkomt. Het gebeurt niet in een vies achterkamertje zoals bij de engelenmaaksters, maar 's nachts in een schone en keurige praktijk.'

Irene knikt gelaten. 'Dan wil ik er snel een einde aan maken, liefst meteen morgen als ik wat rust heb gehad.'

'Morgen is helaas niet mogelijk. Ook niet later deze week of volgende week.' Zijn stem klinkt weer hard. 'Als je niet zo koppig was geweest...' Hij houdt zich in en ademt diep in. 'De arts is naar een congres in Zwitserland en komt pas medio oktober terug.'

'Half oktober? Maar dat is bijna nog een hele maand! Moet ik nog zo lang in deze kelder leven?' Irene begint weer te huilen. 'Nee! Nee, ik houd het hier geen dag langer uit!' Ze raakt in paniek en trilt over haar hele lichaam.

Wilhelm probeert razendsnel iets te verzinnen. Ze kan naar de zolderkamer verhuizen, maar dan moet ik wel die nieuwsgierige klerk ontslaan, bedenkt hij. Even zit hij nog in dubio, maar dan hakt hij de knoop door. Het zij zo, die kerel wordt me sowieso een beetje te brutaal. Bovendien koestert hij wellicht al argwaan en heeft hij hier in mijn afwezigheid al rondgesnuffeld. Deze maand red ik het wel in mijn eentje. En zodra deze zaak achter de rug is ga ik op zoek naar een nieuwe kracht. Dat is de gemakkelijkste oplossing.

'Irene!'

Ze reageert niet en hij verheft zijn stem.

'Irene!'

Eindelijk kijkt ze op. Haar gezicht is opgezet door slaapgebrek en de storm aan emoties waar hij haar aan heeft blootgesteld. 'Ik wil je iets voorstellen. Je neemt je intrek op de zolderkamer en houd je overdag muisstil. Als ik het kantoor sluit kun je wat mij betreft naar beneden komen en ook de andere ruimtes gebruiken. Maar tijdens kantoortijd blijf je boven.'

Ze voelt een steek in haar hart en is blij en verdrietig tegelijk. Franz! Ik zal nog eenmaal dicht bij Franz kunnen zijn. Zijn geur in het kussen ruiken, die dingen aanraken die hij als laatste heeft aangeraakt.

'Jaja, het is al goed.'

Geschrokken beseft Irene dat ze misschien hardop haar gedachten heeft uitgesproken. Wilhelm kijkt weer even ontstemd als hij normaal doet sinds hij haar gevangen houdt.

'Half oktober, als alles voorbij is, verlaat je Wissembourg. Ik geef je duizend gulden en een goede referentie. Dan kun je gaan en staan waar je wilt.'

Irene wil het geld al afwijzen als haar iets te binnen schiet. Mijn moeder! Ze moet nog jong zijn, nog leven! Met het geld kan ik naar haar op zoek gaan. Te beginnen in Heidelberg bij zuster Agnes. Die weet meer dan ze me toen heeft verteld.

Na alle spanning is ze nu volledig uitgeput, maar ze weet dat ze niet zal kunnen slapen. 'Rust, ik heb rust nodig,' mompelt ze.

Gerban haalt een bruin flesje uit zijn jas. 'Als je wilt geef ik je tien druppels laudanum. Dan kun je eens goed slapen en weer op krachten komen voor je naar de zolderkamer verhuist.'

Te moe om verbaasd te zijn dat hij dat medicijn op zak heeft, knikt Irene. Een beetje later drinkt ze gedwee het licht bittere water dat Gerban haar aanreikt.

Volledig versuft strekt ze zich uit op haar matras en valt dan in een diepe, droomloze slaap.

Een lazaret in Saint-Quentin

20 september 1870

Hij wankelt door een eindeloze stenen woestenij. Het landschap om hem heen is volledig zwart. Nergens is ook maar een stipje groen te bekennen.

De zon brandt genadeloos aan een witgloeiende hemel en verschroeit zijn vlees. Heel zijn lichaam doet pijn. Zijn hoofd voelt opgezwollen en lijkt elk moment in duizend stukken uiteen te kunnen spatten.

Water! wil hij roepen. Er komt geen geluid over zijn droge lippen. Nergens een bron, niet eens een brakke plas.

Ik ga dood! Die gedachte komt opeens bij hem op. Onbarmhartig helder van geest beseft Franz wat zijn lot zal zijn. Machteloos laat hij zich op de zwarte stenen zakken. Het ruikt naar zwavel en as. Kraaien krijsen hongerig om hem heen en krassen hun rauwe kreten.

Franz! Franz! Als een licht briesje hoort hij opeens de stem van Irene. Franz! Zorg goed voor jezelf! We hebben je allebei nodig en wachten op je!

Als een schim verschijnt haar gezicht voor hem. Het zweeft zonder lichaam in een wolk over zijn bed. Haar ogen smeken zo radeloos dat het hem diep raakt. Alsjeblieft! Alsjeblieft, blijf leven! Voor mij! Voor ons! Alsjeblieft! Beloof het me!

Na een tijdje knikt hij.

Slaapdronken opent Franz zijn ogen op het moment dat twee verpleegsters de zaal binnenkomen. Wie nog bij bewustzijn is krijgt een stuk droog brood en een kroes lauw water.

'Hoe laat is het?' Hij kan nauwelijks fluisteren, zo zwak is hij.

'Eind van de middag,' antwoordt de oudste van hen onverschillig.

'Waarom is het hier zo warm? Brandt buiten de zon misschien aan de hemel?'

De zuster met de belachelijke vleugelmuts kijkt hem half spottend, half meewarig aan. 'Integendeel, jonge man. Het regent pijpenstelen en het is zo koud dat we op de slaapzaal extra dekens moeten uitdelen. Het is de koorts die je uitteert en die hitte veroorzaakt.'

'Heeft dokter Berger nog dienst?'

'Die is aan het opereren,' antwoordt de zuster koeltjes.

'Wilt u hem alstublieft naar me toe sturen?'

'Hier worden geen rondes gemaakt. Daarvoor hebben we te weinig artsen en verplegers. Ze zorgen eerst en vooral voor de mannen die willen blijven leven.'

'En hoor ik daar niet meer bij?'

De zuster haalt haar schouders op. 'Ik weet het niet,' zegt ze zonder enig medeleven. 'Dit is de zaal voor de terminale gevallen. U hebt geweigerd het gangreen te laten behandelen en dus neem ik aan dat u snel zult sterven.'

'Zuster!' Met zijn nog resterende krachten trekt hij aan haar schort. 'Zuster, zeg tegen de arts dat ik me heb bedacht. Hij moet mijn been amputeren.'

24

Huize Gerban bij Altenstadt

27 september 1870

'Hebt u iets ontdekt, mevrouw Burger?' De stem van Pauline trilt van opwinding. 'Ik zie het aan uw gezicht. U hebt nieuws van Irene!'

De huisdame van Altenstadt heft sussend haar hand op. 'Ik weet niet wat het betekent, mevrouw Gerban, misschien helemaal niets, maar laat me eerst alles rustig vertellen.'

Het begin van het verhaal is identiek aan de eerdere berichten van mevrouw Burger: noch op het postkantoor noch op het telegraafkantoor is er nieuws van Irene. Ook van Franz zijn er geen brieven aangekomen.

Zo gaat het nu al bijna drie weken, want zo lang is het inmiddels geleden dat Pauline mevrouw Burger heeft gevraagd om de andere dag onopvallend navraag te doen in Wissembourg. Mathilde zou ongetwijfeld argwaan krijgen als Pauline zelf zo vaak de stad in zou gaan. Haar dochter zou dan zeker met haar willen meegaan om te spioneren of gewoon om haar constante verlangen naar afleiding te bevredigen.

Mevrouw Burger daarentegen kan allerlei boodschappen voorwenden. De linnenvoorraad van het huis – gebruikt voor de gewonden – is nog steeds niet volledig aangevuld, en bepaalde levensmiddelen en materialen zijn door de oorlogstroebelen nog steeds schaars. Zelfs alledaagse dingen zoals naalden en garen zijn nog niet verkrijgbaar in de kruidenierszaak in Altenstadt. Zodoende heeft mevrouw Burger voortdurend een excuus om in Wissembourg te zijn en omdat ze meestal te voet gaat – een wandeling van een klein uur – hoeft ze zich geen zorgen maken dat Mathilde haar zal vergezellen.

Tot nu toe hebben haar inspanningen echter niets opgeleverd. Het spoorwegstation heeft ze na een week al van haar lijst geschrapt. Niemand heeft Irene daar op de dag van haar verdwijning gezien. Ook op andere plaatsen heeft de huisdame tot op heden geen informatie over het dienstmeisje gevonden. Elk pension, elke herberg, elke kamerverhuurster heeft ze inmiddels tevergeefs bezocht.

Als mevrouw Burger om de schijn op te houden iets koopt, wat ze slechts om de twee of zelfs drie keer doet, laat ze die boodschappen bij het handelshuis afleveren zodat Wilhelm ze 's avonds mee naar huis kan nemen.

'En zo ken ik ook zijn medewerker,' vervolgt ze haar verslag.

Pauline knikt. 'U bedoelt die jongeman voor wiens oude moeder mijn echtgenoot zogenaamd eten had meegenomen?'

Mevrouw Burger glimlacht zuinig. 'Tot op heden heb ik de kans niet gehad daarnaar te vragen. Uw echtgenoot was altijd op kantoor als ik langskwam, maar vandaag liep ik de jongeman in de stad tegen het lijf.'

'O?' Pauline luistert gespannen.

'Hij heeft geen oude moeder meer. Die is vijf jaar geleden al overleden.'

'Hoe weet u dat? Heeft hij u dat verteld?'

'Zeker. Ik heb van de gelegenheid gebruikgemaakt hem te vragen of zijn moeder blij was met het voedselpakket en hij reageerde stomverbaasd. Maar het wordt nog beter. Hij werkt niet meer voor uw man. Mijnheer Gerban heeft hem verleden week ontslagen en was daarbij zeer royaal. Hij heeft zijn loon tot eind oktober uitbetaald.'

'Om welke reden heeft mijn man hem ontslagen?'

Mevrouw Burger haalt de schouders op. 'Om een wel heel vreemde reden, vind ik. Hij beweerde dat er te weinig werk voor hem was.'

'Midden in de herfst?' vraagt Pauline vol ongeloof. 'Het is hoogseizoen in de wijnhandel! De wijn van vorig jaar is gerijpt en het koude seizoen met al zijn feesten en andere festiviteiten komt eraan. Iedereen slaat nu voorraden in, zeker de vele herbergiers en kasteleins. Te weinig te doen? Ik kan me nog jaren herinneren waarin Wilhelm in de herfst juist extra mensen in dienst nam.'

Mevrouw Burger is te beleefd om de opgewonden woordenstroom van Pauline te onderbreken, maar uiteindelijk krijgt haar meesteres zelf in de gaten dat ze haar nieuwsgierigheid zo niet zal kunnen bevredigen.

'Dus, wat is volgens u de werkelijke reden voor het ontslag?'

Mevrouw Burger bloost licht. 'De jongeman hield zich eerst wat op de vlakte. Het viel hem zwaar om over die reden te praten. Maar u en ik weten dat het waarschijnlijk maar een verzinsel is...'

Pauline begrijpt het niet. 'Waar hebt u het over?'

Mevrouw Burger ontwijkt de blik van de vrouw des huizes. 'Die jongeman denkt dat uw man een minnares op kantoor heeft. De laatste weken heeft hij voortdurend vreemde geluiden gehoord. Uw echtgenoot ontkende dat er iemand was toen de jongeman hem daarop aansprak, maar kort voor zijn ontslag heeft de jongen voetstappen boven zijn hoofd gehoord. Daarvoor leek het eerder of er geluiden uit de kelder kwamen. Toen uw man even het kantoor uit was, is hij naar boven gelopen om te kijken.'

Mevrouw Burger pauzeert voor het effect, kennelijk wil ze de spanning nog wat opdrijven.

'En?' dringt Pauline aan.

'Op de zolderkamer waar uw zoon Franz nog heeft gewoond, trof hij een jonge vrouw aan. Die schrok, maar ze beweerde dat ze daar was om schoon te maken. De klerk meende inderdaad haar eerder te hebben gezien. Helemaal zeker wist hij het niet, maar volgens hem was het het dienstmeisje dat voor de oorlog het kantoor kwam schoonmaken.'

Pauline reageert als door de bliksem getroffen. 'Irene! Het is Irene! Die schoft houdt haar op kantoor gevangen!' Ze is zo opgewonden dat ze de beleefdheidsregels tegenover de huisdame laat varen.

Mevrouw Burger knikt. 'Dat zou best kunnen, mevrouw Gerban. De employé heeft het meisje maar kort gezien en ze droeg geen uniform. Maar hij beschreef haar voorkomen correct. De ochtend na die ontdekking werd hij ontslagen.'

Pauline trilt over haar hele lichaam. 'Wat kunnen we doen? Wie gelooft ons als we zeggen dat Irene daar niet vrijwillig is?' Met moeite bedwingt ze de bijna onweerstaanbare drang naar een dosis laudanum. Haar zenuwen schreeuwen om het kalmeermiddel.

Uiteindelijk neemt ze een besluit. 'Morgenmiddag! Morgenmiddag ga ik kijken of alles in orde is! Mijn man gaat steeds op hetzelfde tijdstip eten in Der Goldene Adler. Ik vraag Riemer om me met de landauer naar Wissembourg te brengen. U hebt toch nog wel een sleutel van de wijnhandel? Uiteindelijk hebben onze dienstmeisjes daar vroeger vaak schoongemaakt. Meestal na kantoortijd om de zaken niet te storen als ik het me goed herinner.'

Mevrouw Burger antwoordt bevestigend. 'De sleutel heb ik hier.' Ze diept een flinke sleutelbos uit de zak van haar rok op.

Pauline steekt haar hand uit. 'Geweldig! Geef me de juiste sleutel.'

De huisdame aarzelt even maar prutst dan een sleutel met een grote baard los van de ring. In de kop is een fraaie wijndruif uitgesneden. Pauline kan niet beletten dat haar handen trillen als ze de sleutel aanneemt. Ze draait zich al met een kort bedankje om en wil vertrekken als de bedeesde stem van de huisdame haar tegenhoudt.

'Ik wil me niet opdringen, mevrouw, maar is het niet beter als ik morgen met u meega?'

Pauline denkt even na. 'Graag, mevrouw Burger, dank u wel voor uw aanbod. Ik zou het heel fijn vinden als u meegaat naar Wissembourg, maar wacht u dan wel buiten in het rijtuig. Ik ga alleen naar binnen.'

Een lazaret in Saint-Quentin

27 september 1870

'Hierlangs, madame Serge. Vooraan liggen de lichtgewonden. Daar is zeker iemand bij die u thuis kunt verzorgen.'

Een goedgeklede dame in een gitzwarte jurk schudt het hoofd en protesteert zacht. De rouwsluier aan haar modieuze hoedje bedekt haar gezicht half. De arts blijft op haar in praten. Uiteindelijk volgt ze hem naar de andere kant van de grote ziekenzaal.

Met doffe blik kijkt Franz haar na. Al een paar dagen geleden heeft hij alle hoop verloren in een gastgezin opgenomen te worden en daar te herstellen. Dagelijks komen er minstens een tiental inwoners uit Saint-Quentin langs om een 'eigen' gewonde uit te zoeken, maar mannen met een geamputeerd been horen daar in de regel niet bij, heeft dokter Berger hem uitgelegd. 'Het zijn vaak alleenstaande vrouwen die hun man of zoon in de oorlog zijn verloren. De zorg voor een gewonde die niet alleen naar het toilet kan, mag men van hen niet verwachten.'

Sinds zijn tweede operatie is Franz ook weer op een urinaal en ondersteek aangewezen. Op eigen kracht kan hij niet opstaan; daar is hij nog veel te zwak voor.

Volgens dokter Berger heeft Franz te lang geaarzeld. 'Hoe langer het koudvuur in iemands lichaam woedt, des te meer tijd het genezingsproces vergt. Je mag nog van geluk spreken dat we niet je héle dijbeen hebben moeten verwijderen.'

In de oorlog vervagen werkelijk alle normen, denkt Franz bitter. Ook wat je normaliter onder 'geluk' zou verstaan.

In elk geval heeft hij sinds gisteren geen koorts meer. De wond geneest goed en het resterende stuk bovenbeen is lang genoeg voor een prothese die met een manchet en banden wordt vastgemaakt.

'Dat is veel comfortabeler en vergemakkelijkt het lopen enorm,' had de arts uitgelegd. 'Als we het hele been hadden moeten wegnemen was een prothese niet meer mogelijk geweest. U zou dan in een rolstoel zijn geëindigd of zou u moeten voortbewegen op krukken.'

Ondanks alle bitterheid moet Franz toegeven dat hij vandaag veel beter af is dan ooit sinds zijn verwonding. Hij ligt in een schoon bed in een ruime en lichte ziekenzaal. Hij krijgt tamelijk voedzame maaltijden en de zusters met hun vleugelmutsen die het hospitaal runnen zijn nog steeds afstandelijk, maar letten in elk geval op hygiëne.

Aan de operatie zelf denkt hij liever niet meer terug, toch zeker niet overdag als hij wakker is. 's Nachts beleeft hij alles vaak weer helemaal opnieuw in zijn nachtmerries.

Als verdoving had hij twee grote glazen brandewijn gekregen. De pijn was onbeschrijflijk, erger dan hij ooit had meegemaakt. Zijn kaken doen nog steeds zeer, zo hard heeft hij op het houten staafje gebeten dat men in zijn mond had gestopt.

Maar hij had nogmaals 'geluk' volgens dokter Berger. 'Halverwege de ingreep bent u buiten bewustzijn geraakt. Het ergste van de amputatie, het doorzagen van het bot, hebt u niet meegemaakt. Dat is namelijk niet zo eenvoudig, moet u weten. Dijbenen zijn zeer dik en vast. Het is de moeilijkste amputatie.'

Maar hij leeft nog, in tegenstelling tot Hubert uit Nice. Diens lijk is enkele uren na Franz' operatie begraven in een van de steeds talrijkere naamloze oorlogsgraven op de begraafplaats van Saint-Quentin. In vergelijking met de amputatie en het gangreen is de pijn van de wond inmiddels draaglijk.

Franz had nog een derde keer geluk volgens dokter Berger, die de tijd had genomen voor een uitvoerig gesprek. Na de tweede operatie waren de fantoompijnen verdwenen. 'Dank de Lieve Heer daar maar voor. Een derde van alle *amputés* heeft er de rest van zijn leven last van.'

Toch voelt Franz zich allesbehalve 'gelukkig'. Somber staart hij naar het witgekalkte plafond. Tot nu toe heeft hij niemand gevonden die hem papier en inkt wil brengen voor een nieuwe brief naar huis.

Ineens hoort hij stemmen en voetstappen die zijn kant op komen.

'Dokter Berger, ik heb u toch al gezegd dat ik niet terugdeins voor onaangename zorgtaken? Bovendien beschik ik over een huisknecht, een dienstmeisje én een kamenierster die al jaren voor me werken. Ze hebben Paul gekend, zijn zeer loyaal en hebben vrijwillig aangeboden me met de verzorging te helpen. Uiteindelijk rouwen ook zij...'

Franz hoort een zachte snik en kijkt opzij. Madame Serge, zoals dokter Berger de elegante dame had genoemd, loopt nu met de arts langs zijn rij bedden.

'De gewonde moet jong zijn en liefst een beetje op wijlen Paul lijken. Ook mijn zoon had een been verloren bij Sedan en is daaraan gestorven. Hij heeft twee dagen op het slagveld gelegen voor men hem vond en toen was alle hulp te laat.' Opnieuw snikt ze zachtjes.

Een dwaze hoop borrelt in Franz op als de dame, gracieus en ongeveer van dezelfde leeftijd als zijn moeder, dichterbij komt. Idioot! Vier keer geluk is te veel van het goede, houdt hij zichzelf voor.

Maar hij vergist zich. Madame Serge blijft voor zijn bed staan en hun ogen ontmoeten elkaar. De hare staan treurig, de zijne smekend. Zijn blik raakt haar diep, zal ze later vertellen.

'Wie is deze jongeman en wat mankeert hem?' vraagt madame Serge aan de arts.

'Hij heet François Gerban, is Elzasser en komt uit de grensstreek bij de Beierse Palts. Bij Sedan is hij zijn linkeronderbeen kwijtgeraakt en op weg naar Saint-Quentin kantelde de wagen waarmee hij vervoerd werd. De wond ging weer open en raakte ontstoken, met als gevolg dat hij opnieuw onder het mes moest. We hebben de helft van zijn bovenbeen moeten wegnemen. Maar ik wil u waarschuwen, hij kan nog niet zelfstandig...'

Madame Serge steekt haar hand op. 'Ik heb u al gezegd dat me dat niets uitmaakt.'

Ze kijkt Franz weer aan. 'Mijn naam is Marianne Serge. Ik ben weduwe en mijn enige zoon Paul is bij Sedan gevallen. Wilt u bij mij in huis komen?' Ze klinkt bijna verlegen. 'Ik beloof u dat ik u de beste...'

'Ik dank u van ganser harte, madame Serge,' valt Franz haar dolgelukkig in de rede. 'Met veel plezier en dankbaarheid neem ik uw aanbod aan.'

Pas als hij in een rolstoel naar het rijtuig van zijn weldoenster wordt gebracht, merkt hij dat de tranen over zijn wangen biggelen.

Het wijnhandelshuis in Wissembourg

28 september 1870

Een resolute duw leert Pauline dat de voordeur van de wijnhandel in Wissembourg op slot zit. Wilhelm is dus precies zoals ze had gehoopt vertrokken voor het middagmaal.

De gedachte dat haar man Irene misschien in dit pand gevangen houdt heeft haar de halve nacht beziggehouden. Ze kwam pas tot rust na een paar druppels laudanum.

Al een paar weken probeert ze met wisselend succes de dosis te reduceren, maar ze kan nog steeds niet helemaal zonder. Haar hoop de verslaving, die ze intussen zelf toegeeft, moeiteloos te overwinnen is geslonken sinds Franz weg is uit Wissembourg. Alleen in de paar dagen na de eerste gevechten was het haar gelukt. De gewonden hadden meer behoefte aan de opiumtinctuur dan zij.

Haar pogingen om zichzelf tot onthouding te dwingen waarbij ze haar eigen voorraad grotendeels had vernietigd, heeft uitgerekend Wilhelm tenietgedaan. Steeds weer bracht hij het spul voor haar mee uit de apotheek van Wissembourg. Gisterenavond nog had hij haar twee nieuwe flesjes gegeven.

Vanochtend had Pauline niet aan de verleiding kunnen weerstaan en het kalmeermiddel ingenomen, zelfs tweemaal zoveel als de afgelopen dagen. Het idee om met Wilhelm aan de ontbijttafel te zitten was zo onverdraaglijk dat haar handen al bij het opstaan beefden van spanning.

In tegenstelling tot de vorige dagen kon ze de confrontatie met hem niet uit de weg gaan. Ze moest zeker weten dat Wilhelm vandaag zoals gewoonlijk het kantoor zou verlaten voor het middagmaal. Ondanks de druppels daalde haar hartslag pas toen hij dat argeloos bevestigde. Op haar vraag of er nog nieuws was over de wijnhandel verzweeg hij zoals verwacht het ontslag van zijn klerk.

Nu staat Pauline in haar donkergroene mantelpakje en nieuwe hoed met struisvogelveer in de halfdonkere gang en luistert. Haar handen klemmen zich onbewust om haar marokijnen handtas.

Eerst is het stil, maar als Pauline verder de gang in loopt naar het kantoor van haar man, hoort ze plotseling voetstappen op de steile trap naar de zolderkamer.

Als versteend blijft Irene halverwege de trap staan als ze Pauline ziet. Zwijgend kijken de vrouwen elkaar aan, niet in staat een woord uit te brengen.

Pauline is de situatie als eerste meester. 'Het klopt dus. Mijn man houdt je hier vast.' Zonder het te merken gebruikt ze de jij-vorm.

Als Irene niet antwoordt, gaat Pauline verder: 'Of ben je, ik bedoel u, hier uit vrije wil misschien?'

Irene schudt het hoofd. De tranen glinsteren in haar ogen. Langzaam, als een oude vrouw, loopt ze de trap verder af. 'Nee, het is precies zoals u denkt, mevrouw Gerban. Uw man houdt me hier al sinds de dag van de veldslag bij Sedan vast. Eerst in de kelder en sinds een paar dagen mag ik de kamer van Franz gebruiken.'

Pauline ademt diep in. 'Buiten wacht mijn rijtuig, Irene. Je... Ik bedoel, u...'

'Zegt u maar gewoon jij, mevrouw Gerban,' biedt Irene met trillende stem aan. 'Als Franz met me was getrouwd zou u sowieso mijn schoonmoeder zijn geworden.'

'Wat bedoel je met "als hij met me was getrouwd"?' Het hart van Pauline gaat sneller slaan. 'Heb je iets van Franz gehoord?'

Irene staart Pauline verward aan, maar die interpreteert haar blik verkeerd.

'Je hebt gelijk. Dit is niet het moment voor zo'n gesprek. Kom mee, liefst nu meteen. Je spullen, als je die hier hebt, laat ik later wel ophalen.'

Irene schudt langzaam het hoofd. 'Dat gaat helaas niet, mevrouw Gerban.'

Nu is het de beurt aan Pauline om Irene niet-begrijpend aan te kijken. 'Maar hoe... En tutoyeer me alsjeblieft en noem me bij mijn voornaam,' valt ze zichzelf in de rede. 'Waarom wil je niet met me meekomen?' Dan denkt ze de verklaring te kennen. 'Ik begrijp het. Mijn waarde echtgenoot heeft je bedreigd. Wees maar niet bang, ik breng je vandaag nog in veiligheid. Niet terug naar Altenstadt natuurlijk. Nee, ik laat Riemer je naar Landau brengen. Dan zoeken we daar een plek voor je.'

Irene blijft zwijgen en de tranen stromen over haar wangen.

'Kom mee!' dringt Pauline aan. 'Wilhelm kan je niets maken. Mevrouw Burger is er ook. Ze wacht buiten in het rijtuig.'

Machteloos zakt Irene op de onderste trede. 'Ik kan niet met je mee, Pauline, hoewel ik niets liever wens.'

Pauline weet niet wat te doen. Wat is dit nu? Ze overweegt mevrouw Burger te hulp te roepen.

'Laten we een moment in het kantoor gaan zitten. Daar staat een bank en tijdens de middagpauze van uw echtgenoot zit ik daar vaak. Boven in dat kamertje is het soms alsof de muren op me afkomen.'

Pauline biedt Irene geen tweede maal aan jij te zeggen, maar volgt haar naar het kantoor. De bank staat voor het raam waar het licht van een herfstzonnetje binnenvalt. Ze gaan dicht bij elkaar zitten. Pauline kijkt ongerust naar de majestueuze staande klok in een nis. Het is iets over enen.

'Hij komt meestal niet voor twee uur terug.' Irene heeft de blik van Franz' moeder gevolgd.

Pauline grijpt de hand van Irene die nat is van het zweet. 'Je hebt dus nieuws van Franz?' vraagt ze bang.

'Ja, weet u het dan nog niet?'

Pauline grijpt naar haar borst.

'Neenee, Franz is niet dood,' stelt ze Pauline snel gerust. 'Hij is zwaargewond en zijn onderbeen kwijt, maar hij leeft en is eindelijk aan de beterende hand.'

'Hoe weet je dat? Heeft hij je geschreven? Hoe wist hij dat jij hier…'

'Nee, Pauline,' onderbreekt Irene haar. 'Franz heeft me niet geschreven, maar uw echtgenoot heeft het me verteld.'

'En hoe weet hij dat allemaal?'

Irene haalt haar schouders op. 'Ik dacht dat jullie in Altenstadt een brief hadden ontvangen.'

Pauline vermant zich. Dit mysterie kan wachten. 'Maar gaat het goed met Franz ondanks die vreselijke verwonding?'

'Volgens uw man wel. Hij rekent er in elk geval op dat Franz snel naar huis komt.'

'Maar waarom wil je dan niet met me meekomen, Irene?' Plotseling krijgt Pauline een vreselijk vermoeden.

'Of wil Franz niet meer met je trouwen omdat hij nu kreupel is en zich schaamt? Of...' Haar stem stokt. 'Of wil jij hem niet meer...?'

Irene slaat haar handen voor haar gezicht en barst in snikken uit. Pauline neemt haar troostend in haar armen. Irenes woorden verstaat ze nauwelijks.

'Zelfs al was hij beide benen kwijt, dan zou ik hem nog tot man nemen. Ook als hij misvormd is zou ik nog van hem houden, maar een brief heb ik niet gekregen. Dat kan ook niet. Hoe zou hij moeten weten dat ik hier zit?'

Pauline recht haar rug en houdt Irene met beide handen een beetje van zich af. 'Vertel me dan nu meteen wat hier aan de hand is, Irene.' Het verbaast haarzelf hoe kordaat ze klinkt.

Irene slaat haar ogen neer. 'U zult me verachten, Pauline...' Weer is ze nauwelijks te verstaan.

'Dat lijkt me heel onwaarschijnlijk! Kom, vertel het me!' Irene duwt haar vingernagels diep in haar handpalmen. Haar eerste zin verstaat Pauline niet.

'Neem me niet kwalijk, wát zei je?'

'We kunnen nooit trouwen, Pauline.' Ook nu is het antwoord van Irene niet meer dan een fluistering. 'Franz en ik...' Ze ademt diep in en een snik ontsnapt uit haar keel. 'Franz en ik hebben dezelfde vader.'

Het wijnhandelshuis in Wissembourg

28 september 1870

Meteen als de deur in het slot valt, betreurt Irene het dat ze Pauline niet heeft gevraagd haar toch meteen mee te nemen. Ze springt op, maar nog voor ze bij de deur is hoort ze hoe de moeder van Franz de sleutel al omdraait. Ze balt haar vuisten om op de massieve eikenhouten deur te trommelen, maar besluit dan de zaken op hun beloop te laten.

Uitgeput sleept ze zichzelf de trap op en werpt zich op haar bed. Vooral het laatste deel van Paulines onverwachte bezoek speelt door haar hoofd.

In de chaos van indrukken worden twee zaken almaar duidelijker. 'Pauline weet wie mijn moeder is,' mompelt ze hardop.

Verstijfd had Pauline geluisterd naar het verhaal van Irene, die woord voor woord had verteld wat ze van Wilhelm Gerban had gehoord. 'Misschien herinnert u zich mijn moeder nog, Pauline? Ze heeft nog voor u gewerkt,' had ze uiteindelijk gezegd.

Pauline had geen vin verroerd.

'Mijn moeder had een ongewoon talent voor een dienstmeisje. Ze schilderde met waterverf.'

Op dat moment had Pauline zacht gekreund. 'Heb je ooit een van haar aquarellen gezien?' vroeg ze met trillende stem.

Irene knikte. 'Ik heb er hier zelfs eentje bij me.' In de weken dat ze hier gevangen zat had ze vaak naar de aquarel gekeken die ze van zuster Agnes had gekregen. Sinds Mathilde aan haar spullen had gezeten droeg ze het altijd in haar handtas met zich mee. Daarom lag het dus niet bij de andere zaken die in Altenstadt waren achtergebleven toen de oude Gerban haar had opgesloten.

Zo snel ze kon was Irene naar haar kamer gerend en had ze de inmiddels al danig gekreukte aquarel uit de envelop gehaald. Nauwelijks had Pauline het mistroostige landschap bekeken dat Irenes moeder als onderwerp had gekozen of ze greep weer naar haar borst.

Irene had gezien hoe Pauline naar de handtekening van de kunstenares had gestaard. Die bestond uit twee ineengestrengelde letters die ze zelf tot op heden niet had kunnen ontcijferen. Pas nadat Irene de vele schilderijen in het huis van de familie Gerban had bekeken, had ze zich gerealiseerd dat de twee grijze letters voor de naam van de schilderes stonden. Daarvoor had ze gedacht dat het iets abstracts was, iets wat een plant of zo moest voorstellen.

Pauline herkent de handtekening, denkt Irene. Ik weet het zeker. Het antwoord dat ze had gemompeld op Irenes vraag was echter niet overtuigend geweest. 'Ja, ik ken haar, al kan ik me haar maar vaag voor de geest halen. Ik moet thuis de oude personeelslijsten eens doornemen, dan herken ik zeker haar naam.'

Irene had al de indruk gehad dat Pauline niet helemaal naar waarheid had geantwoord, maar nu weet ze het zeker.

Toch denkt ze nu vooral aan de reactie van Pauline op de hortende en huilende verklaring dat ze in Wissembourg wacht om het kind te aborteren, om vervolgens voor altijd uit het leven van de familie Gerban te verdwijnen. Pauline was lijkbleek geworden. 'Kind toch! Waarom zou je dat in hemelsnaam doen?'

Eerst had Irene gedacht dat Pauline – net zoals de oude Gerban en zijzelf – niet wist dat kinderen uit een relatie van broer en zus vaak misvormd of gehandicapt geboren werden. Haar toelichting had Pauline echter niet met ontzetting geslagen, maar woedend gestemd.

Zo woedend had Irene de zachte, gereserveerde vrouw nog nooit meegemaakt. Ze had met haar hand op de leuning van de sofa geslagen en Irene zo stevig bij de pols gegrepen dat het nog pijn doet.

'Neem geen overhaaste beslissing, Irene,' smeekte ze zeer nadrukkelijk. 'Laat me eerst je vader ter verantwoording roepen. Ik zal hem wijzen op jouw rechten als buitenechtelijke dochter en beloof je dat daarna alles goed zal komen.'

'Wat kan er nu nog goed komen?' had Irene vertwijfeld gevraagd. 'Franz en ik kunnen nooit met elkaar trouwen, ook al is het kind gezond.' Plotseling sloeg haar vertwijfeling ook om in woede. 'En ik wil ook helemaal niet dat mijn vader me erkent. Ik haat hem! Ik wil zijn naam niet dragen en wil geen deel van zijn erfenis. Ik weet dat u het goed bedoelt, Pauline, maar voor mij heeft dat totaal geen belang.'

Pauline had geprobeerd haar te kalmeren. 'Daar gaat het mij niet om, Irene.'

'Waar gaat het dan wel om?'

Pauline wilde net antwoorden toen er buiten iemand hard op de deur bonkte. De vrouwen schrokken. Pauline vermande zich als eerste en liep door de gang naar de deur die ze op een kier opende. Daar stond mevrouw Burger die in het rijtuig op Pauline had gewacht.

'Mevrouw Gerban, u moet weg. Uw man komt eraan!'

Met een kort bedankje had Pauline de deur voor haar neus dichtgeslagen en was naar Irene teruggekeerd. Tot hun schrik beseften ze dat er een heel uur voorbij was gevlogen. De middagpauze van Gerban zat erop.

'En nu?' vroeg Irene bang.

Pauline legde even haar hand tegen de wang van Irene. 'Het is nu te laat om je mee te nemen, Irene. Wilhelm mag me hier niet zien. Ik zal hem vanavond in Altenstadt verrassen, of liever gezegd overrompelen. Als die oude vos vermoedt wat ik van plan ben, zal hij zijn voorzorgsmaatregelen nemen.' Die laatste woorden waren duidelijk meer aan zichzelf dan aan Irene gericht.

Ze had Irene snel omhelsd. 'Probeer het hier nog één dag vol te houden, kind! Wees gerust, morgen kom ik je halen. Jou en je kind zal niets overkomen, dat beloof ik je.'

Daarop had ze zich door de gang naar buiten gehaast.

Verbaasd houdt Gerban de pas in. Is dat niet zijn eigen landauer daar voor zijn kantoor? Hij wurmt zich in een portiek. En ja hoor, dat is zijn vrouw die het pand uit komt en in het rijtuig stapt. Meteen slaat Riemer met de teugels op de rug van de paarden en vertrekt.

Even staat Gerban als aan de grond genageld, maar dan draait hij zich om en loopt naar de apotheek naast de Sint-Paulus-en-Petruskerk.

Als Pauline eindelijk alleen in haar slaapkamer is, verliest ze de zelfbeheersing die ze in het bijzijn van mevrouw Burger met veel moeite had bewaard. Op de prangende vragen van de huisdame of ze Irene daadwerkelijk heeft gesproken had ze niet gereageerd.

Ik heb het dus al die jaren bij het rechte eind gehad, denkt ze woedend. Maar het is nooit bij me opgekomen dat Irene het kind is. De smeerlap! De blinde woede die bij haar was opgekomen toen Irene haar alles had verteld, overvalt haar weer. De rotzak! Typisch iets voor hem, om zijn eigen vlees en bloed tot dienstmeisje te degraderen. Ik zal hem ter verantwoording roepen en laat geen spaander van hem heel.

Ze denkt aan de moeder van Irene. Dat arme ding! Wat moet ze niet hebben doorstaan? En ik, ik vermoedde het, maar laf als ik ben, heb ik niets gedaan! Hoe afschuwelijk heb ik me gedragen!

Haar woede maakt plaats voor vertwijfeling. Ze trilt over haar hele lichaam. En als ik opnieuw tekortschiet? Nu staat het leven van mijn kleinkind op het spel. Ze voelt zich uitgeput en miserabel.

Onwillekeurig valt haar blik op de toilettafel. Slapen, ik moet slapen en weer op krachten komen. Als door een magneet aangetrokken staat ze op en pakt het bruine flesje uit de bovenste lade.

Even aarzelt ze nog. Dit is de laatste keer, zweert ze. Nog één keer om vanavond genoeg moed en kracht te kunnen opbrengen. Wilhelm zal flink tekeergaan en ik moet tegen hem opgewassen zijn. Dat gaat niet in deze toestand. Ik moet eerst kalmeren.

Ze zet het flesje aan haar mond en neemt een flinke slok.

25

Huis van madame Serge in Saint-Quentin

28 september 1870

Zachtjes wordt er op zijn kamerdeur geklopt. Franz, die net nog wat gedut heeft na een heerlijk ontbijt, opent zijn ogen. Iets heeft hem gewekt, maar hij kan het geluid niet meteen thuisbrengen. Verbaasd kijkt hij om zich heen.

Madame Serge moet zeer vermogend zijn. In elk geval heeft hij niet meer zo comfortabel gewoond sinds hij het landgoed van zijn ouders in Altenstadt heeft verlaten.

Hij ligt in een groot bed met een fraai gesneden hoofdeinde onder een zachte donsdeken. De kussenslopen en dekbedovertrekken zijn versierd met gehaakte randen en voorzien van het geborduurde monogram van de vrouw des huizes. Een roodblauwe pers bedekt de glanzende parketvloer. Voor de ramen hangen zware blauwfluwelen overgordijnen die het dienstmeisje dat het ontbijt heeft gebracht daarnet al heeft opengetrokken. Een zachte herfstzon valt binnen door de fijne vitrages.

Tegenover het bed staat een eveneens sierlijk bewerkte commode. Het wasstel van fijn porselein met een bloemenpatroon komt waarschijnlijk uit Meissen en lijkt op dat van zijn moeder.

Maman. De gedachte aan haar zet een domper op de vreugde die hij voelt sinds madame Serge hem in huis heeft genomen. Zou het goed met haar gaan? En Irene? Ik moet ze schrijven.

Er wordt nogmaals geklopt, nu iets harder. Dan hoort Franz de stem van madame Serge.

'Monsieur Gerban, bent u wakker?'

Hij gaat rechtop zitten. 'Zeker, madame Serge. Kom binnen!'

Zijn gastvrouw opent aarzelend de deur en gluurt even door een kier. Franz' stralende lach overtuigt haar dat ze welkom is. Ze komt binnen en sluit zacht de deur.

'Stoor ik echt niet?' Zoals gisteren in het lazaret klinkt ze bijna verlegen.

'Helemaal niet! Wilt u niet even bij me komen zitten? Het is me een eer en waar genoegen.'

Madame Serge gaat zitten op een stoel die met hetzelfde fluweel als de overgordijnen is gestoffeerd. Ze is gekleed in een tot aan de hals gesloten zwartzijden japon met kanten versieringen aan de manchetten en een opstaand kraagje. Een eenvoudig zilveren medaillon is het enige sieraad dat ze draagt. Madame Serge lijkt getekend door het verdriet. Haar ogen zijn rood alsof ze net heeft gehuild. Toch glimlacht ze dapper.

'Hoe gaat het met u, lieve jongen? Hebt u alles wat u nodig hebt?'

Franz knikt. 'Ik word hier fantastisch verzorgd.' Al vroeg in de ochtend had de vriendelijke huisknecht, Gérard, zijn bedpan geleegd, hem geholpen bij het wassen en een schone pyjama gebracht. Vervolgens had het dienstmeisje Berthe zich voorgesteld en hem gebakken eieren, wit brood met verse boter en zelfgemaakte aardbeienjam, en koffie met melk geserveerd. Madame Serge had niets te veel gezegd toen ze gisteren aangaf dat haar bedienden graag wilden helpen met het verplegen van een oorlogsinvalide.

Madame Serge oogt afgepeigerd. Franz raapt zijn moed bij elkaar. 'En hoe gaat het met u, madame Serge? U ziet er bedroefd uit.'

De ogen van zijn gastvrouw vullen zich onmiddellijk met tranen. Ze heeft wel iets van zijn moeder. Naast haar tengere figuur herinneren vooral haar expressieve donkere ogen aan Pauline.

Madame Serge haalt een fijn linnen zakdoekje uit de zak van haar rok en snuit met afgewend hoofd haar neus. Dan forceert ze weer dapper een glimlach.

‘Let daar maar niet op, monsieur Gerban. Of mag ik François zeggen? U doet me een beetje denken aan mijn overleden zoon Paul. Hij was even oud als u.’

‘Maar natuurlijk! Noemt u me alstublieft François, madame Serge!’ Franz aarzelt kort en ademt dan diep in. ‘Ik hoorde gisteren dat uw zoon bij Sedan is gesneuveld?’

Madame Serge knikt. De tranen springen weer in haar ogen. Ze wendt haar gezicht af en huilt zachtjes. Dan probeert ze zich te vermannen en glimlacht, maar nu oneindig verdrietig. ‘En toe, noemt u mij Marianne!’

Het grijpt Franz aan.

‘Wilt u Paul misschien zien?’

‘Heel graag, als u me die eer wilt bewijzen.’

Marianne opent het zilveren medaillon. Daarin zit een lichtbruine lok haar en een miniatuurportret van een jongeman in het Franse uniform van de dragonders. Hij kijkt de waarnemer ernstig aan alsof hij zijn vreselijke lot al kent.

‘Paul was een levenslustige jongen, maar ook een fervent patriot. Enthousiast trok hij voor onze keizer naar deze zinloze oorlog. Ook al was dat niet nodig, want wijlen mijn man had hem van de legerdienst afgekocht. Maar hoe ik ook smeekte, het hielp niets. Ik kon hem niet tegenhouden.’ Ze barst in snikken uit en de tranen biggelen over haar wangen. Marianne doet geen poging meer om zich te beheersen.

Voorzichtig streelt Franz haar hand. Zijn geweten speelt op. Wat hebben we onze moeders aangedaan! Paul uit gekrenkte trots om de bezoedelde eer van het vaderland dat niet eens in staat was de manschappen die bereid waren offers te brengen van voldoende eten te voorzien. En ikzelf… Er gaat een steek door zijn hart. Ikzelf heb het niet eens voor een geïdealiseerd beeld van Frankrijk gedaan, maar puur uit koppigheid tegenover mijn vader.

Hardop zegt hij: ‘Wilt u me wat meer over Paul vertellen?’ Marianne aarzelt even, maar begint dan te praten, haperend in het begin, maar dan rollen de woorden uit haar mond.

Paul was een teer kind geweest. Als jongen was hij al bijna twee keer onder haar handen gestorven, een keer door roodvonk en de tweede keer toen hij zwaar verkouden raakte en een longontsteking opliep.

'De arts dacht eerst dat Paul tuberculose had, maar dat was gelukkig niet het geval.'

Nachtenlang had Marianne bij zijn bed gewaakt totdat hij langzaam herstelde.

'Hij bleef ons enige kind. Zijn geboorte was zo zwaar dat ik daarna geen kinderen meer kon krijgen.' Beschaamd slaat Marianne haar ogen neer. In voorname milieus liggen onderwerpen zoals zwangerschap en geboorte gevoelig tussen beide geslachten, zeker als het leeftijdsverschil zo groot is als tussen Marianne en Franz.

Uit het zwakke kind ontwikkelde zich tot vreugde van de ouders een stevige jongeman. 'Het was alsof het lot ons wilde verzoenen na Pauls moeilijke kinderjaren. Hij zou later het bedrijf van zijn vader overnemen. Mijn man had samen met zijn broer een ijzerwarenfabriek.' Ze zwijgt even.

'We genoten enkele zorgeloze jaren van ons geluk maar toen werd mijn man, hij heette ook Paul, op weg naar huis door een paard-en-wagen overreden. De koetsier was dronken en had hem niet gezien.' Marianne staart voor zich uit.

'We hadden een gelukkig huwelijk, François, en ik was er kapot van. Na de dood van mijn echtgenoot was Paul mijn steun en toeverlaat. Hij werkte al in de fabriek, die nu alleen door mijn zwager werd geleid, en bereidde zich voor op een leidinggevende functie. Maar toen kwam dat verduvelde "Ems-telegram".' Marianne proest het woord minachtend uit.

De rest van het verhaal is snel verteld en voor Franz, met zijn eigen ervaring op de slagvelden van Wissembourg en Froeschweiler-Woerth, levendig voor te stellen.

'In de Slag bij Sedan raakte een kartets het paard van Paul en verbrijzelde zijn been. Het paard was niet meteen dood maar sleepte zich met mijn zoon in het struikgewas, waar het stierf. Paul kon zich op eigen kracht van het kadaver bevrijden en zelf zijn been afbinden, maar de gevechten woedden verder en verplaatsten zich zo ver van hem weg dat hij pas na twee dagen op die afgelegen plek gevonden werd. Op dat moment had hij al hoge koorts en zijn been zag zwart van het gangreen. Ze hebben hem meteen geopereerd, maar het was te laat. Een paar dagen later is hij in mijn armen gestorven, kort nadat ik was aangekomen. Zijn trouwe stalknecht had me al bericht dat Paul vermist was.'

Mariannes schouders schokken. Ze drukt de zakdoek tegen haar mond, wendt haar gezicht af en huilt in stilte. Franz wrijft weer hulpeloos over haar hand. Hij wil haar graag in zijn armen nemen, maar daarvoor moet hij opstaan.

Uiteindelijk drogen haar tranen op. Marianne blijft nog even roerloos zitten, maar kijkt dan op. Haar gezwollen ogen contrasteren met haar moedige glimlach.

'Het spijt me zo, Marianne.' Dit grijpt hem diep aan. 'En ik ben u nog dankbaarder dan ik al was voor het feit dat u me ter nagedachtenis van Paul in huis hebt genomen.'

'Dan vraag ik maar één ding van u terug, François.' Marianne kijkt hem recht in de ogen.

Franz schrikt. In hemelsnaam, denkt hij, ze hoopt toch niet dat ik haar zoon vervang?

Maar Mariannes verzoek is van een heel andere orde. 'Word weer beter, François! Beloof het me! Word weer gezond, in de plaats van Paul. Ook al moet u een been missen. En leef dan uw leven als een normale jongeman.'

Nu springen ook Franz de tranen in de ogen en hij krijgt een brok in zijn keel. Hij kan geen woord uitbrengen en knikt zwijgend.

Marianne knijpt nu in zijn hand. 'En dan haal ik nu papier, pen en inkt. U wilt vast een brief naar huis schrijven. Ik help u daar graag bij.'

Franz schraapt zijn keel. Nog steeds is hij zo emotioneel dat hij nauwelijks iets kan uitbrengen. 'Dat is niet nodig, Marianne, als u voor iets stevigs kan zorgen als onderlegger. Maar het is alsof u mijn gedachten kunt lezen. Dank u wel.'

Huize Gerban bij Altenstadt

28 september 1870, 's avonds

Wilhelm draait zich niet om als de deur van de bibliotheek opengaat. Na het avondeten heeft hij zich daar teruggetrokken. Mathilde is op bezoek bij haar oom en tante en blijft daar overnachten. Pauline had zich voor het avondeten laten verontschuldigen. Toch weet Wilhelm instinctief dat zij de kamer binnenkomt. Het zou hem zeer hebben verbaasd als ze hem vanavond niet wilde spreken.

Voor hij zich omdraait schenkt hij zich demonstratief een glas cognac in. 'Nee maar, mijn dierbare echtgenote.' Hij walst de drank in het glas. 'Ik dacht dat je weer onpasselijk was. Waaraan heb ik de eer te danken?'

De blik in Paulines donkere ogen kalmeert en verontrust hem tegelijkertijd. Haar pupillen zijn klein, wat duidt op een stevige dosis laudanum, maar ze flikkeren tegelijkertijd van woede.

Hij besluit haar meteen de wind uit de zeilen te nemen. 'Je wilt zeker met me praten over je indrukken bij je bezoek aan mijn kantoor?'

Even flitst er een zweem van verbazing over haar gezicht, maar dan zet ze een sarcastische glimlach op die hij niet van haar kent.

'Akkoord, waarde echtgenoot. Dan laten we de inleidingen vooraf achterwege. Mij best. Mijn god, wat ben jij een zielige schoft!'

Wilhelm besluit de belediging voorlopig te negeren. Hij knikt even in de richting van de leren stoel waarachter de tafel met drankflessen staat en gaat in de fauteuil ertegenover zitten. Hij neemt een slok cognac maar springt dan meteen weer overeind. 'O, excuses voor mijn botte gedrag. Kan ik je ook iets inschenken?'

Pauline schudt ontstemd het hoofd en gaat in de stoel zitten. Toch loopt Gerban naar de serveerwagen en schenkt twee vingers cognac voor haar in. Omdat de wagen achter haar staat ziet ze niet dat hij er nog de helft van het flesje laudanum dat hij vanmiddag in de apotheek heeft gekocht bij schenkt.

'Voor het geval je je bedenkt,' zegt hij zelfgenoegzaam als hij het glas op het tafeltje bij haar stoel zet. 'Nu, liefste, wat heb je me te vertellen? Als het je lukt dat zonder verdere beledigingen te doen, dan zou ik dat zeer waarderen.'

Pauline schuift wat naar voren op de stoel, recht haar rug en legt beheerst haar handen in haar schoot.

'Ottilie had dus al die tijd gelijk,' begint ze onomwonden. Tot haar tevredenheid verduistert zijn blik onmiddellijk.

'Ik heb dat loeder...' Zijn stem stokt en hij probeert zich te beheersen. 'Ik heb Ottilie indertijd veel geld betaald om haar te doen zwijgen, zowel na de geboorte als na Sophia's dood. Maar ik begrijp uit je woorden dat ze nu toch geklétst heeft.' Tandenknarsend denkt hij aan zijn gehate schoonzuster die hem al twee keer heeft gechanteerd. Een derde keer zal dat haar niet lukken, gromt hij inwendig.

Pauline glimlacht weer spottend. 'O, nee, mijn liefste. Ottilie heeft zich aan haar afspraak gehouden, in elk geval zoals zij het heeft begrepen. Ze heeft niet rechtstreeks gezegd dat jij de man was die Sophia zwanger heeft gemaakt. Ze beperkte zich tot voortdurende schimpscheuten dat jij een notoire schuinsmarcheerder bent. Daar gaf ze niet alleen jouzelf, maar ook mij de schuld van. Ik kon de behoeften van een levenslustige man niet bevredigen, herhaalde ze keer op keer.'

Ze tuit minachtend haar lippen. 'Dat ik je behoeften misschien helemaal niet wílde bevredigen, kwam blijkbaar nooit bij haar op.'

Wilhelm beseft nu pas dat niet Ottilie maar hijzélf het geheim van de zwangerschap van Sophia heeft onthuld. Hij voelt zijn hoofd gloeien en neemt nog een slok cognac.

'Tot op heden dacht ik dat je slechts de bordelen in Wissembourg en omgeving onveilig had gemaakt, dat je een paar beklagenswaardige dienstmeisjes zwanger had gemaakt om ze vervolgens zonder een cent op straat te zetten. Soms heb ik hen achteraf nog wat geld laten bezorgen als iemand wist waar ze te vinden waren. Helaas is dat alles wat ik in bijna dertig jaar huwelijk heb ondernomen, ook toen we niet meer onder één dak in Altenstadt woonden en het schimpen van Ottilie was opgehouden.' Paulines minachting geldt voor haar man, maar even goed voor zichzelf.

'En nu weet je beter?' Wilhelm kan niet meteen een ander antwoord bedenken.

Tot zijn verrassing pakt Pauline haar glas en neemt er een piepklein slokje van.

Zou het echt zo gemakkelijk gaan? vraagt Gerban zich af. Voorlopig maakt ze gewoon een grimas en zet ze het glas terug op de tafel.

Dan schudt ze het hoofd. 'Nee, Wilhelm. Als ik heel eerlijk tegen mezelf ben, heb ik altijd gevoeld dat jij verantwoordelijk was voor het lot van Sophia en uiteindelijk ook voor haar zelfmoord. Ik wilde het alleen niet geloven en heb de gedachte gewoon verdrongen.' Haar stem klinkt bitter. 'En nu betaal ik de prijs voor mijn lafheid.'

Wilhelm zwijgt en laat Pauline praten. Misschien drinkt ze vrijwillig nog meer van de vergiftigde cognac.

'Toch waren de signalen glashelder. Het was je tante Erna, die verwarde oude kraai, die met Sophia "op reis" ging, zoals jullie schijnheiligen het noemden. Dat zou ze nooit doen voor de bastaard van een willekeurige vader. God heeft haar later zwaar gestraft voor deze onbarmhartigheid en daar ben ik nog altijd blij om.'

Wilhelm fronst zijn voorhoofd. Zijn tante had net als Ottilie een flinke som geld gekregen voor haar inspanningen, maar was kort na de zelfmoord van Sophia jammerlijk en met veel pijn aan kanker gestorven.

'Je oordeelt hard, Pauline,' kan hij niet nalaten te zeggen. 'Mijn tante heeft een zware dood gekend die geen enkele christen verdient.'

'Niet zwaarder dan de dood van Sophia,' werpt Pauline hem tegen. 'Jij en Ottilie hebben haar dood op jullie geweten! Ottilie met haar voortdurende kwezelachtige minachting voor haar "gevallen zuster" en jij die schaamteloos hebt geprofiteerd van het gedweep van een jong meisje.'

'Aha!' Er verschijnt een klein lachje om zijn mond. 'Dat is je dan toch niet ontgaan. Vanaf het moment dat Sophia aan me werd voorgesteld flirtte ze met mij.'

'Ze was toen zestien, man! Drie jaar jonger dan je dochter Mathilde nu is. Je was een imposante man en kon vrouwen met je charme verblinden. Dat weet ik maar al te goed. En toch heb ik je nooit tot zo'n wandaad in staat geacht. Ik wilde niet geloven dat ik met zo'n monster was getrouwd.'

Wilhelm verliest zijn geduld. 'Waar wil je eigenlijk naartoe? Jij was destijds eindelijk – na tien jaar huwelijk – zwanger van onze enige zoon en erfgenaam, en klaagde voortdurend over misselijkheid. En zoals je al zei heeft een man nu eenmaal behoeften. Sophia maakte het me maar al te gemakkelijk daaraan toe te geven. Maar het gebeurde maar één keer. We hadden beiden wat gedronken en lieten ons gaan. Het was gewoon domme pech dat ze meteen zwanger werd.'

'Gewoon domme pech?' bijt Pauline hem toe. 'Jij had daar verder niets mee te maken, bedoel je?'

Met tegenzin gaat Wilhelm in de verdediging. 'Ik had er meteen spijt van, als je dat wilt weten. En ik zou haar nooit meer hebben aangeraakt, vooral omdat Sophia er niet...' Zijn stem stokt.

Maar Pauline heeft het begrepen en maakt zijn zin af. '... omdat Sophia er niets aan vond. Wilde je dat zeggen? Tja, dat verbaasde je natuurlijk! Je vond jezelf toch altijd zo'n geweldige verleider! Wel, uit ervaring weet ik wel beter. Als vrouw ben ik bij jou nooit aan mijn trekken gekomen.'

'Waar praat je zo schaamteloos over?' In het nauw gedreven gaat Wilhelm in de tegenaanval. Plotseling ziet hij Sophia's ontzette gezicht zo duidelijk voor zich alsof de hele onfortuinlijke zaak pas gisteren was gebeurd. Ze had zich zelfs verzet toen hij te opdringerig werd. Maar toen was het al te laat om op te houden... 'Een respectabele vrouw praat niet over zulke zaken.'

Lag de schuld uiteindelijk niet volledig bij Sophia zelf? Dat lichtzinnige wicht had ermee ingestemd hem voor het slapengaan nog even gezelschap te houden toen de rest van de familie al lang naar bed was. Hoe kon hij nu weten dat ze helemaal niet van plan was zich aan hem te geven?

'En respectabele mannen doen de dingen niet die jij op je kerfstok hebt, Wilhelm,' antwoordt Pauline snedig. Ze neemt nog een slok cognac. 'Maar nu zul je boeten voor je wandaden. Daar zal ik voor zorgen!'

'Wat ben je van plan?' De ader in zijn slaap begint te kloppen. Zo koelbloedig en vastberaden heeft hij zijn vrouw nog nooit meegemaakt. En dat ondanks het laudanum en de cognac.

'Ik ga bij je weg, Wilhelm. Dat is het eerste wat ik doe. Morgen trek ik met Irene in een hotel. Dan zal ik je dwingen je vaderschap toe te geven en het arme ding dat je tot op heden tot dienstmeisje hebt gedegradeerd als je dochter te erkennen. We nemen Irene en ook haar kind in ons testament op. En als Franz uit de oorlog terugkeert, neemt hij de wijnhandel over. Ik draag alle rechten uit ons huwelijkscontract die jij hebt verspeeld aan hem over. Zelfs met één been kan hij je perfect vervangen.'

Wilhelm staart Pauline vol ongeloof aan. 'Dus jij wilt deze dubbele schande publiek maken? Het aan heel Wissembourg en omgeving verkondigen? En hoe weet jij überhaupt...?'

'Van Franz?' valt Pauline hem in de rede. 'Zijn brieven mag je dan achtergehouden hebben, maar Irene heeft me over zijn verwonding verteld en ook dat hij zal genezen.'

'Jouw plan richt ons allemaal te gronde, Pauline. Franz zal onze zaken onmogelijk met succes voort kunnen zetten.'

Pauline kijkt hem boos aan. 'Integendeel, liefste. Dat lukt hem wel. Natuurlijk zullen we alles zo discreet mogelijk en binnen de familie afhandelen. Ik zal niet langer tafel en bed met je delen, maar niet van je scheiden. Zo vermijden we het grootste schandaal en zal niemand van je overspel weten. Dat Irene je dochter is, blijft ons familiegeheim omdat ik niet wil dat de naam en reputatie van Sophia zoveel jaren na haar dood wordt bezoedeld. Ottilie mag hier niets van weten want ze zal ongetwijfeld proberen daar haar voordeel mee te doen.'

Wilhelm is sprakeloos. Pauline lijkt grondig over alles te hebben nagedacht. Maar zonder tot de kern van de zaak door te dringen.

'Je vergeet de zwangerschap en het feit dat Franz en Irene halfbroer en halfzus zijn. Wat denk je daaraan te doen?'

Pauline ademt diep in en neemt een nu stevige slok cognac. 'Ook daarvoor bestaat een oplossing, waarde echtgenoot. Het is veel eenvoudiger dan je denkt.'

Met toenemende ontzetting luistert Wilhelm naar Pauline. In eerste instantie zit hij als versteend in zijn stoel.

Als ze op het punt staat de kamer te verlaten, weliswaar nog volledig helder, maar een beetje wankel ter been door de alcohol en het laudanum, vliegt hij overeind en pakt hij haar van achteren vast. Met een hand op haar mond gedrukt sleept hij haar terug naar de tafel. Daar buigt hij haar hoofd achterover, knijpt haar neus dicht en pakt het glas cognac met het laudanum.

'Niemann! Niemann, kom snel!' De stem van Wilhelm Gerban galmt door de hal en is zelfs bij de bedienden in het souterrain duidelijk te horen.

Een paar minuten later komt de eerste huisknecht de trap op gerend, op de hielen gevolgd door mevrouw Burger, de kokkin en het nieuwe dienstmeisje dat net in dienst is getreden.

'Mijn echtgenote is plotseling onwel geworden en heeft een harde val gemaakt voor ik haar kon opvangen. Mevrouw Burger, haal vlugzout! En u, Niemann, verwittig Riemer. Hij moet meteen dokter Frey halen!'

Degenen die aangesproken zijn haasten zich de kamer uit, mevrouw Burger duidelijk met tegenzin. Mevrouw Kramm, de kokkin, en het dienstmeisje draaien Pauline voorzichtig op haar rug en leggen een kussen onder haar hoofd.

'Ze moet op haar gezicht gevallen zijn,' fluistert het nieuwe meisje. 'Kijk, de huid om haar mond en neus is helemaal rood en begint al op te zwellen.'

Terwijl de vrouwen zich om Pauline bekommeren loopt Wilhelm als een tijger in een kooi heen en weer door de bibliotheek. Unaniem verklaren de dienstbodes later dat hij heel bezorgd was om zijn vrouw.

Het duurt meer dan een uur voordat dokter Frey er is. Het is intussen al na tienen. Pauline is nog steeds bewusteloos en beweegt nauwelijks. Alleen dankzij het beslagen spiegeltje dat mevrouw Burger steeds weer voor haar mond en neus houdt, weten de aanwezigen dat ze nog ademt.

Frey neemt de situatie in zich op en knielt naast de bewusteloze vrouw neer. Hij trekt haar oogleden omhoog, voelt haar pols en ruikt aan haar zwakke adem.

'Ze ruikt naar drank,' zegt hij bars tegen Wilhelm. Hij wijst naar de lege cognacglazen. 'Vertel me nu niet, heer Gerban, dat u uw vrouw toestond naast haar overmatige laudanumgebruik ook nog alcohol te drinken!'

'Het was maar één glas oude Franse cognac,' verdedigt Gerban zich. 'Hoe kon ik nu weten dat ze plotseling ineen zou zakken! Ze heeft zelfs haar avondjapon bevuild.'

De arts dient hem snuivend van repliek. 'Iedereen weet dat opiaten en alcohol elkaars werking versterken. Uw vrouw verkeert in levensgevaar en moet onmiddellijk naar het ziekenhuis.'

'Naar welk ziekenhuis?' Gerban gedraagt zich opvallend hulpeloos.

'Voor vannacht voorlopig naar dat van Wissembourg.' Dokter Frey werpt zijdelings een blik op de bedienden aan wie duidelijk te zien is dat ze verlegen zijn met de situatie. Hij knikt in de richting van het groepje dat doodstil bij de deur staat. 'Waarde heer Gerban, zou u niet...?'

Wilhelm doet alsof hij de arts niet heeft gehoord. 'En waar wilt u haar dan heen brengen? Kan ze morgen niet terug naar huis komen? We kunnen haar hier de beste zorg bieden.'

Nog eenmaal kijkt dokter Frey over zijn schouder, maar Gerban maakt geen aanstalten de bedienden weg te sturen. Frey tuit verwonderd zijn mond en antwoordt dan zonder acht te slaan op de aanwezigen. 'Nee, waarde heer Gerban, dat raad ik niet aan. We hebben deze situatie al eerder besproken al hoopte ik dat het niet nodig zou zijn. Ik adviseer uw echtgenote na de eerste hulp over te laten brengen naar de kliniek in Klingenmünster.'

De bedienden schrikken hoorbaar. Niemann schraapt zijn keel, de beide oudere vrouwen slaken ontzet een kreet en het dienstmeisje slaat haar handen voor de mond.

'Wilt u mijn vrouw in het gekkenhuis stoppen?' Gerban kiest bewust voor dit woord en zorgt dat zijn stem moedeloos klinkt.

Frey knikt grimmig. 'Daar werken uitstekende artsen die gespecialiseerd zijn in de behandeling van een opiumverslaving. Dat heb ik u al verteld. Als u wilt dat uw echtgenote weer gezond wordt, beveel ik die kliniek krachtig aan.'

Wilhelm veinst nog een laatste poging tot verzet. 'En hier in Wissembourg kan men dat niet behandelen?'

'Niet adequaat, heer Gerban. Ze kunnen uw vrouw verzorgen tot ze weer bijkomt, maar men kan haar niet van haar verslaving afhelpen. Dat kan alleen in een gespecialiseerde instelling.'

'En daar zal Pauline zeker weer beter worden? Hoelang moet ze daar dan blijven?'

Frey beantwoordt alleen de laatste vraag. 'U moet rekenen op minstens een halfjaar! Eerder een heel jaar!' Hij negeert de ontstelde kreten van de bedienden. 'Als ze hier blijft en als dit gewoon zo verdergaat, dan zal ze binnen de kortste keren onder uw handen sterven. Wilt u dat op uw geweten hebben?'

Gerban buigt het hoofd en hoopt vurig dat niemand aan hem kan zien dat hij vervuld raakt van een triomfantelijk gevoel.

'Doe wat u nodig acht,' zucht hij gelaten. 'U bent de expert, dokter Frey.'

Huize Gerban bij Altenstadt

1 oktober 1870

'Mevrouw Burger, ik wil u dringend spreken. Ik verwacht u binnen een halfuur in de bibliotheek.'

Tot zijn tevredenheid ziet Wilhelm Gerban dat de huisdame bleek wordt en angstig begint te kijken.

Als ze op de afgesproken tijd aanklopt, heeft Gerban het zich gemakkelijk gemaakt in de imposante leren fauteuil. De huisdame die met haar handen in elkaar geklemd binnenkomt, biedt hij een eenvoudig krukje aan.

'Ik heb een trieste mededeling voor u.' Gerban bouwt bewust een pauze in een steekt een sigaar op. Hij blaast de rook recht in het gezicht van mevrouw Burger.

'Ik was gisteren in Klingenmünster en heb de directeur van de kliniek gesproken. Het blijkt dat mijn dierbare echtgenote het maar net heeft overleefd en voor onafzienbare tijd in de instelling zal moeten verblijven.'

'Het spijt me vreselijk om dat te horen,' antwoordt mevrouw Burger zacht. Ze kucht even, maar blaast de rook niet uit haar gezicht weg.

'Nu vraag ik me af, mevrouw Burger, of ik u de volledige verantwoordelijkheid voor het huishouden, en in de eerste plaats de goede zorg voor mijn dochter, kan toevertrouwen.'

Gerban trekt nog eens aan zijn sigaar en ziet dat er rode vlekken verschijnen op het gezicht van de huisdame die duidelijk naar een antwoord zoekt.

Gerban is haar voor. 'Ik weet natuurlijk, mevrouw Burger, dat u helemaal alleen op de wereld bent en volledig afhankelijk bent van wat u in deze gunstige betrekking verdient. Anderzijds...' Hij neemt nog een trek van zijn sigaar. 'Anderzijds twijfel ik in het licht van de recente gebeurtenissen toch aan uw geschiktheid voor deze verantwoordelijke functie.'

Nu zwijgt Gerban zo lang dat mevrouw Burger gedwongen is te antwoorden.

'Mag ik in alle bescheidenheid vragen wat de twijfels bij mijnheer heeft veroorzaakt?'

'Wel,' Gerban rekt het woord, 'eerst en vooral zijn er de bedenkingen van mijn geliefde dochter Mathilde over uw persoon. U bent er bijvoorbeeld niet in geslaagd snel vervanging te vinden voor het personeel dat is weggevallen. Dat veroorzaakt haar veel ongemak.'

Mevrouw Burger wil reageren, maar zwijgt als ze de priemende blik van Gerban ziet.

'Daarnaast zou u dat brutale dienstmeisje in bescherming hebben genomen. In plaats van haar te berispen voor haar oneerbiedigheid, hebt u haar overdreven de hand boven het hoofd gehouden en mijn dochter zelfs actief verhinderd haar terecht te wijzen.'

Het gezicht van de huisdame laat tegenstrijdige emoties zien. Gerban leest haar gedachten als een open boek. Hij ziet verontwaardiging – uw dochter wilde de diefstal in de schoenen van Irene schuiven! – maar ook onverholen angst – wat moet er van me worden als ik mijn betrekking verlies en misschien zelfs geen goede referentie krijg!

Gerban besluit geen tijd meer te verliezen en het af te maken. 'Maar wat voor mij het zwaarste weegt is dat u de waanvoorstellingen van mijn vrouw geen halt hebt toegeroepen en zelfs in de hand hebt gewerkt.'

Hij geniet van de volledige verwarring die zijn woorden bij mevrouw Burger teweegbrengen.

'Wat bedoelt... wat bedoelt mijnheer daarmee?' stamelt ze uiteindelijk vertwijfeld.

'De hooggeleerde medicus die de instelling in Klingenmünster leidt,' – Gerban gebruikt weloverwogen het woord 'instelling' in plaats van het onschuldigere 'kliniek' – 'heeft me uitgelegd dat zwaar laudanummisbruik tot waanvoorstellingen kan leiden. Zo beschuldigde mijn echtgenote mij er in ons laatste gesprek van dat ik het dienstmeisje Irene op mijn kantoor in Wissembourg gevangen zou houden. Kunt u zich iets ongerijmders voorstellen?'

De rode vlekken in het gezicht van de huisdame worden donkerder. Het duurt een tijd voor ze zwijgend het hoofd schudt.

Gerban ademt nadrukkelijk luid uit. 'Gelukkig maar, mevrouw Burger! Hebt u mijn vrouw dan drie dagen geleden alleen maar naar Wissembourg vergezeld omdat u zich al zorgen maakte over haar mentale toestand?'

Weer verstrijken er een paar seconden voor mevrouw Burger antwoordt. 'Inderdaad, mijnheer,' perst ze eruit.

'Maar u bent zelf niet in het kantoor geweest?' Mevrouw Burger schudt het hoofd.

'Wat heeft mijn echtgenote u op de terugweg over haar bezoek verteld?'

'Helemaal niets, waarde heer Gerban. Echt helemaal niets.' Ditmaal komt mevrouw Burger zelf met het antwoord. 'Ze was overstuur, maar heeft me niets verteld. Helemaal niets, ik zweer het u!'

Gerban staat op, loopt naar het raam en staart naar buiten, alsof hij moet nadenken over wat hem te doen staat. In de kleine barokke spiegel naast het raam kan hij de staande klok achter zich in de gaten houden. Hij wacht een volle vijf minuten voordat hij zich weer omdraait naar mevrouw Burger.

Tevreden ziet hij aan haar rode ogen dat ze geluidloos heeft gehuild. In haar handen klemt ze haar zakdoek.

Gerban kijkt haar strak aan, maar gaat niet zitten. 'Dan wil ik u een laatste kans geven uzelf te bewijzen, mevrouw Burger. Er zijn echter wel voorwaarden aan verbonden.'

Hij wacht tot de huisdame de juiste vraag stelt. 'Welke voorwaarden, mijnheer?'

'Ik verwacht een absoluut vlekkeloos beheer van dit grote en veeleisende huishouden. Zolang u geen vervanging voor het dienstmeisje hebt gevonden zult u zelf een handje moeten toesteken zodat het mijn dochter niet aan het normale comfort ontbreekt.'

Mevrouw Burger knikt.

'Daar mijn echtgenote niet meer beschikbaar is en mijn dochter te jong, vertrouw ik u bovendien de volledige administratie van de fondsen voor het huishouden toe. Aan het einde van elke maand geeft u me een overzicht van elke cent die u hebt uitgegeven.'

Mevrouw Burger knikt opnieuw.

'In de eerste plaats zult u echter het volledige stilzwijgen bewaren over gebeurtenissen rond de verdwijning van het dienstmeisje Irene en de waanideeën van mijn echtgenote. Irene heeft ons huis op 1 september verlaten zonder afscheid te nemen. Dat is het antwoord dat u zult geven als iemand daaromtrent vragen stelt – ook en in het bijzonder mijn zoon Franz, als hij naar huis komt. Het feit dat hij een ongelukkige liefdesrelatie met deze dienstbode had zult u niemand binnen of buiten dit huishouden vertellen. Kan ik daarop vertrouwen?'

'Dat kunt u,' fluistert mevrouw Burger.

'Luider! Ik heb u niet verstaan!'

'Mijnheer kan hier volledig op vertrouwen!' De stem van mevrouw Burger trilt nu ze hem op krachtige toon antwoordt.

Gerban haalt ostentatief een eigenhandig geschreven document uit zijn zak. 'Dit is het ontwerp van de getuigenis die ik vanochtend heb opgesteld, mevrouw Burger.' Bevend neemt ze het document in ontvangst. 'Lees zorgvuldig wat ik heb geschreven. Daarna mag u het bewaren of vernietigen, dat laat ik aan u over.'

Hij drukt zijn sigaar uit in een asbak, maakt zich groot en kijkt neer op de arme zondares op het krukje.

'Maar wees gewaarschuwd, mevrouw Burger! Bij de minste afwijking van onze afspraken zorg ik ervoor dat u in geen enkel voornaam huishouden nog emplooi vindt. En aangezien u te oud bent voor de fabriek zult u van de bijstand moeten leven. Onthoud dat goed! Ook en vooral als mijn zoon Franz weer thuis is!'

26

Het wijnhandelshuis in Wissembourg

4 oktober 1870

Irene ligt apathisch op het bed in de voormalige slaapkamer van Franz als ze iemand de voordeur achter zich hoort dichtslaan. Even later klinken er voetstappen op de trap en na een kort klopje komt Wilhelm Gerban binnen.

'Goedemorgen, Irene!' Ze haat die overdreven vriendelijke toon waarop hij haar 's ochtends begroet. Zonder iets te zeggen draait ze ostentatief haar gezicht naar de muur.

'Ik heb wat nieuwe boeken voor je meegebracht! Van onze grote Duitse dichters Johann Wolfgang von Goethe en Friedrich Schiller. *Wilhelm Tell* van Schiller gaat over een Zwitserse vrijheidsstrijder in de middeleeuwen. En *Het lijden van de jonge Werther* over een ongelukkige liefdesrelatie met tragische afloop.' Dat dat laatste niet getuigt van veel tact, ontgaat Gerban ten enenmale.

Irene reageert niet en haar vader fronst zijn voorhoofd.

'Beneden wordt de ontbijttafel voor je gedekt. Ik heb gezorgd voor een gezelschapsdame om de twee volgende weken wat sneller te doen verlopen. Zij is verantwoordelijk voor jouw lichamelijk welzijn.'

Tot zijn tevredenheid lijkt Irene nu toch te luisteren. Ze gaat zitten, haalt haar handen door haar verwarde haren en grijpt naar de ochtendjas op het krukje naast haar bed.

'Een gezelschapsdame? Wie is het?'

'Was je, kleed je aan zoals het hoort op dit tijdstip en kom dan naar beneden. Dan zie je zelf wel wie het is.'

Terwijl Irene haar ochtendtoilet maakt voelt ze zich voor het eerst sinds het afscheid van Pauline nu bijna een week geleden weer wat optimistischer. Waarop ze hoopt is haar zelf niet duidelijk.

Nadat Pauline haar met de belofte dat alles goed zou komen had achtergelaten, had Irene de volgende dag met toenemende wanhoop op haar terugkeer gewacht. Noch Pauline noch Gerban had zich laten zien. Die avond vreesde Irene het ergste, zonder te weten wat dat zou kunnen zijn.

Twee dagen later werd alles duidelijk toen Wilhelm Gerban in plaats van zijn vrouw bij Irene opdook. Kort en bondig liet hij haar weten dat de laudanumverslaving Pauline op de avond van haar bezoek aan het kantoor had geveld en dat ze de nacht bewusteloos in het ziekenhuis van Wissembourg had doorgebracht. De dag daarna was ze nog steeds ernstig versuft overgebracht naar het krankzinnigengesticht van Klingenmünster waar ze voorlopig zou moeten blijven.

'Het mag duidelijk zijn dat je van die kant geen hulp meer hoeft te verwachten. Ik weet dat mijn vrouw je hier eergisteren heeft bezocht. Heeft ze je iets van Franz verteld?'

Ze voelde zijn priemende blik. Een ijzige angst nam bezit van haar. 'Wat... wat is er met Franz? Gaat hij achteruit?'

Tot haar verbazing leek haar reactie Gerban tevreden te stellen

'Gelukkig niet. Ik heb gisteren nog een brief ontvangen. Met Franz gaat het naar omstandigheden goed. Hij herstelt van de amputatie.' Ondanks dit opbeurende nieuws had Irene het gevoel dat Gerban loog. 'Het zal echter nog maanden duren voor hij kan reizen, zeker omdat de oorlog nog niet afgelopen is.'

'En wat had Pauline mij over Franz moeten vertellen?'

Gerban ontweek een antwoord. 'Dat weet ik niet, kind. Ze had de laatste tijd veel geheimen voor mij. Laudanumverslaafden lijden vaak aan waanvoorstellingen, moet je weten. Dat heeft de directeur van de kliniek me uitgelegd.'

Irene voelde zich volledig leeg. Ze had geen tranen meer, nu de hoop dat het onverwachts toch nog allemaal goed zou komen was vervlogen.

'Houden we het dan bij onze plannen?' had Gerban tot slot gevraagd. 'Je weet dat je vrij bent om te gaan en te staan waar je wilt, zij het zonder ook maar een rode cent als je besluit dat met dat misbaksel in je buik te doen.'

Walgend van zijn manier van praten, deinsde Irene voor hem terug. 'We houden het daarbij,' had ze gefluisterd.

Nu loopt ze ondanks haar sombere stemming nieuwsgierig de trap af. Uit de antichambre van het kantoor waar ze sinds haar vrijlating uit de kelder de maaltijden gebruikt komt de geur van verse koffie haar tegemoet.

En stemmen!

Op de laatste trede houdt Irene haar pas in. Deze vrouw kent ze maar al te goed. Het is het dienstmeisje Gerda!

Het wijnhandelshuis in Wissembourg

18 oktober 1870

'Hou de moed erin, Irene! Nog een paar dagen en dan is alles voorbij!'

Irene luistert naar Gerda met een mengeling van angst en ongeduld. Enerzijds is ze het zat om in dit huis te zitten en verlangt ze naar het einde van haar gevangenschap, anderzijds is ze doodsbang voor de ingreep die haar wacht.

Gerda kletst verder. 'Dat je het nog kunt verdragen. Als ik jou was en dag in, dag uit tussen deze vier muren moest zitten, was ik allang knettergek geworden.'

Irene antwoordt niet. Wat kan ze hier nu op zeggen?

'In elk geval vind ik het wel gul van de oude Gerban dat hij de abortus betaalt en je er nog geld bovenop geeft ook. Om van mijn bootreis maar niet te spreken! Ik heb nog nooit gehoord dat een rijke heer zo diep in de buidel tast voor de misstap van zijn zoon met een bediende!'

Irene antwoordt nog altijd niet, maar staart in haar kop.

Gerda beseft haar faux pas en begint snel over iets anders. 'Wil je ook niet zoals ik naar Amerika? Veel mensen die bij hun aankomst geen cent op zak hadden, hebben daar al een vermogen verdiend. Met wat die ouwe je wil geven zou je start daar kinderspel zijn!'

'Nee, ik blijf liever hier.'

Gerda haalt haar schouders op. 'Wat je wilt! Met die duizend gulden kun je hier ook een mooi leven opbouwen.'

Wat Irene eerst nooit voor mogelijk had gehouden, was werkelijkheid geworden in de weken die de jonge vrouwen in de handelszaak in Wissembourg samen hadden doorgebracht. Gerda en zij gingen vriendschappelijk met elkaar om, temeer omdat Gerda moeite deed om Irene goed te verzorgen en op te vrolijken.

Na een tijdje begonnen de vrouwen zelfs vertrouwelijkheden uit te wisselen. Gerda vertelde Irene openhartig dat Gerban haar had beloofd de overtocht naar New York te betalen als beloning voor haar goede zorgen tot aan de abortus. Daarmee zou haar droom om te emigreren in vervulling gaan. Het spreekt voor zich dat Gerban zo natuurlijk ook haar discretie afkoopt. Tenslotte had Gerda in Schweighofen, waar ze tijdelijk was ingezet, van het plotselinge vertrek van Irene gehoord. Irene van haar kant had onthuld waarom ze al wekenlang in het geheim in het kantoor van Wissembourg zat. Ze vertelde over het grote bedrag dat Gerban had beloofd als ze uit Franz' leven zou verdwijnen. Dat Gerban haar vader en Franz dus haar broer is, hield ze natuurlijk voor zich.

Gerda van haar kant verzweeg dat Gerban de overtocht alleen zou betalen als ze erin slaagde Irene tot en met de abortus in Wissembourg te houden. Zo waardeerde Irene het dat Gerda moeite voor haar deed zonder het achterliggende motief te kennen. Eenzaam en depressief interpreteerde ze de vriendelijkheid van Gerda als een uiting van medeleven met haar benarde situatie en dat ontroerde haar.

De afgelopen dagen waren niet meer zo tergend langzaam voorbij gekropen als de voorafgaande weken van haar gevangenschap. De jonge vrouwen speelden kaart en bordspelletjes om de tijd te doden. Irene las Gerda soms voor uit de boeken die Gerban voor haar meebracht. Op het kleine fornuis dat voordien alleen gebruikt werd om koffie te zetten, bereidden de vrouwen elke dag een lekkere maaltijd. Gerda die het huis gewoon kon verlaten, haalde de ingrediënten op de nabijgelegen markt.

Vandaag heeft Gerda verrassend nieuws. 'Morgenavond brengen we je naar de praktijk van de arts die de ingreep zal uitvoeren. De arts wil je van tevoren nog grondig onderzoeken. De ingreep zelf vindt overmorgen plaats.'

Het huis van madame Serge in Saint-Quentin

18 oktober 1870

Vrolijk kijkt Marianne naar de brief die huisknecht Gérard haar samen met de rest van de ochtendpost heeft overhandigd.

'Eindelijk! Eindelijk zit de langverwachte brief van de familie van François erbij! Wat zal hij blij zijn!'

Ook Gérard straalt. Het hele huishouden is de afgelopen weken bijzonder gesteld geraakt op Franz.

'We moeten hem de brief meteen geven. Is dokter Berger nog bij hem?'

Gérard knikt instemmend en op dat moment horen ze dat de arts die Franz ook in het ziekenhuis heeft behandeld de trap afkomt.

'Laat hem even naar de salon komen,' zegt Marianne tegen haar huisknecht. Even later komt de arts de kamer binnen met zijn hoed al in de hand.

'Ik heb helaas geen tijd om langer te blijven.' Met een elegante buiging pakt hij de rechterhand van Marianne en drukt er een kus op. 'Ze hebben me dringend nodig in het ziekenhuis. Er komt vandaag een nieuwe lading gewonden aan.'

‘Ik wil u niet lang ophouden, dokter Berger. Vertel me alleen hoe het met Franz gaat en of ik de prothese kan bestellen.’

‘De wond geneest goed,’ bevestigt de arts haar eigen indruk. ‘Binnenkort zal hij de stomp zonder al te veel pijn kunnen belasten. En naar ik heb gehoord staat uw protegé voor alle maaltijden op en ligt hij nog maar een paar uur per dag op bed. Dat is in principe goed nieuws, maar u moet wel oppassen dat François niet valt met zijn krukken, zeker als hij de trap afgaat.’

‘Gérard staat altijd aan zijn zijde,’ verzekert Marianne de arts. ‘Al…’ Ze glimlacht ondeugend. ‘Al laat François zich niet graag helpen bij het lopen.’

De arts fronst de wenkbrauwen. ‘Vergeet niet, madame Serge, dat François zuinig met zijn krachten moet omgaan. Het is nauwelijks een maand geleden dat hij op sterven na dood was.’

‘Hij zal voldoende rusten, dokter Berger, daar zal ik op toezien. Anderzijds begrijp ik zijn wil om snel weer gezond te worden, dat heeft hij me namelijk beloofd toen hij hier introk.’ Haar stem trilt een beetje. ‘Beloofd in nagedachtenis aan mijn overleden Paul.’

Twee uur later maakt Marianne zich almaar meer zorgen. Rond elf uur had ze hem de brief gegeven die hij enthousiast had aangenomen. Het had uiteindelijk een eeuwigheid geduurd voor het schrijven was bezorgd. Omdat de oorlog nog steeds niet is afgelopen is het postverkeer zwaar verstoord. Veel brieven gaan sowieso verloren.

Toch was het Marianne niet ontgaan dat zijn glimlach bevroor toen hij het handschrift op de envelop bekeek.

‘Wat is er, François? Klopt er iets niet?’

‘Ik weet het niet, Marianne. Dit is niet het handschrift van mijn moeder noch van mijn verloofde. Mijn vader heeft me geschreven.’

Een kwartier geleden heeft de bel voor het middageten geluid, maar Franz heeft zich nog niet vertoond. Berthe heeft de soep alweer mee naar de keuken genomen om op te warmen.

Marianne Serge overweegt even om Gérard naar boven te sturen, maar besluit dan zelf bij Franz te gaan kijken. Het hart klopt in haar keel als ze de trap oploopt. Er hangt onheil in de lucht, dat voelt ze.

Franz antwoordt niet op haar kloppen en niet op haar stem. Uiteindelijk opent ze voorzichtig de deur in de veronderstelling dat hij ligt te slapen en schrikt enorm.

Franz ligt roerloos op het bed met in zijn rechterhand de verfrommelde brief. Wezenloos staart hij naar het plafond.

Huis van madame Serge in Saint-Quentin

18 oktober 1870, twee uur eerder

Mijn lieve zoon Franz!

Ik ben opgelucht en blij dat je ook de tweede zware operatie in verband met het letsel dat je hebt opgelopen in de oorlog, goed hebt doorstaan en bovendien een gastvrij onderkomen hebt gevonden waar je de beste zorgen krijgt.

Madame Marianne Serge, die bij jouw brief zelf nog een brief had bijgesloten om zich voor te stellen, maakt een zeer goede indruk op mij. Ik ben haar zeer dankbaar dat je bij haar kunt verblijven totdat je weer in staat bent te reizen. Op deze manier heeft het feit dat je Frans staatsburger bent toch nog iets goeds gebracht. Een Duitser had ze wellicht niet hetzelfde medeleven betoond.

Zelf ben ik helaas niet in staat je af te halen en naar huis te brengen. De reis in oorlogstijd door vijandelijk gebied is nog veel te gevaarlijk, maar hier in de Elzas, die nu onder Duits bestuur staat, is het gelukkig rustig.

Je oom Gregor en ik hebben onze handen eraan vol om de kansen voor een herstart van onze wijnhandel te benutten.

Helaas zijn er ook onaangename aangelegenheden die me hier vasthouden. Zelfs als ik je moeder had toegestaan jou persoonlijk naar huis te brengen, iets waar ze ondanks de gevaren zeker op zou hebben aangedrongen (ik zou het in geen geval toestaan), kan ook zij je op dit mo-

ment niet helpen en ik vrees dat dat voorlopig ook zo zal blijven.

Zoals je weet neemt ze al jaren laudanum om haar zwakke zenuwen te kalmeren. Daar dit een middel is dat vrij te verkrijgen is in de apotheek, was ik me er niet van bewust dat het opium bevat, dezelfde gevaarlijke grondstof die deerniswekkende, uitgemergelde zielen in donkere spelonken roken of kauwen tot de dood hen van deze duivelse verslaving bevrijdt.

Dokter Frey, onze huisarts, heeft me uit de droom geholpen. Sinds het begin van de oorlog is je moeder verschillende keren ingestort omdat ze te veel van het medicijn nam. De constante bezorgdheid om jou heeft daar in grote mate aan bijgedragen.

Hoe het ook zij, een paar weken geleden heeft zo'n episode tot een levensbedreigende toestand geleid die me geen andere keus liet dan haar naar de kliniek in Klingenmünster te laten verwijzen. Mensen zeggen natuurlijk dat het geen sanatorium is, maar gewoon een krankzinnigengesticht, vooral omdat het ook zo heet: Krankzinnigengesticht van het district Klingenmünster. Maar er is ook een afdeling voor patienten uit gegoede kringen. Ik heb intussen zelf gezien dat ze daar uitstekend wordt begeleid, maar de directeur van de instelling noch de hoofdarts geeft me veel hoop op een spoedig herstel.

Intussen is je moeder het gevaarlijke middel ontwend, maar bij veel van dit soort patiënten betekent dat nog niet dat ze genezen zijn. Bij zo'n zware verslaving verandert vaak het karakter van de patiënten als ze het zonder dit middel moeten stellen. Dat is tot mijn grote spijt ook het geval bij jouw moeder. Ze leeft in een permanente schemertoestand, is nauwelijks aanspreekbaar en herkende me bij mijn laatste bezoek zelfs niet. Je zuster Mathilde kan ik daarom niet meenemen naar Klingenmünster. Ze is hier met haar gevoelige aard niet tegen opgewassen.

Zo zie je maar, lieve zoon, dat we hier thuis ook onze zorgen hebben. Ik voeg bij mijn brief ook jouw schrijven aan ons dienstmeisje Irene bij. Al een paar weken geleden heeft ze ons huis verlaten zonder aan te geven waar ze heen ging. Ik vermoed dat ze na de Slag bij Sedan niet meer op je wilde wachten omdat ze bang was dat je zou sneuvelen of verminkt zou raken. In elk geval heeft ze ooit tegen de andere bedienden gezegd dat een gezonde vrouw natuurlijk nooit een oorlogsinvalide als man zou willen hebben. Wellicht heeft ze haar geluk dus elders gezocht.

Daar hoef je je echter verder geen zorgen over te maken. Mathilde en ik zijn trouwens altijd al van mening geweest dat dat meisje jouw goedmoedigheid alleen maar schaamteloos heeft willen gebruiken om ervoor te zorgen dat haar bedje is gespreid. Wees dus maar blij dat je haar nooit meer zult zien.

Ik hoop dat je herstel goed blijft verlopen en dat je snel naar Altenstadt kunt terugkeren. Groeten aan je gedistingeerde gastvrouw ook namens je zuster Mathilde en het voltallige personeel van Altenstadt.

Je vader, Wilhelm Gerban

Praktijk van dokter Étienne in Wissembourg

18 oktober 1870, 's avonds

'Was het heel erg?' Gerda slaat troostend een arm om Irenes schouders.

Die wil echter niet praten over het vernederende onderzoek dat ze zojuist heeft ondergaan en knikt alleen maar.

'Die verpleegster lijkt me een echte feeks, erger nog dan die oude Burger!' Samenzweerderig knipoogt ze naar Irene die tegen haar zin toch moet glimlachen.

'Bah! Die stoel is echt afschuwelijk.' Gerda gluurt vanuit de kleedkamer in de onderzoeksruimte terwijl Irene haar onderrok aantrekt. 'En daar moest je liggen, helemaal... zonder ondergoed?'

Irene stoort zich aan de sensatiezucht van Gerda, maar laat dat niet merken. Ze is al lang blij dat ze niet moederziel alleen is in deze situatie en besluit daarom ditmaal toch te antwoorden.

'Nee. Poedelnaakt lig je daar niet. Je moet wel je onderbroek uittrekken, maar de verpleegster geeft je een soort schortje dat je schaamstreek bedekt voordat de arts binnenkomt. Hij onderzoekt je dan daarbeneden zonder dat weg te halen.'

'En, was het heel onaangenaam? Wat doet die arts dan precies?' Haar nieuwsgierigheid is duidelijk nog niet bevredigd.

Irene antwoordt, maar gaat niet in op de laatste vraag van Gerda. 'Het is onaangenaam en doet zelfs een beetje pijn, maar de verpleegster staat erbij en zorgt dat alles gaat zoals het hoort.'

Gerda begrijpt de hint. 'Dan ben ik blij dat je dit achter de rug hebt. Kom, ik help je met je jurk en op kantoor maak ik straks een lekkere kop thee. Of warme melk met honing als je dat liever hebt.'

Huis van madame Serge in Saint-Quentin

18 oktober 1870

'François, u moet toch echt iets tot u nemen. Sinds u die noodlottige brief hebt gekregen, hebt u nauwelijks iets gegeten.'

Marianne wijst bezorgd naar het zo goed als onaangeroerde blad met het avondeten. Al drie dagen heeft Franz zijn kamer alleen verlaten om naar het toilet te gaan. Hij houdt zich afzijdig van het sociale leven in het huis waar hij voordien vrolijk aan deelnam en blijft ook weg van de gezamenlijke maaltijden met Marianne en af en toe gasten.

Ook vanavond heeft hij alleen wat op een stuk brood gekauwd. Hij had de fut niet om de knapperige sneden met boter te bestrijken en te beleggen met de ham en kaas die het dienstmeisje Berthe uitnodigend op een schoteltje had geschikt.

'Ik heb gewoon geen honger, Marianne. Mijn maag zit dicht. Zodra ik een hap neem, word ik misselijk.'

'En dus wilt u langzaam verhongeren?' vraagt Marianne scherp en trekt dan de troefkaart die ze tot opluchting van Franz nog niet had bovengehaald. 'U hebt me bij uw aankomst beloofd er alles aan te doen om weer gezond te worden ter nagedachtenis aan mijn zoon die niemand meer kon helpen.'

Even speelt het geweten van Franz op, maar hij volhardt in zijn koppigheid. Waarom laat ze me niet gewoon met rust? Ik ben een nutteloze kreupele waar zelfs een dienstmeisje niet op wil wachten. Hij proeft de bittere gal in zijn keel. Hij blijft zich maar afvragen of hij zich in Irene heeft vergist. Anderzijds is het natuurlijk de vraag of zijn vader wel te vertrouwen is. Heeft hij wat Irene betreft de waarheid wel verteld? Maar als hij zich 's avonds uitkleedt en de beenstomp met het vuurrode litteken bekijkt, walgt hij van zichzelf. Hoe kan een jonge gezonde vrouw nu van een kreupele houden?

In plaats van antwoord te geven, belegt hij met houterige bewegingen een snede brood met grote stukken boter en ham, neemt een grote hap en slikt alles vrijwel meteen door.

Bent u nu tevreden? Franz spreekt de woorden niet uit, maar Marianne ziet het stille verwijt in zijn ogen.

'Zo kan het niet verder, François. Wilt u me echt niet vertellen wat er in de brief stond waardoor je alle levenslust en optimisme bent verloren?'

Franz wil haar verzoek al afwijzen als hij de smekende uitdrukking op haar gezicht ziet.

'Mijn moeder is heel ziek,' mompelt hij toonloos.

Marianne pakt zijn hand en knijpt erin. 'Dat is het enige wat ik weet, François. Maar ik hoorde ook dat ze niet zal sterven. Wilt u dan niet beter worden voor uw moeder? Ze zal zo blij zijn u terug te zien…'

Tot haar ontzetting schudt Franz langzaam het hoofd. 'Als ik de brief van mijn vader mag geloven, zou ze me niet eens herkennen.'

Marianne weet niet wat ze moet zeggen. Dan vermant ze zich. 'Uw moeder is dus niet lichamelijk maar mentaal ziek?'

Franz glimlacht grimmig. 'Zo zou je het kunnen noemen, Marianne. Mijn moeder is verslaafd aan opium. Sinds ik het me kan herinneren neemt ze geregeld laudanum. Nu heeft ze te veel genomen en is ze in een gesticht beland.'

Marianne is geschokt. 'Waarom in hemelsnaam?'

'Mijn vader schreef dat ze steeds meer van die verduvelde druppels innam en geeft mij de schuld dat ik net als uw zoon vrijwillig naar de oorlog ben getrokken; mijn moeder probeerde zo haar angst te bedwingen.'

Marianne snuift verontwaardigd. 'Hoe kan iemand zoiets onzinnigs beweren!'

Franz haalt somber zijn schouders op. 'Hij heeft wellicht gelijk. Mijn moeder wilde niet dat ik ging, net zomin als u wilde dat Paul zijn leven op het spel zou zetten.'

Marianne beseft dat deze discussie op een dood spoor dreigt te eindigen en snijdt een ander punt aan. 'Maar wat doet uw moeder dan in een instelling voor geesteszieken?'

'Omdat men daar gespecialiseerd is in ontwenningskuren voor verslaafden. Bovendien beweert mijn vader dat veel gebruikers na de ontwenning hun verstand verliezen en dat dat helaas ook het geval is bij mijn moeder. Maar hij is een vreselijke hypocriet. Iedereen in de familie weet al jaren dat die laudanumverslaving van mijn moeder niet goed zou aflopen en nu doet mijn vader alsof hij niet wist dat laudanum van het verdovende opium wordt gemaakt. Elk kind weet dat tegenwoordig. Ik heb de bedienden er zelfs over horen fluisteren als ze niet wisten dat ik hen kon horen.'

Marianne laat de woorden van Franz even op zich inwerken. Volgens haar klopt er iets niet en dan beseft ze wat dat is.

'Maar als uw moeder, van wie u zoveel houdt zoals u me keer op keer hebt verteld, nu hulpeloos in een inrichting voor geesteszieken is opgesloten, moet u juist zo snel mogelijk beter worden om haar te helpen. Zeker als de angst om u inderdaad heeft bijgedragen aan haar toestand.'

Diepe gelatenheid overvalt Franz opeens. 'En als ze mij ook niet meer herkent?'

'Dat kunt u pas weten als u voor haar staat,' antwoordt Marianne laconiek.

Franz reageert niet. In een impuls stelt Marianne hem nog een vraag: 'Of stond er nog meer slecht nieuws in deze verdom... in deze brief?'

Franz' diepbedroefde uitdrukking zegt genoeg.

'Wilt u er met mij over praten?'

Franz schudt het hoofd. 'Het spijt me, Marianne. Daar kan ik niet over praten.' De gedachte aan Irene verstikt hem bijna letterlijk. Hij ademt diep in.

'Maar ons gesprek doet me beseffen dat ik een al even onverantwoorde patiënt als zoon ben. Vanaf nu schuif ik weer bij de maaltijden aan, dat beloof ik u. En vergeef me voor mijn gedrag van de afgelopen dagen. Ik zal mijn leven beteren.'

Marianne glimlacht wel, maar is niet overtuigd. Deze zaak is nog niet afgelopen.

Praktijk van dokter Étienne in Wissembourg

21 oktober 1870

'Kleed u uit, deze keer helemaal. En trek daarna dit schortje aan! Binnen tien minuten komt de arts!'

Zuster Henriette, de assistente van dokter Étienne, verbergt niet wat ze van Irene denkt. Ze wordt misschien flink betaald voor haar hulp bij de verboden activiteiten van haar baas, maar ze is de vleesgeworden minachting en heeft moeite beleefd te blijven.

Zonder haar patiënte een blik waardig te gunnen loopt ze de kamer uit. Met klamme handen knoopt Irene haar bovenstukje open en maakt ze het haakje van haar rok los. Als ze al in haar onderjurk staat, moet ze opeens naar het toilet.

Ze denkt na. Het toilet is aan het einde van de gang. Ik kan beter nu gaan in plaats van straks een gênant ongelukje te hebben, denkt ze.

Snel trekt ze haar rok en blouse weer aan en loopt op haar kousenvoeten de gang op, bang dat zuster Henriette haar zal zien en zal gaan schelden. Op de weg terug door de donkere, maar door een gaslamp verlichte gang ziet ze dat de deur naar de wachtkamer op een kier staat. Ze komt in de verleiding nog snel even met Gerda te praten. Haar nieuwe vriendin heeft beloofd daar op haar te wachten en haar naderhand weer naar het kantoor te brengen. Dan hoort Irene de stem van Wilhelm Gerban.

'U hebt u goed van uw taak gekweten, Gerda. Irene heeft zich in elk geval beter gedragen dan in de voorafgaande weken. Ze heeft blijkbaar niet meer aan ontsnappen gedacht. Hier hebt u uw welverdiende beloning. De stoomboot naar New York vertrekt op 30 oktober uit Hamburg, maar ik wil dat u vanavond al met de nachttrein uit Wissembourg vertrekt.'

'O?' Gerda lijkt verrast. 'Maar ik moet mijn spullen nog pakken...'

'Natuurlijk,' stelt Gerban haar gerust. 'Voor de deur staat een huurrijtuig op u te wachten en dat zal u achteraf ook naar het station brengen.'

'Maar waar moet ik die laatste dagen dan wonen? Hamburg is vast een dure stad,' moppert Gerda.

'Ik geef u twintig gulden extra. Daarmee kunt u in het beste hotel uw intrek nemen.'

Gerda giechelt. Irene die naast de deur als aan de grond genageld staat, hoort munten rinkelen. 'U tast wel flink in de buidel, mijnheer Gerban. Maar denkt u nu echt dat hij na zijn terugkeer met dit wicht zou zijn getrouwd? Een eenvoudig dienstmeisje? En bovendien niet bijster snugger?'

Het is alsof iemand een vlijmscherp mes in haar borst steekt. Irene drukt beide handen tegen haar mond om een kreun te onderdrukken. Dat valse kreng heeft me dus de hele tijd bedrogen, beseft ze.

'Dat gaat u niets aan,' antwoordt haar vader grof tegen Gerda, al laat die zich niet zo gemakkelijk intimideren.

'Maakt u zich niet druk, mijnheer Gerban! Ik mag toch mijn mening wel geven? Tenslotte heb ik twee weken lang de scharrel van uw zoon stroop om de mond gesmeerd, en neem maar van me aan dat dat niet altijd gemakkelijk was.'

'Dat neem ik helemaal niet van u aan. Liegen zit u in het bloed en is zowat uw tweede natuur,' antwoordt Gerban droog. 'Pak uw mantel en hoed en maak dat u wegkomt.'

'U uw zin. Ik ben al weg!' Luidruchtig schuift er een stoel over de parketvloer.

Zo snel ze kan haast Irene zich op haar tenen weg en glipt ze weg achter de deur van de behandelkamer. Het hart bonst in haar keel en ze moet kokhalzen.

In de gang hoort ze Gerban roepen. 'Dokter Étienne! Zuster Henriette! Wanneer begint u eraan? Waar wachten we nog op?'

'Rustig. Rustig maar, mijnheer Gerban.' De stem van dokter Étienne klinkt zalvend. 'Het loopt niet weg! Laat de zuster en mij nog in alle rust een kleinigheid eten! Uiteindelijk hebben wij al een lange dag achter de rug!'

Irene kan het antwoord van Gerban niet verstaan, maar ze herkent zijn typische snuiven, het geluid dat hij altijd maakt als hij zich ergert. Even later hoort ze hem op de gang met Gerda smoezen. 'Kom mee! Ik breng u naar het rijtuig. Straks mist u uw trein nog.' Beiden verlaten de praktijk.

Machteloos laat Irene zich op de stoel zakken waar ze haar kleren op moet leggen. Ze trilt over haar hele lichaam en de gedachten razen door haar hoofd. Hij wil me koste wat het kost bij Franz weghouden en alle middelen zijn geoorloofd. En hij wil het kind dood hebben. Omdat het een cretin wordt? Of is hij gewoon bang voor het schandaal? Wat heeft Pauline dat ze tegen hem kan gebruiken? Ze schrok zich een ongeluk toen ze over de abortus hoorde en wilde blijkbaar niet dat ik het doe! Waarom niet? Zou Franz erachter kunnen komen? Maar hij is mijn halfbroer. We kunnen niet trouwen. Daarover bestaat geen twijfel. Zou hij willen dat ik dat kind laat weghalen? En als het nu eens geen mismaakt kind is? Nooit, ik zal het nooit zien. Hoe zou het eruitzien? Zou het op mij of op hem lijken? En waarom dacht Pauline dat alles goed zou komen? Was ze toen al niet goed bij haar hoofd?

Instinctief legt ze haar handen op haar nu toch licht bollende buik. En dan voelt ze het opeens. Het lijkt een zacht golfje. Een lichte streling. Een bijna onwaarneembaar trappen!

Het kind! Het beweegt in mijn lichaam!

Tot nu toe heeft niemand Irene uitgelegd hoe een zwangerschap verloopt. Ze heeft ook nooit een zwangere vrouw gekend of gesproken, maar toch weet ze precies wat ze voelt.

Ze kijkt de kamer rond en haar blik valt op de sierlijke wandklok. Tien voor negen. Buiten is het donker en koud.

Toch bedenkt ze zich geen twee keer. Met één hand pakt ze haar schoenen bij de veters, met de andere hand haar handtas waarin ze wat geld bewaart. Gelukkig heeft ze haar tas niet in de wachtkamer laten staan.

Voorzichtig duwt ze de deur open. Op de gang is niemand te zien. In de spreekkamer van dokter Étienne hoort ze gekletter van vaatwerk.

Naast het toilet bevindt zich de deur naar de personeelstrap. Haar vader en Gerda hebben juist de normale ingang gebruikt. Snel loopt Irene weer op haar kousen over de koude tegelvloer en duwt de deur van de diensttrap open.

Even staat Irene doodstil en durft ze nauwelijks adem te halen. Dan stort ze zich als een furie de smalle wenteltrap af en loopt de pikzwarte nacht in.

DEEL 6

Zwanenzang

27

Minna's huis in Schweigen

22 oktober 1870, vroeg in de ochtend

'Irene! Wat doe jij hier? Wat is er in hemelsnaam gebeurd? Hoe ben je hier geraakt?'

Minna, die op dit vroege uur nog in haar ochtendjas rondloopt, kijkt alsof ze een geest heeft gezien.

'Mag ik binnenkomen?'

Minna zet ontsteld een stap naar achteren. 'Maar natuurlijk! Meid, je rilt over je hele lijf!'

Binnen leidt ze Irene naar haar gezellige keuken waar ze de haard al heeft aangestoken om het ontbijt klaar te maken. Ze zet Irene recht voor de oplaaiende vlammen en slaat een dikke wollen deken om haar heen. Vervolgens zet ze water op en laat Irene pas spreken als ze een dampende kop geurige koffie in haar handen heeft.

Ondanks alle ellende glimlacht Irene naar haar vriendin. 'Jij bent er eentje uit duizenden, Minna. Elke andere vrouw die ik ken zou me eerst hebben uitgevraagd. Maar jij laat me eerst rustig opwarmen en koffiedrinken.'

Minna kijkt Irene bezorgd aan. 'Dat kan wel zo zijn, jongedame. Maar zoals het eruitziet heb ik hier weinig keus. Eerst maar eens zorgen dat je geen longontsteking oploopt. Hemel, wat is dit?'

Minna merkt de schoenen van Irene op. De zolen hebben op de lange weg van Wissembourg naar Schweigen over afgelegen veldwegen losgelaten. 'Je voeten bloeden!'

Opnieuw overwint ze haar nieuwsgierigheid, giet heet water in een metalen teil en pakt voorzichtig Irenes gehavende voeten.

'Je kousen zijn helemaal kapot, die zijn niet meer te herstellen. Mag ik ze losknippen?'

Irene knikt stil. Ze klemt haar handen rond de kop terwijl Minna voor haar knielt en haar voeten in het warme water met zeep schoonmaakt.

Minna neemt uiteindelijk het initiatief. 'Vertel op. Wat is er gebeurd? Iedereen dacht dat je weken geleden uit Wissembourg was vertrokken, al geloofde ik eerlijk gezegd niet dat je er met stille trom, zonder afscheid te nemen van je vrienden, vandoor was gegaan.'

Irene ademt diep in. Langzaam ontwaakt ze uit haar verstarring, maar als ze eenmaal begint, komen de woorden als een waterval.

Minna luistert stil en stelt af en toe een vraag. Beiden merken niet dat Otto, de man van Minna, de keuken is binnengekomen en zwijgend meeluistert. Vluchtig merkt Irene dat hij de jongens die ook voor het ontbijt naar beneden waren gekomen terug naar hun kamer stuurt.

Uiteindelijk is Irene in haar verhaal aanbeland bij haar vlucht de avond voordien. Ze zwijgt even om een slok te nemen van de inmiddels koude koffie. Alleen het belangrijkste punt, dat Gerban haar vader en Franz dus haar broer is, heeft ze nog niet verteld en dat wil ze ook niet doen in het bijzijn van Minna's echtgenoot.

Minna staat op van het lage krukje waar ze tot nu toe op had gezeten om de voeten van Irene te verzorgen. Ze rekt zich uit en wrijft over haar pijnlijke rug. Haar blik valt op het gezicht van Otto die behoorlijk ontdaan lijkt.

'Liefste, wil je alsjeblieft even een handdoek voor Irene uit de linnenkast pakken? Het water in de teil is inmiddels helemaal koud.'

Otto begrijpt dat Minna even alleen wil zijn met Irene. Hij knikt en kijkt snel naar de keukenklok.

'O jee. Acht uur al. Ik haal de handdoek en dan breng ik de jongens naar school. Onderweg kopen we wel iets te eten bij de bakker.'

'Hemel!' Irene voelt zich schuldig. 'Nu heb ik de kinderen hun ontbijt ontzegd!'

Minna wimpelt dat weg. 'Daar moet je je geen zorgen om maken. Mijn Otto zal goed voor ze zorgen, maar jij moet ook wat eten.'

Als Otto en zijn zonen weg zijn, gaat ze met haar rug naar haar vriendin toe aan de slag bij het fornuis. Irene, die met een verse kop koffie aan de grote glanzende keukentafel zit, kent haar vriendin goed genoeg om te weten dat Minna ziedend is. Ze maakt vinnige bewegingen en klettert luider dan normaal met borden en bestek, maar zegt geen woord voordat ze Irene gebakken eieren met ham en een dik met boter besmeerde boterham heeft voorgezet. Zichzelf schenkt ze alleen nog een kop koffie in.

'Eet!' beveelt ze ongewoon nors en legt haar tot vuisten gebalde handen op tafel.

'Die schoft heeft je dus ontvoerd en wekenlang in zijn kantoor in Wissembourg opgesloten om je tot een abortus te dwingen. Zeg maar niets. Eet eerst!'

Irene knikt met volle mond. Ondanks haar ellende heeft ze razende honger.

'En de laatste weken heeft hij die troela van een Gerda ingehuurd om je te bewaken? Die nu op weg naar Hamburg is om van haar judasloon een kaartje te kopen voor de oversteek naar de Nieuwe Wereld?'

Irene knikt opnieuw.

'En dus niet kan getuigen!' gromt Minna, die een heel plan lijkt te bekokstoven. 'En zit de moeder van Franz echt in Klingenmünster? Mag ze daar bezoek ontvangen?'

Irene haalt moedeloos de schouders op. 'Ik denk het niet, Minna. Het is geen openbaar ziekenhuis. En zelfs als bezoek is toegestaan, zal Gerban wel voorzorgen hebben getroffen om te voorkomen dat er vreemden bij Pauline komen.'

Minna slaat met haar vuist in haar vlakke hand. Opeens oogt haar gezicht zachter. 'Maar je voelt de baby nog? Hij heeft toch geen schade opgelopen tijdens je nachtelijke vlucht?'

Irene legt haar handen op haar buik. 'Ik hoop van niet… Al heeft het veel van me gevergd.'

Eerst had ze zich meer dan een uur lang achter een struik in een park bij de praktijk verborgen – ze rilt als ze eraan terugdenkt. In de verte had ze Gerban naar haar horen roepen totdat dokter Étienne hem kennelijk vroeg geen aandacht te trekken. In het licht van een straatlantaarn had ze de arts vertwijfeld zien gesticuleren totdat haar vader hem uiteindelijk naar binnen was gevolgd.

Ze had nog een halfuur gewacht voordat ze de tocht naar Schweigen aanving. Ze vermeed de doorgaande route en liep via veldweggetjes. Een deel van het traject zelfs over de modderige velden.

Zonder mantel en hoed, die ze in de wachtkamer van de praktijk had moeten achterlaten, had ze het al in het park steenkoud gekregen. Tijdens het snelle lopen had ze het weliswaar wat warmer gekregen, maar algauw begonnen haar schoenen, die niet voor zulke inspannende wandeltochten gemaakt waren, uit elkaar te vallen. Haar voeten veranderden zozeer in ijsklompen dat Irene ze nog nauwelijks voelde. Daarnaast had ze ook honger en dorst omdat ze met het oog op de ingreep de hele dag niets te eten had gekregen.

Ze was uitgeput en alles deed pijn, al verdoofde dat wel het hongergevoel. Haar dorst leste ze met water uit een beekje, al kon ze niet zien of het water schoon was.

Op haar laatste krachten bereikte ze rond halfvijf 's morgens Minna's huis, maar ze wachtte nog een uur in een hoekje naast de deur voor ze achter het raam het licht zag aangaan en wist dat Minna was opgestaan.

Nu voelt ze zich enigszins verkwikt door de gastvrijheid van Minna, maar valt ze bijna om van vermoeidheid, al zou ze slapen nog even moeten uitstellen. Aan het gezicht van Minna ziet ze dat haar vriendin ergens over piekert.

'Wat zit je dwars, Minna?' vraagt ze na een tijdje.

Minna ademt een paar keer diep in en fronst haar voorhoofd. 'Er zit niets anders op, Irene. We moeten vanochtend nog naar de politie om Gerban aan te geven. Hij heeft je wekenlang van je vrijheid beroofd en daar zijn getuigen van. Gerda, dat valse kreng, is allang weg, maar de politie moet die klerk kunnen opsporen die jou heeft gezien. Mevrouw Burger weet misschien ook iets als ze Pauline naar het kantoor heeft begeleid. Ook moeten we weten of Pauline écht niet in staat is ondervraagd te worden. O, en die ellendige arts die je zou aborteren,' Minna huivert van walging, 'die laten we ook meteen arresteren.'

Irene schrikt zich een ongeluk. Dat ziet Minna, maar ze interpreteert het verkeerd. 'Je hoeft niet meer bang voor hem te zijn. Hier ben je veilig, hij kan je niets meer doen.'

'Irene misschien niet, schat, maar ons wel.'

De vrouwen hebben niet gemerkt dat Otto terug is.

'Vergeet niet dat de wijngaard van Gerban in Schweighofen een van mijn grootste klanten is. Vorige week nog heeft Gregor Gerban tien nieuwe vaten bij onze kuiperij besteld.' Otto kijkt Minna schuldbewust aan. 'Waarvan moeten we leven als ik mijn opdrachten verlies? De familie Gerban is machtig genoeg om ons te ruïneren!'

Minna staat op en zet haar handen in haar heupen.

'Wat wil je daarmee zeggen, Otto? Dat we moeten zwichten voor die tiran en het hemeltergende onrecht dat hij Irene en zijn eigen kleinkind wil aandoen?' Strijdlustig kijkt ze haar man aan.

Irene staat ook op en strompelt op haar pijnlijke voeten naar Minna en legt haar hand op haar arm.

'Laat het gaan, lieverd. Je man heeft gelijk. Tegen mijn...' Haar stem stokt even. Bijna heeft ze zich in aanwezigheid van Otto versproken. 'We kunnen niets doen tegen ons voormalige meesters. Dat heeft totaal geen zin!'

'Geen zin?' snuift Minna. 'Dat wil ik nog wel eens zien!'

In haar vertwijfeling rest Irene niets anders dan de vlucht naar voren. 'Er is nog iets wat ik je niet heb verteld, Minna...' begint ze aarzelend met een zijdelingse blik op Otto, die de hint meteen begrijpt.

'Ik laat jullie alleen,' zegt hij. 'Ik had eigenlijk allang op het werk moeten zijn.'

Herberg Die Zwei Schwäne in Schweigen

22 oktober 1870, drie uur later

Volledig uitgeput probeert Irene al een tijd te slapen, maar de geluiden die uit de keuken en de gelagkamer tot in haar kamer doordringen en de gebeurtenissen van de laatste uren gunnen haar geen rust.

Het gezicht van Minna nadat Irene haar had verteld dat Franz haar halfbroer is en haar ongeboren kind dus een vrucht uit een bloedschennige relatie, zal ze nooit vergeten.

'En daarom kunnen we nooit trouwen, Minna. Ik moet hier zo snel mogelijk weg. Noch mijn vader noch Franz mag me vinden. En Franz mag geen woord horen van wat ik je vandaag heb verteld, dat moet je me plechtig beloven!'

Lijkbleek had Minna haar aangestaard. 'In hemelsnaam, arme meid! Wat heb jij allemaal niet meegemaakt... Dit is verschrikkelijker dan de allerergste nachtmerrie!'

Irene had haar laatste krachten verzameld. 'En dus mag het niet nog erger worden. Zodra Gerban van de schrik bekomen is gaat hij naar me op zoek. En dit is de eerste plek die hij zal aandoen. Hij weet dat we vriendinnen zijn. En dat er gisteravond na mijn ontsnapping geen treinen meer zijn vertrokken uit Wissembourg, weet hij ook.'

'Laat hem maar komen!' raasde Minna. 'Ik spuug hem recht in zijn gezicht!'

'En daarmee vergooi je je eigen geluk en dat van je familie,' antwoordde Irene bedroefd. 'Dat kan en mag ik niet laten gebeuren! Blijkbaar stort ik iedereen die me een warm hart toedraagt in het ongeluk. Denk maar aan Pauline en mijn arme moeder!'

'Zo mag je niet praten!' Minna's weerstand was nog niet gebroken, al klonk ze al minder vastberaden dan voorheen. Irene had het in de gaten en benadrukte daarom haar punt.

'Ik móét zo praten! Zelfs vandaag kan ik niet bij jullie blijven, Minna.

Het is goed mogelijk dat Gerban zijn spionnen al op pad heeft gestuurd om me te zoeken. Wie weet staat hij hier straks voor de deur!'

'En dan nog? Hier in mijn huis kan hij je niets aandoen!'

'Mij wellicht niet, lieve Minna. Maar jullie en vooral mijn dierbare Franz wel. Die jongen heeft in de oorlog al een been verloren en zal tot het einde van zijn leven kreupel zijn. Gerban heeft gedreigd hem de vreselijke waarheid te onthullen als ik niet volledig uit zijn leven verdwijn. En precies daarom moet ik dat ook doen! Ter wille van hem en mijn kind, dat Franz nooit zonder afschuw zal kunnen bekijken, zeker als het inderdaad met een afwijking wordt geboren.'

'Maar waar wil je dan heen?'

Daar had Irene al over nagedacht. 'Ik huur voor een nacht een kamer in de herberg hier in Schweigen. Omdat ik daar afgelopen zomer veel met Franz ben geweest, kennen ze mij van gezicht. Maar ze weten niet wie ik ben.' Haar stem was gaan trillen en ze had bedroefd haar hoofd geschud. Ze bewaarde zulke mooie herinneringen aan die zorgeloze momenten die ze samen in de lommerrijke tuin van de herberg hadden doorgebracht, terwijl het ook uitgerekend daar was dat ze hoorden dat de oorlog was uitgebroken die hen nu zonder afscheid voor altijd uit elkaar dreef.

Minna barstte ook in tranen uit en trok Irene stevig tegen zich aan.

'En daarna?' vroeg ze hulpeloos.

'Dan ga ik naar Landau. Dat is de grootste stad in de regio. Daar vindt Gerban me niet zomaar.'

'Maar waar moet je van leven?'

Die vraag had Irene al sinds haar ontsnapping beziggehouden. 'Ik heb een beetje spaargeld. Het is niet veel, maar als ik wat naaiwerk kan doen en zuinig ben, hou ik het wel uit tot aan de geboorte. Daarna zoek ik werk in een van de textielfabrieken.'

Minna dacht even ingespannen na en toen klaarde haar gezicht opeens op. Weer sloeg ze haar armen om Irene heen.

'Ik geef je kousen, extra ondergoed en een jas. Een hoed scharrel ik ook nog wel ergens op. Daarna breng ik je naar de herberg. Laat je schoenen maar hier, die breng ik naar de schoenmaker. Voor het kleine stukje naar de herberg kun je deze klompen wel aan. Maar vertrek niet zonder afscheid van ons te nemen. Otto kan je morgen naar het station in Bergzabern brengen. Ik overleef het niet als ik nóg eens niet behoorlijk afscheid van je kan nemen.'

Even later was Irene, met Minna's liefdevolle blik voor haar ogen, volledig afgemat in een diepe slaap gevallen.

Het huis van madame Serge in Saint-Quentin

10 november 1870

'Zo, jongeman? En hoe vlot het met de prothese?'

Marianne was dokter Berger tijdens de zondagsmis tegengekomen en had hem spontaan voor het middageten uitgenodigd aangezien zijn vrouw en kinderen op familiebezoek waren. Ze zitten in de elegante met notenhouten meubelen ingerichte eetkamer.

Berger kijkt Franz aandachtig aan. Mariannes blik is eerder onderzoekend. Franz ontwijkt hun ogen. 'Het doet nog steeds pijn als ik de stomp belast en daarom heb ik de afgelopen dagen niet zoveel geoefend.'

Marianne weet dat maar al te goed. Gérard, de huisknecht die Franz bij het oefenen helpt, heeft het haar verteld. Ze laat echter niet merken dat ze op de hoogte is.

Berger daarentegen houdt zich niet in. 'Niet zo kleinzerig, François, niet zo kleinzerig! Die prothese is de meest moderne die op de markt te vinden is en kan altijd aangepast en bijgesteld worden. Zal ik eens informeren bij onze specialist, monsieur Georges?'

'Dat is niet nodig, dokter.'

Dan wendt hij zich tot Marianne. 'Heeft mijn vader u het geld dat u ervoor hebt betaald al gestuurd?' Het is een heikel onderwerp: Marianne wil Franz de dure prothese cadeau doen, maar haar gast wil daar niet van weten en stond erop zijn vader te schrijven om hem te vragen

Marianne het bedrag van bijna vijfhonderd francs terug te betalen. Tot op heden heeft Wilhelm Gerban niet geantwoord en ook geen geld gestuurd.

'Maar François!' sust Marianne. 'U bent veel te ongeduldig. Het is oorlog. De activiteiten van de Franse banken liggen zo goed als stil, zeker in de door de Duitsers bezette Elzas. Daar is het voor een Fransman zeker niet gemakkelijk om zo'n bedrag los te krijgen, laat staan het over te maken.'

Franz heeft voor Marianne en voor alle anderen in Saint-Quentin verzwegen dat zijn vader Duitser is.

'Maar ik ga ervan uit dat uw vader een man van eer is. Vroeg of laat krijg ik het geld wel dat ik heb betaald.'

'Maar daar gaat het niet om,' komt dokter Berger tussenbeide. 'Geld of geen geld, u moet oefenen, François, elke dag oefenen! Het liefst een paar uur lang. Uw hele lichaam moet wennen aan die nieuwe manier van bewegen. De prothese is technisch het laatste snufje: het heeft een beweeglijk knie- en voetgewricht. Dit maakt het lastiger dan de conventionele stijve protheses, maar als u het eenmaal onder de knie hebt – wat ik niet grappig bedoel – kunt u er bijna net zo goed mee lopen als met uw eigen been.'

Dokter Berger is enthousiast en bezorgd tegelijk, maar Franz laat zijn woorden onbewogen langs zich heen gaan.

Hij staat nu elke dag op, beweegt zich door het huis en neemt aan alle maaltijden deel, maar hij is nog even bedrukt als voorheen. Hij voelt zich machteloos en terneergeslagen en kan de fut niet opbrengen voor de ingewikkelde en nog altijd pijnlijke oefeningen met zijn dure prothese.

Constant vraagt hij zich af waarom Irene uit Altenstadt is vertrokken zonder afscheid te nemen of een bericht voor hem achter te laten. Dat ze echt weg is heeft mevrouw Burger intussen bevestigd. Hij had de huisdame geschreven omdat het vreselijke – maar ergens ook geruststellende – vermoeden steeds sterker werd dat zijn vader Irene op straat had gezet en hem daarover voorloog.

Het antwoord van mevrouw Burger had hem echter weer de put in geduwd. Irene was echt uit vrije wil vertrokken. Heeft hij zich dan zo in zijn geliefde vergist? Naarmate de tijd verstrijkt sinds de eerste brief van zijn vader, zegt zijn gevoel hem steeds duidelijker dat dat niet kan.

Maar waarom is ze dan weg uit Altenstadt? vraagt hij zich steeds weer af. Hij kan haar gedrag op geen enkele manier verklaren. Over zijn toestand kon ze toen nog niets hebben geweten. Volgens de brief van mevrouw Burger had ze het huis immers al verlaten op de dag van de gevechten bij Bazeilles waarbij hij gewond is geraakt.

Maar als ze niet in de veronderstelling was dat ik gesneuveld was of zo erg gewond, waarom ging ze dan weg?

Daar kan dan toch maar één verklaring voor zijn, namelijk dat haar liefde niet zo sterk was om die onzekere tijd van het wachten te doorstaan. Was Irene dan echt zo zwak? Nee, zegt zijn gevoel hem ook hier.

Plotseling merkt Franz dat het stil is aan tafel. Schuldbewust kijkt hij op. Om de aandacht van zich af te leiden, snijdt hij het eerste onderwerp aan dat hem te binnen schiet.

'Hoe gaat het met de voorbereidingen voor het huwelijk van uw nicht, Marianne? U hebt me toch verteld dat ze in december wil trouwen?'

Tot zijn verbazing vertrekt het gezicht van Marianne. 'Dat wordt niets helaas,' antwoordt ze zachtjes. 'Ze hebben hun verloving gebroken.'

'Maar waarom in hemelsnaam?' vraagt dokter Berger. 'Als ik het me goed herinner waren ze verliefd als tortelduiven.'

Marianne knikt bedroefd. 'Dat was ook zo, dokter Berger. Wat trouwens zeer ongebruikelijk is bij een gearrangeerd huwelijk, maar ook hier heeft de oorlog alles veranderd.'

'Hoezo? Ik begrijp niet wat u bedoelt.'

'De jongeman raakte gewond in de Slag bij Saint-Privat-la-Montagne. Een verwonding aan de onderbuik, als u begrijpt wat ik bedoel...' Marianne bloost.

'Ah, omdat hij zodoende zijn echtelijke plichten niet meer kon vervullen?' De arts praat met de onbekommerde openhartigheid van een wetenschapper.

Marianne ziet vuurrood. Ze schudt het hoofd. 'Dat schijnt het niet te zijn, dokter Berger.'

'Wat dan wel? Toe, vertel het ons...'

Marianne schaamt zich vreselijk. 'Het is een zeer onappetijtelijk onderwerp voor aan tafel.'

'*Bon*, als hij niet impotent is, moet hij incontinent zijn,' besluit dokter Berger zonder de minste eerbied voor zijn gastvrouw. Hij laat zijn vork zakken. 'De plasbuis wordt bij dergelijke verwondingen vaak beschadigd. Daar bestaan anders wel hulpmiddelen voor, hoor. De man kan een luier dragen als hij zijn plas niet meer kan ophouden.'

Marianne staart strak naar haar bord. Franz volgt het gesprek met toenemende ontsteltenis.

'Maar toch, als je echt van elkaar houdt, verbreek je een verloving toch niet om zoiets?' Dokter Berger windt zich opnieuw op. Boos wijst hij naar Franz. 'Wat moet onze jonge François daar nu van denken? Hij zal zijn toekomstige vrouw elke dag met zijn stomp moeten confronteren. Maar wat geeft het? Die mannen hebben hun gezondheid voor het vaderland opgeofferd. Dan mogen we van die vrouwen toch wel verwachten dat ze hun kieskeurigheid overwinnen? Wat moet er anders van ons terechtkomen als elke jonge juffrouw onze gewonden afwijst? In plaats van een nieuwe generatie stoere zonen en dochters zouden we opgescheept zitten met een hoop hysterische oude vrijsters.'

Zijn tafelgenoten geven geen antwoord. Gegeneerd prikt Marianne wat in haar bord. Franz heeft het gevoel dat hij net een vuistslag in zijn maag heeft gekregen.

Ik ben kreupel. Mijn hele leven lang blijf ik een kreupele, bedenkt hij. Een afstotelijke mankepoot. Haalt je de koekoek dat Irene daarvoor past.

Het middagmaal eindigt in een ongemakkelijke stilte.

Landau

20 november 1870

'Juffrouw Weber! Hier is iemand die u wil spreken!' De schrille stem van haar ouwelijke hospita Magda Färber galmt door de gang.

Zoals altijd begint Irenes hart hevig te bonzen. Ze haalt snel haar vingers door haar haar en trekt haar rok recht. Tot op heden is het haar gelukt haar zwellende buik te verbergen voor de scherpe blikken van mevrouw Färber. Maar hoelang nog?

De hospita bekijkt Irene daadwerkelijk van kop tot teen als ze de krakende trap afdaalt. 'Me dunkt dat u bent aangekomen,' zegt ze genadeloos. 'Dat gebeurt niet vaak met dat beetje geld dat u voor die naaiklussen krijgt.'

Tot Irenes opluchting staat het dienstmeisje van een huis waar ze al een paar keer voor heeft gewerkt voor de deur. Nog altijd is ze bang onverwacht oog in oog te staan met haar vader.

'Ik breng u een mand verstelgoed,' zegt het dienstmeisje. 'Zijn de lakens klaar?'

'Natuurlijk,' zegt Irene. Ze had het omgezoomde linnen het liefst zelf naar het huis van haar opdrachtgever gebracht.

'Dan neem ik die al mee.'

Irene aarzelt even, maar raapt dan haar moed bij elkaar. 'Hebt u het loon daarvoor meegebracht? Ook dat van vorige week heb ik nog niet ontvangen.'

De dienstbode kijkt Irene geërgerd aan. 'Daar heeft mevrouw anders niets van gezegd.'

De moed zinkt Irene in de schoenen. Als ze het met haar gespaarde geld wil uithouden tot de bevalling moet ze wat bijverdienen. De onderzoekende blik van mevrouw Färber geeft de doorslag.

'Goed, dan ga ik met u mee om het loon op te halen.'

Het lachje op het gezicht van haar hospita laat Irene zien dat ze de juiste beslissing heeft genomen. Mevrouw Färber is constant bang bedrogen te worden met de huur. Natuurlijk leeft de oude vrouw zelf in armoedige omstandigheden en bezit ze niets anders dan dit bouwvallige huisje in de sombere Bachgasse – in de wirwar van oude straatjes in de binnenstad van Landau – waar ze drie van de vier kamers verhuurt.

Maar door die armoede is ze een harde, cynische vrouw geworden die volstrekt geen begrip kan opbrengen voor haar medemens. Irene mag haar helemaal niet. Het liefst zou ze een ander onderkomen zoeken, maar mevrouw Färber heeft haar drie maanden huur vooruit laten betalen voor de spaarzaam gemeubileerde kamer.

Terwijl ze naast het nors zwijgende dienstmeisje door de straten van Landau loopt, denkt Irene aan wat er sinds haar ontsnapping allemaal is gebeurd. De tranen schieten haar in de ogen als ze aan het ontroerende afscheid met Minna in Schweigen denkt, nu bijna vier weken geleden. Hoe moeilijk zou ik het zonder haar goede zorgen hebben gehad, bedenkt ze.

Bepakt als een muilezel had Minna voor de deur van haar kamer in de herberg gestaan. 'Ik heb een paar jurken voor je meegebracht, niets bijzonders, afdragertjes,' zei ze voor Irene kon protesteren. 'Probeer ze eens!'

In de koffer die Minna bij zich had zaten twee eenvoudige jurken voor overdag, een warm gebreid vest, ondergoed, kousen en een schort. Zoals verwacht waren de kleren een tikkeltje te wijd voor Irene.

'Maar dat maakt niets uit.' Minna had haar met een kritische blik bekeken. 'Je wordt toch dikker rond je taille naarmate je zwangerschap vordert. En de rest moet je maar innemen. Uiteindelijk kun je goed naaien. Kijk, in dit zakje heb ik wat naaispulletjes en garen gestopt.'

'Hoe kan ik je ooit terugbetalen, Minna? Heb je nu zelf nog wel iets om aan te trekken?'

Minna wuifde dat weg. 'Maak je daarover maar geen zorgen. En de mantel en hoed die ik je heb geleend mag je ook houden!'

De tranen waren Irene in de ogen geschoten. 'Maar dat zijn jouw zondagse kleren!'

Minna had haar schouders opgehaald. 'Ach wat! De jas zit te strak op mijn heupen en de hoed heb ik van Otto gekregen.' Ze glimlachte ondeugend. 'Ik heb dat ding nooit mooi gevonden.'

Alleen de vervanging van Irenes kapotte schoenen was een probleem. 'De schoenmaker vertelde dat ze helaas niet meer te repareren zijn,' zei Minna verdrietig. 'En we hebben geen tijd om nieuwe schoenen voor je te laten maken. Ik kan je dus alleen deze oudjes van mij aanbieden.'

Die 'oudjes' maakten ook deel uit van Minna's zondagse outfit en waren minstens twee maten te groot voor Irene.

Minna zuchtte. 'We stoppen krantenpapier in de punten. Tot Landau moet dat wel lukken, maar ik vrees dat je daar nieuwe schoenen zult moeten kopen.'

Op de kar waarmee Otto voor de deur van de herberg wachtte, stond een nog grotere tas met levensmiddelen. Minna liet zich de kans niet ontzeggen om Irene naar het station van Bergzabern te vergezellen. Aangezien de volgende trein naar Landau pas een uur later vertrok installeerden de twee zich met een kop koffie in de stationsrestauratie terwijl Otto discreet een ommetje maakte om hen ongestoord afscheid te laten nemen.

Tot dat moment had Minna haar kalmte bewaard, maar toen ze hun koffie op hadden, betrok haar gezicht. Tot Irenes ontzetting begon ze te huilen.

'Zie ik je ooit nog terug? Hoe weet ik dat alles goed met je gaat?'

Irene probeerde zelf wanhopig haar zelfbeheersing te bewaren. Wat ze nu zou zeggen, kon belangrijk zijn voor haar toekomst. Ze legde haar hand op die van Minna. 'Het is beter als je mijn adres niet kent. Als Franz nog steeds dezelfde is als voor de oorlog zal hij hemel en aarde bewegen om mij te vinden, maar dat mag niet gebeuren. Ik moet uit zijn leven verdwijnen. Dat ben ik hem verschuldigd. Alleen zo kan hij ooit gelukkig worden met een andere vrouw en een gezin stichten.'

Minna begon luider te snikken. Aan de tafeltjes rondom draaiden de eerste hoofden zich naar hen om.

'Alsjeblieft, lieverd!' Irene probeerde vertwijfeld geen aandacht te trekken en verzon ten slotte een leugen om bestwil. 'Ik zal je af en toe schrijven, Minna.' Haar geweten speelde meteen op, aangezien ze niet van plan was zich aan die belofte te houden. Dapper ging ze verder: 'Dan weet je hoe het met me gaat.'

Minna snotterde, maar leek toch wat getroost.

'Maar je moet me plechtig beloven Franz niets over mij te vertellen. Voor hem ben ik die eerste september zonder afscheid te nemen uit Altenstadt verdwenen. Beloof me dat, Minna,' had ze indringend gevraagd. 'Alsjeblieft,' smeekte ze toen ze zag dat Minna aarzelde. 'Alsjeblieft, dat moet je me beloven. Ik zou je nooit iets hebben verteld als ik je niet vertrouwde.'

'En als het niet goed met je gaat, tot wie wend je je dan?'

Irene rechtte haar schouders. 'Dat weet ik niet, Minna. Op die paar gelukkige weken met Franz na, is mijn leven nooit gemakkelijk geweest, maar toch heb ik het altijd gerooid!'

Een zacht trapje in haar lichaam herinnerde haar aan haar ongeboren baby. 'En nu heb ik de belangrijkste reden in de wereld om vol te houden: mijn kind!' Ze legt een hand op haar buik.

'Goed dan!' Minna snikt nog een keer. 'Maar neem dan in elk geval dit van me aan!' Ze haalde een beursje uit haar handtas.

Irene schrok en weigerde. 'Dat kan ik niet aannemen, Minna. Hoe moet ik je ooit terugbetalen?'

Minna deed alsof ze het niet hoorde. Ze pakte de hand van Irene en legde die om de buidel. 'Het is maar twintig gulden. Otto wilde hiervan in het voorjaar een nieuwe wagen kopen, maar de oude kan nog best een tijdje mee.'

'Weet Otto dat je mij al jullie spaargeld geeft?'

Minna knikt. 'Natuurlijk. Hij heeft het zelf voorgesteld.'

Van ontroering kon Irene geen woord uitbrengen. Ze slikte meermaals.

Op hetzelfde moment kwam de man van Minna de restauratie binnen.

'Opschieten jullie twee! De trein rijdt het station al binnen!'

Hij wierp een paar munten op de tafel, pakte de bagage van Irene en haastte zich voor de vrouwen uit naar het perron.

Met het beursje in haar hand liep Irene naast Minna achter hem aan. Otto stapte de wagon van de derde klasse in om de bagage van Irene in het rek te leggen. De vrouwen omhelsden elkaar nog een laatste keer.

'Ik betaal je alles terug, Minna. Mét rente. Dat beloof ik je!'

Pas toen de trein een grote bocht maakte en ze Minna en Otto niet meer kon zien zwaaien op het perron, liet Irene haar tranen de vrije loop.

'Dromen we nu ook al op klaarlichte dag?' De bitse stem van de dienstbode naast haar rukt Irene uit haar mijmeringen. 'We zijn er!'

Ze leidt Irene via de achtertrap naar een donkere hoek naast de keuken en wijst op een harde kruk.

'Mevrouw heeft nog bezoek. Ik kan haar niet meteen voor zo'n bagatel storen.'

Irene laat zich op het ongemakkelijke zitje zakken. Om de tijd te verdrijven laat ze haar gedachten weer afdwalen.

Rond het middaguur was ze in de stromende regen in Landau aangekomen. Het was al de hele herfst slecht weer, koud en regenachtig alsof het jaar de hete en droge zomer wilde compenseren.

Met de zware tas op haar rug en de logge koffer in haar hand kon ze moeilijk heel Landau doorkruisen op zoek naar een onderkomen. Daarom huurde ze voor één nacht een kamer in een min of meer fatsoenlijk ogende herberg. De prijs van de kamer deed haar naar adem happen.

'Eén gulden alstublieft. Van tevoren te betalen. Het ontbijt is niet bij de prijs inbegrepen.'

Irene schrok. Als het zo verder ging zou ze met haar centjes – iets meer dan dertig gulden – niet ver komen. Ze verdacht de waard, die haar sceptisch bekeek voor hij de prijs noemde, er trouwens van haar te bedriegen. Maar wat moest ze doen? Ze was tot op haar hemd doorweekt en moest eerst rusten alvorens op huizenjacht te gaan.

In elk geval was de kamer gezellig ingericht en schoon. De kleine kachel stond aan en verspreidde een aangename warmte. Uitgeput schopte ze de ongemakkelijke schoenen uit en ging op het bed liggen.

Ze moest meteen in slaap gevallen zijn en werd pas wakker toen de klok van de nabijgelegen kerk vijf uur sloeg. Irene schrok zich een ongeluk. Zo laat al! Buiten was het inmiddels donker. Vandaag kon ze dus niet meer op zoek naar een kamer.

Omdat haar maag knorde, nam ze een eenvoudige maaltijd in de herberg met gortepap en brood. De dienster keek haar meewarig aan.

'Zoekt u een onderkomen in Landau?' vroeg ze toen ze het schoongeveegde bord afruimde.

Irene had instemmend geknikt. 'Kunt u mij iets aanbevelen?'

'Ga morgenochtend naar de pastorie bij de kerk. Daar zal iemand u wel verder helpen.' De dienster knikte in de richting van de kerktoren waarvan de klok Irene had gewekt.

De vriendelijke huishoudster van de pastorie had haar naar mevrouw Färber in de Bachgasse gestuurd.

Die oude vrouw had Irene van top tot teen gemonsterd. 'U zoekt dus een kamer. Ik heb nog een zolderkamer vrij, maar ik zeg u één ding. Dit is een respectabel huis. Geen bezoek, en al helemaal niet van mannen. Onberispelijk gedrag, eis ik. Anders vliegt u er meteen uit.'

Irene had bang geknikt. In de trein naar Landau had ze haar hersens gepijnigd over een verhaal dat ze kon opdissen tegen een verhuurder. Alleenstaande vrouwen wekten nog steeds argwaan bij zogenaamd respectabele mensen – zeker als ze jong en mooi waren.

Maar mevrouw Färber was niet geïnteresseerd in haar verhaal over een oude vrouw voor wie ze had gewerkt en die onverwacht was gestorven. De huur was niet al te hoog, maar sloeg toch een flink gat in haar beurs.

'Vier gulden per maand, drie maanden vooruit te betalen.' Irene moest zich inhouden om niet naar adem te happen, maar ze voelde zich te zwak om te protesteren. Ze pakte haar beurs en legde de munten in de uitgestrekte hand van de oude vrouw.

'Ontbijt is in de prijs inbegrepen, net als lakens, handdoeken en één schep kolen per dag.'

In de kamer stond alleen een smal bed met een versleten strozak en twee versleten dekens, een gammele tafel met een wasstel van beschadigd porselein en een houten kruk. Verder wat haken aan de muur om kleren aan op te hangen. De wind blies door alle kieren en het was er voortdurend tochtig en koud. Met de schep kolen voor het ijzeren kacheltje in de hoek kon ze het slechts twee uur warm houden.

Het ontbijt bleek een onsmakelijk mengsel van oudbakken brood, ranzige boter, stroperige marmelade en een kop slappe surrogaatkoffie. Irene wurgde de maaltijd toch elke morgen naar binnen om haar krappe beurs te sparen. Haar huisgenoten zag ze bijna nooit. Die werkten in een wasserij en vertrokken 's ochtends al ruim voor het ochtendgloren.

Irene begreep algauw dat haar hospita tegen betaling ook extra diensten aanbood. Soms kreeg ze op extra koude dagen meer kolen en af en toe een eitje bij het schamele ontbijt.

Maar de kreuzers en pfennig smolten weg in haar beurs. Landau was een dure stad, temeer omdat er een groot garnizoen was gestationeerd: de enorme vraag naar levensmiddelen en alledaagse benodigdheden en anderzijds de schaarste hadden de prijzen enorm opgedreven.

De aankoop van een paar nieuwe laarzen was ook een rib uit haar lijf, maar de schoenen van Minna bezorgden haar zulke bloedblaren dat lopen gewoon te pijnlijk was.

Naast al die tegenslagen kreeg ze een paar dagen nadat ze haar intrek had genomen bij mevrouw Färber ook onaangenaam last van haar zwangerschap – naast de eerste misselijkheid had ze nog geen lichamelijke klachten gehad. Het zachte trappelen waardoor ze haar kind voor het eerst had gevoeld, veranderde op een nacht in een steeds hevigere pijn die 's ochtends zelfs gepaard ging met een bloeding.

Mijn kind! Ik zal het nu toch niet meer verliezen? Ontzet had Irene naar de handdoek gestaard waarmee ze zich had afgedroogd. Toen dacht ze weer aan dat krantenartikel. Stond er in dat verhaal over incestueuze betrekkingen niet dat de foetus vaak voortijdig wordt afgestoten? De auteur had dat een 'bof' voor de betrokken vrouwen genoemd, maar de gedachte dreef Irene tot wanhoop. Zou alle moeite die ik me heb getroost voor niets zijn geweest?

Ze heeft nog geen werk gevonden in Landau. De wasserij waar ze had aangeklopt, had haar afgewezen, net als het naaiatelier en de winkels waar Irene om werk had gevraagd.

Een geluk bij een ongeluk, denkt ze nu lichtjes opgelucht. Zulk zwaar werk zou de kleine zeker niet ten goede komen.

Uiteindelijk bracht mevrouw Färber, die haar vergeefse pogingen elke dag cynisch becommentarieerde, haar op het idee het nog eens bij de pastorie te proberen. En daar had ze opnieuw geluk.

Twee gegoede dames uit de buurt hadden thuisopdrachten voor naaiwerk. En nu zit Irene in de Kronstrasse in de kelder van een belangrijke koopman te wachten op haar loon.

Ze hoort zware stappen op de trap en daar verschijnt het onvriendelijke dienstmeisje. 'Hier heb je alvast twintig kreuzer. Meer heeft mevrouw op dit moment niet bij de hand.'

Even vraagt Irene zich af of ze niet moet protesteren, omdat het maar de helft van het bedrag is waar ze nog recht op heeft. Dan besluit ze het er voor vandaag bij te laten. Ze wil niet het risico lopen dit bescheiden inkomen te verliezen.

'Hartelijk dank en gelieve mijn groeten over te maken aan mevrouw.' Ze maakt zowaar een kleine kniebuiging.

Het gezicht van het meisje ontspant zich. 'Ik weet zeker dat u volgende week het nog achterstallige loon krijgt. Mevrouw zal het samen met dat van het verstelgoed betalen.'

Irene knikt gelaten. Dan aanvaardt ze de terugweg naar haar troosteloze onderkomen.

28

Tehuis voor oorlogsinvaliden in Saint-Quentin

8 december 1870

Franz bijt op zijn tanden als hij achter Marianne de recreatiezaal van het tehuis voor oorlogsinvaliden in Saint-Quentin binnenloopt. Zijn stomp doet al behoorlijk pijn van het korte stukje van het rijtuig van Marianne naar de ingang van het gebouw dat deel uitmaakt van een voormalig klooster. Ondanks de verwijtende blikken en incidentele opmerkingen van zijn gastvrouw oefent hij nauwelijks met de prothese.

In de bedompte zaal, de vroegere refter van de monniken – die hier tot de onteigening van alle kerkelijke bezittingen onder Napoleon I hadden gewoond – ruikt hij uiteenlopende geuren. De geur van de vele kaarsen in kleine adventskransen van dennentakken op de tafels vermengt zich met de lichte, maar onmiskenbare stank van ongewassen lichamen. Kruiden als kaneel en kardemom prikkelen de neus van Franz en herinneren hem aan de kerstfeesten met zijn familie totdat andere, veel onaangenamere geuren zich opdringen. Een aantal van de zware oorlogsgewonden en invaliden ruiken overduidelijk naar uitwerpselen en etterende wonden.

Hij heeft hier totaal geen zin in, maar had zich niet verzet tegen het verzoek van Marianne om haar te vergezellen naar deze liefdadigheidsactie voor de allerarmsten.

'Stel je voor, François, deze beklagenswaardige mensen hebben niemand meer om zich heen. Vaak heeft hun eigen familie hen in de steek gelaten vanwege hun zware handicaps en misvormingen. Sommigen waren al alleen op de wereld toen ze voor Frankrijk te velde trokken.' Marianne schudt het hoofd en zucht diep. 'Ik zou Paul nooit in de steek hebben gelaten, al was hij nog zo kreupel. Daarom heb ik me maar al te graag aangesloten bij deze liefdadigheidsvereniging die deze stakkers wat vreugde en ontspanning wil brengen. De kerstviering wordt met giften gefinancierd. U gaat toch met me mee, François? Misschien put een of andere stakker nog moed als hij ziet dat het ondanks onherstelbaar letsel toch de moeite waard is om te leven. Er werken veel oorlogsinvaliden die inmiddels zijn hersteld aan het kerstfeest mee.'

Daar kon ik toch niets tegen inbrengen? redeneert hij. Lichamelijk ben ik ook goed hersteld. De mentale trauma's zijn onzichtbaar. Enfin, totdat je daardoor je verstand verliest natuurlijk.

Nu strompelt Franz achter Marianne naar een tafel waar een paar bewoners van het tehuis – allemaal hebben ze een amputatie ondergaan –bij elkaar zitten. Naarmate hij dichterbij komt ziet hij dat veel van die lieden er veel slechter aan toe zijn dan hij. Velen missen zelfs twee benen of beide armen. Naast elke bewoner zit een zogeheten feesttafelheer. Zo noemt de liefdadigheidsvereniging de oorlogsinvaliden die al veel verder in het herstelproces zitten en die zich bij dit feest over een specifieke bewoner ontfermen. De tafelheren die de verzorging op zich nemen, verblijven meestal net als Franz in een particulier huishouden.

Marianne leidt Franz naar het einde van de tafel waar nog een stoel vrij is. 'Lieve Gilbert, dit is François. Hij is je tafelheer vanavond en zal goed voor je zorgen.' Ze begroet een man die er op het eerste gezicht als een stokoude bejaarde uitziet. Zijn haar is spierwit, maar de blik in zijn ogen doet Franz beseffen dat de man hooguit tien jaar ouder is dan hij.

'Goedenavond, Gilbert!' Franz probeert de schok bij het zien van deze kameraad zo goed mogelijk te verbergen. Gilbert mist al zijn ledematen. De mouwen van zijn versleten uniformjasje zijn afgeknipt en dichtgenaaid en de deken op zijn 'schoot' ligt plat op de plek waar normaliter twee benen zouden zitten.

'François zal u overal mee helpen, Gilbert,' zegt Marianne met hoge stem. 'Vertel hem alstublieft wat u wilt eten en drinken. O, en probeer in elk geval mijn peperkoek! Die heb ik zelf gebakken. Het was het lievelingsgebak van mijn zoon rond de kerstperiode.' Haar stem trilt een beetje zoals altijd als ze over Paul praat.

Franz' schok slaat om in ergernis. Dat hebt u met opzet gedaan. Boos kijkt hij haar aan. U wilde me laten zien hoe goed het met me gaat!

Marianne beantwoordt zijn stille beschuldiging met een strakke blik en forceert dan het voor Franz inmiddels vertrouwde lachje dat nooit haar ogen bereikt. 'Ik laat jullie nu alleen. De plicht als een van de gastvrouwen van dit feest roept.'

Franz kijkt haar hulpeloos na. Zijn boosheid ebt weg als hij de blik van Gilbert op zich voelt rusten. 'Wat kan ik u brengen? Of zullen we elkaar maar meteen met jij aanspreken?'

Gilbert knikt instemmend. 'Graag, kameraad. Voorlopig wil ik gewoon een slokje water. Je hoeft niet helemaal naar het buffet lopen, de karaf staat hier al op tafel.'

Franz schenkt Gilbert een beker in die voor hem staat. Dan houdt hij de beker aan diens mond. Gilbert neemt een paar slokjes en geeft dan met een knikje aan dat hij genoeg heeft.

'Je wilt zeker weten wanneer en hoe dit is gebeurd,' antwoordt hij op Franz' onuitgesproken vraag. Deze bloost en schaamt zich dat Gilbert zijn gedachten blijkbaar zo duidelijk kan raden.

Gilbert let er niet op. 'Het gebeurde bij Spicheren in het Saarland, al meteen in het begin van de oorlog. Heb je van die veldslag gehoord?'

Franz knikt. De Slag bij Spicheren, niet ver van Saarbrücken, had plaatsgevonden op dezelfde dag als de gevechten bij Froeschweiler-Woerth. Het had er lang naar uitgezien dat het pleit in het voordeel van de Fransen zou worden beslecht, maar net als bij alle volgende veldslagen zorgden tactische blunders van de Franse generaals voor een nederlaag.

'Ik probeerde een gewonde kameraad naar een verbandplaats te brengen en hoewel daar de vlag van het Rode Kruis wapperde, sloeg vlak voor mijn neus een granaat in,' vervolgt Gilbert. 'Die reet mijn beide benen en linkerarm uiteen. Er was niets meer aan te doen. Ik had de pech dat het vlak bij de verbandplaats gebeurde en dat ik niet ben doodgebloed. Toen ik weer bijkwam had ik alleen mijn rechterarm nog. Ook daar was een scherf in terechtgekomen, maar in het begin kon ik die arm nog bewegen. Als ik had geweten dat ik die ook nog zou verliezen, had ik iets ondernomen. Toen een tijdje later het koudvuur inzette met al het vuil dat erin zat, was het te laat.'

Franz begrijpt Gilbert meteen. 'Je hebt dus spijt dat je nog leeft,' concludeert hij aarzelend.

Er verschijnt een griezelig lachje op het gezicht van Gilbert. Geschokt ziet Franz nu dat zijn protegé voor de oorlog een knappe vent moet zijn geweest.

'Zou jij graag zo leven?' beantwoordt hij de vraag met een wedervraag. 'Zonder enige hoop leven, erger dan een dier in een kooi en vooral voor alles aangewezen zijn op de hulp van een ander?'

Franz aarzelt kort maar kiest ervoor eerlijk te zijn en schudt zijn hoofd.

'Wij begrijpen elkaar, ook al heb jij meer geluk gehad dan ik. Je bent weliswaar een been kwijt maar je kunt gaan en staan waar je wilt. Marianne heeft me verteld dat je de allerbeste prothese hebt die er is. Je bent echt te benijden.'

Franz weet niet wat hij moet zeggen. De gedachte dat iemand hem zijn lot kan benijden is met de beste wil van de wereld nog niet bij hem opgekomen.

Gilbert glimlacht. 'Zo heb je het zeker nog niet bekeken.'

Franz bekruipt de gedachte dat Gilbert en Marianne onder één hoedje spelen, totdat Gilbert het volgende opmerkt: 'Weet je, mijn vriend, wat ik vandaag zou doen als ik nog op het slagveld van Spicheren lag?' Franz kan het antwoord wel raden, maar zegt niets.

'Ik zou een pistool pakken en me met de arm die ik nog had een kogel door mijn kop schieten. Als ik in dit verdomde leven ergens spijt van heb, is het dat ik dat niet heb gedaan. Maar toen wilde ik nog niet sterven. Ik was net verloofd en wilde niet toegeven hoe erg mijn verwondingen waren. Kun je je voorstellen hoe het was toen Blanche me voor het eerst in deze toestand bezocht?'

Franz zoekt vertwijfeld naar een manier om aan dit gruwelijke gesprek te ontsnappen. 'Zal ik niet toch een stuk koek voor je halen?' Hij haat zichzelf voor zijn lafheid. 'De koek van Marianne is werkelijk geweldig!'

'Om me te voeren als een baby?' sneert Gilbert. 'Nee, kameraad. Ik wil geen gedoe en medelijden. Dat heb ik ook tegen Blanche en mijn moeder gezegd toen ze me kwamen bezoeken. En toen liet ik ze opdonderen!'

'Opdonderen? Wat bedoel je?'

Gilbert grijnst macaber. 'Wat denk je zelf, kameraad? Ik heb die vrouwen weggejaagd en verboden ooit nog terug te komen. Denk je echt dat ik Blanche, de vrouw die ik ooit boven alles liefhad, zou veroordelen tot het levenslang ledigen van bedpannen vol stront? Tot het wassen van een lijf zonder armen of benen?'

Franz kijkt gegeneerd om zich heen. Gelukkig luistert er niemand mee. Rechts en links van hen voeren de tafelheren hun protegés zonder armen koek en kerstgebak.

'Je familie heeft je dus niet verstoten?'

Gilbert schudt grimmig zijn hoofd. 'Integendeel. Ze wilden me meenemen naar Parijs, waar ik vandaan kom.' Hij begint hard te lachen. In Franz' oren klinkt het als het krassen van een kraai. 'Parijs, de stad van hartstocht en levenslust! Parijs, de stad waar ik jarenlang het Quartier Latin onveilig heb gemaakt. Ik was een echte losbol, moet je weten. Mijn studies aan de Sorbonne interesseerden me geen zier. Ben je wel eens in Parijs geweest?'

Franz knikt beschroomd. Waar is hij nu weer in verzeild geraakt? vraagt hij zich af op het moment dat een koortje onder leiding van een pater in zwarte soutane kerstliedjes begint te zingen.

'Godver!' vloekt Gilbert. 'Een mens kan zichzelf hier niets eens horen dénken. Maar goed dat ik net moet pissen. Heb je ervaring met plasflessen?' Hij wacht niet op het antwoord van Franz. 'Maar natuurlijk heb je dat! Ook als je zoveel geluk hebt gehad en maar één been kwijt bent, moet je na een operatie wel een hele poos in zo'n ding zeiken.'

Ondanks zijn medelijden krijgt Franz een afkeer van Gilbert. Omdat hij nog steeds geen antwoord heeft gevonden op diens sarcastische en bittere opmerkingen trekt hij de rolstoel waar Gilbert in zit onder de tafel uit en duwt die naar buiten. In de gang wacht hem een nog veel onaangenamere verrassing.

'Ik moet helemaal niet plassen,' begint Gilbert. 'Ik zocht alleen een gelegenheid om ongestoord met je te kunnen praten. Duw me even naar die hoek daar. Ik wil je om een gunst vragen!'

Met een steeds misselijker gevoel doet Franz wat hij vraagt. Het ontgaat hem niet dat Gilbert heimelijk om zich heen kijkt.

'Heb jij een pistool, makker?'

Franz schrikt zich dood. Hij beseft natuurlijk meteen waar Gilbert heen wil.

'Nee. Onze wapens zijn ingezameld bij aankomst in het hospitaal.'

'Maar je kunt er vast wel ergens eentje krijgen,' dringt Gilbert aan. 'Of een mes, dat kan ook! Met een gewoon koksmes moet het wel lukken. Beetje smeriger dan met een schot, maar het kan.'

'Wat bedoel je daarmee?' Franz houdt zich van de domme, maar tegelijkertijd voelt hij zich als verlamd.

'Enfin, vriend. Je zei net zelf dat je nooit zo'n miserabel bestaan als het mijne zou willen leiden. Help me om er een einde aan te maken. Alsjeblieft! Doe dat voor me. In godesnaam...'

'Maar... dat zou moord zijn!' Franz heeft het gevoel in een van zijn nachtmerries gevangen te zitten. Hulpeloos kijkt hij om zich heen. Er is nergens iemand te zien.

'Schei toch uit!' sist Gilbert. 'Dat is geen moord, maar een daad van erbarmen! Daar kom je niet eens voor in de gevangenis. En dan nog.

Wat zijn nu een paar maanden in het cachot in vergelijking met deze hel waaruit jij mij kunt verlossen?'

Radeloos deinst Franz achteruit.

'Je weet niet wat je zegt, Gilbert! Dat kan ik onmogelijk doen!'

'Onmogelijk doen?' Tot afgrijzen van Franz verheft Gilbert nu zijn stem. 'Waarom zou je het niet kunnen doen? Je hebt toch zoals iedereen gemoord op het slagveld? Wat vraag ik nu van je? Lef en medeleven, meer niet!'

Verstijfd van schrik staart Franz hem aan terwijl Gilbert hem luidkeels uitscheldt. 'Hondsvot! Laffe klootzak! Vuile smeerlap! Jij…'

Achter in de gang gaat een deur open. De pater die het kerstkoor had gedirigeerd en een verpleegster rennen op de mannen af.

'Maar Gilbert!' berispt de pater de oorlogsinvalide. 'Je hebt het me nog zó beloofd!'

Opeens slaat de woede van Gilbert om in diepe wanhoop. Hij begint onbedaarlijk te snikken. Snot en tranen lopen over zijn gezicht. Met een zakdoek veegt de pater voorzichtig Gilberts neus en wangen schoon.

Hij wendt zich tot Franz. 'Ik moet me verontschuldigen voor mijn protegé, François. Mag ik u zo noemen?'

Franz knikt zwijgend.

'Gilbert heeft zich nog niet neergelegd bij zijn tragische lot en probeert het steeds opnieuw.'

'Wat probeert hij steeds opnieuw?' De mond van Franz is zo droog dat hij nauwelijks een woord kan uitbrengen.

'Zichzelf van het leven te beroven of iemand te vinden die dat voor hem doet. We hebben hem al eens met een slang onder dwang moeten voeden toen hij weigerde te eten. Ook heeft hij zichzelf al uit zijn stoel gegooid met zijn hoofd op de grond. Gelukkig liep hij daarbij alleen een flinke buil op, maar sindsdien moeten we hem vastbinden!'

De pater tilt de deken op Gilberts schoot op en laat Franz de leren riem zien waarmee hij aan de rolstoel is vastgebonden. 'Hij heeft zijn moeder en zijn verloofde al gesmeekt hem te doden. De arme vrouwen waren volledig overstuur. Sindsdien houden we hem weg van bezoekers. De kerstviering van vandaag was een eerste poging om hem weer onder de mensen te brengen. Met de hand op de Bijbel heeft hij gezworen niemand om hulp bij zelfdoding te vragen.'

De pater zucht en streelt het hoofd van de nog snikkende Gilbert. 'Maar hij is nog steeds wanhopig en depressief. Hoe zou u zelf zijn? Maar maak hier alstublieft geen ophef over. We willen Gilbert hier houden. Als blijkt dat hij dood wil, belandt hij in een inrichting.'

'Ik zal er met geen woord over spreken,' belooft Franz toonloos.

De pater glimlacht. 'Goed!' Hij wenkt de zuster die zich op de achtergrond heeft gehouden. 'Breng Gilbert maar terug naar zijn kamer. En u, beste François, kom toch terug naar de zaal. Het feest is nog volop gaande.'

Franz maakt een afwerend gebaar. 'Liever niet, eerwaarde. Ik heb wat frisse lucht nodig.'

Zonder op een reactie te wachten strompelt hij zo snel hij kan de gang uit naar buiten. De stomp voelt hij niet eens.

Twee uur later is Franz versteend van de kou. Hij is in de koets van Marianne geklauterd en wacht daar op haar. Voor geen geld ter wereld wil hij terug die zaal in.

Zijn boosheid op Marianne heeft plaatsgemaakt voor ontzetting en uiteindelijk ook schaamte. Voor het eerst beseft hij dat hij een redelijk normaal leven kan leiden als hij met de prothese leert lopen. Zijn armen zijn stevig gespierd dankzij de krukken en hij kan inmiddels zelfstandig naar het toilet of in bad.

Als ik ooit weer verliefd word zal ik mijn vrouw niet tot last zijn, beseft hij.

Hij realiseert zich nu pas dat hij veel meer verdriet heeft om Irene dan om zijn linkerbeen en dat zijn koppigheid en wanhoop om haar verlies hem tot op heden hebben tegengehouden om zich in zijn lot te schikken.

De klok in de kerktoren slaat acht uur als de huisknecht Gérard, die ook de taak van koetsier vervult en in de warme zaal heeft gewacht, het portier voor de vrouw des huizes openhoudt.

'O, hier bent u, François!' Marianne veinst verbazing. 'Ik kon u niet vinden!'

Als Franz niet meteen antwoordt, gaat ze verder: 'De eerwaarde Seulier heeft me over Gilbert verteld. Het spijt me verschrikkelijk dat uw protegé zo moeilijk deed.'

'Beweer nu niet dat u daar niets van wist!' Ondanks het zwakke licht merkt Franz dat Marianne bloost. Ze wil iets zeggen, maar een gebaar van Franz houdt haar tegen.

'Maar u hebt gelijk, Marianne. En ik heb mijn lesje geleerd. Mijn vader verweet me ook altijd dat ik zo koppig als een ezel was als ik niet aan zijn wensen wilde voldoen. Daarna kreeg ik meestal een pak slaag. Vergeleken met hem hebt u het veel diplomatieker aangepakt om mij te overtuigen.'

'Wat wilt u daarmee zeggen, François?' vraagt Marianne onzeker.

Spontaan pakt Franz haar beide handen en drukt die tegen zijn mond.

'Dat ik besef hoe ondankbaar ik me tot nu toe heb gedragen. U bent uw geliefde zoon verloren en een vreselijker lot dan dat van Gilbert kan een mens zich nauwelijks voorstellen. Ik leef daarentegen al maanden op uw kosten in uw huis, beschik dankzij uw vrijgevigheid over de beste prothese die er te koop is en weiger in mijn lot te berusten omdat mijn verloofde me heeft verlaten.'

'O!' Marianne is oprecht ontsteld. 'Daarom bent u zo somber, François. Wat verschrikkelijk voor u!'

Franz knijpt opnieuw in haar handen. 'U hoeft geen medelijden met mij te hebben, Marianne. Het spijt me dat ik mijn geluk zo met voeten heb getreden en dat ik mijn belofte aan u – om ter nagedachtenis aan Paul weer beter te worden – heb gebroken.'

Marianne zegt niets. Een zacht snotteren, nauwelijks hoorbaar door het rollen van de wielen over de kinderkopjes, verraadt hoezeer ze van haar stuk is gebracht.

Ook hem is het beklemd om het hart. 'Maar ik ga mijn leven beteren. Morgen begin ik meteen te oefenen met de prothese. En ik houd niet op tot het mijn been op de best mogelijke manier vervangt.'

Landau

17 december 1870

Het begint al te schemeren als Irene bij het licht van één enkele kaars eindelijk het laatste kussensloop heeft geborduurd. De slopen maken deel uit van de uitzet van een van de dochters van de koopman en moeten zoals al het andere linnen van haar initialen worden voorzien.

Ze staat op en strekt haar pijnlijke rug. Vlug kijkt ze naar de goedkope wekker die ze op een rommelmarkt heeft gevonden.

Bijna halfvijf. Ik moet me haasten als ik de mand nog voor theetijd wil afleveren. Anders krijg ik mijn loon misschien pas na kerst, denkt ze gejaagd.

Snel schiet ze Minna's warme wollen jas aan, waarvoor ze haar vriendin steeds dankbaarder is, en zet haar hoed op. Ze hangt haar tas over haar arm, pakt de zware linnenmand met beide handen vast en loopt de smalle trap af.

Boos ziet ze dat de gierige mevrouw Färber de enige gaslamp die het trappenhuis verlicht nog niet heeft aangestoken. Het is pikdonker, maar Irene gunt zich de tijd niet om haar ogen te laten wennen aan de duisternis, zo bang is ze te laat te komen bij het huis van de koopman en er niet meer te worden binnengelaten.

En dan gebeurt het. Bij de derde trede trapt ze in de zoom van haar rok. Ze verliest haar evenwicht, de mand glipt uit haar handen en dondert de trap af. Zelf valt ze er achteraan. Onderaan de trap komt ze met haar hoofd hard op de vloer terecht en verliest ze het bewustzijn.

'Hallo, juffrouw! Hallo! Kunt u mij horen?' Iemand tikt haar op haar wang.

Irene knippert in het licht van een petroleumlamp die een bezorgde jongeman bij haar gezicht houdt. Een van zijn ogen zit onder een zwart lapje en op zijn voorhoofd loopt een recent genezen, maar nog vuurrood litteken.

Irene kreunt en grijpt naar haar pijnlijke hoofd. Daar zit een grote buil. Langzaam herinnert ze zich wat er is gebeurd en schiet ze in paniek.

'Mijn kind! Is mijn kind in orde?' Ze legt haar handen op haar buik.

'Aha! Ik wist het wel!' klinkt de bitse stem van mevrouw Färber op de achtergrond.

Dan pas kijkt Irene om zich heen. Ze ligt in de kamer van mevrouw Färber op een armoedige chaise longue waarvan de brokaten bekleding verraadt dat het meubel betere tijden heeft gekend. Iemand heeft haar jas en jurk losgeknoopt om haar wat lucht te geven en haar buik is duidelijk zichtbaar onder de brede lappen stof die normaal alles verhullen maar nu onder haar rug samengepakt zitten. De jongeman maakt een wrevelig gebaar naar de plek waar haar hospita blijkt te staan. Irene kan haar niet zien omdat hij in de weg staat.

Hij kijkt Irene bezorgd aan. 'Of alles goed gaat met uw kleintje kan ik niet zeggen. Ik ben geen arts, maar een afgekeurde hospik van het koninklijke Beierse leger. Mevrouw Färber heeft me geroepen nadat ze u bewusteloos onderaan de trap had gevonden. Ik ben de zoon van uw buurvrouw. Wilt u dat ik een dokter haal?'

'Nee, nee! Dat hoeft niet!' Irene is nog suf, maar denkt toch meteen aan haar slinkende spaarcentjes. Ze probeert rechtop te gaan zitten, maar als alles meteen zwart wordt voor haar ogen, zakt ze terug op het kussen dat ze onder haar hoofd hebben gelegd.

'In elk geval moet u een poos rustig blijven liggen,' adviseert de voormalige hospik. 'Met een klap op het hoofd moet je voorzichtig zijn, dat weet ik maar al te goed!'

Weer klinkt mevrouw Färbers schelle stem. 'Maar hier in mijn kamers kan ze niet blijven!'

De man draait zich om en snauwt haar bars toe: 'Stelt u zich niet zo aan, beste vrouw. Ze moet hier nog zeker een halfuur blijven liggen. Ik blijf zolang bij haar. Zodra ze kan opstaan, help ik haar naar haar kamer.'

'U moet morgen de hele dag het bed houden,' raadt hij Irene aan. 'Gelukkig lijkt u niets gebroken te hebben.'

'Wat is er met het linnengoed gebeurd?' vraagt Irene met zwakke stem. Op de achtergrond hoort ze mevrouw Färber snuiven. 'Dat heb ik opgeraapt en weer in de mand gelegd, maar veel zult u er niet voor krijgen. Het is helemaal vies en moet gewassen worden.'

Irene onderdrukt een kreun. Een hele week voor niets gewerkt. Ze vecht tegen haar tranen. Al dagen kijk ze op tegen een eenzame kerst in haar troosteloze kamer. Met het geld voor het borduurwerk wilde ze wat dennengroen kopen en een bescheiden feestmaal om op kerstavond de boel wat op te vrolijken.

Het ergste moet echter nog komen. Zoals beloofd brengt de jongeman haar een halfuur later naar haar zolderkamer; mevrouw Färber volgt hen op de voet.

'Wat is juffrouw Weber u schuldig?' krast ze.

De man snuift. 'Niets, mevrouw Färber. Mijn hulp is een daad van christelijke barmhartigheid, zeker in de heilige kersttijd. U zou het zelf ook eens moeten proberen,' antwoordt hij boos.

De hospita loopt rood aan en zegt geen woord meer tot de man de kamer heeft verlaten.

Dan draait ze zich vliegensvlug om en loopt naar Irenes bed.

'Denk maar niet, juffrouw Weber,' ze benadrukt de aanspreekvorm geringschattend, 'dat u hiermee wegkomt. In mijn respectabele huis horen geen dellen thuis. Uit pure christelijke barmhartigheid,' ook die woorden beklemtoont ze, 'zet ik u niet meteen op straat, maar laat ik u nog een dag herstellen. Overmorgen vertrekt u meteen uit dit huis!'

Landau

20 december 1870, 's avonds

Uitgeput zit Irene achter haar inmiddels afgekoelde erwtensoep in de herberg waar ze haar eerste nacht in Landau heeft doorgebracht. Moedeloos roert ze in haar bord zonder een hap te nemen.

Je moet iets eten, vermaant ze zichzelf. Het is niet goed voor je kind als je niets eet. Maar ze wordt misselijk als ze ook maar aan eten dénkt.

Als een wraakengel had mevrouw Färber gisterenochtend om zeven uur op de deur van haar kamer gebonsd. 'Ik wil u binnen een uur mijn huis uit, anders roep ik de gendarmes erbij!' En óf ze het meende!

Achteraf verwijt Irene het zichzelf dat ze het daar niet op had laten aankomen, want mevrouw Färber weigerde haar de huur terug te geven die ze tot eind januari vooruit had betaald.

'Geen cent krijg je terug!' Het compromis van Irene om tot eind december te betalen, maar de guldens voor de maand januari terug te geven, had ze bot afgewezen. 'U hebt me bewust voorgelogen. Ik heb u duidelijk geïnformeerd dat ik niet met losbandig gespuis onder één dak wil wonen. Ik ben mijn hele leven lang een respectabele juffrouw geweest en heb me nooit schandelijk met een man ingelaten. Op mijn oude dag vertik ik het om mijn huis en mezelf in diskrediet te brengen door personen zoals u hier te laten wonen.'

Of ze met een gendarme haar geld zou hebben teruggekregen weet Irene niet honderd procent zeker, maar de verontwaardigde reactie van de jonge dienster die haar naar de pastorie had verwezen en aan wie ze net in grote lijnen het verhaal heeft verteld, bevestigt haar veronderstelling.

De jonge vrouw die intussen andere klanten heeft bediend, staat nu weer aan haar tafel. 'U hebt nauwelijks iets gegeten. Smaakt de soep u niet? Het is anders wel een van onze specialiteiten…'

Irene kijkt op. 'De soep is heerlijk,' fluistert ze, 'maar ik krijg niets door mijn keel.'

De grijze ogen van haar leeftijdgenoot kijken haar bezorgd aan. Een lok die is losgekomen uit haar dikke donkerblonde vlecht schuift ze achter haar oor.

'Mag ik even bij u komen zitten?' vraagt ze beleefd.

'Natuurlijk! Als u daar tijd voor hebt.'

De dienster schuift een stoel bij en steekt haar hand uit. 'Ik heet Greta, trouwens. Als u het goed vindt, kunnen we elkaar tutoyeren.'

Irene glimlacht flauwtjes. 'Heel graag. Ik ben Irene.'

'En je weet dus echt niet wat er met je verloofde is gebeurd?' Greta pakt de draad weer op waar Irene haar verhaal eerder heeft onderbroken.

Irene schudt haar hoofd. 'Hij is zwaargewond geraakt in de Slag bij Sedan, meer weet ik niet.' Dat is de zuivere waarheid. Irene vindt het vreselijk om tegen Greta of tegen wie dan ook te liegen.

'En dat akelige vrouwmens heeft je eenvoudigweg op straat gezet? Zo kort voor kerst, terwijl uitgerekend de mensen van de pastorie jou naar haar hebben gestuurd?'

Irene knikt. Ze voelt zich leeg; zelfs te uitgeput om te huilen. De herbergier heeft gelukkig niet vastgehouden aan die schandalige prijs van twintig kreuzer per nacht. Het bedrag is gehalveerd – ontbijt inbegrepen – en de andere maaltijden zijn ook lekker en betaalbaar, maar tot de geboorte houdt ze het zo financieel nooit uit. Maar ze wilde niet op straat staan, zeker niet in de kerstperiode, wanneer het vrijwel onmogelijk is om werk te vinden.

Vermoedelijk is ze ook haar naaiopdrachten kwijt en spreken haar opdrachtgevers schande over haar verdorvenheid. Mevrouw Färber heeft haar in elk geval onder de neus gewreven dat ze de vrouw van de koopman had ingelicht over de reden waarom het linnen voor de uitzet zo vies was geworden. Ze had de mand eigenhandig, zonder toestemming van Irene, nog op de avond van haar val weggebracht, waarschijnlijk om er een fooi voor op te strijken.

'En hoe moet het nu verder?'

Irene haalt moedeloos haar schouders op. 'Ik blijf hier tot het nieuwe jaar. Daarna ga ik naar Lambrecht, in de hoop daar in een textielfabriek aan de slag te kunnen.' Ze probeert de twijfel op het goedige gezicht van Greta te negeren.

'Je bent een dappere vrouw, Irene. Ik wil je een voorstel doen waar ik al sinds gisteren op broed,' zegt Greta stralend.

'Ik denk dat ik een beter onderkomen voor je heb dan deze herberg, maar... ik heb één voorwaarde voor ik ernaar informeer.'

Geschrokken kijkt Irene op, maar de ogen van Greta fonkelen overmoedig, niet berekenend.

'Ik neem dit bord mee naar de keuken en warm de soep weer op. Dan eet je die tot de laatste hap op, want op de plek waar ik voor jou ga informeren zijn ze allang klaar met eten.'

Irene stemt verbaasd in. Ze voelt een sprankeltje hoop in zich opkomen.

Ze zit nog achter de dampende soep als Greta terugkomt met in haar kielzog een vrouw die ze meteen herkent: de huishoudster van de pastorie.

'Dit is mijn tante Theresia,' stelt Greta haar voor. 'Namens de pastoor van de Heilig Kruiskerk nodigt ze je uit om de kerstdagen bij haar door te brengen.'

Het huis van madame Serge in Saint-Quentin

24 december 1870

'Ik ben zo blij dat u vanavond bij me bent, François.' De stem van Marianne trilt. 'Helemaal alleen zou kerst nauwelijks te verdragen zijn geweest.'

Franz pakt haar hand en kijkt haar met grote genegenheid aan.

'Na alles wat u voor mij hebt gedaan ben ik blij dat ik eindelijk iets héél kleins kan terugdoen.'

Na het avondmaal zitten ze in de salon bij een grote kerstboom versierd met glazen ballen, glanzende papieren sterren en houten figuurtjes. De rode kaarsen verspreiden een verleidelijke geur.

De ogen van Marianne zijn vochtig. ‘Vorig jaar zat Paul op de plek waar u nu zit. Hij zat boordevol plannen. Voor het einde van het jaar wilde hij het tot partner van de ijzerwarenfabriek schoppen. De verbetering van de werkomstandigheden van onze arbeiders was zijn grootste bekommernis. Er hadden zich een paar zware ongelukken voorgedaan, een daarvan zelfs met fatale afloop. Daar wilde Paul iets aan doen.’

Ook op dat vlak lijkt haar overleden zoon op mij, bedenkt Franz. Hij heeft Marianne maar weinig over zijn eigen jeugd verteld. Veel herinneringen zijn te pijnlijk, zeker nu zijn vader wel het geld voor de prothese heeft gestuurd, maar kennelijk geen haast lijkt te hebben hem naar huis te laten terugkeren.

En in dat opzicht lijken onze families dan weer niet op elkaar. Marianne heeft zijn sombere gedachten blijkbaar geraden en zegt bezorgd: ‘Maar u was vandaag waarschijnlijk veel liever thuis in de Elzas geweest in plaats van in het gezelschap van een eenzame weduwe.’

‘Beslist niet,’ antwoordt Franz volmondig. ‘Daar is niemand meer met wie ik kerstavond liever zou hebben gevierd dan met u.’

Snel brengt hij het gesprek op een ander onderwerp. ‘Denkt u dat de bedienden blij waren met hun cadeautjes?’

Er ligt een vrolijke lach op het gezicht van Marianne. Ze ziet er meteen tien jaar jonger oud, denkt hij.

‘Dat denk ik wel. Ze waren echt opgetogen. Ik ben blij dat ik Gérard het zakhorloge van mijn man heb gegeven. Trouw als hij is, heeft hij dat meer dan verdiend. Berthe en Lisa waren helemaal verguld met de stoffen, temeer daar ik ook de naaister zal betalen, natuurlijk. De oorlog heeft alles schaars en duur gemaakt en eenvoudiger mensen kunnen zich nauwelijks nog iets veroorloven.’

‘U hebt echt buitengewoon loyale bedienden. Reuze dankbaar ben ik voor hun steun. Zodra ik thuis ben, zal ik nadenken over een manier om die erkentelijkheid gestalte te geven.’

Er glijdt een schaduw over Mariannes gezicht. ‘Goh ja, soms vergeet ik haast dat er weldra een einde komt aan onze tijd samen, lieve François. Ons land ligt verslagen op de grond. De overwinning van de Pruisen is slechts een kwestie van weken.' Ze forceert weer een glimlach. 'U boekt prachtige vooruitgang met de prothese. Volgens dokter Berger kunt u die al bijna de hele dag dragen.'

Franz buigt zich voorover en pakt haar hand weer vast. 'Ook dat heb ik aan u te danken. Aan uw levenswijsheid en goedheid. Wees gerust, als u daar ook prijs op stelt, zou ik heel graag in contact met u blijven en u minstens één keer per jaar bezoeken zodra het weer vrede is in het land.'

Marianne knijpt zachtjes in Franz' hand. 'Dat zou ik echt heel fijn vinden, François.'

Gérard klopt aan en komt binnen. Hij heeft zijn warme koetsiersjas aan. 'Het paard is ingespannen, mevrouw. De klokken luiden al voor de middernachtmis.'

Achter hem verschijnt kamenierster Lisa met de bontmantel van haar meesteres over de arm. Ze maakt een sierlijke reverence. 'Zal ik u ook uw bontmuts en mof brengen, madame Serge? Het is ijzig koud buiten.'

Marianne knikt instemmend. Terwijl Lisa haar in haar mantel helpt glimlacht de weduwe nog eens naar Franz. 'Laten we deze kerstavond op waardige wijze afsluiten en bidden dat de oorlog snel voorbij zal zijn. Ook al is de prijs die ik daarvoor moet betalen dat ik jou moet laten gaan.'

De Heilig Kruiskerk in Landau

Kerstavond 1870

Het kerstevangelie is gelezen, de plechtige klanken van het orgel zijn vervlogen. Op aangeven van de pastoor gaan de gelovigen van de Heilig Kruiskerk die op deze kerstavond in het oorlogsjaar 1870 tot de nok is gevuld, weer op de harde kerkbanken zitten.

De pastoor, een vriendelijke man van eind vijftig, bestijgt de fraai bewerkte preekstoel. Hij trekt de stola recht die hij ter gelegenheid van de geboorte van Christus over zijn soutane heeft gelegd, kijkt nog even naar zijn notities voor de preek en begint met sonore stem te praten.

'Waarde parochianen! Deze kerstnacht in het midden van de oorlog herinnert ons allen op bijzondere wijze aan de vredesboodschap die onlosmakelijk met de geboorte van onze Heiland is verbonden. Naastenliefde en barmhartigheid zijn de belangrijkste waarden die elke christen dezer dagen...'

De stem van de pastoor brengt Irene tot rust. Ze voelt zich verzadigd en warm en onwillekeurig dwalen haar gedachten af.

Tot op heden waren haar ervaringen met vertegenwoordigers van de katholieke kerk vooral onaangenaam geweest. Nooit zal ze de hardheid en de vernederingen van de nonnen in het weeshuis vergeten. En de pastoor van de Sint-Ulrich in Altenstadt ging ze ook liever uit de weg.

Maar pastoor Hansberg en zijn huishoudster Theresia lijken de boodschap van Jezus uit de Bergrede niet alleen te prediken, maar ook echt te leven. Irene hebben zij als een welkome gast in hun huis opgenomen. Ze heeft een gezellige kamer met een zacht bed waarin ze na alle gebeurtenissen van de afgelopen dagen voor het eerst sinds lang echt goed heeft geslapen. Vanmorgen wachtte haar een heerlijk ontbijt met witbrood, verse boter en honing, lekkernijen die Irene sinds haar aankomst in Landau niet meer heeft gegeten.

Met plezier heeft ze de vriendelijke huishoudster geholpen bij het bakken en koken voor het kerstmaal en ook had Irene erop gestaan een deel van het andere werk in het huis op zich te nemen. Het optuigen van de kerstboom in de aangename woonkamer vond ze heerlijk. De kleine dennenboom heeft ze versierd met kaarsjes, sterren van stro en allerlei snoepgoed. Ook bij het aankleden van de kerk voor de mis heeft ze geholpen.

'Met al dat werk voor de feestdagen tref ik het maar met u!' had Theresia lachend gezegd.

'U kunt zich niet voorstellen hoe dankbaar ik u ben,' had Irene geantwoord. Maar de bescheiden huishoudster had dat weggewuifd. 'Met alle ellende die u hebt meegemaakt is dat niet meer dan mijn gewone christenplicht.'

De eerste avond al had Irene haar gastheren haar droevige verhaal verteld. Alleen de fatale bloedverwantschap met de vader van haar kind had ze verzwegen.

Nu heeft ze een prachtige kerstavond achter zich. In de pastorie waren eerst minderbedeelde kinderen uit de parochie met lekkers en speelgoedjes verwend. Vervolgens had ze aangezeten aan een heerlijke feestdis met hertengebraad, knoedels en geglaceerde kastanjes, een maal dat ze samen met Theresia op tafel heeft getoverd.

Ze weet dat ze na nieuwjaar de pastorie moet verlaten, maar geniet intussen met volle teugen van elke minuut van haar verblijf. Sinds de zomer met Franz heeft ze zich niet meer zo zorgeloos en gelukkig gevoeld. De recente zwangerschapsongemakken zijn zelfs verdwenen.

'... farizeeërs in ons midden!' Pastoor Hansberg slaat opeens een andere toon aan en Irene schrikt op uit haar dagdromen.

'... vrouw die onder het mom van deugdzaamheid in ons midden leeft en ook vandaag niet schroomt om onze heilige middernachtmis bij te wonen waagt het om onze Lieve Heer Jezus persoonlijk te bespotten!'

De pastoor pauzeert even en de parochianen houden hoorbaar de adem in.

'Onze Verlosser heeft Maria Magdalena haar zonden vergeven en haar in genade weer opgenomen in de gemeenschap! Was Maria Magdalena hem daarvoor niet zó dankbaar dat ze zijn voeten waste en die met haar eigen haar droogde? Moet dat geen lichtend voorbeeld voor ons zijn, zeker nu in de heilige kersttijd?'

'Maar nee!' dondert hij. 'Deze geldwolvin die voor een te hoge prijs armoedige kamers verhuurt in de Bachgasse gooit een bijna berooide vrouw wier verloofde wellicht zijn leven voor ons land heeft gegeven meedogenloos op straat. Alleen omdat ze in blijde verwachting is! En als heuse woekeraar weigert ze de arme drommel de vooruitbetaalde huur terug te betalen.'

Irene kan haar oren nauwelijks geloven.

De congregatie houdt de adem in. Alle ogen zijn op de priester gericht. Op de voorste banken ontstaat wat commotie, maar van haar plaats op een van de achterste rijen kan Irene niet zien wat er gebeurt.

'Stelt u zich voor, dierbare gelovigen, dat de heilige Jozef zijn vrouw Maria, die zonder zijn toedoen in gezegende omstandigheden verkeerde, zo zou hebben behandeld... Onze Heiland zou dan misschien nooit het levenslicht hebben gezien! Dus wie zijn wij zwakke mensen om een oordeel te vellen over de waardigheid en waarde van een ander? Van iemand die weliswaar gezondigd heeft, maar die zoals ieder van ons vergeving verdient?'

Pastoor Hansberg zwijgt. De onrust op de voorste kerkbanken groeit. Iemand lijkt te proberen zijn plaats te verlaten. Irene ziet een in een zwart tenue gehulde vrouw die zich langs de volle kerkbank een weg naar het gangpad baant.

'Maar ook u kunt vergeving krijgen, zondaar! Als u berouw toont en uw hardvochtigheid belijdt!' roept de priester de zwarte gestalte na die zich nu via de zijbeuk de kerk uit haast. Irene herkent het paars aangelopen gezicht van haar hospita en kan niet nalaten te lachen.

Leedvermaak is ook een zonde, maar de Heer moet het me maar vergeven. Ze denkt aan pastoor Hansberg, Theresia en dienster Greta. En voor het eerst sinds ze het weeshuis in Heidelberg met de vriendelijke zuster Agnes heeft verlaten bidt ze. Bidt ze vol overtuiging. Als U bestaat, lieve God, beloon dan deze drie en alle andere goede mensen voor hun barmhartigheid en naastenliefde. En ik beloof u dat ik waar ik maar kan hun voorbeeld zal volgen.

29

Lambrecht

4 januari 1871

Moedeloos en verdrietig keert Irene terug naar het bescheiden pension bij het station waar ze voor vijf kreuzer per dag een eenvoudige kamer huurt. De hele dag is ze van fabriek naar fabriek gelopen, maar overal wees de chef haar de deur zodra hij zag dat ze zwanger was – iets wat ze nu, zeven maanden ver, niet meer kan verbergen.

De huishoudster van de pastoor heeft haar tas met allerlei lekkernijen gevuld, maar ook als ze heel zuinig is volstaat dat maar voor een week. Bovendien is niet alles lang houdbaar; sommige dingen moeten binnen een paar dagen op.

De kleine zolderkamer die ze voor de laagst mogelijke prijs heeft gehuurd is verstoken van comfort. Ze heeft niet eens een kachel en met deze winterse temperaturen kan ze zich overdag onmogelijk warm houden. Net als in lang vervlogen tijden staat er wel een kleine kolenpan in de kamer, maar voor de brandstof moet ze extra betalen.

Zelfs als ik honger lijd en bevries kom ik nog niet rond met mijn geld totdat het kind geboren wordt.

Irene merkt niet eens dat de tranen over haar wangen stromen. Voor de zoveelste keer voelt ze zich uitgeput.

Lieve God, prevelt ze, *waarom word ik nu, na die paar heerlijke dagen in de pastorie, alweer zo op de proef gesteld?*

Een jonge vrouw die haar bekend voorkomt nadert Irene. Ze heeft een baby op de arm en Irene herkent haar aan het verkleurende blauwe oog dat ze van een of andere onverlaat moet hebben gekregen. Op haar zoektocht naar werk heeft ze de vrouw eerder op de dag in een van de fabrieken gezien.

Tot haar verbazing houdt de vrouw de pas in. Ze is misschien een paar jaar ouder dan Irene en heeft een mooi, zij het afgetobd gezicht met grote donkergrijze ogen en een volle mond. Nu de vrouw naast haar staat ziet Irene dat haar bovenlip ook licht gezwollen is.

'Je huilt. Ik heb je vandaag in de fabriek gezien. Ben je op zoek naar werk?' vraagt ze.

Irene snottert en grijpt in de zak van haar jas naar een zakdoek. 'Ja, maar helaas wijzen ze me overal af. Bij jullie en in alle andere fabrieken.'

'En nu ben je bang dat je slaag krijgt van je vader of je man?' De vrouw lijkt het meer over haar eigen lot te hebben dan over dat van Irene, die dan ook verbaasd opkijkt.

'Ik heb helaas geen man, ik ben helemaal alleen...'

'In de oorlog gesneuveld?' valt de vrouw haar in de rede. Ze steekt haar hand uit. 'Ik heet Emma.'

'Ik ben Irene. Mijn man is tot op heden niet naar huis gekomen.' Ze beantwoordt Emma's vraag voorzichtig en probeert zoals gewoonlijk een leugen te vermijden.

'Dat is triest,' bevestigt Emma. 'Veel mannen zijn spoorloos verdwenen. Ergens op een slagveld vermist. Het gerucht gaat dat de gevallenen gewoon in massagraven worden gesmeten. Hun familieleden wachten tevergeefs op hun terugkeer en huilen zich de ogen uit.'

Ze bekijkt Irene aandachtig. 'Maar je bent in verwachting,' stelt ze vast. 'Wanneer is het zover?'

'In maart waarschijnlijk.'

'Hmm, dat is niet zo lang meer. Geen wonder dat ze je hebben afgewezen. Omdat er geen mannen zijn kunnen ze iedereen gebruiken in de fabriek, maar met een hoogzwangere vrouw kunnen ze weinig aanvangen. Het duurt even voordat je goed met de machines kunt omgaan, zeker als je niet zo handig bent. En voordat je volledig kunt meedraaien, moet je al bevallen. Ja, dan vraagt zo'n baas zich natuurlijk af waarom zo'n vrouw zich niet gewoon ná de bevalling meldt.'

Irene barst weer in snikken uit. Ze kan haar tranen niet tegenhouden.

'Nu is het wel zo,' denkt Emma luidop, 'dat de baas van de fabriek eist dat zijn arbeidsters meteen na te zijn bevallen weer aan de slag gaan. Hij heeft zelfs een borstvoedingskamer voor ons ingericht zodat we tussendoor niet naar huis hoeven om de baby te voeden. Op dit moment wisselen we elkaar af om telkens een uur op te passen. Misschien is dat een oplossing...'

Irene begrijpt het niet. 'Wat bedoel je?'

De donkergrijze ogen van Emma glinsteren en krijgen een zilveren gloed. Ze is uitzonderlijk mooi, flitst het door het hoofd van Irene.

'Kom! We gaan nog eens terug.' Ze maakt rechtsomkeert en met haar vrije hand pakt ze Irene vast. Onderweg legt ze haar plan uit.

'Een oppas voor de borstvoedingskamer?' De productieleider klinkt sceptisch. 'Dat lijkt me niets.'

'Maar waarom niet, mijnheer Plotzer?' Emma glimlacht bijna verleidelijk naar de zwaarlijvige man van middelbare leeftijd met zijn gefriseerde hangsnor.

'U hebt toch alle ervaren arbeidsters nodig voor de machines! Irene hier kan niet in de weverij helpen, maar wij wel. In plaats van om beurten op de kinderen te passen, kunnen wij ononderbroken doorwerken tot we moeten voeden.'

'Goh, ik weet het niet. Zoiets heb ik nog nooit gehoord en ik denk niet dat de directie daar iemand voor wil betalen.'

'Dat hangt van de prijs af,' klinkt het opeens uit de kamer achter het kantoor van de productiechef waarvan de deur half openstaat. Een knappe man in een geklede jas komt het kantoor binnen.

'Mijnheer Reuter!' De chef buigt terwijl Emma een kniebuiging maakt en Irene haar voorbeeld volgt. 'Ik wist niet dat u al terug was van uw reis.'

De directeur glimlacht en ontbloot daarbij een rij hagelwitte tanden. Hij is nog jong – halverwege de dertig, schat Irene – maar zijn vlasblonde haar wordt al dunner en zelfs naar voren gekamd over zijn voorhoofd verbergt het zijn kalende hoofd maar half.

'Van een zeer geslaagde reis, mag ik wel zeggen, Plotzer. We staan op het punt een grote order van ons glorierijke leger binnen te halen. Ik kom net uit Landau.'

Alleen zijn mond lijkt te lachen, denkt Irene. Zijn glimlach bereikt zijn priemende, koude ogen niet. Hij heeft iets van een adder. Ze doet haar best een rilling te onderdrukken.

'Wat verwacht u als loon?' vraagt hij.

De vraag overvalt haar. Ze heeft geen idee wat de eigenaar gepast zal vinden.

Omdat ze niet meteen antwoordt, doet hij zelf een voorstel. 'Vijf kreuzer per dag is zo'n oppas mij wel waard.'

De huur! Daarmee kan ik de huur betalen! bedenkt ze. Dat Emma bijna onmerkbaar nee schudt ziet Irene niet.

'Daarvoor pas ik met plezier op de kinderen!' zegt ze enthousiast terwijl ze een kleine kniebuiging maakt.

De fabriekseigenaar steekt zijn hand uit. 'Goed. Dat is dan geregeld. Zodra u zelf bevallen bent, mag u uw kind natuurlijk meebrengen!'

Hij wendt zich tot de chef: 'Plotzer, stel een contractje op en informeer de voormannen. Vanaf morgenochtend staan alle arbeidsters weer ononderbroken op hun plek, behalve tijdens korte voedingspauzes. We hebben elke hand nodig voor deze grote opdracht!'

Dolblij dat ze werk heeft gevonden, merkt Irene eerst niet dat Emma, die gewoon met een knikje haar overdreven dank in ontvangst heeft genomen, in tegenstelling tot op de heenweg nauwelijks iets zegt.

'Is er iets?' vraagt ze. 'Ben je niet blij voor me? Het was jouw idee!'

Emma haalt haar schouders op. 'Een afzetter is het, die Reuter! Altijd uit op een voordeeltje, al gaat het maar over een paar centen.'

'Wat wil je daarmee zeggen? Hoeveel had ik volgens jou dan moeten vragen?'

'Minstens drie keer zoveel! Dan hadden jullie elkaar in het midden kunnen treffen. Tien kreuzer per dag zou billijker zijn geweest.'

Irene denkt hierover na. 'In Landau deed ik naaiwerk,' antwoordt ze uiteindelijk. 'Daar kreeg ik per mand niet meer dan dertig, hooguit veertig kreuzer en daar moest ik soms een hele week voor borduren.'

'Nu ja, het belangrijkste is dat je blij bent. Denk je dat je hiermee rondkomt?'

'Met het loon kan ik de huur van mijn kamer betalen.'

'Waar woon je?'

Irene beschrijft het goedkope pension waar ze onderdak heeft gevonden.

'Woon je daar? Die bedden zitten vol wantsen en het tocht er van alle kanten. Heb je er al een nacht doorgebracht?'

'Nee,' antwoordt Irene gegeneerd. 'Ik heb er alleen mijn spullen neergezet toen ik vanochtend aankwam.'

'Nog geen voorschot betaald?'

Irene schudt het hoofd. 'Alleen het geld voor de eerste nacht. Huur betaal ik sowieso niet meer vooruit.' Ze vertelt Emma kort over haar ervaringen met mevrouw Färber.

Er verschijnt een brede lach op het gezicht van de arbeidster. 'Dan nodig ik je uit om bij mij in te trekken. Mijn man en ik wonen met onze twee kinderen in twee grote kamers. We zoeken al een tijd naar een nieuwe huurder. Onze vorige huurder is opgeroepen en bij Woerth gesneuveld. Wat denk je? Voor die vijf kreuzer per dag heb je een bed voor je alleen. Bovendien is het warm bij ons en voor een paar kreuzer extra per week krijg je er een ontbijt bij. Die extra centjes kun je bij mij bijverdienen als je wilt.'

'Hoe bedoel je, "bijverdienen"?' Het aanbod van Emma klinkt maar al te aanlokkelijk.

'Op zondag rijg ik kralen aan een snoer. Een doos brengt vijftien kreuzer op. Daar kun je me bij helpen!'

'Graag!' Emma's man is misschien geen aangename man, maar liever een huisgezin dan een eenzame kamer vol ongedierte, denkt ze.

En als ik dan nog een paar kreuzer kan bijverdienen en opzijleggen, heb ik misschien voldoende geld voor een vroedvrouw als het zover is.

Huize Gerban bij Altenstadt

21 januari 1871

Franz schenkt zichzelf nog een kop koffie in voordat Niemann kan toesnellen om dat voor hem te doen. Sinds gisteravond is hij weer thuis.

Zijn vader en Mathilde hebben hem relatief vriendelijk ontvangen, maar aan tafel waren niet zijn lotgevallen het onderwerp van gesprek, maar het uitroepen van Wilhelm I tot Duits keizer op 18 januari. Zijn vader en Mathilde waren nog lyrisch.

'Wat was ik dáár graag bij geweest,' dweepte Mathilde. 'De vrouwen droegen ongetwijfeld peperdure japonnen naar de laatste mode.'

'Voor zover ik weet waren er überhaupt geen vrouwen bij,' had Franz geantwoord. 'Hooguit een paar officieren in gala-uniform. Waar zouden ze die Duitse adellijke dames in oorlogstijd vandaan moeten halen?' Mathilde had een pruilmond getrokken.

'Wat een geweldige zet!' had zijn vader gejubeld. 'Het zal nu niet lang meer duren voor de Fransozen het opgeven. Parijs zal vallen en dat zal leiden tot de capitulatie van de rest van die erbarmelijke troepen. Wat een geniaal idee van Bismarck om dat uitgerekend in het paleis van Versailles, de protserige residentie van de spilzieke Zonnekoning, af te kondigen.'

Franz' maag draaide zich om. Ondanks zijn goede voornemen om niet meteen na zijn thuiskomst de confrontatie met zijn vader aan te gaan, kon hij zich niet inhouden.

'De vernedering van de Franse natie zal op lange termijn niet in ons voordeel zijn. Net als de annexatie van Elzas-Lotharingen zal het tientallen jaren een wig drijven tussen Frankrijk en Duitsland.'

‘Het Duitse Rijk,’ had zijn vader hem gecorrigeerd. ‘De tijd van staatkundige versnippering en lappendekens is voorbij. Alleen dát al is elk offer in deze oorlog waard.’

‘Fijn dat mijn verloren been toch nog een goed doel heeft gediend.’ Franz had zijn sarcasme de vrije loop gelaten. Hij verlangde alweer terug naar het huis van Marianne in Saint-Quentin.

Zijn vader had dreigend zijn wenkbrauwen gefronst, maar gelukkig had uitgerekend Mathilde de situatie gered. ‘Hou toch eens op met die stomme politiek, het verveelt me mateloos,’ pruilde ze en gooide het toen over een andere boeg.

‘Ga je moeder bezoeken in Klingenmünster?’

‘Dat is wel de bedoeling en liefst een van de komende dagen al, als dat te regelen is.’

Zijn vader stak een hand op. ‘Ik raad het je niet aan, zoon, om je daar al meteen na je terugkomst aan te wagen.’ Hij klonk als een pedante dominee. ‘Je moeder biedt helaas geen vrolijke aanblik.’

‘Wat bedoel je daarmee?’ vroeg Franz gealarmeerd.

‘Het laudanum heeft vermoedelijk haar verstand gedeeltelijk aangetast. Ze is er vaak niet meer bij. Haar organen waren zo aan het verdovende middel gewend dat er na de ontwenning helaas levensbedreigende situaties ontstonden. Daarom krijgt ze nu elke dag weer een kleine dosis, maar ze zit maar een beetje te dommelen en herkent mij zelfs niet meer.’

‘Dat geloof ik niet,’ antwoordde Franz spontaan. Mijn mooie moeder, een gekkin die haar verstand is verloren? De gedachte doet hem ontzettend pijn. ‘Overmorgen op z’n laatst rijd ik erheen.’

‘Doe wat je niet laten kunt, zoon,’ had zijn vader gezucht. ‘Riemer kan je met de landauer brengen, maar kom achteraf niet zeuren dat ik je niet gewaarschuwd heb.’

Nu zit Franz aan het ontbijt, doet melk en suiker in zijn koffie en roert besluiteloos in zijn kop. Zal ik Mathilde naar Irene vragen? Bij het avondeten de dag voordien is het onderwerp niet ter sprake gekomen.

Het is misschien een goed moment. Mijn zuster is zo praatziek, misschien kom ik zo nog iets nuttigs te weten. Als vader erbij is, maakt hij meteen een einde aan het gesprek…

Maar eerst moet hij Niemann zien kwijt te raken. Hij schuift zijn nog halfvolle bord van zich af. 'Ik heb geen honger meer. Laat maar afruimen, Niemann.'

De huisknecht loopt de kamer uit en even later komt er een dienstmeisje binnen dat Franz niet kent. Zodra ze het ontbijt heeft weggeruimd wendt hij zich tot Mathilde: 'Wie is dat nieuwe kind?'

Zijn zus haalt ongeïnteresseerd de schouders op. 'Ze heet Heidi en werkt hier nog maar een paar dagen. Mevrouw Burger heeft er lang over gedaan om weer voldoende personeel te vinden. Twee meisjes heeft ze alweer ontslagen omdat ze niet geschikt waren.' Ze zucht theatraal. 'Echt, het is een rámp om goede bedienden te vinden, zeker in oorlogstijd.'

Tot grote verrassing van Franz begint ze zelf over Irene. 'Je wilt zeker weten wat er van jouw Irene is geworden.' Ze kijkt hem afwachtend aan.

Ondanks een waarschuwende stem in zijn hoofd, knikt hij. 'Als je iets weet, hoor ik dat graag.'

'Wèèèl,' Mathilde rekt het woord genietend uit, 'je zou kunnen zeggen dat ze bij nacht en ontij is verdwenen nadat ze had vernomen dat je voor de rest van je leven kreupel zou zijn. Zelfs met veel geld begin je blijkbaar niets tegen een geamputeerd been.'

De woorden raken Franz diep, maar hij laat niets blijken. 'Hoe wist Irene eigenlijk van mijn verwonding?' stelt hij haar een strikvraag.

'Waarschijnlijk heeft moeder haar dat verteld. Zij was ook dol op dat wicht, net zoals jij! Onbegrijpelijk, als je het mij vraagt,' zegt ze geaffecteerd. 'Zo'n onbehouwen trien! Maar ja, als er liefde in het spel is…'

Het gezicht van Franz moedigt haar aan hem een laatste verbale klap toe te dienen.

'Wees blij dat je haar kwijt bent! Een kreup… ik bedoel natuurlijk een oorlogsinvalide en een dienstmeisje! Wat een liaison! Jullie zouden ons hele huis te schande hebben gemaakt.'

Franz smijt het servet dat nog op zijn benen ligt op tafel, staat abrupt op en verlaat zonder een woord te zeggen de ontbijtkamer.

Buiten ademt hij diep in. Hij pakt zijn overjas en loopt de kale winterse tuin in. Als zijn hartslag bedaart kan hij zijn gedachten weer helder ordenen.

Wat hij zelf heeft vernomen staat haaks op wat Mathilde beweert. Hij denkt even na en loopt dan naar binnen waar hij de trap naar de kelder neemt. Naast de keuken en de zitkamer van de bedienden bevindt zich het kantoortje van mevrouw Burger.

Als hij daar aanklopt opent de huisdame zelf de deur. Franz ziet de paniek in haar ogen als ze hem ziet. Ze trekt lijkbleek weg.

'Goedemorgen, mevrouw Burger. Mag ik binnenkomen? Ik wil u iets vragen.'

De huisdame komt weer bij van haar verrassing en vermant zich. 'Natuurlijk, kom binnen, jongeheer.' Ze glimlacht geforceerd. 'We zijn allemaal zielsblij dat u weer in Altenstadt bent.' Haar krampachtig ineengestrengelde handen logenstraffen haar woorden. Onrustig dwaalt haar blik rond alsof ze bang is voor luistervinken.

Franz besluit haar houding voorlopig te negeren. Zorgvuldig sluit hij de deur achter zich en dempt zijn stem. 'Ik wil u iets over Irene vragen.'

Met trillende hand wijst de huisdame naar een stoel en gaat zelf op het randje van een tweede stoel zitten. 'Natuurlijk, jongeheer Gerban. Hoe kan ik u helpen?' Ook nu spreekt haar beleefde antwoord haar gespannen gelaatsuitdrukking tegen.

Het lijkt Franz zaak er geen doekjes om te winden. 'Ik zie dat u zich grote zorgen maakt, mevrouw Burger.' Hij waagt een schot in het duister. 'Al sinds mijn vader me in Saint-Quentin heeft geschreven vermoed ik dat er iets mis is met de opname van mijn moeder in Klingenmünster en de verdwijning van mijn verloofde Irene.'

De huisdame ontwijkt zijn blik en knijpt haar handen nu zo hard ineen dat haar knokkels wit worden.

'Ik vrees dat ik over beide zaken niets wezenlijks kan zeggen,' zegt ze bijna fluisterend.

'Beantwoord dan gewoon een paar vragen en ik beloof u dat dit gesprek onder ons blijft. Mijn vader heeft blijkbaar druk op u uitgeoefend en kan dus maar beter niets weten van dit onderhoud.'

Het feit alleen al dat ze hem niet tegenspreekt, bewijst dat hij het bij het rechte eind heeft. Ze zucht diep.

'Stel uw vragen maar,' zegt ze als ze goed heeft nagedacht over wat ze moet doen. 'Ik zal ze zo goed mogelijk beantwoorden.'

'Wanneer heeft mijn verloofde Irene dit huis verlaten?'

'Op 1 september,' antwoordt ze meteen. 'Dat heb ik u geschreven.'

'Weet u dat heel zeker?'

'Ja.' De stem van mevrouw Burger klinkt vastberaden, maar Franz ziet een lichte flikkering in haar ogen.

'En ze vertrok zonder afscheid te nemen van mijn moeder?'

'Inderdaad, jongeheer.'

'Hoe weet u zo zeker dat het 1 september was?'

'Op het moment dat Irene vertrok wisten wij hier nog niets van de grote slag die al begonnen was. Dat nieuws bereikte Altenstadt pas 's avonds.'

'En dus kon Irene niet weten dat ik daarin heb meegevochten noch dat ik gewond raakte,' zegt Franz meer tegen zichzelf dan tegen de huisdame.

'Nee, dat wisten we geen van allen. Uw moeder heeft wekenlang in angst om u gezeten.'

'Heeft ze dan mijn brief niet gekregen die ik in het eerste ziekenhuis heb geschreven?'

Mevrouw Burger kijkt oprecht verbaasd. 'Nee, ik weet niets van een brief.'

'Die is misschien in alle chaos verloren gegaan,' mompelt Franz voor zich uit, maar zijn gevoel zegt hem dat zijn schrijven wel degelijk is aangekomen in Altenstadt. 'Of iemand heeft die brief onderschept.'

'Ik steek mijn hand in het vuur voor de bedienden, jongeheer Gerban. Niemand van ons heeft post achtergehouden. Daarvoor leefden we allemaal te veel met mevrouw uw moeder mee.'

Franz ademt diep in en wapent zich tegen het antwoord dat hij op zijn volgende vraag verwacht. 'Hebt u mijn verloofde ooit horen zeggen dat een gezonde vrouw nooit met een oorlogsinvalide zou trouwen? Dat zij dat in elk geval niet zou overwegen?'

De oprechte verrassing op het gezicht van mevrouw Burger geeft hem moed. 'Nee. Zoiets heb ik Irene nooit horen zeggen en zoiets zóú zij ook nooit zeggen. Integendeel. Ze heeft gezwoegd om de gewonden van de gevechten bij Wissembourg te verzorgen. Ze was vooral enorm begaan met kreupele en verminkte soldaten.' Mevrouw Burger denkt even na en dan licht haar gezicht op. 'Ooit heb ik haar zelfs horen zeggen dat ze hoopte dat de arme drommels die hun gezondheid voor deze oorlog hadden opgeofferd niet geïsoleerd zouden raken of geminacht zouden worden.'

Franz ademt uit. Mijn gevoel heeft me dus toch niet bedrogen. Irene was niet van plan me te verlaten!

Maar zijn opluchting maakt al snel plaats voor nieuw onbehagen. 'Wat kan dan de reden zijn geweest dat ze is vertrokken zonder afscheid te nemen?'

Mevrouw Burger klapt dicht. 'Daar kan ik met de beste wil van de wereld niets over zeggen, jongeheer.'

'Echt helemaal niets?' dringt Franz aan.

Mevrouw Burger perst haar lippen op elkaar en schudt het hoofd.

Franz beseft dat hij hierover niets meer van haar zal horen en verandert van onderwerp.

'Dan wil ik u nog iets over mijn moeder vragen. Denkt u dat het mogelijk is dat ze de laatste weken voor haar opname in de kliniek zóveel laudanum heeft genomen dat ze zichzelf bijna heeft vergiftigd?'

Opnieuw ontwijkt mevrouw Burger zijn blik.

'Uw dierbare moeder is de dagen voordien meerdere malen onwel geworden en helaas weet ik dat ze ondanks haar goede voornemens toch telkens weer naar het middel greep. Ook die ochtend dat ze in elkaar is gezakt.'

Er klopt iemand hard op de deur. Mevrouw Burger schrikt. 'Wie is daar?' roept ze zonder op te staan.

'Ik ben het, mevrouw Kramm!' roept de kokkin. 'U moet me de ingrediënten voor het middageten uit de voorraadkamer nog geven, anders kan ik niet op tijd aan de lunch beginnen.'

Mevrouw Burger werpt een blik op de klok. Het is al halfelf geweest.

'Geef me nog vijf minuten, mevrouw Kramm! Ik maak even een rekening af, anders moet ik helemaal van voren af aan herbeginnen.'

'Goed! Maar schiet u alstublieft op!' klinkt het nors. De zware voetstappen van de gezette kokkin verdwijnen richting keuken.

Mevrouw Burger haast zich naar de deur en opent die voorzichtig op een kier. 'Niemand te zien,' fluistert ze. 'Snel, voordat iemand u ziet!'

Minna's huis in Schweigen

28 januari 1871

Minna straalt vreugde en diepe bezorgdheid uit als ze de deur voor Franz opent. Ze wrijft het meel aan haar handen af aan haar schort.

'Jongeheer Franz!' Uit gewoonte maakt ze een kniebuiging. 'Wat leuk u te zien. Kom alstublieft binnen!'

Ze gaat Franz voor naar de goede kamer. 'Ik haal verse koffie en gebak.'

Zijn protest haalt niets uit en Minna verlaat de kamer. Pas na tien minuten komt ze terug met een dampende pot, koffiekoppen en een schotel gebak. Haar schort heeft ze uitgedaan.

Ze schenkt Franz koffie in en houdt hem de taartschaal voor. 'De taart is helaas van eergisteren. Toen was mijn oudste stiefzoon jarig, maar ik hoop dat het u toch smaakt. Irene was er altijd voor te vinden. Het was haar favoriete gebak.'

Hij heeft geen honger, maar pakt toch een stuk. Al is het maar om wat dichter bij haar te zijn als ik dezelfde taart eet, denkt hij. Hij neemt een stevige hap en geniet van de heerlijke smaak van boter en kaneel.

'Erg lekker!' zegt hij en vat meteen de koe bij de hoorns: 'U weet vast al wat mij hier brengt.

Minna knikt. 'Ik kan het wel raden.'

Franz kan de uitdrukking in haar ogen niet duiden. Hij voelt een brok in zijn keel. 'Kunt u mij zeggen waar ik haar kan vinden?'

De ogen van Minna worden donker van verdriet. 'Helaas niet, heer Franz. Ze heeft het ook mij niet verteld.'

Franz voelt dat ze de waarheid spreekt. Wanhoop maakt zich van hem meester. Minna is zijn laatste hoop. Het had nog twee moeizame gesprekken met mevrouw Burger gevergd voordat ze hem vertelde dat hij in Schweigen bij Irenes oude vriendin langs moest gaan. 'Als iemand meer over Irene weet dan ik, dan is het Minna.'

'Wanneer hebt u Irene voor het laatst gezien?'

Er glijdt een schaduw over het gezicht van Minna. 'Ik weet het niet meer zo precies. Ergens in de herfst.'

'In de herfst?' merkt Franz op. Minna bijt op haar lip. 'Is ze na 1 september nog hier geweest?'

Minna ontwijkt zijn blik. 'Ik weet het echt niet meer zo goed, jongeheer Franz,' mompelt ze.

Franz verliest zijn geduld. 'Ik heb veel respect voor u, lieve Minna. Maar nu geloof ik u niet. Heeft Irene u verboden te zeggen waar ze is?'

Het zwijgen van Minna zegt genoeg. 'Ze wilde niet dat u het zou weten,' zegt ze uiteindelijk. 'Maar ik weet zelf niet waar ze heen is gegaan.' De tranen schieten haar in de ogen. 'Ze zou me schrijven, maar dat heeft ze niet gedaan.'

'Maar waarom? Waarom heeft Irene mij verlaten?' Vertwijfeld grijpt hij opnieuw naar de verklaring die hij eigenlijk al verworpen had. Hij tilt zijn linkerbeen op en het metalen stuk van zijn prothese wordt zichtbaar.

'Is dit de reden?' Hij wijst op zijn been. 'Het feit dat ik kreupel ben?'

Minna barst in snikken uit. 'Nee! Nee, dat is het niet! Dat mag u nooit van Irene denken! Ze zou nooit weggaan omdat u verminkt bent.'

'Maar waarom dan? Heeft mijn vader er iets mee te maken?'

Minna schudt net iets te heftig haar hoofd. 'Neenee, uw vader staat hierbuiten.' Ze snuit haar neus.

Franz denkt na over haar antwoord. 'Heeft hij Irene geld gegeven om uit mijn leven te verdwijnen? Is dat het?'

Weer schudt Minna het hoofd.

'Heeft ze u verboden me de reden te geven als ik ernaar zou vragen?' Minna zwijgt lang en snottert in haar zakdoek. Dan knikt ze bijna onmerkbaar. 'Ik moest het haar plechtig beloven,' zegt ze zwakjes.

Franz balt zijn handen tot vuisten. Het is om gek van te worden. 'Weet mijn moeder waarom ze verdwenen is?'

Tot zijn verrassing knikt Minna opnieuw. 'Dat zou kunnen!' Ze klinkt een beetje opgelucht. 'Vraag het aan uw moeder!'

Franz glimlacht mat. 'Mijn moeder is helaas niet meer bij haar verstand. Ik ben deze week in Klingenmünster bij haar op bezoek geweest of liever: ik heb haar achter een raam gadegeslagen. Na een aanval hadden ze haar "gefixeerd". Ze zat in een stoel en staarde wezenloos voor zich uit en reageerde niet op mijn kloppen.'

'Wat voor aanvallen zijn dat?' vraagt Minna ontsteld.

'Een soort stuiptrekkingen waarbij ze wild om zich heen slaat. Ze zou zelfs waanvoorstellingen hebben! Inmiddels beschouwen ze haar als ongeneeslijk geestesziek. Het laudanum heeft vermoedelijk haar hersenen aangetast en dat zou pas duidelijk zijn geworden na de ontwenning, heeft de hoofdarts me verteld. De directeur van de kliniek was op dienstreis. Het blijkt zelden voor te komen; de arts zelf had het nog nooit meegemaakt.'

Minna is duidelijk geschokt en bijt op haar lip.

Franz staat plotseling op en knielt voor de ontzette Minna. Hij grijpt haar hand. 'Minna! Ik smeek je! Help me! Irene is de liefde van mijn leven. Zonder haar kan ik niet bestaan. Gedurende die vreselijke uren dat ik met gruwelijke pijn in het hospitaal lag, kreupel en verminkt, heeft enkel en alleen de gedachte aan haar me in leven gehouden. Alstublieft, vertel me waarom ze me heeft verlaten!'

Minna zwijgt. Op haar gezicht tekent zich de strijd af die ze met zichzelf voert. Uiteindelijk maakt haar onzekerheid plaats voor vastberadenheid en dat voorspelt volgens Franz niets goeds.

'Ik mag u de reden niet geven. Dat heb ik Irene plechtig beloofd.' Ze ademt diep in en kijkt Franz recht in de ogen. 'Maar geloof mij, jongeheer Franz. U wilt de reden echt niet weten, want die zou u doodongelukkig maken. Precies dát wil Irene voorkomen. En daarom moet ik mij ook aan mijn belofte houden.'

Franz trekt zijn hand terug en staat op. 'Ze heeft dus iemand anders!' Bittere vertwijfeling overvalt hem. 'Ze is verliefd geworden op een ander. Kreupel of niet, ik interesseer haar niet meer!'

Minna's gelaatstrekken verzachten. Nu pakt zij de hand van Franz en streelt die. Tranen glinsteren in haar ogen als ze naar hem opkijkt.

'O nee, Franz!' Ze spreekt hem spontaan bij zijn voornaam aan. 'O nee! Dat mag u niet van Irene denken. Als er één vrouw is die met heel haar hart oprecht van één man houdt, dan is het Irene! Denk daaraan als u verdrietig bent. Dat is de reden waarom ze is weggegaan. Ze wil dat u gelukkig wordt!'

'Dat ik gelukkig word?!' Franz schreeuwt het uit. 'Maar u ziet toch hoe ongelukkig ik ben!'

Minna kijkt hem liefdevol aan. 'Geloof me, jongeheer Franz… Het verscheurde haar hart dat ze u moest verlaten, maar ze heeft het echt voor uw bestwil gedaan!'

Epiloog

Lambrecht

Maart 1871

'Persen, persen! Nog één keer persen! En schreeuw gerust!' De vroedvrouw zit voor Irenes gespreide benen.

Irene knijpt in de hand van haar vriendin Emma. Dan perst ze met alle kracht die ze na de urenlange weeën nog kan opbrengen en stoot een hartverscheurende gil uit.

In de kamer ernaast wordt luid gevloekt. 'Wanneer houden jullie wijven nu eens eindelijk op met dat kabaal?' Het is Georg, de man van Emma. Zoals zo vaak lijkt hij ook nu beschonken.

Emma lacht naar Irene. 'Let maar niet op hem! Hij kalmeert wel weer!'

Vluchtig beantwoordt Irene Emma's lachje. De bovenlip van haar vriendin is weer gebarsten en gezwollen. Ondanks de pijn vraagt Irene zich voor de zoveelste keer af hoe Emma het bij deze agressieve man uithoudt. Dan dient de volgende heftige wee zich aan.

'Ja! Ja! Ga door!' roept de vroedvrouw. Irene kan de vrouw daadwerkelijk betalen van haar bijverdienste als kralenrijgster. 'Ik zie het hoofdje al! Je bent er bijna!'

Irene schreeuwt nog eens en perst zo hard ze kan. Ze voelt een scherpe pijnscheut en een sterke druk die abrupt afneemt. Zachtjes glijdt het kind uit haar.

Emma straalt. 'Geweldig, lieverd! Het is een jongen! Een stevig kereltje!'

Na de opluchting dat het kind eindelijk geboren is en ze de gruwelijke pijn heeft overleefd, overvalt haar opnieuw de angst die haar in de laatste weken van haar zwangerschap bijna dagelijks heeft gekweld.

Het kind! Mijn kind! Is het gezond? Ze hoort een licht, kletsend tikje en dan een krachtig blèren.

'Wat vraag jij nu?' bromt de vroedvrouw. 'Een potig baasje! Natuurlijk is hij gezond!'

Irene beseft dat ze haar vrees hardop heeft uitgesproken. Ze strekt haar armen uit naar de baby die de vroedvrouw inmiddels in een handdoek heeft gewikkeld.

'Geef hem aan mij!'

'Ik moet hem eerst wassen!'

'Geef hem aan mij!'

De vroedvrouw geeft haar haar zin en legt het bundeltje in haar armen.

Aandachtig kijkt Irene naar het wonder dat ze op de wereld heeft gezet. 'Geen waterhoofd! Geen misvormd gezicht!'

'Maar wat bazel jij nu?' Ook Emma reageert verbaasd.

Irene let niet op haar en slaat de handdoek open. 'Gezonde ledematen! Tien vingers en tenen. Geen open ruggetje!' Uitbundig geluk overspoelt haar.

De vroedvrouw komt naar voren. 'Natuurlijk! Dat zeiden we net toch al? Kom, geef hem nu maar hier! Ik moet hem baden en bakeren, anders koelt hij te veel af. Daarna mag je hem aanleggen.'

Geschrokken geeft Irene het kind terug. 'Nee, hij mag het niet koud krijgen!'

Emma kijkt haar teder aan. 'Wat fijn dat je zo gelukkig bent. Niet elke vrouw in jouw situatie zou zo blij zijn!'

Irene beantwoordt zwijgend het lachje van Emma.

'Hoe wil je hem noemen?'

Tot op heden had Irene daar met opzet niet aan willen denken, zo bang was ze dat het kind dood ter wereld zou komen. Het gruwelijke artikel dat ze in de kelder van Wissembourg had gelezen had dat ook genoemd als mogelijke complicatie.

Nu rollen de woorden als vanzelf over haar lippen.

'Franz zal hij heten, maar ik noem hem Fränzel!'

Nawoord

Over feiten en fictie

Toen ik de Frans-Duitse oorlog van 1870-1871 begon te bestuderen, besefte ik dat ik er praktisch niets over wist.

Enfin, ik wist wel dat het voor Frankrijk smadelijke vredesverdrag tot een duurzaam, tegen Duitsland gericht revanchisme had geleid dat de Duits-Franse betrekkingen tot ver na de Eerste Wereldoorlog sterk onder druk had gezet.

Ook was me bekend dat de overwinning op het zogeheten Tweede Franse Keizerrijk tot de troonsafstand van Napoleon III had geleid en dat het uitroepen van de Pruisische koning Wilhelm I tot eerste keizer een verenigd Duitsland had bewerkstelligd.

Dat de Slag bij Sedan op 1 september 1870 een beslissende strijd was, maar niet tot het einde van de oorlog had geleid was mij bijvoorbeeld niet duidelijk, laat staan dat daar in amper een maand en alleen op Frans grondgebied elf (!) bloederige veldslagen aan vooraf waren gegaan die honderdduizenden soldaten aan beide zijden het leven of hun gezondheid had gekost.

Ook wist ik niet dat het beschikbare bronnenmateriaal, in het bijzonder ooggetuigenverslagen, zo indringend en beeldend was dat vooral de beschrijvingen van de toestand op de slagvelden tijdens en na de gevechten me tot in mijn dromen zouden achtervolgen. En dan heb ik het nog niet over de erbarmelijke verzorging van de gewonden in de lazaretten – als die er al waren. De Zwitser Henry Dunant had na de gruwelen van de Slag bij Solferino in 1859 het Rode Kruis opgericht en beide partijen zetten onder de vlag van die organisatie hospitaalsoldaten in, maar verder stond de medische hulp aan de gewonden van 1870 nog in de kinderschoenen en na de aftocht van de troepen werd die zorg vaak aan de plaatselijke bevolking overgelaten.

De lezer komt relatief weinig historische figuren in mijn roman tegen, maar het grootste deel van de beschreven oorlogstaferelen zijn echt; ik heb mijn fictieve personages er gewoon aan laten deelnemen. De dood van het meisje Céline bij de Duitse verrassingsaanval op het vriendelijke grensstadje Wissembourg aan de Lauter; de zelfmoordactie van de koninklijke grenadiers uit Liegnitz onder aanvoering van majoor von Kaisenberg bij kasteel Geisberg; de oorlogsmisdaden van beide partijen in Bazeilles bij Sedan… al die gebeurtenissen zijn historisch gedocumenteerd. Soms zijn ze in mijn roman van de scherpste kantjes ontdaan, maar nooit verzonnen of vervalst. Weet dat de ooggetuigen veel vreselijker dingen hebben meegemaakt. Daar wil ik mijn lezers niet aan blootstellen.

Ook het lot van de soldaten Jérôme en Gilbert is gebaseerd op waargebeurde verhalen.

Ik raakte ook steeds meer gefascineerd door de mentaliteit van de mensen in de laatste drie decennia van de negentiende eeuw. Gelet op de hypocriete moraal van een door mannen gedomineerde bourgeoisie waarin vrouwen een ondergeschikte positie innamen, moet ik toegeven dat ik niet graag in die tijd zou hebben geleefd, zelfs niet als 'vrouw van stand'. En al helemaal niet als zo'n dienstmeisje dat vaak een slavenbestaan leidde hoewel het er in huize Gerban nog betrekkelijk humaan aan toe ging.

De aan beide zijden afgeslachte soldaten deden me denken aan lemmingen die zich in een soort euforische massahysterie – want zo kun je die zogenaamde nationale trots vanuit psychologisch standpunt gerust omschrijven – tegen de vijandelijke kogels en granaten voor 'volk en vaderland' teweerstelden. Ook de overwinningen aan Duitse kant eisten een bloedige tol. Vele legeronderdelen verloren bijna al hun officieren – die zich in een voor ons vandaag bevreemdende voorbeeldfunctie in de voorste linies in de dood stortten.

Vooral in het grensgebied van de Elzas en de Palts heeft de oorlog net als in mijn roman veel families verdeeld, mensen die voorheen vreedzaam als buren naast elkaar leefden tot elkaars aartsvijanden gemaakt. De scène in de tuin van de herberg in Schweigen op 19 juli 1870, de dag van de oorlogsverklaring, is verzonnen, maar de brandweerlieden van Wissembourg waren kort daarvoor inderdaad hun collega's in Schweigen te hulp geschoten bij een grote brand.

Tegelijkertijd verklaart die vroegere verbondenheid misschien ook de situaties waarbij vriend en vijand zich solidair met elkaar verklaarden. Ze verzorgden samen hun gewonden, hielpen met voedsel en materiaal, en zorgden in de ergste chaos en te midden van al het geweld toch nog voor een beetje menselijkheid. Het merendeel van dergelijke taferelen die ik beschrijf is eveneens gebaseerd op historische feiten.

Slechts op een paar plaatsen heb ik me de dichterlijke vrijheid veroorloofd om de volgorde van de geschiedkundige feiten een beetje te wijzigen. Zo was de omstreden kwestie van de Spaanse troonopvolging, die uiteindelijk de aanleiding vormde van de oorlog, in april 1870 nog geheim, al wordt die kwestie al wel in huize Gerban besproken.

Of er in die tijd al verslaafden in psychiatrische instellingen werden behandeld, weet ik niet zeker; de ziektebeelden die in mijn bronnen staan beschreven kunnen namelijk aan allerlei verschillende diagnoses worden gelinkt. Historisch zijn er wel vele gevallen gedocumenteerd waarbij families ongewenste verwanten in dergelijke instellingen lieten verdwijnen – zij het misschien niet in Klingenmünster. Ik hoop dat de lezer dit grootmoedig door de vingers ziet; de gebeurtenissen die verband houden met deze gerenommeerde instelling zijn pure fictie.

De enorm complexe economische betrekkingen tussen de afzonderlijke Duitse staten voor de oorlog heb ik flink vereenvoudigd, omdat die in mijn ogen geen toegevoegde waarde zijn voor de spanningsboog van de roman, en ook omdat ik de lezer daarmee niet wilde overvoeren.

Dit boek wil ik afsluiten met een woord van dank aan alle mensen die de publicatie mogelijk hebben gemaakt. In de eerste plaats denk ik aan Barbara Heinzius, die het eerste boek van deze familiesaga bij Goldmann een geweldige kans heeft geboden door het te laten verschijnen als *Spitzentitel*. Barbara is van meet af aan mijn altijd bereikbare en allerhartelijkste aanspreekpunt geweest bij de uitgever.

Toch had ik deze kans nooit gekregen zonder mijn geweldige agent Thomas Montasser, die er voortdurend naar streeft me met zijn diplomatie en onderhandelingsvaardigheden beter te positioneren op de felbevochten boekenmarkt.

Heel blij ben ik dat mijn kundige redactrice Heike Fischer me ook bij Goldmann begeleidt en dat zij alle fouten vindt die mij zijn ontgaan. Dankzij haar onschatbare tips kan ik mijn plots nog spannender en sprekender maken.

Ik dank ook mijn groeiende lezerspubliek dat nog niets van dit boek wist, maar mij blijft aanmoedigen met feedback over mijn andere boeken.

Deze roman draag ik op aan mijn man Jürgen. Ik heb het boek gedeeltelijk in een voor mij persoonlijk moeilijke periode geschreven en zijn onwankelbare loyaliteit en onze hechte verbondenheid geven mij enorm veel kracht. Dank voor de zevenendertig jaar die we al samen zijn.